ALSENSUND

Per Sjørndahl, Jahrgang 1965, verbrachte seine frühe Kindheit an der deutsch-dänischen Ostsee und wuchs anschließend in seiner Geburtsstadt Berlin auf. Als Jugendlicher entdeckte er seine Leidenschaft für Musik und gründete eine Rockband. Heute betreibt er eine osteopathische Praxis und nimmt europaweit Engagements als Dozent und als Therapeut im Leistungssportbereich an.

PER SJØRNDAHL

ALSENSUND

Küsten Krimi

emons:

Bibliografische Information der Deutschen Nationalbibliothek
Die Deutsche Nationalbibliothek verzeichnet diese Publikation
in der Deutschen Nationalbibliografie; detaillierte bibliografische Daten
sind im Internet über http://dnb.d-nb.de abrufbar.

© Emons Verlag GmbH
Alle Rechte vorbehalten
Umschlagmotiv: shutterstock.com/uslatar
Umschlaggestaltung: Nina Schäfer, nach einem Konzept
von Leonardo Magrelli und Nina Schäfer
Umsetzung: Tobias Doetsch
Gestaltung Innenteil: DÜDE Satz und Grafik, Odenthal
Lektorat: Lorenz Knieriem
Druck und Bindung: CPI – Clausen & Bosse, Leck
Printed in Germany 2024
ISBN 978-3-7408-2033-6
Küsten Krimi
Originalausgabe

Unser Newsletter informiert Sie
regelmäßig über Neues von emons:
Kostenlos bestellen unter
www.emons-verlag.de

Dieser Roman wurde vermittelt durch die
agentur literatur Gudrun Hebel, Berlin.

Für meine geliebte Carmen –
und all die anderen guten Engel, die unbemerkt
im Hintergrund agieren, verzichten und viel zu wenig
wertgeschätzt werden

Prolog

23. April 1995, irgendwo in Dänemark

Nummer sieben. Die Tür zu meinem Zimmer. Der Mann öffnet sie und sagt, ich soll wieder reingehen. Ich setze mich an den Tisch, und der Mann verriegelt die Tür von außen. Ich höre, wie sich seine Schritte entfernen. Zwei Dielen knarren. Zuerst die mit dem Astloch gleich vor meiner Tür. Dann die vor der Tür mit der Nummer sechs. Ich kenne die Dielen. Ich bin schon lange hier.

1

»Bei Fuß, Portos!« Mit einem kräftigen Ruck zog Marlene an der Leine. Sie gab sich alle Mühe, ihrer Stimme die nötige Strenge zu verleihen, aber der Hund wollte einfach nicht hören. Was war nur los mit ihm? Er verhielt sich, als ob noch ein anderer Hund in der Nähe wäre, aber weit und breit war keiner zu sehen.

Portos wand sich wie ein Aal, versuchte, den Kopf aus dem Halsband zu ziehen – und mit einem Mal kam er frei. Laut kläffend rannte der kleine Beagle querfeldein durch die Marsch in Richtung eines Erlenbruchs und verschwand im hohen Gras.

»Portos!« Marlene eilte ihm hinterher, blieb vor dem Erlenbruch stehen und spähte durch die Baumreihen. Eine Schneise führte zu einer Lichtung.

Marlene zögerte. Diese Gegend kannte sie nicht.

Mit einem Mal kam es ihr merkwürdig ruhig vor, ihr Hund gab keinen Laut mehr. »Portos?«, rief sie in den Bruchwald hinein, nun etwas leiser als zuvor, als fürchtete sie, gehört zu werden. Aus einem Holunderstrauch stiegen zwei Meisen auf.

Unsicher betrat sie die Lichtung, Schritt für Schritt, und dann sah sie Portos. Die Schnauze dicht über dem Boden, tapste er über das Gras. Erleichtert atmete Marlene auf und lief auf ihn zu – doch erstarrte im nächsten Moment. Nur wenige Meter von ihrem Hund entfernt saß eine Frau in einem weißen Kleid gegen einen dichten Weidenstrauch gelehnt und rührte sich nicht.

Marlene erschrak. Sie betrachtete die Frau, ihre blasse Haut, das aufgedunsene Gesicht. Ihr Blick wirkte starr, aber irgendetwas gab Marlene das Gefühl, dass sie noch lebte. Die entspannte Art, wie sie dort saß, so als würde sie ganz in Gedanken die Umgebung betrachten. Marlene machte einen Schritt auf die Frau zu. »Hallo?«

Sie reagierte nicht. Sie blinzelte nicht. Sie atmete nicht.

Sie ist tot, dachte Marlene, und mit der Gewissheit überkam sie der Gedanke, jemand könnte dieser Frau etwas angetan haben. Womöglich lauerte er sogar noch hier zwischen den Bäumen und beobachtete nun sie selbst, unschlüssig, ob er sie gehen lassen oder ihr den Rückweg versperren sollte.

Die Vorstellung machte Marlene Angst. Sie wagte es kaum, sich umzublicken. Ich muss hier weg, dachte sie nur, packte den kleinen Beagle am Nacken und nahm ihn auf. Auf der Stelle machte sie kehrt, begann zu rennen und hielt erst wieder an, als sie ihr Elternhaus erreichte.

Aufgeregt berichtete sie ihrer Mutter von dem grauenvollen Fund, kurz darauf auch dem diensthabenden Beamten der Polizeistation Harrislee. Wieder zu Hause, zog sie sich mit ihrem Hund in ihr Zimmer zurück, ermahnte ihn, das nächste Mal besser zu folgen, und fragte sich erneut, warum er so aufgeregt angeschlagen hatte. Aber dann wollte sie nicht mehr länger an dieses entsetzliche Ereignis denken und ließ den Gedanken fallen. Sie schloss das Fenster, kauerte sich auf ihrem Bett zusammen und schwor sich, nie wieder einen Fuß in die Marsch zu setzen.

2

Zur selben Zeit in Nordjütland, Dänemark

Kommissar Marven Sånbergen trat hinaus auf die Veranda seines Hauses in Smalby und sah in Richtung Osten, wo die Sonne den Horizont heraufgekrochen kam. Wenn sie einen bestimmten Stand erreichte, so wie um diese Zeit, legte sie einen samtroten Schleier über die Felder, und ihr wärmender Atem weckte das Land.

Sånbergen schloss die Augen, genoss die warme Brise und verweilte zufrieden noch einen Moment in dem Bewusstsein, Urlaub zu haben und die nächsten Tage allein mit seiner Tochter Smilla verbringen zu können. In letzter Zeit hatte er das Gefühl, sie sei glücklich, hier mit ihm zu leben, und er war dankbar dafür, wohl wissend, dass es eine andere Zeit gegeben hatte. Eine Zeit, in der sich Smilla von ihm abgewandt hatte, in der sie ihm die Schuld dafür gegeben hatte, dass Lisa, ihre Mutter, so plötzlich aus ihrem Leben verschwunden war, ohne dass er Smilla eine Erklärung dafür hatte geben können.

Als er die Augen wieder öffnete, war die Brise abgeflaut, nichts regte sich weit und breit, die Felder lagen wie ausgestorben da. Nur ein leises Sirren war zu hören – erste Lebenszeichen dicht über dem Boden, aus dem Ringelblumen und Sommerastern ihre Köpfe reckten und einen süßen Duft verbreiteten.

Sånbergen liebte diese frühen Stunden im Sommer – nicht die Hitze, aber die Zeit, wenn der Morgen anbrach, so als würde das Leben jedes Mal aufs Neue entstehen. Ein wunderschöner Tag, dem nichts etwas würde anhaben können. Er setzte sich in den Schaukelstuhl, nahm den Mark Twain vom Beistelltisch, und alles, was nun noch die willkommene Stille durchbrach, war das Quietschen des wippenden Stuhls – bis mit einem lauten Scheppern die Verandatür aufschlug.

Smilla, dachte Sånbergen und drehte sich um.

»Warum bist du schon wach?«, nuschelte sie verschlafen und schaffte es irgendwie, ihrer müden Stimme einen trotzigen Unterton zu verleihen.

»Ich bin immer wach um diese Zeit.«

Sie strich sich die rotbraunen Haare aus dem Gesicht und gähnte. »Du hast mich geweckt«, sagte sie mit einem Murren.

»Ich war leise wie eine Kirchenmaus.«

»Du hast gesungen, im Bad – es war ›Umbrella‹ von Rihanna.«

Er kannte Rihanna so gut wie gar nicht, nur einen einzigen Song, und an die Melodie konnte er sich kaum erinnern.

Smilla machte einen Schritt auf ihn zu. »Was liest du da?«

»›Tom Sawyer‹ von Mark Twain.«

»Das is 'n Buch für Kinder, Pa.«

»Findest du? Ich gebe es dir, wenn du willst.«

»Ich bin fast zwölf«, raunzte sie ihn an, drehte sich missmutig um und schlurfte zurück ins Haus.

»Wenn du schon wach bist – wollen wir den Pick-up reparie-

emons: **Tel. 0221-56977-0 · info@emons-verlag.de**

Bitte senden Sie mir das aktuelle Verlagsprogramm zu

Ich möchte den Newsletter von emons: **per E-Mail erhalten**

Ich habe Interesse an Krimis aus folgender Region:

 Besuchen Sie uns auch auf www.facebook.com/EmonsVerlag

Name

Straße

PLZ/Ort

E-Mail

emons: **verlag**
Cäcilienstraße 48

50667 Köln

Ich bin damit einverstanden, dass meine hier angeführten Daten zu dem folgenden Zweck »Versand von Kundenprospekt« erhoben, verarbeitet und genutzt sowie unter Umständen an unseren Dienstleister zum Versand des angeforderten Kundenprospektes weitergegeben bzw. übermittelt und dort ebenfalls zu dem folgenden Zweck »Versand von Kundenprospekt« verarbeitet und genutzt werden. Hier werden die Daten unmittelbar nach dem Versand gelöscht. Im Fall des Widerrufs werden mit dem Zugang meiner Widerrufserklärung meine Daten gelöscht.

08/2023

DER·TOD·DES·ALBERT

UNGLÜCK·ODER·VERSCHWÖRUNG?

CAMUS

www.emons-verlag.de

ren?«, rief er ihr hinterher. »Es ist wieder der Schlauch. Ich glaube, dieser verdammte Marder hat sich daran zu schaffen gemacht.« Sånbergen wusste, wie sie reagieren würde.

Augenblicklich drehte Smilla sich um, und ihre Augen blitzten voller Vorfreude. »Klar! Werkzeugkiste?«

»Werkzeugkiste.« Sånbergen zwinkerte ihr zu, und Smilla verschwand im Haus, ein paar Töne von »Umbrella« auf den Lippen.

Sånbergen fuhr den alten Pick-up unter die knorrige Birke und stemmte gerade die Haube hoch, als Smilla aus dem Haus kam. Den Rücken nach hinten durchgebogen, schleppte sie den gelben Werkzeugkoffer in beiden Händen vor sich her.

»Ich glaube, es war doch nicht Rihanna, was du gesungen hast«, ächzte sie. »Es war irgendwas Altes, was kein Mensch kennt.«

Vielleicht hat sie recht, dachte Sånbergen. Manchmal schwirrte ihm etwas von Bruce Springsteen durch den Kopf.

Mit einem »Pfff« ließ Smilla die Werkzeugkiste auf den trockenen Sandboden fallen. »Kann losgehen!« Sie blinzelte gegen die tief stehende Sonne. »Welchen soll ich nehmen?«

»Zuerst den Drei-Achter.«

Eifrig hievte sie den schweren Schraubenschlüssel aus dem Koffer und stellte sich auf die Stoßstange, um den Motorraum zu inspizieren, als Sånbergens Handy klingelte.

Wieso so früh am Morgen? Er zog es aus der Hosentasche und sah aufs Display. »Direktor«. Das Büro des Polizeichefs, Hans Østergaard. Sånbergen zögerte, den Anruf anzunehmen. Die Gespräche mit Hans verliefen im Allgemeinen eher unerfreulich. Das letzte Mal, wenige Wochen zuvor, hatte er Sånbergen mitgeteilt, dass der an die Ostküste versetzt werden sollte. Eine Disziplinarmaßnahme aufgrund eines Fehlverhaltens, und allein um Smillas willen hatte Sånbergen sie klaglos hingenommen. Im Gegensatz zu ihm liebte sie die See, und noch mehr liebte sie das Segeln. Wann immer sich die Gelegenheit ergab, fuhr sie zusammen mit Sånbergens Schwester Clara zur nächstgelegenen Bucht, wo sie ihren Einmaster zu Wasser ließen und erst wieder an Land kamen, wenn die Dämmerung eingesetzt hatte.

Sånbergen nahm den Anruf an. »Hej.«

»Hej, Marven, gut, dass ich dich erreiche. Ich störe doch nicht?«

»Es ist früh am Morgen, ich habe Urlaub, und meine Tochter hat Ferien«, setzte Sånbergen dagegen.

Hans räusperte sich, und eine kurze Pause entstand. Was auch immer ihm auf der Seele lag, er hatte offenbar Mühe, es über die Lippen zu bringen. Ein unangenehmes Gefühl beschlich Sånbergen.

»Ich habe keine guten Nachrichten, Marven. Eine Leiche wurde an der deutsch-dänischen Grenze aufgefunden, bei Harrislee. Es ist eine junge Frau, Mitte zwanzig.«

Sånbergen nahm Smilla den Drei-Achter ab, mit dem sie schon an einer Schraube herumzudrehen begonnen hatte, und entfernte sich ein paar Schritte, um ungestört sprechen zu können. »Harrislee? Das ist die deutsche Seite.«

»Das Opfer ist nach allem, was wir wissen, dänische Staatsbürgerin und hat auch in Dänemark gewohnt. Ich muss den deutschen Kollegen also jemanden von uns zur Seite stellen, und da dachte ich an dich, wegen deiner deutschen Wurzeln.«

Sånbergen war zwar in Heide geboren worden, der Heimatstadt seiner Mutter, hatte aber lediglich die ersten Lebensjahre dort verbracht. Land und Sitten waren ihm inzwischen etwas fremd geworden. »Du weißt, meine Tochter hat gerade Ferien. Und von Deutschland war nie die Rede gewesen.«

»Ich weiß, Marven, und das Ganze bringt uns beide in eine missliche Lage. Aber der Fall liegt etwas ungewöhnlich. Wir brauchen einen erfahrenen Ermittler da unten – und zwar noch heute.« Er betonte den letzten Satz, nahm einen tiefen Atemzug und ließ die Luft mit einem lauten Geräusch wieder aus, als versuchte er, ein Seufzen anzudeuten. »Ich sag dir was: Wenn du den Fall zu einem erfolgreichen Abschluss bringst, dann nimmst du dir deinen Urlaub, und ich werde mir die Sache mit der Versetzung noch einmal überlegen, okay?«

Sånbergen hob zu einem Widerspruch an. Was hatte das eine mit dem anderen zu tun? Und konnte Hans ihn tatsächlich für diesen Fall einfach nach Deutschland versetzen? Aber dann hielt er inne – er fürchtete, Unbedachtes herauszubringen.

»Vielleicht könnte ja deine Schwester auf deine Tochter aufpassen? Ist sie nicht mit dir nach Nordjütland gezogen, damals, als deine Frau dich …?« Hans brach ab.

Was Clara anging, hatte Hans recht. Tatsächlich hatte sie Sånbergen seinerzeit zurück nach Dänemark begleitet und sich wie er in Smalby niedergelassen. Fast jedes Wochenende war sie zu ihnen herübergekommen, um für Smilla da zu sein, und Sånbergen wusste, dass sie es auch dieses Mal tun würde, wenn er es so wollte.

»Ich habe schon mit dem zuständigen deutschen Staatsanwalt Kontakt aufgenommen. Er heißt Jan Philips«, fuhr Hans fort. »Ich habe in den höchsten Tönen von dir gesprochen, es ist alles vorbereitet. Sicher werden sie dich mit offenen Armen empfangen.«

Es war also schon beschlossene Sache. Hans hatte die Angelegenheit einfach über seinen Kopf hinweg entschieden, und Sånbergen konnte nichts dagegen tun. Er brauchte einen Moment, um sich mit dem Gedanken zu arrangieren. Und mit dem, was der nach sich zog. Er würde mit Smilla reden müssen. Und er würde sich auf einen Ort einstellen müssen, an dem er nicht zu Hause war, auf neue Mitarbeiter, zwischen denen er sich wie ein Fremdkörper fühlen würde.

Sånbergen antwortete mürrisch: »Sorg dafür, dass der Gerichtsmediziner vor Ort ist, wenn ich komme. Und ich will nicht, dass irgendwas an der Leiche oder am Fundort verändert wird, bevor ich eingetroffen bin.«

»Hervorragend! Ich wusste doch, dass ich mit dir rechnen kann. Ich habe für alle Fälle einen Platz für dich reserviert, in der Zehn-Uhr-Maschine nach Sønderborg.«

Sånbergen beendete das Gespräch ohne einen freundlichen Gruß und sah aus den Augenwinkeln zu seiner Tochter hinüber. Sie steckte mit den Armen irgendwo zwischen Motor und Kühlsystem, obwohl er ihr den Drei-Achter schon abgenommen hatte, und summte dabei vergnügt vor sich hin.

Ich hätte das Handy einfach ignorieren sollen, und niemand hätte mir etwas vorwerfen können, dachte er. Eine Schweißperle trat ihm auf die Stirn. Ein weiteres Mal würde er Smilla enttäuschen müssen, und er befürchtete, sie könnte in alte Reflexe verfallen – ihn für Wochen mit Missachtung strafen und sich innerlich wieder von ihm entfernen.

Er setzte sich auf die Stoßstange des Pick-ups, holte Smilla zu sich und versuchte, ihr zu erklären, warum sie die Ferien nun doch nicht zusammen würden verbringen können. Dass es Regeln gebe, über die er sich nicht hinwegsetzen könne.

Smilla hockte wortlos neben ihm und wich seinem Blick aus. Lustlos spielte sie mit dem Schraubenschlüssel herum, und als Sånbergen einen Arm um sie legte, wich sie ihm aus, als wäre er tonnenschwer.

»Hey, Smilla, Tante Clara wird sich doch um dich kümmern. Ihr könnt ein paar Tage auf der ›Miss Jealous‹ verbringen und im Limfjord tauchen. Und zu deinem zwölften Geburtstag bin ich wieder hier. Dann haben wir genug Zeit, um in den Höhlen des Moler Kliffs zu schwimmen und den Seeadlerhorst zu beobachten. Wir könnten auch einen Sikahirsch im Rold Skov jagen gehen.« Erwartungsvoll sah er sie an. Aber er war noch nie gut mit Worten gewesen.

»Natürlich«, sagte Smilla nur, wischte sich die widerspenstigen Haare aus dem Gesicht und seufzte.

3

Sånbergen betrat die ATR 72 und setzte sich auf einen Fensterplatz, wo er den Abstand zum Boden im Auge behalten konnte. Er flog nicht gern. Im Grunde vermied er jede Art von Fortbewegung, bei der er keinen festen Boden unter den Füßen hatte, weil er sie schlichtweg für zu unsicher hielt. Er nahm lieber seinen Pick-up, auch für längere Strecken, solange der ihn nicht im Stich ließ, so wie er es ausgerechnet heute getan hatte.

Mit Unbehagen, aber auch mit einem Hauch von Wehmut betrachtete er, wie die Maschine an Höhe gewann und schließlich über das flache Nordland hinwegglitt. Vereinzelt schnitten schmale Straßen und scheinbar richtungslose Feldwege hindurch. Baumkronen bogen sich im aufbrausenden Wind. Im Westen gruben sich Fjorde tief in das Land, der Küstenstreifen wie ausgefranst. Genau so mochte Sånbergen die Landschaft – stürmisch, schlicht und rau.

Er öffnete eine Datei auf seinem Laptop, die Hans ihm hatte zukommen lassen. Sie enthielt ein von dänischer wie deutscher Seite abgesegnetes Bewilligungsschreiben, das ihm umfassende Befugnisse in der grenzüberschreitenden Polizeiarbeit einräumte. Des Weiteren Informationen zu seinen künftigen Mitarbeitern. Geleitet wurde die Station in Harrislee von Hanna Wiedmann, fünfunddreißig Jahre, alleinerziehend, zwei kleine Kinder. In einer persönlichen Einschätzung lobte Staatsanwalt Philips ihre Einsatzbereitschaft und Loyalität.

Sånbergen klickte durch weitere angehängte Dokumente, immer wieder den Abstand der Maschine zum Boden prüfend, und von Zeit zu Zeit hatte er den Eindruck, sie verliere unfreiwillig an Höhe.

Endlich setzten sie zur Landung an, und Sånbergen beobachtete, wie sich auch die letzten Wolken verzogen. Der Wetterbericht hatte eine Hitzewelle für diese Gegend vorausgesagt, und er hoffte inständig, sie würde nicht lange andauern.

Erleichtert, wieder festen Boden unter den Füßen zu haben, verließ er das Flugzeug, und als er die Ankunftshalle des Sønderborger Flughafens betrat, sah er einen auffällig kräftigen Mann mit weißblondem Haar an der Absperrung stehen, der ein Pappschild vor dem Bauch hielt: »SÅNBERGEN«.

Er wusste nichts davon, dass er abgeholt werden würde, aber da war auch kein anderer Passagier, der sich dem Blonden näherte. Als der ihn fragend ansah, ging Sånbergen auf ihn zu. Der Mann hatte ein freundliches Gesicht, und unter der knöchellangen Arbeitshose trug er grüne Plastiksandalen um schneeweiße Füße.

»Kommissar Sånbergen, nehme ich an?« Ein schwedischer Akzent dehnte die Silben und gab ihnen einen holprigen Rhythmus.

»Der bin ich.«

»Alles klar. Ich bin Ansgar, Ansgar Sigursson, freiberuflicher Rechtsmediziner aus Harrislee. Aber ›Ansgar‹ reicht vollkommen.« Mit einem breiten Grinsen reichte er Sånbergen die Hand.

»Freut mich, Ansgar. Sigursson – das ist ein nordischer Name.«

»Ja, ich bin Schwede. Wir können also gern beim Du bleiben. Ich kann mich nur schwer an die deutschen Sitten gewöhnen.«

»Geht mir genauso. Also dann – ich bin Marven.«

Ansgar ging voraus, und sie verließen die Ankunftshalle. »Ich bin schon zwanzig Jahre in Deutschland und fühle mich nicht unwohl hier, aber manchmal komme ich mir trotzdem etwas fremd vor.«

»Das kann ich verstehen. Was hat dich hergeführt?«

»Meine Frau. Sie ist Deutsche und wollte gern in ihrer Heimat bleiben. Na ja, ich konnte ihr noch nie viel abschlagen.«

Auch das konnte Sånbergen nachvollziehen. Ansgar war ihm sympathisch, auf eine Art zugewandt, die Sånbergen für sich mit dem Begriff »hyggelig« beschrieb, ein Wort, für das er nie eine wirklich treffende deutsche Übersetzung gefunden hatte.

»Wir sollten uns beeilen, mein Wagen steht ungünstig. Ich habe ihn gleich vor dem Haupteingang geparkt.« Ansgar wartete Sånbergens Antwort nicht ab und lief eilig voraus.

Sånbergen verstaute den Trolley im Kofferraum des Rovers, und Ansgar setzte sich hinter das Steuer. »Es sind fünfzig Kilometer. Aber eine schöne Strecke, geht viel an der Küste entlang.«

Ansgar fuhr zügig, etwas zu zügig für Sånbergens Geschmack. Sonnenstrahlen fielen auf die Dünenlandschaft, schneeweiße Hügel mit einer Mähne aus Schilfgras, die Spitzen vom Wind abgetragen. Vereinzelt verschanzten sich Häuser hinter niedrigen Hecken, als würden sie ihre eckigen Köpfe einziehen. Zwei hellblonde Kinder hetzten über das sandüberwehte Gras und zerrten an den Leinen eines Papierdrachens, um ihn in die Luft zu kriegen. Ein malerischer Anblick, dem sich Sånbergen nicht entziehen konnte, auch wenn nichts, so dachte er bei sich, an die schlichte Schönheit des Nordens heranreichte.

Ansgar war in einer Kurve kurz vom Gas gegangen, doch beschleunigte gleich wieder, was ihn nicht davon abhielt, eine Hand vom Lenkrad zu nehmen und mit ihr zu gestikulieren, während er zu berichten begann. »Das Opfer ist wahrscheinlich Ellen Berg, vierundzwanzig Jahre alt. Sie –«

»Wahrscheinlich? Ihr wisst es noch nicht genau?« Sånbergen war gleich dazwischengegangen. Er mochte solche Unklarheiten nicht.

»Wir haben keine Papiere bei ihr gefunden. Aber Ellen Bergs

Mutter hat ihre Tochter gestern als vermisst gemeldet und uns ein Foto von ihr gegeben. Na ja, und das sieht dem Opfer schon sehr ähnlich. Außerdem sagte die Mutter, Ellen habe eine Narbe am Handteller, eine alte Verbrennung, die sie sich als Kind zugezogen habe. Auch das deckt sich mit den ersten Befunden.«

»Das hat sie gleich auf der Wache so angegeben?«

»Ja, hat sie. Wieso fragst du?«

»Sie nennt uns ein äußeres Merkmal, mit dem wir ihre Tochter identifizieren könnten, falls wir ihre Leiche finden. Dass sie als Mutter diesem Gedanken gleich so rational nachgeht, hatte ich nicht unbedingt erwartet.«

»Hm, so habe ich das noch gar nicht gesehen. Aber macht sie das verdächtig?«

»Die Mutter? Nein, das nicht. Es fällt mir nur auf. Ist der Familie schon einmal Ähnliches passiert?«

»Um ehrlich zu sein: Ich habe keine Ahnung.«

»Okay, wahrscheinlich spielt das auch keine Rolle. Was habt ihr noch?«

»Also, falls das Opfer tatsächlich Ellen Berg ist, dann wissen wir, dass sie Medizinstudentin an der St. Albert war. Das ist eine private Hochschule in Harrislee.«

»Die St. Albert ist in Harrislee? Es heißt doch, Ellen Berg habe auf der dänischen Seite gewohnt.«

»Ja, das stimmt. Sie ist jeden Tag gependelt.«

»Und sie wurde auch auf der deutschen Seite gefunden?«

»So ist es. Heute Morgen ist ein Mädchen, das mit seinem Hund unterwegs war, auf die Leiche gestoßen. Der Hund hatte sich wohl losgerissen und ist direkt zum Fundort gerannt.«

»Haben die beiden dort etwas kontaminiert?«

Ansgar wiegte unschlüssig den Kopf. »Das Mädchen hat versichert, die Leiche nicht berührt zu haben. Die Beamten haben auch alles so belassen, wie es war, damit du es unverändert vorfindest. Um ehrlich zu sein, ich hätte die Leiche gern schon früher in eine kühlere Umgebung gebracht, aber Philips wollte es so.« Ansgar drehte den Kopf zu Sånbergen und redete weiter, ohne auf die Straße zu achten. »Du wirst Philips kennenlernen, er ist der Staatsanwalt hier. Im Grunde läuft das meiste über ihn – Beschlüsse,

Fahndungen, Presse. Du weißt, dass er deine Ansprechperson vor Ort ist?«

»Ja, mir wurde der Name gesagt.«

Endlich sah Ansgar wieder auf die Straße.

Kurz vor Padborg überquerten sie die Grenze und folgten für zweihundert Meter dem Verlauf einer schmalen Landstraße, bis Ansgar auf einen schmalen Sandweg einbog. Zwischen hellgrünem Sumpfgras hatten sich freie Wasserflächen gebildet, kümmerliche Bäume ragten empor, ihre Stämme krumm und verdreht. Um die dunkle Rinde rankte sich schmalblättriges Weidengebüsch.

»Das ist eine ziemlich abgelegene Gegend hier. Es führt nur dieser Weg direkt zum Fundort, und fünfzig Meter weiter«, er deutete mit einem Kopfnicken in Richtung Süden, »gibt es noch eine asphaltierte Straße, die an die Marsch heranreicht. Wäre das Mädchen mit seinem Hund nicht gewesen, hätte man die Leiche vielleicht erst Tage später gefunden.«

Schließlich stoppte Ansgar direkt vor einem Erlenbruch. Zwischen spärlichen Baumreihen schimmerte eine grasbewachsene Lichtung hindurch, die mit einem rot-weißen Plastikband abgesperrt war. Beamte in weißen Overalls bewegten sich dort um ein weißes Zelt, unter dem sich die Leiche befinden musste.

Sånbergen stieg aus. Kein Windhauch ging hier. Es war schwülwarm, die hohen Temperaturen zogen die Feuchtigkeit aus dem sumpfigen Boden. Dieses Wetter machte ihm jetzt schon zu schaffen. Schweißperlen traten auf seine Stirn. Er zog die Jacke aus und schob die Hemdsärmel hoch.

»Die letzten Tage sind trocken gewesen«, sagte Ansgar. »Wahrscheinlich hat die Marsch weniger Wasser als sonst. Wir brauchen dringend Regen, aber der Wetterbericht sagt nur Trockenheit und Hitze voraus.«

Sånbergen sah sich um. Niemand außer den Beamten war zu sehen, keine Spaziergänger, keine Schaulustigen. Er suchte nach einer Orientierung und nahm seine Navigationsapp zu Hilfe.

Die Zufahrtsstraße kam von Westen. Nördlich war ein schmaler Fluss zu erkennen. Und östlich lag der Erlenbruch. Die Sonne stand hoch über den Bäumen am Himmel und verbreitete eine drückende Wärme. Schlierige Wolken waren inzwischen aufgezogen und hingen wie ermattet in der Luft. Das Einzige, was sich da oben bewegte, war ein Vogelschwarm, der von Norden kam. Ungewöhnlich für diese Jahreszeit, dachte Sånbergen, vielleicht Vorboten dafür, dass es kühler wird? Die Vorstellung hob seine Laune augenblicklich.

»Was siehst du da?«, fragte Ansgar, stellte sich neben ihn und reckte ebenso den Kopf empor.

»Stare.« Sånbergen starrte weiter zum Himmel, fasziniert von dem Schwarm, der sich nun fast über ihnen befand. Wellenförmig veränderte er seine Formation, so als würde jeder einzelne Vogel aus diesem Verbund einer einstudierten Choreografie folgen. »Wahrscheinlich Jungvögel, die ihre erste Etappe in Richtung Süden fliegen.«

»Dahinten liegt eine Leiche im Gras, und du studierst das Verhalten von Zugvögeln?« Ansgar klang verwundert. Vielleicht sogar zu Recht.

Tatsächlich spürte Sånbergen einen inneren Widerstand, sich zum Fundort zu begeben und einen ersten Blick auf die Tote zu werfen. Und das nicht nur bei diesem Fall. Bei jedem Fall aufs Neue. Er gab sich einen Ruck. »Also gut, dann gehen wir mal.«

Ansgar stapfte mit weit ausholenden Schritten voraus und führte Sånbergen zum abgesperrten Bereich. Das Plastikband war rund um die Lichtung gezogen, Nummerntafeln steckten im Gras. Unter dem Pavillon, vielleicht zehn Meter entfernt, erblickte Sånbergen eine Frau in einem weißen Kleid in einer sitzenden Haltung. Die Tote, kein Zweifel.

»So saß sie schon da, als sie gefunden wurde?«

»Genau so.«

Sånbergen rieb sich das Kinn. »Ich kann nicht genau sagen, was es ist, aber die Art, wie sie da sitzt …« Er wusste nicht, wie er sich ausdrücken sollte.

»Sie ist in dieser Position fixiert worden, wenn du das meinst«, erklärte Ansgar. »Du wirst es gleich sehen.«

Sie streiften sich weiße Plastikoveralls über, und Ansgar begrüßte noch einen abseitsstehenden Kollegen, während Sånbergen schon die Lichtung betrat. Er steuerte aber nicht gleich auf die Leiche zu, sondern ging zunächst die nähere Umgebung ab, spürte das Gras unter den Füßen, den unebenen Untergrund, mal weicher, mal härter, zum Teil von Moos durchsetzt.

Zwei Beamte, ebenfalls in Overalls, drehten den Kopf in seine Richtung, als würden sie darauf warten, dass er sich endlich die Leiche ansah. Ein weiterer Mann näherte sich und strich die Kapuze vom Kopf. Die Sonne glänzte auf dem kahl rasierten Schädel. Bartstoppeln wuchsen um das massige Kinn. Er hatte fast exakt Sånbergens Statur, aber sein Rumpf wirkte ungewöhnlich starr.

Der Mann begrüßte Sånbergen mit einem zu kräftigen Handschlag. »Ich bin Jan Philips von der Staatsanwaltschaft.«

»Freut mich, Marven Sånbergen. Ich wurde Ihnen zugeteilt.«

»Gut, dass Sie so schnell hier sein konnten. Die meisten Kollegen wissen schon von Ihnen. Sie werden mit Kommissarin Hanna Wiedmann zusammenarbeiten.« Er deutete auf eine der weißen Gestalten auf der Lichtung. Sie bewegte sich geradlinig, schnörkellos. »Hanna leitet die kriminalpolizeiliche Abteilung seit zwei Jahren. Für diesen Fall ist sie jetzt Ihnen unterstellt. Weil sie weniger Dienstjahre hat als Sie. Hanna wird Sie nachher zu Ihrer Unterkunft bringen. Sie sind doch allein angereist?« Wie sein ganzer Körper blieb auch Philips' Gesichtsausdruck die ganze Zeit unbewegt, er schien nicht einmal zu blinzeln.

»Ich bin allein hier. Meine Tochter ist bei meiner Schwester geblieben.«

»Sie kommen aus Nordjütland?«

Sånbergen nickte. »Wir wohnen auf dem Land, auf einer ehemaligen Farm.«

»Auf einer Farm?« Nun blinzelte Philips doch, zum ersten Mal.

»Wir haben etwas Ackerland, nicht viel, nur für ein paar Kartoffeln, Kohl und Zuckerrüben, wenn der Winter mitspielt.«

»Ein Polizeibeamter, der nebenbei eine Farm betreibt? Das höre ich zum ersten Mal.« Die Vorstellung schien Philips zu verstören, so als fände er etwas Unvereinbares zwischen grober Feldarbeit und feinem kriminalistischem Spürsinn.

Eine Sichtweise, der Sånbergen nicht zum ersten Mal begegnete, die er nicht missbilligte, aber auch nicht teilte. Für ihn lag eine ursprüngliche Art von Gerechtigkeit in dem, was der Boden den einen Monat nahm und den anderen gab – gänzlich unbestechlich, unvoreingenommen und unbestimmt.

Er zwängte seine Hände in Vinylhandschuhe. »Ist die Leiche schon freigegeben?«

Philips nickte. »Ich erwarte Ihren Bericht so schnell wie möglich.«

»Natürlich«, sagte Sånbergen, ging auf die Lichtung und trat in den Pavillon, um die Tote zu begutachten.

4

Sie trug ein weißes Kleid mit weiten Ärmeln. Mit dem Rücken lehnte sie gegen einen dichten Weidenstrauch, dessen kräftige Äste aus dem Boden ragten. Der Kopf war leicht zur Seite geneigt und ruhte auf dem Strauchwerk, die Beine waren übereinandergeschlagen. Eine Hand schien das Kinn zu stützen, die andere lag flach auf dem Bauch. Es wirkte, als hätte die Frau sich dort niedergelassen, um ein wenig auszuruhen und die Landschaft zu betrachten. Eine Pose wie für ein Gemälde, dachte Sånbergen. Als ob der Täter sie geformt hätte, nachdem die Leichenstarre sich wieder gelöst hatte.

Jemand trat ins Zelt und räusperte sich. Eine Frau in den Dreißigern. Ein distanziertes Lächeln. Aus dem hellen Gesicht, fast ebenso weiß wie der Overall, stachen dunkle Augen heraus. Wie aus Porzellan, dachte Sånbergen. Ihre Haut glänzte matt und wirkte beinahe durchscheinend.

»Ich bin Hanna Wiedmann, Sie müssen Marven Sånbergen sein.« Ihre Stimme hatte eine hohe Tonlage, ohne spitz zu klingen, der Blick huschte von seinen Augen über seine Mund- und Kieferpartie, dann wieder zurück. Ein Wimpernschlag.

»Verzeihen Sie, dass ich mich noch nicht vorgestellt habe. Freut mich, Sie kennenzulernen«, antwortete Sånbergen. »Haben Sie die Leiche schon begutachtet?«

Hanna nickte. »Wir haben aber nichts verändert.«

Vielleicht auch helles Elfenbein, dachte Sånbergen, als sein Blick noch einmal an ihren Wangen hängen blieb. »Gibt es schon eine Vermutung über die Todesursache?«

»Nein. Aber wir gehen von einem Tötungsdelikt aus. Jemand hat sie in dieser Position fixiert. Ihre Hand wurde am Kleid festgeklebt, wir nehmen an, mit einem handelsüblichen Sekundenkleber, den auch Bestattungsunternehmen benutzen. Es scheint außerdem feste Verbindungen zwischen dem Rumpf und dem Gehölz der Weide zu geben. Und wenn Sie ihr Kleid heben, sehen Sie, dass die Beine im Bereich der Knöchel mit einer Achtertour zusammengebunden sind.«

Sånbergen trat an die Tote heran und prüfte es. Tatsächlich gab es allein rund ein Dutzend dieser Fixierungen an Rumpf und Kopf und dazu noch weitere an Fingern, Unterarmen und im Gesicht. Es erforderte Präzision, die richtigen Punkte zu finden und miteinander zu verbinden, das konnte unmöglich auf Anhieb funktionieren. Der Täter musste es vorher an dem Opfer oder an jemand anderem getestet haben.

Als Sånbergen sich neben die Leiche kniete, nahm er einen süßlichen Verwesungsgeruch wahr. Kleine Fliegenlarven waren im Bereich von Nase und Mund zu erkennen. Normalerweise brauchten sie vierundzwanzig Stunden, um zu schlüpfen, aber bei diesen sommerlichen Bedingungen entwickelten sie sich womöglich deutlich schneller.

Er begann, nach Hinweisen darauf zu suchen, wie die Frau ums Leben gekommen war. In den Bindehäuten der offenen Augen hatten sich Stauungsblutungen gebildet, das Gesicht war aufgedunsen. Indizien dafür, dass sie erstickt war. Doch es gab keine Male im Halsbereich, keine Strangfurchen oder Druckstellen. Überhaupt keine Hinweise auf ein gewaltsames Vorgehen, keine sichtbaren Wunden, auch keine Einstiche am Ellenbogen oder am Hals – nur eine kleine, alte, flächige Narbe am rechten Handteller.

»Was ist mit der Spurensicherung? Hat sie irgendwas gefunden, das als Tatwaffe in Betracht kommen könnte?«

»Nein, nichts.«

Sånbergen legte eine Hand auf den Boden. Der Untergrund war feucht, das Gras unregelmäßig gewachsen, an manchen Stellen fünfzehn Zentimeter hoch. Die Grashalme zu Füßen der Leiche waren in seine Richtung gebogen, und er glaubte, noch weitere zu erkennen – eine Spur von umgeknickten Halmen, die über die Lichtung direkt bis zur Leiche führte.

»Was denken Sie?«, fragte Hanna.

Sånbergen drehte die Tote etwas auf die Seite und nahm sie von hinten in Augenschein. Da waren ausgeprägte Leichenflecke an Oberschenkeln und Waden. Sonst nichts. Er ließ sie wieder zurücksinken, blickte in Richtung der Zufahrtsstraße und richtete sich auf. »Den Spuren nach hat er sie über das Gras hierhergeschleift. Aber weder an ihrem Kleid noch an den Beinen oder Schuhen sind Erdspuren oder Grasflecke. Ich frage mich, wie er vorgegangen ist.«

»Er könnte ihre Kleidung gewechselt und ihr das Kleid erst hier angezogen haben.«

Sånbergen nickte zunächst, stellte sich die Täterbewegungen vor, aber etwas passte nicht. »Dazu müsste er die Leiche auf dem Boden hin- und hergedreht und seine Füße dabei ins Gras gestemmt haben. Ich glaube nicht, dass die Spuren hier um die Leiche das hergeben. Wir haben nur die Schleifspur des Opfers und gleichmäßig tiefe Schuhabdrücke des Täters, soweit ich das erkennen kann.«

Der Täter hatte einen ungewöhnlich hohen Aufwand betrieben, und er war gut vorbereitet gewesen. Er hatte Utensilien gebraucht – Binden, Kleber, Messer, je nach Tageszeit vielleicht eine Taschenlampe, womöglich auch eine Vorlage, nach der er die Position des Opfers erstellte. Aber die Spurensicherung hatte bislang nichts von alldem gefunden und auch sonst nichts, was auf den Täter hindeutete. »Er könnte sie auf einer Kunststoffplane hergezogen haben, vielleicht sogar in einem Plastikoverall.« Ein Vorgehen, das Sånbergen fast professionell genannt hätte.

Ansgar kam hinzu. »Habt ihr euch ein Bild gemacht?«

»Schon, aber noch wissen wir nicht, wie sie zu Tode gekommen ist«, sagte Hanna. »Es gibt hypoxische Zeichen – könnte der Täter sie erstickt haben?«

»Möglich, aber was das angeht, müsst ihr euch gedulden, bis ich sie mir genauer angesehen habe.«

Sånbergen war nicht zufrieden mit der Antwort, er brauchte zumindest eine Arbeitshypothese. »Wir haben keine Verletzungen im Halsbereich gesehen, nicht mal Einschnürungen. Wenn sie nicht gewaltsam ums Leben gekommen ist …«

»Dann gibt es noch ein halbes Dutzend andere Möglichkeiten«, wehrte Ansgar entschieden ab. »Ich weiß, dass ihr das wissen müsst, aber ich kann hier ja nicht mal den Rachenraum untersuchen. Der Täter hat die Lippen zusammengeklebt, um zu verhindern, dass der Unterkiefer runterfällt.«

Sånbergen hatte sich mehr erhofft. Er war ungeduldig, wenn es um solche Dinge ging, vielleicht zu ungeduldig. Außerdem setzten ihm die hohen Temperaturen zu. Die Hitze staute sich in dem Overall.

»Wozu ich schon etwas sagen kann, sind die Fliegenlarven.« Ansgar kniete sich neben die Tote. »Sie geben uns am ehesten einen ersten Hinweis darauf, wie lange sie hier schon liegt.« Er deutete auf die Partien um Nase und Mund. »Seht ihr? Die meisten sind frisch geschlüpft, einige sind sogar schon fünf Millimeter groß. Die Temperaturen machen die Schätzungen leider etwas ungenau, aber ich denke, das Opfer wurde hier vor ungefähr sechsunddreißig Stunden abgelegt.«

»Am späten Dienstagabend also«, sagte Hanna. »Wahrscheinlich hat der Täter gewartet, bis es dunkel wird, gegen zweiundzwanzig Uhr. So hätte ich es jedenfalls gemacht.«

»Sie sagen, *der Täter* – Sie gehen also von einem Mann aus?«, fragte Sånbergen.

»Vorerst schon. Statistisch gesehen ist es wahrscheinlicher. Außerdem musste die Leiche aus dem Auto gehoben und hierhergebracht werden, und das, ohne ihr auch nur die kleinste Schürfwunde zuzufügen.«

Sånbergen nickte, hatte aber zunehmend Probleme, die Konzentration zu wahren. Ihm war heiß, er musste endlich diesen Overall loswerden. Für den Moment öffnete er den Reißverschluss ein wenig, atmete tief durch und lief ein paar Schritte zum Rand der Lichtung. Aus der Entfernung, wo er etwas Schatten im Schutz der Bäume fand, betrachtete er das vor ihm liegende Szenario noch einmal. Alles wirkte bis ins Detail geplant. Eine Tat ohne Hektik.

Das Ganze hier hatte nichts mit einem Raubmord oder einem Totschlag im Affekt zu tun.

»Ich will, dass nichts von alldem an die Presse rausgeht. Nichts über das weiße Kleid und nichts über die Fixierungen.«

Hanna nickte.

Desgleichen Ansgar, der nun ebenfalls seinen Anzug öffnete. »Wenn ihr mich nicht mehr braucht, dann sprechen wir uns morgen nach der Obduktion – falls du nicht dabei sein willst?«

»Verzichte.«

»Vielleicht gehen wir danach noch ein Bier trinken?« Ansgar hob die Hand zum Gruß und entfernte sich, ohne eine Antwort abzuwarten.

Beschäftigt mit den Eindrücken des Anblicks der toten jungen Frau, hing Sånbergen für eine Weile seinen Gedanken nach, und auch Hanna verlor kein Wort, während sie sich aus den Overalls schälten. Bei ihr kamen glatte blonde Haare zum Vorschein, die auf die Schultern fielen. Die Haut an Hals und Armen war ebenso blass wie ihr Gesicht. Eine vornehme Blässe, die wie unberührt wirkte. Wieder musste Sånbergen an Porzellan denken. Eine ansprechende Erscheinung, das musste er zugeben, aber er verspürte kein Interesse an einer Liaison mit ihr. Weder mit ihr noch mit irgendeiner anderen Frau, die Unruhe in den Fall und in sein Privatleben brächte.

Ansgar kam noch einmal zurück, kramte einen Autoschlüssel heraus und reichte ihn Sånbergen. »Für zwei, drei Tage kannst du meinen Rover haben, bis du einen Dienstwagen oder einen Leihwagen hast.«

»Bist du sicher? Wie kommst du hier weg?«

»Ein Kollege nimmt mich mit, und zu Hause habe ich noch einen Zweitwagen stehen.«

»Okay. Vielen Dank.«

Ansgar entfernte sich, und Sånbergen betrachtete den Schlüssel in seiner Hand. Er überlegte, was als Nächstes zu tun wäre. »Wissen Ellen Bergs Eltern schon Bescheid?«

Hanna schüttelte den Kopf. »Sie wohnen dahinten, am Ortsrand von Padborg, gleich hinter dem Grenzstreifen. Das ist Luftlinie nur fünfhundert Meter von hier.«

Sånbergen startete Ansgars Rover und folgte Hannas Wagen den Feldweg entlang, der auf die Landstraße führte. Bald darauf passierten sie das Kontrollhäuschen und überquerten die Grenze. Dänischer Boden. Schmale, mit Schiefer bedeckte Häuser. Keine Menschenseele auf der Straße, die wie ausgestorben vor ihnen lag. Niemand, der in den winzigen Vorgärten den Rasen mähte, keine Kinder, die mit Kreide auf den Gehsteig malten. Dieser Ort wirkte, als hätte man ihn fluchtartig verlassen.

Hanna drosselte das Tempo, als zur Rechten eine gepflasterte Einfahrt auftauchte, die zum Hof eines größeren Anwesens führte – ein zweistöckiges, weiß getünchtes Steingebäude mit rotem Satteldach. Ein altes Haus, das nachträglich große Fensterfronten und neue Ziegel bekommen hatte. In einer umgebauten Scheune zwei hochpreisige Autos, zwei neue Mercedes-Modelle. Die Zufahrt stand offen.

Sånbergen rollte hinter Hanna auf den Hof und bis vor das Haus. In einem Gehege neben dem Gebäude pickten braune Hühner Körner vom Boden und stoben schreckhaft auseinander.

Hinter einem Erdgeschossfenster wurde die Gardine zur Seite geschoben. Eine Frau sah zu ihnen heraus, und Sånbergen überkam eine melancholische Schwere angesichts dessen, was ihnen bevorstand.

Er stieg aus und ging zusammen mit Hanna auf das Haus zu, so langsam und verhalten, dass für einen Beobachter wohl schon zu erahnen war, dass sie Schlimmes zu berichten hatten. »Muss ich etwas wissen? Gibt es irgendetwas Aktenkundiges über die Familie?«

»Nein, gar nichts. Wieso fragen Sie?«

»Ich will nur sichergehen, dass wir keine Überraschungen erleben.« Er klingelte.

Die Frau öffnete die Tür, erst einen Spaltbreit, dann noch ein weiteres Stück, bis sie ihren schmalen Kopf, auf dem ein hoher Dutt aus graublonden Haaren steckte, dazwischenschieben konnte. Aus dem Flur roch es nach Bienenwachs und Leder.

Sånbergen zeigte ihr seinen Dienstausweis. »Kommissar Marven Sånbergen und Kommissarin Hanna Wiedmann von der Polizeistation Harrislee. Sind Sie Brigitta Berg?«

Die Frau schluckte. »Ja, ich bin Ellens Mutter.« Ihr Gesicht spiegelte Hoffnung und Angst zugleich. »Haben Sie sie gefunden?«

Sånbergen musste sich räuspern. »Wir denken, ja. Es tut mir sehr leid …« Mehr brachte er nicht heraus.

Brigitta Berg stieß einen erstickten Laut aus, wankte und suchte Halt an Tür. »W… Wie …?«, stotterte sie. »Und Sie sind ganz sicher, dass es Ellen ist?«

»Noch nicht endgültig. Sie müssten sie in der Gerichtsmedizin identifizieren. Aber nach dem Foto, das wir haben, ist es sehr wahrscheinlich. Und sie hat eine alte, flächige Narbe am rechten Handteller …« Die letzten Worte waren ihm nur schwer über die Lippen gekommen.

Die Spannung wich aus Brigitta Bergs Schultern, und ihre Augen schienen mit einem Mal tief in den Höhlen zu versinken.

Hanna ergriff das Wort. »Ich weiß, das ist eine furchtbare Nachricht. Aber können wir trotzdem kurz sprechen?«

Brigitta senkte den Blick. Die Arme hingen schlaff zu den Seiten herunter. Für ein paar Sekunden stand sie nur da, dann nickte sie, ließ die beiden eintreten und führte sie in einen schwach beleuchteten Raum, in dem eine moosgrüne Sitzgruppe und ein Couchtisch standen.

Sie nahmen Platz, und Sånbergen bemerkte, dass auf einem Stuhl in der Ecke ein grauhaariger Mann saß, der keinen Laut von sich gab. Die Ellenbogen auf die Knie gestützt, hielt er Schuh und Bürste in den Händen, aber betrachtete sie bloß, als wäre er mitten in der Bewegung eingefroren. Brigitta stellte ihn als ihren Mann Hans vor, und er nickte nur.

Keine Musik, keine Geräusche, keine Stimmen waren zu hören. Eine erdrückende Stille, in die hinein Sånbergen nun zu berichten begann, was geschehen war. Brigitta und ihr Mann lauschten wortlos, bis er eine Pause machte.

»Es tut mir leid, ich weiß, das muss gerade ganz schrecklich für Sie sein«, ergriff nun Hanna das Wort und beugte sich vor. »Ich würde Sie trotzdem gern ein paar Sachen fragen. Ellen hat an der St.-Albert-Hochschule studiert, nicht wahr?«

»Ja, das stimmt. Sie wollte unbedingt Medizin studieren, so

wie ihr Vater.« Brigitta sah zu ihrem Mann in der Ecke, der noch immer kein Wort gesagt hatte.

»Sie haben Ellen gestern früh als vermisst gemeldet. Wann hatten Sie sie denn zurückerwartet?«

»Dienstag. Dienstagnachmittag. Meist kommt sie gegen sechzehn Uhr nach Hause. Manchmal, wenn sie noch etwas besorgen geht, auch mal später.«

»Hatte sie das vorgehabt? Wollte sie noch etwas besorgen gehen oder jemanden treffen?«

»Sie wusste es noch nicht genau. Sie sagte, vielleicht würde es etwas später werden, aber zum Abendessen wäre sie in jedem Fall wieder zu Hause. Das ist bei uns um neunzehn Uhr.«

»Wo könnte sie hingegangen sein?«

Brigitta schien zu überlegen. Sie atmete schwer, es kostete sie sichtlich Mühe, über ihre Tochter zu reden. »Manchmal geht sie nach Padborg, etwas einkaufen, oder auch in Karls Buchladen in Harrislee. Und alle sechs Wochen organisiert sie Veranstaltungen für die FMR, wo sie dann auch vor Ort ist.«

»FMR? Was ist das?«

»Eine Stiftung. Sie sammelt Gelder, die medizinischen Forschungen zugutekommen. Eine dänische Einrichtung, mein Mann arbeitet ebenfalls für sie.«

Wieder richteten sich die Blicke auf Hans Berg, der sich nun mit gebrochener Stimme zu Wort meldete.

»Die FMR sitzt in Odense, zudem hat sie ein Büro in Sønderborg. Es ist eine gute Sache, Ellen engagiert sich dort schon seit ihrer Schulzeit.«

»Verstehe.« Hanna wandte sich wieder Brigitta zu. »Und zuletzt gesehen haben Sie Ellen wann?«

»Dienstag, frühmorgens um sieben Uhr, dann ist sie los zur Uni. Sie sagte, sie würde den ganzen Tag dortbleiben, denn nachmittags um halb drei hatte sie einen Termin mit Sophie Winter.«

»Wer ist das?«

»Ellens Betreuerin an der St. Albert, ihre Doktormutter. Mein Mann hatte sie empfohlen.«

Hans Berg sah auf und erklärte: »Ich bin auch Mediziner. Ich kenne Sophie Winter zwar nicht persönlich, aber ihre Arbeiten.

Und Ellens Interessen lagen auf demselben Gebiet, der Pharmakologie.« Er sprach langsam und ruhig, mit leiser Stimme.

»Sicher haben Sie mit Frau Winter schon wegen Ihrer Tochter gesprochen?«, fragte Hanna.

»Ja, gestern Mittag«, sagte Brigitta. »Sie meinte, Ellen sei am Vortag bei ihr gewesen und um fünfzehn Uhr dreißig wieder aufgebrochen. Wie gesagt: Normalerweise ist sie spätestens um neunzehn Uhr zu Hause ...« Sie nahm einen dampfenden Becher vom Couchtisch, hielt ihn vorsichtig zwischen beiden Händen und schaute mit leerem Blick hinein.

»War Ellen regelmäßig bei ihrer Doktormutter?«

Brigitta antwortete erst nach einer kurzen Pause. »Jeden Dienstag. Sophie wohnt etwas nördlich von Harrislee, am Dammweg in Wassersleben, das ist direkt an der Förde. Ellen ist die Strecke immer zu Fuß gegangen.« Sie führte die Tasse zum Mund, zuckte, als der heiße Dampf ihre Lippen berührte, und stellte das Gefäß wieder zurück auf den Tisch. »Happy Birthday«, stand darauf. Sie schien zu bemerken, wie Hanna die Tasse betrachtete, und drehte sie mit der Aufschrift zu sich. »Die gehört Ellen. Ein Geschenk von Tommy, ihrem Freund«, erklärte sie.

»Tommy? Ellen hatte einen Freund?«

»Ja, Tommy Holsmark. Er geht auch auf die St. Albert. Sie waren seit zwei Jahren zusammen.«

»Sie haben ihn sicher angerufen, als Sie sich Sorgen um Ellen gemacht haben?«

»Natürlich. Er sagte, er habe Ellen zuletzt am Dienstag in der Uni gesehen. Er ist ein guter Junge. Er mochte Ellen sehr.« Brigitta versank erneut in Schweigen, und ihr Blick verlor sich irgendwo im Raum.

Im Obergeschoss war ein leises Tapsen zu hören. Sånbergen blickte zur Treppe, die im hinteren Teil des Wohnzimmers nach oben führte. Ein kleiner Retriever kam herunter, blickte sich um und ließ sich schwerfällig in einen Hundekorb fallen.

»Das ist Ellens Hund, Millie. Sie wartet auf ihr Frauchen.«

»Ellen hat oben gewohnt?«

Brigitta nickte.

»Dürfen wir uns die Räume ansehen?«

»Selbstverständlich.«

Brigitta führte sie nach oben in einen abgeschlossenen Wohnbereich, der mit Pflanzen und Kerzen dekoriert war. Küche, Badezimmer, Schlafzimmer, eine kleine Arbeitskammer. Brigitta öffnete die Türen, ohne selbst über die Schwellen zu treten.

Die Zimmer waren aufgeräumt. Im Schlafzimmer hingen große Poster von Musikern an hellen Wänden. Das Fenster war mit einem fliegenden Vogel aus Buntglas behängt. Überall standen kleine Pflanzen auf den Kommoden und Schränken, kein welkes Blatt, kein Staub in den offenen Regalen. Die Bücher waren der Größe nach geordnet und schlossen vorn bündig ab. Alles hier stand an seinem Platz und machte den Anschein von Struktur und Ordnung.

Auf einer türkisfarbenen Fotopappe klebten Bilder von Ellen und einem etwa gleichaltrigen jungen Mann. Sånbergen betrachtete sie aufmerksam und sah sich dann fragend zu Ellens Mutter um.

Brigitta machte nun doch einen Schritt ins Zimmer. »Das ist Tommy«, sagte sie. »Und das Mädchen auf den anderen Fotos ist ihre beste Freundin, Mia Hagemann. Die drei waren wie Pech und Schwefel. Mia ist auch auf der St. Albert. Wir haben gestern mit ihr gesprochen, sie hat Ellen auch zum letzten Mal am Dienstag in der Hochschule gesehen.«

Drei wie Pech und Schwefel, dachte Sånbergen, zwei junge Frauen und ein junger Mann. Auf den Bildern trug Ellen farbenfrohe, sportliche Kleidung, Jeans und T-Shirts.

»Besitzt Ellen ein weißes Kleid mit weiten Ärmeln?«

Verwundert schüttelte Brigitta den Kopf. »Nein, so etwas würde sie wohl nicht anziehen.«

Sånbergen entdeckte noch eine weitere Person auf den Bildern. Aber diese Frau war deutlich älter, um die vierzig. Unter einer zimtfarbenen Ponyfrisur leuchteten klare grüne Augen. »Wer ist das?«

»Sophie, Ellens Doktormutter.« Brigitta drehte sich zum Regal und nahm ein schmales Buch mit Einband heraus – »Quellen des Lebens«. Das Autorenfoto auf der Rückseite zeigte dieselbe Frau. »Das hat Ellen sich von ihr geliehen. Sie mochten sich, glaube ich.«

»Darf ich das Buch mitnehmen? Und auch ein Foto von Ellen, Tommy und Mia?«

»Ja, natürlich.«

Brigitta geleitete die beiden wieder nach unten, und kurz darauf verabschiedeten sie sich. Sånbergen und Hanna traten hinaus, und noch bevor Brigitta die Tür hinter ihnen schloss, hörte Sånbergen, wie die Frau bitterlich zu weinen begann.

5

Sånbergen folgte Hanna nach Harrislee – zunächst nur eine Ansammlung von Häusern am Horizont, über die sich ein bläulich weißer Dunst gelegt hatte. Eine Mischung aus Feuchtigkeit, Lichtreflexionen und etwas Undefinierbarem, das Häuser und Straßen abzustrahlen schienen. Hinter dem Ortsschild stand ein kleines Wartehäuschen am Rand des Weges, auf das ein mächtiger Buchenast gestürzt war.

Eine Dreißiger-Zone. Keine Gehsteige. Hecken wucherten zu beiden Seiten in die Höhe und verstellten den Blick auf Häuser und Menschen. Im diesigen Nachmittagslicht schimmerten verputzte Fassaden und Satteldächer mit schiefergrauen Schindeln durch das Grün. Eine Schar Meisen flatterte auf. Keine Menschen auf der Straße. Es war, als hielten sie Siesta, um der Hitze zu entgehen. Sånbergen dachte an eine kalte Dusche und an einen ruhigen, schattigen Ort. Er dachte an sein raues Nordjütland.

Kurz darauf erreichten sie das Ortszentrum, das deutlich belebter war. Ein roter Kirchturm ragte zwischen hohen Linden auf. Daneben ein kreisrunder Marktplatz. Ein Café hatte geöffnet. Zwei ältere Männer in hellen Hosen und Bootsschuhen saßen über einem Brettspiel und stopften ihre Pfeifen. Zwei Kinder auf Fahrrädern jagten Tauben über den Platz.

Hanna rollte mit ihrem Wagen in eine der Parkbuchten und stieg aus, während Sånbergen neben ihr hielt und das Fenster herunterließ. »Warten Sie nicht auf mich, ich finde mich schon zurecht. Ich will mich hier noch etwas umsehen.«

»Gut, wie Sie meinen.« Hanna trat an den Wagen heran, reichte Sånbergen einen Zettel mit der Adresse seiner Unterkunft und deutete die Straße hinunter. »Kurz zu Ihrer Orientierung: Da drüben ist Majks Gemischtwarenladen, zweihundert Meter weiter um die Ecke beginnt das Areal der St. Albert. Unser Bürgermeister, Hendrik Walin, hat sie vor zwanzig Jahren bauen lassen. Er ist so was wie ein Großmäzen der Gemeinde, investiert hier viel, allerdings vor allem in seine Rinder. Die eine Hälfte des Ortes liebt ihn dafür, die anderen hätten gern das alte Harrislee zurück, wie es früher einmal war.«

»Was ist so schlimm an den Rindern?«

Hanna stützte sich auf das heruntergelassene Fenster. »Walin würde am liebsten sämtliche Feuchtwiesen zwischen hier und der Grenze trockenlegen, um noch mehr Weideland zu gewinnen.« Ihr Ton wurde ernster. »Seine Pläne sind unverantwortlich für den Naturschutz. Es wird einen Protestzug dagegen geben, in einer Woche, und wir werden ganz vorn mitlaufen.«

»Wer ist ›wir‹? Sie – und wer noch?«

»Meine Töchter, Lena und Liv. Sie sind vier und sechs. Ich finde, man kann gar nicht früh genug damit anfangen, den Kindern politische Verantwortung beizubringen.«

»Ja, vielleicht.«

»Sie können sich uns gern anschließen, wenn Sie dann noch hier sind.«

Sånbergen zögerte. Ihm war unwohl bei dem Gedanken. Er war gerade erst hier angekommen, fühlte sich fremd und mochte Menschenansammlungen ohnehin nicht. Im Grunde mied er jede Art von Veranstaltung, zu der sich mehr als eine Handvoll Personen zusammenfanden. »Sie mögen Walin nicht besonders?«, fragte er ausweichend.

»Da können Sie drauf wetten. Und auch nicht das politische Geklüngel hier, wo man sich gegenseitig Vorteile verschafft, nur weil man sich kennt.«

Diese Bemerkung brachte einen neuen Gedanken in Sånbergen hervor. »Ist es eigentlich schwierig, einen Studienplatz an der St. Albert zu kriegen?«

»Und ob! Da reichen keine guten Noten. Und wenn Sie mich jetzt fragen, ob Walin politischen Einfluss darauf nimmt, wer als Student angenommen wird, obwohl die St. Albert laut Satzung überparteilich sein soll, dann kann ich ruhigen Gewissens mit ›Ja!‹ antworten.«

»Verstehe. Danke für die Führung nach Harrislee. Wir sehen uns dann morgen.«

Hanna nickte, winkte kurz zum Abschied und fuhr davon.

Sånbergen besorgte Tee, Orangen und zwei Tageszeitungen in Majks Gemischtwarenladen und lief anschließend noch einmal über den Marktplatz. Er betrachtete eine Gruppe bronzener Skulpturen von Menschen, die hier verteilt waren – sitzend, stehend, lachend und durch ihre Haltung vielfach einen gewissen Ungehorsam zeigend. Er ergründete die Posituren, die sie einnahmen, hielt Ausschau nach jener speziellen, die er vorhin am Leichenfundort gesehen hatte, stellte aber ein wenig enttäuscht fest, dass keine von diesen ihr ähnlich war.

Als er seinen Einkauf im Kofferraum verstaute, hörte er das leise Klingeln eines Glöckchens ganz in der Nähe, das er mit dem Geräusch einer sich öffnenden Ladentür verband. Er sah sich um und erblickte auf der gegenüberliegenden Straßenseite eine ältere Frau, die aus einem kleinen Geschäft trat. »Karl Larsen – Bücher«, stand über dem Eingang.

Brigitta Berg hatte von »Karls Buchladen« gesprochen, in dem Ellen ab und an gewesen sei. Das musste er sein. Sånbergen überquerte die Straße. Ein Papier war in Augenhöhe auf das Schaufenster geklebt: »Suche Verkäufer/-in für 20 Stunden pro Woche. Bei Interesse bitte im Laden melden.«

Eine Stelle als Buchverkäuferin. Sånbergen dachte an seine Schwester Clara, die nur allzu gern Zeit in Läden wie diesen verbrachte. Sie liebte Bücher, alle Arten von Büchern, egal ob Kurzgeschichten oder dicke Wälzer, Kindergeschichten oder Liebesromane. Schon als kleines Mädchen war sie fasziniert gewesen von den Welten, die sich hinter diesen seltsamen Anordnungen von Strichen und Bögen versteckten. Und als ihr niemand zeigte, wie sie zu entziffern wären, hatte sie heimlich die Zeitungsknäuel aus ihren nassen Schuhen gezogen und wieder glatt gestrichen, um sich die Bedeutung selbst anzueignen. Noch heute versank sie oft so tief in einer Geschichte, dass sie aufschreckte, wenn Sånbergen sie ansprach oder, falls das nicht reichte, anstupste.

Die letzte Arbeitsstelle, die Clara angenommen hatte, war eine wie diese gewesen, aber sie hatte sie schnell wieder verloren. Zu sehr war sie bei ihren Aufgaben zerstreut oder unachtsam gewesen – wenngleich ohne böse Absicht und auch nicht aus Gleichgültigkeit –, sodass man einen geschäftlichen Schaden befürchtete, wenn man sich nicht von ihr trennte. Es hieß, sie sei zu oft mit ihren eigenen Gedanken beschäftigt und es falle ihr schwer, einer festen Struktur zu folgen, die für eine solche Tätigkeit nun einmal unerlässlich sei.

Sånbergen wusste um Claras Schwächen, aber er konnte ihr nicht dabei helfen, sie aus der Welt zu schaffen. Und die Ärzte konnten es auch nicht. Sie glaubten, es sei Claras Art, Ruhe in ihrem Kopf zu finden, wenn sie sich in Geschichten oder in ihren eigenen Gedanken verlor, und irgendwann war man übereingekommen, dass sie an einer Entwicklungsstörung litt, wohl aufgrund eines Mangels an sozialen Kontakten und Fürsorge im Kindesalter.

Der Geruch von Zimt schlug Sånbergen entgegen, und das Öffnen der Tür sorgte für ein wildes Gezwitscher zweier Zwergpapageien, die in einem gelben Käfig mit randvoll gefüllten Fressnäpfen hockten.

Ein älterer Herr mit freundlichem Gesicht und schlohweißem Haar kam auf Sånbergen zu und stellte sich als der Ladeninhaber Karl Larsen vor. »Was kann ich für Sie tun?«

»Ich bin Kommissar Marven Sånbergen und ermittle in einem mutmaßlichen Tötungsdelikt, das sich unweit von hier ereignet hat.« Er zeigte seinen Dienstausweis.

»Ich dachte es mir schon, als Sie durch die Tür kamen. Ich meine, dass Sie der neue Kommissar sind.«

Sånbergen sah ihn verwundert an und verstand nicht, wie sich das so schnell hatte herumsprechen können und was an seinem Äußeren auf einen Kommissar hindeuten würde.

»Es kommt sehr selten vor, dass jemand in den Laden kommt, den ich nicht kenne«, erklärte Larsen. »Und ich sehe es den Leuten an, wenn sie nicht wegen eines Buches da sind.«

»Verstehe.« Sånbergen holte ein Foto der Toten hervor und zeigte es dem Mann. »Diese Frau wurde heute früh tot in der Nähe von Harrislee aufgefunden. Kennen Sie sie?«

Larsen nickte bekümmert. »Dann stimmt es also, was die Gerüchte sagen.«

»Sie kennen sie?«

Der Buchhändler nickte erneut und sah weiter auf das Foto. »Ja, das ist Ellen Berg. Sie war regelmäßig hier. Nicht oft, vielleicht einmal im Monat. Aber oft genug, um mal ins Gespräch zu kommen.« Als er wieder aufblickte, hatten sich seine Gesichtszüge verändert, er wirkte müder als zuvor. »Das tut mir sehr leid. Ich habe sie wirklich gemocht. Ich kann das überhaupt nicht begreifen.«

»Wir stehen ganz am Anfang der Ermittlungen und wissen noch nichts über die Beweggründe des Täters. Um die zu verstehen, müssen wir wissen, wie Ellen Berg gelebt hat.«

Larsen nickte abermals. »Ja, natürlich, fragen Sie nur, ich sage Ihnen, was ich kann.«

»Wann ist sie das letzte Mal hier gewesen?«

»Das ist eine Woche her. Sie hat draußen ihren Hund angebunden, einen kleinen Retriever, hat sich zwei Bücher rausgesucht und damit in die Leseecke gesetzt. Meistens hat sie die Bücher wieder zurückgestellt, manchmal auch eins gekauft.« Er seufzte. »Für mich war es in Ordnung, wenn sie nur zum Lesen herkam.«

»Wie war es letzte Woche, hat sie da ein Buch gekauft?«

»Ja, ein Buch über die Aufzucht von jungen Hunden. Sie war sehr tierlieb. Sie hat es kaum übers Herz gebracht, ihren Hund allein vor der Tür zu lassen. Alle fünf Minuten hat sie nachgesehen, ob er noch da ist.« Larsen lächelte. »Sie war immer freundlich und gut gelaunt. Wenn sie hereinkam, hat sie als Erstes die Papageien begrüßt. ›Hallo, Jack und Jude‹, hat sie gesagt und ihnen dann etwas zugepfiffen. Sie hat immer eine positive Energie mit in den Laden gebracht, wenn Sie verstehen, was ich meine.«

»Ja, das verstehe ich. Vielen Dank, Herr Larsen. Mehr Fragen habe ich im Moment nicht. Darf ich mich noch etwas umsehen?«

»Aber gern.«

Sånbergen stöberte durch die Regale, wählte dann einen Abenteuerroman für Smilla aus und verabschiedete sich von dem Buchhändler. Dessen Stimmung hatte sich in der Zwischenzeit nicht wieder aufgehellt. Sånbergen verließ den Laden, und als er sich noch einmal umdrehte, sah er durch die Scheibe, wie Larsen den

Vogelkäfig vom Haken nahm und >Hanfsamen in die Fressnäpfe streute, obwohl die noch randvoll gefüllt waren.

***

Sånbergen stieg aus dem Wagen und kramte den Zettel aus der Hosentasche, auf den Hanna die Adresse seiner Unterkunft gekritzelt hatte: »Fördebogen – Tillmann & Tochter«.

Das musste es sein. Das dreistöckige Apartmenthaus stand weit außerhalb des Ortes auf einer Anhöhe, so nahe dem Wasser, dass der Geruch des Meeres bis hierher wehte. Weiß gefiederte Möwen segelten in weiten Bögen, holten mit kurzen Haken aus und stießen im Sturzflug ins Wasser, um kleine Fische oder Krebse zu erbeuten.

Aber Sånbergen kam noch ein ganz anderer Geruch in die Nase, ein lieblich-vertrauter – der von echten dänischen Zimtschnecken. Er musste aus dem verglasten Anbau kommen. Ein Aufsteller pries dort Fischbrötchen und Backwaren an. »Jeden Tag frisch in Jills Café«, hieß es, und eine dampfende Kaffeetasse war mit Kreide daruntergemalt. Durch ein Fenster konnte Sånbergen eine junge blonde Frau hinter einer Glasvitrine erkennen, und er trat ein.

»Moin«, sagte die Bedienung.

Der Geruch in dem Café war noch vielversprechender als erwartet. »Hej«, grüßte Sånbergen auf Dänisch und starrte die rundlichen Köstlichkeiten in der Auslage an.

Die Frau hinter der Theke musste nicht hellsehen können. »Bestimmt wollen Sie eine von denen, die gerade aus dem Backofen kommen.«

»Ich nehme gleich zwei. Eine zum Mitnehmen, bitte.«

Sie legte eine Zimtschnecke auf einen Teller, eine Serviette dazu. »Wenn Sie wollen, können Sie sich gern raussetzen. Ich habe Stühle und Tische rausgestellt, wir haben Glück mit dem Wetter.«

»Für den Moment gefällt es mir ganz gut hier drin, danke.« Er stellte sich an einen der Stehtische. »Ist jemand nebenan im Haus, der für die Apartments zuständig ist?«

»Sie wollen eins mieten? Ich hoffe, Sie haben reserviert.«

»Ich denke, jemand hat das für mich getan.«

»Mein Vater ist dafür zuständig. Seien Sie ihm nicht böse, wenn er unfreundlich ist. Ich sag ihm immer, er soll sich etwas Mühe geben, sonst vergrault er noch unsere Gäste, und dann sagt er, es sei ihm egal, was aber eine Lüge ist.«

»Ich werde es ihm nachsehen.«

Die Zimtschnecke war goldfarben gebräunt, mit glasierten Blaubeeren verziert und mit Kardamom bestreut, noch warm, außen knusprig und innen doch so weich, dass der Teig wie von selbst im Mund zerging. Sie war genau so, wie Sånbergen sie als »Kanelsnegle« aus Nordjütland kannte. Ich würde vieles dafür stehen lassen, vielleicht mich sogar eines kleinen Vergehens schuldig machen, dachte er und war bislang schon mal ganz zufrieden mit seiner Unterkunft.

Wenige Minuten später verließ er das Café durch die Glastür und betrat das Hauptgebäude nur wenige Meter weiter durch eine schwere Eichentür. Die Scharniere waren mit braunem Rost überzogen und quietschten. Ein muffiger Tabakgeruch hing in dem Empfangsraum. Es fiel kaum Licht durch das schmale Fenster. Ein kleiner Portier mit fast kreisrundem Kopf und Glatze stand hinter dem Tresen. Er begrüßte Sånbergen mit einem »Moin«, ohne aufzusehen.

»Hej. Da ist ein Zimmer für mich reserviert, auf den Namen Sånbergen.« Er schob dem Portier seinen Ausweis hin, den der aber mit keinem Blick zu würdigen schien.

»Hm, bleiben Sie länger?«

»Eine Woche, vielleicht auch zwei.«

»Okay. Ich bin Jens, und das sind meine Regeln: keine Tiere, keine Zigaretten oder Drogen, keine laute Musik.« Er sprach in gleichgültigem Ton. »Sie sind nicht von hier?«

Es klang für Sånbergen wie eine polizeiliche Befragung, der er unterzogen wurde. »Ich bin aus Nordjütland.«

»Ich höre es an Ihrem Akzent. Meine Tochter Jill hat es mal nach Dänemark verschlagen, nach Aalborg, wegen eines Jungen. Es hat nur ein paar Monate gehalten, dann ist sie wieder zurückgekommen. Sie führt jetzt das Café nebenan.«

»Ja, ich weiß.«

Endlich sah Jens zu Sånbergen auf. Jill hatte ganz recht, was die

Art ihres Vaters anging. »Wie auch immer, Sie kriegen das Zimmer im dritten Stock.« Mit jedem Satz war Jens' norddeutscher Akzent ein wenig ausladender geworden, als wollte er mit seiner Sprache Sånbergens dänischer Herkunft trotzen, und er verabschiedete ihn mit einem betonten »Moin«.

Sånbergen stieg in den dritten Stock, betrat sein Zimmer und knipste das Licht an. Der Farbton des Teppichbodens erinnerte ihn an die Lichtung, auf der Ellen Bergs Leiche gefunden worden war. Der klapprige Sessel quietschte, als er sich hineinfallen ließ. Schon jetzt vermisste er seinen Schaukelstuhl auf der Veranda, den Clara wohl nun in Beschlag genommen hatte.

Noch bevor er seinen Trolley auspackte, rief er sie an, um sich zu vergewissern, dass mit Smilla alles in Ordnung war. Und Clara konnte ihn beruhigen. Smilla sei mit einem der Nachbarskinder unterwegs gewesen und habe Schnecken gesammelt. Ihr gehe es gut.

»Danke, dass du dich um sie kümmerst, Clara«, sagte er noch, bevor er auflegte, aber eine leichte Skepsis schwang darin mit. Er wusste, dass Clara zuweilen konfus in ihren Handlungen war und dass sie ihre Termine oder auch einfach nur die Zeit vergessen konnte, wenn sie mit sich selbst beschäftigt war. Er würde ab und zu anrufen müssen, um sich bei ihr zu versichern, dass weiterhin alles in Ordnung war.

Sånbergen nahm eine Dusche und ließ den Tag ausklingen, wie er es am liebsten tat: Er goss einen Tee aus gelben Hagebutten und Sanddorn auf und studierte am Laptop die Börsenkurse sowie die Handballergebnisse, auch wenn die für seinen Lieblingsclub, Brønderslev IF, in letzter Zeit meist wenig erfolgreich ausfielen.

Es dauerte bis Mitternacht, ehe es ihm gelang, die Ereignisse des Tages aus seinem Kopf zu verbannen und durch friedliche Bilder seiner Heimat zu ersetzen. Dann zog er sich die Decke über die Schultern, schloss die Augen und ignorierte den muffigen Geruch des Kopfkissens, um in den Schlaf zu kommen.

6

9. April 1996, irgendwo in Dänemark

Nummer sieben. Mein Zimmer. Ich kenne jeden Winkel. Eine Seite ist sechs Schritte lang, die andere acht, ich habe es gemessen. Ein Bett, ein Stuhl, ein Tisch und ein Schrank. Und ein Fenster, durch das ich hinaussehen kann.

Manchmal sehe ich die halbe Nacht hinaus, obwohl es dunkel ist. Dann ist es still, und ich kann den Mond am Himmel sehen. Er hat ein Gesicht, rund und pausbäckig, nicht besonders hübsch. Er ist stumm, wahrscheinlich hört er auch nichts, und die Augen sind kaum zu erkennen. Aber irgendwie denke ich, er sieht auf mich herunter. Als ob er mich beobachten würde. Vielleicht wacht er über mich und gibt auf mich acht. Damit ich mich weniger allein fühle.

Heute ist kein Mond zu sehen. Ein Gewitter ist aufgezogen. Blitze am Horizont. Dann kommt der Donner. Ich kann ihn nicht sehen, aber die Fensterscheibe zittert. Das macht mir Angst. Vielleicht auch dem Mond. Wir verkriechen uns beide. Ich unter der Decke und er hinter den Wolken.

7

Tag 2, Freitag, 23. Juni

Als Sånbergen am nächsten Morgen erwachte, dachte er für einen Moment, er wäre noch auf seiner Farm in Nordjütland. Es war ruhig, und er erwartete fast, gleich das Zwitschern von Vögeln oder das Heulen des Windes zu hören. Aber da war nur ein plätscherndes Rauschen. Das Anlaufen von Wellen. Die Geräusche des Meeres, wurde ihm klar. Er schlug die Augen auf und fand sich in einem kleinen Zimmer mit niedriger Decke wieder. Rasch schälte er sich aus dem Bett und warf einen Blick aus dem Fenster, stellte aber beruhigt fest, dass sich noch immer ein ausreichender Abstand zwischen ihm und der See befand, die sich zudem deutlich ruhiger zeigte, als er es sich vorgestellt hatte.

Gegen acht Uhr verließ er das Apartmenthaus durch die Vordertür, um gleich nebenan das Café zu betreten. Jill begrüßte ihn und empfahl ihre Fischbrötchen, wobei die frühe Tageszeit sie nicht im Geringsten zu stören schien. Aber Sånbergen hatte dafür nichts übrig. Er hatte es allein auf die goldbraunen Zimtschnecken abgesehen und bestellte gleich zwei, außerdem zwei Tageszeitungen. »Die lokale shz hätte ich gern und den dänischen Jyllands-Posten, wenn Sie haben.«

»Natürlich. Sind Sie klargekommen mit meinem Vater?«

»Aber ja. Und solange Sie die Zimtschnecken machen, bin ich hier ganz zufrieden.«

»Ich habe das Rezept von einem Freund. Ich war ein paar Jahre bei ihm in Dänemark. Es ist eigentlich ein Geheimnis, aber …« Sie zögerte kurz, dann flüsterte sie verschwörerisch: »Das Salz der dänischen Salinen macht sie so knusprig.«

»Ich verspreche, ich werde es nicht weitererzählen, wenn mich jemand danach fragt.«

Sånbergen begab sich zu einem Stehtisch, schlug die Zeitung auf, und noch während er die erste Seite las, verdrückte er beide Zimtschnecken. Er war hungrig, und er war froh, den Tag ganz für sich allein beginnen zu können. Er vertiefte sich in die Zeitung, blickte ab und zu aus dem Fenster. Ich bin wirklich an einem idyllischen Plätzchen gelandet, dachte er. Von hier aus war ein Teil der Bucht einzusehen, dort, wo das Waldstück in eine mit Strandhafer bewachsene Düne überging. Im Licht der Morgensonne schimmerte das Wasser in einem hellen Blau. Am Ufer verstauten zwei Fischer ihre Netze, begutachteten ihren Fang und nickten zufrieden.

Zwanzig Minuten nahm sich Sånbergen Zeit, ließ sich noch eine weitere Zimtschnecke einpacken und folgte dann den Anweisungen seines Navis zur Polizeistation von Harrislee. Dort meldete er sich beim Pförtner, grüßte zwei Beamte auf dem Flur mit einem »Hej«, das die beiden mit »Moin« erwiderten, und hörte irgendwo eine weibliche Stimme fluchen. Am Ende des Flurs erblickte er

Hanna Wiedmann auf einer tischhohen Klappleiter stehen. Sie rüttelte am Griff eines Fensters, das sich mit einem lauten Knarren öffnete.

Als sie Sånbergen bemerkte, grüßte sie ihn und winkte ihn zu sich. »Kommen Sie nur, ich muss bloß etwas frische Luft hereinlassen. Der Boden ist frisch gebohnert.« Sie rümpfte angewidert die Nase. »Vielleicht bin ich etwas empfindlich, aber ich vertrage diese Gerüche einfach nicht.« Sie steuerte ein Waschbecken an, das sich in der Ecke des Raumes befand, wusch sich ausgiebig die Hände und desinfizierte sie zweimal. Dann führte sie Sånbergen in den zweiten Stock und ließ ihm unterwegs mehr oder weniger relevante Informationen über Staatsanwalt Philips zukommen. »Er ist zwar nicht direkt unser Vorgesetzter, aber hier ist es so, dass alles über ihn läuft. Auch unsere Berichte gehen über seinen Schreibtisch.«

»Ja, ich weiß. Ansgar hat schon so etwas anklingen lassen.«

»Alle hier nennen ihn *Captain* Philips.« Sie sprach nun etwas leiser, es wirkte vertraulich. »Man sagt, er habe diesen Spitznamen, seit er mal in einen Fall vor dem Militärgericht verwickelt war, vor fünfzehn Jahren. Aber keiner weiß, was damals vorgefallen ist.« Oben angekommen, blieb sie neben einer Rauchglastür stehen, lehnte sich mit dem Rücken gegen die Wand und verschränkte die Arme. »Vielleicht hat ihm den Spitznamen auch nur jemand verpasst, weil er ständig in diesem Befehlston mit uns redet.« Sie stemmte sich gegen die Tür, und beide betraten die Abteilung.

Der weiße Flur war etwa zwanzig Meter lang und mit teerbraunem Linoleum ausgelegt, der das Licht der Deckenlampen schluckte. Graue Holztüren führten in die angrenzenden Räume. Von irgendwoher hallte ein meckerndes Lachen über den Flur. Eine Tür öffnete sich, und eine junge, pausbäckige Frau mit kurz geschnittenem Pony kam auf Sånbergen zu. Sie war etwa Mitte zwanzig, und ihr wacher, aber unsteter Blick ließ eine leichte Aufgeregtheit erahnen.

»Ich bin Ella Claasen, von der Spusi, freut mich, Sie kennenzulernen. Ich habe Sie schon am Fundort gesehen, aber wollte Sie nicht stören«, sagte sie hastig und streckte Sånbergen die Hand entgegen.

Er erinnerte sich an ihren Eintrag in der Datei, die Hans ihm hatte zukommen lassen. Ella Claasen, hieß es dort, habe erst vor zwei Monaten in der Station in Harrislee angefangen. Sie wurde als unerfahren beschrieben, aber motiviert und wissbegierig, womöglich etwas übereifrig. Die Wortwahl dieser Einschätzung hatte bei Sånbergen den Eindruck erweckt, er würde es mit einer Person zu tun bekommen, die es nicht nur mit ihrer Arbeit, sondern einfach mit allem etwas eilig hatte. Er reichte Ella die Hand, stellte sich vor, und sie kam ohne Umschweife auf den Fall zu sprechen.

»Wir haben keine Fremd-DNA gefunden, weder am Kleid noch an den Mullbinden. Der Täter hat sehr sorgfältig gearbeitet. Das weiße Kleid ist aus Leinen und leider ganz handelsüblich. Er hätte es in Flensburg oder Hamburg kaufen oder auch online bestellen können. Genauso wie den Kleber. Ein Sekundenkleber, den man überall kaufen kann. Ich glaube nicht, dass uns das weiterhilft.« Ella reihte die Sätze schnell aneinander, und Sånbergen musste sich konzentrieren, um ihrem Tempo folgen zu können. »Wir haben ungewöhnlich viele Schuhabdrücke im Wald- und Grasboden gefunden, die meisten von ihnen direkt um das Opfer, und sie sind alle derselben Person zuzuweisen. Wahrscheinlich haben wir es mit nur einem Täter zu tun.«

Sånbergen nickte. Bis hierher konnte er nichts Widersprüchliches erkennen. »Haben wir eine Schuhgröße?«

»Ich bin nicht sicher. Die Spuren sind alle undeutlich. Wir können weder das Profil noch die Schuhgröße genau bestimmen. Der Täter muss Überzieher angehabt haben, vielleicht einen Einweg-Overall.«

Ein Overall. »Ich brauche zumindest eine Schätzung der Schuhgröße.«

»Wenn ich müsste, würde ich zweiundvierzig sagen. Vielleicht können wir die biometrischen Daten schätzen, wenn wir Art und Richtung der Täterbewegungen nachvollziehen, vor allem im Bereich der Schleifspuren. Er hat sie vom Parkplatz in Richtung Waldrand gezogen, vierzig Meter weit.« Ella nickte eifrig.

»Wir denken, dass er die Leiche mit einem Wagen transportiert hat. Haben Sie die Reifenspuren auf dem Sandweg schon ausgewertet?«

»Haben wir, aber das waren nur welche von unseren Dienstwagen. Er muss seinen Wagen woanders abgestellt haben, irgendwo abseits des Weges oder etwas entfernt an der Landstraße. Jetzt, bei dem Wetter, ist der größte Teil der Marsch trocken und begehbar. Er könnte das Opfer querfeldein zur Lichtung geschafft haben, vielleicht mit einem Hilfsmittel, etwa einer Schubkarre. Aber wir sind einfach nicht genug Leute, um das alles absuchen zu können.« Die letzten Sätze hatte sie langsamer gesprochen und klang am Ende etwas verunsichert.

»Schon gut, Ella, im Moment sind erst einmal andere Sachen wichtiger. Halten Sie mich einfach auf dem Laufenden, okay?«

»Ja, gern.«

Ella verabschiedete sich, und Hanna öffnete die Tür des nächsten Raums, stockte jedoch, als sie in das dahinterliegende Büro blickte. »Nanu, wo sind denn Blom und Holm?« Sie drehte sich zu Sånbergen. »Unsere beiden Innendienstler sind sonst fast immer hier, und sie müssen doch wissen, dass mit Ihnen heute ein neuer Vorgesetzter kommt. Ich weiß auch nichts von irgendwelchen Observationen oder Amtsbesuchen, zu denen sie unterwegs sein könnten.«

»Observationen? Wird bei Ihnen der Innendienst dafür eingeteilt?«

»Ja, wenn wir sonst niemanden haben. Und Blom und Holm machen das gern.«

»Tatsächlich? Und das ist offiziell von oben abgesegnet? Ich meine, dass der Innendienst observieren darf?«

»Philips weiß davon, ja. Allerdings haben wir die beiden bislang auch nur für stationäre Observationen eingesetzt, nicht für die mobile Personenüberwachung.« Sie zog die Tür wieder zu. »Na, wie auch immer – dann gehen wir mal in unseren Arbeitsbereich.«

Hanna führte Sånbergen ein paar Meter den Flur hinunter und betrat einen etwa zwanzig Quadratmeter großen Raum. Licht fiel durch zwei große Fenster und zeichnete helle, trapezförmige Flächen auf den dunklen Linoleumboden. An den Wänden waren Whiteboards und eine Karte von Harrislee und Umgebung befestigt. Davor ein Rollwagen mit Haftmaterialien und Farbstiften.

Sånbergen sah sich die Karte genauer an. Der Fundort von Ellen

Bergs Leiche war mit einem roten Kreuz markiert. Er suchte mit dem Finger den Ort, wo Sophie Winter wohnte. Der Dammweg, hatte Brigitta Berg gesagt, direkt an der Förde. Er nahm einen Stift und setzte auch dort eine Markierung. Hier war das Opfer nach bisherigem Kenntnisstand zum letzten Mal lebend gesehen worden. Gegen fünfzehn Uhr dreißig hatte Ellen am Dienstag das Haus von Sophie Winter verlassen und war am späten Abend am Fundort abgelegt worden, wahrscheinlich nicht bevor es dunkel geworden war, nicht vor zweiundzwanzig Uhr. Wo war sie in den dazwischenliegenden Stunden gewesen?

»Wir brauchen eine Liste von Ellens Telefonkontakten. Ihr Handy ist bislang nicht aufgetaucht, aber ich muss wissen, mit wem sie in den vergangenen Wochen und vor allem an diesem Dienstag gesprochen hat«, sagte Sånbergen. »Können Sie das beim Telefonanbieter veranlassen? Ich selbst werde mich gleich mal auf den Weg zu dieser Sophie Winter machen.«

Hanna nickte, kam näher und betrachtete ebenfalls die Karte. »Der Dammweg führt direkt am Ufer entlang. Sophie Winter muss eine tolle Sicht auf das Wasser haben.« Bewunderung war aus ihrer Stimme zu hören, die Sånbergen jedoch nur schwer teilen konnte. Es bräuchte nicht viel, nur eine kapitale Welle, und schon wäre das Haus unter dem Wasser begraben, dachte er.

***

Der Dammweg war mehr ein Feldweg als eine Straße und führte unter Buchen hindurch am Nordwestufer der Förde entlang bis zur dänischen Grenze. Nur eine leicht abfallende Böschung trennte ihn hier vom Wasser. Vorsichtshalber drosselte Sånbergen den Motor, wobei er sich selbst albern vorkam, etwas Bedrohliches in diesem Meer zu sehen, das so friedlich vor ihm lag. Das Wasser glitzerte im Licht der Vormittagssonne, und gleichmäßig liefen die dünnen Wellen am steinigen Ufer aus, wo das Holzgerippe eines alten Segelboots lag. Zwei schneeweiße Küstenschwalben ließen sich darauf nieder, plusterten sich auf und drehten die Köpfe in Richtung des langsam vorbeirollenden Wagens.

Vor der Nummer 2b hielt Sånbergen an. Ein großes, reetgedecktes Haus mit weiß getünchtem Mauerwerk stand halb versunken im tiefen Gras. Musik drang zu ihm herüber, offenbar aus einer geöffneten Tür im oberen Stockwerk, die auf eine riesige Terrasse führte. Er klingelte, und mit einem leisen Surren sprang das Tor auf. Bunt gefüllte Blumenkübel standen auf der Veranda, ein lichtblaues Fahrrad lehnte daneben an der Hauswand.

Die Frau, die ihm die Tür öffnete, musterte ihn mit neugierigem Blick. Ihre Augen schimmerten hellgrün, und das volle, zimtfarbene Haar legte sich über die Schultern. Unverkennbar – die Frau, deren Bild er auf dem Bucheinband in Ellen Bergs Zimmer gesehen hatte. Fragend neigte sie den Kopf zur Seite, während ihre Gesichtszüge unbewegt blieben. Sie hielt die Tür nur ein Stück weit geöffnet.

Beunruhigte er sie etwa? Seine wirren Haare vielleicht oder der Dreitagebart? Sånbergen war nicht dazu gekommen, sich zu rasieren, und er fühlte sich auf einmal unwohl in seiner Haut. Mit der Hand fuhr er kurz über die Stoppeln in seinem Gesicht und straffte sich dann etwas. »Frau Winter? Ich bin Kommissar Marven Sånbergen«, brachte er heraus, während er nach seinem Dienstausweis kramte.

Die Winkel ihres winzigen Mundes formten langsam ein verschmitztes Lächeln. »Ich glaube Ihnen, dass Sie Polizist sind. Zumindest sehen Sie ganz danach aus. Kommen Sie nur herein.« Sie kehrte ihm den Rücken zu und lief voran ins Haus, noch bevor er den Ausweis finden konnte, und er fragte sich, was an seinem Äußeren den Polizisten verriet. Schon der Buchhändler hatte es ihm angesehen.

»Ich bin Sophie Winter«, sagte die Hausherrin im Gehen. »Eigentlich Sophine, aber irgendwann hat sich meine Mutter umentschieden. Sie mochte das lange Ende nicht mehr, ich weiß nicht, warum.« Sophie sprach in einem nachsichtigen Ton von ihrer Mutter, während sie Sånbergen in ein riesiges Wohnzimmer führte. Es war mit Dielen aus massivem Kirschbaum ausgelegt, und ein schwarzer Bechstein-Flügel thronte in der Mitte. An der Wand hing ein abstraktes Bild – kleine Männchen, die sich gegenseitig die Kehle aufschlitzen, dachte Sånbergen. Sophie Winter hingegen erklärte, es seien andalusische Brombeersträucher.

Sie räumte zwei Kissen beiseite, und sie setzten sich auf ein helles Sofa. »Es ist nicht aufgeräumt, entschuldigen Sie, ich habe nicht mit Besuch gerechnet.«

Sånbergen empfand ihre Art als offen und zugewandt. »Sie sollten sich nicht entschuldigen, wenn ich hier unangemeldet reinplatze.« Noch immer hatte sie nicht nach dem Grund für seinen Besuch gefragt, also berichtete er ihr vom Fund von Ellen Bergs Leiche, von der Lichtung im Erlenbruch und von den Überlegungen zur mutmaßlichen Tatzeit, dem Abend drei Tage zuvor. Die Inszenierung der Leiche erwähnte er nicht.

Reglos saß Sophie Winter da, ihre Hände zwischen die Knie gepresst, und einige Sekunden verharrte sie wie geistesabwesend, mit gesenktem Blick. »Ich begreife nicht, wie ihr jemand so etwas antun konnte. Wieso ausgerechnet Ellen?«

»Bisher wissen wir noch nicht viel, nicht über Ellen und auch nicht über ihr Umfeld. Deswegen bin ich hier – um etwas über sie zu erfahren. Seit wann kannten Sie Ellen?«

»Seit vier Monaten kam sie zu mir. Ich habe ihre Doktorarbeit betreut. Ellen war fleißig und ehrgeizig, ich mochte sie.«

»Es ging dabei um Pharmakologie?«

»Genau. Proteinketten, Biochemie, Wirkweisen von Medikamenten gegen Altersdemenz.«

»Ellen ist neben dem Studium auch für eine medizinische Stiftung tätig gewesen, wie ich gehört habe?«

»Ja, für die FMR, die ›Foundation for Medical Representatives‹. Ich glaube, es war der Wunsch ihres Vaters.«

»Der Wunsch ihres Vaters? Wie kommen Sie darauf?«

»Verzeihen Sie, vielleicht war das etwas überinterpretiert. Ellen sagte einmal, sie würde etwas Gutes damit tun und ihr Vater täte es auch.«

»Verstehe. Dann haben Sie auch über Privates geredet, über ihr soziales Umfeld?«

»Nein, kaum. Ich weiß zwar von ihrer Familie und von ihrem Freund, Tommy. Aber für viel mehr blieb kaum Zeit. Wir haben uns immer auf die Arbeit konzentriert. Das war ihr wichtig.«

»Ist es Ellen vor allem darum gegangen? Um einen guten Abschluss?«

Unschlüssig bewegte Sophie den Kopf hin und her. »Ich will jetzt nichts Falsches sagen. So genau weiß ich das nicht. Aber dieses Ziel war sicher weit vorn. Sie wusste, dass ihr die Abschlussnote wichtige Türen hätte öffnen können. Sie hatte sich hohe Ziele gesetzt, und sie hat dabei auch wirtschaftlich gedacht. Materielle Werte waren ihr nicht unwichtig.«

Materielle Werte, dachte Sånbergen, und sein Blick fiel auf die Terrasse, deren Geländer mit kunstvoll verschnörkelten Holzsprossen versehen war. Eine hüfthohe marmorne Figur, die ihm nicht weniger abstrakt als das Bild im Wohnzimmer erschien, stand hinter zwei Liegestühlen und wurde durch einen bunten Schirm von der Sonne geschützt. »Sie meinen, ein guter Abschluss an der St. Albert bietet die Chance auf eine einträgliche Stelle?«

»Ja, natürlich. Die Hochschule ist mit Unternehmen vernetzt, die sie finanziell unterstützen.«

»Auch der Bürgermeister, Hendrik Walin, hat in die Schule investiert, habe ich gehört.«

»Das hat er, im Grunde ist es ja sein Projekt. Er ist es, der die Firmen an Bord holt, deutsche wie dänische.« Sophie verengte die Augen und betrachtete Sånbergen eingehender, etwas schien ihr aufgefallen zu sein. »Ihr Akzent … Er klingt dänisch?«

»Ich bin aus Nordjütland und eigentlich nur für diesen Fall hier in Deutschland.«

»Eigentlich?«

Sie hatte recht, das Wort implizierte Zweifel – Zweifel daran, dass er tatsächlich nur für diesen Fall blieb. Aber er hatte keine. Nichts würde ihn hier für längere Zeit halten können. Er ging auf ihre Nachfrage nicht ein und kam zum Thema zurück. »Ellens Mutter sagte, ihre Tochter sei am letzten Dienstag bei Ihnen gewesen. Stimmt das?«

Sophie Winter nickte. »Wie jeden Dienstag. Und um fünfzehn Uhr dreißig ist sie wieder gegangen.«

»Sie sind nach unserem derzeitigen Kenntnisstand die letzte Person, die mit ihr gesprochen hat. Deswegen ist es wichtig für uns, zu wissen, ob sie noch etwas gesagt hat, ob sie sich merkwürdig verhalten hat, ob irgendetwas anders war.«

»Hm, lassen Sie mich nachdenken … Sie kam mit guter Laune, wir haben über die Methodik ihrer Arbeit gesprochen.« Kurz darauf schüttelte sie den Kopf. »Nein, alles war wie immer, sie hatte keine schlechte Laune, wirkte auch nicht niedergeschlagen. Alles schien völlig in Ordnung zu sein.«

»Verstehe. Nachdem Ellen gegangen war, sind Sie an diesem Tag noch einmal aus dem Haus?«

Sie sah auf. »Ist das eine Frage nach meinem Alibi?«

»Wir müssen jede Person aus dem Umfeld von Ellen Berg befragen. Reine Routine. Kann jemand bezeugen, dass Sie an dem Abend zu Hause waren?«

Zaghaft hob sie die Schultern und wirkte auf einmal beklommen. »Ich fürchte, nein. Ich bin meistens allein. Tut mir leid, dass ich Ihnen nicht viel weiterhelfen kann.«

»Oh, das Bisherige reicht mir vollkommen. Wenn es weitere Fragen geben sollte, werde ich mich bei Ihnen melden.«

»Natürlich, ja.« Sophie Winter machte keine Anstalten, aufzustehen und ihn hinauszubegleiten, stattdessen verschränkte sie die Arme und ließ sie dann in einer verzagt aussehenden Geste wieder fallen.

»Gibt es noch etwas?«

»Nein, es ist bloß … die Vorstellung, dass jemand da draußen ist.« Sie hatte die Wörter nur zögerlich aneinandergesetzt.

»Ja, ich weiß. Und es wird Sie auch nicht beruhigen, wenn ich Ihnen sage, dass Sie nicht in das Opferschema passen.«

»Nein.«

»Ihr Haus scheint gut gesichert, und nach allem, was wir bislang wissen, ist ohnehin nicht anzunehmen, dass der Täter in fremde Häuser eindringt.«

Sophie Winter nickte, allerdings mit nur wenig Überzeugung. Doch mehr konnte Sånbergen nicht sagen, schon gar nichts versprechen. Er verabschiedete sich. Förmlich. Noch etwas förmlicher, als er es sonst zu tun pflegte.

8

Auf den Fluren der St.-Albert-Hochschule hatte man Porträts der erfolgreichsten Absolventen aufgehängt, als ob man den aktuellen Studenten zeigen wolle, was man sich auch von ihnen erhoffte. Unter einem dieser Bilder stand ein älterer Herr in braunem Anzug, der sich als Professor Ackermann vorstellte, der Dekan der Hochschule. Sånbergen hatte ihn an diesem Morgen um einen Termin gebeten, und der Professor hatte ihm fünf Minuten seiner Zeit gewährt.

Ackermann trug einen Backenbart, und hinter seiner eckigen Brille versteckten sich kleine, unstet wirkende Augen. »Sie sind also der Kommissar, der wegen dieses abscheulichen Verbrechens nach Harrislee gekommen ist?«

»So ist es.«

»Gut, dass Sie sich an mich wenden. Wenn Sie etwas über Ellen Berg wissen wollen, kann ich Ihnen nicht nur als Dekan, sondern auch als einer ihrer Dozenten einiges sagen.« Er begann sogleich mit seiner persönlichen Einschätzung. Ungebeten. »Sie war eine unserer besten Studentinnen. Ich denke, sie hätte es weit bringen können. Und sie kam aus wohlhabendem Hause. Erfahrungsgemäß eine gute Kombination. Sie hat Ehrgeiz gezeigt und private Dinge hintangestellt.« Mit einem schulmeisterlichen Unterton fügte er hinzu: »So erwarten wir es eigentlich von allen Studenten hier. Aber nur wenige nehmen es so ernst wie sie.«

Fleißig, ehrgeizig – das Gleiche hatte Sophie Winter auch gesagt, dachte Sånbergen. »Sie meinen, Ellen hatte gute Chancen, nach ihrem Studium eine der begehrten Stellen zu kriegen?«

»Das hätte ich mir ohne Weiteres vorstellen können. Und es gibt nicht viele unbesetzte Stellen dieser Art in der freien Wirtschaft, jedenfalls nicht in der Medizin.«

»Aber es hätte auch andere geeignete Kandidaten gegeben, die sich beworben hätten?«

»Eine Handvoll vielleicht.«

»Dann gab es also Konkurrenz unter den Studenten?«

»Das will ich hoffen! Es ist ja nichts anderes als das Leistungsprinzip.« Ackermann hatte den Satz mit derart fester Stimme gesagt, dass es fast kämpferisch klang, nun ruderte er zurück. »Natürlich nur, wenn mit fairen Mitteln gekämpft wird, alles andere würden wir nicht dulden.«

»Und Ellens Freund, Tommy Holsmark?«

Ackermann zog eine Augenbraue hoch. »Der ist ein anderes Kaliber, und das meine ich nicht im positiven Sinn.«

»Was genau wollen Sie damit sagen?«

»Er ist nicht untalentiert, aber das allein reicht nicht. Es fehlt ihm an Fleiß, er ist nicht auf das Wesentliche konzentriert. Wenn Sie mich fragen, mangelt es dem jungen Mann an Entschlossenheit.« Er zögerte einen Moment und sprach dann in gedämpfter Lautstärke weiter. »Natürlich muss das nichts heißen, aber vor wenigen Tagen hat es in der Mensa einen Vorfall zwischen den beiden gegeben. Ich weiß nicht, worum es dabei gegangen ist, aber es wurde laut, und Herr Holsmark hat den Saal daraufhin wutentbrannt verlassen.«

»Wann genau ist das gewesen?«

»Erst kürzlich, am letzten Dienstag. Aber damit will ich Herrn Holsmark natürlich kein Motiv für einen Mord unterstellen, damit wir uns verstehen.«

»Natürlich.«

Mit demonstrativer Geste blickte Ackermann zur Uhr, verkündete, dass er nun zu einer Konferenz erwartet werde, verabschiedete sich hastig und stolzierte davon.

Sånbergen dachte darüber nach, welche Werte an dieser Hochschule eigentlich eine Rolle spielten und wer diese festlegte. Wer bestimmte, welche Professoren mit welchen Überzeugungen berufen wurden und hier dozieren durften? Die St. Albert war keine herkömmliche Hochschule. Sie wurde privat finanziert, unter anderem durch Bürgermeister Walin und diverse Pharmaunternehmen – das konnte kaum ohne Einfluss bleiben.

Im Sekretariat erkundigte sich Sånbergen, zu welchen Kursen Tommy Holsmark eingetragen sei und ob einer davon heute stattfinde. Zu seinem Erstaunen erfuhr er, dass die Hochschule eine Handballmannschaft stellte und sogar über eine eigene Sporthalle verfügte, in der Tommy gerade trainiere, sofern er heute an diesem Kurs teilnehme.

»Und Mia Hagemann?«, fragte Sånbergen und dachte, auch sie gleich hier befragen zu können.

»Tut mir leid, sie hat freitags keine Lehrveranstaltungen belegt.«

Sånbergen bedankte sich, verließ das Gebäude und rief Hanna an. Er bat sie, Mia Hagemann über Ellens Beziehung zu Tommy zu befragen, vor allem, ob sie etwas über diesen Streit wisse, der sich in der Mensa abgespielt hatte. Er wollte prüfen, ob sich die Aussagen deckten. Dann beendete er das Gespräch, stieß die Tür zur Sporthalle auf und fühlte sich augenblicklich an seine Zeit beim Handballclub Brønderslev erinnert. Die Atmosphäre kam ihm nur allzu bekannt vor – der Geruch von Schweiß, quietschende Sohlen, hitzige Wortgefechte, und der Coach hatte immer recht. In diesem Fall trug Letzterer einen blauen Sportanzug und steckte soeben zwei Finger zwischen die Lippen, um seine Anweisungen mit einem grellen Pfiff zu unterstreichen.

Sånbergen wartete noch einen vielversprechenden Spielzug ab, danach ging er zum Trainer und stellte ihm sich und sein Anliegen vor. Es folgte ein weiterer Pfiff, und der Coach rief einen schlaksigen jungen Mann mit kupferroten Haaren zu sich an die Seitenlinie. Er klopfte ihm auf die Schulter und sprach ihm aufmunternd zu. »Der Herr ist von der Polizei und will mit dir reden. Es geht um Ellen.«

»Sie sind Tommy Holsmark?«, fragte Sånbergen ordnungshalber, obwohl er ihn bereits von den Fotos in Ellens Zimmer erkannt hatte.

Der junge Mann nickte. Er war außer Atem, stemmte eine Hand in die Taille und hielt etwas Abstand.

»Ich bin Kommissar Marven Sånbergen. Ich nehme an, man hat Sie inzwischen davon in Kenntnis gesetzt, was passiert ist?«

»Ja, Ellens Mutter hat mich gestern Abend angerufen.«

»Es tut mir sehr leid, das ist jetzt sicher schwer für Sie. Aber ich muss Ihnen ein paar Fragen stellen, verstehen Sie das?«

Tommy nickte.

Sånbergen setzte zum Weitersprechen an, aber der Geräuschpegel hier am Spielfeldrand war ihm zu hoch. »Wir gehen vielleicht besser nach oben auf die Zuschauertribüne, da sind wir ungestört, okay?«

Tommy nickte erneut, und nebeneinander gingen die beiden die Stufen hinauf.

»Welche Position?«, fragte Sånbergen.

»Was?«

»Welche Position spielen Sie? Außenverteidiger?«

»Ja, wieso fragen Sie?«

»Sie haben den Durchbruchraum lange offen gehalten, erst im letzten Moment für den Werfer geschlossen.«

»Hm.« Tommy sah verstohlen zu zwei jungen Frauen hinüber, die im mittleren Tribünenrang saßen, und wandte sich dann wieder Sånbergen zu. »Sie spielen auch?«

»Früher ja.«

»Handball ist meine große Leidenschaft. Ehrlich gesagt bin ich viel lieber in der Halle als im Vorlesungssaal.«

»Das ginge mir wohl ähnlich.«

Sie erreichten den obersten Rang, setzten sich, und Sånbergen kam auf das eigentliche Anliegen zu sprechen. »Wo haben Sie Ellen kennengelernt?«

»Hier, an der Uni. Ich war ein Semester über ihr, und sie ist mir zuerst in der Mensa aufgefallen. Als sie mit ihrer Freundin dann mal bei einem Handballspiel von uns gewesen ist, habe ich sie angesprochen.«

»Diese Freundin, war das Mia Hagemann?«

»Ja.«

»Erzählen Sie mir von Ellen. Was haben Sie an ihr gemocht?«

Tommy beugte sich nach vorn und stützte die Ellenbogen auf die Oberschenkel. »Sie war nicht wie die anderen. Erwachsener irgendwie. Die meisten Mädchen hier tratschen über alles und jeden und glotzen nur auf ihre Handys.« Trotz seiner positiven Worte sprach Tommy seltsam ausdruckslos, dazu mit unbewegter Miene, als träfe ihn der Verlust kaum.

»Wie war es in letzter Zeit zwischen Ihnen beiden? Haben Sie mal über eine gemeinsame Zukunft als Mediziner gesprochen?«

Tommy zuckte mit den Achseln. »Es war ganz in Ordnung mit uns. Ellen hatte schon mit ihrer Doktorarbeit angefangen, und sie hatte bessere Noten als ich. Wir wussten nicht, wie es weitergeht, aber erst mal wollte sie nach der Promotion hier wohnen bleiben.«

»Und später?«

Er antwortete zögerlich. »Kopenhagen vielleicht.«

»Das klingt, als hätte Sie das nicht so begeistert?«

»Wär auch okay gewesen, wir hätten uns an den Wochenenden gesehen.« Noch immer war ihm kein emotionaler Impuls anzumerken. Keine Enttäuschung, keine Wut, keine Trauer.

»Hat es Streit deswegen gegeben?«

»Nein, eigentlich nicht.«

»Eigentlich? In der Mensa soll es aber sehr wohl so gewesen sein. Und das erst kürzlich, genau genommen: Dienstagmittag – wenige Stunden vor Ellens Tod.«

»Wer sagt das?« Nun also doch eine Regung. Tommy schüttelte empört den Kopf. »Das ist Unsinn. Und selbst wenn wir uns da mal kurz in den Haaren hatten, dann war das nichts Ernstes.«

»Worum genau ist es denn gegangen? Sie sollen immerhin wutentbrannt die Mensa verlassen haben.«

»Das hatte mit Kopenhagen nichts zu tun. Es ging um ganz was anderes.«

»Und zwar? Das wüsste ich schon gern genauer.«

Tommy verdrehte genervt die Augen. »Ellen steht total auf Hunde und wollte sich noch einen anschaffen, aber ich war dagegen. Das war alles.« Er begann, unruhig auf dem Sitz herumzurutschen. »Kann ich wieder zurück? Die Jungs warten.«

Sånbergen zweifelte. So ein Streit nur wegen eines Hundes? Vielleicht. Er hakte nicht nach und beschloss, lieber einen weiteren Punkt anzusprechen. »Eines würde mich noch interessieren: Ellen wird als sehr ehrgeizig beschrieben. Sicher hat es Konkurrenz zwischen den Doktoranden gegeben?«

»Dazu kann ich nichts sagen. Mit denen hab ich nicht viel zu tun. Jedenfalls ist mir nichts in der Art aufgefallen, und Ellen hat auch nichts dergleichen erwähnt.« Er begann, mit den Füßen zu wippen, und jemand rief vom Spielfeld hoch: »Hey, Tommy, wir können nicht ewig zu fünft spielen!«

Sånbergen seufzte unzufrieden. Tommys Aussage überzeugte ihn nicht, doch er merkte, dass er hier im Moment nicht weiterkäme. »Eines muss ich Sie aber noch fragen: Wann haben Sie Ellen das letzte Mal gesehen?«

»Dienstagmittag, in der Mensa.«

»Haben Sie später noch mal mit ihr telefoniert, sich geschrieben?«

»Nein.«

»Und wie haben Sie den Nachmittag verbracht?«

»Da war ich hier. Dienstags bin ich immer in der Halle. Das Training geht von siebzehn bis neunzehn Uhr. Um sechzehn Uhr dreißig wird aufgeschlossen, um neunzehn Uhr fünfundzwanzig sind wir raus, und der Hausmeister schließt direkt hinter uns ab. Der Coach wird es Ihnen bestätigen können.«

Die Zeitangaben waren unerwartet spontan gekommen. Aber selbst wenn sie stimmten, gaben sie Tommy nur ein unvollständiges Alibi. Es blieb eine Lücke von ungefähr einer Stunde zwischen den Zeitpunkten, als Ellen Berg das Haus von Sophie Winter verlassen hatte und Tommy hier zum Training erschienen war.

Sånbergen ließ es dennoch dabei bewenden, schickte den jungen Mann wieder zurück aufs Spielfeld und sah ihm noch eine Minute zu, wie er im Spiel nun wach und verbal aktiv agierte und unerwartete Energien freisetzte. Dann ging auch er wieder nach unten und befragte nacheinander den Coach sowie jeden einzelnen Mitspieler, und alle bestätigten, dass Tommy am letzten Dienstag wie gewohnt zum Training erschienen und auch nicht vorher gegangen sei. Aber noch war Sånbergen sich nicht im Klaren über Ellens Freund und nicht bereit, ihn schon jetzt von seiner Liste der Verdächtigen zu streichen.

Er verließ die Halle, stieg in den Wagen und rief Hanna an, um zu hören, ob sie schon mit Mia Hagemann gesprochen hatte, was sie bejahte. »Ich habe sie zu Hause angetroffen. Mia sagt, sie sei seit zweieinhalb Jahren mit Ellen befreundet gewesen. Und was Ellens Beziehung zu Tommy angeht, glaubt sie, dass die beiden sich gut verstanden hätten und dass es für Tommy auch keinen potenziellen Rivalen gegeben hat, jedenfalls nicht an der St. Albert.«

»Und was ist mit dem Streit in der Mensa, hat sie den mitbekommen?

»Nicht direkt, nur aus der Entfernung. Aber sie meint, wahrscheinlich sei es um Ellens Kopenhagen-Plan gegangen. Sie wollte nach ihrem Studium wohl in eine größere Stadt mit mehr beruflichen Möglichkeiten ziehen, am liebsten eben Kopenhagen – auch ohne Tommy, denn der hätte seinen Abschluss an der St. Albert erst frühestens ein Jahr nach ihr machen können.«

»Von so einem Plan hat Tommy nichts erzählt.«

»Ist wohl schon immer ein Thema gewesen. Mia sagt, Ellen war sehr ehrgeizig, mit einer klaren Rangfolge in ihrem Leben, und ganz oben habe immer ihre berufliche Karriere gestanden.«

Sånbergen bedankte sich bei Hanna für die Informationen, beendete das Telefonat und begann zu überlegen. Auch wenn Tommy etwas verschwiegen hatte, maß er diesem Kopenhagen-Plan zunächst nicht viel Gewicht bei, nicht genug, um als Motiv für einen kühl inszenierten Mord zu taugen. Er verließ das Gelände der Hochschule und fuhr zurück zur Polizeistation, um die Erkenntnisse des bisherigen Tages zu protokollieren. Eine mühselige Arbeit, mit der er sich schwertat, die seines Erachtens viel zu viel Zeit in Anspruch nahm.

Kaum hatte er den Flur zu seiner Abteilung betreten, sah er einen beleibten rothaarigen Mann vor seinem Büro stehen, der ein überladenes Fischbrötchen in der Hand hielt und Sånbergen irgendwie bekannt vorkam – um die fünfzig, schwitzend und übergewichtig. Dann erinnerte er sich: Er hatte am Morgen in der Zeitung ein Foto von ihm gesehen, es war Hendrik Walin, Harrislees Bürgermeister.

Ein Small Talk mit dem Großmäzen der Stadt war nicht das, worauf Sånbergen sich eingestellt hatte. Sein Blick huschte über den Flur und suchte nach einer Möglichkeit, der Situation zu entkommen, aber zugleich war er sich im Klaren, dass dieses Gespräch früher oder später ohnehin unumgänglich wäre. Und es war nötig – er musste wissen, mit wem er es zu tun hatte, wer dieser Mann war, über den die wichtigsten wirtschaftlichen und politischen Entscheidungen in diesem Ort führten.

Also gab Sånbergen sich einen Ruck, ging auf Walin zu und kam dabei nicht umhin, dessen auffälliges Äußeres zu mustern. Der Mann kleidete sich ungewöhnlich leger für einen Bürgermeister – mit einem karierten Hemd und einer abgetragenen Latzhose, die an den Knien fast durchgewetzt war. Und mit einem zu kleinen Filzhut, unter dem helle Strähnen herausragten.

Walin bemerkte Sånbergen und rief ihm ein joviales »Moin« entgegen. »Sie müssen der Farmer sein – Sånbergen, nicht wahr?« Er ging auf Sånbergen zu und klopfte ihm gleich auf die Schulter, als hätte der ihm bereits seine Freundschaft bekundet. »Hendrik Walin, ich bin der Bürgermeister hier. Ich dachte, ich komme mal vorbei, mein Büro ist nicht weit entfernt.« Er reichte Sånbergen die Hand, die sich anfühlte wie ein riesiges Marshmallow. »Sie sind aus dem Norden, hab ich gehört.«

»Marven Sånbergen. Sehr freundlich, dass Sie vorbeischauen.« Er hielt etwas Abstand zu Walin, der ohne Umschweife auf den Fall zu sprechen kam.

»Verdammt schlimme Sache, das mit dem Mädchen, so was haben wir hier noch nie gehabt.«

»Sie sind informiert?«

»Soweit ich weiß, ist sie erstickt worden.«

Erstickt, dachte Sånbergen. Diese Information hatte nicht rausgehen sollen, noch dazu war die Todesursache bislang nur ein unbestätigter Verdacht. Unmut kam in ihm auf. »Ich würde Sie bitten, solche Details nicht weiterzugeben.«

»Täterwissen, jaja, ich weiß …« Walin zeigte ein verlegenes Lächeln, das sich allerdings rasch veränderte und süffisant wurde. »Sie können sicher sein, dass nichts über meine Lippen kommt, nichts davon wird an die Presse gelangen.« Er schob seinen schlammfarbenen Filzhut in den Nacken, und sein Ton wurde ernster. »Aber da gibt es noch was zu klären. Sie wissen ja selbst, was so ein Fall für eine kleine Stadt wie diese bedeutet. Die Leute fühlen sich bedroht, und wenn man ihnen sagt, sie sollen zu Hause bleiben, dann fühlen sie sich in ihrer Freiheit eingeschränkt. Das gibt nur Angst und Unfrieden, und am Ende kostet es noch Wählerstimmen.«

Angst und Wählerstimmen in einem Satz, dachte Sånbergen. »Ich denke nicht viel an Wählerstimmen, das ist nicht mein Metier.«

Walin lachte schallend auf. »Ja, das sagt meine Frau auch immer. Allein deswegen, um nicht mit mir darüber reden zu müssen.

Sie würden sich bestimmt gut verstehen. Vielleicht kommen Sie mal auf einen Kaffee zu uns. Wir haben eine Ranch westlich von Harrislee. Alles trockengelegter Sumpf und jetzt Weideland. Die Rinderzucht ist mein Steckenpferd, wissen Sie?«

»Rinderzucht? Ich sehe hier vor allem Wasser und Feuchtwiesen.«

»Ja, aber davon kann keiner leben. Nur scheint das bei einigen noch nicht angekommen zu sein. Immer wieder gibt es Kundgebungen dagegen, aber wir alle wissen doch, dass man den Fortschritt nicht aufhalten kann.«

Walin ließ eine kurze Pause entstehen, und Sånbergen fragte sich, ob sie das Wort »Fortschritt« für dieselbe Sache verwenden würden.

»Mein Weideland liegt ein paar Kilometer Richtung Westen. Wir treiben fünfhundert Rinder jeden Tag auf die Wiesen. Wenn Sie mal mitreiten wollen«, er kam Sånbergen etwas näher, »oder wenn Sie sonst was brauchen – einen besonderen Korn, eine Harley, ein Haus –, dann lassen Sie's mich wissen.« Er begleitete den Satz mit einem selbstgerechten Lächeln und hielt dann inne, schien zu überlegen und kratzte sich dabei ungeniert über die Bartstoppeln. »Eines der Farmhäuser, die wir an die ›Leben auf dem Land‹-Klientel vermieten, müsste momentan leer stehen, etwas außerhalb der Stadt. Vielleicht wäre das was für Sie?«

Sånbergen seufzte innerlich. Er konnte den Mann nicht ausstehen, und daran würde auch diese Farm nichts ändern, obwohl sie durchaus sein Interesse geweckt hätte. Er hätte gern gewusst, wo genau sie lag und ob sie seiner in Nordjütland ähnlich wäre – ein aus breiten Holzlatten gezimmertes Haus mit einer erhöhten Veranda davor. Aber er wischte den Gedanken beiseite. Er würde Walin besser aus dem Weg gehen und dessen Angebote ausschlagen, zumal sie als Bevorteilungen gewertet werden könnten.

»Entschuldigen Sie, aber ich habe einen Termin. Die Kollegen Blom und Holm erwarten mich«, sagte er, um sich dem Gespräch zu entziehen. »Hat mich gefreut, Sie kennenzulernen.«

Murrend nickte Walin und sah Sånbergen pikiert hinterher, als der sich stehenden Fußes abwandte und den Flur hinunter entfernte.

Laut ihren Akten waren Blom und Holm weder miteinander verwandt noch zusammen aufgewachsen. Aber der erste Eindruck, den Sånbergen von ihnen erhielt, weckte genau diesen Gedanken in ihm. Beide waren sehr schlank, ihre Haare waren etwas länger und bedeckten die Ohren, und die Ärmel ihrer zu weiten Sakkos waren eine Handbreit nach oben geschoben, wie man es in den Achtzigern getragen hatte. Auf ihren Tischen stapelten sich leere Hamburgerboxen neben Akten und verströmten Zwiebelgeruch – was Sånbergen in diesem Moment aber nicht im Geringsten störte. Er war froh, Walins Gesellschaft entkommen zu sein, stellte sich den beiden vor und erfuhr, warum sie heute früh nicht in ihrem Büro gewesen waren.

»Wir hatten im Archiv zu tun, dachten, wir arbeiten ein wenig vor, Chef«, sagte Blom, setzte sich etwas aufrechter hin und räumte mit einem Handgriff den Müll von seinem Schreibtisch. »Also haben wir nach ähnlichen Fällen in den letzten Jahren recherchiert, Tötungsdelikte mit weiblichen Opfern zwischen zwanzig und vierzig Jahren, wobei wir Norddeutschland und Süddänemark eingeschlossen haben.«

»Wir haben elf Fälle gefunden, von denen wir neun aussortiert haben«, fuhr Holm ebenso beflissen fort. »Weil der Täter noch unter Verwahrung oder nicht mehr am Leben ist. Bleiben noch zwei übrig.«

»Das eine war versuchter Mord«, sagte nun wieder Blom, und es entstand der Eindruck, als würden sie nur abwechselnd sprechen wollen. »Der Täter, Mark Steiner, zweiundfünfzig Jahre alt, hat zwölf Jahre dafür gesessen. Seit zwei Jahren ist er wieder draußen und wohnt in Hamburg. Er hatte sich vorher nichts zuschulden kommen lassen, keine Vorstrafen, und ist auch seitdem nicht mehr auffällig geworden.«

»Okay, und der andere?«

Fast wie einstudiert übernahm erneut Holm. »Totschlag im Affekt. Ist erst vier Jahre her und in Dänemark passiert, in Kolding. Der Täter, Torben Hauser, ist jetzt siebenunddreißig Jahre alt. Er hat sein Opfer mit einem Stein erschlagen und fünf Jahre dafür bekommen, aber ist vorzeitig entlassen worden, erst vor vier Wochen. Auf Bewährung.«

»Gibt es Vorstrafen?«

Holm musste einen Moment in der Akte suchen, bevor er antwortete. »Eine wegen Drogenhandels, das war mit zwanzig. Und vor sechs Jahren wurde ihm häusliche Gewalt vorgeworfen. Die Klägerin war zum fraglichen Zeitpunkt aber auf Drogen gewesen, also wurde nichts daraus.«

»Häusliche Gewalt? Was genau war passiert?«

»Weiß ich nicht. War ebenfalls ein dänischer Fall.«

»Okay, das übernehmen Hanna und ich. Was wissen wir noch über ihn?«

Holm blätterte weiter in der Akte. »Er hat mit achtzehn sein Abitur gemacht und anschließend BWL studiert, sich das Studium aber teilweise mit Drogen finanziert. Dann hat er irgendwann angefangen, mit Aktien zu handeln, mit Health-Care-Aktien, und es sieht so aus, als hätte er damit 'ne ganze Menge Gewinn gemacht.«

»Was heißt das, ›eine ganze Menge‹?«

»Im Jahr 2017 hat er locker zwei Millionen rausgezogen.«

»Was für Health-Care-Aktien waren das genau?«

»Das weiß ich nicht. Aber wenn es wichtig ist …«

»Das ist es. Ellen Berg hat Medizin studiert, und in ihrer Doktorarbeit ging es um Pharmakologie und Altersdemenz.«

»Ah, verstehe, vielleicht eine Verbindung zu Hauser. Ein mögliches Motiv«, brachte sich Blom wieder ins Gespräch ein.

»Insidergeschäfte?«, mutmaßte Holm.

»Das Opfer war noch an der Uni, wie soll sie da 'ne Insiderin gewesen sein?«, widersprach Blom.

»Heißt ja nicht, dass man zu 'nem hohen Tier Kontakt haben muss, um Informationen zu kriegen.«

Sånbergen hatte die beiden nicht unterbrochen, aber nun reichte es ihm. »Immer langsam, wir werden das klären, wenn es an der Zeit ist. Andere Frage: Wird da irgendwo eine Stiftung erwähnt, FMR, ›Foundation for Medical Representatives‹?«

Holm schüttelte den Kopf.

»Okay. Dann noch mal zu Hauser: Gibt es ein Foto von ihm?«

»Klar. Warten Sie, ich geb's Ihnen, Chef.« Holm entnahm der Akte ein Blatt und reichte es Sånbergen, der das daran festgeheftete Polizeifoto betrachtete.

Hauser war gut aussehend. Seine dunkelbraunen Haare wuchsen so dicht wie eine Ligusterhecke, und seine schmale, gerade Nase gab ihm etwas Feinsinniges.

»Hm, wirkt nicht unbedingt wie ein Gewalttäter. Wer war das Opfer?«

»Ida Svensson, eine Dänin, dreißig Jahre alt. Mehr steht nicht in der Akte. Ach so, doch: Es wird erwähnt, dass sie keine Angehörigen hatte und als Kind in einem Waisenhaus aufgewachsen war.«

Eine Waise. Sånbergen horchte auf. Er hatte selbst einige Jahre in einem Kinderheim verbracht, und diese Zeit hatte Spuren hinterlassen – manchmal glaubte er, eine eigentümliche Mischung aus Vorsicht und Dickfelligkeit haftete ihm seitdem an wie ein zu enger Mantel.

»Es gibt hier eine aktuelle Adresse von Hauser«, sagte Holm. »Rendsburger Straße 42c, in Flensburg.«

»Wo genau ist das?«

»Südstadt, das Industrieviertel nahe dem Bahnhof. Da haben die Kollegen vom Rauschgiftdezernat manchmal zu tun.« Holm klang verwundert, und seine letzten Wörter verloren an Tempo. Er zog die Stirn in Falten. »Das ist merkwürdig. Wenn Hauser Geld hat, wieso wohnt er dann in so 'ner Gegend?«

»Ich werde hinfahren und mir das anschauen, zusammen mit Hanna«, entschied Sånbergen. »Sie und Blom nehmen sich den anderen Fall vor, diesen Mark Steiner aus Hamburg, in Ordnung?«

»Alles klar, Chef«, antwortete Holm stramm.

Dieser gehorsame Tonfall verursachte Sånbergen Gänsehaut. »Sagen Sie bitte nicht immer ›Chef‹ zu mir, okay? ›Marven‹ reicht vollkommen.«

»Äh, ja, wie Sie wollen.«

»Ach so, noch eine Sache: Wer hat den Fall Hauser damals bearbeitet?«

»Warten Sie …« Holm blätterte abermals in der Akte. »Hier hab ich's: ein gewisser Lansgrol. Kommissar Owe Lansgrol in Kolding. Kennen Sie ihn?«

»Nein, nie von ihm gehört. Ich rufe ihn an, dass er uns die vollständige Akte schickt. Vielleicht könnten Sie sie mir dann gleich ausdrucken, damit ich sie Hanna geben kann.«

»Klar, Chef. Äh ... Marven.«

»Danke für Ihre Hilfe.« Sånbergen wandte sich ab, öffnete leise die Tür und lugte aus dem Zimmer. Und er verließ es erst, als er sich vergewissert hatte, dass Hendrik Walin nicht mehr im Flur herumstreifte.

9

»Kommissar Lansgrol? Nein, kenne ich nicht«, sagte Hanna, nahm die Akte »Torben Hauser«, die Sånbergen auf dem Beifahrersitz für sie abgelegt hatte, und setzte sich. Sie las einige Minuten darin, während er den Wagen durch den bereits einsetzenden Feierabendverkehr in Richtung Flensburg steuerte. Aus dem Augenwinkel bekam er mit, wie sie die Seiten vor- und zurückschlug und sich dann unschlüssig am Kopf kratzte. »Hm, ich weiß nicht ...«

»Was ist, was stört Sie?«

»Er hat das Opfer laut Urteil im Affekt erschlagen.«

»Und?«

»Er ist dem Opfer körperlich überlegen, erschlägt es mit einem Stein, und dann wird es als Totschlag im Affekt gewertet?«

»Vielleicht ist erst sie mit dem Stein auf ihn losgegangen?«

»Davon lese ich hier nichts, so klingt es nicht.«

Hannas Telefon klingelte, und ihr entfuhr ein Seufzer. Als sie das Gespräch annahm, war eine aufgelöste Kinderstimme am anderen Ende zu hören. Hanna reagierte in besänftigendem Tonfall. »Liv, ich war doch nicht dabei, also kann ich auch nichts dazu sagen. Es tut mir leid, Schatz, aber da kann ich euch jetzt nicht helfen.«

Ein kurzes Schluchzen durch das Telefon.

»Ja, ich weiß, Süßes. Gibst du mir mal Annie?«

Nun war eine ältere Stimme zu hören. Sie sprach ein paar Worte, und Hanna nickte dabei. Dann beendete sie das Gespräch, steckte das Handy in ihre Handtasche und sagte: »Das war Annie, unser Kindermädchen. Meine Töchter haben sich gestritten. Sie werden sich nicht einig darüber, ob sie zur Mittsommerfeier beide das Gleiche anziehen sollen.«

»Sie feiern Sankt Hans hier in Deutschland?«

»Wir schon. Wir haben Bekannte mit dänischen Wurzeln, und jedes Jahr machen wir ein großes Lagerfeuer zusammen.«

»Hätten Sie mal ein Foto von Ihren Töchtern?«

»Aber natürlich.« Mit einem raschen Griff nahm sie das Smartphone aus ihrer Handtasche, wischte über das Display und lehnte sich weit zu Sånbergen hinüber. »Hier sind sie«, sagte sie mit hörbarem Stolz und zeigte ihm eine Aufnahme von zwei Mädchen mit blonden Haaren und frechen Gesichtern, die auf dem Kopf jeweils einen Kranz aus Sommerblumen trugen.

»Zwei herzige, fröhliche Kinder. Was ist mit dem Vater?« Die Frage war spontan und unüberlegt aus ihm herausgekommen.

»Das ist Klaas.« Hanna zog das Smartphone abrupt zurück, holte ein kleines Tuch aus ihrer Handtasche und säuberte das Display. »Er ist irgendwann gegangen. Er hat gesagt, er brauche eine Pause, es sei ihm alles zu viel – das mit den Kindern, die Zeit und die Verantwortung. Das geht jetzt schon fünf Jahre so.«

Mit seiner Frage hatte Sånbergen das Gespräch in eine Richtung manövriert, die ihm unangenehm war. »Das tut mir leid.«

»Muss es nicht. Er meldet sich von Zeit zu Zeit, hat sogar seine ganzen Sachen im Keller gelassen, selbst seine Bilder.«

»Er ist Künstler?«

»Nein, nur Kunstliebhaber. Aber er hat genug Geld geerbt, um fünfstellige Summen für alte Gemälde aufzubringen.«

»Gemälde«, murmelte Sånbergen vor sich hin und musste dabei plötzlich an die inszenierte Pose des Opfers auf der Lichtung denken. »Kennen Sie sich mit Gemälden aus, mit impressionistischen oder naturalistischen Werken?«

»Mit Gemälden? Nein, nicht so wie Klaas. Wieso fragen Sie?«

»Kennen Sie eines, das an unseren Fundort erinnert?«

»Ah, darauf wollen Sie hinaus. Sie glauben, der Täter habe sich inspirieren lassen?«

»Der Gedanke kam mir.«

»Ich verstehe, was Sie meinen. Das weiße Kleid, die Lichtung. Aber wenn Sie die Pose des Opfers meinen – da fällt mir nichts ein.«

Noch wollte Sånbergen diesen Gedanken jedoch nicht aufgeben und verbannte ihn noch nicht vollständig aus seinem Kopf.

Sie fuhren von der B 200 ab und erreichten kurz darauf Flensburg-Südstadt. Rendsburger Straße. Ein schmaler Gehsteig trennte die Fahrbahn von Gewerbehöfen, Lagerhallen und Reihen von mehrstöckigen Wohngebäuden. Hinter einem Maschendrahtzaun warfen zwei Jugendliche auf einen Basketballkorb, der an einer Hauswand befestigt war. Sie drehten sich nach dem Wagen um, der langsam an ihnen vorbeirollte, und behielten ihn für ein paar Sekunden im Auge wie einen ungebetenen Eindringling.

Auf der gegenüberliegenden Straßenseite waren Hausnummern auf grauen Blechschildern zu erkennen, die an den Fassaden dreigeschossiger Wohnblocks hingen. Musik dröhnte aus einer unbestimmbaren Richtung und verhallte irgendwo zwischen den Mauern. Im Erdgeschoss eines Hauses war ein zerborstenes Fenster mit Folie bedeckt.

Sie passierten das Gebäude einer Wäscherei. Heißer Dampf zog aus den Schornsteinen, das Ächzen der Maschinen war bis auf die Straße zu hören, das ganze Haus schien zu schwitzen. Daneben die Nummer 42c. Sånbergen stellte den Wagen zwanzig Meter weiter ab, stieg aus und fühlte sich etwas unbehaglich. Beobachtet. Unwillkommen. Obwohl hier niemand auf der Straße war.

Die Eingangstür stand einen Spalt offen. Sånbergen drückte sie auf und ging voran in den Hausflur. Es roch nach billigem Haarwasser. Hanna hielt Abstand von Wänden und Geländer, sichtlich darauf bedacht, nicht mehr als nötig in diesem verdreckten Treppenhaus zu berühren. Sieben Stufen, dann ein Podest, die nächste Stufe knarrte. Im zweiten Stock lagen Scherben von dickem Glas.

Vor dem Apartment mit der Nummer zwanzig blieben sie stehen. Ein verkratztes Schild – »T. Hauser«. Niemand öffnete auf ihr Klingeln. Keine Geräusche hinter der Tür, die aussah, als bestünde sie nur aus einer dünnen Sperrholzplatte. Tatsächlich gab sie etwas nach, als Sånbergen sich testweise dagegenlehnte.

»Sie überlegen doch nicht, da reinzugehen?«, fragte Hanna.

Nur für einen Moment, dachte er. »Nicht, solange wir keinen Durchsuchungsbeschluss haben.« Er klingelte noch ein zweites und ein drittes Mal, doch als weiterhin niemand öffnete, verließen sie unverrichteter Dinge das Gebäude und gingen die Straße hinunter bis zu dem Haus, wo die zwei Jugendlichen Basketball spielten. Am Maschendrahtzaun standen zwei schwere Motorräder, für die die beiden eigentlich zu jung aussahen. Sie konnten kaum volljährig sein.

Vor dem Zaun blieb Sånbergen stehen, Hanna einen Schritt hinter ihm. »Hej, habt ihr eine Minute? Wir suchen nach jemandem, der hier wohnt«, rief er den beiden zu.

Sie stoppten ihr Spiel, und der Kleinere klemmte sich den Ball unter den Arm. »Kennst du die, Paul?«, fragte er seinen Kameraden.

Paul trat einen Schritt vor, holte eine selbst gedrehte Zigarette aus der Jackentasche und steckte sie sich an. »Nein, die seh ich hier zum ersten Mal.« Er stieß in kurzen Abständen Rauchwolken aus, die weithin nach Marihuana rochen.

Sånbergen zückte seinen Dienstausweis, und die beiden kamen näher.

»Bullen«, sagte Paul und rollte die Augen, doch Sånbergen reagierte unaufgeregt.

»Wir suchen nach einem gewissen Torben Hauser. Er wohnt in der 42c, ist aber nicht zu Hause. Habt ihr eine Ahnung, wo er sein könnte?«

»Seh ich aus wie 'n Lexikon?«, kam als Antwort von Paul, und der Kleine grinste.

»Wir wollen nichts von euch. Uns interessieren eure Drogen nicht, auch nicht die Kennzeichen von euren Maschinen oder ob ihr die überhaupt fahren dürft. Nur dieser Torben Hauser interessiert uns. Sagt uns was über ihn, und wir sind wieder weg.«

Der Kleine zuckte mit den Schultern und schaute zu Paul. Der zog tief an seiner Zigarette, bevor er antwortete: »'nen Hauser kennen wir nicht.«

»Er ist Mitte dreißig und wohnt gleich da oben. Noch nicht lange, vielleicht seit vier Wochen. Apartment zwanzig.«

Paul wandte den Kopf zu dem Haus, dann zu seinem Begleiter. »Keine Ahnung, kennst du den?«

»Da gibt's einen, der hier neu ist. Aber mit dem hat keiner von uns was zu tun. Er versucht, Drogen zu verticken. Sollte er lieber nicht tun, so viel ist sicher.«

»Wie gesagt, deswegen sind wir nicht hier. Wir sind nicht von der Drogenfahndung.«

»Hm, von mir aus. Also, manchmal hängt der Typ in Jannes Bar ab, in Harrislee. Hab ihn da zwei-, dreimal gesehen.«

Sånbergen sah hinüber zu Hanna, die wissend nickte. »Eine dänische Kneipe«, sagte sie.

Paul nahm einen letzten Zug von seiner Kippe, warf sie vor sich auf den Boden und trat sie aus. »Komm, lass uns abziehen«, sagte er zu seinem Begleiter. »Hier ist sowieso nichts mehr los.« Ohne ein weiteres Wort beförderte er den Ball auf ein nahes Garagendach, dann machten sich die beiden auf zu ihren Maschinen und verschwanden unter lautem Getöse, während Sånbergen noch die Frage im Kopf herumging, warum Hauser so kurz nach seiner Entlassung hier schon dealte.

»Fahren wir gleich zu Jannes Bar?«, fragte Hanna.

»Machen wir.«

In diesem Moment gab Sånbergens Handy ein Klingelzeichen von sich. Nur zwei kurze Töne hintereinander. Es war eine SMS von Ansgar, der Sånbergen bat, heute Abend gegen zwanzig Uhr in der Rechtsmedizin vorbeizukommen. Dann sei die Obduktion abgeschlossen und anschließend sicher noch Zeit für ein Bier im »Dorfkrug«, einer Kneipe ganz in der Nähe.

Sånbergen sagte kurzerhand zu.

Jannes Bar lag am nördlichen Ortsrand von Harrislee und war ein Ziegelbau mit vergitterten Fenstern, der sich unauffällig zwischen zwei anderen Gebäuden versteckte. Mehrere Motorräder standen davor.

»Sind Sie öfter hier?«, fragte Sånbergen.

»Ab und zu. Die Kneipe ist Treffpunkt für die Rinderzüchter, und an ihren freien Tagen fallen auch die Jungs von der dänischen Marine-Akademie hier ein. Janne, der Besitzer, war selbst bei der Marine.«

»Es gibt hier eine dänische Marine-Akademie?«

»Zwischen Padborg und Smedeby, gleich hinter der Grenze. Der Alkohol ist hier billiger, also kommen die Soldaten gern rüber.«

Sie traten in einen dunkel getäfelten Raum. Ein halbes Dutzend Gäste saßen an runden Tischen, zeigten aber keinerlei sichtbares Interesse an den beiden Neuankömmlingen. Stiefel tippten im Takt eines Country-Songs.

Sånbergen und Hanna setzten sich an den Holztresen. Ein kräftiger, mittelblonder Mann mit breitem Kinn stand dahinter, gut und gern um die hundert Kilo schwer. Er grüßte mit einem kurzen Nicken und einer unerwartet dünnen Stimme. »Hej, Hanna.«

»Hallo, Janne.« Sie stellte ihre Handtasche auf den Tresen und rückte sie zurecht, bis sie parallel zur Tischkante stand.

»Herrenbegleitung? Oder bloß ein neuer Kollege?«

»Letzteres. Das ist Marven Sånbergen.«

»Hej, Marven. Däne?«

Sånbergen nickte.

»Ich hab gerade ein Fass Mjels Bryghus reinbekommen. Wenn ihr ein Glas haben wollt? Ich fürchte, es wird keine zwei Wochen halten. Die sind hier alle verrückt danach.«

»Ich nicht, aber danke«, erwiderte Sånbergen, und auch Hanna verneinte. »Wir sind dienstlich hier. Wir suchen nach einem gewissen Torben Hauser.«

»Hauser? Nie gehört, den Namen.« Janne stellte ein Glas unter den Zapfhahn und zog den Hebel nach vorn. Es schäumte, und Hanna zupfte noch einmal ihre Tasche zurecht. »Hat er 'nen Spitznamen oder so?«

»Weiß ich nicht.« Sånbergen reichte das Foto von Hauser über den Tresen, doch nachdem der Wirt es aus den Augenwinkeln betrachtet hatte, schüttelte er den Kopf.

»Nee, kenne ich nicht. Der war bestimmt noch nie hier.«

Sånbergen war irritiert. Die Bar war nicht groß, Janne würde seine Gäste kennen, neue Gesichter mussten ihm doch auffallen. Andererseits glaubte Sånbergen aber auch nicht, dass die beiden Jungs ihn in die Irre hatten führen wollen. Seltsam.

»Vielleicht kannst du uns dann ja in einer anderen Sache weiterhelfen«, sagte Hanna. »Wir ermitteln in einem Tötungsdelikt. Eine junge Frau, Ellen Berg, ist nicht weit von hier ums Leben gekommen. Kennst du sie?«

»Hab von ihr gehört. So was macht natürlich die Runde.«

Sånbergen versuchte es noch einmal. Er reichte Janne auch ein Foto von Ellen über den Tresen, und dieses Bild sah sich der Wirt etwas länger an.

»Schwer zu sagen. Vielleicht war sie mal hier, aber ich bin mir nicht sicher.« Er füllte zwei Gläser mit Mineralwasser aus der Flasche und schob sie unaufgefordert durch eine milchige Pfütze über den Tresen. Daneben stellte er eine kleine Holzschale mit Erdnüssen. »Wenn hier Happy Hour ist, dann ist der Laden voll, da verliert man den Überblick.«

»An welchen Abenden ist Happy Hour?«

»Dienstag und Samstag. Dann ist hier Hochbetrieb, und ich hab genug damit zu tun, aufzupassen, dass keiner von den Jungs die Zeche prellt.«

Ein Emailleschild an der Wand fiel Sånbergen ins Auge. »DANMARK VIL DIG«, stand darauf, und ein bärtiger Mann mit dänischer Flagge zielte mit seinem Zeigefinger direkt in das Gesicht des Betrachters.

»Mit den ›Jungs‹ meinst du die von der Marine-Akademie?«

»Vor allem die. Junge Rekruten, die überdrehen manchmal ein bisschen. Aber es sind gute Kunden.«

Dienstag, der Tatabend, Happy Hour, dachte Sånbergen. Vielleicht war der Besuch hier doch nicht umsonst gewesen. Er bedankte sich bei Janne, dann verließen sie die Kneipe und machten sich auf den Weg zurück ins Ortszentrum.

Es war mittlerweile schon kurz vor acht, und auf dem Parkplatz der Polizeistation verabschiedete Sånbergen sich von Hanna. Am liebsten wäre er unverzüglich nach Hause gefahren – die Ereignisse des Tages, die vielen Menschen und Geräusche hatten ihm zugesetzt und schürten eine bekannte Unruhe in ihm. Seine Nerven verlangten nach einem stillen Raum, nach den eigenen vier Wänden. Aber Ansgar erwartete ihn in seiner rechtsmedizinischen Praxis, im Haus direkt neben der Polizeistation.

10

Der Türöffner summte, und Sånbergen folgte dem altbekannten Geruch von Formaldehyd in den Keller. Die Treppe hinunter, zweite Tür rechts, hatte Ansgar geschrieben, und nachdem Sånbergen den Sektionssaal betreten hatte, sah er den Rechtsmediziner in der Mitte des Raumes stehen. Die Leiche von Ellen Berg lag vor ihm auf einem Metalltisch, und alle Lichtquellen waren auf sie gerichtet. Es war kalt, obwohl draußen hochsommerliche Temperaturen herrschten. Eine Kälte, die auch von innen zu kommen schien. Gekachelte Wände. Keine Fenster. Gegenüber Kühlfächer, in denen womöglich weitere Leichen lagen. Alles hier wirkte steril und leblos. Die ganze Atmosphäre war Sånbergen unbehaglich, fast etwas unheimlich, wie in der Schwebe, in einem Korridor zu einer anderen Welt. Wie konnte Ansgar es hier den ganzen Tag aushalten?

»Ah, Marven! Gut, dass du gekommen bist«, sagte der und grinste Sånbergen in bester Laune an, als ob er dessen Unbehagen spürte und etwas Amüsantes dabei fand. »Du gewöhnst dich schnell an den Geruch.«

Sånbergen trat einen Schritt näher. »Hej, Ansgar.«

»Ich bin so gut wie fertig. Gleich vorweg: Die Eltern von Ellen Berg waren vorhin hier und haben die Tote eindeutig als ihre Tochter identifiziert.«

»Wenigstens in der Hinsicht herrscht also Klarheit.« Sånbergen trat einen weiteren Schritt näher, an die Tote heran. Ein grob vernähter Y-förmiger Schnitt zog sich über ihren Brustkorb hinunter zum Bauch. Ihre Haut war hell, sogar jetzt wirkte sie noch jung und unversehrt. Sånbergen berührte sie mit den Fingern am Unterarm, als ob er eine Verbindung zu ihr suchte, und auch von der Toten strahlte eine leichte Kühle ab. Am liebsten hätte er sie mit einem Tuch bedeckt. Dann löste er seine Finger wieder, besann sich auf den Grund seines Hierseins und kam auch gleich zum Punkt. »Ich will eigentlich nur wissen, wann und woran sie gestorben ist.«

»Sie ist ertrunken, so viel steht fest. Ihre Lungen waren voller Wasser.«

»Ertrunken? Du meinst, sie wurde ertränkt, und dann hat der

Täter sie wieder aus dem Wasser gefischt und in den Erlenbruch gebracht?«

»Nein, ich glaube nicht, dass es so gelaufen ist. Das Labor sagt, es ist weder normales Süß- noch Salzwasser in ihren Lungen, was auf jeden Fall schon mal bedeutet, dass sie nicht in einem offenen Gewässer ertrunken ist. Dazu passt, dass sie keine Treibspuren aufweist, nicht am Kopf und auch nicht an Händen oder Füßen.«

»Ertrunken, aber kein Süß- und kein Salzwasser in den Lungen – was denn dann?«

»Ich weiß es nicht, das Labor ist noch dabei, die Proben genauer zu untersuchen, sie scheinen etwas ungewöhnlich zu sein. Die Ergebnisse sollen aber noch heute Abend kommen.«

»Na gut, und die Todeszeit?«

»Um die genau bestimmen zu können, müssten wir wissen, wie lange sie im Erlenbruch gelegen hat. Im Moment gehe ich davon aus, dass es dreißig bis sechsunddreißig Stunden waren, und denke, Hanna hatte ganz recht mit ihrer Annahme: Die Leiche ist dort nicht vor zweiundzwanzig Uhr abgelegt worden.«

»Und die Todeszeit?«, fragte Sånbergen noch einmal.

»Nur wenige Stunden vorher.«

Wenige Stunden vorher. Damit blieb immer noch der ganze Nachmittag, nachdem sich Ellen von Sophie Winter verabschiedet hatte.

Ansgar wandte sich ihm direkt zu und setzte nun eine betont gewichtige Miene auf. »Du wirst dich sicherlich fragen, was sie gemacht hat während ihrer letzten Stunden?«

»Jetzt sag schon, wenn du was weißt.«

»Sie hat gegessen.«

»Gegessen?«

»Sie hatte etwas Salziges im Magen, Knabberzeug und ein Stück Salamipizza, dazu Weißwein, und es war größtenteils unverdaut. Es ist also erst kurz vor ihrem Tod in den Magen gelangt.«

»Wie kurz vor ihrem Tod?«

»Eine halbe, höchstens eine Stunde.«

»Einen Moment, Ansgar.« Sånbergen holte sein Handy aus der Tasche und rief Sophie Winter an. Er musste wissen, ob Ellen Berg diese Dinge womöglich während ihres nachmittäglichen Treffens mit ihrer Doktormutter Sophie Winter zu sich genommen hatte – und Sophie verneinte seine Frage. Nur ein Glas Wasser habe Ellen getrunken.

Sånbergen legte auf und dachte nun laut vor sich hin. »Etwas Salziges, Knabberzeug. Sie könnte zu Gast bei jemandem gewesen sein. Bei ihrem Mörder. Vielleicht kannten sie sich, zumindest flüchtig.«

Ansgar nickte.

»Gibt es Anzeichen für sexuell motivierte Gewalt?« Sånbergen hatte diese Frage etwas leiser gestellt.

»Nein. Seltsamerweise gibt es überhaupt keinen Hinweis auf Gewalteinwirkung, nicht einen einzigen Kratzer. Er muss sich geradezu vorgesehen haben, ihr keine Verletzung beizubringen.«

Das klang widersprüchlich. »Du meinst, er hat sie so gewaltlos getötet, wie es nur ging?«

Ansgar nickte erneut. »Man könnte fast denken, er habe ihr eigentlich kein Leid zufügen wollen.«

»Und danach zieht er ihr ein weißes Kleid an.«

»Nehmen wir das an, dass *er* es war, der ihr das Kleid angezogen hat, oder wissen wir es schon?«

»Die Eltern sagen, Ellen habe ein solches Kleid nicht besessen. Und ihr Kleidungsstil passte auch nicht im Geringsten dazu.«

»Hab ich nicht anders erwartet. So ein weißes Kleid – für mich sieht das nach einer symbolischen Aufbahrung aus. Sie wirkt rein und unschuldig darin, und wenn man bedenkt, wie vorsichtig er mit ihr umgegangen ist …«

Sånbergen runzelte die Stirn, er wurde nicht schlau daraus. »Aber wenn er sie für rein und unschuldig hält, welchen Grund hätte er dann, sie zu töten?«

»Hintergründe und Motive.« Ansgar zog die Augenbrauen hoch. »So wie ich die Sache sehe, ist es wohl deine Aufgabe, die herauszufinden.«

Damit machte Ansgar sich die Sache aber zu einfach. Psychologische Hintergründe zum Motiv eines Täters aufzudecken war – wenn man es genau nahm – nur ein Randgebiet seines Berufs. Und meist fußten solche Überlegungen auch bloß auf Theorien und dem Abwägen von Wahrscheinlichkeiten.

Aber ihm stand nicht der Sinn nach einer kriminalphilosophischen Diskussion. »Wir klären das ein anderes Mal«, sagte er und schlug vor, Ansgars ursprünglicher Planung zu folgen und den Abend im »Dorfkrug« ausklingen zu lassen.

Endlich hatte es sich etwas abgekühlt, die angenehmste Zeit des Tages. Sånbergen hatte sich einen ruhigen Tisch vorgestellt, auf einer Terrasse oder in einem Biergarten an der frischen Luft. Aber den gab es nicht. Als Ansgar die Tür zu der Kneipe aufstieß, schlug ihnen eine stickige Dunstwolke entgegen. Das Klappern von Gläsern, Stimmengewirr, Lachen und Raunen, eine flache Hand schlug auf einen Tisch.

Sie fanden einen Platz am Tresen, neben einem Mittsechziger, der eine kalte Pfeife zwischen den Lippen hielt. Ansgar machte eine Geste in Richtung des Wirts. An dessen Seite spülte eine junge Frau Gläser, die eine Blonde mit kräftigen Schultern anschließend aufs Neue befüllte.

»Was bestellst du da?«

»Zwei Mjels Bryghus. Das haben wir hier nicht oft. Du hast doch nichts dagegen?«

»Eines trinke ich mit. Mehr nicht. Ich vertrage Alkohol nicht besonders.«

»Ein empfindlicher Magen?«

»Histamine, die lassen mich nachts nicht schlafen. Normalerweise trinke ich Tee um diese Zeit.«

Ansgar konnte sich das Grinsen nur schwer verkneifen.

»Roten Tee«, fügte Sånbergen hinzu. »Bei uns in Nordjütland gibt es eine Sorte aus getrockneten Blüten wilder Malve.«

»Aus Nordjütland stammst du also.«

»Zur Hälfte zumindest. Meine Mutter war Deutsche. Aufgewachsen bin ich auf dem flachen Land. Erst in Dithmarschen, dann in Dänemark.«

»Und wie gefällt es dir nun hier? An der Ostseeküste? Am großen, weiten Meer? Überlegst du schon, dich hier niederzulassen?«

Falscher konnte er nicht liegen. »Na ja, ich bin ja nicht freiwillig hier und auch nur vorübergehend, nur für diesen Fall. Um ehrlich zu sein: Mich zieht es eigentlich eher auf das Land. Meine

Tochter und meine Schwester leider nicht. Sie lieben die See. Sie wollten schon immer an die Küste, und mir fällt es schwer, ihnen etwas abzuschlagen.«

Ansgar nickte zweimal deutlich, wie ein doppeltes Zustimmen. »Okay, dann klingt Nordjütland für mich nach einem guten Kompromiss.«

Die kräftige Blonde stellte zwei gefüllte Gläser auf den Tresen. Schaum lief an den Rändern hinunter und landete auf bunten Bierdeckeln. Das Bier glitzerte bernsteinfarben und roch nach Malz. »Wir haben frische Austern im Angebot«, verkündete sie. »Schmecken wie zur besten Zeit im April und bringen es auf neun Zentimeter.«

Sånbergen lehnte dankend ab, hob das Glas und wandte sich wieder Ansgar zu. »Und du? Wo bist du aufgewachsen?«

»Auch auf dem Land, im Grunde ganz ähnlich wie du, nur in anderen Breitengraden. Nördlicher und kälter. Im schwedischen Lappland, am Fjord von Renholmen. Wir fingen Lachse, Forellen und Edelkrebse, und manchmal hat unser Vater Rentiere gejagt. Unsere Hütte lag direkt am Kai, da, wo sich Süß- und Salzwasser treffen.« Ein warmes Lächeln überzog sein Gesicht, und seine Stimme klang mit einem Mal weicher. »Dort beginnt das Wasser zu schäumen, links tiefes Blau, rechts helles Türkis und in der Mitte eine brodelnde Linie. Ein Anblick, den du nicht vergisst. Wir haben zu acht da gewohnt, meine Eltern, drei Schwestern und zwei Brüder. Gleich frühmorgens bin ich mit meinen Brüdern zum Fischen raus aufs Wasser, und unsere Schwestern haben Beeren und Pilze gesammelt.« Nun veränderte sich sein Gesichtsausdruck wieder und wurde dunkler. Sein Blick tauchte tief ins Glas, das seine Hand fest umschloss. Sånbergen glaubte, Heimweh in seinen Augen zu erkennen.

»Als ich achtzehn wurde«, fuhr Ansgar nach einigen Momenten des Schweigens fort, »rief mich mein Vater zu sich, was bedeutete, dass ein ernsthaftes Gespräch mit ihm anstand. Ich sollte mich ihm gegenübersetzen, sodass wir auf Augenhöhe waren, und dann sagte er etwas, womit ich nicht gerechnet hatte. ›Die Welt ist zu groß, um sie zu ignorieren, und das Leben zu kurz, um lange zu warten‹, sagte er, und ich wusste nicht, wie ich sein Gesicht zu deuten hatte. Ich glaube, es ist ihm schwerer gefallen als mir, aber an diesem Abend hat er mich weggeschickt, in die ›Zivilisation‹, so hat er den Süden genannt.«

Ansgar versank erneut in Schweigen und wohl auch in familiären Erinnerungen. Sånbergen beneidete ihn darum. Nur selten überkam ihn selbst ein auch nur vages Gefühl dieser Art – hervorgerufen durch einen Duft, einen Geschmack oder ein Bild –, das ihn zurück an einen vergessenen Ort brachte, der sich geborgen und warm anfühlte.

Vor seinem inneren Auge erschien das Gesicht einer jungen Frau, das er mit seiner Mutter verband. Sommersprossen. Dunkle, lockige Haare. Eine sanfte Stimme, die leise Lieder sang. Dann tauchte auch schon eine ganz andere Erinnerung in ihm auf. Die an seinen Vater. Sie war blass und kühl, von jener Art, die er im selben Zug auszulöschen und zu erhalten versuchte, weil er etwas Gutes darin erhoffte, was das Schlechte überdeckte.

Es war Winter gewesen, und sein Vater war in ihrem alten VW vorgefahren. Der Lack war abgeblättert, der Vergaser hatte beim Starten eine schwarze Wolke in die Luft gehustet, und der Vater fuhr drei Stunden mit ihnen, ohne viel zu sagen. An jenem Tag hatte er Sånbergen und dessen zwei Schwestern, Clara und Maja, zu einem Kinderheim oben im Norden gebracht. Er hatte sie aussteigen lassen, ihr Gepäck auf den Vorplatz gestellt, sich schnell wieder ins Auto gesetzt, und dann war er irgendwann hinter den vielen Schneeflocken verschwunden, ohne ihnen zu sagen, wann er wiederkomme oder wie lange er sie hierlassen werde.

Die drei hatten ihm hinterhergesehen und waren noch eine Weile draußen stehen geblieben in der Eiseskälte – die Jüngste und Kleinste, Maja, in ihrer Mitte, wo sie am besten aufgehoben war. Sie legten die Arme um- und die Köpfe aneinander, wärmten sich, warteten und glaubten, dass ihr Vater bald wieder zurückkomme, denn das tat er doch immer, irgendwann, und was sollten sie hier schon anfangen, ganz allein?

Frierend lauschten sie nach dem bekannten Motorengeräusch des VW, aber da war nur der Schnee, der unaufhörlich fiel, so dicht, dass er sogar die Geräusche der Kinder erstickte, die vor dem Heim Schneemänner bauten. Wie ein Mantel aus kalten Daunen legten sich die Flocken auf ihre Schultern, und Wochen später, als es schon fast Frühjahr geworden war, bemerkte Sånbergen zum ersten Mal, wie er unwillkürlich über seine linke Schulter wischte, um zu entfernen, was längst nicht mehr dort war.

Die Angewohnheit legte er irgendwann ab, aber mit den Jahren hatte seine Schulter körperliche Symptome ausgebildet, für die keine schulmedizinische Erklärung zu finden war. Manche Stellen hatten sich rosa gefärbt, kleine und größere Inseln, die sich wund anfühlten. Sie verteilten sich über den Oberarm und das linke Schulterblatt bis hoch zum Hals, wo sie gerade noch mit dem Hemdkragen zu bedecken waren. Sie fühlten sich unangenehm an und waren unansehnlich, bedeuteten einen Makel, der besser verborgen blieb, der nach einer unangenehmen Erklärung verlangte, falls man ihn zu sehen bekäme.

»Was ist mit dir? Du wirkst abwesend. Ist alles okay?«, fragte Ansgar.

»Natürlich, ich habe nur nachgedacht.«

Sie nahmen jeder einen großen Schluck aus ihren Gläsern, als Ansgars Handy klingelte. Er nahm ab, hörte zu, und Sånbergen bekam ein paar Gesprächsfetzen mit – es ging um Proteine und Urinproben.

Schließlich legte Ansgar auf. »Das ist merkwürdig. Die Flüssigkeit, die Ellen Berg in ihren Lungen hatte ...« Er suchte offenbar nach einer passenden Formulierung.

»Was ist damit?«

»Es ist eine Art Kochsalzlösung.«

»Kochsalzlösung? Du sprichst in Rätseln, Ansgar.«

»Kochsalzlösungen ähneln den Flüssigkeiten im menschlichen Organismus, und diese hier scheint sogar Proteine, Minerale und Glukose zu enthalten.«

Sånbergen mochte es nicht, wenn Antworten nur weitere Fragen aufwarfen. »Und was bedeutet das jetzt? Dass der Körper diese Flüssigkeit selbst gebildet hat?«

»Nein, so etwas wäre nicht möglich. Das Lungengewebe hat auf die Flüssigkeit reagiert, es ist überbläht, und die viszerale Pleura zeigt kleine Einblutungen. Sie hat versucht zu atmen und dann die Flüssigkeit aspiriert.«

Sånbergen trommelte mit den Fingern gegen das Glas. Er wusste auch mit dieser Information nichts anzufangen. »Gibt es auch noch etwas, das du jetzt mit Sicherheit sagen kannst?«

»Nein, aber ich vermute, dass sie nicht bei Bewusstsein war, als sie ertrunken ist. Sie hatte keine Abwehrverletzungen, und es fehlen Anzeichen eines Stimmritzenkrampfes. Es hat keinen Reflex gegeben, der das Einatmen der Flüssigkeit hätte verhindern wollen.«

»Da waren keine Einstiche von Injektionen …«

»Richtig. Aber im Urin wurden Abbauprodukte eines Betäubungsmittels gefunden, etwas, das mit einem Barbiturat vergleichbar ist. Das hätte sie lahmlegen können. Der Täter könnte es ihr ins Glas oder ins Essen getan haben.«

Knabberzeug, Pizza und Weißwein, dachte Sånbergen. »Dann spekuliere ich jetzt mal: Die beiden haben sich getroffen und zusammen gegessen. Er verabreicht ihr ein Betäubungsmittel und wartet in Ruhe, bis sie einschläft.«

Ansgar nickte.

»Er wird einen Ort wählen, den er kennt, vielleicht ist sie sogar bei ihm zu Hause. Er könnte die Flüssigkeit in einen Eimer oder in eine Badewanne füllen und sie darin ertrinken lassen.«

»So könnte es gewesen sein.«

»Dann macht er die Leiche zurecht, zieht ihr das weiße Kleid an und bringt sie in den Erlenbruch.«

Ansgar griff nach seinem fast leeren Bierglas, schwenkte es und beobachtete für ein paar Sekunden den Strudel, der entstand. »Gehen wir von einem normalen Mord aus, ich meine, einem einzelnen Mord, oder haben wir es womöglich mit dem Beginn einer Serie zu tun?«

Sånbergen antwortete nicht. Er wusste es nicht, und wenn er ehrlich war, wollte er im Moment auch nicht darüber nachdenken. Die Vorstellung behagte ihm ganz und gar nicht. Schon einmal hatte er es mit einem Serientäter zu tun gehabt, und es war für ihn gewesen, als hätte man ihn auf ein fremdes Spielfeld gestellt, auf dem die Grenzen verzogen waren und die Spieler verschiedenen Regeln gehorchten, nicht immer logischen Gedanken folgend, unberechenbar.

Er nippte an seinem Glas, spürte, wie der bittere Nachge-
schmack alles andere überdeckte, und beschloss, den Fall für heute
gut sein zu lassen. Er bat Ansgar, stattdessen von seiner nordischen
Heimat zu erzählen, fand etwas Vertrautes darin und fühlte sich
für ein paar Minuten wie zu Hause in Nordjütland.

Gegen dreiundzwanzig Uhr verabschiedeten sie sich vor dem
»Dorfkrug« voneinander. Sånbergen gab Ansgar auf dessen Bitte
die Autoschlüssel zurück, und der sagte etwas von »Strand« und
irgendwelchen Fischern, bei denen man einen Leihwagen bekommen könne, was Sånbergens Bewusstsein aber nicht mehr
vollständig erreichte. Er war froh, sich die Beschreibung seines
Heimwegs merken zu können, die Ansgar ihn gleich zweimal laut
wiederholen ließ.

Mit einem Liter Bier im Blut, was für seine Verhältnisse eindeutig zu viel war, schwebte Sånbergen leichtfüßig den Slukefterbogen
hinunter. Er hörte das Geräusch seiner Schritte auf dem Pflaster,
dann ein leises Surren, das von einer Glaskugel über ihm stammte.
Sie hing wie ein goldener Tropfen mit gebogenem Hals an einem
Laternenpfahl, und das Licht schien lautlos auf seine Schultern
herabzurieseln.

Als er darunter stehen blieb, glaubte er zunächst, das Verhallen
seiner eigenen Schritte zu hören. Aber so war es nicht. Noch jemand war hier. Irgendwo in der Dunkelheit bewegte sich jemand
fast synchron zu ihm über das Pflaster.

Sånbergen entfernte sich aus dem Lichtkegel, hielt verwundert
inne und schaute sich um. Wer sollte einen Grund haben, ihn zu
verfolgen? Sicher nur eine umherirrende Person, die nach einem
langen Abend zufällig seinen Weg gekreuzt hatte.

Um kurz nach halb zwölf erreichte er sein Apartment in der
Pension am Fördebogen, und auch wenn er Ansgar als sympathi-
schen Zeitgenossen empfunden hatte, war er froh, die Zimmertür
hinter sich schließen und – wie er es schon immer gern getan hatte –
sich für einige Stunden komplett vom Rest der Welt abschotten zu
können, von Kollegen, von Vorgesetzten und Bekannten, sogar
von denen, die ihm näherstanden.

Mit Ausnahme von Lisa, dachte er. An einem Abend wie diesem

hätte sie ihm sogar gutgetan. Womöglich hätte sie ihn dazu überredet, noch einen gemeinsamen Abendspaziergang zu machen, und sie hätte ihn gefragt, was sich an diesem Tag ereignet hatte. Er hätte die Tote unerwähnt gelassen, hätte ihr stattdessen von den Gesichtern der Menschen hier in Harrislee erzählt. Und von der bedrohlichen Weite des Wassers, von einer brodelnden See, der er jederzeit zutraute, sich ganz unvermittelt zu erheben. Sie hätte liebevoll geschmunzelt und das Kind in ihm gesehen, das mit einer immerwährenden Angst in sich lebte.

Er vermisste diese Gespräche mit Lisa. Ihre Art, ihm zu widersprechen, ohne recht behalten zu wollen, und Dinge anzunehmen, die sie sich anders gewünscht hatte – seine häufige Abwesenheit an den Wochenenden, sein Schweigen, wenn es um die Arbeit ging und um das, was sie mit ihm machte. Dass sie ihn ungeduldig und dickfellig werden ließ.

Von Zeit zu Zeit, wenn es still um ihn herum wurde, spürte er die Lücke, die Lisa hinterlassen hatte – ein toter Raum gleich neben ihm, wie ein ungewollter Zeitgenosse, der langsam immer näher kroch und ihn zu vereinnahmen versuchte.

Ein Luftzug regte sich in den Vorhängen, die Tür zum Balkon stand offen. Er trat hinaus, lehnte sich über das Geländer und hing seinen Gedanken nach, während er den Blick über den Küstenstreifen Richtung Norden schweifen ließ. Der dunstige Schein einer Straßenlaterne legte sich auf den Asphalt. Kein Regen. Kaum Geräusche. Nur der leise Atem einer schlafenden Kleinstadt. Und irgendwo dort, wo er die Grenze vermutete, da loderte ein Feuer, und junge Stimmen sangen ein Loblied auf den Sommer.

11

28. Mai 1997, irgendwo in Dänemark

Ich habe das schwarze Buch von unten mitgenommen. Ich habe es unter meinen Pullover gesteckt und den Bauch eingezogen, sodass es niemand sieht. Ich lese heimlich darin. Ich mag es, zu lesen. So gut ich es eben kann. Die meisten Wörter verstehe ich. Manchmal weiß ich nicht genau, was sie bedeuten. Dann teile ich das Wort in der Mitte und denke über die erste Hälfte nach und dann über die zweite Hälfte. Oder ich spiele mit dem Wort und stehle ihm seine Buchstaben. Oder ich versuche, ein anderes zu finden, das ganz ähnlich aussieht, und denke: Vielleicht mögen sie sich. Wie zwei Freunde, die zusammenhalten.

Hier gibt es keine Freunde für mich. Hier gibt es auch niemanden, der mir vorliest. Ich wünschte, überhaupt jemand wäre bei mir. Vielleicht ein Mädchen, so alt wie ich. Sie könnte hier mit mir am Tisch sitzen, und wir könnten uns etwas erzählen. Welche Bäume wir mögen und welche Farben. Ob uns kalt oder warm ist. Und welchen Namen man dem Mond geben könnte.

Ich nehme das Kopfkissen und setze es auf den Stuhl gleich neben mir. Ich drücke es ein wenig zusammen, forme es wie Bauch und Rücken. Von einem Mädchen, ungefähr so groß wie ich. Aus Papier knülle ich eine Kugel, nicht ganz rund, sodass sie wie ein Kopf sein könnte. Als Nase stecke ich einen Stift hinein. Und ich male zwei Augen darauf. Fehlen nur noch Arme. Ich nehme meinen Schlafanzug und rolle das Oberteil zusammen. Und auch das Unterteil, damit sie zwei Arme bekommt. Die lege ich auf den Tisch, und wenn sie Hände hätten, könnten sie malen oder von einem Teller essen.

Ich wünschte, ein richtiges Mädchen würde da sitzen. Eine richtige Freundin. Ich stelle es mir ganz fest vor. Es fühlt sich gut an, fast, als würde es wirklich passieren. Als würde etwas Gutes geschehen.

Ich glaube, es gibt ein Wort dafür, wenn man sich eine Sache ganz fest vorstellt, wie man sie sich wünscht, und genauso fest daran glaubt, dass es so auch kommen wird. Es war in dem schwarzen Buch, und ich habe über das Wort nachgedacht. Es heißt »Zuversicht«.

12

Tag 3, Samstag, 24. Juni

Als Sånbergen am nächsten Morgen aufwachte, fühlte er sich trotz des langen Abends so ausgeschlafen wie schon lange nicht mehr. Das Erste, was er wahrnahm, noch bevor er die Augen öffnete, war der Geruch von Zimtschnecken, der durch die offen stehende Balkontür hereinwehte. Und als das kalte Wasser aus der Dusche über seine linke Schulter lief, stellte er fest, dass sich sogar ihr Zustand etwas verbessert hatte.

Er sah aus dem Fenster, vergewisserte sich, dass das Meer noch immer nicht über die Ufer getreten war, und beeilte sich, um so wenig Zeit wie möglich von diesem vielversprechenden Tag zu vergeuden.

Bald darauf betrat er schon das Café neben dem Haus, wo er sich bei Jill zwei Zimtschnecken bestellte und eine Tageszeitung auf einem Stehtisch ausbreitete. Zwischendurch machte er sich mit seinem Handy im Internet auf die Suche nach frühlingshaften impressionistischen Gemälden, die eine Frau in sitzender Position zeigten, ähnlich der des Opfers auf der Lichtung. Er fand aber keines in der Art, ebenso wenig eines mit einem vergleichbaren landschaftlichen Motiv, und für den Moment fiel ihm keine weitere Idee ein, wie die Inszenierung des Opfers zu erklären gewesen wäre.

Eine halbe Stunde später verabschiedete er sich von Jill, verließ das Café und begann seinen Arbeitstag damit, der Frage nachzugehen, die ihn schon seit gestern beschäftigte: Wo war Ellen Berg am Dienstagnachmittag nach ihrem Besuch bei Sophie Winter gewesen? Irgendwann musste sie auf ihren Mörder getroffen sein, und alles deutete darauf hin, dass sie ihn gekannt hatte oder er ihr zumindest vertrauenswürdig genug erschienen war, um einem Treffen zuzustimmen. Womöglich hatte es doch eine weitere Männerbekanntschaft gegeben, eine, von der ihr näheres Umfeld nichts wusste?

Die FMR-Stiftung kam ihm in den Sinn. Ellen Berg hatte sich dort engagiert. Vielleicht hatte sie darüber jemanden kennengelernt, der sich wie sie für Pharmazie interessierte. Sånbergen dachte an Torben Hauser und fragte sich, ob der über seine Aktiengeschäfte womöglich einen Kontakt zur Stiftung hergestellt hatte, ob er Ellen Berg dort über den Weg gelaufen war.

Der Sitz der Stiftung befand sich in Odense, und laut ihrer Internetseite war das dortige Büro heute bis sechzehn Uhr geöffnet. Sånbergen rief in der Polizeistation an und erkundigte sich nach einem Dienstwagen, doch man teilte ihm mit, dass aus technischen Gründen momentan leider keiner zur Verfügung stehe. So blieb ihm nichts anderes übrig, als sich von Hanna zum Flensburger Bahnhof bringen zu lassen, von wo aus er den Zug nehmen würde.

Während der Zugfahrt meldete sich Blom, der inzwischen Mark Steiner überprüft hatte. »Der hat ein wasserdichtes Alibi, hatte am Dienstag um siebzehn Uhr einen Termin bei seinem Bewährungshelfer in Hamburg. Das alles könnte er zeitlich kaum geschafft haben.«

»Okay, damit ist er raus.«

»Also dachten wir, anstatt hier untätig rumzusitzen, sehen wir uns mal ein bisschen genauer an, wie dieser Hauser sein Geld mit diesen Health-Care-Aktien verdient hat. Den größten Anteil seines Gewinns hat er über ein Unternehmen namens JS Therapeutics gemacht, mit Sitz in Kopenhagen. Die Aktien sind damals unerwartet schnell gestiegen, und nach einer kurzfristigen Gewinnmitnahme hat Hauser alles ein paar Wochen später gleich wieder abgestoßen.«

»Er hat zum richtigen Moment gekauft und wieder verkauft?«

»Genau. Wir haben mal Zeitungen und Fachpresse von damals zusammengesucht, die über das Unternehmen geschrieben haben. Wir könnten es Ihnen per Mail aufs Handy schicken, falls Sie dem nachgehen wollen.«

Sånbergen war unschlüssig. Wären Hausers damalige Geschäfte für diesen Fall relevant? Bislang gab es keinen Hinweis auf eine Verbindung von ihnen zur Stiftung. Aber er hatte gerade Zeit dafür. »Gute Arbeit, Blom. Schicken Sie es mir, ich sehe es mir gleich an.«

Kurz nachdem Sånbergen aufgelegt hatte, trudelten die Dokumente ein. Sie kommentierten die Aktienkursverläufe des Unternehmens JS Therapeutics im Jahr 2017. Der sprunghafte Kursanstieg wurde dadurch erklärt, dass der Posten des Vorstandsvorsitzenden kurz zuvor neu besetzt worden war, nachdem dessen Vorgänger vermutlich eine fehlerhafte Strategie vorgegeben habe. Nur sechs Wochen später sei dann eine unerwartete Verschiebung von Angebot und Nachfrage eingetreten, woraufhin der Kurs wieder rasant gefallen sei.

Sånbergen musste konstatieren, dass er sich mit dem Aktiengeschäft nicht gut auskannte, und ihm blieb nichts weiter übrig, als sich im Internet die Grundbegriffe der Börsenspekulation anzulesen. Aber die Zusammenhänge waren kompliziert, gaben ihm keine klaren Antworten auf seine Fragen, und als er Odense eine halbe Stunde später erreichte, fühlte er sich nicht klüger als zuvor.

**

Das Gebäude der Stiftung war drei Etagen hoch, größer und eindrucksvoller, als Sånbergen es sich vorgestellt hatte. Goldener Stuck in Form von Lorbeer und Misteln verzierte einen Erker. Darüber thronten zwei steinerne Büsten bärtiger Männer, deren Augen so lebensecht hervorquollen, als hätte man sie leibhaftig zu Stein erstarren lassen. Sie wirkten bedrohlich und mahnend, es roch nach Geld und elitären Traditionen. Dazu passten die großen Buchstaben aus Edelmetall, die auf die Fassade gesetzt waren: »FOUNDATION FOR MEDICAL REPRESENTATIVES«.

Sånbergen öffnete die Tür zu einer weitläufigen Eingangshalle. Alles glänzte in einem sterilen Weiß, der Geruch von Reinigungsmitteln schwebte im Raum. Zwei Kameras waren auf ihn gerichtet, ein Wachmann baute sich vor dem Tresen auf, hinter dem eine kurzhaarige Empfangsdame saß.

Die Sicherheitsvorkehrungen irritierten Sånbergen. »Wozu die Kameras?«, fragte er den Security-Mann und zeigte ihm seinen Dienstausweis.

»Zur Sicherheit«, kam die lapidare Antwort, woraufhin Sånbergen passieren durfte.

Die Empfangsdame war etwas zugänglicher. Sånbergen erwähnte den Namen Ellen Berg und bat, mit jemandem sprechen zu können, der mit ihr zu tun gehabt hatte. Die Frau machte einen Anruf und bedeutete Sånbergen dann, kurz zu warten. Er spürte den Zug einer Klimaanlage in seinem Nacken, was die ganze Atmosphäre noch frostiger machte.

Zwei Minuten später kam ein fast ergrauter Mann in dunkelblauem Zwirn auf Sånbergen zu. Er trug helle Schuhe aus teurem Leder, roch nach edlem Aftershave und rümpfte beim Anblick des leger gekleideten Kommissars seine spitze Nase. Die linke Hand verbarg er in der Tasche, die rechte hielt er steif vor dem Bauch, bis er sie Sånbergen entgegenstreckte. »Erik Dahlberg, ich bin im Vorstand der Stiftung. Was kann ich für dich tun?« Seine Stimme klang nasal, künstlich gehoben. Das einzig Angenehme an dieser Begegnung war die vertraute dänische Umgangsform – man duzte sich.

Sånbergen wies sich erneut aus. »Ich komme wegen Ellen Berg. Sie war für die Stiftung tätig und ist vorgestern bei Harrislee tot aufgefunden worden.«

»Ellen Berg, ja. Ich habe davon gehört, und es tut mir sehr leid. Ich kannte sie flüchtig. Darf ich fragen, wie …?«

»Sie ist ermordet worden.«

»Oh.«

»Ich würde dir gern ein paar Fragen stellen.«

»Folge mir bitte.« Dahlberg setzte sich in Bewegung, trottete zwei Meter voraus und schwenkte um eine Ecke. Hellgraue Auslegeware, gedämpftes Licht, an den Wänden Gemälde mit Porträts, deren Augen auf Sånbergen herabschauten. Zwei Stiftungsmitarbeiter, erkennbar an Namensschildern mit »FMR«-Logo am Revers, spazierten an ihnen vorbei und senkten den Blick.

Dahlberg öffnete die Glastür zu einem hellen Büro mit einem Konferenztisch. »Setz dich. Was willst du wissen?«

Sånbergen wählte einen Platz mit der Tür im Rücken. »Wir haben bislang erst ein sehr lückenhaftes Bild von Ellen Berg. Mich interessiert, was genau sie für euch gemacht hat und zu wem sie Kontakt hatte.«

Dahlberg goss etwas Wasser in ein Glas und reichte es Sånbergen, blieb selbst aber am Fenster stehen. »Sie hat vor allem bei der

Organisation und Durchführung von Events in der Region Syddanmark mitgeholfen. Sie war kommunikativ und sympathisch, machte einen guten Eindruck bei den Gästen.«

»Mit ›Gästen‹ meinst du potenzielle Geldgeber?«

»Ja, darum geht es ja bei diesen Events.«

»Und wie läuft so ein Event ab?«

»Wie ein Empfang. Es gibt Stehtische, Getränke werden angeboten, auch Kleinigkeiten zu essen. Jemand hält eine Rede und stellt unsere Ideen vor. Manchmal laden wir Musiker ein, auch mit einem kleinen Orchester, die unsere Sache unterstützen. Hinterher sprechen wir mit den Gästen und beantworten ihre Fragen.«

»Dürfte ich erfahren, in welcher Größenordnung sich die Spenden eurer Gäste bewegen?«

»Tut mir leid, es liegt im Interesse dieser Personen, das nicht öffentlich zu machen.« Noch immer stand Dahlberg am Fenster und sah von dort auf Sånbergen herab.

»Es wäre mir angenehmer, wenn du dich setzen würdest.«

Dahlberg kam dem Wunsch nach, behäbig, etwas Unbeugsames ausstrahlend, und ließ sich Sånbergen gegenüber vor einem aufgeklappten Laptop nieder.

»Wie oft finden diese Events statt?«, fragte Sånbergen.

»Alle zwei, drei Monate. Der letzte war vor drei Wochen, in unseren hiesigen Räumlichkeiten.«

»Und Ellen Berg war dabei?«

Dahlberg fingerte eine Brille aus seiner Brusttasche, aktivierte den Laptop und scrollte eine Zeit lang herum. »Ja, hier steht es. Sie war anwesend.«

»Ich frage mich, ob es Mitschnitte dieser Events gibt. Zu Werbezwecken oder um nachvollziehen zu können, welche Gäste da waren und mit wem gesprochen wurde.«

Dahlberg schwieg und antwortete erst nach einer ausgiebigen Pause. »Du weißt, dass wir so etwas nicht rausgeben können. Nicht, wenn unsere Kunden auf den Bildern sind.«

»Es geht hier um Mord. Das heißt, ihr könnt durchaus, notfalls auf richterlichen Beschluss.« Sånbergen suchte Dahlbergs Blick. »Aber vielleicht ist der nicht nötig. Zugegeben, der behördliche Weg würde die Sache kurzfristig hinauszögern, aber er könnte auch öffentliche Aufmerksamkeit erregen und den Ruf der Stiftung ankratzen.«

Dahlberg sah unter seiner Brille hindurch. »Ja, das ist mir bewusst. Aber wie gesagt, wir stehen genauso bei unseren Kunden im Wort. Und würden wir unsere Verpflichtungen ihnen gegenüber nicht einhalten, hätte das deutlich weitreichendere Konsequenzen für uns. Das wird zumindest unsere Rechtsabteilung sagen.«

»Gilt das für alle Auskünfte, die ich von euch haben will?«

»Natürlich nicht. Im Allgemeinen sind wir sehr gern zur Mitarbeit bereit.«

»Du sagtest, bei den Events stellt ihr eure Projekte vor. Wofür genau sammelt ihr die Gelder?«

Dahlberg holte tief Luft. »Das sind ziemlich spezielle medizinische Projekte, für Laien schwer zu erklären.«

»Es muss doch eine grundsätzliche Ausrichtung geben, einen Förderschwerpunkt, eine Strategie, für die die Stiftung steht.«

»Wenn ich es in einem Satz ausdrücken müsste, würde ich sagen, wir unterstützen die Erforschung der Heilungsmöglichkeiten von Krankheiten und fördern Verfahren zur Entwicklung pharmazeutischer Produkte.«

»Es gibt ein börsennotiertes Unternehmen, auf das wir gestoßen sind, JS Therapeutics. Sagt dir das irgendetwas? Habt ihr die vielleicht mal gefördert?« Sånbergen hatte gehofft, Dahlberg würde auf die Erwähnung des Firmennamens irgendwie reagieren – ein erstauntes Heben der Brauen, ein erschrockenes Zucken des Mundwinkels.

Aber er tat es nicht. »Den Namen kenne ich nicht. Und ob wir sie irgendwann mal gefördert haben, damit bin ich überfragt. Da bräuchten wir schon eine offizielle Anfrage, die wir dann ans Controlling weiterleiten würden.«

»Wir sind über einen gewissen Torben Hauser auf das Unternehmen gekommen.«

»Torben Hauser? Wer ist das?«

»Warte, womöglich erkennst du ihn.« Sånbergen suchte auf seinem Handy Torben Hausers Bild aus der Polizeiakte, das er abfotografiert hatte, und zeigte es Dahlberg.

Der schüttelte den Kopf. »Tut mir leid, ich kann mich nicht erinnern, dass so jemand an einem der Events teilgenommen hätte. Aber ich bin sicher, er gehört nicht zu unseren Sponsoren, jedenfalls nicht zu den mir persönlich bekannten.«

»Also gut, dann bleiben wir bei den Mitarbeitern der Stiftung. Mit wem hat Ellen Berg zusammengearbeitet?«

»Mit allen, die für die Organisation der Events zuständig sind. Ich kann dir gern die Namen geben.« Dahlberg drückte ein paar Tasten auf seinem Laptop, notierte etwas auf einen Zettel und schob ihn über den Tisch.

Fünf Namen standen darauf, die Sånbergen allesamt nichts sagten. Er fragte sich, ob einer dieser Stiftungsmitarbeiter vielleicht auch privaten Kontakt zu Ellen Berg gehabt hatte und womöglich in Ellens Telefonkontakten zu finden wäre – eine Liste der Verbindungen mit ihrem Handyanschluss sollten sie in Kürze vom Telefonanbieter erhalten.

Dahlberg lehnte sich zurück und verschränkte die Arme. »War's das?«

Sånbergen hatte nicht das Gefühl, dass er hier und heute noch etwas Erhellendes über die Stiftung erfahren würde. Er verabschiedete sich von Erik Dahlberg, und als er das Gebäude verließ, fühlte er sich fast ein bisschen erleichtert. Die ganze Atmosphäre in diesen Räumen war ihm unbehaglich gewesen, und er fragte sich, wie Ellen Berg in ein solches Ambiente gepasst hatte, wo sie doch übereinstimmend als offene und positive Person beschrieben worden war.

***

»Ist der Platz noch frei?« Die brünette Frau, die im Gang des abfahrbereiten und recht vollen Zuges stand, blickte freundlich zu Sånbergen hinunter. Sie war in den Dreißigern, schien etwas außer Atem und trug eine wuchtige Reisetasche. Gräuliche Schatten lagen um ihre Augen und ließen sie etwas müde wirken.

Sånbergen, der es sich mit übergeschlagenen Beinen gemütlich gemacht hatte, setzte sich zurecht. »Oh, entschuldige. Natürlich. Soll ich deine Tasche auf die Gepäckablage stellen? Ich gebe sie dir dann auch wieder runter, wenn ich vor dir aussteige.«

»Wo steigst du denn aus?«

»In Flensburg.«

»Ah, das ist gut. Ich muss schon in Tinglev umsteigen. Ich will nach Sønderborg, da wohne ich. Und ich bin froh, wieder nach Hause zu kommen.«

Ohne näher auf diese Bemerkung einzugehen, stand Sånbergen auf und hievte die Tasche auf die Ablage, ehe er sich wieder setzte. Auch die Frau nahm nun Platz, wobei ihm nicht entging, dass sie mit unverhohlener Neugier seine Schuhe und seine Aktentasche musterte.

»Warst du geschäftlich in Odense?«, fragte sie.

»Ja, tatsächlich. Allerdings nur für zwei Stunden.« Er hatte das Gefühl, zu kurz angebunden zu sein und sich eigentlich näher erklären zu müssen, aber im Moment hatte er einfach andere Sachen im Kopf.

»Ich hoffe, es ist erfreulich verlaufen?«, fragte sie.

»Ich würde es eher ›beschwerlich‹ nennen. Aber das bin ich gewohnt.« Sånbergen setzte ein entschuldigendes Lächeln auf und wandte sich zum Fenster, um das Gespräch möglichst kurz zu halten.

»Beschwerlich? Dann laufen die Geschäfte nicht gut?«, fragte die Frau jedoch unverdrossen weiter. Sie war wirklich sehr neugierig, und die leicht erhöhte Tonlage ihrer Stimme sowie die weit geöffneten Augen deuteten darauf hin, dass sie so schnell keine Ruhe geben würde.

Sånbergen fügte sich ins offenbar Unvermeidliche und beschloss, zumindest ein wenig Konversation zu betreiben. »Ich bin Polizeibeamter, und nicht immer sind die Personen, mit denen wir zu tun haben, sonderlich kommunikativ.«

»Oh, ich verstehe. Ja, das ist wenig erfreulich. Aber wohl unausweichlich, weil ihr ja meistens keine guten Nachrichten bringt … Ich war in Odense bei einer Freundin, und bei ihr ist es genau andersrum. Sie ist Hebamme, und sie sagt, es sei der schönste Beruf der Welt. Weil man eben fast immer mit guten Nachrichten kommt.« Die Frau lächelte. »Aber wenn du einen Fall gelöst hast, dann ist das ja auch eine gute Nachricht, zumindest für eine Seite.«

»Ja, dann schon.«

Nun drehte sie sich ganz zu ihm. »Ich gebe zu, ich bin etwas neugierig, aber ich wollte schon immer wissen, wie Polizisten arbeiten, wie sie ihre Fälle lösen. Also, wenn du einen Fall hast, bist du dann wirklich überzeugt davon, dass du ihn lösen wirst?«

Sånbergen nickte. Tatsächlich war es so.

»Aber wie kannst du sicher sein, dass du alles rausbekommst? Was tust du, um an all die Informationen zu kommen, die du brauchst? Recherchen? Moderne Technik?« Sie reihte zu viele Fragen aneinander, um auf alle eingehen zu können, und Sånbergens Mitteilungsbedürfnis war ohnehin erschöpft.

»Ich tue eigentlich gar nichts, jedenfalls nichts Besonderes. Ich beobachte nur, höre zu und denke nach.«

Die Frau unterzog ihn einem prüfenden Blick, als stellte sie sich vor, wie er dabei aussähe. »Das ist interessant. Aber ich habe dich schon lange genug mit meinen Fragen in Anspruch genommen. Sicher hast du noch etwas zu tun, also werde ich dich nicht weiter beim Nachdenken stören. Ich wünsche dir noch einen fröhlichen Johannistag.«

Sie wandte sich ab und holte aus der Innentasche ihrer Jacke ein Buch mit rotem Einband hervor. Ein merkwürdiges Buch. Es sah alt und abgegriffen aus, und als sie darin blätterte, fiel Sånbergen auf, dass an manchen Stellen Seiten fehlten. Nur zackenförmige Reste waren noch zu sehen, als hätte jemand sie herausgerissen. Er fragte sich, warum diese Seiten entfernt worden waren.

Die Frau hatte offenbar seine Blicke bemerkt. »Es geht darin um eine alte Familiengeschichte, Beziehungen über Generationen«, erklärte sie unaufgefordert. »Das, was Frauen halt gern lesen.«

Nun war er es, der etwas wissen wollte. »Das Buch sieht aus, als hätte es schon einiges mitgemacht.«

»Was meinst du?«

»Da fehlen Seiten.«

Sie betrachtete das Buch, als wäre ihr das erst jetzt aufgefallen, und nickte. »Ja, das stimmt. Ich habe sie irgendwann herausgerissen. Das ist so eine Eigenart von mir.«

»Du mochtest etwas auf den Seiten nicht?«

»Doch. Nein. Ich weiß nicht … Es war irgendwie, als käme ich nicht an ihnen vorbei und müsste sie loswerden. Tut mir leid, das hört sich bestimmt schrecklich merkwürdig an.«

Sånbergen musste an seinen »Tom Sawyer« denken, an eine Stelle, mit der es ihm ganz ähnlich ging, an der er immer wieder hängen blieb. Allerdings war er bislang noch nie auf die Idee gekommen, die Seite einfach herauszureißen. »Ich finde es gar nicht so merkwürdig.«

»Das ist nett, dass du das sagst.« Sie lächelte ihn dankbar an. »Welches Buch liegt denn auf deinem Nachttisch?«

»Eins von Mark Twain.«

»Lass mich raten. ›Tom Sawyer‹?«

»Natürlich.«

»Ich verstehe, dass es dir gefällt. Nur die eine Sache am Ende ist mir nicht klar …«

»Da kann ich dir nicht helfen. Über das zweite Drittel bin ich noch nicht hinausgekommen.« Er stockte. »Aber ›Tom Sawyer‹ ist ein Abenteuerroman, weit entfernt von einer alten Familiengeschichte. Hast du es trotzdem gelesen?«

»Ja, das habe ich. Sogar zweimal, wenn ich mich nicht irre. Ich glaube, früher habe ich fast jedes Buch zweimal gelesen – erst für mich und dann für meine Freundin.« Sie machte einen entschuldigenden Gesichtsausdruck, als fürchtete sie, schon wieder absonderlich zu erscheinen.

Sånbergen konnte nichts Eigentümliches daran finden. Ganz im Gegenteil. »Du hast deiner Freundin vorgelesen?« Er mochte die Vorstellung.

»Ja, als sie noch klein war. Ich habe ihr alles Mögliche vorgelesen, wann immer es mir möglich war. Emma war wie eine Schwester für mich.« Mit einem Mal überzog eine tiefe Traurigkeit das Gesicht der Frau. »Aber das sind alte Geschichten.« Sie mühte sich zu einem flüchtigen Lächeln. »Ich werde mich jetzt etwas ausruhen und wünsche dir schon mal eine gute Weiterfahrt.«

Dann wandte sie sich ab, lehnte sich mit geschlossenen Augen zurück, und einmal mehr hatte Sånbergen das Gefühl, ungewollt eine unangenehme Situation geschaffen zu haben.

13

Als Sånbergen in Flensburg den Zug verlassen hatte und schon im Taxi nach Harrislee saß, meldete sich Hanna und teilte mit, der Telefonanbieter habe ihr die Liste von Ellen Bergs Telefonverbindungen zukommen lassen. Sånbergen nannte ihr die fünf Namen, die Erik Dahlberg ihm als Ellens Kontaktpersonen bei der Stiftung gegeben hatte. Aber keiner von ihnen war laut Hanna auf der Liste zu finden. Und auch Torben Hauser nicht.

»Bei den Kontakten, mit denen Ellen noch am Dienstag telefoniert hat, gibt es aber etwas Interessantes«, sagte Hanna. »Der letzte Anrufer ist Tommy Holsmark gewesen. Er hat sie um fünfzehn Uhr vierzehn angerufen, und das Gespräch hat zweiundvierzig Sekunden gedauert.«

Das verwunderte Sånbergen. »Ich habe mit Tommy geredet, und er hat nichts von diesem Gespräch erwähnt.«

»Aber so muss es gewesen sein. Und fünfzehn Uhr vierzehn – zu der Zeit war Ellen doch noch bei Sophie Winter. Hatte sie Ihnen nicht gesagt, dass Ellen erst gegen fünfzehn Uhr dreißig gegangen sei? Hätte Sophie den Anruf dann nicht mitkriegen müssen?«

Sånbergen stutzte. Hatte Sophie es zu erwähnen vergessen? »Entschuldige, Hanna, ich muss das gleich klären, wir sprechen uns später, ja?« Er legte auf und wählte Sophies Nummer, die er, wie die Kontaktdaten sämtlicher an dem Fall Beteiligter, in seinem Handy abgespeichert hatte. Aber niemand nahm ab, und er hinterließ eine Bitte um Rückruf auf dem Anrufbeantworter.

Zurück in seinem Büro schloss Sånbergen die Tür hinter sich und betrachtete den Aktenstapel auf seinem Schreibtisch. Gestern, da war er sich sicher, war der Stapel noch beträchtlich kleiner gewesen. Es schien, als verschaffte sich jemand Zutritt zu seinem Büro und legte dort Ordner ab, ohne dass Sånbergen davon wusste. Der eine Umstand verärgerte ihn so sehr wie der andere, und er überlegte, ein Schild an der Tür anzubringen, das jedem Unbefugten unter Androhung dienstrechtlicher Konsequenzen den Zutritt verwehrte, vor allem dann, wenn der ihm unnötige Arbeit bescherte.

Irgendwo in diesem Raum begann plötzlich ein Telefon zu

klingeln, ein dumpfes Geräusch, als käme es aus einer der Schubladen. Vergraben unter weiteren Akten fand Sånbergen einen fest installierten Apparat und nahm den Anruf an. »Kommissar Sånbergen, Polizeistation Harrislee.«

»Da sind Sie ja, Chef. Holm hier. Ich bin in der Rendsburger Straße, vor dem Apartment von Hauser.«

»Holm, was machen Sie in Flensburg? Und dann auch noch am Samstag?«

»Na ja, bei so einem Fall können wir doch nicht einfach Dienst nach Vorschrift leisten. Ich war gerade in der Nähe, also dachte ich, ich schau mir das mal an.«

»Sehr gut. Ist Hauser aufgetaucht?«

»Jepp. Ist gerade ins Haus rein, kurz darauf wurden die Jalousien in seinem Apartment runtergelassen.«

Eine hervorragende Nachricht. Sånbergen verlor keine Zeit. Er rief Philips an, wich dessen Fragen nach seinem schriftlichen Bericht aus und erzählte ihm stattdessen von den bisherigen Ermittlungsergebnissen zu Torben Hauser, dessen Verurteilung wegen Totschlags an einer Frau und dem Verdacht auf Drogenhandel.

Als Philips bei einem Blick in die digitalen Unterlagen feststellte, dass Hauser erst vor wenigen Tagen auch noch seinen letzten Termin beim Bewährungshelfer verpasst hatte, erklärte er sich bereit, unter Hinweis auf potenzielle Verdunklungsgefahr einen Durchsuchungsbeschluss für das Apartment in Flensburg auszustellen.

Endlich etwas Handfestes. Sånbergen war zufrieden. Er benachrichtigte Hanna, sperrte die unterste Schublade seines Schreibtischs auf und griff mit etwas Unbehagen nach der P7, die er dort deponiert hatte.

Zwanzig Minuten später trafen Sånbergen und Hanna in der Rendsburger Straße ein. Sie stellten den Wagen hinter Holms weißem Corsa ab, und Sånbergen klopfte gegen das Fenster der Beifahrertür.

Holm ließ die Scheibe herunter. »Alles klar, Chef, alles im Blick.«

»Ist er noch oben?«

»Klar, ich sag doch, ich hab alles im Auge. Er wohnt im zweiten Stock.«

»Gute Arbeit. Dann ab nach Hause, Holm. Wir sprechen uns morgen. Ich weiß, Sonntag, aber zurzeit geht es nicht anders.«

»Schon klar, ist kein Problem.« Holm hob die Hand zum Gruß und fuhr davon.

Sånbergen und Hanna betraten das Treppenhaus. Der Boden war noch immer klebrig, auch lagen nach wie vor die Scherben auf dem Boden vor Hausers Tür. Aber dieses Mal waren Geräusche aus dem Apartment zu hören. Der Fernseher lief. Das Knarren von Holzdielen, langsame Schritte.

Sånbergen klopfte an die Tür, wartete und klopfte erneut. »Torben Hauser? Wir sind von der Polizei Harrislee. Die Kommissare Sånbergen und Wiedmann. Wir möchten mit Ihnen reden.«

Niemand antwortete. Keine Schritte mehr.

»Wir wissen, dass Sie da drin sind. Machen Sie die Tür auf, sonst müssen wir reinkommen.«

Auch die Drohung nutzte nichts.

Sånbergen sah zu Hanna. »Was machen wir?«

Sie versuchte es noch einmal. »Wir haben einen Durchsuchungsbeschluss, Torben. Sie werden nicht drum herumkommen, mit uns zu reden.«

Noch immer Stille. Verwundert sahen sie sich an. Spekulierte Hauser tatsächlich darauf, dass sie bluffen und unverrichteter Dinge wieder abzögen?

»Kriegen Sie die unversehrt auf?«, fragte Sånbergen und deutete auf die Tür.

Hanna schüttelte den Kopf.

Sånbergen hatte auf eine einfache Befragung gehofft, in der sich Hauser zunächst zwar bestimmt unschuldig geben würde, sie ihn dann aber wegen irgendwelcher Widersprüche festnageln könnten. Ohne jegliche Eskalation. Er mochte es überhaupt nicht, wenn Situationen unberechenbar wurden. Aber angesichts der Umstände sah er keine andere Möglichkeit.

Er stellte sich vor die Tür, nahm die P7 in beide Hände und trat mit dem Fuß neben den Metallbeschlag. Die Tür sprang mit einem Krachen auf, pendelte wieder zurück und blieb einen Spalt geöffnet, durch den eine Dunstwolke kroch. Der Geruch von Schweiß und altem Fett. Eine struppige Katze lief heraus und huschte erschrocken den Flur hinunter.

Sånbergen machte einen Schritt zur Seite, suchte Deckung mit dem Rücken zur Wand, und Hanna tat es ihm gleich. »Was soll das, Hauser, das Versteckspiel ist doch vollkommen unnötig«, rief er, schob sich einen Schritt vor und warf einen kurzen Blick in das Apartment. Ein kurzer Flur, dahinter gleich links der Beginn einer Küchenzeile und ein kleiner Küchentisch, an dem niemand saß.

Mit der Fußspitze stieß er die Tür ganz auf – und dann sah er ihn: am Ende des Flures, einen Mann mit angespannten Sehnen und einem Messer in der Hand. Das Haar war kurz geschoren, sein Äußeres ungepflegt, er kniff die Augen zusammen und wirkte wie ein verschrecktes Tier, das die Zähne fletschte.

»Verflucht, hören Sie schlecht? Polizei! Lassen Sie sofort das verdammte Messer fallen!«

Der Mann wich zurück, verharrte dann in seiner Haltung und musterte Sånbergen mit gehetztem Blick. »Habt ihr 'nen Ausweis?«

Sånbergen schaute sich um. Niemand sonst schien hier zu sein. Das Apartment war dreckig, Geschirrberge türmten sich in der Spüle, auf dem Tisch standen ein leeres Glas und eine halb volle Flasche. Während er weiter die Waffe im Anschlag hielt, kam Hanna mit gezücktem Dienstausweis hinzu, und endlich ließ der Mann das Messer fallen.

»Verdammt, mit wem haben Sie gerechnet?«, zischte Hanna, während Sånbergen seine P7 senkte.

»Ob Sie's glauben oder nicht, hier treiben sich Leute rum, mit denen man nichts zu tun haben will.«

Sånbergen war zunehmend irritiert. Diese Absteige passte nicht zu jemandem, der vor seiner Inhaftierung erfolgreich an der Börse spekuliert hatte. Und genauso wenig konnte er die Gestalt, die hier vor ihm stand, mit dem gut aussehenden Mann zusammenbringen, den er von dem Polizeifoto kannte. Das linke Ohr war mit blutdurchtränktem Mull bedeckt, die Gesichtszüge kamen ihm weniger symmetrisch vor, und auch die Nase stimmte nicht. Ein Verdacht keimte in ihm auf. »Können Sie sich ausweisen?«

»Kann ich nicht«, fauchte der Mann zurück. »Sehen Sie das?« Er drehte das verbundene Ohr ins Licht, seine aufgerissenen Augen noch immer auf Sånbergen gerichtet. »Erst haben sie mein Ohrläppchen genommen, dann meine Sachen«, zeterte er, »und dann alles, was ich in den Schubladen hatte.«

Mit der Fußspitze zog Sånbergen einen Hocker unter dem Küchentisch hervor. »Setzen Sie sich und rühren Sie sich nicht von der Stelle.«

Widerwillig hockte sich der Mann auf die vordere Kante.

»Wer zum Teufel sind Sie, und was machen Sie hier?«

Der Mann schwieg und biss sich auf die Unterlippe, die glasigen Augen aufgerissen.

»Muss ich Sie wirklich in Handschellen legen und aufs Revier verfrachten? Die werden Sie von Kopf bis Fuß durchleuchten und in Gewahrsam nehmen, und letztendlich wird unser Computer ohnehin alles über Sie ausspucken, was wir wissen wollen.«

Der Mann sank in sich zusammen. »Okay, okay, also gut, ich sag's ja schon. Ich bin Klaus, Klaus Jensen. Aber ich bin völlig legal hier. Torben hat's mir erlaubt. Ich könne hier unterkommen für 'ne Weile, wegen meiner Schulden und so.«

»Er hat Sie hier einquartiert?«

»Sag ich doch.«

»Wann? Und wieso sollte er das tun?«

Jensen rieb sich die Nase. »Vor 'n paar Tagen. Und keine Ahnung, warum. Gefälligkeit unter Ex-Knackis. Wahrscheinlich braucht er das Apartment nicht selbst. Würde mich auch wundern, der hat sicher 'ne bessere Bleibe.«

»Sollen Sie ihm Bescheid geben, falls wir hier auftauchen?«

»Ich hab ja nicht mal 'ne Nummer von ihm. So dicke sind wir nicht, kennen uns bloß aus dem Knast. Dass ich hier bin, is nur 'n Deal auf Zeit, ich weiß nicht, wie lange.«

Hanna hatte inzwischen den Kühlschrank geöffnet und zog eine Handvoll kleiner Kunststofftütchen aus einem Marmeladenglas. Sie ließ zur Reinigung etwas Wasser über das transparente Plastik laufen, woraufhin graublaue Kristalle darin zum Vorschein kamen. »Schau an, wenn das mal kein Crystal Meth ist.« Sie reihte sechs Tütchen ordentlich nebeneinander auf den Tisch.

Jensen antwortete kleinlaut. »Das is bloß billiges Zeug. Was für Leute, die sich kein Koks leisten können.« Er zuckte mit den Schultern. »Ich bin nur 'n armer Schlucker und verdien mir 'n paar Euro, damit ich über die Runden komm.«

Sånbergen glaubte ihm aufs Wort. Er nahm sich einen zweiten Hocker und setzte sich dem Mann gegenüber. »Wegen der Drogen sind wir nicht hier, und vielleicht interessieren die uns auch weiterhin nicht. Was uns interessiert, sind Informationen zu Torben Hauser.«

Jensen machte keine Anstalten zu reden. Er starrte auf das leere Glas auf dem Tisch, die Flasche daneben. Nordhäuser Korn.

Sånbergen nahm die Flasche und füllte das Glas zur Hälfte. »Na schön, trinken Sie was, das beruhigt.«

Jensen ließ sich nicht lange bitten. Er schlürfte den Korn aus dem Glas, spülte ihn einmal quer durch den Mund und schluckte ihn hinunter.

»Wir sind nicht von der Drogenabteilung, Klaus«, schlug Sånbergen nun einen persönlicheren Tonfall an. »Wir sind von der Mordkommission und untersuchen die Tötung einer jungen Frau aus Harrislee, Ellen Berg.«

Fragend sah Jensen auf.

»Wissen Sie, ob Torben Hauser sie gekannt hat?«

»Keine Ahnung.«

»Ich mache Ihnen jetzt einen Vorschlag, nein, wir treffen eine Verabredung: Sie sagen uns alles, was Sie über Hauser wissen. Und wenn meine Kollegin und ich hier rausspazieren, dann haben wir die Drogen vergessen und auch Ihre Bleibe, und diese Tütchen hier haben wir nie gesehen.«

Jensen schaute ungläubig zwischen Sånbergen und Hanna hin und her, dann stopfte er sich unter den kaum weniger erstaunten Blicken Hannas die Tütchen eilig in die Hosentasche. »Schätze, das is okay. Was wollen Sie wissen?«

»Woher kennen Sie Torben Hauser?«

»Hab ich doch schon gesagt: aus dem Knast. Als ich mal in Kolding gesessen hab, waren wir für ein paar Monate Zellengenossen, da erfährt man was über den anderen. Was er gemacht, womit er vorher sein Geld verdient hat. Und Torben hat Ahnung von Drogen, aber teures Zeug für die gehobene Gesellschaft. Und für seine Partys. Nicht dass ich dabei gewesen wär …«

»Wo haben diese Partys stattgefunden?«

»Keine Ahnung, so genau hat er's nicht erzählt. Muss aber 'n größeres Haus gewesen sein, mit Garten und Pool und so …«

Sånbergen sah fragend zu Hanna hinüber, die mit den Schultern zuckte. Dann wandte er sich wieder an Jensen. »Hauser hat gesessen für Totschlag im Affekt. Und jetzt ist wieder eine junge Frau ums Leben gekommen, kurz nachdem er entlassen worden ist.«

»Scheiße, ja, ich hab davon gehört. Aber das heißt ja nicht, dass er es wieder war.«

»Wenn er es *nicht* war, Klaus, dann sollte er aber schleunigst mit uns reden.« Sånbergens Ton wurde etwas eindringlicher. »Wo ist Hauser jetzt?«

»Weiß ich nicht, ehrlich! Er meinte nur, er will sich für 'ne Zeit verziehen, das is 'n paar Tage her. Wir sind uns am Hafen zufällig übern Weg gelaufen und haben uns dann abends auf ein Bier getroffen. Er hat gesagt, ich kann hier wohnen und soll mir keinen Kopf machen, also mach ich's auch nicht. Ich weiß nicht, wohin er ist. Ich weiß nur, irgendwo an der dänischen Südküste hat er 'ne Zwanzig-Meter-Yacht liegen, und manchmal ist er in Richtung Schweden damit. Hatte er jetzt auch wieder vor, hat er erzählt.«

»Er besitzt eine Yacht? Auch jetzt noch, obwohl er vier Jahre gesessen hat?«

»Klar, warum nicht? Das meiste war ja ehrlich verdientes Geld.« Jensen grinste. »Das is 'n Anzugtyp, verstehen Sie? Früher, da hatte er 'nen Spitzenposten. Der weiß, was er mit seiner Kohle machen muss, selbst wenn er im Knast sitzt.«

»Können Sie Hauser irgendwie erreichen, oder kennen Sie jemanden, der es kann?«

»Ich sag doch, ich hab noch nicht mal 'ne Nummer von ihm. Und woher soll ich wohl wen aus den Kreisen kennen?«

»Na schön.« Die Aussage hatte für Sånbergen halbwegs plausibel geklungen. Trotzdem rief er Blom an, um über den zentralen Polizeicomputer ein paar Informationen über Jensen einzuholen. Es fanden sich kleinere Verurteilungen wegen Diebstahls und Drogenhandels, immer wieder hatte er für ein paar Monate gesessen, mal in Deutschland, mal in Dänemark. Aber keine Raubüberfälle, keine Körperverletzung.

Sånbergen beschloss, ihn laufen zu lassen. »Okay, von mir aus können Sie hierbleiben, Klaus. Aber wenn Hauser sich meldet, dann rufen Sie uns an, klar?« Er fingerte eine Karte aus seiner Jacke. »Verlieren Sie die nicht.«

»Gefallen gegen Gefallen, hm?« Jensen zwinkerte ihm zu.

»Ja. So ist es.« Sånbergen klopfte ihm auf die Schulter und verließ das Apartment zusammen mit Hanna, die allerdings nur zögerlich folgte.

Kaum standen sie auf der Straße, blieb sie stehen und machte ihrem Unmut Luft. »Sie lassen ihn laufen? Wir hätten sicher noch mehr Drogen bei ihm gefunden! Er hat selbst gesagt, er handelt damit.«

»Ja, das tut er.«

»Wir müssen das zumindest melden.«

»Ja, vielleicht.«

»Aber … Wir sind noch immer Polizeibeamte.«

Damit hatte sie recht. Und dennoch. »Wenn wir ihn jetzt hochnehmen, kriegt Hauser das womöglich mit, das bringt uns nicht weiter. Und wer hat was davon, wenn wir Jensen für ein paar Wochen ins Gefängnis stecken? Vielleicht wird er uns sogar noch hilfreich sein.« Sånbergen setzte sich in Bewegung. »Jetzt kommen Sie schon. Jensen ist ein kleiner Dealer, kein Schwerverbrecher, und wir wollen beide nach Hause. Freuen Sie sich lieber darüber, dass alles glimpflich verlaufen ist.«

Er hörte Hanna seufzen, dann kam sie hinterher, einen Schritt hinter ihm, und als sie ihren Wagen erreichten, ließ sie es sich nicht nehmen, Sånbergen einen missbilligenden Blick zuzuwerfen.

Am Marktplatz von Harrislee ließ Hanna Sånbergen aussteigen. Er musste sich dringend etwas bewegen und wollte von hier aus lieber zu Fuß zu seiner Unterkunft gehen. Den Weg kannte er, und die Luft war nun, am frühen Abend, etwas abgekühlt, endlich hatte er das Gefühl, ein wenig freier atmen zu können.

Nur ein paar Meter weiter hatte noch ein kleines Café geöffnet.

Sånbergen setzte sich, sah den Dingen zu, wie sie entschleunigten, und ließ die Zeit an sich vorbeiziehen, bis den Abendhimmel ein dunkleres Orange zeichnete.

Er verließ das Café als letzter Gast, gab ein großzügiges Trinkgeld und lief ein paar Schritte. Ein Fußmarsch von rund einer Stunde erwartete ihn, aber als er auf seinem Handy einen Blick in die Karte warf, stellte er fest, dass ein kleiner Umweg von vielleicht zwanzig Minuten ihn zum Erlenbruch führen würde. Es war halb zehn und würde dunkel sein, wenn er dort einträfe. Wenn stimmte, was sie vermuteten, hatte der Täter irgendwann um diese Zeit die tote Ellen Berg dorthin gebracht.

Sånbergen zog es noch einmal zurück zum Fundort. Er wollte wissen, wie jetzt die Lichtverhältnisse dort waren, welche Geräusche zu hören sein würden, wie es für den Täter gewesen war, sich dort zu bewegen und dabei unbemerkt bleiben zu müssen.

Gegen Viertel nach zehn näherte sich Sånbergen dem Erlenbruch. Es war noch immer sommerlich warm, und über dem Moor schwebte eine dunstige Nebelwolke. Eine Kirchturmuhr schlug in der Ferne. Dieses Mal kam er aus einer anderen Richtung, von hier führte kein befestigter Weg durch die Wiesen. Aber der Boden schien trocken zu sein. Er stapfte fünfzig Meter über das Gras bis zu der Schneise, die auf die Lichtung führte. Dort blieb er stehen, sah sich um und ließ das Geschehen, so wie er es sich vorstellte, vor seinem inneren Auge ablaufen.

Irgendwo hier musste der Täter sein Auto abgestellt haben – vielleicht auch schon weiter vorn, auf der asphaltierten Landstraße, um keine Reifenspuren zu hinterlassen. Er wartete, bis keine Autolichter zu sehen waren, stieg aus und öffnete den Kofferraum, wo er die Leiche und einen Rucksack mit seinen Utensilien verstaut hatte. Wenn er einen Overall trug, hatte er den wahrscheinlich schon übergestreift, sodass er jetzt nur den Rucksack aufsetzen und die Leiche aus dem Kofferraum heben musste – vorsichtig, dass er ihr keine Schramme zufügte. Vielleicht trug er sie zum Erlenbruch, vielleicht hatte er auch ein Hilfsmittel dabei, um sie leichter transportieren zu können. Und dann machte er sich an die Arbeit, zügig, aber sorgfältig.

Es war weitgehend still, nur das Summen von Mücken war zu

hören, dazu das Motorengeräusch eines Autos, dessen Lichter in der Ferne kurz aufleuchteten. Eine johlende Stimme. Dann erneut bloß die Mücken. Sånbergen schlug nach einer, eine weitere versuchte, sich auf seinem Unterarm niederzulassen. Besser, von hier zu verschwinden, bevor die mich auffressen, dachte er und wollte sich schon auf den Rückweg machen – als sein Handy klingelte. Es war Ellen Bergs Doktormutter, Sophie Winter. Er nahm ab.

»Guten Abend, Frau Winter.«

»Hallo, Herr Sånbergen. Bitte entschuldigen Sie, es ist schon spät, aber ich bin gerade erst nach Hause gekommen und habe Ihre Nachricht auf dem AB gehört. Da dachte ich, vielleicht erreiche ich Sie noch.«

»Ich bin auf dem Heimweg, Sie stören mich nicht, ganz im Gegenteil. Es wäre gut, wenn wir eine Sache noch heute klären könnten.«

»Also, wenn Sie ohnehin gerade unterwegs sind, schauen Sie doch kurz bei mir vorbei, wenn es Ihnen passt und kein Umweg für Sie ist.«

Wieder hörte er dieses Johlen. Kurz nahm er das Handy vom Ohr. Dann noch eine zweite Stimme – sie kamen aus Richtung Süden, aus Harrislee, und schienen sich ihm zu nähern. Junge Männerstimmen, die lachten und alkoholisiert klangen.

»Gut, Frau Winter, so machen wir es. Ich denke, ich bin in etwa zwanzig Minuten da.« Er legte auf und lenkte nun seine ganze Aufmerksamkeit auf die zwei Gestalten, die im immer dunkler werdenden Dämmerlicht auf ihn zusteuerten. Zwei junge Männer in Uniform. Sie schwankten. Er zückte seinen Dienstausweis und sprach sie an. »Hej, habt ihr euch verlaufen?«

Die beiden wirkten so überrascht, wie er selbst sich fühlte. »Warum, ist hier Betreten verboten?«, witzelte der eine und zupfte sein braunes Käppi zurecht. Er hatte einen dänischen Akzent.

»Nein, ist es nicht. Ich wundere mich nur, hier und um diese Uhrzeit jemanden zu treffen. Kann ich euch ein paar Fragen stellen?«

»Schon, wenn es nicht zu lange dauert. Wir sind etwas in Eile.«

»Diese Uniform, die ihr tragt – gehört ihr zur dänischen Marine-Akademie?«

»Jawohl!«

»Darf ich eure Namen erfahren?«

»Stieg«, sagte der mit dem Käppi. »Mein Kamerad heißt Alfi.«

»Ihr hattet einen freien Tag heute?«

»Haben wir immer noch. Bis genau dreiundzwanzig Uhr, dann ist Zapfenstreich, und keine Minute später«, antwortete Stieg, der deutlich aufgeschlossener wirkte als sein Kumpan.

»Ich verstehe. Wir brauchen auch nicht lange, aber es ist wichtig. Eine junge Frau ist hier vor einigen Tagen ermordet aufgefunden worden. Habt ihr davon gehört?«

»Ermordet? Hier?«, fragte Stieg, nun etwas ernster.

»Genau hier, in diesem Erlenbruch. Eine Dänin, sie hat kurz hinter der Grenze gewohnt. Ellen Berg. Kanntet ihr sie vielleicht?«

Die beiden sahen sich fragend an, schüttelten dann die Köpfe, und wieder war es Stieg, der antwortete. »Wir sind nicht oft hier drüben, vielleicht einmal im Monat. Wir gehen in Harrislee was trinken und sind pünktlich wieder zurück.«

»Seid ihr bei Janne gewesen?«

Stieg nickte. »Sie kennen die Bar?«

»Seit gestern. Janne war auch bei der Marine, habe ich gehört.«

»Jau. Wir gehen am liebsten rüber, wenn Happy Hour ist.«

»Und ihr nehmt diesen Weg hier zurück? Durch die Marsch?«

»Ist 'ne Abkürzung. Jetzt im Sommer ist ja alles trocken, man kann querfeldein laufen. Und Alfi kann unterwegs ungestört schiffen.« Er grinste und schlug seinem Begleiter freundschaftlich gegen die Schulter. »Wir sparen gut zehn Minuten, also wieso sollten wir außenrum, über den Ochsenweg?«

»Und die anderen Rekruten laufen auch hier lang?«

»Denke schon.«

»Okay. Was war letzten Dienstag? Wart ihr da auch bei Janne?«

»Letzten Dienstag?« Stieg zuckte mit den Schultern. »Nee, da hatten wir nicht frei.«

»Ihr nicht. Aber vielleicht jemand anderes von eurer Truppe?«

Stieg wedelte mit den Händen, wohl um die Mücken zu vertreiben. »Also, wenn Sie was über unsere Kameraden wissen wollen, dann müssen Sie sich an den Major wenden. Major Persson.« Demonstrativ sah er auf die Uhr. »Außerdem müssen wir jetzt los.«

»Okay, alles klar. Major Persson also. Dann halte ich euch jetzt nicht länger auf. Danke für eure Auskünfte. Kommt gut in die Kaserne.«

Die beiden zogen weiter, und Sånbergen machte sich zügig auf den Weg zu Sophie Winter, während er sich gedankenverloren an der Schulter kratzte, die ihm auf einmal empfindlicher vorkam als sonst.

14

Die weiße Holzpforte stand offen, die Haustür war nur angelehnt. Sånbergen sah das lichtblaue Fahrrad mitten im Garten stehen, der von zwei Kugellampen erleuchtet war. Er trat ein, ohne zu klingeln. »Frau Winter?«

Niemand antwortete. Musik drang bis in den Flur. Er rief noch einmal, ging zögerlich vor bis zur Wohnzimmertür, lauschte nach Stimmen oder Geräuschen, die auf die Hausherrin hindeuteten. Dann ein Klappern. Kurze, schnelle Schritte. Er wandte sich um.

»Da sind Sie ja. Ich bin gerade in der Küche.« Sophie hielt einen Teller und ein kariertes Küchenhandtuch in den Händen.

»Danke, dass Sie sich trotz der späten Stunde noch die Zeit nehmen«, sagte Sånbergen und fühlte sich etwas unbehaglich, obwohl es ja ihr eigener Vorschlag gewesen war.

Sophie wies in Richtung Wohnzimmer. »Nehmen Sie nur Platz, ich bin sofort wieder da.« Sie drehte ihm den Rücken zu, entfernte sich und kam gleich darauf mit zwei gefüllten Gläsern in der Hand zurück. Mit den Worten »Campari Spritz« und einem auffordernden Nicken reichte sie Sånbergen eines davon, noch bevor er etwas sagen konnte.

»Tut mir leid, ich bin im Dienst«, brachte er schließlich hervor und kam sich angesichts der Uhrzeit selbst etwas albern vor. »Eigentlich möchte ich nur etwas von Ihnen wissen.« Er bemerkte ein kurzes, enttäuscht wirkendes Lächeln bei ihr, und für einen Moment kam ihm der Gedanke, dass sie hinter diesem Treffen womöglich ein privates Anliegen vermutete. »Also, da –«

»Nun kommen Sie schon, Sie kennen ja den Weg.« Sie lief voran ins Wohnzimmer und ließ sich in einen Sessel fallen, wobei Sånbergens Blick kurz an dem grünen Kleid haften blieb, das um ihre Knie wehte. »Entschuldigung, ich glaube, ich habe Sie unterbrochen«, fuhr sie fort. »Das passiert mir manchmal. Ein Gedanke kommt dazwischen, ich spreche ihn aus, und schon im nächsten Moment tut es mir leid, dass ich voreilig war.«

Ihre Offenheit hatte etwas Entwaffnendes, und Sånbergen beschlich das Gefühl, das Gespräch nehme eine falsche Richtung. »Das stört mich nicht, überhaupt nicht. Aber weshalb ich eigentlich gekommen bin: Da gibt es eine Unstimmigkeit im Fall Ellen Berg, die ich klären muss.«

»Ach ja?« Über den Rand des Glases hinweg schaute Sophie ihn an. »Ich hoffe, ich kann Ihnen weiterhelfen.«

»Sie haben ausgesagt, Ellen habe am Dienstag um fünfzehn Uhr dreißig Ihr Haus verlassen. Wir haben Ellens Telefonkontakte geprüft und wissen nun, dass sie um fünfzehn Uhr vierzehn angerufen wurde. Da war sie aber noch bei Ihnen, und Ellen hat das Gespräch auch entgegengenommen. Sie müssten das doch mitbekommen haben, nicht wahr?«

Sophie senkte ihr Glas. »Ach ja? Um fünfzehn Uhr vierzehn, sagen Sie? Ja, da muss Ellen noch hier gewesen sein. Wir machen nie früher Schluss, das sind feste Termine, die wir immer genau einhalten.« Sie ließ ihren Blick durch den Raum schweifen, schien zu überlegen, wie es letzten Dienstag gewesen war, und blickte dann in Richtung der Terrassentür. »Ja, wir haben draußen gesessen, und ich bin in die Küche, um etwas zu trinken zu holen. Ellen wollte nur ein Wasser, sonst nichts. Ich war für zwei Minuten weg. Wenn es bloß ein kurzes Telefonat gewesen ist, dann könnte es sein …«

Tatsächlich hatte die Verbindung lediglich zweiundvierzig Sekunden gedauert, und Sånbergen sah auch keinen Grund, warum Sophie ihn anlügen sollte. Aber er war unsicher, was diese Frau betraf, und wusste nicht genau, wieso. Vielleicht wirkte ihre offene

Art einfach etwas zu unschuldig. Er sah sich um und versuchte, sich vorzustellen, wie diese zweiundvierzig Sekunden abgelaufen waren. Das Wohnzimmer und ein zehn Meter langer Flur lagen zwischen Küche und Terrasse.

»Und als Sie zurückkamen, hat Ellen nichts von dem Telefonat erwähnt?«

»Nein.«

»Wirkte sie nachdenklich oder auf eine andere Weise in ihrer Stimmung verändert?«

»Überhaupt nicht.« Sophie seufzte. »Das tut mir leid, dass ich Verwirrung gestiftet habe. Und falls ich Sie verärgert haben sollte, war es überhaupt nicht meine Absicht.«

»Ich weiß, Sie können ja nichts dafür.« Schon tat es ihm leid, dass er offenbar vorwurfsvoll geklungen hatte. Er atmete durch, und Sophie warf ihm einen versöhnlichen Blick zu, ehe sie aufstand und zur Terrassentür ging.

»Es war ein schöner Sommertag, und Ellen sagte, sie könne etwas Farbe gebrauchen, also hatten wir beschlossen, uns rauszusetzen.«

»War das ungewöhnlich, dass Sie sich auf die Terrasse gesetzt haben?«

»Nein, überhaupt nicht. Ellen mochte die Sonne.« Sophie öffnete die Tür. Ein erfrischender Windzug wehte herein. »Wir haben auf das Meer gesehen und über all die beruflichen Möglichkeiten gesprochen, die ihr nach ihrem Studienabschluss offenstehen würden.«

»Und die wären gewesen?«

»Sie wollte entweder in die Forschung oder in die freie Wirtschaft. In jedem Fall sollte es mit Pharmazie zu tun haben.«

»Hat sie deswegen auch für diese Stiftung gearbeitet? Wegen der ähnlichen medizinischen Forschungsgebiete, die die FMR unterstützt?«

»Wahrscheinlich. Aber, um ehrlich zu sein, die Sache mit der Stiftung habe ich nie ganz verstanden. Das hat Ellen ja immer viel Zeit gekostet, gemessen an dem, was sie dafür bekommen hat. Andererseits«, sie wiegte den Kopf, »vielleicht hat sie es einfach für ihren inneren Frieden gemacht, um etwas Gutes zu tun. Wir alle brauchen so etwas, oder nicht?« Nur eine rhetorische Frage, sie wartete Sånbergens Antwort nicht ab. »Bei mir sind es eben Studenten, denen ich manchmal auf ihrem beruflichen Weg helfe, wenn ich es kann, pro bono, sozusagen. Nicht, dass ich mir etwas darauf einbilden würde. Ich weiß, andere tun mehr, für wichtigere Dinge. Aber es gibt mir ein friedliches Gefühl.« Sie machte einen Schritt hinaus auf die Terrasse, nahm einen tiefen Atemzug und sah in Richtung des dunkel daliegenden Meeres. »So wie der Blick auf die See.«

Sånbergen stand auf, trat ebenfalls hinaus und stellte sich neben Sophie, die sich ihm zuwandte.

»Ist das nicht herrlich beruhigend?«

Sie hätte kaum mehr irren können. »Ich fürchte, das gilt nicht für mich. Ich fühle mich nicht wohl in der Nähe des Wassers. Für mich hat es eher etwas Unberechenbares.« Er stützte sich auf das Geländer, sah auf das Meer hinaus und versuchte, ihm etwas Gutes abzugewinnen, es so zu sehen, wie Sophie es tat.

Das matte Mondlicht reflektierte von der glatten Oberfläche des Wassers. Nur dort, wo ein kleiner Fluss in die Förde mündete, kräuselte es sich ein wenig, als wäre es noch unschlüssig, ob es sich hinauswagen sollte. Tatsächlich wirkte die See friedlich, als schliefe und träumte sie ruhig vor sich hin. Jetzt, für diesen Moment – aber schon im nächsten könnte es ganz anders sein.

»Sie denken, das Meer könnte über die Ufer treten und uns davonspülen?«, fragte Sophie.

Genau so war es. Er wusste nicht, wieso. Es hatte nie ein dramatisches Ereignis gegeben, womit er es hätte erklären können. Es war einfach die Weite, die Ungewissheit. Die Unberechenbarkeit. Er kam sich albern vor, die Frage zu bejahen. »So ungefähr.«

Sie schmunzelte. »Dazu müsste es über zwei Meter ansteigen. Das habe ich noch nie gesehen, in all den Jahrzehnten nicht, die ich hier lebe.«

Er sah sie an. »Dann sind Sie hier aufgewachsen?«

»Geboren und aufgewachsen, ja. Direkt am Wasser, zusammen mit meinen zwei Brüdern. Mit vierundzwanzig Jahren bin ich hier weg, aus beruflichen Gründen. Zuerst nach Frankreich, später nach Dänemark und nach Schweden, dann wieder hierher zurück. Ich glaube, ich bin immer ein wenig ruhelos gewesen.«

Ruhelos, dachte Sånbergen und blieb für einen Moment an diesem Wort hängen, wie an einem vertrauten, altbekannten Feind, der ihm über den Weg lief. »Und was ist mit Ihren Brüdern?«

»Der eine wohnt in London, er mag mich nicht besonders. Und der andere redet schon seit Jahren nicht mehr mit mir. Wer weiß, was wäre, wenn ich noch einen dritten hätte …?« Ein misslungenes Lächeln. »Das hat wohl mit dem Tod unseres Vaters zu tun. Aber das ist eine andere Geschichte. Ich erzähle es Ihnen ein anderes Mal.«

Sånbergen hakte nicht nach.

»Und was ist mit Ihnen?«, fragte Sophie. »Haben Sie auch Geschwister?«

»Eine Schwester.« Etwas begehrte in ihm auf und verursachte einen schmerzhaften Stich in seiner Brust, weil er Maja, die Kleinste von ihnen dreien, unerwähnt gelassen hatte.

»Wo wohnt sie?«

»Wir wohnen beide mitten in Nordjütland, weit weg von der Küste. Nur flaches Land.« Und ich liebe das Land, setzte er in Gedanken hinzu.

»Ich verstehe, wie es ist, an der Heimat zu hängen. Aber auf dem Land … Es ist immer gleich, nichts bewegt sich da draußen. Was ist es, das Ihnen daran so gefällt?«

Sånbergen überkam ungewollt ein Schmunzeln. Eine Frage, die er nicht erwartet hatte. »Ich werde versuchen, es Ihnen zu erklären, so gut ich es kann.«

Und dann erzählte er ihr von seiner Farm im Norden, vom fruchtbaren Boden und von den Farben und Gerüchen der verschiedenen Jahreszeiten. Von seinem Platz auf der Veranda, von dem aus er den Sonnenaufgang betrachten konnte, vom Ginster, dessen Duft an Kokosnuss erinnerte, und von dem Marder, der Jahr für Jahr am Wasserschlauch seines Pick-ups nagte. Und er erzählte, warum er allein hier in Harrislee war, ohne seine Tochter Smilla.

Es waren Minuten, die er sprach, so lange, bis er sich irgendwann allzu redselig vorkam und unvermittelt abbrach.

Sophies Gesicht lag im Schatten des Mondlichts, sodass nicht zu erkennen war, was darin vorging. Ihre Haare lagen wie ein weicher, zimtfarbener Rahmen um Stirn und Wangen, und ein flüchtiger Windstoß trug ihren Duft zu Sånbergen herüber.

Er mochte den Geruch, sogar ihre Nähe – was die Sache zunehmend zu verkomplizieren drohte. Er entfernte sich einen halben Schritt von ihr und rief sich innerlich zur Ordnung, nichts anderes in ihr zu sehen als eine Zeugin, die in den Fall involviert war. Ich sollte nicht über Privates mit ihr reden, dachte er, besser wäre es, den Abend zu beenden – jetzt gleich.

So tat er es. Er erwähnte die fortgeschrittene Zeit, dankte Sophie für ihre Auskünfte und brach überstürzt auf, sich darüber im Klaren, dass sein Verhalten ihr etwas seltsam erscheinen musste.

Auf dem Heimweg dachte er nach. Über Sophie. Über ihre Ruhelosigkeit. Über ihre Brüder und weshalb sie sich wohl voneinander entfernt hatten. Und er dachte darüber nach, ob ihn etwas von seinen Schwestern hätte entfernen können. Er hatte Sophie gegenüber nicht von beiden gesprochen, sondern Maja unerwähnt gelassen, und wieder versetzte ihm dieser Umstand einen schmerzhaften Stich in der Brust. Traurigkeit überkam ihn, wenn er an Maja dachte. Schlimmer noch: ein tiefes Schuldgefühl, das sich nicht tilgen ließ.

Maja war die Kleinste und Zerbrechlichste von ihnen gewesen, nicht allzu wehrhaft zwischen den älteren Kindern im Heim. Die Jungen hatten sie schikaniert, und als sie zwölf Jahre alt und etwas reifer geworden war, hatten sie begonnen, sich auf eine Art für sie zu interessieren, die sie verstörte. Sie starrten auf ihre weiblichen Formen, ließen im Vorbeigehen ihre plumpen Hände darauf nieder und machten vulgäre Gesten, um sich anschließend gegenseitig mit einem anerkennenden Schulterklopfen für ihre Forschheit zu belohnen. Die meisten im Haus hielten es nur für harmlose Jungenstreiche, niemand hielt sie davon ab, und auch Sånbergen erkannte nicht, was es mit Maja machte.

Vielleicht hatte sie irgendwann geglaubt, dass die Dinge sich nicht mehr ändern würden, und an einem heißen Sommertag hatte sie das Heim durch das Gartentor verlassen und war in einem nahe gelegenen See so weit hinausgeschwommen, dass sie es aus eigener Kraft nicht mehr hätte zurückschaffen können, selbst wenn sie es gewollt hätte.

Sånbergen hatte erst am Abend von dem Unglück erfahren, als die Kinder schon wieder in ihren Zimmern waren. Blaulichter flackerten vor dem Haus, Beamte sprachen mit der Direktorin, und als er später vor Claras Tür nach einer Erklärung gesucht hatte, war ihm kein Wort über die Lippen gekommen.

Er war sich nie sicher gewesen, ob Clara ihm die Schuld an Majas Tod gegeben hatte. Er hatte sie nie danach gefragt, sie hatten nie darüber geredet. Keiner von ihnen hatte den Namen ihrer Schwester seitdem noch einmal ausgesprochen. Es hieß nur noch »unsere Schwester« oder »die Dritte von uns«, aber niemals mehr »Maja«.

15

28. Juni 1997, irgendwo in Dänemark

Ich kann nicht schlafen und sehe aus dem Fenster. Aber den Mond kann ich heute nicht sehen. Er versteckt sich hinter den Wolken. Es ist still, alle schlafen schon.

Ich kann ein Motorengeräusch hören, und ein schwarzer Wagen fährt vor das Tor. Sie lassen ihn rein. Ein Mann steigt aus und öffnet hinten eine Tür. Ein Kind krabbelt raus. Ein Mädchen. Ein, zwei Jahre jünger als ich, vielleicht ist sie sieben. Sie sieht zu dem Mann auf. Er will sie an die Hand nehmen, aber ich glaube, sie mag ihn nicht. Vielleicht weint sie. Er führt sie ins Haus. Bestimmt will er sie raufbringen, in eines der Zimmer. Vielleicht in die Nummer neun.

Ich lege mein Ohr an die Tür und bin still. Dann höre ich sie die Treppen heraufkommen. Sie reden, und es fällt ein Name. Emma. So muss das Mädchen wohl heißen.

16

Tag 4, Sonntag, 25. Juni

Gleich am nächsten Morgen wollte Sånbergen noch einmal mit Tommy Holsmark sprechen. Es war zwar Sonntag, aber er war schon früh wach, und nachdem er den Jyllands-Posten so gut wie vollständig gelesen hatte und es nun auf neun Uhr zuging, entschied er, dass er lange genug gewartet habe. Er versuchte es über Tommys Handynummer, aber der junge Mann nahm nicht ab.

Sånbergen war unsicher, wie er mit Tommy weiter verfahren sollte. Ellens Freund hatte verschwiegen, dass er am Tattag um fünfzehn Uhr vierzehn noch mit ihr telefoniert hatte, obwohl er es unmöglich vergessen haben konnte. Aber zugleich konnte Sånbergen sich noch immer nicht vorstellen, dass Tommy wirklich etwas mit dem Mord zu tun hatte. Er hielt es daher nicht für angebracht, ihn nun gleich suchen und womöglich mit einer Streife in die Dienststelle bringen zu lassen, probierte es lieber noch einmal, allerdings erneut vergebens, und hinterließ schließlich eine Rückrufbitte auf der Mailbox.

Dann machte er sich zu Fuß auf den Weg ins Büro und betrat gegen halb zehn die Dienststelle. Seine Abteilung war verwaist, die Kollegen würden erst in einer halben Stunde zur anberaumten außerordentlichen Lagebesprechung auftauchen, was ihn aber nicht im Geringsten störte. Ganz im Gegenteil. Es war ruhig, und er genoss es, sich auszubreiten, über den Flur zu laufen und von dort aus zu telefonieren, ohne dass ihn jemand störte und ihm unnötige Fragen stellte.

Es war Klaus Jensens Aussage, der er als Erstes nachgehen wollte. Der hatte gestern eine Yacht erwähnt, die Torben Hauser besitze und die irgendwo an der dänischen Südküste liegen solle. Sånbergen telefonierte einen Hafen nach dem anderen ab, und beim Lystbådehavn von Sønderborg wurde er schließlich fündig.

»Torben Hauser hat hier seit drei Wochen einen festen Stellplatz gemietet, und bezahlt hat er ihn gleich für das ganze Jahr«, sagte der Hafenmeister. »Er fährt regelmäßig raus, meistens bleibt er für zwei bis drei Tage auf See.«

»Und jetzt? Liegt seine Yacht am Steg?«

»Nein, die ist gestern ausgelaufen.«

»Welche Adresse hat er hinterlegt?«

»Einen Moment, die Bücher liegen hier vor mir. Ich meine, es war eine in Deutschland … Ja, hier habe ich es: Rendsburger Straße 42c in Flensburg.«

»Das ist alles? Gibt es da keine andere, vielleicht in Dänemark?«

»Tut mir leid, ich habe nur die.«

»Hast du sonst noch andere Daten von ihm, eine Telefonnummer …?«

»Nein, mehr brauchen wir hier nicht, es geht ja nur um einen Stellplatz.«

»Ja, natürlich. Wenn er wieder anlegt, würdest du uns dann bitte benachrichtigen?«

»Kommissar Sånbergen in Harrislee, sagtest du, richtig?«

»Genau.«

»Ich mache mir hier eine Notiz.«

Sånbergen bedankte sich, beendete das Gespräch, und kurz darauf meldeten sich die Mitarbeiter seines Teams nach und nach zum Dienst. Nach einem Briefing, bei dem Sånbergen alle auf den neuesten Stand brachte, checkte er seine E-Mails und fand eine der Koldinger Polizei darunter. Endlich. Die angeforderten Unterlagen zum Fall Hauser vier Jahre zuvor. Der Absender war Kommissar Owe Lansgrol, und die angehängte Datei enthielt Berichte der Spurensicherung sowie Niederschriften der Verhöre.

Sånbergen fragte sich, ob es eine Verbindung zu ihrem aktuellen Fall gab. Er wollte wissen, wie Hauser damals vorgegangen war, welche Motive er gehabt hatte, ob seine Tat ein Profil erkennen ließ, das zu dem Mord an Ellen Berg passte.

Er begann mit Hausers Aussageprotokollen. Der hatte angegeben, das Opfer Ida Svensson noch nicht lange gekannt und auch kein intimes Verhältnis mit ihr gehabt zu haben. Er habe sich mit ihr verabredet, wobei es dann zu einem »unglücklichen Vorfall« gekommen sei, in dessen Folge er das Opfer mit einem Stein erschlagen habe – aber Sånbergen konnte in dem Protokoll keine genau aufgeschlüsselte Beschreibung der Abläufe und der Vorgehensweise finden. Hauser war wegen Totschlags im Affekt verurteilt worden, und um den mildernden Umstand eines Affekts rechtfertigen zu können, brauchte es einen nachvollziehbaren emotionalen Ausnahmezustand – eine Situation, die meist aufgrund persönlicher Verletzungen oder Konflikte eskalierte. Doch nichts davon tauchte in dieser Aussage auf.

Die Entscheidungsfindung des Richters blieb für Sånbergen somit unklar, und bald gesellte sich zu dieser ersten Unstimmigkeit noch eine zweite hinzu. Nur ein Bauchgefühl, musste er zugeben – aber die ohnehin vage Beschreibung des Tathergangs schien irgendwie nicht zu den Tatortbildern zu passen.

Sånbergen druckte alles aus, legte die Bilder vor sich auf den Schreibtisch und rief Ella Claasen von der Spusi in sein Büro, um ihre Meinung dazu zu hören.

»Setzen Sie sich bitte, Ella. Ich möchte Ihnen etwas zeigen.«

»Danke, ich bleibe lieber stehen, so kann ich besser denken.« Unaufgefordert betrachtete sie die ausgebreiteten Bilder. »Das ist aber nicht unser aktueller Fall.«

»Nein, das hier hat sich in Kolding ereignet, vor vier Jahren. Eine dreißigjährige Frau, Ida Svensson, wurde damals erschlagen. Von Torben Hauser.«

»Unserem Verdächtigen?«

»So ist es. Ich versuche nachzuvollziehen, was genau passiert ist, wie er vorgegangen ist. Er war an dem Tag mit dem Opfer verabredet, und dann – im Protokoll steht nicht, wieso – ist es zu einer körperlichen Auseinandersetzung gekommen.«

»Verstehe.«

»Es gibt Blut- und DNA-Spuren von Hauser am Opfer sowie umgekehrt Ida Svenssons Blut an seiner Kleidung, und es gibt ein Tatwerkzeug, einen faustgroßen Stein, das passt alles zusammen. Die Fußabdrücke haben Größe dreiundvierzig, was sich ungefähr mit denen an unserem Fundort decken würde. Aber die Anordnung der Fußspuren … Ich kann sie mir nicht erklären.«

»Das ist interessant.« Ella beugte sich über die Bilder und betrachtete die Markierungen, die die Spurensicherung damals angebracht hatte. »Es gibt sehr viele Fußabdrücke, und die meisten sammeln sich in einem Umkreis von etwa zwei Metern. Sie überdecken sich und weisen in verschiedene Richtungen. Es gibt auch tiefere Teilabdrücke, die auf eine körperliche Auseinandersetzung hinweisen.«

Sånbergen nickte. »Es wurden auch Blutspuren vom Opfer in diesem Bereich gefunden. Also ist davon auszugehen, dass sie dort erschlagen wurde.«

»So weit kann ich folgen.«

»Aber jetzt sehen Sie sich an, wo die Leiche gefunden wurde. Vier oder fünf Meter entfernt. Es sieht aus, als wurde sie noch einmal bewegt.«

»Könnte das Opfer noch ein paar Schritte gelaufen und erst dann zu Boden gegangen sein?«

Sånbergen reichte Ella einen weiteren Ausdruck. »Das ist der Bericht der Gerichtsmedizinerin. Sie hat beim Opfer eine klaffende Wunde und eine subdurale Blutung festgestellt. Nach ihrer Einschätzung hat der Stein die Frau mit so viel Wucht getroffen, dass sie auf der Stelle zu Boden gegangen ist.«

Ella zog zwei Bilder zusammen, die einen Überblick über den Tatort gaben. Die Leiche von Ida Svensson lag vor einem Baum, rund fünf Meter entfernt von der Stelle, wo die Fußspuren markiert worden waren. Noch ein paar Meter weiter waren mannshohe Sträucher, rechts davon das Ufer eines Flusses zu erkennen. »Vielleicht hat Hauser sie rüber zu dem Baum gebracht, um sie zu verstecken?«

»Dann hätte er sie hinter die Sträucher gezogen oder sogar ins Wasser, das wäre doch das Einfachste gewesen. Und da ist noch etwas: Es gab keine Blutspuren im Bereich der Leiche. Aber bei der klaffenden Wunde, die sie hatte …«

»Keine Blutspuren.« Ella überlegte. »Sie wurde also erst später bewegt, als sie nicht mehr geblutet hat.«

»Wie viel später, denken Sie, wäre das?«

»Vielleicht fünf bis zehn Minuten.«

»Wieso wartet er so lange? Und was macht er in dieser Zeit?«

Ella starrte auf die Tatortfotos, nahm eines auf, tauschte es dann gegen ein anderes und legte auch dieses wieder weg. »Die Bilder helfen mir nicht weiter«, murmelte sie, griff nach dem Bericht der Spurensicherung und begann, lesend im Zimmer umherzulaufen, während Sånbergen geduldig wartete. Schließlich blieb die junge

Kriminaltechnikerin stehen und blickte auf. »Interessant ist, dass Stofffasern ihres Oberteils an der Rinde des Baums gefunden wurden.« Sie sprach nun ungewohnt bedächtig. »So als wäre sie gegen den Baumstamm gedrückt oder geschleudert worden.«

»Aber der Kampf hat gemäß den Spuren doch ein paar Meter entfernt stattgefunden. Oder …« Sånbergen kam mit einem Mal ein ganz anderer Gedanke. Er nahm ein Tatortfoto, das die tote Ida Svensson zeigte, und tatsächlich: Es war ihre Position, ihre Körperhaltung, die ihm ungewöhnlich und zugleich seltsam bekannt vorkam. Sie lag halb verdreht neben dem Baum, der Rumpf gebeugt, die Beine ausgestreckt. »Was steht in dem Bericht – wo genau, in welcher Höhe wurden die Stofffasern an der Baumrinde gefunden? Eher in Schulterhöhe, so als wäre sie stehend mit dem Rücken gegen den Baum gedrückt worden?«

Ella blätterte etwas herum und sagte dann: »Nein, tiefer, deutlich tiefer, vielleicht einen halben Meter über dem Boden. Das ist aber auch seltsam. Sie müsste bei dem Streit irgendwie dagegengefallen sein.«

»Und was, wenn sie sitzend gegen den Baum gelehnt hätte?«

»Sitzend? Wieso …?«

»Sitzend, mit ausgestreckten Beinen, den Baum im Rücken. Würden dabei auch Stofffasern an der Rinde hängen bleiben?«

»Schon, ja.« Ella sah auf. »Sie meinen, so ähnlich wie bei unserem Opfer?«

»Angenommen, Hauser hätte die Leiche zunächst so positioniert, was ziemlich instabil ist, und sie wäre irgendwann zur Seite gekippt, vielleicht, als die Totenstarre eintrat – könnte es dann so aussehen wie hier auf diesen Fotos?«

»Das ist eine interessante Frage.« Ella nahm wieder eines der Bilder und studierte es aufmerksam, während sie sich das Kinn rieb. »Ja, so könnte es aussehen. Was allerdings noch immer nicht erklärt, warum da nirgendwo Blut ist – nicht auf ihrer Stirn und nicht auf ihrer Bluse.«

Sånbergen begann zu überlegen, und langsam formten sich seine Gedanken zu Bildern. Hauser hatte sich Zeit und die Tote noch für ein paar Minuten dort liegen gelassen. Vielleicht hatte er sich zunächst am Fluss notdürftig zu säubern versucht. Dann hatte er die Leiche zum Baum gezogen, sie dort sitzend positioniert und die Schleifspuren verwischt.

War man dieser Möglichkeit damals nicht nachgegangen? Sånbergen war verärgert. Hatte Kommissar Lansgrol, der seinerzeit leitende Ermittler, es nicht für wichtig erachtet? Er musste mit ihm sprechen, aber heute war Sonntag und Lansgrol sicher nicht in seiner Dienststelle zu erreichen, was Sånbergen gar nicht passte – er mochte solche Unklarheiten nicht. Doch außer Lansgrol würde nur Torben Hauser selbst erklären können, was genau sich damals zugetragen hatte. Und alles deutete darauf hin, dass der nun untergetaucht war – was ihn zunehmend verdächtig machte.

Sånbergen bedankte sich bei Ella und wollte gerade Philips anrufen, um einen Untersuchungshaftbefehl für Hauser zu erwirken und ihn zur Fahndung ausschreiben zu lassen, da klingelte sein Handy, und er erkannte Philips' Nummer auf dem Display. Auch der Staatsanwalt schien seinen Mitarbeitern also keinen freien Sonntag zu gönnen.

Zu Sånbergens Überraschung teilte Philips ihm mit, er sei gerade auf dem Weg zum Erlenbruch, genauer gesagt: zur Krusau, und erwarte nun auch Sånbergen schnellstmöglich dort. In dessen Bericht habe er etwas gelesen, worüber er mit ihm reden wolle – doch bevor Sånbergen etwas entgegnen konnte, hatte Philips bereits aufgelegt.

Sånbergen ärgerte sich über diese Geheimnistuerei und ebenso darüber, dass er noch immer keinen Dienstwagen hatte. Bei den hohen Temperaturen konnte er unmöglich zu Fuß gehen und bat Ella, ihn zum Erlenbruch zu fahren.

***

Als Sånbergen an der Krusau eintraf, bot sich ihm ein seltsames Bild. Philips hatte die Hosenbeine bis über die Knie hochgekrempelt, watete mit weißen Beinen wie auf Stelzen durch das Wasser und machte so unbeholfene Bewegungen, dass Sånbergen jeden Moment einen Fehltritt befürchtete. Am Ufer ragten kniehohe Baumstümpfe wie Unkraut aus dem Boden. Neben einem davon standen Lederschuhe, ein Paar knittrige Socken darauf.

»Der Boden ist voller Steine!«, rief Philips herüber. Er hatte Sånbergen offenbar bemerkt und stakste storchenhaft vorwärts, wobei er mit dem vorderen Fuß abtastend über den Untergrund fuhr, bevor er ihn aufsetzte.

»Was zum Teufel machen Sie da, Philips?«

»Mir ist ein Gedanke gekommen. Außerdem kann ich gerade sowieso nirgendwo anders hin. Meine Frau hat Freundinnen zum Brunch eingeladen, die einen beträchtlichen Geräuschpegel erzeugen können.«

»Und welcher Gedanke ist Ihnen gekommen?«

»Ich wollte sehen, wie tief es hier ist. Ob man mit einem Beiboot würde fahren können.«

Mit einem Beiboot, dachte Sånbergen. Die Krusau. Er war noch nicht vertraut mit den örtlichen geografischen Gegebenheiten, aber von Sophie Winters Terrasse aus hatte er gestern Abend beim Blick auf das Meer auch die Mündung eines Flusses gesehen. Es musste die Krusau sein. Langsam ahnte er, worauf Philips hinauswollte – dass der Erlenbruch auch über die See zu erreichen war. »Und?«

»An den meisten Stellen ist es etwa ein halber Meter, das reicht für ein Schlauchboot mit zwei Personen. Und so was könnte dieser Torben Hauser auf seiner Yacht haben.«

Sånbergen setzte sich auf einen der Baumstümpfe und genoss es, Philips' ungelenke Bewegungen zu beobachten. Die Überlegung des Staatsanwalts war allerdings keineswegs ungelenk, das musste er zugeben. Hauser hätte mit seiner Yacht irgendwo im nordwestlichsten Teil der Förde vor Anker gehen und dann mit einem kleineren Boot die Krusau heraufschippern können. So wäre er bis auf fünfzig Meter an den Erlenbruch herangekommen.

Mit wankendem Oberkörper kam Philips ans Ufer, suchte sich seinerseits einen Baumstumpf und begann, mit lockeren Bewegungen das Wasser von den Beinen abzuschütteln. »Aber was ist jetzt genau mit Hauser? Haben Sie außer einem vagen Verdacht und dieser Sache mit seiner Yacht auch etwas Konkretes gegen ihn in der Hand?«

»Vielleicht gibt es eine Verbindung zu dem Fall in Kolding, also seiner Tötung von Ida Svensson vor vier Jahren. Mögliche Parallelen im Tathergang.«

»Das ist alles? ›Mögliche Parallelen‹?«

»Was erwarten Sie?«

»Handfeste Fakten, die erwarte ich.« Philips wurde mit einem Mal unfreundlich. »Haben Sie wenigstens eine Spur, wo er sein könnte?«

Sånbergen ignorierte den brüsken Tonfall. »Hauser ist offenbar mit seiner Yacht unterwegs. Er könnte an der gesamten deutschen oder dänischen Ostseeküste sein, vielleicht sogar in Schweden. Wenn wir ihn aufspüren wollen, müssen wir die Wasserschutzpolizei involvieren.«

Philips streifte die letzten Tropfen von seinen Unterschenkeln, nahm eine Socke auf und mühte sich sichtlich genervt, das zu enge Stück Stoff über den Fuß zu ziehen. »Ich hatte gleich ein miserables Gefühl bei diesem Fall, schon als ich den Fundort betreten habe«, grummelte er übellaunig und zerrte weiter an der Socke. »Vielleicht liegt es einfach an der Gegend hier. Ich habe dieses Moor noch nie gemocht. Vor zwei Jahren haben wir unsere Katze ein Stück flussaufwärts tot aufgefunden.«

Er hielt inne, und Sånbergen wartete, ob Philips nun eine Verbindung von seiner Geschichte zum aktuellen Fall ziehen würde.

»Wie sich herausstellte, war sie vergiftet worden, wahrscheinlich einfach aus Spaß, von einem Typen, der zu viel Meth intus hatte. Wir haben ihre Asche dann hier im Fluss verstreut.«

Noch immer fragte Sånbergen sich, ob Philips wohl zu einer Pointe kommen würde, aber der Staatsanwalt schien nichts mehr hinzuzufügen zu haben, daher ergriff er nun selbst das Wort.

»Wenn wir Hauser aufspüren wollen, brauchen wir einen Haftbefehl und müssen ihn zur Fahndung ausschreiben.«

»Hm.« Philips nickte, was Sånbergen als Zustimmung wertete.

»Und da ist noch eine Sache.«

Der Staatsanwalt sah auf. »Die da wäre?«

»Es gibt in Harrislee eine Bar, in der sich die Rekruten der dänischen Marine-Akademie gern treffen, bevorzugt dienstags und samstags, zur Happy Hour. Und wenn sie dann ihren Rückweg antreten, laufen sie meist querfeldein, mitten durch die Marsch, und kommen hier vorbei, nur fünfzig Meter vom Erlenbruch entfernt.«

Philips trocknete den anderen Fuß etwas gründlicher ab und zog die zweite Socke an. »Woher wissen Sie das?«

»Ich war gestern Abend hier und habe zufällig zwei von ihnen getroffen.«

»Und worauf genau wollen Sie hinaus?«

»Ich will wissen, welche Rekruten letzten Dienstag ihren freien Tag hatten. In der Akademie ist üblicherweise um dreiundzwanzig Uhr Zapfenstreich. Wenn sie in der Bar waren und auf dem Rückweg hier vorbeigekommen sind, dann war das genau zur mutmaßlichen Ablagezeit von Ellen Bergs Leiche. Sie könnten etwas beobachtet haben.«

»Die Marine-Akademie, sagen Sie?« Philips ließ den Satz zunächst im Raum stehen. Er schlug ein Bein über das andere, bewegte offenkundig zufrieden die Zehen in den Socken und bequemte sich endlich zu einer Fortsetzung. »Ich hatte mal mit dem Major der Akademie zu tun«, sagte er nachdenklich, rappelte sich auf und schlüpfte in die hellbraunen Slipper. Seine Hand verschwand in der Hosentasche und holte eine Zigarettenpackung heraus, in der sich aber kein Glimmstängel mehr fand. Sichtlich enttäuscht betrachtete er die leere Packung und stopfte sie mit einem Seufzen wieder zurück. Dann zückte er sein Handy, wählte eine Nummer und ließ sich mit einem »Major Persson« verbinden.

Er entfernte sich einige Meter, sprach ein paar Worte und wartete kurz mit dem Handy am Ohr. Schließlich murmelte er »Danke«, legte auf und verkündete: »Die Rekruten Falk und Olsen hatten letzten Dienstag frei. Der Major sagt, sie seien erst unmittelbar vor Toresschluss in die Akademie zurückgekommen, um eine Minute vor elf, was äußerst ungewöhnlich sei. Wenn sie nicht Punkt dreiundzwanzig Uhr in ihren Stuben sind, wird ihnen ein freier Tag gestrichen. Normalerweise sind sie deshalb immer wenigstens zehn Minuten früher da. Persson wird Ihnen die beiden zur Befragung schicken. Aber nicht heute, da sind sie auf See. Morgen um zehn Uhr.«

Philips steckte das Handy weg und kramte dafür einen Schlüssel hervor. »Das hätte ich fast vergessen.« Er hielt ihn Sånbergen hin. »Den soll ich Ihnen geben. Von Hendrik Walin, mit einem schönen Gruß. Er scheint Sie zu mögen.«

»Wie kommen Sie darauf?«

»Weil das der Schlüssel zu Ihrer neuen Unterkunft ist. Eins von Walins Ferienhäusern. Die Adresse schicke ich Ihnen als SMS.«

Sånbergen zögerte. »Ich habe nicht darum gebeten.«

»Er sagt, da würden Sie sich bestimmt wie zu Hause fühlen. Wir haben schon alles in die Wege geleitet. Ist Ihre offizielle Adresse ab heute, das Zimmer bei Tillmanns haben wir storniert. Strom und Wasser sind angestellt. Sie finden sich sicher zurecht.«

Sånbergen fühlte sich überrumpelt. Nur widerwillig nahm er den Schlüssel entgegen.

»Sehen Sie es als Wiedergutmachung für den fehlenden Dienstwagen«, sagte Philips. »Ich habe gehört, es gibt einen technischen Notstand bei uns. Sie haben doch inzwischen einen Leihwagen, oder?«

»Ich wollte mich nachher darum kümmern. Ansgar sagte, dass ich ›am Strand bei den Fischern‹ einen kriegen könnte?«

»Ich glaube, ich weiß, was er meint. Das ist zwar nichts Offizielles, aber gut. Ich fahre Sie hin.«

Sånbergen wollte schon ablehnen – zu viele Gefälligkeiten, mit denen er sich nicht wohlfühlte. Aber es wurde langsam Mittag, und die Sonne schien nur darauf zu warten, seinem Körper auch noch den letzten Tropfen Wasser zu entziehen.

17

Sånbergen wurde von Philips an einem Strandzugang abgesetzt, der von Dünen gesäumt war. Er konnte das Meer rauschen hören. Wind kam auf, wehte ihm den Geruch von Algen und Salz ins Gesicht und trieb weißen Küstensand auf den löchrigen Asphalt. Er spürte, wie ihn mit einer Böe feine Partikel umwehten, die sich auf die Haut setzten, und schmeckte Salz und Sand.

Der Strand war weiß, nur an einer Stelle von widerspenstigem Tang durchzogen. Gesteinsbrocken waren zu einer Mole aufgeschüttet, am Ufer von Dünengras durchsetzt. Ein Fischernetz lag zum Trocknen aus, und drei Männer spielten Boule. Einer von ihnen visierte den Cochonnet an und warf seine rote Kugel in hohem Bogen nahe an die kleine weiße heran.

»Na, geht doch«, meinte der zweite, während der dritte schon losmarschierte, um sich die Position der roten Kugel genauer anzuschauen.

Sånbergen ging auf die Männer zu. Seine Schritte knirschten, als würde er durch weißes Pulver laufen. »Hej.«

Der Mann, der geworfen hatte, drehte sich um. Er war unrasiert, das Hemd unansehnlich, der Kragen abgeschabt, der Blick aber freundlich. »Moin.«

»Marven Sånbergen, vielleicht können Sie mir weiterhelfen.«

»Mikkel Hansen, freut mich. Suchen Sie jemanden?« Er rieb die nächste Kugel in seinen Händen, befreite sie vom Sand. »Sie haben doch nicht vor rauszufahren? Ich würde Ihnen davon abraten. Ich denke, das Wetter schlägt später noch um.«

»Nein, das habe ich ganz sicher nicht vor.« Sånbergen betrachtete den Himmel. Für ihn sah der aus wie immer – nahezu wolkenlos, mit einer die Temperaturen wieder erbarmungslos hochtreibenden Sonne. Aber die See schien ihre Farbe zu verändern, als würde sich in der Tiefe etwas Dunkles zusammenrühren. Sie bewegte sich unruhig. Viel zu unruhig, als hielte sie etwas in dieser sichelförmigen Bucht gefangen.

»Sehen Sie den hellen Streifen dahinten?« Hansen deutete auf das Wasser hinaus, wo sich kleine Wirbel bildeten. »Sieht aus wie eine harmlose Sandbank, aber ein Ausläufer vom Mittelgrund-Riff liegt darunter. Manche sagen, es wäre nur eine harmlose Untiefe, doch ich sag Ihnen, das ist ein übles Miststück, mit einem aufragenden Felsen bis unter die Wasseroberfläche. Der könnte ein Boot glatt in zwei Hälften schneiden.«

Das Meer schimmerte mal grün, mal blau, heller, wo Baken die Untiefen markierten, dunkler, wo der Grund rapide abzufallen schien, launisch wie ein Halbwüchsiger. Nichts und niemand wird mich hier aufs Wasser bekommen, dachte Sånbergen. »Ich verspreche Ihnen, ich werde mich dieser Stelle nicht nähern, selbst wenn mich eine unverhoffte Sehnsucht packen sollte.«

»Was?«

»Ich würde nicht mal bei schönstem Wetter da rausfahren. Ich stehe auf Kriegsfuß mit dem Meer.«

Hansen sah ihn irritiert an. Diese Antwort schien ihn fast noch mehr zu befremden als die erste. »Ist nicht Ihr Ernst.«

»Und ob.«

»Und was machen Sie dann hier?«

»Ich bin nur beruflich in der Gegend. Und ein Bekannter von mir sagte, ich könnte hier einen Wagen leihen?«

»Hm, weiß nicht. Das macht der Lange da drüben.« Mit einem knappen Nicken deutete er hinüber zum Bootssteg. Kleine Yachten, Kutter und Barken lagen dort, schwankten und schlugen gegen die Planken. »Er heißt Finn. Sagen Sie ihm, Sie kommen von mir. Dann macht er Ihnen einen fairen Preis.«

»Danke.«

Hansen wandte sich ab, wog die Kugel in der Hand und machte Anstalten weiterzuspielen.

»Kann ich Ihnen noch eine Frage stellen?«

Hansen brach ab und drehte sich wieder zu Sånbergen. »Spricht nichts dagegen.«

»Wie gesagt, ich bin beruflich hier. Als Polizeibeamter. Ich ermittle in einem Mordfall.«

»Tatsächlich?« Hansen legte den Kopf schief, und Sånbergen war ganz erleichtert, dieses Mal nicht auf Anhieb als Polizist erkannt worden zu sein. Er zeigte seinen Ausweis, woraufhin Hansen den anderen beiden zurief: »Einen Moment noch, Jungs!«

»Eine junge Frau ist ums Leben gekommen«, sagte Sånbergen.

Hansen wischte den Sand von der Kugel. »Es ist Ellen Berg, nicht wahr?«

»Ja. Sie haben davon gehört?«

»Natürlich. Ich hab sie zwar nicht gekannt, aber meine Tochter kannte sie. Sie ist auch auf der St-Albert.« Zwei Sorgenfalten gruben sich in seine Stirn. »Muss man damit rechnen, dass es nicht bei diesem einen Mord bleibt? Ich meine, dass der Täter auf weitere Opfer aus ist? Auf andere junge Frauen?«

»Wir wissen noch nicht viel über das Wer und Warum. Aber ich könnte verstehen, wenn Sie Ihrer Tochter sagen würden, sie soll abends nicht allein das Haus verlassen.«

Hansen nickte.

»Hat Ihre Tochter etwas von Ellen erzählt? Bestimmt haben Sie im Zusammenhang mit dem Mord über sie gesprochen?«

»Ja, natürlich. Aber sie waren nicht im selben Semester. Sie meinte nur, Ellen sei ihr sympathisch gewesen.«

»Ellen hatte einen Freund, einen gewissen Tommy Holsmark. Kennt Ihre Tochter den zufällig auch?«

»Hm, nein, von einem Tommy hat sie nichts erwähnt.«

»Was ist los, Mikkel, geht's weiter, oder was?«, rief einer der anderen herüber, aber Hansen machte nur eine beschwichtigende Handbewegung.

»Danke«, sagte Sånbergen, »das reicht mir auch schon. Ich will Sie nicht weiter stören.«

»Tun Sie nicht. Ist ja Ihre Pflicht, Fragen zu stellen. Wollen Sie auch mal?«, meinte Hansen, lächelte verschmitzt und hielt Sånbergen die Kugel hin, aber der winkte ab.

»Vielleicht das nächste Mal.«

»Na dann, einen schönen Tag«, sagte Hansen und wandte sich wieder seinem Spiel zu. »Geht weiter, Jungs!«

Sånbergen genoss noch für einen Moment den frischen Wind und beobachtete, wie Hansen sich auf seinen Wurf konzentrierte, schließlich die Knie beugte und eine Welle durch seinen Körper ging, die an der Schulter, dem Arm, den Fingern endete und von der Flugbahn der roten Kugel fortgesetzt wurde. Dann wandte er sich ab, ging hinüber zum Bootssteg und sprach den langen Finn an.

Als er seinen Ausweis gezeigt hatte und anmerkte, dass Mikkel ihn geschickt habe, überließ Finn ihm ohne Umstände einen VW Beetle in Ferrari-Rot, und Sånbergen war froh darum, wieder unabhängig motorisiert zu sein.

Er fuhr zu den Tillmanns, räumte sein Zimmer und besuchte etwas wehmütig noch einmal Jills Café, wo er sich zwei Zimtschnecken einpacken ließ. Da meldete sich Hanna bei ihm. Sie sei gerade darüber informiert worden, dass eine Streife am Flensburger Hafen einen in Harrislee als gestohlen gemeldeten Kombi gefunden habe, einen braunen Volvo V70. Kein Delikt, das ihre Abteilung normalerweise interessierte, aber der Diebstahl des Wagens sei vermutlich am Nachmittag des 20. Juni erfolgt – am Tag des Mordes an Ellen Berg.

**

Der Flensburger Hafen schnitt wie ein kleiner Fjord in die Ost-stadt. Sånbergen bog in die Schiffbrücke, eine teils mehrspurige Straße, die entlang des nördlichen Hafenbeckens führte. Überall lagen Boote an Kais und Landungsstegen. Hochdrehende Schiffs-motoren und Manöversignale tönten über das Wasser.

In einer Parkbucht sah er einen braunen Kombi stehen, da-hinter Polizeibeamte, die auf etwas zu warten schienen, darunter auch Hanna. Er fuhr an ihnen vorbei und stellte seinen Wagen ein Stück weiter ab, direkt am Hafenbecken, wo er den Verkehr nicht störte. Etwas unsicher, ob er hier tatsächlich parken dürfe, so nahe am Wasser, stieg er aus, erachtete sein Verhalten schließlich als ordnungsgemäß und ging zu den Kollegen.

»Hej, ich bin Kommissar Marven Sånbergen, Ermittlungsleiter im Fall Ellen Berg. Was haben wir denn hier? Könnt ihr schon was sagen?«

»Mats Petersen, Moin«, erwiderte einer der Beamten. »Also, es gibt Spuren von Gewalteinwirkung. Das Türgummi an der oberen Kante des Beifahrerfensters weist Druckstellen auf, wahrschein-lich von einem Gummikeil, der oben zwischen Tür und Dach geschoben wurde. Dann hat man einen dünnen Metallstab durch den Spalt geführt und damit den Schließknopf nach oben gezogen. Wir suchen noch nach Haaren und DNA. Fingerabdrücke gibt es keine. Lenkrad, Armaturen, Griffe, alles sorgfältig abgewischt.«

»Wann genau wurde der Diebstahl angezeigt?«

»Am Mittwochmorgen. Vom Besitzer. Am Dienstag gegen fünf-zehn Uhr hatte er das Auto zu Hause abgestellt, in Harrislee.«

Hanna kam dazu. »Das war's wohl mit dem geruhsamen Fa-miliensonntag.«

»Hej, Hanna. Sie hätten doch nicht extra herzukommen brau-chen. Waren Sie mit Ihren Töchtern unterwegs?«

»Ja, mit Annie am Strand. Und mit Klaas. Er hatte angerufen, und die beiden wollten ihn gern sehen.«

»Klaas, der Vater Ihrer Kinder?«

»Genau der. Ich habe gesagt, ich komme zurück zum Strand, wenn ich hier fertig bin. Falls das Wetter sich hält. Es geht heute hin und her.«

»Wir werden nicht lange brauchen.« Sånbergen betrachtete den Volvo. »Was halten Sie davon?«

»Sie meinen, ob unser Täter was damit zu tun hat? Ob er sich ein fremdes Auto ›ausgeborgt‹ hat, um damit die Leiche zu transportieren?«

Sånbergen nickte. »Falls man ihn entdeckt oder verfolgt, hat er einen Fluchtwagen, der uns nicht zu ihm führt.«

Hanna sah sich um. »Von hier aus hat man alle Möglichkeiten fortzukommen. Zu Fuß durch das Kompagnietor in die Stadt, mit dem Bus, dem Auto oder sogar auf einem Boot.« Sie fuhr sich mit einem Finger über die Lippen. »Er hat sich Gedanken über seinen Fluchtweg gemacht, falls er am Fundort gesehen oder sogar verfolgt wird.«

Mats Petersen meldete sich zu Wort. »Wir haben diesen Bereich der Schiffbrücke auf Überwachungskameras gecheckt, aber leider gibt es hier keine, zumindest keine offiziellen. Tut mir leid.«

Hanna wandte sich ihm zu. »Das war zu befürchten. Aber natürlich trotzdem danke.«

Sånbergen ließ den Blick über die Umgebung schweifen und begann, laut zu überlegen. »Wenn er direkt vom Erlenbruch hierhergefahren wäre, dann müsste er von Norden über die Schiffbrücke gekommen sein.«

Hanna nickte.

»Was bedeutet, dass er auf der rechten Seite an den Geschäften vorbeigefahren wäre.«

»Sie denken an Kameras in den Schaufenstern?«

»Ja. Aber darum kümmere ich mich. Fahren Sie zurück zu Ihren Töchtern und machen Sie sich einen schönen restlichen Tag.«

Sie lächelte dankbar. »Sind Sie sicher?«

»Ja. Wir sehen uns morgen.«

Nachdem Hanna sich verabschiedet hatte, entledigte Sånbergen sich seiner Jacke und wandte sein Gesicht von der Sonne ab. Es war mittlerweile fünfzehn Uhr und von Mikkel Hansens angekündigtem Wetterumschwung nichts zu sehen. Im Gegenteil: Die Temperaturen waren erneut so angestiegen, als wären zwei Sommer zugleich über der Region ausgebrochen. Sånbergen hasste diese Hitze. Er sehnte sich nach kühler Luft und feinem nordjütländischem Nieselregen.

Immer wieder nach Schatten suchend, schleppte er sich die Schiffbrücke entlang an den Läden vorbei. Er hoffte auf einen Juwelier oder einen Geldautomaten, passierte aber nur ein Tattoo-Studio, ein Gasthaus mit Fischspezialitäten, eine Drogerie und das Seglerhaus. Dazwischen immer wieder zweigeschossige Wohneinheiten. Die meisten Läden waren geschlossen. Sonntag.

Er ging weiter. Angel- und Bootszubehör, das Volksbad, ein Schifffahrtsmuseum, eine Galerie. Er stoppte. Auch sie war geschlossen, aber da war eine Kamera oben in der Ecke des Schaufensters, und ein Teil des Innenbereichs war beleuchtet. Eine ältere Dame sprühte dort Glasreiniger auf Vitrinen und rieb mit einem Lappen darüber.

Sånbergen betrachtete die Kamera genauer. Sie war in einem schräg horizontalen Winkel auf die Tür und eine Auslage gerichtet, sodass sie möglicherweise auch einen Teil der Straße erfasste. Er klopfte vorsichtig an die Scheibe, woraufhin die Frau aufschaute.

Sie trug einen Dutt und ein schwarzseidenes Kleid, an ihrem silbernen Kettenanhänger blitzten zwei auffällige große Steine. Sånbergen hielt seinen Dienstausweis an die Scheibe und wurde von der Frau hereingelassen, die sich als Karla Schmidtke vorstellte. Er erklärte, dass er wegen eines Autodiebstahls ermittle, und bat sie um die Aufzeichnungen ihrer Überwachungskamera. Es gehe um den späten Abend des 20. Juni, ab zweiundzwanzig Uhr.

Frau Schmidtke führte ihn in eine fensterlose Kammer im hinteren Ladenbereich, die nur einen Stuhl, einen Tisch und einen mit einem Laptop verbundenen kleinen Monitor beherbergte. »Ich bewahre die Bilder immer für eine Woche auf. Sie haben Glück. Die vom letzten Dienstag habe ich noch nicht gelöscht.« Sie klappte den Laptop auf, gab ein Passwort ein, klickte ein wenig herum, und dann erschien ein Bild auf dem Monitor – die Kamera hatte die rechte Spur der Schiffbrücke zur Hälfte erfasst.

Die Aufnahmen waren leicht unscharf und dunkel, aber die vorbeifahrenden Autos meist gut zu erkennen, auch wenn der Bildausschnitt nicht reichte, um die Kennzeichen lesen zu können. Sånbergen stellte auf schnelle Wiedergabe und ließ sich dennoch nichts entgehen, aber kein brauner Kombi fuhr vorbei. Die Zeitanzeige sprang auf zweiundzwanzig Uhr dreißig, als Frau Schmidtke fragte, ob es ihm möglich wäre, nun abzubrechen und morgen wiederzukommen, da sie hier fertig sei und zu ihrer Familie müsse.

»Das geht leider nicht. Geben Sie mir noch eine Viertelstunde, länger kann es nicht mehr dauern«, antwortete Sånbergen.

Sie seufzte, blieb auf ihrem Hocker sitzen, und als der Timer zweiundzwanzig Uhr sechsundvierzig zeigte, rollte tatsächlich ein brauner Kombi vorbei. Sollte sich die Mühe gelohnt haben? Die Silhouette einer Person war am Steuer zu erkennen, allerdings völlig unverkrampft wirkend, eine Hand schien locker auf das Lenkrad gelegt. Normale Sitzgröße, im Stehen vielleicht eins achtzig, schlank, helle Kleidung – vielleicht ein Overall. Eine Kapuze war über den Kopf gezogen und hing so tief ins Gesicht, dass Augen und Nase verdeckt waren. Die ganze Haltung, die Finger am Lenkrad, alles an dieser Gestalt wirkte auf eine Art entspannt, wie Sånbergen es nicht von jemandem erwarten würde, der in diesem Moment ein gestohlenes Auto fuhr, möglicherweise sogar einen Mord begangen hatte.

Sånbergen bedankte sich bei Frau Schmidtke, gab ihr seine Visitenkarte und bat sie, ihm die Videoaufzeichnung so schnell wie möglich zukommen zu lassen. Dann verließ er die Galerie und musste feststellen, dass noch immer keine Wolken aufgezogen waren. Die Sonne thronte mächtig über allem und ließ kaum einen Meter Schatten auf dem Asphalt. Schwüle hing in der Luft, Hitze stieg vom Pflaster auf, und Sånbergen überkam die Vorstellung, dass bald die ganze Ostsee zu dampfen begänne. Die Menschen mühten sich träge dahin, keine Möwe am Himmel, sogar die Autos schienen langsamer zu fahren als sonst.

Auf dem Weg zurück zu seinem Wagen kam er an einem Café vorbei, aus dem ein Luftzug wehte, und er beschloss, sich dort ein wenig abzukühlen. Er setzte sich an den Tresen, bestellte ein Glas Wasser mit Eiswürfeln und presste es gegen die Stirn, aber seine

Gedanken schienen sich davon unbeeindruckt in ein verwinkeltes Labyrinth zu verflüchtigen. Wie in einem Dämmerzustand glitt sein Blick durch den Raum. Walnussbraune Tische, der Lack abgewetzt. Ein Deckenventilator, der surrte und seine Rotoren träge durch die Luft trieb. Die Reflexionen des gleißenden Lichts an den Wänden.

Die Atmosphäre hier weckte ein altes, wehmütiges Gefühl in ihm, das er kannte, aber mit einem anderen Ort verband: einem kleinen Café in Aalborg, in dem er auch einmal nach Schatten gesucht hatte – das Café, in dem er Lisa zum ersten Mal begegnet war.

Sie war der einzige Gast gewesen. Mit einem Buch in der Hand – »Tom Sawyer« – hatte sie an einem Tisch gesessen, und er hatte sich einfach zu ihr gesetzt, als hätte ihn eine unsichtbare Kraft zu ihr hingezogen. Nachdem er ein paar unzusammenhängende Worte gestammelt hatte, sagte sie, seine Augen seien so blau wie ein Eisberg. Und dann hatten sie zu reden begonnen. Er erzählte ihr von seiner Liebe für Jütland, sie ihm von ihrer Heimat, von einem kleinen Tal, in dem Hortensien, Holunder und Flieder blühten, und irgendwann lud sie ihn ein, sie einmal zu besuchen. Als er diesen Ort später zum ersten Mal erblickte, konnte er den Blick nicht abwenden. Ein blaues Meer aus Blumen, hatte er gedacht, und der warme Südwind trieb eine seichte Welle durch das Tal.

»Macht drei Euro.«

»Hm?«

»Schichtwechsel, ich muss abkassieren«, sagte der Mann hinter dem Tresen. »Macht drei Euro. Für das Wasser.«

»Ich würde gern noch eins mitnehmen, geht das?«

»Klar, aber nur als Flasche.«

Sånbergen erhielt sein Wasser, ging zurück zum Wagen und machte sich auf den Weg zu seiner neuen Unterkunft.

»Harrisleer Umgehung Richtung Westen«, stand in der SMS von Philips, »dann links auf den Ochsenweg und an der alten Tankstelle den zweiten Sandweg rechts nehmen.« Sånbergen folgte den Anweisungen, passierte am Ortsrand ein gepflastertes Gehöft mit einer strohgefüllten Scheune. Dahinter ein drahtumzäuntes Gehege, auf dem rot gefleckte Rinder träge in der Sonne verharrten und mit dem Schwanz fächerten, um lästige Insekten zu vertreiben. Zwei Minuten später tauchte zur Rechten ein Sandweg auf, dann der zweite, direkt neben einer Tankstelle, die aussah wie aus der Zeit gefallen. Zwei rundliche, schon leicht angerostete Zapfsäulen stellten Benzin und Diesel bereit, ein Mann mit ölverschmierter Latzhose saß auf einem Klappstuhl unter den Preistafeln. Er blickte über den Rand seiner Zeitung hinweg, als der rote Beetle in den holprigen Feldweg einbog.

Hundert Meter weiter, kurz vor einem kleinen Waldstück, stoppte Sånbergen. Zu seiner Linken stand ein hölzernes Schild: »Southern-Ranch«. Ein Weidezaun aus schlanken Kieferstämmen begrenzte ein etwa dreißig Meter breites Grundstück. Die Hölzer hatten ihren weißen Anstrich fast verloren, einige waren aus der Halterung gerutscht und einseitig zu Boden gefallen. Eine quadratische Holzhütte stand auf dem Areal, nicht klein, etwa zehn Meter breit und auf ein erhöhtes Podest gebaut. Vier Stufen führten hinauf zu einer weiß umzäunten Veranda, die der Hütte vorgelagert war. Jemand hatte dort einen Schaukelstuhl aufgestellt.

Rund fünfzig Meter entfernt standen zwei weitere solche Häuser auf ähnlichen Grundstücken, direkt dahinter begann das Marschland – sumpfige Wiesen, bewachsen mit Wollgras und Rosmarinheide. Roterlen und Hängebirken standen zu kleinen Baumgruppen zusammen.

Sånbergen stieg aus. Hier draußen war die Schwüle erträglicher, und ein beinahe lauer Sommerwind streifte ihn. Dazu der bekannte Geruch von feuchter Erde und wildem Thymian. Ein kurzes Rascheln im Laub, dann Fiepen von Kleingetier, das offenbar seine Anwesenheit bemerkt hatte. Ein Hermelin reckte den Kopf aus dem Gebüsch.

Der Boden war uneben, der Garten verwahrlost, das Gras kniehoch, aufgewühlte Maulwurfshügel dazwischen. Vereinzelt standen Obstbäume auf dem Grundstück, klein, dünn und krumm, wie vom Spiel des Windes verdreht.

Prüfend sah sich Sånbergen um, blickte in jede Himmelsrichtung und fragte sich, ob er diesem Ort wohl etwas Heimisches würde abgewinnen können. In Gedanken begann er, wie aus einem

Reflex heraus, schon kleine Bereiche abzustecken – Kartoffeln, Kräuter und Tomaten. Die Kartoffeln gleich neben dem Haus, die Kräuter auf der Südseite ... Aber dafür würde er nicht lange genug bleiben.

Über die Veranda gelangte er ins Haus. Ein großer Wohnraum mit offener Küche. Ein Esstisch, vier Stühle. Gegenüber eine alte Ledercouch vor einem Bücherregal. Von einem schmalen Flur gingen zwei Schlafzimmer ab, die Betten frisch bezogen.

Er lief zunächst die Umgebung ab, packte dann seine Sachen aus und stellte den Laptop vor sich auf den Tisch. Mit Smilla hatte er verabredet, heute um achtzehn Uhr zu skypen, aber als die Verbindung stand, saß zunächst nicht seine Tochter vor dem Laptop, sondern Clara.

Sie berichtete, sie sei heute auf der Treppe umgeknickt, und der Arzt habe ihr nicht nur verboten, den Fuß zu belasten, sondern den Knöchel gleich dick eingegipst – die nächste Zeit würde sie nichts mit Smilla unternehmen können. Dann kam Smilla dazu, und Sånbergen hatte den Eindruck, dass sie sich freute, ihn zu sehen. Sie winkte ihm zu, erzählte von ihrem Tag und schickte dann Clara weg, um allein mit ihm reden zu können.

»Jetzt, wo Clara immer liegen und sitzen soll, ist es ziemlich langweilig hier. Also dachte ich, ob es nicht besser wär – ich meine, auch für Clara –, wenn ich zu dir nach Harrislee komme.« Smillas Unterschenkel, der von der Couch herunterhing, begann, erwartungsvoll hin- und herzupendeln.

Die Frage traf Sånbergen unvorbereitet. Er hatte gehofft, Clara würde mit Smilla in Smalby etwas unternehmen, dafür sorgen, dass sie schöne Sommerferien hatte. Hier wäre seine Tochter für längere Zeit unbeaufsichtigt, in einer ihr unbekannten Umgebung, in der zudem ein Mörder frei herumlief.

»Es tut mir leid, Smilla, aber das geht nicht. Du weißt, wenn ich in einem Mordfall ermittle, bin ich kaum zu Hause. Wir würden uns nur selten sehen, und ich hätte keine Ruhe, wenn ich den ganzen Tag nicht wüsste, was du machst. Lass uns versuchen, eine andere Lösung zu finden, okay?«

Der Unterschenkel hörte auf zu pendeln, Smilla schwieg, und Sånbergens folgende Versuche, ihr die Notwendigkeit seiner Entscheidung zu erklären, blieben erfolglos. Als er das Gespräch beendete, hatte er das Gefühl, das Falsche getan zu haben.

Er setzte heißes Wasser für einen weiteren Tee auf, stellte die Möbel etwas um, wie es ihm besser gefiel, und versuchte für den Rest des Tages, das schlechte Gewissen zu verdrängen, das untrennbar mit jeder ablehnenden Geste verbunden war, die er Smilla entgegenbrachte.

Manchmal, in Situationen wie diesen, fragte er sich, ob die Dinge besser gelaufen wären, wenn er einen anderen Beruf ergriffen hätte – einen mit regelmäßigen Arbeitszeiten, der verträglicher für sein Familienleben gewesen wäre. Vielleicht eine Arbeit auf dem Land, mit eigenen Gerste- und Weizenfeldern, vielleicht sogar ein geistliches Amt, wie Pastor Skovgaard es ihm einst nahegelegt und er es fast angenommen hatte.

Damals, in der Zeit nach Majas Tod, war der Pastor der Gemeinde, zu der das Kinderheim gehörte, zu einem väterlichen Freund für ihn geworden. Skovgaard hatte Worte gefunden, die Sånbergen geholfen hatten, die Dinge zu akzeptieren, wie sie gekommen waren. Irgendwann war er zu einem seiner Gottesdienste erschienen, dann zu weiteren, und wenige Monate später hatte er sogar begonnen, regelmäßig das Abendmahl mit der Gemeinde zu teilen. Sie lasen zusammen Bibeltexte und Psalmen, und als Sånbergen das Kinderheim verließ, nahm der Pastor ihn unter seine Fittiche. »Du weckst Vertrauen in den Menschen. Eine Gabe, die nicht häufig anzutreffen ist«, sagte er.

Als Skovgaard ihn aber ein Jahr später fragte, ob er irgendwann dessen Stelle übernehmen wolle, zögerte Sånbergen. Mit der Zeit waren Zweifel in ihm aufgekommen, die an seinen Überzeugungen rüttelten. Die Suche nach grundsätzlichen Antworten hatte einen rationalen Geist in ihm geformt, der nach einer greifbaren Wahrheit suchte – und ihn in einen Konflikt mit seinem Glauben brachte.

Pastor Skovgaard akzeptierte die Entscheidung. Jeder müsse finden, worin seine eigentliche Aufgabe bestehe, sagte er und fügte mit Bedauern ein paar Worte hinzu, die an den Propheten Elia und das erste Buch der Könige erinnerten: »Bist du nicht derselbe, der du gestern warst und morgen und in Ewigkeit sein wirst, nur diese eine Seele in dir? Ein Narr, zu glauben, du könntest auf beiden Beinen hinken und den Blick zu beiden Seiten wenden, zwei ringende Seelen in deinem Leib.«

18

29. Juni 1997, irgendwo in Dänemark

Ich habe das neue Mädchen heute gesehen, als wir gegessen haben. Sie hat die ganze Zeit nach unten geschaut. Sie muss ganz durcheinander sein. Sie weiß nicht, was für ein Ort das hier ist. Ich weiß es auch nicht genau.

Ich würde sie gern fragen, woher sie kommt. Bestimmt würden wir uns gut verstehen. Wenn wir uns mal kennenlernen würden. Aber sie haben mich wieder in mein Zimmer gebracht. Und sie in ihres. Ich weiß nicht, in welches. Doch wir alle sind hier oben auf derselben Etage. Bestimmt liegt sie jetzt wach. Vielleicht sieht sie gerade aus dem Fenster und beobachtet den Mond, genauso wie ich.

Manchmal denke ich, wir sind ganz allein auf der Welt. Nur wir und der Mond und das Wasser am Horizont, das sie den Alsensund nennen. Und hinter ihm ist Niemandsland.

19

Tag 5, Montag, 26. Juni

An diesem Morgen meldete sich endlich Tommy Holsmark telefonisch bei Sånbergen, der ihn kurzerhand bat, sich um neun Uhr in Jills Café einzufinden. Dieses Mal wählte er einen der Außentische, und es dauerte nicht lange, bis Jill freundlich lächelnd zu ihm kam. »Da sind Sie ja wieder.«

Sie stand im hellen Licht, Sånbergen musste die Augen zukneifen. »Was soll ich sagen? Es gefällt mir hier einfach. Und ich bin nun mal ein Gewohnheitsmensch.«

»Tatsächlich? Aber sonst haben Sie drinnen gesessen, Zeitungen haben auf dem Tisch gelegen, und Sie sind deutlich früher dran gewesen.«

Mit allen drei Dingen hatte sie recht, fast konnte man ihr einen kriminalistischen Spürsinn unterstellen. »Ich erwarte jemanden, wir wollen uns etwas unterhalten.«

»Verstehe. Wollen Sie heute vielleicht den Matjes probieren?«

»Tut mir leid – man sollte nie alle Regeln auf einmal brechen. Bitte einfach nur zwei Zimtschnecken, so wie immer.«

»Wie Sie wollen.« Sie drehte sich um und ging mit schwungvollen Schritten zurück in das Café.

Tommy kam etwas später, als Jill schon die Zimtschnecken gebracht hatte. Er nahm sich einen Stuhl und setzte sich etwas abgewandt, die langen Beine am Tisch vorbei ausgestreckt.

Dieses Mal kam Sånbergen gleich zum Punkt. »Warum haben Sie falsche Angaben gemacht, Herr Holsmark?«

»Wie bitte? Wo das denn?« Tommy machte große Augen.

»Sie haben mir gesagt, Sie hätten am letzten Dienstag nicht mehr mit Ellen telefoniert. Nun haben wir aber Listen mit allen Verbindungen von Ellens Handy vorliegen, ein- und ausgehende Anrufe. Und die beweisen zweifelsfrei, dass am Dienstag um fünfzehn Uhr vierzehn jemand von Ihrem Handy aus mit Ellen telefoniert hat. Ich nehme an, dass Sie das waren?«

Tommy errötete und wirkte unentschlossen, schien sich nicht dazu äußern zu wollen, und Sånbergen wurde ungeduldig. Vielleicht hätte er den jungen Mann doch in die Polizeistation bestellen sollen.

Er setzte sich auf und klang nun deutlich eindringlicher. »Zu der Zeit, um Viertel nach drei, ist Ellen noch bei Sophie Winter gewesen, und Sie haben das gewusst, denn Ellen war jeden Dienstagnachmittag dort. Trotzdem haben Sie sie angerufen. Es muss also dringend gewesen sein, denn offenbar konnten Sie ja keine Viertelstunde länger warten, bis Ellens Besprechung fertig gewesen wäre. Also frage ich Sie: Warum dieser Anruf?«

Tommy schluckte. Dann senkte er den Blick und gab seinen Widerstand auf. »Stimmt schon, es war wegen unseres Streits um den blöden Hund. Ich wollte mich bei ihr entschuldigen. Das ist alles.«

Eine Meinungsverschiedenheit wegen eines Hundes. Tatsächlich hatte Tommy das schon bei seiner ersten Aussage erwähnt. Aber warum hatte er es für nötig befunden, dieses Telefonat zu verschweigen? »Wie ist das genau gewesen? Warum haben Sie sich in die Haare gekriegt?«

»Na ja, Ellen war halt total vernarrt in Hunde, aber ich mag die einfach nicht, und Ellen wusste das, wir haben immer wieder darüber gesprochen. Und trotzdem hat sie sich irgendwann einen zugelegt.« In seine Stimme mischten sich nun Ärger und Enttäuschung. »Und dann zeigt sie mir Dienstag beim Mittagessen ein Bild von diesem anderen Hund, wieder so 'n Retriever, und sagt, dass sie den kaufen will. Weil der erste sich so allein fühlen würde.«

»Wie haben Sie reagiert?«

»Wie schon? Ich war nicht begeistert und hab gefragt, was das soll, sie wisse doch, dass ich keine Hunde mag. Da meinte sie, ich soll mich nicht so anstellen, Retriever mag schließlich jeder. So als könne sie mir vorschreiben, was ich mag und was nicht. Und da bin ich halt laut geworden. Blöderweise hab ich gesagt, dass sie sich die stinkende Töle ...«

Tommy verstummte, und Sånbergen meinte, aus den letzten Worten des jungen Mannes Zerknirschung und Reue herausgehört zu haben. Er hielt sich mit Nachfragen zunächst zurück und wartete, ob Tommy von sich aus weiterreden würde – was er nach einigen Sekunden dann auch tat.

»Sie war total empört, hat gesagt, ich solle mich sofort entschuldigen. Aber ich war echt sauer, bin aufgestanden und gegangen. Erst später, als ich in Ruhe nachgedacht hatte, ist mir klar geworden, wie blöd das war, sich über so was zu zerstreiten. Und ich hab angefangen, mir Gedanken zu machen. Ob zwischen uns noch alles okay ist und so. Ich war mir echt unsicher, vor allem, nachdem sie auf meine Entschuldigungs-SMS nicht reagiert hat. Also hab ich dann irgendwann angerufen. War mir egal, ob sie noch in dieser Besprechung war oder nicht.«

»Wie hat Ellen reagiert?«

»Sie war genervt und hat mich abgewimmelt.«

»Hm, das Gespräch hat zweiundvierzig Sekunden gedauert. Dafür ist das dann doch ziemlich lange.«

»Ich hab mich erst noch mal richtig bei ihr entschuldigt. Gesagt, dass es mir leidtut, dass ich es nicht so gemeint hab und dass sie den Hund halt kaufen soll, wenn ihr so viel dran liegt. Und ich hab gefragt, ob wir uns nicht abends noch treffen wollen … Aber sie hat gesagt, sie habe schon was anderes vor, und hat dann aufgelegt. Für mich klang das nach einer Ausrede, als ob sie mich nicht mehr sehen wollte. Als ob … Schluss zwischen uns sei.« Den letzten Satz hatte er nur mit Mühe herausgebracht, und nach einer kurzen Pause fügte er leise hinzu: »Aber das ist ja jetzt sowieso egal.«

»Und danach? Was haben Sie dann gemacht?«

»Ich habe gleich Mia angerufen und mich eine halbe Stunde lang bei ihr ausgeheult.«

»Mia Hagemann?«

»Ja. Ich wollte wissen, was mit Ellen los ist, ob sie Mia irgendwas gesagt hatte. Ich meine, über uns beide, ob noch alles in Ordnung ist. Mia war schließlich ihre beste Freundin.«

»Und was hat Mia gesagt?«

»Dass Ellen stinksauer sei und es besser wäre, sie erst mal ein paar Tage abkühlen zu lassen. Deshalb habe ich dann auch später nicht noch mal versucht, sie zu erreichen, sondern bin zum Training.«

»Und danach? Nach dem Training?«

»Bin ich nach Hause und habe noch mal Mia angerufen. Ich dachte, vielleicht wisse sie inzwischen was Neues von Ellen. Aber sie hatte nichts gehört. Und dann haben wir eine Stunde lang geredet und uns alles Mögliche überlegt, wie ich mich mit Ellen versöhnen könnte.«

Sånbergen überlegte. Wenn die Angaben stimmten, war Tommy aus dem Schneider. Es hätte dann weder nachmittags noch abends ausreichend große Zeitfenster gegeben, die es dem jungen Mann erlaubt hätten, Ellen zu treffen, mit ihr Pizza zu essen, sie zu ertränken und die Leiche zum Erlenbruch zu schaffen. Zumal er offenbar darauf gehofft hatte, sich mit seiner Freundin wieder zu versöhnen.

»Zeigen Sie mir Ihr Handy.«

»Wie bitte?«

»Ihr Handy. Ich möchte die Anrufliste sehen.«

Tommy holte ohne großes Zögern sein Smartphone aus der Hosentasche und reichte es Sånbergen, der nach etwas Herumscrollen tatsächlich einen Anruf bei Mia fand, am Dienstagnachmittag um fünfzehn Uhr sechzehn, mit einer Verbindungsdauer von fast einer halben Stunde. Und einen weiteren, abends von halb acht bis halb neun.

Die Dinge schienen zusammenzupassen. Tommys Aussage ließ keine relevanten Lücken erkennen, und der junge Mann klang für Sånbergen glaubhaft. Bis auf eine Sache. »Warum haben Sie mir das alles nicht gleich gesagt, sondern diesen Anruf bei Ellen verschwiegen?«

»Ich weiß auch nicht. Ich glaube, ich hatte Angst, dass genau das passiert, wie es jetzt gekommen ist. Dass, wenn Sie von dem Streit hören und dann auch noch erfahren, dass ich Angst hatte, sie könnte Schluss mit mir machen wollen, dass Sie dann irgendwie die falschen Schlüsse ziehen würden. Aber ich habe Ellen nichts angetan, das müssen Sie mir glauben. Ich … Ich habe sie geliebt.«

Sånbergen meinte, Tränen in Tommys Augen schimmern zu sehen, und bekam Mitleid mit dem jungen Mann, der nun doch Zeichen von Trauer über den Tod seiner Freundin zeigte. Er strich Tommy gedanklich von seiner Verdächtigenliste, entließ ihn nach Hause und bat Jill um die Rechnung. Es wurde Zeit aufzubrechen, denn schon vor ein paar Minuten war eine SMS von Hanna eigetroffen. Der Rekrut Rasmus Falk wartete in der Dienststelle auf ihn.

***

Künstliches Licht. Stickige Luft. Das Ticken einer Uhr. Der Verhörraum im Keller der Harrisleer Polizeistation glich einem Bunker und weckte Unbehagen. Der passende Ort für zermürbende

Verhörstrategien, die einen Verdächtigen entkräfteten, bis ihm die Konsequenz eines Geständnisses weniger abträglich erschien als die blanke Not des Augenblicks.

Sånbergen allerdings hatte es noch nie so gehandhabt, und auch diesmal sollte es nicht so sein. Er setzte sich dem jungen Rekruten gegenüber und bemühte sich um einen ungezwungenen Tonfall.

»Guten Morgen, Herr Falk. Zunächst einmal dies: Ich kann Sie siezen, wenn Sie wollen, aber ich bin ebenfalls Däne, also …«

Falk saß ihm in aufrechter Haltung gegenüber und nickte. Eine leuchtende Neonröhre spiegelte sich flackernd in seinen eng stehenden Augen. »Duzen ist mir recht.«

»Gut, dann machen wir das. Also, zur Sache: Wir ermitteln derzeit in einem Mordfall, und da habe ich ein paar Fragen an dich. Beziehungsweise eigentlich: an euch. Wo ist denn dein Kamerad Olsen?«

»Der hat heute frei und ist nach Flensburg.«

»Hm, das war so nicht abgesprochen. Ihr solltet beide hier erscheinen. Aber vielleicht habe ich was falsch verstanden. Wie auch immer, dann sind es halt erst mal wir beide. Es geht um vergangenen Dienstag, den 20. Juni, euren freien Tag. Mich würde interessieren: Wart ihr da in Harrislee, bei Janne in der Bar?«

»Ja, waren wir. War Happy Hour.«

»Wie lange wart ihr dort?«

»Schätze, so vier Stunden. Janne öffnet um achtzehn Uhr, da sind wir gleich rein. Und gegen zehn haben wir uns dann auf den Weg zurück zur Akademie gemacht. Ist zu Fuß ja eine ganz schöne Strecke.«

»Ich nehme an, ihr seid durch die Marsch gelaufen?«

»Durch die Marsch?«

»Querfeldein. Das spart einige Minuten, oder nicht?«

»Mag sein, aber wir sind ganz normal außenrum, über den Grenzübergang, auf dem Ochsenweg.«

Sånbergen war verwirrt. »Warum denn das? Durch die Marsch ist es doch kürzer.«

»Wir wollten beim ›Stand In‹ noch einen Absacker trinken. Und da haben wir nicht auf die Uhr gesehen und uns verquatscht.«

»Das ›Stand In‹?«

»Ein Wohnwagen, zu einer Imbissbude mit Kiosk ausgebaut. Steht direkt am Grenzübergang.«

»Und wann genau habt ihr das beschlossen?«

»Ganz kurzfristig.«

»Wie spät war es genau?«

»Es war ganz sicher noch vor zehn.«

»Um elf ist Zapfenstreich, und ihr braucht mindestens vierzig Minuten zurück. Ich nehme an, es gibt empfindliche Strafen, wenn man zu spät zurück in die Akademie kommt?«

»Ist noch nicht passiert.«

»Normalerweise nicht. An dem Dienstag aber seid ihr erst um eine Minute vor elf zurück gewesen, zehn Minuten später als sonst und damit haarscharf an einer Verspätung vorbei. Also wieso geht ihr noch für einen Absacker ins ›Stand In‹, wenn ihr damit das Risiko eingeht, den Zapfenstreich zu überziehen?«

Im Gegensatz zu den vorherigen Fragen dauerte es dieses Mal länger, bis Falk antwortete. »Wir wollten vom ›Stand In‹ gleich weiter, das wär zeitlich gar kein Problem gewesen, aber dann sind wir da irgendwie hängen geblieben und haben wohl für einen Moment die Zeit vergessen.«

Sånbergen kam die Sache zunehmend seltsam vor. »Wenn ich jetzt den Inhaber dieses ›Stand In‹ anrufe und frage, ob ihr an dem Abend da wart – würde er deine Geschichte genau so bestätigen?«

Falk schluckte, sagte nichts und senkte den Blick.

»Das werte ich mal als Nein … Was verschweigst du, Rasmus? Weshalb seid ihr wirklich erst so spät in die Akademie gekommen? Ich sage es noch mal: Wir ermitteln in einem Mordfall. Eine junge Frau, kaum älter als du, wurde an jenem Abend getötet, gleich hier in der Nähe. Und ich will rausfinden, wer dafür verantwortlich ist.«

Eine Schweißperle hatte sich auf Falks Stirn gebildet, und Sånbergen nahm etwas Schärfe aus seinem Ton.

»Falls du fürchtest, dass ich euch einen Mord nachweisen will: Ich glaube nicht, dass ihr etwas damit zu tun habt. Ich will nur wissen, ob ihr etwas gesehen habt.«

Falk sah auf. »Wir stehen nicht unter Verdacht?«

»Nein. Aber wenn ihr die polizeilichen Ermittlungen behindert, falsche Angaben macht, dann könnte das Konsequenzen für euch haben, und ich bin mir nicht sicher, ob Major Persson nachsichtig reagieren würde.« Sånbergen lehnte sich zurück und wartete. Er ließ Falk noch einen Moment Zeit, seine Gedanken zu ordnen, zu überlegen, wie der Major die ganze Sache bewerten würde, was sie für seine militärische Laufbahn bedeuten würde. »Okay, Rasmus. Jetzt sag mir, was passiert ist. Und falls es nötig sein sollte, werde ich beim Major ein gutes Wort für dich einlegen.«

Falk spielte nervös mit den Fingern und begann schließlich zu erzählen. »Also gut. Wir sind von Janne gekommen, den Weg durch die Marsch gegangen und haben uns gegenseitig mein Käppi zugeworfen, so wie eine Frisbeescheibe. Olsens Wurf ging daneben, das Käppi flog zu diesem Erlenbruch, und ich bin hinterher. Na ja, und …« Er drückte seine Finger gegeneinander. »Da hab ich die Frau dort auf der Lichtung sitzen sehen. Ich wusste nicht, was mit ihr war, hab ihr was zugerufen, aber sie hat nicht reagiert. Dann kam Olsen hinterher, und wir standen da und haben überlegt, ob wir die Polizei holen sollen. Aber wie hätte das denn ausgesehen, wir allein in der Marsch, betrunken, mit 'ner Frau, die wohl tot war? Wir wären doch unter Verdacht geraten, was ganz schnell einen Eintrag in der Akte geben könnte. Außerdem hatte uns jemand erst ein paar Minuten vorher da gesehen.«

»Moment, du sagst, jemand hat euch gesehen? Das heißt, da war noch jemand unterwegs?«

Falk nickte. »Auf der Landstraße, die da vorbeiführt. Da stand ein Auto auf dem Randstreifen, und irgendwer hat dringesessen.«

Sånbergen fühlte mit einem Mal den Drang, aufzustehen und herumzulaufen, um seine Gedanken in Bewegung zu bringen. »Aber es war dunkel, wie hätte der euch wiedererkennen sollen?«

»Wir hatten ja die Uniformen an, also war doch klar, wo wir her sind. Und ihr habt's ja auch rausgekriegt. Außerdem hat Olsen 'ne Show abgezogen, als er vor dem Auto über die Straße ist.«

»Wieso?«

»Er hat sich bedankt, dass er uns vorgelassen hat. Der Wagen ist gerade losgefahren, aber hat dann noch mal kurz gestoppt, um uns durchzulassen. Also stellt sich Olsen mitten ins Scheinwerferlicht und zieht sein Käppi vor ihm.«

»Was für ein Wagen war das?«

»Ein dunkler Kombi, grün oder braun. Die Marke weiß ich nicht, sah irgendwie nach was Älterem aus.«

Ein dunkler Kombi, dachte Sånbergen. Sollten die beiden tatsächlich dem Täter über den Weg gelaufen sein? Es konnte nicht viele dunkle Kombis gegeben haben, die an diesem Abend auf der Landstraße unterwegs gewesen waren, noch dazu so nahe beim Erlenbruch. Er blieb in Falks Rücken stehen. »Wie spät war es da?«

»Es muss kurz nach halb elf gewesen sein.«

Die Kamera der Galerie hatte den Kombi um zweiundzwanzig Uhr sechsundvierzig erfasst. Er konnte es also gewesen sein. »In welche Richtung ist das Auto weggefahren?«

»Nach Süden, Richtung Harrislee.«

Richtung Harrislee, weiter nach Flensburg, dann auf die Schiffbrücke, an der Galerie vorbei. »Was hat der Fahrer gemacht? War er verärgert? Hat er etwas gesagt?«

»Verärgert? Keine Ahnung, hab ich nicht gesehen. Ich bin hinter dem Auto rum, während Olsen vorn seine Show abgezogen hat. Aber gesagt hat der nichts, das hätte ich mitbekommen. Nur der kleine Kläffer im Wagen hat sich aufgespielt.«

»Ein kleiner Kläffer? In dem Auto war also ein Hund, und der hat sich aufgespielt, sagst du?«

»Ja. Das Fenster hinten war einen Spaltbreit offen, da hab ich kurz reingeschaut und einen Käfig auf der Rückbank gesehen. Der Kleine saß da drin und hat gebellt. Der war ganz aufgeregt und hatte offenbar nicht die geringste Lust, da eingesperrt zu sein.«

Ein kleiner Hund. Ellen hatte einen kleinen Hund gehabt, und sie hatte sich noch einen zweiten anschaffen wollen. Vielleicht hatte sich der Täter einen Hund zugelegt, um den Kontakt zu knüpfen – und ihn dann hier mit in den Erlenbruch genommen, bevor er noch, im Auto allein gelassen, durch das nächtliche Gebell Aufmerksamkeit auf sich zog. Sånbergen musste an die Aussage des Mädchens denken, das die Leiche gefunden hatte. Ihr Hund sei ihr entwischt und ganz aufgeregt geradewegs in die Marsch gelaufen, als hätte er die Spur eines anderen Hundes gewittert, der sich dort zuvor aufgehalten hatte – vielleicht die Spur dieses kleinen Kläffers.

Je länger Sånbergen darüber nachdachte, desto sicherer wurde er, dass die beiden Rekruten an diesem Abend tatsächlich dem Mörder von Ellen Berg über den Weg gelaufen waren – und Olsen hatte ihn gesehen. »Okay, Rasmus, ich muss jetzt doch mit deinem Kameraden sprechen. Und zwar sofort. Wo finde ich ihn?«

»Olsen? Wie gesagt: Heute ist sein freier Tag, er wollte nach Flensburg. Janne hat da einen zweiten Laden, ein Café an der Schiffbrücke, in der Nähe vom Kompagnietor. Da gibt's mittags superleckeres Smørrebrød.«

»Ich nehme an, du hast Olsens Nummer – ruf ihn an und gib ihn mir.«

Mit einem leisen Seufzen griff Falk nach seinem Handy und wählte, winkte nach kurzem Lauschen aber ab. »Ist besetzt. Und bei Olsen kann das dauern.«

»Dann fahre ich selbst hin. Versuch du weiter, ihn zu kriegen. Und wenn du ihn hast, sag ihm, ich komme rüber, um ihn zu befragen. Wie kann ich ihn erkennen?«

»Der fällt auf: gut eins neunzig und hellblond, auf vier Millimeter geschoren. Er ist nicht zu übersehen – einer von denen, die jeden Tag trainieren. Hundert Kilo pure Muskeln.«

20

Sånbergen stellte seinen Beetle wieder auf dem Parkstreifen am Flensburger Hafenbecken ab. Volkstümliche Klänge wehten von der Innenstadt herüber. Die Fußgängerzone hinter dem Kompagnietor, ging es ihm durch den Kopf.

Das sonnige Wetter schwemmte die Leute auf die Straßen. An einem Gebäude jenseits der Fahrbahn entdeckte er ein rotes Schild mit weißen Buchstaben: »Jannes Café«. Motorräder standen vor dem Haus, verchromt, mit hochgebogenen Lenkern, daneben zwei Personen, die Sånbergen den Rücken zugedreht hatten. In einem von ihnen glaubte er Olsen ausmachen zu können. Kurze blonde Haare, groß und breit, sehr muskulös. Jemand anderes gab ihm gerade Feuer.

Die Schiffbrücke war dicht befahren, und Sånbergen wartete auf eine Lücke im Verkehr. Es gab hier keinen Fußgängerüberweg. Eine Kolonne hupender Autos rauschte vorbei. Ein paar Meter dahinter ein Siebentonner, beladen mit Abwasserrohren. Plötzlich erschallte das Quietschen blockierter Reifen auf dem Asphalt, der Lkw schlingerte – dann ein dumpfes Aufprallgeräusch.

Sånbergen zuckte zusammen und blieb für einen Moment in einer Schockstarre. Der Lkw stand still. Auf Höhe des Cafés. Das Geräusch war nicht das eines Blechschadens gewesen. Eine furchtbare Ahnung überfiel ihn.

Der Verkehr kam abrupt zum Stehen, Leute auf dem Fußweg begannen zu kreischen. Sånbergen konnte nicht erkennen, was passiert war, aber jemand musste zu Schaden gekommen sein. Er drängte sich zwischen den Autos hindurch, hörte den Ruf nach einem Krankenwagen und wühlte sich durch das Getümmel bis vor den Lkw. Schockiert von dem Anblick wich er einen Schritt zurück.

Am Boden lag ein merkwürdig verrenkter Körper, gewunden durch gebrochene Knochen, Blut sickerte auf den Teerbelag. Der muskulöse Blonde – höchstwahrscheinlich Olsen. Schwer verletzt, wenn nicht tot. Jetzt und hier, direkt vor seinen Augen.

Eine junge Frau bahnte sich den Weg durch die Menge. »Aus dem Weg, ich bin Ärztin!«

»Er hat sich direkt vor den Laster geworfen!«, rief eine ältere Dame.

»Nein, er wurde gestoßen!«, meldete sich eine weitere Stimme.

Sånbergen versuchte, sich von dem Anblick zu lösen und seine Gedanken zu ordnen. Was war hier passiert? Vor wenigen Momenten noch hatte jemand dem Blonden Feuer gegeben – die Person hatte direkt bei ihm gestanden. Sånbergen glaubte, sich an einen dunklen Schopf und eine schwarze Stoffjacke zu erinnern, einen Motorradhelm unter dem Arm. Er schaute sich um, konnte den Unbekannten in der Menge aber nicht entdecken und richtete sich auf, reckte seinen Kopf. Die Menschen in der näheren Umgebung gafften herüber, kamen näher oder verharrten – nur eine einzelne Person entfernte sich. Wieder hatte sie Sånbergen den Rücken zugedreht. Dunkle Haare, schwarze Jacke, der Motorradhelm.

Das war der Unbekannte. Sollte er dem Blonden tatsächlich einen Stoß gegeben haben? Es schien, als wollte er sich eilig entfernen, als wollte er fliehen.

Sånbergen zückte seinen Ausweis und versuchte, die Menge auseinanderzubringen. »Polizei! Machen Sie den Weg frei!« Er drängelte sich durch die umstehenden Schaulustigen, die aber nur träge reagierten, wie gebannt von dem Geschehen. Wertvolle Sekunden verrannen, in denen sich die verdächtige Gestalt entfernte, bis Sånbergen endlich den Menschenring durchbrochen hatte. Er eilte dem Flüchtigen hinterher und sah, wie der die Schiffbrücke hinunterlief und durch das Kompagnietor in der Fußgängerzone verschwand.

Sånbergen erreichte das Tor nur zehn Sekunden später und rannte ein paar Meter die grob gepflasterte Straße dahinter entlang. Aber nichts war mehr von der Person in der schwarzen Jacke zu sehen. Sie war wie vom Erdboden verschwunden. Sånbergen sah sich zu allen Seiten um. Zwei- bis dreistöckige Gebäude, zum Teil aus Fachwerk, reihten sich fast nahtlos aneinander. Drei junge Frauen schlenderten in Richtung eines bleigrauen Kirchturms, der zwischen den Häusern aufragte. Ein älteres Pärchen stand vor einem Schaufenster. Weiter hinten verbreiterte sich die schmale Straße zu einem kleinen Platz.

Zu seiner Linken entdeckte Sånbergen eine Einfahrt, in der ein hoher Bauzaun den Durchgang versperrte. Davor war ein großer Schuttcontainer direkt an die Fassade gestellt, und ein Stück darüber ragte die metallene Halterung einer Markise aus der Wand. Das Dach des anliegenden Gebäudes war leicht zu erklimmen – sollte der Unbekannte auf diesem Weg geflohen sein?

Es blieb keine Zeit für weitere Überlegungen. Sånbergen kletterte auf den Container, setzte den rechten Fuß auf den Metallwinkel der Markise, griff nach der Regenrinne über seinem Kopf und wuchtete seinen Körper über den Rand des Daches. Der Blick nach unten war unangenehm – er musste sich mindestens vier Meter über dem Boden befinden. Passanten hatten ihn erblickt und tuschelten aufgeregt.

Rote Ziegel deckten das leicht ansteigende Dach. Sånbergen erreichte den Dachfirst – und dann sah er die fliehende Gestalt.

Fünfzig Meter voraus balancierte sie geduckt auf den Dächern der angrenzenden Häuser, etwas schlaksig in den Bewegungen, aber leichtfüßig – und setzte sich nun den Motorradhelm auf den Kopf.

Sånbergen wählte Hannas Nummer, informierte sie über das Geschehen und forderte Unterstützung an. Dann eilte er dem Flüchtigen hinterher, auf den Kirchplatz zu, von dem Musik herüberschallte. Er sah hinunter, erkannte eine überdachte Bühne – und verlor die Konzentration, geriet ins Wanken. Reflexhaft streckte er die Arme zur Seite, ruderte in der Luft und richtete den Blick erneut geradeaus. Die verschwitzten Haare fielen ihm ins Gesicht, einige bohrten sich in die Augen. Langsam ging ihm die Luft aus. Seine Oberschenkel begannen zu zittern, er wurde unsicher auf den Beinen und wischte sich die Haare aus der Stirn.

Fünfzig Meter war die Gestalt vor ihm, und Sånbergen erkannte, wie sie plötzlich erneut die Richtung wechselte, zur Rückseite des Gebäudes schwenkte und auf dessen Rand zulief. Sie sprang aus vollem Lauf, ohne auch nur für einen Moment sichtbar gezögert zu haben, und ein metallenes Scheppern wie von Wellblech erklang. Offenbar kannte der Flüchtende den Weg genau, und wahrscheinlich stand irgendwo da unten sein Motorrad. Sånbergens Zuversicht, ihn noch einholen zu können, schwand dahin.

Er keuchte und drosselte das Tempo, kam zu der Stelle, wo die Gestalt vom Dach gesprungen war, schaute hinunter und erblickte einen niedrigeren Garagenanbau, von dessen Flachdach aus man die Straße erreichen konnte. Niemand war dort unten zu sehen, dafür ein Lieferwagen, der gerade die Heckklappe senkte. Daneben kam ein Pizzabote auf einem Motorrad zum Halten. Ein wendiger Untersatz, ging es Sånbergen durch den Kopf – vielleicht sollte er doch noch einen Versuch wagen.

Er hangelte sich vom Dach hinunter, ließ sich auf das Garagendach fallen und sprang von dort auf die Heckklappe des Lieferwagens. Der Pizzabote blickte ihn erschrocken an, als Sånbergen mit gezücktem Dienstausweis und den Worten »Polizei! Ich brauche Ihr Motorrad!« kurzerhand die Maschine beschlagnahmte und in Richtung Hauptstraße startete, zur Schiffbrücke.

Seine linke Rumpfseite schmerzte, er musste bei dem Sprung

irgendetwas abbekommen haben. Es kostete ihn Mühe, das Motorrad zu kontrollieren, während er sich zwischen vereinzelten Passanten hindurchschlängelte. Schweiß brannte in den Augenwinkeln, sein Blick begann zu verschwimmen. Er legte sich in eine Kurve und merkte, dass er zu schnell fuhr, die Maschine nicht in der Spur halten konnte, sich seine Finger fest um den Lenker krallten. Da war zu viel Adrenalin in seinem Körper, ein Zustand, der ihm fremd war, den er nicht zu kontrollieren vermochte.

Er atmete tief durch und nahm die Hand vom Gas. Behalte einen klaren Kopf, du musst ruhiger werden, musst die Übersicht behalten, sagte er sich. Am Ende der Straße sah er die Schiffbrücke kreuzen. Kein dichter Verkehr, und die Autos fuhren mit mäßiger Geschwindigkeit. Dann ein Motorrad, das in Richtung Süden vorbeihuschte – der Fahrer trug einen blauen Helm. War das eine schwarze Jacke gewesen?

Sånbergen gab erneut Gas und bog auf die Schiffbrücke ein. Das Motorrad war fünfzig Meter vor ihm, noch immer in Sichtweite, aber es gewann an Vorsprung. Sånbergens Maschine war zu langsam. Er fiel zurück und verlor schließlich den Sichtkontakt. Als er die Kreuzung an der Hafenspitze erreichte, war das Motorrad verschwunden, und der Verkehr staute sich vor ihm. Eine Baustelle. Sånbergen stoppte am Straßenrand. Er brauchte einen klaren Kopf. Der Fluchtweg – über das Dach, weiter mit dem Motorrad – war ganz offensichtlich nicht spontan entstanden, sondern von Beginn an genau so geplant gewesen. Wenn der Verdächtige also auch von dieser Baustelle gewusst hatte, wäre er kurz zuvor abgebogen und weiter um das Hafenbecken gefahren. Richtung Küste.

Sånbergen wendete, folgte nun genau dieser Route und fuhr langsam den Damm des südlichen Hafenbeckens entlang. Die Böschung führte hier abschüssig zum Wasser hinunter und war zum Teil mit dichten Laubbäumen bewachsen. Etwas weiter entfernt lagen Boote an den Landungsstegen. Kleine Boote, murmelte Sånbergen vor sich hin und musste an die Krusau denken, die den Erlenbruch mit dem offenen Meer verband.

Eine Schar von Staren brauste auf, als just in diesem Moment zwischen den Bäumen ein kleines weißes Boot ablegte. Es fuhr nicht schnell, und Sånbergen konnte die Person, die es lenkte, nicht genau erkennen. Nur ihre dunkle Kleidung. Er schaute dem Boot hinterher – in wenigen Sekunden würde es die Förde verlassen, wäre außer Sichtweite und konnte jede beliebige Richtung einschlagen. Er wusste nicht, ob es der Flüchtige war, der dieses Boot steuerte, und selbst wenn, würde er ihn nicht mehr aufhalten können. Er musste die Verfolgungsjagd aufgeben.

Sånbergen stellte die Maschine ab, informierte kurz Hanna, wo er war, und setzte sich ins Gras. Irgendwann wurde ihm bewusst, dass er sich seine linke Schulter hielt, dass sie brannte – er wusste nicht, ob von innen oder von außen. Er wusste nur, dass er für solche Situationen einfach nicht geschaffen war, schon gar nicht, wenn sie die eigene Unversehrtheit aufs Spiel setzten.

Wenige Minuten später traf Hanna ein und sah zu ihm herunter. »Alles in Ordnung?«

Nichts war in Ordnung. Weder seine Schulter noch seine Verfassung und schon gar nicht das Ergebnis seiner heutigen Arbeit.

Hanna hockte sich neben ihn. »Der Mann, der vom Lkw erfasst wurde, ist Olsen. Er ist schwer verletzt, wurde bewusstlos ins Krankenhaus gebracht und unter Polizeischutz gestellt.«

»Gut.«

»Und der Flüchtige? Ist es vielleicht Hauser gewesen?«

»Kann ich nicht sagen. Ich konnte das Gesicht nicht erkennen, bloß die Statur, die Art, sich zu bewegen, und das auch nur aus fünfzig Metern Entfernung.« Sånbergen hatte das Gefühl, es wäre gut, hier noch eine Weile im Gras sitzen zu bleiben. Er berichtete Hanna von den letzten Ereignissen um Falk und Olsen und den braunen Kombi am Erlenbruch.

»Haben Sie gesehen, was passiert ist?«, fragte sie.

»Nein. Ich war noch auf der anderen Straßenseite. Jemand hat Olsen Feuer gegeben und sich nach dem Vorfall aus der Menge entfernt. Daraufhin bin ich ihm nach. Haben Sie die Passanten befragt? Hat keiner etwas mit seinem Handy gefilmt?«

»Die Befragungen laufen noch, aber es ist eher unwahrscheinlich. Viele glauben, etwas gesehen zu haben, können letztlich jedoch nichts beschreiben, nicht mal, was annähernd passiert ist. Die meisten haben nur das Quietschen der Bremsen gehört, und

im nächsten Moment ist Olsen schon vom Laster erfasst worden.«
Hanna seufzte. »Es sieht so aus, als hätte unser Täter einen Zeugen
aus dem Weg geräumt.«

So war es wohl.

»Was ist mit Falk? Ist er der Nächste auf der Liste?«, fragte
Hanna.

»Nicht unbedingt. So wie er es erzählt hat, war es nur Olsen,
der direkten Sichtkontakt zum Fahrer des Kombis hatte. Aber wir
müssen den Major darüber informieren. Falk sollte die Akademie
vorerst nicht verlassen.«

»Wird erledigt.«

»Außerdem muss der ganze Uferbereich entlang des Hafen-
damms nach dem Motorrad abgesucht werden. Vielleicht hat der
Geflohene es hier abgestellt und ist mit dem Boot weiter.« Sånbergen stand auf und versuchte, den linken Arm kreisen zu lassen, was
nur unter Schmerzen gelang. Er hatte die zeitliche Orientierung
verloren, nahm sein Smartphone zur Hand und sah nach der Uhrzeit. Zwölf Uhr dreißig – dabei fühlte es sich für ihn wie später
Nachmittag an. Er bemerkte ein leises Hintergrundrauschen in
seinem Kopf, das dem Motorgeräusch des Siebentonners glich.
Der Anblick von Olsens Körper auf dem Asphalt und die Verfolgungsjagd waren nicht spurlos an ihm vorbeigegangen, so viel
war sicher.

Sånbergen kam sich ungewohnt dünnhäutig vor und beschloss,
den Rest des Tages freizunehmen. Er hatte das Gefühl, etwas Nor-
malität zu brauchen, um wieder in die reale Welt zurückzugelan-
gen. Er wollte hören, was Smilla und Clara heute gemacht hatten,
mit wem sie geredet und über wen sie gelacht hatten. Und er dachte
daran, den Garten der Southern-Ranch in Ordnung zu bringen.

Hanna fuhr ihn zurück zur Schiffbrücke, wo er in seinen Wagen
stieg und sich auf den Weg zurück nach Harrislee machte. Als er
seine Unterkunft erreicht hatte, fühlte er sich zunächst wieder
sicher und geschützt, so als wäre ein Gong ertönt und ein Ring-
richter hätte ihn und seinen Kontrahenten zeitweilig voneinander
getrennt und in ihre Ecken beordert, an einen neutralen Ort. Aber
sein Körper war ungewohnt müde und kraftlos, und so ließ er sich
auf der Ledercouch nieder und versank in tiefen Schlaf.

Als er zwei Stunden später wieder aufwachte, war einiges von seiner Energie zurückgekehrt. In einem Anbau des Hauses fand er etwas Werkzeug für den Garten, begann, den Rasen zu jäten, und reparierte auch gleich ein paar Stellen am Zaun. Dann legte er sich in die Badewanne, die er mit kaltem Wasser gefüllt hatte. Eine Zeit lang verweilte er kopfunter, abgeschottet von der Außenwelt in einer dumpfen Stille, nur durchbrochen durch seinen eigenen Herzschlag, solange die Luft reichte.

Die Kälte besänftigte ihn und brachte allmählich Klarheit in seine Gedanken, die ihm viel zu wild und ungestüm erschienen waren. Langsam verschwand wenigstens das Rauschen in seinem Kopf, auch seine linke Schulter beruhigte sich. Und nachdem ihm klar geworden war, wozu sein Widersacher, imstande zu sein schien, schickte er ein kurzes Dankgebet zum Himmel, dass neben Olsen nicht noch jemand anderes zu Schaden gekommen war.

Dann machte er sich einen Tee und dachte noch einmal über Smillas Frage von gestern Abend nach – ob sie und Clara nicht doch besser zu ihm nach Harrislee kommen sollten. Genügend Platz hätten sie hier. Aber ob Clara mit ihrem kaputten Fuß auf Smilla würde achten können, während er bei der Arbeit war? Und er entschied sich dagegen. Er hätte einfach keine Ruhe, wenn er wüsste, dass Smilla hier allein rumliefe. Zu Hause kannte sie alles. Und jetzt, wo Clara nicht mobil war, würde Smilla in Smalby eher Gleichaltrige zum Spielen finden als hier in der fremden Einöde.

Er wählte Smillas Handynummer, erreichte sie aber nicht. Also rief er Clara an, erklärte ihr seine Entscheidung, und sie zeigte Verständnis.

»Du hast recht. Ich fühle mich wie gefesselt und kann nichts tun, außer hier herumzusitzen.« Sie seufzte. »Ich war froh, dass wenigstens Martin A. mal vorbeigekommen ist. Er ist ja jetzt fast unser Nachbar, und er fragt immer nach Smilla.«

»Ach ja?«

»Er hat auch nach dir gefragt. Er war gerade unterwegs zum Discount und hatte eine Flasche Ketchup in der Hand, Rådvarders. Er hatte sich in der Sorte geirrt und wollte sie wieder zurückbringen, denn er hasst Rådvarders wie die Pest. Du weißt ja, er sieht nicht mehr gut, und er hatte es erst gemerkt, als er das Zeug schon auf den Pommes hatte.«

»Er wollte die geöffnete Flasche zurückbringen?«

»Hat sie mit Wasser aufgefüllt und wieder verschlossen.« Clara kicherte. »Du weißt ja, wie er ist.«

Er wusste es. Martin Albuquerque, oder auch Martin A., wie Sånbergen und Clara ihn wegen seines Zungenbrecher-Namens getauft hatten, besaß einen kleinen Laden in der Vestergade, in dem es auch sonntags Milch und Eier zu kaufen gab. Und wann immer Smilla ihn betrat, steckte er ihr mit den Worten »Erzähl es nicht deinem Dad« heimlich etwas Süßes zu – was Smilla natürlich irgendwann doch erzählt hatte. Sånbergen revanchierte sich auf seine Art und kaufte seither einmal im Jahr riesige Mengen von Marmelade und Wildlachs bei Martin A., die er zwar selbst nicht verbrauchte, aber stattdessen an ein Kinderheim spendete.

»Ich werde zusehen, Smilla in Løkken zu einem Segelkurs anzumelden«, sagte Clara. »So wäre sie zumindest vormittags beschäftigt.« Das Quietschen des Schaukelstuhls im Hintergrund verstummte, und Sånbergen hörte ihre unregelmäßigen Schritte. »Dieses verdammte Gipsbein, zum unpassendsten Moment«, fluchte sie, und als sie weitersprach, wurde ihr Tonfall nachdenklich. »Wenn ich es nicht besser wüsste …« Sie brach ab.

»Was meinst du?«

»Ich weiß, du magst es nicht, wenn ich so denke, aber als mir zuletzt so ein Missgeschick passiert ist, ist Smilla kurz darauf böse von der Schaukel gefallen. Und du weißt, das war nicht das erste Mal. Man könnte auf den Gedanken kommen, dass so ein kleiner Unfall oft einen weiteren, größeren ankündigt, und das wäre nicht weit hergeholt.«

Clara war eigentlich kein ängstlicher Typ. Aber sie war schrecklich abergläubisch und fürchtete, ihre Familie werde von Unheil verfolgt. Davon ließ sie sich auch durch Sånbergen nicht abbringen. Ganz im Gegenteil – falls sie auch nur in Betracht zöge, ihre Überzeugung abzulegen, so hatte sie einmal gesagt, käme das Elend bloß umso erschreckender über die ganze Familie.

Sånbergen ahnte schon, dass es sinnlos war, versuchte aber trotzdem, sie ein wenig zu beruhigen. »Keine Sorge, Clara, keinem von uns wird etwas passieren.« Doch Clara seufzte bloß, und schließlich verabschiedete sich Sånbergen von ihr. Er machte sich einen Tee aus gelben Hagebutten und Sanddorn, studierte im Internet die Börsenkurse und wagte einen Blick auf die Handballergebnisse, die aber erneut wenig ruhmreich für Brønderslev ausgefallen waren. Zu allem Überfluss hieß es im Wetterbericht, dass die Hitzewelle, die ihn nun schon seit Tagen malträtierte, weiter anhalten werde.

Es war gegen zweiundzwanzig Uhr, als er sich zurücklehnte und hinaus in die Umgebung lauschte. Ruhe war eingekehrt, nur ein gelegentliches Rascheln war zu hören und das quietschende Geräusch des Schaukelstuhls, wenn er auf den hölzernen Kufen nach hinten rollte. Es hallte in gleichmäßigem Rhythmus durch die Nacht und erregte offenbar die Aufmerksamkeit eines Dachses, der umherstreunte und den Boden nach Würmern durchwühlte. Neugierig schaute er zu Sånbergen auf und bewegte seine rüsselartige Schnauze hin und her, als ob er ihn zu wittern versuchte. Dann verschwand er wieder im Unterholz, und zufrieden bemerkte Sånbergen, wie es kaum hörbar zu nieseln begann.

21

4. Juli 1997, irgendwo in Dänemark

Heute habe ich Emma kennengelernt, als wir draußen im Garten waren. Sie sagt, sie will nicht hier sein. Sie hat mich gefragt, was für ein Ort das ist. Aber so genau weiß ich das selbst nicht. Keiner von uns weiß es. Ich habe ihr gesagt, sie soll sich keine Sorgen machen. Ich werde mich um sie kümmern. Vielleicht werden wir ja Freundinnen. Gute Freundinnen, die sich alles erzählen.

22

Tag 6, Dienstag, 27. Juni

Sånbergen konnte sich kaum einen besseren Tagesbeginn vorstellen, als in Jills Café bei zwei Zimtschnecken den Jyllands-Posten zu lesen. Dass sich seine Laune dennoch rapide verschlechterte, hatte mit etwas ganz anderem zu tun. Er bekam endlich Kommissar Lansgrol persönlich ans Handy, den Koldinger Polizisten, der damals für den Fall Ida Svensson zuständig gewesen war – und der zeigte nicht das geringste Interesse, »die alte Geschichte« noch einmal aufzurollen. Nach vier Jahren, so sagte er, könne sich ohnehin niemand mehr an Details erinnern, und so wehrte er Sånbergens Anliegen kategorisch ab.

Aber das war noch nicht das Schlimmste. Kurz darauf informierte das dänische Polizei-Department von Sønderborg Sånbergen darüber, dass bei ihnen gestern eine junge Frau tot aufgefunden worden sei und es dabei Parallelen zum Fall Ellen Berg gebe. Man ließ ihm Bilder der Leiche und auch vom Fundort zukommen, und er musste feststellen, dass die Szenerie der in Harrislee tatsächlich detailgetreu glich: Marschland, eine Lichtung in einem Waldstück, ein Gewässer ganz in der Nähe. Wieder trug die Leiche ein weißes Kleid und war in sitzender Position fixiert worden.

Ein zweites Opfer – und der Gedanke führte weiter zu einem möglichen dritten, einem vierten, wenn der Täter nicht gestoppt würde. Sånbergen spürte die Verantwortung, die sich immer schwerer auf seine Schultern legte, und stellte sich darauf ein, nun einen Serienmörder zu jagen.

Sønderborg. Eine Kleinstadt an der Südküste der Insel Als, rund vierzig Kilometer Luftlinie von Harrislee entfernt. Irgendwo hatte Sånbergen gelesen, es sei ein Ort der Schönen und Reichen, und er stellte sich seinen Ansprechpartner, der in der E-Mail als Kommissar Magnus Mortensen benannt wurde, eher jung und sportlich vor, mit vollem Haar und einem charmanten Lächeln. Das Foto in der mitgeschickten Datei zeigte allerdings einen Mann um die sechzig, mit lichtblonden Haaren, Koteletten und vollem Gesicht.

Sånbergen warf einen Blick auf die Karte und orientierte sich. Die Insel Als war länglich geschnitten, vielleicht fünfzehn mal dreißig Kilometer groß. Und eine bis zu fünfhundert Meter breite Meeresenge trennte sie vom Festland – der Alsensund.

Er verlor keine Zeit, packte rasch ein paar Sachen zusammen und stieg in seinen Wagen. Als er die Grenze im Norden überquerte, war er irgendwie erleichtert, wieder auf dänischem Boden zu sein. Er ließ das Seitenfenster herunter und spürte den Fahrtwind im Gesicht. Hier war vieles unkomplizierter für ihn, die Leute, die Anreden, mit jedem war man per Du, und die Landschaft erschien ihm von einer malerischen Schönheit.

Die Straße führte vorbei an Feldern mit frühreifem Weizen, das Brummen von Landmaschinen war zu hören. In der Ferne zog ein Mähdrescher seine Bahn, und die rotierende Haspel hinterließ eine breite Schneise im Getreide. Daneben stapelte ein Hoflader die gebundenen Strohballen zu Pyramiden. Zwei Jungen saßen am Straßenrand auf einem ausrangierten Traktor und winkten Sånbergen zu. Das rote Blech war von Rost zerfressen und spiegelte die Sonne, die zunehmend die Luft aufheizte.

Sånbergen goss sich etwas Wasser aus einer kleinen Plastikflasche in den Nacken. Als Aufstellschilder auf einen Obstverkauf am Straßenrand hinwiesen, drosselte er das Tempo und hielt im Schatten einer riesigen Esche neben einem kleinen, mit braunem Leinentuch bedeckten Stand, an dem eine Frau in geblümter Küchenschürze Blaubeeren und etwas Gemüse anbot. Sånbergen kaufte von beidem und setzte sich unter den Baum auf einen von Krautwerk überzogenen Steinwall.

Einen Meter entfernt miaute eine bucklige Katze und saß so statuenhaft und dicht am kühlen Stein, als habe sie nicht vor, in dieser Hitze noch einen einzigen Schritt zu tun. Sie blinzelte langsam, träge und einvernehmlich, als ahnte sie, in Sånbergen einen Leidensgenossen gefunden zu haben. Dieser Sommer ist nichts für uns, dachte er und fragte sich, ob die letzten Jahre womöglich besonders kühl gewesen und die verlorenen Sommer nun alle auf einmal ausgebrochen wären.

Er sah auf die Uhr. Es ging auf elf zu, und er wollte nicht zu spät zu seinem Termin mit Kommissar Mortensen erscheinen, daher setzte er die Fahrt kurz darauf fort. Zehn Minuten später erreichte er die westlichen Vororte, dann die Kong-Christian-Brücke, die den Alsensund überspannte und auf die Insel Als führte – direkt nach Sønderborg.

Entgegen seiner ursprünglichen Vorstellung kam ihm die Stadt auf den ersten Blick ganz normal vor. Die Häuser waren weder groß noch klein, weder alt noch neu. Er hätte auch nicht sagen können, dass die Menschen schön oder hässlich wären. Alles hier war ganz normal, genau in der Mitte, durchschnittlich.

Gegen halb zwölf stellte er den Wagen vor dem »Fiskertide« ab, einem Restaurant im nördlichen Hafenviertel, in dem er Mortensen treffen sollte. Ein ozeanblaues Holzhaus mit weißen Pfosten, vor dem ein Fischernetz zum Trocknen hing. Zwei Möwen hatten sich darauf niedergelassen und machten hektische Kopfbewegungen, als Sånbergen an ihnen vorbeiging.

An einem winzigen Tisch in der letzten Ecke des Separees erkannte er den Mann wieder, den er auf dem Foto gesehen hatte. Magnus Mortensen war untersetzt, und um seinen gewichtigen Leib schlang sich eine blaue Weste aus dünnem Leder. Der Mann wirkte so unbeweglich wie ein Klotz. Schwerfällig. Unmöglich, sich ihn vorzustellen, wie er einen Verdächtigen zu Fuß verfolgte. Seine Augen waren von einer getönten Ray-Ban bedeckt, obwohl es nicht besonders hell in diesen Räumen war, das Gesicht war sonnengebräunt, und die blond gelockten Haare, zwischen denen einzelne graue hindurchschimmerten, plusterten sich zu den Seiten auf und verengten sich vor den Ohren zu schmalen Koteletten.

»Hej, ich bin Marven Sånbergen, aus Harrislee. Du musst Magnus Mortensen sein.«

»Das bin ich. Hej, Marven.« Schwerfällig erhob Magnus sich und reichte Sånbergen die Hand, etwas zu hastig, sodass sein Ellenbogen fast das Weinglas tangierte. Auf dem Tisch standen ein restlos geleerter Teller, auf dem nur noch Spuren von dunkler Soße zu sehen waren, und eine Flasche Holunder-Cider.

Sånbergen setzte sich, und endlich nahm Magnus seine Brille ab. Gutmütige blaue Augen kamen zum Vorschein. »Ich hörte, du bist auch Däne?«, fragte er.

»Nur zur Hälfte, in Deutschland geboren.«

»Na dann, herzlich willkommen.« Magnus griff sein Glas, prostete Sånbergen zu, hielt dann aber inne, bevor er es zum Mund führte. Er zog die Augenbrauen hoch, schielte zur Cider-Flasche, dann wieder zu Sånbergen. »Wenn du auch was willst?«

»Danke, aber ich mache mir nicht viel aus Alkohol, ich vertrage ihn nicht besonders.«

»Der hier ist gut für die Verdauung, auch für die Blutgefäße. Mein Arzt sagt, ich soll jeden Tag ein Glas trinken.« Magnus sprach mit einem ungewöhnlichen Akzent. Dazu kam ein schleppender Tonfall, der ihn noch schwerfälliger wirken ließ.

Sånbergen winkte ab, schob das vor ihm stehende leere Weinglas an den Rand des Tisches und kam zur Sache. »Weißt du schon Näheres über eure Tote?«

»Alma Nyberg, neunzehn Jahre alt. Todeszeitpunkt vermutlich vorgestern am späten Abend, und sie ist wahrscheinlich unter Fremdeinwirkung ertrunken. Aber wir wissen noch nicht, wie und wo. Die Umstände sind etwas rätselhaft.«

»Unser Rechtsmediziner sagt, die Flüssigkeit in den Lungen des Opfers in Harrislee sei eine Art Kochsalzlösung gewesen.«

»Dazu kann ich in unserem Fall nichts sagen. Die Obduktion steht noch aus.« Magnus nahm den letzten Schluck aus dem Glas, stellte es sorgsam wieder ab und legte seine Hand flach auf den Tisch, sodass seine Fingerspitzen Kontakt zum Fuß des Weinglases hatten.

»Was gibt es denn sonst über das Opfer?«

»Alma Nyberg ist die Tochter von Johan Nyberg, Vorstandsvorsitzender und Mitinhaber des Pharmakonzerns MFS – ›Medicinsk Forskning Samfund‹. Ein Unternehmen in Familienhand, mit einem Jahresumsatz im zweistelligen Millionenbereich.« Magnus fingerte eine winzige Tabakdose aus der Westentasche, zupfte mit zwei Fingern ein paar dünne Fäden heraus und begann, sie zu kleinen Kugeln zu rollen.

»Das sagt mir nichts.«

»Die haben Verbindungen ins Gesundheitsministerium, da geht es um Arbeitsplätze und Wählerstimmen. Ich hatte gerade ein Gespräch mit dem stellvertretenden Polizeichef Gustavsen. Er ist mit der Familie persönlich bekannt und hat angeordnet, Nyberg möglichst aus den Ermittlungen rauszuhalten.« Magnus öffnete seine Weste, nahm einen tiefen Atemzug, und eine leichte Röte stieg ihm ins Gesicht. »›Die Presse könnte ihm etwas anhängen‹, hat er gesagt, ›und dem Unternehmen einen unwiederbringlichen Schaden zufügen‹«, rezitierte er in abschätzigem Tonfall und fügte dann empört hinzu: »Ich meine, wir sind doch Polizisten, wir versuchen, neutral zu bleiben und alle gleichzubehandeln. Und dann kommt dein Vorgesetzter daher und meint, er könne dir das einfach so verkaufen.«

Kommt mir bekannt vor, dachte Sånbergen. Wählerstimmen, Gefallen gegen Gefallen …

»Gustavsen besteht darauf, dass wir ihn als Erstes informieren, falls sich in den Ermittlungen irgendwas ergibt, das den Ruf der Nybergs ankratzen könnte.«

»Hast du schon mit diesem Nyberg gesprochen?«

»Mit ihm noch nicht, er ist erst gestern Abend von einer Geschäftsreise zurückgekehrt. Aber mit seiner Frau, Mila, der Mutter des Opfers.« Magnus klemmte sich den Tabak hinter die Unterlippe, und zu seinem Akzent gesellte sich nun auch noch ein Nuscheln. »Ich habe sie zu ihrer Tochter befragt, und es sieht so aus, als hätte die nicht viele Kontakte gehabt, auch keinen Freund.« Er schaute Sånbergen an und zog eine Augenbraue hoch. »Ist aber auch kein Wunder. Das Mädchen wurde morgens in einer schwarzen Limousine zur Schule chauffiert und nach dem Unterricht von dort wieder abgeholt. Das ist den meisten wohl eine Spur zu elitär gewesen.«

Der Kellner, den Magnus mit »Louis« angesprochen hatte, kam zum Tisch und fragte nach weiteren Wünschen, aber Magnus bat lediglich um die Rechnung.

Sånbergen wartete, bis sie wieder unter sich waren, bevor er weitersprach. »Wir haben in unserem Fall einen Verdächtigen. Er heißt Torben Hauser. Sagt dir der Name etwas?«

Magnus schüttelte den Kopf.

»Er hat vor vier Jahren in Kolding eine Frau erschlagen, angeblich im Affekt. Davor hat er sehr erfolgreich mit Health-Care-Aktien spekuliert.«

»Aktien im Gesundheitsbereich?«

»Genau. Und unser aktuelles Opfer, Ellen Berg, hatte auch mit dem Gebiet zu tun. Sie war Medizinstudentin und hat nebenbei für eine Stiftung gearbeitet, die medizinische Projekte unterstützt. Wir prüfen, ob es da eine Verbindung zu Hauser geben könnte.«

»Hm.« Magnus runzelte die Stirn. »Nybergs Unternehmen entwickelt Pharmaprodukte.«

»Dann wird uns nichts anderes übrig bleiben, als uns dieses Unternehmen auch genauer anzusehen. Egal was dein Chef sagt.«

Magnus antwortete nicht sofort. Mit seinen dicklichen Fingern holte er eine kleine silberne Uhr aus der Westentasche. »Na gut, schauen wir mal. Jetzt wird es jedenfalls Zeit. In einer halben Stunde haben wir einen Termin bei Johan Nyberg, dem Vater des Opfers. Ich schlage vor, wir machen uns erst mal ein Bild von ihm.«

23

Als Magnus vorschlug, gemeinsam mit einem Wagen zu fahren, um unterwegs einige Dinge zu besprechen, stimmte Sånbergen zu. Dass der Kollege sich dann aber weigerte, in den roten Beetle zu steigen, und stattdessen auf seinem sichtlich betagten Peugeot 206 beharrte, brachte Sånbergen fast zum Verzweifeln. Das Auto wirkte so klapprig, dass es unmöglich ein offizieller Dienstwagen sein konnte. Aber nur zu diesem habe er Vertrauen, denn der habe ihn noch nie enttäuscht, sagte Magnus – und leitete daraus offenbar ab, dass der Wagen auch in Zukunft immer verlässlich bliebe. Sånbergen gab nach und zwängte sich auf den Beifahrersitz, während Magnus seine Ray-Ban aufsetzte.

Sie überquerten den Alsensund auf der Kong-Christian-Brücke, erreichten das Festland und folgten dem Åbenråvej, ehe sie Richtung Norden abbogen und sich dem Küstenstreifen näherten. Hin und wieder schimmerte die lichtblaue Oberfläche des Wassers durch Buchen und Strauchwerk, die die Straße säumten. Magnus begann, Details zum bislang ermittelten Tathergang zu rekapitulieren, und hin und wieder streute er einen Witz ein, der nur ihn selbst belustigte.

Sånbergen kam auf den Fall in Harrislee zu sprechen. »Wir denken, dass Ellen Berg am Abend des 20. Juni zwischen achtzehn und einundzwanzig Uhr zu Tode gekommen ist. Der Täter hat sie vorher getroffen, etwas mit ihr gegessen und ihr dabei ein starkes Beruhigungsmittel verabreicht.«

»Hm, zwischen achtzehn und einundzwanzig Uhr, das würde nach unseren Ermittlungen auch bei Alma Nyberg passen.«

»Wer hat sie als Letzter lebend gesehen?«

»Ihre Familie, vorgestern. Alma war nachmittags zu Hause und hat das Haus am Abend um kurz vor sieben verlassen. Nybergs Chauffeur hat sie nach Sønderborg kutschiert und in der Innenstadt rausgesetzt. Sie war wohl mit einer Freundin verabredet. Um zweiundzwanzig Uhr sollte er sie wieder abholen, aber sie ist nicht aufgetaucht.«

»War irgendwas anders als sonst? Oder in den Tagen zuvor? Gab es vielleicht etwas Neues in ihrem Leben, hatte sie außergewöhnliche Pläne?«

»Ich habe ihre Mutter danach gefragt, aber ich glaube, sie wissen gar nicht viel von ihr.«

»Ellen Berg hat Hunde gemocht. Sie hatte einen kleinen Retriever, und laut Aussagen in ihrem Umfeld wollte sie sich noch einen zweiten anschaffen. Wenn der Täter davon wusste, könnte er darüber Kontakt zu ihr aufgenommen haben. Außerdem wurde in der Nähe des Fundorts der Leiche und ungefähr zur mutmaßlichen Ablagezeit ein Auto beobachtet, in dem ein Hund gebellt hat. Habt ihr was Ähnliches?«

»Hm, ich glaube nicht, dass es da eine Gemeinsamkeit zu Alma Nyberg gibt. Zumindest scheint sie den Wunsch nach einem Hund nicht gegenüber ihrer Familie geäußert zu haben, und weder in ihrem Handy noch als Poster an der Wand sind Hundebilder zu sehen.« Magnus ließ den Motor zum wiederholten Mal zu hoch drehen und nahm die nächste Kurve mit so viel Tempo, dass es Sånbergen in den Sitz presste. »Alles Marschland hier«, sagte er in einem abschätzigen Tonfall. »Feucht und sumpfig. Und der Pfuhl da drüben ist so dunkel, als hätte sich Hades persönlich darin gewaschen.« Er deutete auf einen Teich, der am Straßenrand aufgetaucht war.

Sånbergen konnte Magnus' Abneigung gegen die Marsch nicht verstehen. Ganz im Gegenteil – er selbst wollte den Blick nicht von der Landschaft lassen. Zu seiner Rechten fiel ihm eine klapprige Holzbrücke ins Auge. Sie überspannte einen schmalen Fluss, der sich von ihnen entfernte und in Richtung Küste schlängelte. Seine Arme streckten sich zu beiden Seiten und setzten die anliegenden Wiesen unter Wasser. Aus dem hohen Schilf flatterte eine Schar Rotschenkel auf.

Sie bogen auf eine einspurige Landstraße und näherten sich einem Anwesen mit dreistöckigem Herrenhaus. Die Fenster reflektierten das Licht. Dann schob sich eine blauschwarze Wolke vor die Sonne und warf ihren Schatten über das Gebäude. Es war aus grauem Naturstein erbaut und von einem bestimmt drei Meter hohen Gitterzaun umgeben. Überwachungskameras waren in regelmäßigen Abständen daran befestigt, und am Eingang bauten sich zwei stämmige Gestalten in schwarzen Anzügen auf. Das Gittertor öffnete sich elektronisch, Magnus bog in eine kurze Zufahrtsstraße und stellte den Wagen in einer begrünten Parkbucht ab.

Die Männer in Schwarz geleiteten die Kommissare wortlos über den kurz geschorenen Rasen, dann ein paar Stufen zu einer Empore hinauf, wo zwei Agaven aus Blumenkübeln quollen, so groß wie Ali Babas Ölkrüge. Eine kuppelförmige Eingangshalle war dahinter zu erahnen. Musik drang aus einem der geöffneten Fenster der oberen Etagen, eine geübte Hand huschte wild über die Saiten einer Violine und hielt just in dem Moment inne, als Sånbergen die Empore betrat.

In der Eingangshalle, die offen gestaltet war und einen Blick in die oberen Stockwerke erlaubte, stand ein Mann in den Fünfzigern mit massiger Statur, der ihnen nur einen flüchtigen Blick zuwarf. Er trug einen schwarzen Anzug, die Füße standen deutlich über Hüftbreite auseinander, wie auf dem Boden verankert. Er wirkte mehr als selbstsicher. Unangreifbar, starr wie ein Block. Eine Hand ruhte auf einem Stock – ein mächtiges Stück Holz mit verziertem Knollenknauf, das zum Boden hin spitz auslief und Sånbergen an die Kolonialzeit erinnerte. Dem Mann gegenüber stand eine junge Frau in schwarzem Rock und weißer Schürze.

»Ja, in den Konferenzraum, bitte. Die Herren werden nicht lange bleiben, nur ein paar Minuten, das ist vollkommen ausreichend.« Der Mann hatte laut und deutlich gesprochen, so demonstrativ, dass es auch für die beiden Kommissare nicht zu überhören war.

»Sehr wohl, Johan.«

Die junge Frau entfernte sich, und Johan Nyberg wandte sich den Kommissaren zu, ohne ihnen einen Schritt entgegenzukommen, obwohl er nicht den Eindruck machte, dass es zu beschwerlich für ihn gewesen wäre.

Nun, wo er sich auf Augenhöhe mit dem Mann befand, musterte Sånbergen ihn, während er näher trat. Nybergs Teint war hell, kurze blonde Haare bedeckten die Kopfhaut. Die feinen Augenbrauen, die nach außen hin aufwärts geschwungen waren, zuckten leicht, während er ihre Dienstausweise in Augenschein nahm. Schließlich nickte er wortlos und führte sie in einen Konferenzraum gleich neben der Eingangshalle. Dabei stützte er sich auf seinen Stock, und bei jedem Schritt hallte ein bedrohliches »Klonk« durch die Halle, mit dem Sånbergen unweigerlich Kapitän Ahab auf seiner »Pequod« assoziierte.

Die Luft im Konferenzraum war kühl und feucht, die dachsgrauen Wände schluckten das Licht, sodass die Atmosphäre schummrig wirkte. Auf einer großen Mahagonitafel in der Mitte des Raumes waren Kerzen entzündet. Ihr Licht reflektierte vom Harnisch einer aus Metallplatten gefertigten Rüstung, die in einer Ecke platziert war.

Die junge Frau mit der weißen Schürze trat ein, in den Händen ein silbernes Tablett, darauf ein Schälchen Oliven und eine große Glaskaraffe mit einer dunkelroten Flüssigkeit. Sie stellte beides auf den großen Tisch, wies die Kommissare zu den Seiten der Tafel, einander gegenübersitzend, und schenkte aus der Karaffe etwas in ihre Gläser, das nach Holunder roch. Nyberg ließ sich am Kopfende vor einem Teller mit roten Äpfeln und grünen Trauben nieder.

Sie sprachen dem Hausherrn ihr Beileid aus und begannen,

ihm Fragen zu seiner Tochter zu stellen, die er jedoch nur vage beantwortete. Er wirkte emotionslos, ihm war keinerlei Trauer über seinen Verlust anzumerken.

Erst als Sånbergen ihn auf Torben Hauser ansprach, zeigte Nyberg eine Regung. Er lehnte sich zurück, schürzte die Lippen und musterte die beiden Kommissare, als ließe er sie durch ein gedankliches Raster laufen, das sie nach Höhe des Dienstgrads und der Bestechlichkeit bewertete. Dann nickte er, stand auf und begab sich zu einem hölzernen Sekretär, der in einer Nische des Raumes stand. Papiere und Zeitungen stapelten sich darauf. »Ich kenne Hauser – jedenfalls dem Namen nach und seit heute früh«, sagte er, nahm eine Zeitung und warf sie vor Sånbergen auf den Tisch. Die Flensburger Ausgabe der shz.

Ausgerechnet an diesem Morgen hatte er sie nicht gelesen, und er glaubte, seinen Augen nicht zu trauen. Ein Bild von Torben Hauser prangte auf der Titelseite, und er wurde mit vollem Namen als Verdächtiger im Mordfall Ellen Berg genannt.

Sånbergen ärgerte sich. Er hatte eine ausdrückliche Nachrichtensperre verhängt, und doch hatte jemand Informationen an die Presse weitergegeben. Er musste spontan an Walin denken und versuchte, seinen Unmut zu verbergen. »Ja, in Harrislee hat es letzte Woche schon einen Mord unter ähnlichen Umständen gegeben, ebenfalls an einer jungen Frau. Ellen Berg. Sie hat Medizin studiert und für eine Stiftung gearbeitet, die medizinische Projekte unterstützt. Die FMR. Sagt dir als Chef eines Pharmaunternehmens das was?«

Nybergs Antwort kam prompt. »Mir scheint, ihr seid nicht gut vorbereitet. Mein Vater Morten ist einer der Mitbegründer dieser Stiftung, und ich engagiere mich dort ebenfalls. Damit sind wir natürlich auch über den tragischen Tod unserer Mitarbeiterin informiert.«

Er wusste Bescheid. Sånbergen hatte nicht nur das Gefühl, schlecht vorbereitet zu sein, Nyberg schien ihnen sogar einen Schritt voraus. Eine unangenehme Situation, und ein Blick zu Magnus zeigte dessen erneut rot angelaufenes Gesicht. Sånbergen griff das Thema dennoch auf. »Ist Alma auch für die Stiftung tätig gewesen?«

»Ja, ist sie. Aber in einer anderen Abteilung. Sie und Ellen werden sich nicht gekannt haben, jedenfalls nicht über die Stiftung. Ellen war Assistenz für die Eventorganisation. Sie hat meist von zu Hause aus gearbeitet und war nur bei den Veranstaltungen vor Ort. Und Alma hat mit den Künstlern die Gagen ausgehandelt.«

»Die Künstler, die bei den Events auftreten? Das sind vor allem Musiker, nehme ich an?«

»Vor allem, ja.«

»Wir brauchen eine Liste sämtlicher Personen bei der FMR, die beide, Alma und Ellen, persönlich gekannt haben.«

Nyberg nickte.

»Und ich würde gern wissen, welche Forschungsprojekte die Stiftung unterstützt. Sagen wir, in den letzten zwei Jahren?«

»Aber selbstverständlich.« Auch diese Antwort kam unerwartet bereitwillig, doch bevor Nyberg weitersprechen konnte, gab sein Handy zwei kurze Signaltöne von sich. Er nahm es zur Hand und begann, eine offenbar gerade erhaltene Nachricht zu lesen. Unterdessen griff Sånbergen die Karaffe und schenkte sich nach, aber eine ungeschickte Bewegung ließ sein Glas kippen, und die Flüssigkeit ergoss sich über den Tisch und auf seine Hose, wo sie einen unübersehbaren Fleck in der Leistengegend hinterließ – eine Unannehmlichkeit, die Nyberg ein überlegenes Lächeln entlockte.

Sånbergen fragte nach dem Badezimmer, und Nyberg wies durch die offene Tür in Richtung der Eingangshalle. »Auf der gegenüberliegenden Seite. Soll ich das Hausmädchen rufen?«

»Nicht nötig. Wenn ihr mich kurz entschuldigen würdet …« Sånbergen trat in die Halle hinaus, schloss die Tür hinter sich und sah sich um. Im Obergeschoss kam gerade das Hausmädchen mit einem alten Mann aus einem Raum und führte ihn die Treppen herunter. Sie wirkten miteinander vertraut. Unten angekommen, setzte der Mann einen Hut auf, und die beiden gingen ohne Gruß und Blickkontakt an Sånbergen vorbei, wie an einem Gegenstand in einem farblosen Stillleben.

Verwundert schaute Sånbergen ihnen hinterher. Dann suchte er nach dem Bad, und als sein Blick noch einmal auf das Obergeschoss fiel, sah er dort eine Tür offen stehen. Das Hausmädchen musste vergessen haben, sie zu schließen. Kurz kam Sånbergen der Gedanke, einmal einen Blick in die weiteren Räumlichkeiten zu werfen, und er war verlockend. Immerhin waren beide Opfer für die FMR-Stiftung tätig gewesen, an deren Ursprung er sich hier sozusagen befand. Aber es wäre mit unangenehmen Konsequenzen verbunden, wenn man ihn beim Herumschnüffeln ertappte. Er sah daher davon ab, betrat das Bad und säuberte notdürftig seine Hose – doch es gelang ihm nicht, den Gedanken an diesen Raum gänzlich zu ignorieren.

Als er das Gäste-WC wieder verließ, hörte er Magnus hinter der Tür zum Konferenzraum mit Nyberg reden – und entschied sich spontan um. Kurzerhand eilte er die Treppen hinauf und betrat den Raum. Deckenstrahler warfen dämmriges Licht auf einen roten Teppich. An den Fenstern hingen dunkle Vorhänge, und kleine Gipsskulpturen verzierten die Wände. Auf einem mit Leder bezogenen Schreibtisch waren lose Dokumente und Zeitschriften gestapelt. Daneben stand eine beleuchtete Glasvitrine, in der ein Dutzend Fotos aufgereiht waren. Sånbergen sah sie sich genauer an – Bilder von Alma, von der Familie, von Feierlichkeiten, mit Freunden oder auch Geschäftspartnern. Eines von ihnen war deutlich älter, die Farben verblasst.

Sånbergen wollte wissen, wer diese Leute waren, mit wem Alma Nyberg zu tun gehabt, wer sich in ihrem Umfeld bewegt hatte. Er zückte sein Smartphone und fotografierte alles ab – bis er irgendwo im Haus Geräusche hörte, eine weibliche Stimme, das Zufallen einer Tür. Rasch verließ er den Raum wieder, nahm die Treppe nach unten und erreichte die Eingangshalle just in dem Moment, als die Tür des Konferenzraums geöffnet wurde.

Magnus trat mit hochrotem Gesicht heraus. »Eine Obduktion ist unumgänglich«, schimpfte er laut, »immerhin ist deine Tochter *ermordet* worden!« Energisch stapfte er in Richtung Ausgang, und das Hausmädchen eilte mit irritiertem Gesichtsausdruck herbei.

Der Aufruhr passte Sånbergen gut. Er schloss sich Magnus unauffällig an, und auf dem Weg nach draußen nutzte er die Gelegenheit, dem Hausmädchen das Bild von Torben Hauser zu zeigen, und sie warf einen Blick darauf.

»Tut mir leid, der Mann ist mir unbekannt, den habe ich noch nie zuvor gesehen.« Sie flüsterte – wohl aus Angst, Nyberg könnte es mitkriegen. Sånbergen reichte ihr noch seine Visitenkarte, bevor sie die Tür hinter ihnen schloss.

Magnus war außer sich. »Noch nie habe ich erlebt, dass die Notwendigkeit einer Obduktion angezweifelt wird, wenn es um einen Mord geht!«, schimpfte er. »Und dann auch noch vom Vater des Opfers!«

»Er wehrt sich gegen die Obduktion seiner Tochter? Aus welchem Grund?«

»Aus gar keinem Grund! Er hat sich dazu überhaupt nicht erklärt, und er denkt tatsächlich, er kommt damit durch!«

»Er hat gar nichts vorgebracht? Keine Religion, keine ethischen Gründe oder sonst irgendwas?«

»Verdammt, ich sag doch, er war stumm wie 'n Fisch!« Magnus echauffierte sich mit ungeahnter Energie und sah Sånbergen wutentbrannt an. »Wenn er nicht so einen guten Draht zu Gustavsen hätte ...«

Sånbergen überlegte. Er wollte verstehen, was dahintersteckte. Es ging um einen Mord, insofern war es kaum möglich, die Obduktion zu umgehen – niemand stand über dem Gesetz. Jedenfalls nicht in diesem Teil der Welt. Und doch versuchte es Nyberg. Es musste einen Grund für sein Verhalten geben, etwas, das er zu verbergen versuchte, einen Umstand, der durch die Obduktion zutage kommen und seine Geschäfte erschweren oder ihn persönlich in ein schlechtes Licht rücken könnte.

Magnus setzte sich ans Steuer, und die Tatsache, dass er sich einfach nicht beruhigen konnte, ließ ihn Kupplung und Gaspedal noch hektischer als schon auf der Hinfahrt benutzen, weshalb Sånbergen lieber nicht weiter über die Obduktion sprach, ebenso wenig über seine Gedanken in Sachen Nyberg – er wollte kein Öl ins Feuer gießen. Und er sagte auch nichts von den Bildern, die er sich soeben auf nicht ganz legalem Weg verschafft hatte. Ohnehin war noch nicht klar, ob sie ihnen überhaupt nützlich wären.

»Ich setz dich wieder am ›Fiskertide‹ ab, dein Wagen steht ja noch da«, sagte Magnus, als sie Sønderborg erreichten. Dann deutete er auf einen vielstöckigen, futuristisch anmutenden Gebäudekomplex, der etwas entfernt alles überragte. »Das ist das Als-Hus, ein Hotel mit Seeblick, mit Abstand das größte Haus auf der Insel. Ich habe dir da ein Zimmer reserviert. Meine Nichte sitzt am Empfang, Anita. Wenn du was brauchst, rede mit ihr. Wir sehen uns morgen bei mir in der Dienststelle.« Kurz darauf ließ er Sånbergen raus, verabschiedete sich und brauste davon.

Sånbergen war froh darum, wieder in seinen roten Beetle steigen zu können. Er fuhr noch längere Zeit durch die Stadt, um sich geografisch zu orientieren, die großen Straßen und den Marktplatz zu kennen, und er machte auch die eine oder andere Bäckerei aus, wo er bei Gelegenheit nach frischen Zimtschnecken sehen würde. Immer wieder tauchte dabei im Westen der Alsensund auf, der, so stellte Sånbergen fest, nur auf zwei Brücken zu überqueren war.

Es war später Nachmittag geworden, als er den Wagen auf einem Parkplatz neben dem Als-Hus abstellte und das Hotel betrat. Die Drehtür setzte sich in Gang, woraufhin dezente Gitarrenmusik aus einem Lautsprecher ertönte. Die Decke des Foyers war von kreisrunden Glasscheiben durchsetzt, blaue Kübel mit türhohen Palmen standen vor einer karminrot glänzenden Bar, an der eine Gruppe älterer Männer saß.

Anita entpuppte sich als sympathische Blondine Mitte zwanzig, die Sånbergens Eincheckprozess schnell erledigte und ihm auch den ungewöhnlichen Wunsch erfüllte, einen Wasserkocher auf das Zimmer bringen zu lassen.

»In meinem Alter gibt es einfach gewisse Rituale, auf die man nur ungern verzichten will«, erklärte er, bevor er sein Zimmer im dritten Stock bezog. Von dort aus rief er wenig später Clara an, die von ihrem Tag erzählte, und wollte dann auch noch mit Smilla reden.

»Smilla ist müde gewesen. Sie hatte heute den ersten Tag beim Segelkurs, wollte aber nichts erzählen und ist schon in ihr Zimmer gegangen. Ich weiß nicht, was mit ihr war, vielleicht hat sie sich eine Erkältung eingefangen.«

»Lass sie nur. Sag ihr, wir skypen übermorgen Abend ganz ausführlich, okay? Und wenn vorher etwas ist, ruf mich jederzeit auf dem Handy an, ja?«

»Natürlich, Marven.«

Sånbergen verabschiedete sich von Clara, bereitete sich einen Tee zu und kam langsam zur Ruhe. Ein Kinderlachen hallte aus einem der Nebenzimmer und ließ ihn kurz aufhorchen, doch als die Stimme wieder verstummte, kam es ihm hier ungewöhnlich still und leblos vor.

24

Tag 7, Mittwoch, 28. Juni

Dass Magnus am nächsten Morgen schon vor acht auf dem Handy anrief, wunderte Sånbergen. Seinem ersten Eindruck nach war der Kollege eher der Typ, der sich Zeit mit den Dingen ließ, sie langsam anging, solange er nicht hinter dem Steuer saß. Aber Magnus hatte einen guten Grund. Seine Mitarbeiter hatten die Gesellschaft »Smartbroke« im dänischen Handelsregister ermittelt, unter der der Name des Hauptverdächtigen Torben Hauser aufgetaucht war. Und sie nannten dazu eine Adresse: Parkgade 2c in Sønderborg.

Endlich! Eine Welle wie aus reinem Adrenalin floss durch Sånbergens Körper. »Hast du schon einen Durchsuchungsbeschluss?«, fragte er Magnus.

»Jepp. Verdunklungsgefahr, die Staatsanwältin hat grünes Licht gegeben. Ich bin in einer Viertelstunde vor Ort.«

Sånbergen verzichtete auf Tee und Zimtschnecken, unterrichtete stattdessen Hanna, die etwas später nachkommen wollte. Dann gab er die Adresse in seine Navi-App ein und machte sich zügig auf den Weg in den Süden von Sønderborg.

Junge Birken waren in regelmäßigen Abständen auf dem hell gepflasterten Gehweg der Parkgade gepflanzt. Moderne Einfamilienhäuser und Bungalows mit gepflegten Gärten reihten sich nebeneinander, vielfach mit schweren Limousinen davor. In Hausers Garage glänzte der Lack eines gelben Maserati. Ein paar Meter die Straße hinunter standen ein weißes Motorrad und ein grüner

Chevy, ein älteres Modell, das zwischen den anderen Wagen fast bescheiden wirkte.

Magnus hatte seinen Peugeot direkt dahinter abgestellt und ließ das Fenster herunter, als Sånbergen mit dem Beetle neben ihn rollte. »Die Kollegen stecken noch im Verkehr, überall Baustellen. Die werden noch etwas brauchen.« Er sah zu dem Bungalow hinüber. »Sieht ziemlich verlassen aus.«

So war es. Die Fenster im Erdgeschoss waren mit Holzläden bedeckt und von Stockrosen umrankt, die dringend Wasser brauchten.

Sånbergen parkte seinen Wagen, begab sich mit Magnus zum Gartentor und betrachtete den Hauseingang. Er stellte sich vor, wie Hauser die Tür öffnen und sich ihm zeigen und wie er in ihm dann denjenigen wiedererkennen würde, dem er über die Dächer Flensburgs gefolgt war. Anhand der Statur, der Art, sich zu bewegen und sich umzudrehen. Aber mit dieser Vorstellung erfasste ihn auch eine seltsame Unruhe, als ob sein Körper die bevorstehende Begegnung mit einem bedrohlichen Ereignis verband.

Es gab keine Klingel, das Gartentor war verschlossen, der Zaun allerdings nur einen Meter hoch. Seitlich wurde das Grundstück von einer schnurgeraden Reihe von Apfelbäumen begrenzt, hinter dem Haus schien sich eine Gartenfläche anzuschließen.

»Wir gehen rein.« Sånbergen schwang sich über das Metalltor, doch kaum war er auf der anderen Seite gelandet, ließ ihn ein splitterndes Geräusch innehalten. Es war aus Richtung des Hauses gekommen. Er blickte zum oberen Stockwerk, dann, aus einer unbestimmten Ahnung heraus, zu dem grünen Chevy am Gartenzaun – das Auto passte einfach nicht hierher.

»Das kam von oben!«, zischte Magnus, überwand nun ebenfalls das Tor und folgte Sånbergen, der sich zur Rückseite des Gebäudes aufmachte.

Ein kreisrunder, gefüllter Swimmingpool war zwischen glatt gestutzten Eiben eingelassen, das Wasser nicht verdreckt, daneben ein Liegestuhl und ein kleiner Glastisch, auf dem eine Sonnenbrille lag.

Die Verandatür stand einen Spalt offen. Lautlos tastete sich Sånbergen hinein. Keine Stimmen, keine Geräusche. Nur ein blanker Holztisch mit vier Stühlen, Dekoration aus Glas auf dunklen

Kommoden. Daneben ein lächelnder Buddha mit tierähnlichen Klauen, die sich ins eigene Fleisch bohrten. Ein offener Durchgang führte in einen Nebenraum, eine Treppe nach oben.

Von dort waren plötzlich Stimmen zu hören. Männliche Stimmen. Sånbergen verstand dänische Wortfetzen. Er nickte Magnus zu, der zurückblieb und die unteren Räume sicherte, während er selbst die Treppe nach oben nahm, lautlos, Stufe für Stufe, bis er einen breiten Flur betrat. Nun konnte er verstehen, was gesprochen wurde, eine Tür musste offen stehen. Es klang nicht nach einem Freundschaftsbesuch.

»Wie viel Zeit haben wir noch, Luc?«, fragte eine tiefe Stimme.

Ein Seufzen. »Wir waren uns doch einig: keine Namen!«, entgegnete eine andere, sanfte und deutlich hellere Stimme mit französischem Akzent.

»Oh. Vergessen. Natürlich.«

»Du weißt, wonach zu suchen ist. Bilder, Videos, Kalendereinträge. Wo auch immer sich der Name Alma Nyberg verstecken könnte.«

Kein Zweifel, der Mann mit der hellen Stimme hatte das Sagen.

Zwei Schritte, ein klatschender Schlag wie eine kräftige Ohrfeige. Dann Geräusche, als würde jemand über den Boden geschleift. Ein Stöhnen.

Drei Personen. Zwei, die eine dritte in die Mangel nahmen.

»Keine Sorge, Torben«, sprach die helle Stimme sanft. »Und um es gleich vorwegzunehmen – du hast die Chance, hier fast unversehrt wieder rauszuspazieren.«

Schweres Atmen.

»Andererseits«, fügte dieselbe Stimme nun in süffisantem Ton hinzu, »besteht auch die Möglichkeit, dass du diesen Raum nicht in bestem Zustand verlässt.«

»Glaubst du, du könntest mir auf diese Weise Angst einjagen?«, antwortete nun eine gepresst klingende Stimme, die wohl Torben Hauser gehören musste.

»Angst? Ein großes Wort, das vieles ausdrücken kann. Besorgnis, Unlust, Bedrohung, Beklommenheit – oder vielleicht Scham?« Der Mann hatte einen weichen Tonfall angeschlagen, als spräche ein Prophet zu seinen Jüngern.

Wieder ein Stöhnen.

Dann erneut die helle Stimme. »Wir könnten versuchen, eines nach dem anderen hervorzulocken, jede einzelne Facette, um sie in ihren bunten Färbungen zu studieren.«

»Was soll das ganze Gerede?«

»Letztendlich führt alles auf dasselbe hinaus. Du wirst uns dein Passwort geben, und wir werden einen Blick in deine E-Mails werfen und in dein Handy. Und wir werden reden, bis wir uns etwas kennengelernt haben.«

»Von mir aus. ›Sanskrit‹. Da hast du dein Passwort. Aber du wirst bei mir rein gar nichts über diese Alma Nyberg finden. Ich kenne die Frau nicht, nie von ihr gehört.«

»›Sanskrit‹?«, wiederholte die helle Stimme murmelnd. »Altindisch, wie kommst du denn auf so was?« Man hörte das Klacken einer Computertastatur. »Mal sehen, was wir hier finden … Onlineeinkäufe, geschäftliche Anfragen, persönliche Anfragen von jungen Damen – Singleportale, Partys … Na, was haben wir denn hier? Na, na, na, du wirst doch nicht …?« Der Mann kicherte. »Aber du hast Glück. Diese jungen Dinger interessieren mich nicht. Du kannst mit ihnen machen, was du willst. Gib ihnen weißes Pulver, sperr sie in dunkle Räume oder versenk sie in deinem Pool. Ganz wie du magst, wir haben nicht das Geringste dagegen. Auch was du mit dieser Ellen Berg angestellt hast, ist uns egal.« Schritte. »Es gibt nur eine Frage, die ich dir stellen werde, und ich hätte gern eine wahrheitsgemäße Antwort, du weißt schon, aus tiefstem Herzen.« Eine kurze Pause. »Warum hast du Alma Nyberg das angetan?«

Keine Antwort. Nur ein Röcheln, dann ein paar scharfe Silben, die Sånbergen nicht verstehen konnte. Hauser schien nicht nachgeben zu wollen.

»Und die Wahl unseres Kandidaten fällt auf … Tor Nummer zwei!«, rief die helle Stimme, nun in einem singenden Ton, der unterschwellig bedrohlich wirkte. »Womit wir also doch zum unangenehmen Teil unseres Besuchs kämen.«

Musik erklang. Jemand musste ein Radio eingeschaltet haben. Die Lautstärke wurde hochgedreht.

Sånbergens Nackenhaare stellten sich auf. Wo war Magnus? Er

befürchtete, dass sein Dienstausweis allein hier wenig ausrichten würde, und tastete nach seiner P7.

»Überrasch mich, Torben. Sag etwas, das ich nicht schon weiß, denn alles andere würde mir schlechte Laune bereiten.« Die helle Stimme gewann an Intensität. »Und vergiss nicht, schon im Alten Testament heißt es: ›Du sollst kein falsch Zeugnis reden wider deinen Nächsten.‹ Und sollte sich ein Mann deines Niveaus nicht maßgeblich unterscheiden von den mir wohlbekannten winselnden und angsterfüllten Kreaturen, die meinen, ein einfaches Jammern würde genügen, um sie aus reinem Mitleid zu begnadigen?«

Ein polterndes Geräusch ließ Sånbergen aufschrecken. Das Erdgeschoss. Magnus! Er spürte, wie Adrenalin in seine Blutbahn schoss und Spannung in seinen Körper brachte. Er musste etwas tun.

Die Stimme im Nebenraum war verstummt.

Mit erhobener Waffe sprang Sånbergen vor die offen stehende Tür und sah zwei Gestalten vor sich im Raum stehen.. »Polizei! Die Hände über den Kopf!«

Die beiden standen keine vier Meter von ihm entfernt und wandten sich ihm langsam zu. Der Kleinere trug einen weißen Anzug. Der andere, hinter ihm, war fast zwei Meter groß, und der Kopf steckte auf einem zu kurzen Hals zwischen breiten Schultern. Beide verzogen keine Miene und ließen auch die Hände, wo sie waren.

Sånbergen orientierte sich. Ein Raum von fünf mal fünf Metern, zur Rechten eine Bar mit einem Dutzend Glaskaraffen, auf der gegenüberliegenden Zimmerseite eine Glastür, die auf einen kleinen Balkon führte. Und zu seiner Linken war ein Mann in einem Holzstuhl zusammengesunken, die Unterarme mit dünnen Stricken an die Lehnen gebunden. Im Gesicht waren frische Platzwunden zu sehen. Es schien Hauser zu sein.

Der kleine Mann machte eine beschwichtigende Geste und trat einen halben Schritt vor. Mit einem lammfrommen Blick sah er Sånbergen an, als wollte er nur Frieden zwischen streitenden Parteien stiften. Er war um die fünfzig, hatte dünnes, leicht gewelltes Haar, und sein Gesicht war milchweiß wie der Anzug und die Handschuhe, die er trug.

»Die Hände hoch, habe ich gesagt!«, hielt Sånbergen ihm entgegen, und immerhin kam der Mann dieser Anweisung nun nach, wenn auch nur langsam.

»Und jetzt zur Seite. Ich will euch beide im Blick behalten.«

»Aufforderungen, Drohungen«, sagte der Kleine und lächelte unaufgeregt. »Nichts weiter als Ankündigungen, ganz ohne Konsequenz. Zuweilen ein gewagtes Unterfangen, womöglich sogar verhängnisvoll, und es bleibt fraglich, ob –«

»Los jetzt!«, fiel Sånbergen ihm ins Wort.

Tatsächlich machte der Kleine einen Schritt zur Seite und gab den Blick auf den kräftigen Mann frei, der seine leeren Hände zeigte.

Sånbergen atmete auf – keine Waffe.

Wieder ergriff der Mann in Weiß das Wort. »Ich bin nicht sicher, ob ich die Situation richtig verstehe, und ich habe noch immer keinen Ausweis gesehen. Allein Worte machen uns nicht glaubwürdig, und wer weiß –«

»Alles zu seiner Zeit.« Sånbergen unterbrach ihn erneut, wollte die Kontrolle behalten, aber er merkte, wie die beiden einen winzigen Schritt nach hinten machten und sich hin zu der Tür orientierten, die auf den Balkon führte – als er Schritte hinter sich hörte. Magnus, war sein erster Gedanke. Das Geräusch im Erdgeschoss, war der zweite.

Eine böse Ahnung ließ Sånbergen den Kopf herumreißen, doch schon sah er aus dem Augenwinkel etwas auf sich zukommen, und bevor er ausweichen konnte, zerschellte es an seinem Schädel. Scherben zerbarsten. Alles drehte sich. Unter ihm begann der Boden zu verschwimmen. Seine Beine knickten ein wie zwei Streichhölzer, und er sackte auf die Knie. Überall Scherben. Er glaubte, einen dunklen Anzug zu sehen – ein dritter Mann. Der musste sich im Erdgeschoss aufgehalten haben.

Knarrende schwarze Schuhe kamen näher und stoppten vor Sånbergens P7, die ihm aus der Hand gefallen war, einen Meter zu seiner Rechten. Jemand griff nach ihr. Sånbergen nahm eine der Scherben fest zwischen die Finger und rammte die Spitze tief in die Hand. Ein Aufschrei. Die Hand zuckte zurück, und Sånbergen konnte die P7 erreichen, aber seine Bewegungen waren langsam und unkontrolliert, seine Hand, sein ganzer Körper taten nicht das, was sie sollten. Schritte entfernten sich.

»Stehen bleiben!«, rief Sånbergen, rollte sich mit der P7 in der Hand herum und sah gerade noch den dritten Mann über den Balkon nach unten klettern. Ein asiatisches Gesicht.

Magnus kam in den Raum, hielt sich den Hinterkopf, und Sånbergen senkte die Waffe. Nur langsam rappelte er sich auf, dann hörte er, wie ganz in der Nähe ein Wagen angelassen wurde und sich mit quietschenden Reifen entfernte. Gleich darauf das dröhnende Aufheulen eines helleren Motors. Ein Motorrad. Sånbergen schwankte zum Fenster und sah, wie der grüne Chevy, dann auch das weiße Motorrad um die nächste Kurve verschwanden, die Kennzeichen nicht mehr zu erkennen.

»Alles okay?«, fragte Magnus.

»Geht schon.«

»Was ist passiert? Hast du sie erkennen können?«

»Drei Männer. Ein Asiat, ein Riese und ein Kleiner mit französischem Akzent, der Luc genannt wurde.«

Magnus rieb sich den Hinterkopf. »Ich hab ihn nicht kommen sehen, hab plötzlich von hinten eins auf den Schädel gekriegt und war erst mal weggetreten.«

»Hauptsache, du hast nicht ernsthaft was abgekriegt?«

»Nein, geht schon. Wie ich sehe, sind uns nicht alle entwischt.« Mit einem Kopfnicken deutete Magnus auf den Mann im Stuhl.

Es schien tatsächlich Hauser zu sein. Er sah dem Bild, das Sånbergen in Erinnerung hatte, sehr ähnlich. Ein Beau mit spitzer Nase. Seine Haare wellten sich leicht und glänzten dunkelbraun. Sånbergen musterte ihn, suchte nach Merkmalen, die ihn an die Person erinnerten, der er über die Dächer Flensburgs gefolgt war. Aber allein an der Haarfarbe und der Statur konnte er es nicht festmachen, schon gar nicht so zusammengesunken, wie der Mann dasaß.

»Torben Hauser? Ich bin Kommissar Magnus Mortensen, hier aus Sønderborg, und das ist mein Kollege Marven Sånbergen von der Polizei in Harrislee. Kannst du dich ausweisen?«

Der Mann deutete auf eine Jacke, die auf dem Boden lag und in der Sånbergen nach kurzem Suchen einen Reisepass fand. Er warf einen Blick darauf und nickte zufrieden.

»Wer waren die drei?«, fragte er Hauser.

Der ächzte mit schmerzverzerrtem Gesicht: »Ich habe nicht die geringste Ahnung, die haben sich mir nicht vorgestellt.«

»Sie haben dich nach Alma Nyberg gefragt.«

»Und ich hab gesagt, dass ich sie nicht kenne.«

»Es muss aber einen Grund geben, wie sie ausgerechnet auf dich gekommen sind.«

»Tatsächlich? Ich sag's noch mal: Ich kenne diese Alma Nyberg nicht, hab den Namen noch nie gehört.«

»Sie wurde vor zwei Tagen in der Nähe von Sønderborg ermordet aufgefunden. Und für mich klang es, als würden sie dich für ihren Mörder halten.«

»Dann hat denen wohl jemand einen falschen Tipp gegeben.«

Die Zeitung. Hausers Foto war auf der Titelseite gewesen. Und mit einem süffisanten Lächeln hatte Johan Nyberg ihnen das Blatt unter die Nase gehalten. Es wäre ihm zuzutrauen, dachte Sånbergen, dass er Hausers Adresse in Erfahrung gebracht und seine Leute auf den mutmaßlichen Mörder seiner Tochter angesetzt hat.

»Und der Name Ellen Berg? Kennst du den auch nicht?«

»Ob ihr es glaubt oder nicht, irgendwie hat das was Komisches. Erst fragen mich die drei nach einer Alma, dann kommt ihr und fragt mich nach einer Ellen. Jetzt frag ich mich, wer hier als Nächster reinschneien wird.«

»Wir könnten eine Liste anfertigen, von Personen, die nicht gut auf dich zu sprechen sind, wahrscheinlich stünde der Name darauf.«

»Sehr witzig, hätte nicht gedacht, dass du einen Sinn für Humor hast.«

»Hab ich auch nicht. Ich habe gerade etwas anderes im Kopf, nämlich eine junge Frau, die am 20. Juni in Harrislee ermordet worden ist. Die erwähnte Ellen Berg – und du willst nichts davon gehört haben?«

Hauser zog die Brauen zu einer Unschuldsmiene hoch. »Ich bin auf See gewesen die letzten Tage, also …«

»Du machst es uns nicht leicht, dir zu glauben. Du bist nicht zu deinem Termin mit dem Bewährungshelfer erschienen und dann einfach von der Bildfläche verschwunden. Für mich verhält sich so eher jemand, der nicht gefunden werden will.«

»Den Termin hab ich einfach vergessen, ich war auf See. Und wenn ihr mir daraus einen Strick drehen wollt, wird das nicht funktionieren.« Hauser versuchte, mit der Schulter sein Gesicht zu erreichen, offenbar um es an dem Stoff abzuwischen. »Könnt ihr mich mal losmachen?«

»Noch nicht.« Sånbergen sah vorerst keinen Sinn in weiteren Fragen und setzte sich stattdessen an Hausers Laptop, während Magnus durch das Zimmer streifte und in Regalen und der Bar herumstöberte. Sånbergen bediente die Tastatur mit der Rückseite eines Stifts, um keine Abdrücke zu hinterlassen, und überflog die Adressen von Hausers letzten E-Mails. Viele enthielten Frauennamen, und im Betreff wurde hin und wieder eine Party am 10. Juni erwähnt, zu der Hauser eingeladen hatte. Offenbar hatte er die Veranstaltung dieser Partys, von denen Klaus Jensen gesprochen hatte, gleich nach seiner Haftentlassung wieder aufgenommen.

»Du wirst da nichts von einer Ellen Berg oder Alma Nyberg finden«, sagte Hauser. »Vielleicht ein paar andere Namen von jungen Frauen. Aber daran dürfte nichts strafbar sein.«

»Sind das nähere Bekanntschaften?«

»Nein, ich habe eine feste Freundin. Ana. Ana Sander. Und ich denke«, fügte er in selbstgefälligem Tonfall hinzu, »sie wird nur Gutes über mich berichten.«

»Diese Party am 10. Juni, hat die hier stattgefunden?«

»Natürlich.«

»Was ist das?«, fragte Magnus unvermittelt und nahm eine kleine silberne Dose aus der Hausbar. Ohne eine Antwort abzuwarten, öffnete er sie. »Kokain, würde ich sagen, mindestens fünfzig Gramm.«

Hauser blieb äußerlich gelassen. »Ihr platzt hier rein, stellt Fragen und geht an fremde Sachen. Habt ihr überhaupt einen Durchsuchungsbeschluss?«

»Selbstverständlich«, antwortete Magnus unbeeindruckt. »Bringen die Kollegen gleich mit. Verdunklungsgefahr. Du könntest Beweisstücke verschwinden lassen.«

»Wenn das so ist, würde ich gern meinen Anwalt anrufen.«

»Nichts dagegen.« Sånbergen löste einen der Stricke um Hausers Arme, woraufhin der sich mit dem Hemdsärmel über den Mund wischte und sich aufrichtete.

»Was werft ihr mir überhaupt vor, außer dem Besitz von Kokain? Das ist nur für den privaten Gebrauch, da findet ihr mehr in jedem anderen Haus in dieser Straße.« Und mit spöttischem Ton fügte er hinzu: »Kann ich die Strafe gleich hier bezahlen? Dann haben wir es hinter uns.«

»Ich werde dir sagen, was wir dir vorwerfen: Du stehst unter Verdacht, Ellen Berg und Alma Nyberg ermordet zu haben. Und da gibt es auch einen ungeklärten Mordversuch in Flensburg, zu dem wir einige Fragen an dich haben.«

»Lächerlich! Alles nur wegen meiner Vorstrafe.« Hauser schüttelte verächtlich den Kopf und griff zu seinem Handy.

Die Kriminaltechniker trafen ein, und Hauser wurde in einem Streifenwagen zur Sønderborger Polizeidirektion transportiert, wo er auf seine Vernehmung warten würde.

Sånbergen trat aus dem Haus und ließ sich neben Magnus nieder, der auf einer Stufe der Eingangstreppe hockte, mit missmutiger Miene seinen Hinterkopf betastete und leise fluchte. Ein zusammen mit der Spusi eingetroffener Sanitäter hatte ihm eine Klammer in die Kopfhaut gesetzt und ein Schmerzmittel verabreicht.

»Würdest du die drei wiedererkennen?«, fragte er.

»Zwei von ihnen schon. Den Hünen mit den stoppeligen blonden Haaren und den kleinen Mann in Weiß, der eindeutig das Sagen hatte. Er sah ganz harmlos aus, hatte hellblaue Augen und dünne, leicht gewellte Haare.«

Magnus rieb sich die Stirn. »Tut mir leid, ich kann mich einfach nicht konzentrieren bei diesen Kopfschmerzen. Ich setze mich erst mal ins Auto und mache einen Moment die Augen zu. Vielleicht fahr ich auch schon vor.«

»Klar, wird noch ein langer Tag heute.«

Magnus verschwand in Richtung seines Peugeots, und kurz darauf traf Hanna ein. Sie ließ sich neben Sånbergen nieder, der berichtete, was geschehen war.

»Ist er derjenige, der Olsen vor den Laster gestoßen hat?«, fragte Hanna.

»Ehrlich gesagt, ich weiß es nicht. Ich dachte, ich würde ihn spontan, rein intuitiv wiedererkennen, aber ich kann es nicht sagen.«

»Er könnte es aber sein?«

»Von der Größe und Statur her schon, doch das reicht einfach nicht.« Sånbergen war unzufrieden, allerdings nicht nur damit. »Ich bin seine E-Mails durchgegangen, und es gibt keinen Kontakt zu Ellen Berg oder Alma Nyberg in den letzten Wochen. Also wenn du bessere Nachrichten hast …« Er hielt inne, als er bemerkte, dass er Hanna mit einem vertraulichen Du angeredet hatte, und beschloss, die Gelegenheit zu ergreifen. »Pass auf, Hanna: Wenn es dir nichts ausmacht, einigen wir uns auf das Du. Es ist kompliziert für uns Dänen, dauernd die Anreden zu wechseln.«

»Natürlich«, sagte Hanna, ohne zu zögern. »Meine Töchter verstehen das ›Sie‹ auch nicht. Sie machen keinen Unterschied zwischen den Menschen.« Sie schmunzelte. »Ohnehin merkwürdig, dass eure Gebräuche nicht zu uns rüberschwappen. Dabei wohnen wir doch nur ein paar hundert Meter weiter.«

»Danke, das macht die Sache für mich einfacher.«

»Und was die besseren Nachrichten angeht, hab ich vielleicht wirklich was. Vorhin hat sich eine Verflossene von Hauser bei uns gemeldet. Eine gewisse Brit Hålland. Sie sagt, sie sei vor fünf Jahren mit ihm liiert gewesen und denke nicht gern daran zurück. Er habe sie während dieser Zeit wiederholt misshandelt.«

»Tatsächlich? Was genau meint sie mit ›misshandelt‹?«

»Er habe sie geohrfeigt und ihr Prellungen zugefügt.«

»Und glaubst du ihr?«

»Ich glaube zumindest, dass sie es in ihren Erinnerungen so sieht. Allerdings ist es fünf Jahre her, da könnte man das Verhalten des anderen auch schon mal anders im Gedächtnis haben oder nachträglich etwas dunkler färben.«

»Fünf Jahre, wieso kommt sie erst jetzt mit diesem Vorwurf?«

»Sie hat Hausers Bild auf der Titelseite der lokalen Morgenzeitung gesehen.«

»Okay, aber wieso hat sie sich nicht schon damals gemeldet, als es passiert ist?«

»Sie sagt, sie sei damals bei ihrem Hausarzt gewesen. Der habe Bilder von den Prellungen gemacht und ihr zu einer Anzeige geraten, aber das sei ihr zu viel geworden.« Hanna hielt inne, und Sånbergen überlegte, wie er die Sache bewerten sollte und ob sie vor Gericht Bestand hätte. »Um ehrlich zu sein«, fuhr Hanna dann fort, »kann ich es verstehen. So einfach ist so etwas nicht. Es bedeutet oft jahrelange Verfahren, in denen die Opfer immer wieder befragt werden und sich rechtfertigen müssen.«

»Ja, damit hast du recht.«

Vielleicht würden sich noch andere Frauen finden, die ähnliche Anschuldigungen gegen Hauser vorbrächten und den Verdacht gegen ihn untermauerten, dachte er und tastete unbewusst nach seinem Hinterkopf. Als er die Hand wieder herunternahm, war Blut an seinen Fingern.

»Hast du was abgekriegt?«, fragte Hanna erschrocken.

»Nichts Schlimmes. Der eine hat mich nur mit einer Vase erwischt.«

Sie warteten rund eine Stunde, bis eine Mitarbeiterin der Spurensicherung aus dem Haus kam und berichtete, dass sie bislang nichts Belastendes gefunden hätten. Nichts, was Hauser mit den beiden Frauenmorden oder dem Mordversuch in Flensburg in Verbindung bringen könnte.

Ernüchtert nahm Sånbergen die Worte der Kollegin zur Kenntnis. Auch wenn die Durchsuchung noch nicht abgeschlossen war, hatte er mehr erwartet. Ein Kleidungsstück, einen Motorradhelm – nicht einmal ein Hund war in diesen Räumen gewesen. Vielleicht musste er seine Ermittlungsstrategie überdenken. Oder er hatte etwas übersehen.

25

Es war später Nachmittag geworden, als Sånbergen zusammen mit Hanna die Polizeidirektion von Sønderborg erreichte – ein dreistöckiges Bürogebäude, so klobig wie ein stämmiger Normanne mit einer roten Kappe auf dem Kopf.

Magnus stand am Eingang, stellte sich Hanna vor, und sie einigten sich darauf, dass Sånbergen das erste Verhör durchführen sollte. Allein. So war er es gewohnt. Magnus führte ihn zum Verhörraum, in dem bereits Torben Hauser saß. Neben ihm hatte ein weiterer Mann Platz genommen, vor ihm auf dem Tisch stand ein Plastikbecher, in dem sich eine rote Flüssigkeit und ein Strohhalm befanden.

Der Mann strich die dünnen Haare auf seiner Halbglatze mit einer beiläufigen Bewegung glatt und erhob sich kurz, als Sånbergen den Raum betrat. »Ich bin Ragnar Isaksen, ich werde Torben Hauser anwaltlich vertreten.« Er setzte sich wieder, holte mit spitzen Fingern Notizblock und Stift aus seinem Koffer und gab per Handzeichen zu erkennen, dass es seinetwegen nun losgehen könne.

Sånbergen schaltete das Mikrofon ein und verlas die wesentlichen Daten fürs Protokoll. Auch wenn er eine gewisse Voreingenommenheit Hauser gegenüber verspürte, versuchte er, ihm neutral zu begegnen.

»Du weißt, worum es geht, Torben: Zwei junge Frauen sind ums Leben gekommen. Vergangene Woche Ellen Berg in Harrislee, vor drei Tagen Alma Nyberg in Sønderborg. Wir sind aufgrund bestimmter Verdachtsmomente hier, um zu klären, ob du in irgendeiner Weise etwas damit zu tun hast.«

»Das habe ich nicht, wie ich schon sagte.« Hauser antwortete gelassen, die Stimme unaufgeregt. Er hatte ein frisches Hemd angezogen, zwei kleine Pflaster schimmerten unter den braunen Haaren hervor. Schwerwiegende Verletzungen schien er nicht davongetragen zu haben.

»Wieso hast du den Termin mit dem Bewährungshelfer platzen lassen und bist dann untergetaucht?«

»Ja, das mit dem Termin war dumm. Kann sein, dass es Konsequenzen für mich hat, aber so ist es nun mal. Ich war mit meiner Yacht unterwegs und habe kurzfristig die Orientierung verloren – ohne irgendwie untertauchen zu wollen.«

»In deinen E-Mails lädst du zu einer Party ein, am 10. Juni. Sind Ellen Berg oder Alma Nyberg dort gewesen?«

»Keine Ahnung, ich kenne die beiden nicht. Um ehrlich zu sein, es tauchen immer wieder Leute auf, die nicht eingeladen sind. Aber bei jungen Frauen, die nett anzusehen sind, drücke ich auch mal ein Auge zu.«

Isaksen flüsterte Hauser etwas ins Ohr, lehnte sich dann zurück und zog einen riesigen Schluck der roten Flüssigkeit durch den Strohhalm. Offenbar hatte er seinem Mandanten einen Ratschlag gegeben, denn der fuhr nun etwas vorsichtiger fort:

»Ich kann es also nicht ausschließen, auch wenn ich es nicht glaube. Ich führe ja keine Namenkontrollen durch. Es gibt nur eine Regel: Jeder gibt sein Smartphone ab, gleich am Eingang. Eine reine Vorsichtsmaßnahme, bei dem, was heute alles so ins Netz gestellt wird.«

»Die Morde geschahen am 20. Juni und am 25. Juni. Jeweils irgendwann zwischen sechzehn und dreiundzwanzig Uhr. Wo warst du zu diesen Zeiten?«

»Das ist aber eine mächtige Zeitspanne. Den möchte ich sehen, der ein Alibi für Stunden vorweisen kann.«

»Was hast du zu diesen Zeiten gemacht?«

Flüsternd hielt Hauser Rücksprache mit seinem Anwalt, der ihm schließlich einvernehmlich zunickte.

»Ich war in weiblicher Begleitung. An beiden Tagen«, antwortete Hauser. »Ana war bei mir. Ana Sander, meine Freundin.«

»Das wird sich ja nachprüfen lassen. Dann zu deinem Aufenthalt in den letzten Tagen: Du sagtest vorhin, da seist du mit deiner Yacht draußen gewesen.«

»So ist es, die letzten drei Tage, zusammen mit Ana.«

»Aber soweit ich weiß, liegt die Yacht noch nicht wieder in Sønderborg.«

Hauser nickte.

»Wo liegt sie dann?«

»Muss ich das sagen?« Hauser wandte sich mit der Frage an seinen Anwalt, der verneinte.

»Und du warst mit Ana Sander, deiner Freundin, auf dem Boot?«

Hauser nickte erneut. »Wir kennen uns noch nicht lange, aber wir haben vor zu heiraten, schon bald. Das wird Ana euch gern bestätigen, ebenso den Rest meiner Angaben.« Ein süffisantes Lächeln erschien auf seinem Gesicht.

»Wir haben mit einer anderen, früheren Bekanntschaft von dir gesprochen, mit Brit Hålland.«

»Brit?«, stöhnte Hauser und winkte ab. »Die tischt euch irgendwelche Geschichten auf.«

»Und eine davon interessiert uns besonders, denn sie endet mit Würgemalen an Brits Hals. Am 13. März 2018 war sie deswegen in der Praxis ihres Hausarztes. Er hat die Hämatome fotografiert und ihr zu einer Anzeige geraten, aber sie wollte nicht preisgeben, wer ihr an die Kehle gegangen war. Bis heute Morgen. Da hat sie deinen Namen genannt.«

Isaksen bedeutete Hauser, nicht zu antworten.

»Du verstehst sicher, dass das Fragen aufwirft. Zum Beispiel die, ob das nicht vielleicht öfter vorgekommen ist.« Sånbergen ließ sich zu einer Provokation hinreißen. »Vor vier Jahren zum Beispiel ist Ida Svensson nicht so glimpflich davongekommen.«

Hauser verengte die Augen und schien angesichts dieser Bemerkung tatsächlich in Wallung zu geraten, aber bevor er etwas erwidern konnte, erhob Isaksen seine Hand. »Ich muss nachdrücklich darum bitten, auf Suggestivfragen und Unterstellungen zu verzichten.« Er hatte sich aufgerichtet und ganz ungeahnt an Präsenz im Raum gewonnen. »Nur die Erforschung von Tatsachen und Wahrheiten ist Gegenstand dieser Vernehmung, der beschränkte Wert einer –«

»Schon gut. Aber falls deinem Mandanten daran liegen sollte, dass wir ihn für unschuldig halten, dann sollte er uns etwas mehr Informationen geben.«

Hauser wandte sich Isaksen zu und flüsterte in einem scharfen Tonfall, dass es für Sånbergen hörbar blieb: »Ich kenne diese Spielchen. Es ist wie damals in Kolding. Die wollen doch nur auf einen Deal hinaus.«

Einen Deal? Sånbergen wusste nicht, wovon Hauser sprach, aber noch bevor er darauf eingehen konnte, wurde die Tür geöffnet, und Magnus steckte seinen Kopf herein. »Hast du einen Moment?«

Sånbergen verließ den Raum und wurde mit betretener Miene

empfangen. »Sieht nicht gut aus. Die Kollegen haben alles auf den Kopf gestellt und bereits ein paar Schnelltests gemacht, aber es sind keinerlei Spuren der Opfer in dem Haus zu finden, ebenso wenig in oder an Hausers Auto.«

Hanna kam hinzu und berichtete ihrerseits, dass auch kein Motorrad auf Hauser angemeldet sei, weder in Dänemark noch in Deutschland. »Tut mir leid, aber wir haben nichts gegen ihn in der Hand, was auf die Morde an den beiden Frauen oder den Mordversuch an Olsen hinweist. Entweder er ist sehr präzise und macht keinen einzigen Fehler, oder wir sind hinter dem Falschen her.«

»Wir müssen seine Yacht finden. Es muss einen Grund geben, warum er nicht sagen will, wo die steckt. Lasst alle Häfen abklappern. Ich will wissen, ob er da nur Drogen lagert oder ob er womöglich die Opfer auf dem Boot ertränkt hat.«

Magnus nickte.

»Und noch eine Sache: Hauser hat gerade von einem ›Deal‹ gesprochen, der damals in Kolding gelaufen sein soll, im Fall Ida Svensson. Wisst ihr was davon?«

Beide schüttelten den Kopf.

Sånbergen fluchte innerlich. Nicht nur, dass die Umstände des Falls Ida Svensson Fragen offenließen, auch die Verdachtslage gegen Torben Hauser in den Fällen Ellen Berg und Alma Nyberg wurde immer dünner.

Rechtsanwalt Isaksen trat durch die Tür. »Nun, sofern gegen meinen Mandanten nicht noch etwas anderes vorliegt und ihr in der aktuellen Sache erst mal keine weiteren Fragen habt, sind wir wohl für heute fertig, was mir nicht ungelegen käme.« Er strich sich abermals über die dünnen Haare, die sich wie elektrisch aufgeladen stets von Neuem aufstellten. »Meine Frau hat zu einer Runde Belote geladen, und ich würde gern pünktlich erscheinen. Zwei meiner Cousinen werden mit ihren Männern kommen. Eigentlich spielt sich Belote besser zu viert, aber wir sind eine ziemlich große Familie, und keiner von uns will darauf verzichten.«

Sånbergen interessierte sich herzlich wenig für Isaksens Familienverhältnisse. Er überlegte, welche Handhabe sie noch gegen Hauser hatten. Sie brauchten die Aussage von dessen Freundin,

Ana Sander. Und sie mussten die Yacht finden. Wenigstens der Drogenbesitz konnte Hauser zur Last gelegt werden, was reichte, um ihn weiter in Untersuchungshaft zu behalten. Allerdings glaubte Sånbergen nicht, dass er bei ihm im Moment weiterkäme, und erklärte sich daher bereit, die Befragung für heute tatsächlich zu beenden, worauf Isaksen ihm die Hand reichte und sich eilig von dannen machte. Auch Hanna verabschiedete sich. Sie wollte zurück nach Harrislee zu ihren Kindern. Sånbergen blieb allein mit Magnus zurück.

»Schöner Mist. Und jetzt?«, fragte der.

»Eine Sache gibt es noch, über die wir vielleicht weiterkommen könnten: die Typen, die Hauser in die Mangel genommen haben. Der Kleine im weißen Anzug – er wurde ›Luc‹ genannt. Meinst du, ihr könnt etwas über ihn herausfinden?«

»Wir haben nur den Vornamen? Das ist zu wenig.«

»Lass uns davon ausgehen, dass sie für Nyberg arbeiten, das würde die Suche erleichtern.«

Magnus schien eine Zeit lang nachzudenken, dann zückte er sein Handy, und Sånbergen hörte, wie er einen Mann namens Viggo anrief und um einen Termin bei ihm bat.

***

Ein Grund für den Besuch bei Viggo, so erklärte Magnus, als sie vor dem kleinen Laden in der Altstadt von Sønderborg standen, liege darin, dass dieser einen ganz hervorragenden Ruf als Barbier habe und Magnus mal wieder eine wohltuende professionelle Rasur vertragen könne. Darüber hinaus führe Viggo schon seit Jahren kleine Dienste für Magnus aus und versorge ihn mit Informationen, die der Polizei sonst verborgen blieben. »Er hört, was die Leute so reden. Es entstehen Bekanntschaften, manchmal auch das nötige Vertrauen für einen Gefallen oder eine geheime Auskunft.«

»Er ist dein Informant?«

»Das bleibt unter uns, klar? Niemand weiß davon, außer dir.«

Vom Körperbau klein und rundlich, bewegte sich Viggo auf seinen kurzen Beinen unerwartet flink zwischen den Tischen seines

Salons hin und her. Er sah aus dem Fenster, offenbar um sich zu vergewissern, dass es keine heimlichen Beobachter gab, und ließ dann sogar noch die Jalousien herunter.

Sånbergen setzte sich an einen mosaikgeschmückten Ecktisch, auf dem eine Karaffe mit kaltem Wasser stand, und blätterte in einer Zeitung. Der Geruch von Pistazien stieg ihm in die Nase. Viggo hatte sie in kleinen Schälchen überall in seinem Salon verteilt und war nach Ladenschluss offenbar noch nicht zum Abräumen gekommen.

Magnus nahm auf dem Barbierstuhl Platz und kam gleich auf sein Anliegen zu sprechen. »Wir suchen einen Mann, vielleicht kennst du ihn. Vermutlich ein Franzose, Vorname Luc. Ein großer Blonder war bei ihm und ein Asiate. Sagt dir das was?«

Viggo schaute skeptisch unter buschigen Augenbrauen hervor. »Ist das alles? Ein bisschen konkreter darf es schon sein.«

»Dieser Luc ist nicht besonders groß, blond, blassblaue Augen. Er hat eine helle Stimme, trägt weiße Anzüge und macht äußerlich einen ziemlich harmlosen Eindruck. Wir denken, dass er für Johan Nyberg arbeitet.«

Viggo legte Magnus ein weißes Lätzchen um den Hals, dessen angenehmer Duft bis zu Sånbergen vordrang, drückte seinen Bauch in den Nacken seines späten Kunden und begann, eine Zehn-Zentimeter-Klinge vor dessen Gesicht zu wetzen. »Johan Nyberg ... Doch nicht der Johan Nyberg, dem das Pharmaunternehmen MFS gehört?«

»Genau der.«

»Dann wird es etwas teurer werden als sonst.«

»Wieso?« Sichtlich empört öffnete Magnus seine Hände zu einer fragenden Geste. »Was soll das Geschachere? Der Preis ist immer der gleiche, das ist unsere Abmachung.«

»Johan Nyberg hat eine verdammt lange Reichweite. Wenn ich den verärgere, macht er mir Schwierigkeiten. Er könnte das ganze Gebäude hier kaufen und mich an die Luft setzen. Oder Schlimmeres.«

Magnus zog die Schultern hoch. »Wer hat denn was von ›verärgern‹ gesagt? Du hältst dich von Nyberg fern, sollst nur ein paar Erkundigungen über diesen Luc einholen.«

»Und wie stellst du dir das vor? Was glaubst du, wie man das macht, ›Erkundigungen einholen‹? Man fragt Leute nach anderen Leuten, die wieder andere fragen. Man kann nicht gleichzeitig diskret sein und nach Informationen suchen.«

»Ich lege zwanzig drauf, reicht das?«, brachte sich Sånbergen ins Spiel.

Viggos Grummeln klang nicht restlos überzeugt, aber schließlich bekundete er doch sein Einverständnis. Dann setzte er das Messer an Magnus' Kehle und bewegte es mit pinselstrichartigen Bewegungen sichtbar gekonnt über dessen Gesichtshaut.

Die Rasur war fast fertig und Viggo kurz nach hinten verschwunden, um »noch was zur Veredelung« zu holen, als Magnus' Smartphone, das in der Tasche seiner Jacke an der Garderobe hing, zwei kurze Töne von sich gab, unmittelbar darauf auch das von Sånbergen. Der holte sein Handy hervor und erkannte als Absender der eingetroffenen Nachricht, an die ein Dokument angehängt war, die Rechtsmedizin von Sønderborg. Die Datei war von der Dienststelle direkt an sie weitergeleitet worden.

»›Obduktionsbericht: Nyberg, Alma‹«, las Sånbergen vor und stellte mit Genugtuung fest, dass die zuständige Staatsanwaltschaft Nybergs Bemühungen, die Obduktion seiner Tochter zu verhindern, offenkundig hatte ins Leere laufen lassen.

Magnus drehte sich samt Stuhl zu Sånbergen, und sein von Schaumresten übersätes Gesicht hellte sich auf.

»Todesursache ist atypisches Ertrinken, wie bei Ellen Berg … gelbliche Flüssigkeit in ihren Lungen … eine Kochsalzlösung, enthält auffällig viele Elektrolyte … Hinweise auf ein oral verabreichtes Betäubungsmittel … Aber hier steht noch mehr.« Sånbergen überflog ein paar Zeilen und zitierte dann: »›Nach der Eröffnung des retroperitonealen Raums … sichtbare Veränderungen an beiden Nieren … Anzeichen von Anlagestörungen mit zystischen Veränderungen, wie bei einer autosomal-rezessiven polyzystischen Nierenerkrankung … chirurgische Eingriffe erfolgreich … Restitutio ad functionem mit langfristig guter Prognose‹.«

Magnus zappelte ungeduldig in seinem Stuhl. »Und wer soll das jetzt verstehen?«

»Sie ist irgendwann mal operiert worden. Moment, ich schaue nach.« Sånbergen brauchte ein paar Augenblicke, um sich im Internet schlauzumachen, und erklärte dann: »Es geht um eine Nierenkrankheit. Um eine erbliche Anlagestörung.«

»Eine vererbbare Krankheit, die in Nybergs Familie liegt. Ich wusste doch, dass er was zu verheimlichen hat!« Magnus' Augen verengten sich. Er schnappte sich ein Baumwolltuch, das über der Stuhllehne hing, und wischte sich die Schaumreste aus dem Gesicht, als störten die ihn beim Denken.

»Es ist nur eine Krankheit, kein Verbrechen«, wandte Sånbergen ein. »Und was hat das mit unserem Fall zu tun?«

Magnus überlegte sichtlich angestrengt und sank dann doch ohne Antwort wieder in den Stuhl.

Viggo kehrte mit einer Schale in den Händen zurück und begann, eine Tinktur auf Magnus' Wangen zu verteilen. Der ließ ihn wortlos seine Arbeit vollenden, wohl im Vertrauen auf die Gültigkeit der stillen Übereinkunft, sich in Sachen Luc umzuhören.

Als sie Viggos Laden verließen, schlug Sånbergen Magnus' Einladung zu einem abendlichen Lachskuchen im »Fiskertide« aus und verabschiedete sich. Er brauchte nach diesem Tag Zeit für sich. Es zog ihn in seine Unterkunft, zu einem Glas Sanddorntee und seinem Mark Twain.

26

15. September 1997, irgendwo in Dänemark

»Gott Vater, von allem Übel – erlöse uns, o Herr.

Gott Vater, von aller Sünde – erlöse uns, o Herr.

Gott Vater, von deinem Misstrauen – erlöse uns, o Herr,

und schenke uns Vertrauen zu dir und deiner göttlichen Vorsehung.«

Ich lasse das schwarze Buch sinken und warte ab. Ich sitze aufrecht im Bett, Emma liegt neben mir. Sie hat sich die Decke bis zum Hals gezogen, nur ihre Fingerspitzen gucken heraus. Sie starrt vor sich hin und scheint ganz angestrengt zu überlegen.

»Liest du jeden Abend?«, fragt sie mich.

»Oft.«

»Und immer in dem schwarzen Buch?«

»Es erzählt Geschichten, ein Mann erzählt sie. Weil er sie erlebt hat, glaube ich.«

»Ich verstehe nicht genau, was da steht. Ich verstehe die Wörter nicht. Jedenfalls manche von ihnen, wie ›Sünde‹ und ›Vorsehung‹. Und immer wird gebetet.«

»Das Beten nimmt einem Sorgen, weil es einem Vertrauen gibt, sagt der Mann, der die Geschichten erzählt.«

Emma zieht eine kleine Falte zwischen die Augenbrauen. »›Vertrauen‹, noch ein Wort, das ich nicht verstehe.«

Kein Wunder, sie ist erst sieben, zwei Jahre jünger als ich. »Ich versuche, es dir zu erklären.«

Sie nickt.

»Glaubst du, dass das Bett gleich einstürzen wird?«

Emma schüttelt den Kopf. »Nein, wir sind nicht so schwer.«

»Also hast du Vertrauen in das Bett. Dass es stabil ist, meine ich.«

Sie nickt.

»Wenn du denkst, dass es einstürzt, dann hast du Angst, oder nicht?«

Wieder nickt sie.

»Das Buch sagt, du musst dich entscheiden. Entweder für Vertrauen oder für Angst. Es geht nur eins von beiden. Entweder du hast Vertrauen, dass du hier sicher im Bett liegst und nichts passiert, oder du hast Angst, dass es einstürzt.«

Emma sieht mich mit großen Augen an. Dann betrachtet sie das Bett, in dem wir liegen.

»Also, was nimmst du? Vertrauen oder Angst?«, frage ich sie.

»Ich will keine Angst haben.«

»Ich glaube, niemand will Angst haben. Also entscheidest du dich für Vertrauen?«

Sie nickt.

»Vertrauen in das Bett und auch in alles andere.«

»In alles andere?«

»In alles andere. In mich, in dich und dass alles gut wird.«

Emma überlegt. »Dass alles gut wird«, wiederholt sie. Dann stößt sie einen Seufzer aus, einen guten Seufzer, der alles freier macht. Der sie entspannt. Sie reibt sich die Augen. Es ist spät. Emma muss zurück in ihr Zimmer.

»Es ist Zeit«, sage ich.

Emma nickt traurig. »Ich würde lieber hier schlafen«, sagt sie, aber sie weiß, dass es nicht geht. Niemand darf wissen, dass sie hier ist.

Emma steigt aus dem Bett. »Ich werde ganz leise sein, wie eine Feder, dass mich niemand bemerkt«, flüstert sie, und bevor ich die Tür hinter ihr schließe, höre ich sie noch über den Holzboden huschen.

Ich schlüpfe unter die Decke und ziehe sie mir bis zum Hals, dass nur die Finger rausgucken. Ich bin froh, dass ich eine Freundin habe. Fast drei Monate ist Emma jetzt hier, inzwischen ist sie wie eine kleine Schwester für mich. Ich denke oft an sie, mehr noch als an Bücher und an Geschichten. Geschichten, die Menschen passieren und die sie in Bücher schreiben, vielleicht weil sie sie nicht vergessen wollen.

Vielleicht sollte ich auch etwas schreiben. Nicht ein echtes Buch. Nicht für die Menschen da draußen, nur für mich. Ein Tagebuch. Und wenn ich später hineinschauen würde, dann wüsste ich, wie es mal gewesen ist. Mit Emma – und mit diesem merkwürdigen Ort. Aber es gäbe auch Unschönes zu lesen. Ich bin noch nicht sicher, ob ich das wirklich will. Ich überlege es mir. Vielleicht. Irgendwann.

27

Tag 8, Donnerstag, 29. Juni

Der Grund, weshalb auf dem gesamten reichhaltigen Frühstücks-büfett im Als-Hus keine einzige Zimtschnecke aufzutreiben war, blieb Sånbergen gänzlich unerfindlich. Stattdessen hing der Geruch von französischen Crêpes und englischem Speck in der Luft. Er vermisste seine ruhige halbe Stunde bei Jill im Café, und ganz besonders vermisste er ihre Zimtschnecken.

Ohne das eine wie das andere fand er sich gegen neun Uhr in der Sønderborger Polizeidirektion ein, wo ihn die Abteilungssekretärin Finja empfing, eine junge Frau mit Pagenkopf. Sånbergen bat sie, ein paar Fotos aus seinem Smartphone auszudrucken – die Bilder, die er bei Johan Nyberg abfotografiert hatte –, mit denen er schließlich in Magnus' Büro erschien.

»Hej«, warf er in den Raum und ließ die Tür hinter sich ins Schloss fallen. »Puh, wieso ist es so heiß hier drin?«

Magnus saß an einem Schreibtisch vor zwei Kaffeetassen und einem winzigen Ficus, dessen blassgrüne Ärmchen mit Staub überzogen waren. Daneben drehte sich ein kleiner Ventilator. »Hej. Die Heizung ist defekt«, sagte Magnus träge und rührte sich keinen Millimeter. »Der Hausmeister kümmert sich darum, heute Nachmittag, hat er gesagt.«

Sånbergen öffnete das Fenster, wartete aber vergeblich auf einen erfrischenden Luftzug – auch draußen war es trotz der frühen Stunde schon wieder drückend warm. Dann schob er die Kaffeetassen auf Magnus' Tisch zur Seite und verteilte die soeben angefertigten Ausdrucke. »Sieh dir die mal an.«

Die Bilder zeigten meist Personen, die bei irgendwelchen Anlässen in kleinen Gruppen beieinandersaßen und miteinander vertraut wirkten.

Magnus betrachtete sie, zuerst mit verwunderter Miene, dann zunehmend ernsthaft. »Woher hast du die?«

»Aus Nybergs Haus.«

»Du bist in seinen Privaträumen gewesen, als du …?« Langsam schien er zu begreifen. »Wieso hast du gestern nichts gesagt?«

»Ich war nicht sicher, ob es sich lohnt, dem nachzugehen.«

»Und jetzt bist du es?«

»Nyberg wollte den genetischen Defekt seiner Tochter verheimlichen, und dann tauchen seine Männer bei Hauser auf, noch bevor wir dessen Adresse in Erfahrung bringen können.«

Magnus wirkte unschlüssig.

»Außerdem ist Johan Nyberg für die Stiftung tätig«, sagte Sånbergen. »Genauso, wie es auch die beiden Opfer Ellen Berg und Alma Nyberg waren. Grund genug, sich näher mit seinem Umfeld zu befassen, meinst du nicht?«

»Du weißt schon, dass Nyberg tabu für uns ist?«

»Das Wort ›tabu‹ habe ich nicht gehört. Du sagtest nur, Gustavsen will zuerst informiert werden, falls sich ein Verdachtsmoment gegen Nyberg ergibt. Bis jetzt haben wir bloß ein mutmaßliches Familiengeheimnis und ein paar Fotos. Lass uns sehen, mit wem Nyberg zu tun hat, wem er nahesteht. Vielleicht finden wir eine Verbindung zu unserem Fall.«

Magnus widersprach nicht länger. Mit der einen Hand tastete er blind nach einer seiner Kaffeetassen, während er mit der anderen einen Ausdruck ergriff, der unter den anderen herausstach – das abgebildete Foto war deutlich älter, die Farben verblasst. Zwei Männer, beide um die vierzig, waren darauf zu sehen.

»Der rechts könnte vom Aussehen her Morten Nyberg sein, Johans Vater«, vermutete Magnus, fand endlich die Tasse und nippte am Kaffee. »Was meinst du?«

Eine Ähnlichkeit war in der Tat zu erkennen – der gleiche helle Teint, die gleichen blonden Haare. Und wenn Sånbergen sich den alten Mann, den er im Haus der Nybergs gesehen hatte, ein paar Jahrzehnte jünger vorstellte, konnte er durchaus eine Ähnlichkeit feststellen.

»Den anderen, der neben ihm steht, kenne ich nicht.«

Ein dünner Mann mit Silberblick. Sånbergen hatte den Eindruck, er würde ihn durch das Foto hindurch eindringlich fixieren. Die dunklen Haare waren glatt zurückgekämmt. Locker, mit einer entspannten Freude im Gesicht, standen die beiden dicht beieinander hinter einer Säule, die wie ein Pult geformt war und eine Tafel mit einer Inschrift trug. Es sah aus, als hätten sie etwas zu feiern gehabt, als hätten sie einen Preis bekommen oder ein neues Projekt ins Leben gerufen.

Magnus kniff die Augen zusammen. »Die Inschrift auf der Tafel lautet: ›FMR – 1987‹.«

»FMR, das ist die Stiftung, die ›Foundation for Medical Representatives‹. Und 1987 ist dann wohl ihr Gründungsjahr. Nyberg sagte, sein Vater Morten sei einer der Gründer gewesen, und der dünne Mann daneben scheint auch dazuzugehören.«

Magnus knipste die Schreibtischlampe an, richtete sie auf das Bild und beugte sich in ihrem Schein nah darüber. »Der dünne Mann hält etwas vor seinem Bauch. Eine Akte, darauf ein paar Buchstaben. Oder … Nein, das sind keine Buchstaben. Nur eine Art Emblem. Ein Kreis und darin eine Figur. Sieht aus wie ein Engel. Ein weißer Engel mit grünen Federn.«

Ein Engel. Sånbergen fragte sich, was die beiden Männer damit verbunden hatten, was diese Figur mit der Idee ihrer Stiftung zu tun gehabt hatte. Ein spirituelles Motiv, wie es in Religionen benutzt wurde, um für Unschuld und Reinheit zu stehen, so hatte es sein damaliger Pastor Skovgaard einmal formuliert, als sie um die Interpretation einer Bibelstelle gerungen hatten. Wieder musste er an den Pastor denken, an ihre Gespräche, ihre Diskussionen, in denen Grundsätze und Welten aufeinandergeprallt waren. Trotz allem waren sie damals im Guten auseinandergegangen, auch wenn Sånbergen immer das Gefühl hatte, das schwarze Schaf in Skovgaards Herde gewesen zu sein – das eine, das der Pastor am Ende doch nicht hatte bekehren können.

Sånbergen beschloss, Skovgaard in dieser Sache um Hilfe zu bitten, und er war sicher, dass ihm sein alter Pastor würde weiterhelfen können. Er vergrößerte das Foto auf seinem Smartphone, schickte Skovgaard per SMS ein Bild des Engels, der in der Tat ein grünes Federkleid trug, und fragte ihn, ob er ihm etwas zu einer möglichen Bedeutung dieses Symbols sagen könne.

Dann wandte er sich wieder Magnus und den restlichen Bildern zu, und in den folgenden drei Stunden gelang es ihnen, mit Hilfe des Internets fast alle Personen darauf zu identifizieren. Familie, Freunde, Geschäftspartner. Nur einer blieb unbekannt: der dünne Mann mit dem Silberblick.

Magnus kratzte sich den Hinterkopf. »Er ist nicht unter der Stiftung FMR zu finden, und er scheint auch nicht zu Nybergs Familie oder zu seinem Pharmaunternehmen zu gehören.«

»Aber er ist zusammen mit Morten Nyberg auf dem Foto zu sehen, und da ist es ganz offensichtlich um die Gründung der Stiftung gegangen.«

Magnus nickte. »Also gut, ich setze jemanden darauf an, nach ihm zu suchen.« Er zückte sein Handy, sprach mit einem gewissen »Villum« und verabredete einen Termin in einer Stunde am Hafen.

***

Magnus schwärmte. Der Lystbådehavn, so versicherte er aus tiefster Überzeugung, sei nicht bloß der einzig wahre Hafen von Sønderborg, sondern sogar der idyllischste an der ganzen Ostseeküste. Und womöglich hatte er recht. Der Hafen lag geschützt vor den Ostwinden in einer riesigen, azurblauen Lagune, und entlang der Südküste schloss sich ihm ein kilometerweiter Sandstrand an. Strahlenförmig ragten ein Dutzend Landungsstege in die Meeresbucht, und zu dieser Mittagsstunde, so kam es Sånbergen vor, reflektierte ein geradezu betörendes Licht von der spiegelglatten Wasseroberfläche und gab der Atmosphäre ein ungetrübtes Leuchten.

Er atmete tief ein, und Magnus strahlte regelrecht, als sie die Marina Allé an den Landungsstegen entlangliefen. Für einen Augenblick schien es Sånbergen, als überdecke das Schöne jenes Unliebsame, das sie hierhergeführt hatte.

Magnus steuerte auf eine falunrote Fischerhütte zu, das »Captajn's«, wie ein Schild verkündete. Über einen schmalen Tresen wurden Fischbrötchen außer Haus verkauft, auf der Tageskarte standen hausgemachte Fischfrikadellen sowie Roggenbrote, auf Holzbrettchen angerichtet und belegt mit Fisch und Gemüse. Wenn man es wollte, verriet Magnus, kreierte die Küchenchefin auch andere Kleinigkeiten.

Das Lokal war bis auf den letzten Platz besetzt. Gäste lachten, viele redeten süddänisch mit plattdeutschem Akzent. Die Wände waren mit Holz verkleidet, eine Seite mit Bootszubehör aus Messing, die andere mit Seekarten behängt, sodass Sånbergen den Eindruck hatte, er säße in einer riesigen Schiffskajüte. Aus dem Hinterzimmer waren Geräusche kollidierender Billardkugeln zu hören.

Magnus nahm die Ray-Ban ab und ging zielstrebig auf den Tresen zu. »Hej, Ole. Bringst du mir zwei Fischfrikadellen?«, rief er. »Mit Blumenkohl, Karotten und Weißkohl, ja?«

Der junge Mann hinter der Theke nickte, und sein brauner Schopf glänzte wie eine polierte Kastanie. Kurz darauf reichte er Magnus das Gewünschte, während sich Sånbergen mit einem Tee zufriedengab.

Sie suchten sich einen ruhigen Platz, und nachdem Magnus die erste Frikadelle vertilgt hatte, machte er Sånbergen darauf aufmerksam, dass der Billardtisch im Hinterzimmer frei wurde. »Roter Filz, sauberer Kugellauf. Wenn du Lust hast ...?«

Sånbergen dachte an diesen Dreiertrick, den er schon seit zwanzig Jahren versuchte, doch noch nie hinbekommen hatte, und nickte.

Das Hinterzimmer war klein, rund um den Tisch nur anderthalb Meter zur Wand, gerade genug Platz, um mit dem Queue frei hantieren zu können. Sånbergen suchte sich einen aus, der gut in der Hand lag, putzte das lackierte Holz mit einem Baumwolltuch und versah die Spitze gleichmäßig von allen Seiten mit Kreide. Dann ordnete er drei Kugeln in einem asymmetrischen Muster an, um mit der weißen die beiden anderen zu tangieren, wobei die weiße in der Form eines gleichschenkligen Dreiecks über drei Banden laufen musste. Er setzte an, traf jedoch die weiße nur ungenau, mit zu viel Rechtseffet. Sie tangierte die erste der beiden anderen Kugeln zu weit außen, prallte in einem zu flachen Winkel ab und verfehlte ihr Ziel. Wie immer.

Magnus trat an den Tisch heran und schmunzelte. Auch er begutachtete alle Queues, testete Lauf und Spitzen und wandte sich dann selbstsicher den Kugeln zu. »Ich hab's mal auf 'nem Snookertisch gesehen, irgendwo in Kopenhagen. Fast zwei Meter bis zum Loch, und kein Blatt hat mehr dazwischengepasst.«

Er baute die Kugeln exakt im gleichen Muster wie Sånbergen auf, zielte mit dem Queue jedoch steil auf die untere Hälfte der weißen. In dem Moment allerdings, wo er zustieß, schlug die Vordertür auf, eine Stimme rief: »Hej, Magnus!«, und die Spitze des Queues glitt von der Kugel ab.

Sånbergen beäugte den Mann, der eingetreten war. Er hatte krause Locken, die vorn etwas lichter wurden, war ungefähr Mitte dreißig, etwas untersetzt. Eine Laptoptasche hing über seiner Schulter, und seinem zerdrückten Hemd war anzusehen, dass es zu viele Stunden hintereinander an seinem Körper verbracht hatte.

Der Mann ging auf Magnus zu, der ihn Sånbergen vorstellte. »Das ist Villum. Er ist IT-Spezialist und manchmal freiberuflich für uns tätig, wenn es etwas verzwickter wird.«

Erst Viggo, jetzt Villum – Magnus schien einige wertvolle Kontakte außerhalb seiner Dienststelle zu haben. Sånbergen reichte Villum die Hand, und sie gingen zu dritt hinüber zu ihrem Platz, wo der IT-Spezialist mit hektischen Bewegungen einen Laptop aus der Umhängetasche zog und vor sich auf dem Tisch positionierte.

»Du wolltest etwas über den dünnen Mann mit dem Silberblick auf eurem Bild wissen«, begann Villum in Richtung Magnus. »Das war gar nicht so einfach. 1987 war noch fast alles analog, und die inzwischen digitalisierten Zeitungsbestände sind oft hinter Bezahlschranken verborgen. Jedenfalls normalerweise ...« Villum zwinkerte Magnus zu und fuhr fort. »Aber ich habe meine Mittel und Wege, auch ein paar Tools zur biometrischen Gesichtserkennung. Und so habe ich im Onlinearchiv der ›Fyens Stiftstidende‹ ein Pressefoto von ihm und Morten Nyberg gefunden. Erschienen 1987, als dieses Projekt eingeweiht wurde, die FMR. Der dünne Mann heißt Helmut Weisentheimer. Ein deutscher Professor, stammt aus Heidelberg und ist mittlerweile achtundsiebzig Jahre alt. Ab den 1970ern hat er in der Forschung auf den Gebieten der Molekularbiologie und Genetik gearbeitet, und das ziemlich erfolgreich. Er bekam seinen ersten Forschungspreis 1976, es folgten die Aufnahme in mehrere Akademien der Wissenschaften an deutschen Universitäten und später, bis 1982, weitere, höher dotierte Preise.«

Genetik, dachte Sånbergen. »In dem Obduktionsbericht von Nybergs Tochter hat etwas von einem genetischen Defekt gestanden, einer strukturellen Veränderung ihrer Nieren. Vielleicht ...«

Magnus nahm den Faden auf. »Du meinst, Morten Nyberg ist es bei der Gründung der Stiftung womöglich nicht nur um die Unterstützung allgemeiner medizinischer Forschungen gegangen, sondern auch um solche zum Wohl seiner eigenen Familie? Und dafür hat er diesen Weisentheimer mit ins Boot geholt?«

»Ich könnte es mir vorstellen. Und um ehrlich zu sein: Ich könnte es auch verstehen. Daran ist ja nichts Verwerfliches.«

»Wie auch immer, ich bin sicher, irgendwas stimmt nicht mit den Nybergs, und darauf würde ich sogar meinen Peugeot verwetten.«

Sånbergen sah verdutzt auf und dachte für einen Moment daran, Magnus an diesen Wetteinsatz zu erinnern, falls er sich irrte. Dann wandte er sich wieder Villum zu. »Was hat Weisentheimer nach 1982 gemacht?«

Villum ließ einen Stift geschickt durch seine Finger kreisen, steckte ihn dann in den rechten Mundwinkel und huschte mit den Fingern über die Tasten. »Er hat auf dem Gebiet der DNA geforscht. Die Mechanismen untersucht, die sie schädigen oder reparieren können. Er war offenbar auf eine Möglichkeit gestoßen, ein von ihm entdecktes Virus in Krebszellen einzuschleusen, um deren DNA zu verändern.« Villum begann, sich mit dem Stift ausgiebig am Nacken zu kratzen. »Aber es kam wohl zu Nebenwirkungen, zu neurologischen Störungen, sogar Verhaltensauffälligkeiten der Tiere, an denen er sein Verfahren getestet hat. Ein wissenschaftlicher Ethikbeirat hat die Nebenwirkungen schließlich als nicht vertretbar eingestuft, und damit waren seine Studien am Ende. Das war im Jahr 1986.«

»Und danach?«, fragte Sånbergen.

»Danach? Da ist nichts mehr. Keine wissenschaftlichen Aktivitäten, keine Auszeichnungen, gar nichts. Seine Forschungen waren gescheitert, und wenn eine Ethikkommission da einmal den Riegel vorschiebt, dann ist das in Stein gemeißelt.«

Sånbergen holte sein Handy hervor und rief noch einmal das Foto von Morten Nyberg und Weisentheimer bei der Gründung ihrer Stiftung auf, betrachtete es mit etwas Abstand, ohne auf Details zu achten, sah nur zwei ambitionierte Männer, die einen glücklichen Tag erlebten, weil sie gemeinsam etwas geschafft hatten. Freundschaft. Erfolg. Die gleichen Ziele. Die gleiche Vision. Die beiden hatten sich damals auf jeden Fall nahegestanden.

»Danke, Villum, gute Arbeit«, sagte Magnus. »Wie sieht's aus mit dem Spiel heute Abend?«

»Geht nicht, keine Zeit. Außerdem, du weißt doch: Rita ist nicht so dafür.«

»Sie muss ja nicht mitkommen.«

»Soll ich ihr das so sagen?« Villum verzog ironisch das Gesicht. Dann packte er seinen Laptop wieder ein, verabschiedete sich von Magnus per Handschlag, während er Sånbergen nur wortlos zunickte, und verließ das Lokal.

»Und was ist mit dir?«, fragte Magnus in Richtung Sånbergen.

»Was meinst du?«

»Das Spiel.«

Sånbergen hatte nicht zugehört. »Um was für ein Spiel geht es?«

»Na, Fußball heute Abend! Aufstiegsrunde, Sønderjyske gegen Hvidovre!«

»Ach so. Hm, ich weiß nicht …« Wäre es ein Handballspiel gewesen, insbesondere eins von Brønderslev, hätte er sofort zugesagt. »Ich muss gleich erst noch mal ins Hotel. Da ist privat einiges zu regeln, wo die Ermittlungen sich jetzt ja wohl leider hinziehen werden.«

»Kannst du doch dann immer noch. Anpfiff ist um achtzehn Uhr, und gerade ist eine Karte frei geworden.«

»Ich überlege es mir, okay?«

Magnus gab nicht auf. »Zu zweit macht es viel mehr Spaß, ich rechne mit dir.« Er ging zum Tresen und bezahlte, ehe sie zur Direktion zuruckfuhren, wo Sånbergen in seinen eigenen Wagen umstieg.

Zurück im Als-Hus versuchte er, etwas Ruhe zu finden. Es fiel ihm immer schwer, sich neuen Kollegen und einer ungewohnten Umgebung anzupassen, nun auch in Sønderborg, und manchmal waren einfach zu viele Menschen um ihn herum. Er bereitete sich einen Sanddorntee zu, schloss für einen Moment die Augen und spürte, wie sich langsam sein Nervenkostüm entspannte.

Als ein Signalton eine eingegangene Nachricht auf seinem Handy ankündigte, schreckte er hoch. Seufzend angelte er es vom Nachttisch und glaubte, seinen Augen nicht zu trauen. Es war bereits siebzehn Uhr, er musste eingeschlafen sein.

Die Nachricht, die ihn geweckt hatte, kam von Sophie Winter, und der Inhalt war nicht weniger überraschend: Sie habe gehört, dass er sich zurzeit in Sønderborg aufhalte, und fragte, ob er sie heute Abend spontan zu einem Konzert ins dortige »Alsion« begleiten würde, zum Violinkonzert in D-Dur von Johannes Brahms. Auch einen Treffpunkt schlug sie bereits vor: den Kiosk an der Alsion Sundgade.

Ein persönliches Treffen mit Sophie Winter. Damit hatte Sånbergen nun wirklich nicht gerechnet. Er glaubte, kein persönliches Interesse an ihr gezeigt zu haben. Sie war etwas jünger und, wie er fand, auch deutlich ansehnlicher als er. Zudem war sie in den Fall Ellen Berg involviert.

Unsicher, ob er die Einladung annehmen sollte, legte er das Telefon zur Seite und nahm dafür Sophies Buch zur Hand, das er von Ellen Bergs Mutter erhalten und neben seinem Mark Twain als Lektüre nach Sønderborg mitgenommen hatte: »Quellen des Lebens«. Eine Autobiografie. Er schlug es auf und las über ihre berufliche Karriere, die sie von Deutschland über Frankreich nach Dänemark und Schweden geführt hatte, bis sie vor wenigen Jahren wieder nach Harrislee zurückgekehrt war. Über ihr Privatleben indes gab es nur eine kurze Passage, in der sie den Tod ihres Vaters erwähnte, ohne jedoch auf die näheren Umstände einzugehen.

Sånbergen erinnerte sich, dass Sophie auch in ihrem letzten Gespräch den Tod ihres Vaters erwähnt hatte. Es hatte geklungen, als hätte der – oder etwas, das ihn betraf – das Verhältnis zu ihren Brüdern belastet und einen Keil zwischen sie getrieben.

Er beschloss, Sophie zu- und Magnus für das Fußballspiel abzusagen.

28

Vor dem Kiosk an der Alsion Sundgade um halb acht, so hatte es Sophie Winter angekündigt. Aber von ihr war weit und breit nichts zu sehen.

Zehn Minuten lang wartete Sånbergen dort im feinen Nieselregen, der ihm nicht unangenehm war und die Schwüle des Tages abgelöst hatte, dann kam sie um die Ecke gehuscht. Ein tauben-blaues Abendkleid wehte um ihre Beine, um den Hals war ein weißes Seidentuch gebunden, elegant und feierlich. Als Sånbergen an sich heruntersah, kam er sich schlicht, fast unpassend gekleidet vor, nur mit einem lockeren Hemd, ohne Krawatte, die Ärmel bis zu den Ellenbogen hochgekrempelt.

Sophie war außer Atem. »Entschuldigung, mir ist zu Hause noch etwas dazwischengekommen. Und dann die Parkplatzsuche hier …«

»Gar kein Problem. Ich habe mich nicht gelangweilt.«

Sånbergen ließ ihr Zeit, sich zu sammeln, während sie sich dem begrünten Vorplatz des »Alsion« näherten. Eine Menschenschar, viele in Abendgarderobe und dadurch unschwer als weitere Konzertbesucher zu erkennen, hatte sich unter den rund gestutzten Robinien versammelt, die das Areal säumten. Ein aufgeregtes Murmeln schwebte in der Luft und verbreitete eine spannungsvolle Atmosphäre.

Sophies Blicke huschten über den Platz und zwischen den Besuchern hin und her. »Da sind wir also. Sehen Sie nur, die vielen Menschen, voller Vorfreude und Neugier. Die Soloviolinistin ist noch jung, sie gilt als großes Talent, ich bin ganz gespannt, wie sie die Passagen spielen wird, die ich besonders mag.«

»Wahrscheinlich ist es eine berühmte Melodie, die man kennt?« Ihm hatte kurz das »Du« auf der Zunge gelegen, die alte Gewohnheit. Aber er wollte nicht zu persönlich werden und umging die Anrede.

Sophie lächelte. »Sie kennen sich mit Klassik nicht gut aus, oder?«

»Ich gestehe: Nein. Meine Wurzeln liegen woanders.«

»Dann umso mehr danke, dass Sie mitkommen. Und um Ihre Frage zu beantworten: Ja. Eine Melodie im zweiten Satz. Eine der schönsten, die ich kenne, zumindest für die Violine – dieses Instrument gibt ihr eine ganz eigene, traurige Geschichte.« Sophie lief etwas langsamer und begann, ein paar Töne vor sich hin zu summen, eine dieser Melodien, die man zu kennen glaubt, ohne sie einordnen zu können.

Sånbergen hörte ihr zu und versuchte, sich die Färbung ihrer

Stimme und die Tonfolge zu merken, um sie später im Saal wiederzukennen. Aber Sophie summte die Melodie nur ein einziges Mal. Dann blieb sie stehen, legte den Kopf in den Nacken und ließ die feinen Regentropfen auf ihr Gesicht fallen. Auch Sånbergen machte keine Anstalten, sich unterstellen zu wollen. Sie waren die Einzigen, die ohne Schirm dastanden.

Sophie senkte kurz den Kopf und schaute zu Sånbergen. »Wenn Ihnen der Regen was ausmacht, können wir …«

»Nein, ich bin das gewohnt. Ich bin sogar ganz froh, wenn es etwas abkühlt.«

»Die meisten mögen das nicht.«

»Die meisten in diesen Breitengraden.«

»Hm.« Sie sah erneut nach oben, direkt in den Regen. »Meine Großeltern mochten ihn. Sie haben gesagt, dass die meisten guten Dinge von da oben kämen. Ich hatte keine Ahnung, wie sie das meinten, ich war nie religiös. Aber als der nächste Regen kam, schrieb ich meine erste und einzige Zwei in Religion. Seitdem habe ich immer das Gefühl, dass etwas Gutes passieren wird, wenn es regnet.« Sie sah wieder Sånbergen an und wirkte plötzlich von ihren eigenen Worten verunsichert. »Das klingt etwas seltsam, nicht wahr?«

»Seltsam? Weil man glaubt, dass Regen Glück bringt? Nein, sicher nicht. Vielleicht ein bisschen abergläubisch. Aber seltsam würde ich es nicht nennen. Seltsam ist etwas anderes. Seltsam finde ich es, wenn man Milch mit rotem Sanddorntee trinkt oder offenkundig verrückte Theorien verbreitet.«

»Was meinen Sie mit ›verrückte Theorien‹?«

»Etwas, das keinen Sinn ergibt, etwas Unglaubhaftes. Wenn jemand zum Beispiel behauptet, man könne Stroh zu Gold spinnen. Oder der KGB würde unsere Kinder infiltrieren, um sie möglichst frühzeitig zu Spionen zu machen.«

»Kinder als KGB-Spione? Das ist aber wirklich abenteuerlich.« Sie lachte. »Wie kommen Sie nun gerade darauf?«

Sånbergen fragte sich das für einen Moment selbst. Dann fiel es ihm ein, und er kam sich etwas albern vor.

Sophie sah ihn fragend an, merkte offenbar, dass er etwas zurückhielt, und wandte sich ihm nun mit ganzer Aufmerksamkeit zu. »Wie kommen Sie darauf? Und auf welche Weise sollte der KGB Kinder infiltrieren? Und wer würde so etwas glauben?«

»Ich habe keine Ahnung.« Er versuchte es mit einer glatten Lüge, und schon deswegen musste er ihrem Blick ausweichen – woraufhin ihre Augen nur größer wurden und ihn schließlich ungläubig anstarrten.

»Sagen Sie nicht, dass Sie …« Sie lachte laut auf. »Sie wollen mir doch nicht erzählen, dass Sie solche Theorien geglaubt haben?«

»Vielleicht nicht mit voller Überzeugung, aber ich fürchte, so ist es gewesen. Zumindest für eine Weile.« Entschuldigend zuckte er mit den Schultern. »Es ist schon lange her. Ich war sechs. Meine Schwester acht. Und damals haben wir es wohl für möglich gehalten.«

»Eine Kindheitssünde, verstehe. Und trotzdem … Sie, als Polizist, der immer objektiv und nüchtern bleibt … Ich kann mir das einfach nicht vorstellen.«

»Mit sechs war ich noch kein Polizist. Ich wollte nicht mal einer werden. Und meine Schwester konnte schon damals ziemlich überzeugend sein.«

»Sie hat also diese Theorie entwickelt?«

»Sie war so fest davon überzeugt, dass ich es ihr geglaubt habe. Und auch ihre anderen Geschichten.«

Sophie lächelte. »Dann waren Sie entweder leicht zu überzeugen, oder die Geschichten Ihrer Schwester hatten es in sich.«

»Von beidem etwas.«

»Nun erzählen Sie doch. Was hat sie sich noch ausgedacht?«

»Das weiß ich nicht mehr.«

Sophie blieb stehen und verschränkte insistierend die Arme. »Ich bin mir sicher, dass Sie es wissen. Ich habe nämlich gerade eben gelernt, wie Sie aussehen, wenn Sie etwas verbergen.«

So war es wohl. Aber es schien eine Ewigkeit her zu sein. In Gedanken ging er die Jahre zurück. Es musste noch die Zeit zu Hause gewesen sein, bevor ihre Mutter sie verlassen und der Vater sie ins Kinderheim gebracht hatte.

»Zuerst war es die Zitronenlimonade. Clara war davon überzeugt, jemand habe ihr heimlich ein Gift beigemischt, und wenn man täglich ein Glas davon trinke, werde man verrückt. Und nachdem keiner krank wurde, behauptete sie, der KGB würde in den Heften ihres Lieblingshelden Codes für russische Spione verstecken, und zwar immer auf der sechsten Seite. Sie war sicher, sie habe ein Muster in dem Text gefunden. Damals konnte sie schon flüssig lesen, ich kaum einen Buchstaben.«

Sophie lächelte nachsichtig. »Sie hatte Phantasie, Ihre Schwester.«

»Das, was meine Schwester hat, ist ganz sicher mehr als nur Phantasie.«

»Sie hat doch aber irgendwann mit solchen Verschwörungstheorien aufgehört?«

»Nein, nicht ganz. Etwas davon ist geblieben.« Der Gedanke bereitete Sånbergen wie stets ein wenig Sorge. »Clara fällt es schwer, den Dingen eine feste Struktur zu geben. Ich habe das Gefühl, ihr fehlt manchmal so etwas wie eine innere Ordnung.«

»Ich weiß nicht, ob ich das verstehe.«

»Ich weiß nicht, ob ich es erklären kann.« Sånbergen dachte darüber nach, während sie sich wieder in Bewegung setzten, die Schritte langsamer als zuvor, aus dem Gehen war ein Schlendern geworden.

»Manchmal denke ich, Clara nimmt die Dinge etwas anders wahr. Es ist wie ein Puzzle, in dem die Teile nicht ganz zusammenpassen, als ob jemand Wasser darüber verschüttet hätte. Manche Teile sind aufgequollen und haben ihre Form verändert. Also schneidet sie das Überflüssige weg. Ich glaube, sie verändert die Dinge ein wenig in ihrer Wahrnehmung.«

»Ich stelle mir Ihre Schwester sehr liebenswert vor.«

Sophie hatte weder befremdet noch auf eine Weise unbeholfen reagiert. Sie ist mitfühlend, dachte Sånbergen. Empathisch. Schwer vorstellbar, dass so jemand auf der anderen Seite des Gesetzes stehen, am Ende sogar etwas mit einem Mord zu tun haben könnte.

»Haben Sie von Clara auch damals schon so gedacht?«, fragte sie nun.

»Nein, zuerst nicht. Für mich hatte sie nur einen anderen Blick auf die Dinge. Ich habe damals darin nie ein Problem gesehen. Aber Clara hat selbst darunter gelitten.« Mit dem Aussprechen dieser Worte fühlte Sånbergen eine alte Traurigkeit in sich aufsteigen.

»Und als Sie älter wurden?« Sophies Stimme war leiser geworden, und Sånbergen zögerte. Sie näherten sich einem dunklen Fleck seiner Vergangenheit. Die Worte schienen sich hinter felsenförmigen Gebilden zu verstecken.

»Spater sind wir in ein Kinderheim gekommen, ganz im Norden von Dänemark. Von heute auf morgen. Aber letztendlich waren wir froh, dass wir zusammenbleiben konnten. Wir ...« Er unterbrach sich. *Wir drei*, hatte er sagen wollen, aber verschluckte nun den Rest – verschluckte Maja.

Sophie senkte den Blick. Das offene Schmunzeln war verschwunden. Die Geschichte schien sie zu bedrücken, aber sie fragte nicht nach, wieso Sånbergen ins Kinderheim gekommen war. »Es scheint Ihre Rolle zu sein, die Verantwortung für andere zu übernehmen. Für Ihre Schwester, Ihre Tochter ...«

Verantwortung. Ein großes Wort, wie ein Fels, der sich vor ihm auftürmte. »Alles, was ich will, ist, die Menschen in meinem Umfeld zusammen- und in einer Art Gleichgewicht zu halten.«

»Ich verstehe.«

Sie hatten das »Alsion« erreicht und traten durch eine geöffnete Glastür in die Haupthalle. Ein roter Teppich dämpfte die Schritte, als sie auf den Einlass zum Konzertsaal zusteuerten. Der Vorraum war zur Hälfte mit Menschen gefüllt, die einander die Hände schüttelten und wechselseitig Lächeln austauschten.

Sophie hatte bereits im Vorfeld Karten besorgt und ging nun voran eine Treppe hinauf, wo beide den Saal in gespannter Erwartung betraten.

Die Plätze waren nur zehn Meter von der Bühne entfernt. Die Musiker stimmten sich bereits ein, zogen an den Bögen und Knöpfen ihrer Instrumente, bis sie den Ton für rein genug hielten. Ein paar gebrochene Akkorde, ein letzter kurzer Lauf, dann versiegte das unstimmige Durcheinander, und auch die Zuhörer verstummten. Füße scharrten, irgendwo lachte eine Frau leise auf.

Sånbergen konnte geflüsterte Worte des Dirigenten hören, das letzte Zurechtrücken der Stühle, dann den Atem der jungen Solistin, die die Aufmerksamkeit des ganzen Saals auf sich zog. Sie trug ein schulterfreies rot-violettes Kleid, das die Taille betonte, an den Hüften auslud und bis zum Boden reichte.

Als die Musik einsetzte, wechselten ihre Gesichtszüge von einem Moment zum anderen. Sie hob eine Augenbraue, legte die Stirn in Falten, spitzte die Lippen und setzte die Violine in ovale Bewegungen, bis ihr ganzer Körper wankte. Im Rausch der Gefühle tauchte sie in Brahms' Musik ein, begegnete erst Melancholie, dann Sehnsucht – Sophies Melodie im zweiten Satz. Am Ende war es jubelnde Freude, die mit den letzten Tönen in der Kuppel des Konzertsaals verklang.

Blumen auf der Bühne. Rasender Beifall für eine strahlende junge Frau. Dann ebbte der Applaus ab, die Sitze klappten hoch. Ein aufwogendes Geräusch von Schuhsohlen auf dem Parkett. Das Publikum verließ den Saal.

Die Musik hatte Sånbergen aufgewühlt. Unerwartet.

Er begleitete Sophie noch ein Stück bis zu dem Kiosk an der Alsion Sundgade, und als er sich dort von ihr verabschiedete, sah er ihr einen Moment hinterher, wie sie leichtfüßig davonschlenderte.

Auch er selbst fühlte sich an diesem Abend unbeschwert, auf eine seltsame Weise mit den Dingen im Reinen, mit sich und der Welt völlig im Gleichgewicht. Die Luft kam ihm frisch und voller Sauerstoff vor, und als er auf seinem Zimmer im Als-Hus am Laptop die Neuigkeiten aus seiner Heimat überflog, klang sogar die Prognose für das nächste Spiel von Brønderslevs Handballern so positiv, dass er am Wochenende einen Sieg für möglich hielt.

Trotz fortgeschrittener Stunde skypte er auch noch mit Smilla, und sie erzählte von ihrem Segelkurs.

»Wir sind zu zwölft, und mit den meisten versteh ich mich auch gut. Jonas hat heute 'ne krasse Halse gemacht. Nur Ingrid ist ein bisschen nervig. Sie hat uns die ganze Zeit die Ohren vollgeheult, weil sie einen Jungen gut findet und er sie nicht.«

»Du magst sie nicht?«

»Ich glaub, keiner mag sie.«

»Und was ist mit Jonas?«

»Der ist okay. Er sagt, er ist manchmal am Jægerum-Kanal, und neulich hat er da eine Fuchsfamilie gesehen. Clara sagt, das wär Quatsch, hier gäb's gar keine Füchse, aber Jonas sagt, er hätte sie mit eigenen Augen gesehen.« Nach einer kurzen Pause fügte sie hinzu: »Er sagt, er würde sie mir mal zeigen, gleich morgen nach dem Segelkurs.«

Der Kanal war nicht tief, aber die Böschung unübersichtlich, und Sånbergen kannte diesen Jonas nicht. »Was hat Clara gesagt?«

»Sie ist dagegen.«

»Selbst wenn es da wirklich eine Fuchsfamilie gibt, würdet ihr sie nur erschrecken. Lasst sie einfach in Ruhe.«

»Jonas wird denken, ich hab Angst, eine Fuchsphobie oder so was.«

»Wird er nicht. Du kannst gern mit ihm herumziehen, aber nur, wenn ihr in der Umgebung bleibt, okay?«

»Ist okay«, brummelte sie.

Sånbergen hatte mehr Widerstand erwartet, und er war froh, dass Smilla offenbar so schnell Anschluss in ihrem Kurs gefunden hatte. Damit war nicht unbedingt zu rechnen gewesen. Aber heute war ein guter Abend, und alles schien sich zum Positiven zu fügen.

29

Tag 9, Freitag, 30. Juni

Hatte der gestrige Tag noch vielversprechend geendet, begann der heutige weniger verheißungsvoll. Sånbergen hatte auf das Frühstück im Als-Hus verzichtet und stattdessen beim nächsten Bäcker gehalten, wo er seine gewohnten Zimtschnecken bekam. Und vielleicht wäre er mit diesen ganz zufrieden gewesen, hätte ihn nicht ein Anruf von Smillas Segellehrerin erreicht. Sie teilte mit, dass Smilla vom Kurs vorerst ausgeschlossen werde, nachdem sie sich gestern mit einem anderen Mädchen – Ingrid – so gestritten habe, dass schließlich beide im Wasser gelandet seien und auch dort noch nicht voneinander abgelassen hätten. Die Disziplinarmaßnahme, selbstverständlich gegen beide Mädchen, sei nun nach Rücksprache mit dem Leiter der Segelschule bestätigt worden.

Die Nachricht kam überraschend, und sie wühlte Sånbergen auf. Er wusste, dass Smilla manchmal unbeholfen im Umgang mit anderen Kindern war, dass sie sich bisweilen unpassend, sogar respektlos verhielt, dass sie ihr Temperament nicht immer zügeln konnte. Aber auch Smilla wusste darum, und so hatten sie die Vereinbarung getroffen, solche Unzuträglichkeiten – sollten sie passieren – umgehend zu besprechen und aus der Welt zu schaffen. In ihrem gestrigen Gespräch jedoch hatte Smilla nichts davon erwähnt. Sie hatte von Jonas, sogar von Ingrid erzählt, aber kein Wort davon, dass es eine Auseinandersetzung gegeben hatte.

Sånbergen versuchte sofort, Smilla ans Telefon zu kriegen, um sich anzuhören, wie alles aus ihrer Sicht gelaufen und nun wieder ins Reine zu bringen sei. Aber Smilla nahm nicht ab, und ihm blieb nichts anderes übrig, als die Sache vorerst aufzuschieben.

Aufgewühlt von einer Mischung aus Besorgnis und Enttäuschung fuhr er in die Polizeidirektion, um sich weiter mit den Ermittlungen zu beschäftigen. Er wurde bereits erwartet.

Kaum hatte er das Büro von Magnus betreten, zog der ein Blatt Papier aus einem Umschlag und reichte es ihm. »Von Viggo, hat er mir gestern spätabends zukommen lassen.«

In der oberen Ecke klebte ein kleines Passfoto – es war der Mann im weißen Anzug, auf den Sånbergen in Hausers Bungalow getroffen war. Harmloses Gesicht, hellblaue Augen, dünne, leicht gewellte Haare. Darunter standen der vollständige Name und auch eine Beschreibung seiner Tätigkeiten, soweit Viggo sie in Erfahrung hatte bringen können: Luc Jarados war unter anderem zwei Jahre lang persönlicher Leibwächter für einen nordafrikanischen Waffenschieber gewesen, für weitere zwei Jahre hatte er bei der Fremdenlegion angeheuert. Als er vor fünf Jahren nach Dänemark gezogen war, gründete er seine eigene Firma: »L.J. Sikker og Vagt«, ein Sicherheitsunternehmen, das zurzeit für Johan Nyberg tätig war.

Sånbergen war nicht überrascht. Er stellte einen Standventilator an, den jemand ins Büro gebracht hatte, und setzte sich an den Schreibtisch.

»Es ist so, wie wir vermutet haben«, grummelte Magnus. »Er

arbeitet für Nyberg. Und Nyberg hat ihn Hauser auf den Hals gehetzt. Er wollte ein Geständnis von ihm, für den Mord an seiner Tochter. Und du bist ihm in die Quere gekommen.«

»Sieht ganz danach aus.«

»Wir sollten Jarados in Gewahrsam nehmen, wegen Hausfriedensbruch und Körperverletzung.«

»Können wir ihm das nachweisen? Die haben Handschuhe getragen und keine Spuren hinterlassen, hat die Kriminaltechnik gesagt.«

»Soll das ein Witz sein? Die haben auf Hauser eingeschlagen, du hast es doch selbst gesehen!«

Sånbergen zögerte. »Na ja, eigentlich habe ich genau das *nicht* gesehen. Ich habe Geräusche gehört, die danach klangen. Aber ich weiß nicht, wer Hauser geschlagen hat. Genau genommen muss es gar keiner von denen gewesen sein, Hauser hätte auch schon Wunden haben können, als die in sein Haus eingedrungen sind, rein theoretisch zumindest. Und das ist, was die Verteidigung sagen würde.«

Magnus wurde still und machte ein nachdenkliches Gesicht.

»Der Einzige, der etwas bezeugen könnte, wäre Hauser selbst«, sagte Sånbergen.

»Ja.« Magnus' Antwort klang missmutig. »Aber Hauser verweigert jede Aussage, auch zu dem, was die drei mit ihm angestellt haben.«

»Was aus seiner Sicht durchaus nachvollziehbar ist. Was, wenn die drei behaupten, dass er den Mord an Alma Nyberg gestanden hat, und dann womöglich noch weitere Verdachtsmomente gegen ihn vorbringen?«

Eine längere Pause entstand, in der Magnus aufstand und durch den Raum lief. Ein Verhalten, das Sånbergen nicht von ihm kannte und das einen angespannten Eindruck erweckte.

»Ich habe nachgedacht«, sagte Magnus nach einer Weile. »Ich meine, über Nybergs Rolle in dem Ganzen.«

»Hm?« Sånbergen hob die Betonung zum Ende des Wortes an, um Interesse anklingen zu lassen.

»Nybergs Vater ist Gründer der Stiftung, Johan selbst hat gesagt, er engagiere sich ebenfalls dort.«

Sånbergen nickte.

»Und beide Opfer haben für diese Stiftung gearbeitet, also hatte Ellen Berg darüber auch eine zumindest lose Verbindung zu Johan Nyberg.«

»So ist es.«

»Dann sollten wir das Motiv vielleicht bei ihm persönlich suchen.« Spitzzüngig fügte er hinzu: »Es sollte mich wundern, wenn einer wie er sich im Leben keine Feinde gemacht hätte. Also … Es könnte doch jemanden geben, der sich von der Stiftung um Gelder betrogen fühlt oder von Nybergs Konzern geschädigt wurde und der sich nun rächen will.«

»Das sind reine Spekulationen.«

Magnus gab nicht auf. »Nennen wir es eine Gedankenspielerei. Worauf ich hinauswill: Bei jemandem wie Nyberg hat es bestimmt mal eine juristische Auseinandersetzung gegeben, eine Klage oder eine justiziable Anschuldigung – irgendein aktenkundiges Vorkommnis. Was hältst du also von etwas Hintergrundrecherche? Vielleicht stoßen wir da auf ein Rachemotiv. Und vielleicht sogar auf den Namen Torben Hauser.« Er lehnte sich selbstzufrieden zurück.

»Könnte es sein, dass das etwas Persönliches ist?«

»Nein! Verdammt, du glaubst doch auch, dass wir was bei ihm finden könnten.«

»Möglich, und dass irgendwas in der Familie seltsam ist, will ich nicht bestreiten. Aber sagtest du nicht, Nyberg sei für uns tabu?«

»Ich sagte, Gustavsen wolle als Erster informiert werden, falls wir was finden.«

Sånbergen sah Magnus verwundert an. War der anfangs selbst noch zurückhaltend gewesen, schien er sich nun regelrecht in Nyberg verbissen zu haben. Schon seit ihrer ersten persönlichen Begegnung war der Unternehmer offenbar wie ein rotes Tuch für ihn.

»Okay, von mir aus, ich habe nichts dagegen, Nyberg zu durchleuchten. Mir kann dabei nicht viel passieren. Gustavsen kann mich allenfalls zurück nach Harrislee schicken, und das ist auch schon alles. Bei dir ist das was anderes.«

Magnus zuckte mit den Schultern. »Vielleicht bin ich ja wagemutiger, als ich dachte.« Er zwinkerte Sånbergen scherzhaft zu, aber der konnte dem Humor seines Kollegen noch immer nicht viel abgewinnen.

Magnus beorderte zwei seiner Mitarbeiter ins Archiv, und in den folgenden Stunden häuften sich die Akten in seinem Büro. Die Temperaturen stiegen trotz des Ventilators und der schattenspendenden Markisen vor den Fenstern. Sånbergen hielt seinen Kopf mehrmals unter kaltes Wasser und öffnete Türen und Fenster, damit etwas kühlende Luft durch den Raum strömte, und Magnus richtete einen weiteren, kleineren Ventilator auf sein rundes Gesicht. Sogar seine Weste hatte er abgelegt und hinter sich über die Lehne des Stuhls gehängt.

Bis zum Nachmittag waren sie auf sieben Vorfälle gestoßen, in die Nyberg involviert gewesen war. Es ging um Schadenersatzforderungen, den Vorwurf unrechtmäßiger geschäftlicher Vorgehensweisen und Beschwerden der Börsenaufsicht. Der Name Torben Hauser war bislang nicht aufgetaucht, dafür hatte Magnus einen merkwürdigen Vorfall entdeckt, bei dem nicht Nyberg selbst, wohl aber dessen Sicherheitschef Luc Jarados beteiligt gewesen war.

»Jarados ist vor sechs Wochen mit einer jungen Frau aneinandergeraten, mitten auf der Straße.« Er griff hinter sich und zog seine Tabakdose aus der Westentasche. »Augenzeugen haben ausgesagt, dass er mit gezogener Waffe hinter ihr her gewesen sei, und das am helllichten Tag.«

»Mit gezogener Waffe? Was hatte sie getan?«

»Keine Ahnung. Laut Akten hat sich weder Jarados noch diese Frau dazu äußern wollen.«

»Keiner von beiden hat den anderen beschuldigt?«

Magnus klappte die Tabakdose auf und stocherte mit dem Finger darin rum. »Scheint keiner ein Interesse daran gehabt zu haben.«

»Dann kannten sie sich vielleicht?«

»Könnte man annehmen.«

»Okay, aber wo ist die Verbindung zu Nyberg? Es kann doch eine private Fehde zwischen den beiden gewesen sein.«

Magnus schmunzelte. »Ja, das dachte ich zuerst auch. Aber laut

Protokoll traf Johan Nyberg höchstpersönlich kurze Zeit später auf dem Revier ein und hat darauf bestanden, die Frau zu sehen und mit ihr zu sprechen. Und zwar ungestört.«

»Wie bitte? Dann kannte sie auch Nyberg?«

Magnus zupfte ein paar Tabakfäden aus der Dose und rollte sie langsam zu einer Kugel. »Sieht ganz so aus.«

»Was wissen wir über diese Frau?«

»Sie hat keine Vorstrafen, ist ein unbeschriebenes Blatt. Aber sie wurde damals erkennungsdienstlich behandelt, weil sie sich zunächst geweigert hat, ihre Adresse anzugeben. Und als sie mit auf die Dienststelle sollte, hat sie sich den Beamten widersetzt und einem ein blaues Auge verpasst.« Magnus stopfte sich die Tabakkugel unter die Zunge, woraufhin sich seine Gesichtszüge entspannten. Dann zeigte er Sånbergen das Bild aus der Akte. »Das ist sie. Maria Solsbæk, fünfunddreißig Jahre alt, wohnhaft in Sønderborg, Nygade 8.«

Sånbergen betrachtete das Gesicht. Es kam ihm bekannt vor. Er wusste nicht, woher, aber er war ganz sicher, es schon einmal gesehen zu haben, und zwar erst kürzlich. »Dann lass uns mit ihr anfangen.«

30

Die Sonne war hinter Wolken verschwunden, es herrschte ein eigentümliches Spätnachmittagslicht und sah nach Regen aus. Eine willkommene Abkühlung. Endlich.

Magnus steuerte den Wagen durch einen Vorortbezirk mit mehrstöckigen Wohnblocks und stellte das Radio an. Eine Frauenstimme sprach über Horoskope. Wieder ließ er den Motor zu hoch drehen, bremste abrupt und bog in die schmale Nygade ein, die für hiesige Verhältnisse einen geradezu heruntergekommenen Eindruck machte. Dunkle Backsteinmauern streckten sich über drei Geschosse in die Höhe. Keine Gehsteige mehr, man trat vom Haus direkt auf die Straße, die zu dieser Zeit menschenleer war.

Mittlerweile hatte es zu regnen begonnen, Wasser sammelte sich auf dem teils unbefestigten Boden zu kleinen Lachen. Die Fassaden verschwammen vor Sånbergens Augen matt im Regen, die Gebäude schienen wie in ein stumpfes Grau getunkt. Ebenerdıg waren große Turen eingesetzt, außen führte jeweils eine rostige Treppe hinauf, über die man auf Balkone gelangte.

Magnus stellte den Wagen ab, und sie stapften über erdigen Untergrund, der unter dem Niederschlag bereits aufweichte. Innerhalb von Sekunden zog sich der Himmel komplett zu, und es wurde ungemütlich. Eine Windböe fegte ihnen entgegen und schlug dicke Tropfen wie Ohrfeigen in ihre Gesichter.

Vor dem Haus mit der Nummer acht blieben sie stehen und inspizierten die Klingelschilder. Der Name Solsbæk tauchte auf keinem auf. Für eine Wohnung im dritten Stock war allerdings kein Name angegeben, nur die Initialen »M. S.«. Auf ihr Klingeln öffnete aber niemand.

Sie begaben sich ein Stück weiter zu einem schützenden Dachvorsprung, unter dem kurz darauf auch ein älterer Mann Zuflucht fand. Er grüßte und nickte ihnen freundlich zu. »Kann ich mich einen Moment zu euch stellen?«

»Klar«, antwortete Sånbergen und rutschte etwas näher an Magnus heran. »Wir haben überhaupt nicht mit so einem Wetter gerechnet.«

»Ich auch nicht. Ich habe es zwar nicht weit, aber der Regen ist ungemütlich. Zehn Sekunden, und ich bin durchgeweicht.«

»Du wohnst hier in der Nähe?«

»Nur eine Straße weiter.«

»Dann kennst du vielleicht eine Maria Solsbæk?«

»Solsbæk? Hm, nein, nicht dass ich wüsste.«

»Sie ist Mitte dreißig und wohnt hier in der Nygade, Nummer acht, zwanzig Meter die Straße runter.«

Der Mann zuckte mit den Schultern. »Tut mir leid, hier kenne ich nicht viele.« Kurz darauf klingelte sein Handy, und Sånbergen hörte unfreiwillig mit, wie eine Frauenstimme ihn wegen seiner Verspätung tadelte. »Ja, ja, schon gut, ich beeil mich«, sagte der Mann daraufhin, verabschiedete sich und verschwand im Regen.

Als der zehn Minuten später etwas nachließ und Sånbergen und

Magnus gerade beratschlagten, was zu tun war, bog eine Frau in die Nygade und näherte sich ihnen. Sie hielt einen Regenschirm schräg gegen den Wind, sodass ihr Gesicht nicht zu sehen war, und war elegant gekleidet – ein Lederblouson, Stoffhosen und rote Schuhe mit hohen Absätzen, die so wenig zu dem unebenen Untergrund passten wie die Frau in dieses Viertel.

Sånbergen beobachtete, wie sie sich, vorsichtig einen Fuß vor den anderen setzend, über den modrigen Boden bewegte, geradewegs zur Tür mit der Nummer acht. Dort angekommen, klappte sie den Schirm zu, und Sånbergen meinte, in ihr die Frau von dem Foto aus der Polizeiakte zu erkennen. Zugleich überkam ihn erneut das Gefühl, sie schon einmal gesehen zu haben. Erst vor Kurzem, und nicht nur flüchtig im Vorbeilaufen. Er hatte mit ihr geredet, hatte eine klare Vorstellung vom Klang ihrer Stimme – und im nächsten Moment wusste er es: Sie hatte am vergangenen Samstag in der Bahn neben ihm gesessen, auf der Fahrt von Odense zurück nach Flensburg. Es war die Brünette mit dem seltsamen roten Buch, aus dem Seiten herausgerissen gewesen waren.

Sånbergens Gedanken überschlugen sich. Es fiel ihm schwer, an einen Zufall zu glauben. Andererseits erschien es nicht weniger absurd, dass Maria Solsbæk von seiner Zugfahrt gewusst und ein Ticket für dieselbe Fahrt gelöst haben sollte, um seine Bekanntschaft zu machen. Etwas Rätselhaftes umgab diese Frau.

Die Haustür fiel hinter ihr ins Schloss, das Licht im Treppenhaus flackerte auf, und kurz darauf war für einen Moment ihre Silhouette hinter einem Fenster im dritten Stock zu sehen.

»Das ist sie doch, oder nicht?«, fragte Magnus.

»Ja, ich denke schon.«

»Also, befragen wir sie?«

Sånbergen war unentschlossen. Er beobachtete das Fenster und wog die Optionen ab – sie entweder sofort befragen oder angesichts der neuen Ausgangslage zunächst observieren und herausfinden, mit wem genau sie es überhaupt zu tun hatten.

Besser den Spatz in der Hand, dachte Sånbergen und entschied sich für eine umgehende Befragung, als die Eingangstür erneut aufging und die Frau das Haus verließ, nun in Turnschuhen und mit zusammengebundenen Haaren. Schon setzte sie sich in Bewegung und joggte durch den nachlassenden Regen davon, womit sich die Lage änderte, denn nun tat sich noch eine ganz andere Option auf: Über die Außentreppe konnte man nach oben zu ihrem Balkon gelangen – und von dort in die Wohnung.

Sånbergen sah sich um. Bei diesem Wetter war kaum jemand unterwegs und die Wahrscheinlichkeit, dabei gesehen zu werden, entsprechend gering. Die Konsequenzen, falls man sie erwischte, wären jedoch unangenehm. Vor wenigen Monaten erst hatte ein ähnlicher Vorfall zu seinem Disziplinarverfahren und über Umwege schließlich zu der Versetzung nach Harrislee geführt.

»Was denkst du?«, fragte Magnus und betrachtete nun ebenfalls die Außentreppen.

Sånbergen wusste nicht, wie er diese Frau einordnen sollte. Das Zusammentreffen im Zug. Die mögliche Verbindung zu Nyberg. Er musste wissen, ob sie eine Rolle in diesem Fall spielte. Und er war ungeduldig. »Kriegst du das Fenster auf, Magnus?«

»Hab einen Schraubendreher im Wagen.«

Zwei Minuten später erklommen sie die Außentreppe und erreichten den Balkon. Schlichte Kippfenster ohne Pilzzapfen. Sånbergen vergewisserte sich, dass sich niemand auf der Straße oder auf einem der umliegenden Balkone befand, während Magnus ihnen Zugang zur Wohnung verschaffte.

Sie krabbelten durch das Fenster in den ersten Raum, offenbar eine Art Wohnzimmer, aber seltsam steril, beinahe unbewohnt wirkend. Ein halb leeres Bücherregal. Vier gepolsterte Stühle an einem quadratischen Tisch. Das Ticken einer Uhr. Ein schreiendes Kind in der Nachbarschaft. Entfernte Motorengeräusche. Sonst nichts. Niemand schien hier zu sein.

Zimmer für Zimmer nahmen sie sich vor, suchten nach persönlichen Dingen – Briefen, Kontoauszügen, Fotos – und wischten alles, was sie anfassten, anschließend mit Taschentüchern sorgfältig ab. Aber da war nichts, was ihnen etwas über diese Frau verriet. Das Apartment wirkte wie eine Zweitwohnung, in der man nur das Nötigste hatte: Bettwäsche, Handtücher, ein Dutzend Bücher – jedes einem anderen Genre zuzuordnen –, Teller und Besteck für vier Personen, ein paar Zeitschriften.

Erst als Sånbergen die oberste Schublade der Schlafzimmerkommode öffnete, fand er etwas Persönliches: einen Stapel blau eingebundener Bücher, jedes nur etwa einen Zentimeter dick, im DIN-A5-Format. Er schlug eines von ihnen auf. Eine zierliche Mädchenschrift, leicht verblasst auf vergilbtem Papier. In der obersten Zeile war ein Datum vermerkt: 15. März 2001.

Es waren Tagebücher. Vier Tagebücher.

Sånbergen blätterte durch die Seiten. Manche schienen zu fehlen, waren offenbar herausgerissen worden. Auf einer waren von Hand zwei lachende Gesichter gezeichnet, benannt mit »Maria« und »Emma«.

Emma. Diesen Namen hatte auch die Frau im Zug erwähnt. Kein Zweifel – sie musste Maria Solsbæk sein, die Frau, die hier wohnte.

Zu viele Geheimnisse, drängte ihn eine innere Stimme. Nimm das mit! Und schließlich gab er ihr nach. Wie einen kleinen Schatz verstaute Sånbergen seinen Fund unter seiner Jacke, sich dessen bewusst, dass er damit gegen die nächste Dienstvorschrift verstieß. Und nicht nur das – im Falle eines Verfahrens würde er die Bücher auch nicht mehr als Beweismittel verwenden können. Aber das Risiko ging er ein. Er hoffte, in den Tagebüchern dieser seltsamen Frau auf eine Verbindung zu Johan Nyberg und damit womöglich auch zu den beiden Mordfällen zu stoßen. Auf etwas, das im Moment noch ebenso nebulös war wie die Frau selbst.

Sie verließen die Wohnung, wie sie gekommen waren, und erreichten ungehindert den Wagen. Eine Viertelstunde später setzte Magnus Sånbergen bei der Direktion ab und überließ ihm auch die Tagebücher. Sie waren übereingekommen, dass Magnus offiziell nicht von ihnen wisse, über ihren Inhalt aber auf dem Laufenden gehalten werden solle.

Nachdem Magnus davongebraust war, setzte sich Sånbergen in seinen roten Beetle und fuhr zurück zum Als-Hus. Die Tagebücher fest unter seine Jacke geklemmt, nahm er nicht viel von seiner Umgebung wahr, als er durch das Foyer schritt. Er stieg in den Fahrstuhl, malte sich aus, was ihn in diesen Büchern erwarten würde, und war gespannt, ob er neue Erkenntnisse aus ihnen würde ziehen können.

Was ihn jedoch tatsächlich erwartete, war etwas gänzlich anderes.

31

Der Mann, der breitbeinig im Sessel von Sånbergens Hotelzimmer saß, hatte die Arme auf den hohen Lehnen abgelegt und blinzelte nicht. Die offenen hellblauen Augen und die scheinbar freundliche Art, wie er den Kopf leicht zur Seite geneigt hielt, hätten Sympathie wecken können, wäre Sånbergen nicht vor Kurzem dem diskrepanten Wesen dahinter begegnet.

Es war Luc Jarados, der dort saß. Wieder trug er einen weißen Anzug, an dem keine Falte zu sehen war. Sein muskulöser Handlanger mit den blonden Stoppeln stand hinter ihm und hatte ein gut sichtbares Schulterhalfter angelegt.

Jarados senkte den Blick, betrachtete das Display des Smartphones, das er in den Händen hielt, und wischte mit dem Zeigefinger mal nach links, mal nach rechts, als könne er sich nicht zwischen zwei Optionen entscheiden. »Welche Farbe gefällt dir besser, Bordeaux oder Karminrot?«, fragte er schließlich in seinem sanften, fast femininen Tonfall.

Sånbergen war wie vor den Kopf gestoßen. Jarados hatte sich Zutritt zu seinen privaten Räumen verschafft und saß hier in aller Seelenruhe vor ihm, als wäre er einer persönlichen Einladung gefolgt. Kurz dachte Sånbergen an seine ungeliebte Dienstwaffe, die er an diesem Morgen unbedacht in der Nachttischschublade gelassen hatte, verbannte den Gedanken, sich hier und jetzt den beiden entgegenzustellen, aber gleich wieder aus seinem Kopf. Er fühlte sich nicht akut bedroht, dafür hätte Jarados keinen Grund. Aber was wollte er von ihm?

Sånbergen versuchte, äußerlich ungerührt zu bleiben, schritt durch den Raum und setzte sich Jarados gegenüber an den Tisch. Etwas in Form einer Lunchbox stand darauf. Ein kleines Päckchen. In Zeitungspapier gehüllt.

Selbstgefällig lehnte sich Jarados zurück. »Weißt du, ich renoviere gerade meine Küche, und der Boden ist aus kanadischem Ahorn, hellblond, farblich geradezu unschuldig. Nun braucht es dazu einen passenden Kontrast, etwas Leidenschaftliches, und was wäre besser geeignet als Blut oder Liebe, die beiden Elixiere des Lebens?« Er sprach mit dieser sanften Stimme, in einem singenden Tonfall, als könne er keiner Fliege etwas zuleide tun, und doch erfüllte eine unheilvolle Atmosphäre den Raum.

Erneut wischte Jarados mit dem Finger über das Display, diesmal mehrfach in nur eine Richtung. »Dieses Bild wiederum scheint mir nicht farbgetreu, darüber hinaus fehlt es an Belichtung. Aber nichts anderes war zu erwarten – einer meiner Mitarbeiter hat es unter erschwerten Bedingungen gemacht, vor nicht mal einer Stunde.« Er legte das Handy auf den Tisch und schob es Sånbergen hinüber. »Ein ungemütliches Viertel in Sønderborg, und zwei Männer dringen verstohlen in eine bescheidene Behausung ein. Etwas unbedacht erscheint es mir, denn so etwas könnte ein böses Nachspiel haben.«

Sånbergen warf einen Blick auf das Display. Er erkannte die Nygade und sah zwei verschwommene Gestalten, die vom Balkon aus in eine Wohnung einstiegen. Weder Sånbergen noch Magnus waren mit ihren Gesichtern klar zu erkennen, aber es reichte, dass Jarados ihnen Schwierigkeiten würde bereiten können.

Dessen Leute hatten ihn beschattet – wieso hatte er sie nicht bemerkt? Jetzt, wo er darüber nachdachte, war ihm, als hätte er im Seitenspiegel ein grünes Auto gesehen, als sie in die schmale Nygade eingebogen waren. Aber dann hatte Magnus plötzlich so laut über einen seiner eigenen Witze gelacht, dass es ihn abgelenkt hatte. Ein grünes Auto. Ein SUV. Wie der grüne Chevy Suburban, der vor Hausers Bungalow gestanden hatte.

Sånbergen gab sich unbeeindruckt. »Ist das alles?«

»Natürlich nicht.« Jarados beugte sich vor, nahm das Handy wieder an sich und befreite dafür nun das quaderförmige Objekt auf dem Tisch langsam vom Zeitungspapier. »Eigentlich bin ich hier, um dir etwas zurückzubringen. Es ist schließlich ihr Eigentum.« Er seufzte theatralisch. »Andererseits, was bedeutet das schon, Eigentum? Das Recht auf die alleinige Herrschaft über ein

Ding. Oft bloß eine ganz unbedeutende Sache, vielleicht nur aus wertlosem Stoff und ohne Gewicht. Manchmal jedoch auch sehr persönlich und nicht für die Öffentlichkeit bestimmt.«

Eine hölzerne Schatulle kam zum Vorschein – eine, die Sånbergen bekannt vorkam.

Jarados nahm ein Tuch zwischen die Finger, klappte den Deckel der Schatulle hoch und drehte sie mit der offenen Seite Sånbergen zu. Briefumschläge lagen darin, im Deckel ein mit Klebefolie befestigter Zettel: »Meine Briefe – Finger weg!« – Kinderschrift.

Kalt lief es Sånbergen den Rücken hinunter. Es war Smillas Schrift, und es war auch ihre Schatulle. Er hatte sie ihr vor einigen Jahren geschenkt.

»Keine Sorge, es ist nicht unser Anliegen, jemandem wehzutun. Aber manchmal kribbelt es mich doch einfach ganz fürchterlich in den Fingerspitzen.« Wie freudig erregt rieb sich Jarados die Hände und sah Sånbergen mit den offenen Augen eines Kindes an, das erwartungsvoll vor dem Weihnachtsbaum stand.

Irgendwo aus seinem tiefsten Inneren spürte Sånbergen einen Zorn aufsteigen, den er kaum unterdrücken konnte. Aber er musste sich beruhigen, durfte nichts davon nach außen dringen lassen, wo es Jarados nur das reinste Vergnügen bereiten würde. Also redete er sich selbst beschwichtigend zu, mahnte sich, einen klaren Kopf zu bewahren.

Jarados' Leute hatten einen beträchtlichen Aufwand betrieben. Sie hatten ihn observiert, seine Adresse in Nordjütland ausfindig gemacht und waren in sein Haus in Smalby eingedrungen, um etwas mitgehen zu lassen, womit sie ihn einschüchtern konnten. Bei dem Gedanken, dass sich vielleicht Jarados selbst in seinem Haus aufgehalten, womöglich sogar einen Blick auf seine schlafende Tochter geworfen hatte, krampfte sich Sånbergen der Magen zusammen. Sein Verstand sagte ihm zwar, dass sie Smilla nichts angetan haben würden. Aber ein Rest Ungewissheit blieb. Er konnte nicht ganz sicher sein, konnte nicht einschätzen, wie weit Jarados tatsächlich gehen würde.

Jarados schob Sånbergen die Schatulle zu. »Du musst entschuldigen, dass ich in den Briefen gelesen habe. Es ist meine Neugier, ich kann sie einfach nicht zurückhalten.« Er beugte sich vor. »Ich will so gern wissen, was Menschen bewegt, wovon sie träumen – und wofür sie sterben würden.«

Etwas in Sånbergens Kopf begann zu rauschen, und ein Zittern überkam ihn, wie ein Frösteln. Eine Kälte, die von den Fingern aufwärts zog und sich wie eine zweite, eisige Haut auf seine Schultern legte.

Jarados verzog den Mund zu einem spöttischen Lächeln. »Eine verzwickte Situation, nicht wahr?«

Geduld, hörte Sånbergen Pastor Skovgaard sagen. So wie damals, wenn der Geistliche befürchtet hatte, sein Schützling könne unbedacht handeln, ohne Vertrauen in den natürlichen Lauf der Dinge, in ihr Verlangen nach Chaos, das früher oder später Lücken in die Deckung des Gegners riss, wenn man ihm nur die Gelegenheit dazu ließ. Und dann hatte Skovgaard oft etwas hinzugefügt, das an Matthäus 16,27 erinnerte: »Denn es wird geschehen, dass des Menschen Sohn komme, wenn der Wind sich dreht und das Boot in seinem Licht erstrahlt, und einen jeglichen vergelt' nach seinen Werken.«

»Du wirst keine Fingerabdrücke auf der Schatulle finden, auch nicht in deinem Haus in Smalby – oder auf deiner Pistole. Es sei denn, deine Leute verfügen über ganz außergewöhnliche, mir unbekannte Methoden. Aber das ist wohl eher unwahrscheinlich.« Jarados erhob sich gemächlich, griff in die Innentasche seines weißen Anzugs und holte eine Waffe hervor. Sånbergens Dienstpistole. »Ich bin hier, um dich daran zu erinnern, dass wir die gleichen Interessen haben. Und ich wäre erfreut, wenn die Ermittlungen zielgerichtet fortgeführt würden, ohne dass wir uns in Nebenschauplätzen verheddern. Im Moment sind wir nicht ganz sicher, wie groß dein Interesse ist, den Mörder von Alma Nyberg zu finden.« Er legte die P7 auf den Tisch, stand auf und strich seinen Anzug glatt. Dann warf er Sånbergen einen Blick zu, den der nicht beschreiben, nicht lesen konnte – fast wie ein kaltes Bedauern –, und verließ das Zimmer, gefolgt von seinem stummen Begleiter.

Sånbergen starrte auf die Pistole, ohne Magazin, neben Smillas Schatulle, und atmete ein paarmal tief durch, bis er spürte, wie die Kälte aus seinem Körper wich und mit ihr auch ein Teil der Wut. Was blieb, waren Selbstvorwürfe, die ihn wie einzelne Messerstiche trafen. Er hatte gewusst, wozu Jarados fähig war. Und trotzdem hatte er nicht kommen sehen, dass der versuchen würde, ihn einzuschüchtern. Wie hatte er zulassen können, dass jemand in sein Haus eindrang und das Wichtigste in seinem Leben bedrohte?

Er griff zum Handy, wählte Smillas Nummer, und als er ihre Stimme hörte, spürte er eine Woge der Erleichterung und Dankbarkeit. Nichts anderes war in diesem Moment wichtig. Auch der Rauswurf aus dem Segelkurs nicht. Er vergewisserte sich kurz, dass mit ihr alles in Ordnung war, und meinte dann, das Weitere könnten sie morgen in Ruhe besprechen.

Danach nahm er umgehend Kontakt mit dem Polizei-Department in Smalby auf. Er ordnete an, sein Haus in der kommenden Zeit im Auge zu behalten, mit genügend Abstand zu seiner Familie, sodass sie nichts davon mitbekämen. Es würde sie beängstigen zu wissen, dass er sich um sie sorgte, und sie würden nach dem Grund dafür fragen.

Fürs Erste beruhigt, ließ Sånbergen kaltes Wasser in die Badewanne, legte sich hinein und tauchte mit dem Kopf so lange unter, bis das Rauschen aus seinem Kopf verschwand und auch der Mann im weißen Anzug verblasste. Als er wieder aus dem Badezimmer kam, fand er eine SMS auf seinem Handy vor.

Er hatte bereits gestern auf sie gehofft, aber Pastor Skovgaard hatte sich schon immer Zeit mit den Dingen gelassen. Es war die Antwort auf Sånbergens Frage nach dem weißen Engel mit dem grünen Federkleid, dem Symbol auf jenem Foto aus dem Jahr 1987, das wahrscheinlich die Gründungsveranstaltung der FMR-Stiftung gezeigt hatte:

Marven – was den Engel angeht, kann ich dir vielleicht helfen. Ich denke, es geht um einen der Erzengel. Als Lichtwesen ist er von einer Aura umgeben, die durch das grüne Federkleid dargestellt wird. Die grüne Aura des Erzengels Raphael – der Erzengel der Kranken, der sie beschützt und sie heilt.

Natürlich. Die Heilung von Krankheiten, das war es, worum es letztlich bei der Stiftung ging. Vielleicht auch um die Förderung von Forschungen zu genetischen Defekten – wie sie offenbar in der Familie Nyberg vorkamen. Und als Wahrzeichen ein Schutzpatron. Ein weißer Engel mit grünem Federkleid. Sånbergen sah ihn in Gedanken vor sich – und hatte plötzlich das Gefühl, diesem Engel schon einmal begegnet zu sein, ihm sogar leibhaftig gegenübergestanden zu haben. Und das erst vor Kurzem. Das weiße Kleid …

Und dann fiel es ihm ein. Ellen Bergs Leiche – eine Frau in einem weißen Kleid mit weiten Ärmeln, wie in einem Engelsgewand. Rein und unschuldig. Gegen eine hüfthohe Weide gelehnt hatte sie dagesessen. Und würden die begrünten Äste leuchten, dachte Sånbergen, könnten sie womöglich wie eine Aura erscheinen. Sollte der Täter das absichtlich so inszeniert haben? Vielleicht als eine Art Botschaft? Aber Sånbergen war nicht sicher, ob er hier nicht zu viel hineininterpretierte.

Er schrieb dem Pastor zurück, bedankte sich und nahm sich fest vor, ihn bei nächster Gelegenheit wieder einmal zu besuchen. Dann setzte er einen roten Sanddorntee auf, dachte über den Erzengel Raphael nach, und wenn er ehrlich war, konnte er noch immer nichts Verwerfliches an dem Vorhaben finden, das Morten Nyberg und dieser Professor Weisentheimer mit der Stiftung ins Leben gerufen hatten.

Erst jetzt fielen ihm auch die Tagebücher wieder ein. An sie hatte er in der ganzen Aufregung gar nicht mehr gedacht. Er holte sie aus seiner Jacke, legte sich aufs Bett und schlug das erste von ihnen auf.

Es begann im Jahr 2001. Die Einträge waren unregelmäßig, manchmal fehlten ganze Seiten – herausgerissen – oder waren nur sporadisch mit Gedanken gefüllt. Was Sånbergen schnell erkannte, war das Grundsätzliche: Maria schrieb von einem bedrückenden Ort, an dem sie zusammen mit anderen Kindern in einem alten Gebäude irgendwo in Dänemark wohnte. Und sie berichtete von ihrer Freundschaft zu einem dieser Kinder, einem Mädchen namens Emma, zwei Jahre jünger als sie. Der Ton, in dem Maria erzählte, klang nach einem sanftmütigen, fast zerbrechlichen Wesen, aber zugleich schien sie voller Zuversicht zu sein und unverdrossen ihrem Schicksal das Gute abtrotzen zu wollen.

15. März 2001

Ich hatte Emma schon oft erzählt, dass ich irgendwann einmal ein Tagebuch führen will, damit wir uns später gemeinsam an all das hier erinnern können. Nun hat sie mir eines zu meinem dreizehnten Geburtstag geschenkt. Sie ist so lieb! Also fange ich jetzt damit an, und als Erstes schreibe ich über das Gute in diesem Haus. Über Emma. Sie ist erst elf, aber meine allerbeste Freundin, wie eine kleine Schwester. Sie ist vor vier Jahren hierhergekommen, so lange kennen wir uns schon. Seitdem schleicht sie sich fast jeden Abend zu meinem Zimmer und klopft dreimal an die Tür, dann lasse ich sie rein. Wenn sie zurück in ihr Zimmer geht, ist sie ganz leise. Jedes Mal lausche ich ihren Schritten auf dem Holzboden, und immer knarren zwei Dielen.

In diesem Haus knarren einige Dielen. Sie sind alt, so wie das ganze Haus, in dem wir wohnen. Ein Gebäude wie ein kleines Schloss. Für Kinder ohne Eltern. »St. Raphael« nennen sie es.

26. April 2001

Heute Abend hat es gewittert. Ich habe vor dem Fenster gestanden und zugesehen, wie die Blitze über den Himmel zucken, aber ich habe keine Angst mehr vor den Blitzen und dem Donnern.

Mitten im Gewitter ist wieder der schwarze Wagen gekommen. Wir nennen ihn den »Kombi«. Ein Junge ist ausgestiegen und dann ins Haus geführt worden. Es muss wieder ein Neuer sein. Er ist schon größer, ich schätze, ein Jahr älter als ich.

28. April 2001

Der Neue heißt Hjalmar. Seine Haare sind ungekämmt und schulterlang, durch die Locken kann man nicht mal die Augen erkennen. Er muss etwas Besonderes sein, denn Professor Weisentheimer und der junge Johan Nyberg waren beide hier, um ihn uns anderen Kindern vorzustellen. Eigentlich kommen die nur zu seltenen Gelegenheiten, zum Grün-

dungstag des Hauses oder wenn es eben etwas Besonderes
gibt. Aber normalerweise nicht, wenn bloß ein neues Kind
aufgenommen wurde.
Nachdem sie Hjalmar heute Morgen vorgestellt hatten, hat
er sich an meinen Tisch gesetzt. Er war unfreundlich und
hat gesagt, ich sei nicht gerade groß und meine Haare seien
zu kurz. Ich sähe nicht mal aus wie ein Mädchen. Er ist so
frech, richtig unverschämt, am liebsten hätte ich ihm gegen
das Schienbein getreten. Ich mag ihn nicht.

Ein Haus »für Kinder ohne Eltern«. Maria Solsbæk war dort aufgewachsen, sie musste eine Waise gewesen sein. Die Betreiber wiederum waren allem Anschein nach dieselben gewesen wie die der FMR-Stiftung, und sie hatten das Haus »St. Raphael« genannt – nach ebenjenem Erzengel, der zugleich als Motiv für die Stiftung gedient hatte. Auf eine rätselhafte Weise schien es einen Zusammenhang zwischen der Stiftung und dem Waisenhaus zu geben, und die Nybergs und Professor Weisentheimer waren diese Verbindung.

Sånbergen schloss das Buch, aber er konnte seine Gedanken nicht von dem Gelesenen lösen. Ein seltsam vertrautes Gefühl hatte ihn bei den Erzählungen der jungen Maria befallen, obgleich es über dreißig Jahre her war, dass er und seine Schwestern ins Kinderheim gekommen waren. Doch auch sie hatten einander damals heimlich in ihren Zimmern besucht. Wenn er spätabends über den Flur geschlichen kam, lag der beißende Geruch von Desinfektionsmittel in der Luft, und das laute Ticken der riesigen Standuhr war ihm so bedrohlich erschienen, dass er sich kaum an ihr vorbeigetraut hatte.

Sånbergen legte das Tagebuch weg und löschte das Licht. Er drehte sich auf die Seite, fand aber lange Zeit keine Ruhe und fragte sich, was für eine Art Waisenhaus dieses seltsam anmutende St. Raphael wohl gewesen war.

32

Tag 10, Samstag, 1. Juli

Eine bunte, mannshohe Plastik-Eistüte machte auf das kleine Café aufmerksam, das direkt am Park lag. Hier wollte Sånbergen das Hausmädchen der Nybergs treffen, Camilla, die ihn heute früh überraschend angerufen hatte. Er habe ihr vor wenigen Tagen seine Karte in die Hand gedrückt, als er zusammen mit seinem etwas aufgeregten Kollegen Nybergs Anwesen verließ, und vielleicht könne sie ihm ja etwas über Alma erzählen. Camilla hatte zögerlich geklungen und um Verschwiegenheit gebeten, und er hatte zugestimmt.

Nun ging es auf elf Uhr zu, und Sånbergen suchte Schatten an einem schirmüberdachten Stehtisch im Außenbereich. Schon jetzt kündigte sich ein weiterer dieser unangenehm heißen Tage an. Camilla war noch nicht eingetroffen, also prüfte er sein Handy auf verpasste Nachrichten und stellte zu seiner Überraschung fest, dass eine von Sophie Winter dabei war. Sie schlug ein weiteres Treffen vor, diesmal am Hellesø Strand.

Wieso ausgerechnet dort? Sånbergen kannte diesen Ort nicht und musste erst auf der Karte nachschauen. Er lag im äußersten Nordwesten der Insel Als, am Eingang zum Alsenfjord, der weiter südlich zum Alsensund wurde. Noch unschlüssig, wie er darauf antworten sollte, stellte er die Sache erst mal zurück und drehte sich nach einem nahenden Motorengeräusch um – eine Vespa.

Die Fahrerin stellte den Roller am Straßenrand ab, zog den Helm vom Kopf und schüttelte die kastanienbraunen Haare zurecht. Es war Camilla, und sie kam mit einem freundlichen Lächeln auf ihn zu, zupfte allerdings zugleich an ihrer Jacke, dann an ihren Haaren und wirkte etwas unruhig. Sie legte den Helm auf den Tisch, daneben ihr Handy.

Sånbergen versuchte, ihr die Nervosität zu nehmen. »Schön, dass es geklappt hat, Camilla. Darf ich dir etwas spendieren? Einen Kaffee? Oder ein Eis?«

»Vielleicht, ich weiß noch nicht. Erst noch mal vorweg: Johan Nyberg darf wirklich nichts hiervon erfahren, wenn es irgendwie geht.«

»Wäre das denn so schlimm?«

Sie senkte den Blick. »Ich will meinen Job nicht verlieren und weiß nicht, wie er reagieren würde, wenn er wüsste, dass wir miteinander reden, ohne dass ich das mit ihm vorher abgesprochen habe.«

»Würde er das von dir erwarten?«

Sie nickte.

»In Ordnung, Camilla. Ich werde ihm nichts davon erzählen.«

»Gut.« Sie legte ihre Hände flach auf den Tisch und sah nun schon etwas optimistischer drein. »Dann nehme ich ein Softeis, mit Schokoladenüberzug.«

»Bleib hier im Schatten, ich sehe mal, was ich kriegen kann.« Sånbergen ging zur Eistheke hinüber, die direkt neben dem Eingang zum Café aufgebaut war, und erhielt einen missgebildeten Eisberg, der in der Sonne augenblicklich zu schmelzen begann und einen seitlich herabhängenden Klumpen zu verlieren drohte. Er kehrte zum Tisch zurück und reichte Camilla die Waffel, woraufhin sie das lose Stück ohne Umschweife in ihren Mund hievte.

»Kommst du hier aus der Gegend, Camilla?«

»Nein, aus Ringkøbing. Ich bin runter nach Sønderborg, weil ich Geld verdienen will, für die Schauspielschule in Odense. Hier habe ich Alma getroffen, und kurze Zeit später habe ich dann als Hausmädchen bei den Nybergs angefangen. Das ist jetzt zwei Jahre her.«

»Alma war in deinem Alter, hast du sie näher gekannt?«

»Du meinst, ob wir befreundet waren, ob sie mir ihre Geheimnisse anvertraut hat?«

»Genau das.«

»Nein, so eng waren wir nicht. Ich glaube, ihr Vater hätte das auch nicht gewollt, er hätte das bestimmt unpassend gefunden. Aber manchmal habe ich bei ihr im Zimmer gesessen, und wir haben ein bisschen gequatscht. Sie war nicht irgendwie abgehoben. Ich meine, weil ihr Vater Unmengen an Geld hat. Ich kann mir nicht vorstellen, dass sie jemandem einen Grund gegeben hat, sie …« Camilla brach ab.

»Aber über wirklich Privates habt ihr nicht gesprochen?«

»Nein, sie hat so was immer abgeblockt. Ich glaube, auch das hatte mit ihrem Vater zu tun, er will einfach niemanden nahe an die Familie lassen.«

»Und du weißt auch von keiner wirklich engen Freundin, die Alma richtig gut kannte? Oder einem Freund?«

»Nein, meines Wissens war da niemand. Alma war wählerisch, außerdem wird jeder, der das Haus betreten will, gründlich durchleuchtet. Ihr Vater lässt jeden überprüfen, noch bevor er über die Türschwelle tritt. Wer hat da schon Lust vorbeizukommen?« Sie seufzte. »Ich glaube, Alma war ziemlich unglücklich darüber. Sie hat einen Job gesucht, um sich irgendwann ein eigenes Zimmer nehmen zu können. Aber ihr Vater wusste nichts davon.«

»Das klingt, als wäre die Stimmung im Haus sehr angespannt gewesen?«

»Ja, vor allem in letzter Zeit war es so. Ihr Vater ist schnell in die Luft gegangen.«

»In letzter Zeit … Hat ihm etwas zu schaffen gemacht? Vielleicht Almas Gesundheitszustand?«

»Ich weiß nicht. Wieso denn ihr Gesundheitszustand?«

»Alma hatte eine angeborene Krankheit, die in ihrer Familie liegen könnte. Sie könnte ihm Sorgen bereitet haben.«

Camillas Augen weiteten sich. »Eine Erbkrankheit?«

»Etwas in der Art.«

»Ich wusste zwar, dass Alma behandelt wurde und Medikamente nehmen musste, aber nicht, wofür genau, darüber hat sie nicht geredet. Als ich sie mal danach gefragt habe, meinte sie, ihr Vater habe ihr verboten, darüber zu sprechen. Er wollte nicht, dass jemand außerhalb der Familie davon erfährt. Deswegen ist sie auch immer zu Hause behandelt worden.« Das Eis begann zu tropfen, und bevor Sånbergen nachhaken konnte, rief Camilla: »Verdammt! Entschuldigung, ich bin gleich wieder da.« Sie sprang auf, kam wenig später mit einem kleinen Plastiklöffel zurück und nahm damit die Stellen auf, die unablässig vor sich hinschmolzen.

»Du sagtest, Alma sei zu Hause behandelt worden?«

»Ja, der Hausarzt kam dafür vorbei, alle vier Wochen. Dann hat er sich immer gleich um die ganze Familie gekümmert.«

Die ganze Familie, dachte Sånbergen und fragte sich, wer noch dazugehörte. »Als wir bei Johan Nyberg waren, bist du mit einem alten Mann an mir vorbeigelaufen und hast ihn zur Tür begleitet. War das auch jemand aus der Familie?«

Sie nickte. »Das war Johan Nybergs Vater, Morten. Er ist in keinem guten Gesundheitszustand, er ist dement, und manchmal kommt ein Pfleger und geht mit ihm eine Runde ums Haus.«

Also tatsächlich Morten Nyberg. Der Mann, der zusammen mit diesem deutschen Professor auf dem Foto gewesen war. »Hast du schon einmal von einem Helmut Weisentheimer gehört? Er hat in den 1980ern zusammen mit Morten Nyberg die FMR-Stiftung gegründet, in der sich auch Johan engagiert und Alma tätig war. Vielleicht hat Alma diesen Namen einmal erwähnt?«

»Hm, nein, Alma hat nie über so was geredet. Ich glaube nicht, dass sie viel von den Geschäften ihres Vaters gewusst hat.«

»Okay, ist auch nicht so wichtig. Aber du hast den Hausarzt der Familie erwähnt. Du sagtest, er kommt alle vier Wochen und kümmert sich dann um die ganze Familie?«

»Ja, so hat Alma es erzählt. Im Keller gibt es eine verschlossene Metalltür. Alma sagte mal, dahinter sei eine vollständige ärztliche Praxis eingerichtet, mit Untersuchungsraum, Ultraschallgerät, allem, was dazugehört. Und vom Garten aus gibt es einen separaten Eingang.«

Sånbergen musste seine Gedanken ordnen. Alles blieb in der Familie, innerhalb Nybergs Haus – die Diagnosen, die Behandlungen. Ein Familiengeheimnis. Vielleicht schon seit Generationen. Und Nyberg hielt es unter Kontrolle. »Dieser Hausarzt, ich würde gern mit ihm sprechen. Weißt du, wer das ist, Camilla?«

»Nein, den kenne ich nicht. Ich habe ihn nur ein- oder zweimal gesehen, und Alma hat ihn bloß ›unser Arzt‹ genannt und gesagt, er komme immer sonntags. Da habe ich oft frei, außerdem hat er einen Schlüssel für den Seiteneingang zum Keller, sodass er gar nicht oben durchs Haus muss.«

»Kannst du ihn beschreiben? Oder würdest du ihn wiedererkennen?«

Sie schluckte und wirkte plötzlich verunsichert.

»Wir werden dich da raushalten, Camilla.«

»Also gut. Er war schon etwas älter. Nicht groß, leicht untersetzt. Und er hatte helle Haare, so graublond, mit Seitenscheitel. Wiedererkennen würde ich ihn. Aber wenn Johan Nyberg erfährt, dass ihr das von mir habt …«

»Keine Sorge, das wird er nicht, danke.« Sånbergen wollte ihr schon zu verstehen geben, dass es von seiner Seite aus nun nichts mehr zu besprechen gebe, da fiel ihm noch etwas ein. »Alma hatte nach einem Job gesucht, sagtest du?«

Sie nickte. »Sie wollte gern in einem Café arbeiten.«

»Hat sie nur davon gesprochen, oder hat sie die Suche auch aktiv betrieben, ich meine, hat sie Vorstellungsgespräche gehabt oder mal ein konkretes Angebot erwähnt?«

»Zuletzt machte sie so eine Andeutung. Sie sagte: ›Vielleicht verdiene ich ja schon bald mein eigenes Geld und kann hier weg.‹«

»Wann war das?«

»An dem Tag, als sie dann verschwunden ist.«

»Hätte sie dir erzählt, wenn sie da abends noch ein Vorstellungsgespräch für einen Café- oder Kneipenjob gehabt hätte? Sie wurde um kurz vor sieben vom Chauffeur nach Sønderborg gebracht, richtig?«

»Genau, um kurz vor sieben. Aber sie meinte, sie sei mit einer Freundin verabredet.« Camilla senkte den Blick. »Allerdings weiß ich auch nicht, ob sie mir von so einem Termin erzählt hätte.«

»Alles gut, Camilla. Du hast mir sehr geholfen.«

Sånbergen musste sich einen Moment Zeit nehmen, um darüber nachzudenken, was er neu erfahren hatte. Camillas Aussage hatte eine weitere Gemeinsamkeit zwischen den Opfern zutage gebracht – beide hatten nach etwas gesucht. Ellen Berg nach einem Hund, Alma Nyberg nach einem Job in einem Café. Und heutzutage wurde vieles öffentlich gemacht, in Social-Media-Kanälen preisgegeben. Der Täter hätte dort von ihrer jeweiligen Suche erfahren, Informationen über sie bekommen und sie zu einem Treffen bewegen können. Er bot ihnen das Gesuchte an, und schon hatte er ihre Aufmerksamkeit.

Camilla räusperte sich. »Eines habe ich vielleicht noch. Wenn ihr Johan Nyberg mal ohne Termin befragen wollt, könnt ihr ihn nachmittags oft im ›Rivers Club‹ finden. Einer von diesen altertümlichen Vereinen, in die nur Männer dürfen.«

»In Ordnung, danke für den Hinweis. Und noch mal: Keine Sorge, Nyberg wird nichts von unserem Gespräch erfahren.«

Camilla stand auf, streifte den Helm über, und Sånbergen sah ihr noch einen Moment hinterher, wie sie auf ihrer Vespa davonfuhr. Dann rief er Holm an und beauftragte ihn, in den Social-Media-Kanälen der Opfer nach Chats über Job- beziehungsweise Hundeangebote zu suchen.

Gerade hatte Sånbergen aufgelegt und lugte unter dem Schirm hervor zum Himmel, wo die Sonne direkt über ihm es wieder allein auf ihn abgesehen zu haben schien, als ihn ein kurzes, fast klägliches Hupsignal aufschreckte – Magnus kam mit seinem Peugeot vorgefahren.

Sie hatten heute Morgen verabredet, einen weiteren Versuch zu unternehmen, Maria Solsbaek zu befragen. Diesmal allerdings ließ Sånbergen sich nicht dazu bewegen, in Magnus' klapprigen Wagen zu steigen, sondern bestand darauf, dass sie in seinem Beetle fuhren, worauf Magnus sich nach kurzer Diskussion tatsächlich einließ. Unterwegs berichtete Sånbergen von seinem Gespräch mit Camilla und genoss dabei die entspannte Autofahrt.

Zehn Minuten später parkten sie fast genau an derselben Stelle wie tags zuvor und klingelten ein weiteres Mal an Maria Solsbæks Wohnung, aber wieder schien niemand zu Hause zu sein. Sie sprachen mit den Mietern der beiden benachbarten Wohnungen – einem jungen Mann und einem Pärchen mittleren Alters –, und alle machten ganz ähnliche Angaben: Sie würden die Frau nur flüchtig kennen, die aber freundlich und zuvorkommend sei und immer ein nettes Wort für sie habe. Über ihre berufliche Tätigkeit oder ihr soziales Umfeld wüssten sie allerdings nichts. Sie lebe offenbar allein, und häufig sei sie für mehrere Tage weg, so wie wohl gerade jetzt.

Unverrichteter Dinge und entsprechend unzufrieden verließen sie das Haus wieder.

Magnus ging nur träge und schlurfte bei jedem zweiten Schritt. »Und was machen wir jetzt mit ihr?«, fragte er.

»Ich würde sie ungern aus den Augen lassen. Irgendwas ist seltsam mit dieser Frau. Könnt ihr die Wohnung observieren?«

Magnus nickte, und in diesem Moment klingelte Sånbergens

Handy. Hans Østergaard. Sein Vorgesetzter aus Dänemark. Mit einem mulmigen Gefühl nahm Sånbergen den Anruf entgegen. Es wurde einer, den er insgeheim schon befürchtet hatte.

33

Hans berichtete, dass man heute früh eine dritte Leiche gefunden habe, dieses Mal in der Nähe von Kolding, rund neunzig Kilometer nördlich von Sønderborg. Wieder sei das Opfer eine Frau, und die Leiche sei in der gleichen Weise positioniert worden wie zuvor schon die Opfer in Harrislee und Sønderborg. Er habe sich bereits mit den zuständigen dänischen Stellen sowie Staatsanwalt Philips ausgetauscht und sei mit ihnen übereingekommen, dass Sånbergen und sein Harrisleer Team auch in diesem Fall die Ermittlungen übernehmen sollten, schließlich habe man es nun ja ganz offensichtlich mit einer Serie zu tun.

Sånbergen war wie vor den Kopf gestoßen. Etwas wiederholte sich. Oder führte wieder zum Ausgangspunkt zurück – nach Kolding, zu Ida Svensson und Torben Hauser. Er fuhr rasch ins Als-Hus, packte ein paar Sachen zusammen und steckte für alle Fälle auch die Tagebücher ein, ehe er sich auf den Weg Richtung Norden machte.

Eine gute Stunde später erreichte er Hylkehuse, einen winzigen Weiler westlich von Kolding. Er bog in einen Feldweg, der jeder kleinsten Windung des Seest Mølleå folgte, wechselte auf einen regionalen Radiosender, und einen melancholischen Coldplay-Song später näherte er sich dem Fundort.

Er lag in sumpfigem Gebiet. Wasseradern pulsierten in dünnen Gräben wie ein Adergeflecht und speisten einen Fischteich. Ein Graureiher mit gekrümmtem Hals stakste nur wenige Meter entfernt durch das seichte Wasser und spähte nach Nahrung. Dahinter erhob sich ein kleines Waldstück mit unförmigen hölzernen Tentakeln aus dem Moor.

Am Waldrand erblickte Sånbergen mehrere Polizei- und Zivilfahrzeuge, darunter Ansgars schwarzen Rover. Der Rechtsmediziner war also schon vor Ort, und Sånbergen war erleichtert, dass er die Untersuchung übernehmen würde.

Das Waldstück lag abgeschieden und blickgeschützt, ähnlich dem Leichenfundort in Harrislee. Personen in weißen Overalls bewegten sich innerhalb eines abgesteckten Gebiets auf einer kleinen Lichtung, unter ihnen erkannte Sånbergen Ansgar und Hanna. Ein paar Meter weiter, direkt am Absperrband, stand ein hagerer Mann mit kleinem Kopf und dünnem, in der Mitte gescheiteltem Haar. Er wirkte, als würde er nicht so recht dazugehören, und doch versuchte alles an ihm, eine gewisse Bedeutsamkeit auszustrahlen. Eine Ahnung stieg in Sånbergen auf.

Er begab sich zu dem Mann und sprach ihn an. »Hej, darf ich erfahren, wer du bist? Ich bin Kommissar Marven Sånbergen, der Ermittlungsleiter aus Harrislee.«

Der Mann verlagerte sein Gewicht auf ein Bein, als versuchte er, eine betont lockere Körperhaltung einzunehmen, und balancierte eine Zigarette auf der Unterlippe. »Kommissar Owe Lansgrol.«

Lansgrol. Das war er also, der Kommissar, der vor vier Jahren im Fall Ida Svensson ermittelt hatte. Bei der dienstlichen Anfrage dazu hatte er sich abweisend verhalten, aber Sånbergen versuchte dennoch, ihm gegenüber freundlich zu bleiben. »Dann hatten wir schon Kontakt, wegen des Falles Ida Svensson. Dazu gibt es noch offene Fragen, über die wir sprechen müssen. Aber nicht jetzt sofort. Wir sollten uns erst mal die aktuelle Leiche ansehen. Hast du schon einen Blick auf sie geworfen?«

»Bin gerade erst eingetroffen.«

»Ich nehme an, du weißt Bescheid, dass wir aus Harrislee den Fall übernehmen?«

Lansgrol nickte mit verdrossenem Gesichtsausdruck.

»Eine Bitte …« Sånbergen nahm Lansgrols Zigarette ins Visier. »Wenn du rauchen willst, dann besser mit etwas mehr Abstand zum Tatort.« Er hörte seine eigene Stimme scharf nachklingen, vielleicht etwas zu scharf, aber die teilnahmslose Art dieses Kommissars rührte ihn irgendwie auf.

Lansgrol zog eine Augenbraue hoch, als wollte er sich den

Ton verbitten, zuckte dann aber mit den Schultern und trat zwei Schritte zurück.

Sånbergen ging allein auf das abgesperrte Areal, wo ihm Ansgar entgegenkam.

»Freut mich, dich zu sehen, Marven. Auch wenn die Umstände unschön sind.«

»Hej, Ansgar.«

»Ich habe mich mit den Kollegen von der hiesigen Kriminaltechnik schon ausgetauscht, und die Spurensicherung hat den Fundort jetzt freigegeben. Komm, ich zeige dir, was wir haben.«

Zwei Meter vor der Leiche blieben sie stehen. Sie lehnte gegen einen dicklichen Ligusterstrauch, trug ein weißes Kleid, und wieder wirkte die Positur, als hätte jemand sie bewusst in Szene gesetzt. Alles schien haargenau so zu sein wie bei den anderen Tatorten.

»Sie heißt Dana Eklund und ist siebenunddreißig Jahre alt«, sagte Ansgar. »Ein Jogger hat sie hier gefunden.«

»Hat er sie bewegt?«

»Er sagt, nein.« Ansgar machte einen Schritt auf das Opfer zu. »Der Verwesungszustand ähnelt dem der ersten Leiche, der von Ellen Berg. Wenn der Täter sein Vorgehen nicht geändert hat, dann liegt sie seit vorgestern Abend hier.«

»Und der Todeszeitpunkt?«

»Kann ich noch nicht sagen. Aber erst mal sehe ich keine Anzeichen dafür, dass der Täter anders vorgegangen ist.«

Seit vorgestern Abend, dachte Sånbergen, also Donnerstag. Sie hatten Torben Hauser aber schon am Mittwoch in Gewahrsam genommen. Sånbergen rechnete noch einmal zurück. Doch er irrte nicht. »Donnerstag hat Torben Hauser schon in U-Haft gesessen. Er kann diesen Mord hier nicht begangen haben.«

Hanna war hinzugekommen und nahm Sånbergens Worte still nickend hin, während Ansgar verdutzt dreinsah.

Die Erkenntnis war ernüchternd. Offenbar waren sie mit Hauser die ganze Zeit auf der falschen Fährte gewesen. Wahrscheinlich hatte er mit keinem einzigen Mord der aktuellen Serie etwas zu tun. Aber was war dann mit der Tötung von Ida Svensson vor vier Jahren? Ihre Leiche war mutmaßlich in ganz ähnlicher Weise positioniert worden wie die aktuellen Opfer – war Hauser auch in ihrem Fall schon unschuldig gewesen?

»Was ist denn mit dem Freund des ersten Opfers, diesem Tommy oder Timmy?«, unterbrach Ansgar Sånbergens Überlegungen.

»Da sehe ich keine Verbindung zu den anderen beiden Opfern.«

Ansgar kniete sich neben die Leiche. »Vielleicht habe ich aber hier etwas, das euch optimistischer stimmen wird.« Er hob Dana Eklunds rechten Arm an und drehte die Innenseite nach oben. »Seht ihr das, am Unterarm?«

Sånbergen hockte sich zu ihm. »Ein frisches Hämatom.«

»Es ist keine zwei Tage alt. Und streifenförmig, es könnten Abdrücke von den Fingern des Täters sein.«

»Er hat ihren Arm fixiert. Demnach hat sie sich gewehrt?«, fragte Hanna.

Ansgar nickte.

Etwas war schiefgegangen, dachte Sånbergen. Der Täter hatte, zumindest kurzzeitig, die Kontrolle über die Situation verloren. Zum ersten Mal. »Gibt es noch andere Verletzungen?«

»Nein, zu einem echten Kampf ist es wohl nicht gekommen. Wahrscheinlich ist sie auf die gleiche Weise gestorben wie die beiden anderen Opfer. Gib mir etwas Zeit, und ich kann dir mehr sagen.«

»Wie lange brauchst du?«

»Kommt darauf an. Ich würde die Autopsie ja gern bei mir in Harrislee durchführen, was aber von den Formalitäten her ziemlich aufwendig wäre. Die Überführung der Leiche würde die Landesgrenze überschreiten. Andererseits liegt der Fall offiziell in euren Händen, daher …«

»Ja, sehe ich auch so. Ich werde das in die Wege leiten.«

Lansgrol näherte sich und wirkte unschlüssig, ob ihm hier auch eine Rolle zukäme. »Also, wenn ihr fertig seid … Ich kenne die Adresse der Toten und flüchtig auch ihre Vermieterin, Margareta Dornberg.«

Sånbergen nickte ihm zu. »In zwei Minuten können wir los.«

Lansgrol blieb etwas unbeholfen stehen, während Sånbergen sich mit Hanna beriet. Sie beschlossen, heute in Kolding zu bleiben. So könnten sie gleich am nächsten Morgen die weiteren Verfahrensabläufe und Ermittlungsschritte mit den hiesigen Kollegen absprechen und zudem ein entsprechendes Rechtshilfeersuchen für die Überführung des Leichnams nach Harrislee bewilligen lassen.

Während Hanna, die für weitere Untersuchungen am Fundort blieb, ihren Töchtern und dem Kindermädchen Annie telefonisch beibrachte, dass sie erst morgen nach Hause komme, stieg Sånbergen in seinen roten Beetle und folgte Lansgrol ein paar Minuten landeinwärts, bis der in eine asphaltierte Zufahrt bog und das Tempo drosselte. Am Ende des Weges kamen ein paar reetgedeckte Steincottages in Sicht, kreisförmig einander zugewandt, sich gegenseitig vor dem Wind schützend, dem das flache Land sonst nicht viel entgegenzusetzen hatte. Aus einer kleinen Räucherhütte stieg Qualm auf und wurde von einer erbarmungslosen Brise in Fetzen gerissen.

Sie stellten ihre Wagen ab, stiegen aus und gingen auf einen verrotteten Zaun zu, der die Grundstücksgrenzen nur noch erahnen ließ. Das Holzgatter hing lose im Schloss.

Als wieder eine Böe kam, hielt Lansgrol mit einer Hand den kleinen Hut fest, den er sich auf den Kopf gesetzt hatte. »Hier wohnt die Dornberg«, klärte er Sånbergen auf, »das Cottage daneben gehört ihr auch, das hat sie an Dana Eklund vermietet.« Er ging voran zum Haupthaus, wo er, mit dem Finger schon fast auf der Klingel, innehielt. »Vielleicht sollte ich dich vorwarnen: Ich habe sie ganz schön ungehobelt in Erinnerung.«

»Ihr hattet mal miteinander zu tun?«

»Nicht direkt.«

Sånbergen wartete auf eine genauere Ausführung, aber von Lansgrol kam nichts weiter. »Sondern?«, fragte er daher.

»Na ja, sie ist mal bei uns im Revier aufgetaucht und hat sich beschwert. Ich glaube, es ging irgendwie um Dana Eklund.«

»Muss ich was Genaueres wissen?«

»Nein, nein.« Lansgrol starrte die Klingel an und drückte dann vorsichtig auf den runden Knopf.

Die Frau, die kurz darauf die Tür öffnete, war um die vierzig und drahtig. Zwei tiefe Falten zogen sich um ihre Mundwinkel, das aschblonde Haar hing in Strähnen herunter. Sie schaute Sånbergen misstrauisch an, und als ihr Blick zu Lansgrol wanderte, rümpfte sie angewidert die Nase. »Die Polizei? Was wollt ihr denn hier?«

Lansgrol hatte nur etwas davon gesagt, dass sie sich begegnet seien, aber nicht, dass er sich offenbar ihren Unmut zugezogen hatte. »Margareta Dornberg?«, fragte Sånbergen, und sie nickte mit mürrischem Gesicht. Zwei fette Katzen drehten sich um ihre rundlichen Waden und schnurrten laut. »Ich bin Kommissar Marven Sånbergen, aus Harrislee, und ermittle hier zusammen mit der örtlichen Polizei. Würdest du uns einlassen? Es geht um deine Mieterin, Dana Eklund.«

»Dana?«

»Ja. Es dauert auch nicht lange.«

Margaretas Blick funkelte noch einmal zornig in Lansgrols Richtung, dann kehrte sie ihnen den Rücken zu, was Sånbergen als widerwillige Einladung verstand.

Sie folgten ihr in eine Wohnstube mit einem Tisch und drei Stühlen. Zigarettenqualm hing in der Luft. Ein Fernseher lief. Margareta steckte sich eine weitere Zigarette an und setzte sich in einen hohen Lehnstuhl.

Während sich Lansgrol etwas abseitshielt, klärte Sånbergen sie darüber auf, was geschehen war. »Wir denken, es ist Donnerstag passiert, tagsüber bis abends«, schloss er seinen Bericht. »Weißt du, wann Dana an dem Tag von hier weg ist?«

Margareta wirkte sehr gefasst. »Ich habe keine Ahnung. Sie hat ja ihr eigenes Haus. Meistens kriege ich es nicht mit, wenn sie geht.«

»Bitte denk genau nach. Hast du sie vorgestern irgendwann kommen oder gehen sehen?«

»An gestern erinnere ich mich, da war sie nicht hier. Ich hatte mal bei ihr geklopft, weil ich was gebraucht habe. Aber vorgestern …« Sie schüttelte den Kopf. »Ich weiß nicht mehr.« Den Ellenbogen auf die Lehne gestellt, hielt sie die qualmende Zigarette hoch. Immer wenn sie daran zog, trafen sich Mund und Filter auf halbem Weg, ohne dass sie den Arm von der Lehne nehmen musste.

»Hatte sie feste Termine? Männerbekanntschaften, mit denen sie sich regelmäßig getroffen hat?«

»Du meinst, einen Freund oder Partner? Nein, den hatte sie nicht. Was nicht heißt, dass es nicht Verehrer gab.«

»Auch keine neue Bekanntschaft in letzter Zeit?«

»Ich sag doch, da war niemand. Ein paar haben's versucht, und einer wurde aufdringlich, aber sie hat ihn abblitzen lassen.« Giftig wandte sie sich Lansgrol zu. »Als ich euch Bullen gesagt hab, ihr sollt euch den mal vorknöpfen, da hat's euch 'nen Scheiß interessiert. Und jetzt kommt ihr hier angekrochen, wo's passiert ist!« Sie nahm einen festen Zug und pustete den Qualm zur Decke.

Sånbergen empfand ihr Verhalten als anmaßend, was aber nicht hieß, dass ihre Vorwürfe unbegründet sein mussten. »Wovon redest du?«

»Frag ihn.« Sie deutete auf Lansgrol, der den Blick senkte.

»Ein Typ namens Liam Krogh«, erklärte er dann. »Er hat Dana Eklund nachgestellt, vor ein paar Monaten, und es kann sein, dass er handgreiflich geworden ist. Kurz darauf wurde er es jedenfalls bei einer anderen und hat dafür ein Jahr ohne Bewährung bekommen.«

»Das heißt, er sitzt noch?«

Lansgrol nickte, und Sånbergen strich Krogh gedanklich sofort von der Verdächtigenliste. Er wandte sich wieder Margareta zu. »Was hat Dana beruflich gemacht?«

»Sie hat Fahrradtouren und Wanderungen angeboten, hier im Trekantområdet.«

»Hm, kein medizinischer Hintergrund? Hat sie vielleicht mal Medizin studiert? Oder sich für eine Stiftung aus Odense engagiert, die FMR?«

»Wieso denn das? Nein, mit so was hatte sie nichts am Hut. Sie war ein Naturmensch, wollte unabhängig sein, ein freies Leben führen.«

Das hatte Sånbergen nicht erwartet. Die Stiftung war die Verbindung zwischen den bisherigen Opfern. Wie passte dann Dana Eklund hier rein? Ihm blieb nichts anderes übrig, als zunächst im Trüben zu fischen. »Wofür hat sie sich sonst interessiert?«

»Lass mich nachdenken ... Sie las gerne, machte Spaziergänge, und manchmal hat sie Geige gespielt. Nicht ambitioniert, aber auch nicht schlecht. Irgendwann hat sie angefangen, Unterricht zu nehmen, und dann wurde es ganz passabel, was ich so gehört habe.«

»Sie hat Unterricht genommen?«

»Ja, einmal in der Woche. Wenn ich's recht überlege: Vorgestern müsste sie eine Stunde gehabt haben.«

»Vorgestern? Donnerstag? Um welche Uhrzeit?«

»Sie ist immer so um fünfzehn Uhr los.«

»Und du hast sie danach nicht noch einmal hier gesehen?«

»Ich denke nicht.«

Ein erster Anhaltspunkt, was die Tatzeit anging. »Weißt du, wer ihr Geigenlehrer ist?«

»Ja, seinen Namen hat Dana mal erwähnt. Ede Lund. Er wohnt nicht weit von hier, Dana ist immer zu Fuß zu ihm hin.«

»Hast du einen Schlüssel zu Danas Cottage? Ich würde mich dort gern schon mal umsehen. Die Spurensicherung wird auch noch kommen.«

»Ich schließ euch auf.« Margareta nahm einen Schlüssel vom Haken, und sie gingen hinüber zum angrenzenden Cottage.

Dana Eklunds Haus war modern und überraschend hochpreisig eingerichtet. Sånbergen hatte – er wusste selbst nicht, wieso – eher mit gut erhaltenen Secondhandmöbeln gerechnet, die man für wenig Geld bekam. Aber hier war alles, auch die Dielen, aus massivem Holz. »Es sieht aus, als hätte Dana keine finanzielle Not gehabt.«

»Denke nicht. Ich glaube, sie wurde finanziell unterstützt, hab sie aber nie gefragt«, antwortete Margareta, die an der Tür stehen geblieben war.

Das ließe sich herausfinden, dachte Sånbergen und streifte durch die Räume. Er suchte nach Hinweisen auf einen gelegentlichen Mitbewohner, Anzeichen für einen überstürzten Aufbruch oder ein gewaltsames Eindringen. Aber er fand nichts dergleichen. Und er fand auch keine Violine, weshalb er sich wieder Margareta zuwandte. »Weißt du, wo sie ihre Violine aufbewahrt?«

Sie nickte und deutete auf einen offenen Schrank. »Da liegt sie normalerweise, in einem weißen Koffer. Es ist eine deutsche Nachbildung einer Stradivari, hat Dana mal erzählt. Kein teures Modell, eines für Anfänger, mit ein paar Macken. Aber ihr Geigenlehrer habe sie ihr empfohlen.«

Tatsächlich schien Dana Eklund nach dem Geigenunterricht nicht mehr nach Hause gekommen zu sein. Sie musste das Instrument bei sich gehabt haben – wahrscheinlich hatte der Täter es samt Geigenkasten einfach verschwinden lassen, vielleicht an einem abgelegenen Ort verbrannt. Wie auch die Kleidungsstücke.

Sånbergen bedankte sich bei Margareta für die Auskünfte, und sie verließen das Haus. Sånbergen sah sich um, überlegte, weitere Nachbarn zu befragen, versprach sich aber zunächst mehr davon, dem Hinweis auf den Geigenlehrer zu folgen und die rechtsmedizinische Untersuchung abzuwarten. »Kannst du die Befragung dieses Ede Lund übernehmen, am besten noch heute?«, wandte er sich an Lansgrol.

»Ja, klar, sollte kein Problem sein.«

»Gut, danke.« Sånbergen setzte sich in Bewegung und marschierte vor Lansgrol die Zufahrtsstraße zum Wagen hinunter, während er weitersprach. »Ich will wissen, wann Dana am Donnerstag von Lund weg ist und wo sie danach hinwollte.«

»Ja, ich werde gleich hinfahren und gebe Bescheid, sobald ich was weiß.«

Sånbergen hörte Lansgrol mit kleinen Schritten aufholen. »Und was den früheren Fall hier angeht – ich halte es für möglich, dass es eine Verbindung zu den aktuellen Morden gibt.«

»Der frühere Fall? Du meinst Ida Svensson?«

»Natürlich. Torben Hauser soll sie erschlagen haben.«

»Das hat er. Gar nicht weit weg von hier, auch am Seest Mølleå.« Ein Windstoß zerrte erneut an Lansgrols Hut, den er wieder mit einer Hand festhielt.

»Zumindest wurde er dafür verurteilt. Aber ich bin die Protokolle durchgegangen und habe mir die Tatortfotos angeschaut, und die lassen das Ganze etwas unklar erscheinen. Außerdem hat Hauser etwas von einem ›Deal‹ erwähnt. Hat er die Tat damals gestanden?«

»Ja, letztlich schon.«

Sånbergen drosselte sein Tempo. »Was meinst du mit ›letztlich schon‹?«

»Er hat zuerst alles abgestritten. Es wäre also ein reiner Indizienprozess geworden, aber wir wollten nicht, dass sich das ewig hinzieht. Und die Sachlage sprach gegen ihn, also haben wir ihm einen Deal angeboten und uns geeinigt.«

»Auf Totschlag im Affekt.«

»Ein Geständnis mit einer kürzeren Haftstrafe war uns lieber als eine lange Verhandlung, wo man nie genau weiß, was rauskommt. Hauser ist irgendwann drauf eingegangen, und wenn du mich fragst, ist er verdammt gut dabei weggekommen.«

Sånbergen warf ihm einen Seitenblick zu. »Und was war Hausers Geschichte gewesen?«

»Wie meinst du das?«

»Es gab einen ›Deal‹, was einen Kompromiss bedeutet – jeder rückt von seiner Darstellung etwas ab, und man trifft sich irgendwo in der Mitte. Wie hatte Hauser die Sache ursprünglich dargestellt?«

»Er meinte, dass er mit Ida Svensson verabredet war und auf sie gewartet habe, aber dann habe ihn jemand niedergeschlagen. Und als er wieder zu Bewusstsein gekommen sei, habe Ida tot dagelegen.«

Sånbergen blieb stehen. »Er hat explizit gesagt, sie habe ›dagelegen‹?«

»Ja, ich denke schon. Wieso?«

»Es waren Stofffasern ihres Oberteils an dem Baum, vor dem sie gelegen hat, aber der Kampf hat einige Meter davon entfernt stattgefunden. Wie sind die dahin gekommen?«

Lansgrol stöhnte auf. »Was weiß ich? Das ist vier Jahre her ...«, meinte er lapidar.

Eine unbefriedigende Antwort, wie Sånbergen fand. Aber noch etwas anderes machte ihn stutzig. »Hauser hat gesagt, ›ihn habe jemand niedergeschlagen‹? Bedeutet das, dass da noch jemand am Tatort gewesen sein könnte?«

»Was sollte er sonst erzählen, wenn er aus der Nummer rauswollte? Ich hätte das Gleiche getan.«

Eine dritte Person am Tatort. »Warum hat davon nichts im Bericht gestanden?«

»Na ja, er hat diese Aussage ja wieder zurückgenommen und zugegeben, dass er selbst das Opfer erschlagen hat.«

Sånbergen war irritiert. »Ich nehme doch an, ihr seid der Sache trotzdem nachgegangen und habt nach Spuren dieser dritten Person gesucht?«

»Natürlich, ganz nach Vorschrift. Da sind aber keine gewesen, keine anderen Fußspuren und auch sonst nichts, was auf eine dritte Person hingedeutet hätte. Und damit war die Sache für uns abgeschlossen.« Lansgrol wirkte mit seiner Erklärung zufrieden, sogar eine leichte Empörung war ihm anzumerken. »Du tust so, als hätten wir Hauser unrecht getan. Aber alles sprach gegen ihn. Er hat diesen angeblichen Dritten ja nicht mal beschreiben können.« Er sah Sånbergen von der Seite an. »Du glaubst ihm doch nicht etwa?«

»Ich bin mir nicht sicher. Aber Hauser hat ein wasserdichtes Alibi zumindest für den Mord an Dana Eklund.«

Lansgrol zuckte mit den Schultern und machte eine verständnislose Miene. »Na und? Das heißt doch nicht, dass er auch unschuldig am Mord an Ida Svensson gewesen ist?«

»Nein, nicht zwangsläufig. Aber es gibt Hinweise darauf, dass dieser alte Fall mit den aktuellen Morden in Harrislee, Sønderborg und jetzt erneut Kolding zusammenhängt. Die Fundorte und Vorgehensweisen nach der Tat ähneln sich, der Umgang des Täters mit den Opfern. Ich halte es daher für möglich, dass alle vier Morde von demselben Täter begangen wurden. Und wenn Hauser nicht der Mörder von Dana Eklund sein kann und es noch dazu eine Aussage gibt, die auf einen anderen Verdächtigen im Fall Ida Svensson hinweisen könnte …«

Lansgrol schluckte.

»Du verstehst, warum wir uns den alten Fall noch einmal ansehen müssen?«

»Ja. Jetzt schon …«

»Besorg mir alles über Ida Svensson, was noch nicht in den Akten steht. Ich will wissen, wer sie war. Ein möglicher Ansatzpunkt ist, dass sie in einem Waisenhaus aufgewachsen ist. Also such nach solchen und ähnlichen Einrichtungen, die schon in den Achtzigern existiert haben, auch nach dem Namen ›St. Raphael‹. Und dann finde heraus, ob der Name Nyberg oder die FMR-Stiftung damit in Verbindung steht.«

Lansgrol hatte einen Notizblock herausgeholt und nickte beflissen, während er mitschrieb.

»Hast du alles?«, fragte Sånbergen sicherheitshalber.

Lansgrol bejahte, dann verabschiedete er sich und stieg in seinen Wagen.

Sånbergen nahm sich noch einen Moment Zeit, rief Hanna an und brachte sie auf den neuesten Stand. Im Gegenzug erfuhr er, dass sie mittlerweile am Fundort fertig sei und bereits im »Seest Hostel« etwas westlich der Koldinger Innenstadt eingecheckt habe, wo auch für ihn ein Zimmer reserviert sei.

Eine Viertelstunde später traf Sånbergen dort ein, bezog sein Zimmer und versuchte, etwas Ruhe zu finden. Aber es waren zu viele Gedanken, die sich in seinem Kopf drehten. Eine dritte tote Frau. Kein Tatverdacht gegen Torben Hauser. Vielleicht sogar ein anderer Täter im Fall Ida Svensson. Und alles, was er hatte, waren ungeklärte Fragen rund um Johan Nyberg und eine Stiftung, die irgendwie mit einem alten Waisenhaus zusammenhing. Zu gern hätte er sich auf seine Veranda in Smalby gesetzt und seine Gedanken zerstreut, während die Abendsonne langsam am Horizont zerfloss. Aber hier gab es keine Veranda, und die Sicht aus dem Fenster reichte nur zwanzig Meter weit über die Straße bis zu dem Werbeschild eines Autoverkäufers.

Sein Handy klingelte. Lansgrol meldete sich und berichtete von der Befragung des Geigenlehrers. Lund habe ausgesagt, dass er seinen Schülern am Donnerstagnachmittag kurzfristig habe absagen müssen, weil er einen Anruf aus der Schule erhalten habe, in der seine Frau arbeitete. Sie sei nach der Mittagspause ohne ersichtlichen Grund ohnmächtig geworden, und nachdem sie für Minuten nicht wieder zu Bewusstsein gekommen sei, habe man den Notarzt und auch ihn verständigt.

»Hast du es dir bestätigen lassen?«, fragte Sånbergen.

»Das noch nicht, aber ich glaube, es ist auch nicht nötig. Lund passt nicht auf die Beschreibung, die es von eurem Verdächtigen aus Flensburg gibt. Er ist Mitte fünfzig und untersetzt, viele Haare hat er auch nicht mehr auf dem Kopf.«

»Okay. Aber Dana ist an dem Nachmittag ja trotzdem aus dem Haus gegangen, und sie hatte ihre Violine dabei. Sie hat sich also zumindest auf den Weg zu ihrer Geigenstunde gemacht.«

»Ja, Lund sagt, er habe seinen Schülern noch für diesen Tag

eine Vertretungsstunde bei einem Kollegen angeboten, der auch hier in Kolding unterrichtet. Jedenfalls in der Nähe. Ein gewisser Gunvald Dahl. Möglich also, dass Dana die Stunde bei ihm genommen hat. Aber zu diesem Dahl habe ich es heute nicht mehr geschafft.«

»Gut, dann fahre ich morgen dahin. Danke, dass du die Befragung von Lund übernommen hast.«

Sånbergen legte auf und unterrichtete Hanna, dass sie morgen zunächst noch in Kolding bleiben und erst später am Tag nach Harrislee zurückfahren würden. Dann nahm er sich den Laptop, um mit Smilla zu skypen. Eine Sache zwischen ihnen war noch offen – der Vorfall in der Segelschule. Gestern war Sånbergen nicht darauf zu sprechen gekommen, aber heute würde er es tun. Womöglich hoffte Smilla schon, dass dieses unangenehme Vorkommnis mit der Zeit an Gewicht verlieren, womöglich sogar in Vergessenheit geraten würde.

Als Sånbergen ihr vom Anruf der Segellehrerin berichtete, erschrak Smilla sichtlich. Sie setzte sich vor ihrer Webcam aufrechter hin und wurde fahrig in ihren Bewegungen, während sie zu erklären begann, was sich aus ihrer Sicht abgespielt hatte. »Ingrid war in meinem Team. Aber sie hat gesagt, ich wäre ein Angsthase und nicht gut genug für den Kurs. Den ganzen Tag hat sie mich schon genervt. Und irgendwann haben wir uns richtig in den Haaren gehabt und gezankt und gerauft, und dabei sind wir irgendwie ins Wasser gefallen.«

»Hat sich jemand verletzt?«

»Nein, es ist gar nichts passiert, wir sind einfach nur nass geworden. Ich versteh auch nicht, warum so ein Wirbel darum gemacht wird.«

Sånbergen seufzte innerlich. Sie hat das Temperament ihrer Mutter, dachte er, von meinem hat sie kein bisschen geerbt.

»*Ich* verstehe es schon. Und dass dabei nichts Schlimmes passiert, das konntest du vorher nicht wissen.«

»Du kennst Ingrid nicht, keiner mag sie. Die anderen fanden's richtig, ihr eins auszuwischen«, wehrte sich Smilla.

»Ihr habt euch als Gruppe gegen sie gestellt?«

»Alle finden sie doof.«

»Das macht die Sache nicht besser.«

Schmollend verschränkte Smilla die Arme. »Nie bist du auf meiner Seite, Pa!«

»Ich bin auf *keiner* Seite, Smilla, auch nicht auf Ingrids. Und es ist auch nicht wichtig, wo *ich* stehe.«

Smilla schwieg. Kein gutes Schweigen. Trotz allem konnte Sånbergen ihr nicht böse sein. Nicht an diesem Abend.

»Das nächste Mal, wenn so etwas vorkommt, sagst du es mir, gleich nachdem es passiert ist, okay?«

Smilla nickte, für einen Moment wirkte sie einsichtig. Und dennoch würde es wohl wieder geschehen – nicht absichtlich, nicht aus Trotz, aber vielleicht aus einem tiefen Instinkt heraus, den sie nicht kontrollieren konnte.

Sånbergen verabschiedete sich, legte auf und holte die Tagebücher von Maria Solsbæk hervor. Er war gestern bereits bis zum zweiten gekommen, Maria musste inzwischen vierzehn Jahre alt gewesen sein. Ihre Handschrift war gleichmäßig, die Formen ihrer Buchstaben schwungvoll, aber Sånbergen meinte, aus ihren Worten manchmal eine gewisse Besorgnis herauszulesen – die dann doch wieder in Zuversicht mündete. Einige Einträge überflog er nur, andere, in denen Maria etwas von sich offenbarte, las er umso aufmerksamer. Auch in diesem Buch waren einzelne Seiten herausgerissen.

21. Juni 2002

Sie sagen, Emma macht Fortschritte. Ich weiß nicht genau, was ihr fehlt, aber sie sagen, es geht ihr besser. Wir dürfen jetzt zusammen im Garten sein und treffen uns immer unter der großen Linde, sooft es geht. Dort sitzen wir dann, und sie malt, während wir reden oder ich ihr wie früher vorlese. Sie malt am liebsten bunte Blumen.

Ich freue mich, dass es ihr besser geht. Vielleicht liegt es an den Pillen, die sie uns geben. Vielleicht auch an den Tests, die sie mit uns machen. Ein Mal in der Woche. Sie sagen, sie seien nötig, aber keiner von uns mag sie, die ganzen Apparaturen sind uns unheimlich, keiner von uns will zu den Tests ins Untergeschoss.

Manchmal kommt mir das ganze Haus unheimlich vor. Der Professor, Herr Nyberg und auch der Doktor. Und die beiden Wachleute vorn am Tor.

14. Juli 2002
Hjalmar ist gar nicht so doof, wie ich immer dachte. Heute Nachmittag habe ich ihn im Garten getroffen, an dem Platz, wo ich oft mit Emma sitze, hinten bei der Linde.
Er hat mich gefragt, was mit meinen Eltern ist, und ich habe es ihm gesagt: dass sie bei einem Autounfall ums Leben gekommen sind, dass ich sie nie kennengelernt habe. Ich weiß nicht einmal, wer sie waren.
Dann habe ich ihn nach seinen Eltern gefragt, schließlich hat er es ja auch getan. Aber er wollte nicht gern darüber reden. Er hat nur gesagt, er war vorher woanders. Da hätten ihn Ärzte untersucht und etwas in seinem Gehirn gefunden, das irgendwie anders ist als bei anderen. Eine »Anomalie« haben sie es genannt. Deswegen ist er jetzt hier. Er hat noch seinen Bruder erwähnt und klang traurig dabei. Mehr hat er nicht erzählt.
Die anderen meiden Hjalmar, er ist so verschlossen. Aber ich habe keine Angst vor ihm. Vielleicht mag ich ihn sogar ein bisschen.

30. September 2002
Mit Hjalmar verstehe ich mich immer besser. Aber die anderen Kinder sehen uns komisch an. Uns beide und auch Emma. Sie sagen, der Professor und Herr Nyberg halten uns drei für was Besonderes. Ich glaube, es hat mit dem Untergeschoss zu tun. Sie nennen uns die »Lieblinge des Professors«, »die drei Auserwählten«. Sie könnten uns auch »die Aussätzigen« nennen. Sie mögen uns nicht. Ich habe das Gefühl, sie wollen uns nichts Gutes.
Hjalmar sagt, ihm macht das nichts aus. Mir aber schon. Ich will nicht anders sein. Ich will ganz normal sein, so wie die Kinder da draußen, die irgendwo zur Schule gehen und sich mit anderen normalen Kindern treffen.

Manchmal stellen wir uns einen Ort vor, an dem wir gern leben würden, weit weg vom St. Raphael, irgendwo hinter dem Alsensund. Ein Ort, an dem immer die Sonne scheint, so heiß, als könnte es nie Winter werden.

Sånbergen schlug das Buch zu und starrte die Decke an. Es war mittlerweile nach zweiundzwanzig Uhr, aber an Schlaf nicht zu denken. Er mochte die Maria aus den Tagebüchern. Doch welche Rolle fiel ihr bei der ganzen Sache zu? Ihre Erzählungen vermittelten eine unbehagliche Atmosphäre des Waisenhauses. Und was war das mit diesen Pillen, den Tests und dem Untergeschoss, das sie erwähnte?

Er schickte eine Nachricht an Magnus, um zu erfahren, ob Maria Solsbæk inzwischen aufgetaucht war oder irgendjemand anderes ihre Wohnung betreten hatte. Aber nichts dergleichen war passiert.

34

Tag 11, Sonntag, 2. Juli

Nach der Morgenbesprechung mit den Koldinger Kollegen, der Verteilung der Ermittlungsaufgaben und dem Regeln der Überführung von Dana Eklunds Leiche nach Harrislee machten sich Sånbergen und Hanna auf den Weg zu Gunvald Dahl. Dessen Adresse hatte Lansgrol schon rausgesucht: Der Geigenlehrer wohnte etwas außerhalb, westlich von Kolding, nahe der Ausfahrt Lunderskov.

Während Hanna den roten Beetle steuerte, durchstöberte Sånbergen auf seinem Smartphone das Internet nach der Person, die Dana Eklund vermutlich als letzte lebend gesehen hatte. »Gunvald Dahl, Violinist und privater Musiklehrer. Geboren und aufgewachsen in Sønderborg. Er hat bereits mit fünfzehn Jahren größere Konzerte gegeben und Preise gewonnen, stand am Anfang einer Solokarriere. Und dann …« Er hielt inne.

»Und dann?«

»Ein Unfall, im Frühjahr 2004. Da war er gerade sechzehn geworden. Er ist mit seinem Moped von der Straße abgekommen, hat zwei Finger verloren, und eine Strecksehne ist gerissen. Daraufhin musste er seinen Traum vom Stargeiger begraben.«

»Furchtbar. Wenn ich mir das vorstelle – er hat vor Publikum gespielt, die Leute haben ihm zugejubelt. Und mit einem Mal ist alles dahin.«

»Seine Karriere schon, das ist wahr. Aber sein Leben hat er immerhin behalten.«

»›Sein Leben behalten‹«, wiederholte Hanna und warf ihm einen Seitenblick zu. »Das klingt ganz schön nüchtern.«

Nüchtern. Vielleicht war er das.

»Wie ist dieser Unfall damals passiert?«, kam Hanna zum Thema zurück.

»Offenbar kein Fremdverschulden. Hier steht jedenfalls nichts von einer Kollision oder anderen Verletzten. Nur, dass es auf einer Landstraße kurz vor Sønderborg geschehen ist.«

»Und was macht er jetzt, außer seiner Tätigkeit als Musiklehrer?«

»Er hat ab und zu kleinere Auftritte hier in der Region, aber es sind eher private Veranstaltungen, für die er gebucht wird, maximal zwei-, dreihundert Leute. Hochzeiten, Kammermusiksäle, Firmenfeiern und … Das gibt's doch nicht!«

»Was?«

»Du wirst es nicht glauben, aber er wurde schon mehrfach von der FMR gebucht.«

Hanna zog eine Augenbraue hoch. »Dann gibt es eine Verbindung zur Stiftung der Nybergs?«

»So ist es.«

Sie hatten ihr Ziel erreicht, und Hanna bog auf einen befestigten Feldweg ab, der von Pappeln gesäumt war. Er mündete in eine begrünte Zufahrt, die halbkreisförmig um einen Springbrunnen auf eine mit Kies bedeckte Stellfläche führte, wo ein weißer BMW und ein grüner Polo standen.

Eine blonde Frau öffnete auf Sånbergens Klingeln die Tür. Sie war ungefähr Anfang dreißig und hatte ein freundliches Gesicht

mit einer Stupsnase. Ponyfransen fielen über die kornblumen-
blauen Augen. Überrascht betrachtete sie die Dienstausweise
der beiden Kommissare, die sich für die sonntägige Störung ent-
schuldigten und ihr mitteilten, dass sie im Zuge von Ermittlungen
lediglich ein paar Fragen an Gunvald Dahl hätten.

Die Blondine stellte sich als dessen Ehefrau Katrin vor, bat
sie einzutreten und führte sie durch einen holzgetäfelten Flur,
in den entfernte Töne einer Violine klangen. Aus dem oberen
Stockwerk. Sie betraten eine komplett weiß gefliese Essküche,
der Boden so hell glänzend, dass sich das Licht darin spiegelte.
Sånbergen betrachtete beschämt seine Schuhe, die bereits Spuren
darauf hinterlassen hatten.

Katrin Dahl hatte seinen Blick bemerkt und lächelte. »Das ist
kein Problem, du kannst sie anlassen. Einen Moment, ich werde
nach Gunvald sehen.« Sie entfernte sich, und Sånbergen hörte
sie die Treppe hinaufgehen, während Hanna ihre Handtasche auf
dem Küchentisch abstellte und gezielt darauf zu achten schien,
dass keine Falten im Leder entstanden.

Kurz darauf kam ein Mann in den Raum geschlendert. Er war
mittelgroß und hatte dunkle Haare. »Hej, ich bin Gunvald Dahl.
Meine Frau sagte, ihr seid von der deutschen Polizei? Was kann
ich denn für euch tun?«

Sånbergen musterte ihn und stutzte. Die Statur des Mannes kam
ihm bekannt vor. Oder war es seine Art, sich zu bewegen? Dazu
die dunklen Haare – wie bei dem Unbekannten aus Flensburg.
Aber da war keinerlei Unbehagen in Dahls Gesicht zu erkennen,
kein Anzeichen von Beunruhigung oder schlechtem Gewissen.
Stattdessen lächelte er. Auf eine sympathische Art.

»Hej, ich bin Kommissar Marven Sånbergen, das ist meine Kollegin Hanna Wiedmann. Wir sind in der Tat von der Polizei in
Harrislee und ermitteln derzeit grenzübergreifend in einer Mordserie.«

Dahl reichte Sånbergen die Hand, während er Hanna nur mit
einem Nicken begrüßte. »Ja, eine schlimme Sache. Ich habe davon
gehört. Aber was genau führt euch zu mir?«

»Das dritte Opfer. Es wurde gestern unweit von Kolding gefunden, und ich fürchte, du kennst die Frau. Dana Eklund.«

Katrin Dahl sah erschrocken zu ihrem Mann, der ebenfalls betroffen wirkte. »Dana ist tot? Mein Gott! Ich habe ihr ab und zu Geigenstunden gegeben, wenn Ede nicht konnte.«

Sånbergen bemerkte, wie Dahls Frau an den Fingernägeln zu spielen begann, während Hanna, die scheinbar unbeteiligt durch den Raum geschlendert war, vor einem offenen Holzregal mit Gewürzdosen stehen blieb, die sie nun ordentlich aneinanderreihte, die Etiketten akkurat nach vorn gedreht.

Sånbergen deutete auf den Küchentisch, auf dem ein Teller mit einer angeschnittenen Quiche stand, eine einzelne Gabel daneben. »Wollen wir uns nicht für einen Moment setzen?«

»Okay.« Dahl wählte einen Platz mit dem Rücken zu seiner Frau, während Sånbergen sich ihm gegenübersetzte.

»Ede Lund hat gesagt, das sei am Donnerstag auch so gewesen. Er konnte nicht, deswegen seiest du eingesprungen. Stimmt das?«

»Na ja, halb. Es war so geplant, dass ich drei Schüler übernehme, das heißt, dass die Stunden hier bei mir stattfinden. Dana wäre als Letzte dran gewesen, um sechzehn Uhr. Aber kurz vorher hat sie mir eine SMS geschickt. Es sei ihr etwas dazwischengekommen, sie werde es doch nicht schaffen.« Er legte die verschränkten Hände auf den Tisch.

»Wann genau war das?«

Dahl holte sein Handy heraus und wischte über das Display. »Genau um fünfzehn Uhr dreißig.«

»Du hast sie also am Donnerstag gar nicht gesehen?«

»Nein, tut mir leid.«

»Und was hast du stattdessen gemacht, ab sechzehn Uhr?«

»Ich war hier, den ganzen restlichen Tag. Zuerst habe ich mir etwas zu essen gemacht und Katrin verabschiedet. Sie schreibt Kinderbücher und hatte abends eine Lesung. Dann bin ich hoch in mein Musikzimmer und habe bis zum späten Abend Violine geübt, ein Konzert von Sibelius.«

»Kann das jemand bestätigen?«

»Nein. Ab achtzehn Uhr, als Katrin weg ist, bis etwa halb zwölf, als sie wieder zurückkam, war ich allein.«

Sånbergen sah hinüber zu Katrin Dahl. Sie reagierte nicht, stand einfach nur still an ihrem Platz und verfolgte das Gespräch, ohne in irgendeiner Form daran teilzunehmen, ohne irgendwie erkennen zu geben, dass die Angaben ihres Mannes der Wahrheit entsprachen. Keine Geste des Beistands, keine spontane Bestätigung, keine Hand auf seiner Schulter. Nur ein winziges Nicken kam schließlich von ihr, auf eine zögernde, fast gezwungen wirkende Art, dass plötzlich eine gewisse Spannung zwischen den beiden zu spüren war.

Sånbergen ging zunächst nicht darauf ein – noch nicht, er wollte ganz bei Dahl bleiben, der für den Mord an seiner Geigenschülerin somit kein vollständiges Alibi hatte. »Okay, dann muss ich dich allerdings auch fragen, wie du die folgenden Tage verbracht hast: Dienstag, den 20., und Sonntag, den 25. Juni. Ich habe keine Eile, du kannst gern einen Kalender zu Hilfe nehmen.«

Dahl lehnte sich zurück. »Sind da die anderen Morde passiert? Ich weiß zwar nicht, wie du darauf kommst, ich könnte etwas damit zu tun haben, und ich führe auch nicht Buch über meine Aktivitäten.« Süffisant hob er eine Augenbraue. »Aber bitte schön … Am 20. werde ich tagsüber wohl Unterricht gegeben haben, wie üblich, bis siebzehn Uhr. Und der 25. Juni ist nicht schwer: Da hat meine Mutter Geburtstag, und natürlich war ich bei ihr, in Sønderborg, den ganzen Tag.«

Den ganzen Tag, dachte Sånbergen, damit hätte er für den Mord an Alma Nyberg auf jeden Fall ein wasserdichtes Alibi. »Würdest du uns die Adresse deiner Eltern geben? Ich möchte mir das bestätigen lassen.«

Dahl nickte, kritzelte etwas auf einen Zettel und schob ihn über den Tisch. Dann griff er nach der Gabel, sammelte damit ein abgebrochenes Stück der Quiche auf und ließ dem Bissen genüsslich gleich noch das letzte Stück folgen.

Die Sorglosigkeit, die er an den Tag legte, irritierte Sånbergen, der nicht so recht schlau aus dem Geigenlehrer wurde. Er rutschte etwas näher zu Dahl und beugte sich über den Tisch. »Da ist etwas, das mich interessiert. Ich habe gelesen«, sprach er mit gedämpfter Stimme, »dass vor Jahren ein Unfall deine vielversprechende Karriere als Violinist frühzeitig zunichtegemacht hat.«

Nun reagierte Dahl und zuckte regelrecht zusammen. Er legte die Gabel weg, ließ aber ein paar Sekunden vergehen, bis er antwortete.

Sein Blick war ernster geworden. »Der Unfall, ja … Zwei Finger meiner rechten Hand waren eingeklemmt, ich habe sie verloren.«

»Das tut mir leid. Es muss hart für dich gewesen sein.« Sånbergens Blick wanderte zu Dahls rechter Hand, die der nun unter der anderen verbarg. Aber soweit zu sehen war, schienen alle Finger vorhanden zu sein. »Trägst du da eine Orthese?«

Dahl nickte.

»Entschuldige, ich kenne mich damit nicht aus. Wie funktioniert so was?«

»Sie ist über eine feste Schiene mit der Hand verbunden.«

»Du führst den Bogen mit der rechten Hand, wenn du Violine spielst?«

»Ja.«

»Hattest du gehofft, damit wieder professionell spielen zu können?«

Dahls Lippen schienen sich unschlüssig in verschiedene Richtungen zu ziehen, was in einer bitteren Miene endete. »Es war ein Versuch. Aber wie vorher ist es nicht mehr geworden. Letztlich gab es seitdem für mich nur noch kleine Bühnen.«

»Und Auftritte bei Privatanlässen?«

»Natürlich.«

»Auch für die FMR-Stiftung?«

Dahl nickte knapp.

»Wie ist der Kontakt zu denen entstanden?«

»Das weiß ich nicht mehr. Irgendwer wird mich vermittelt haben. Wahrscheinlich jemand aus meinem Kundenkreis.«

»Zwei der Mordopfer haben für diese Stiftung gearbeitet. Ellen Berg und Alma Nyberg. Hast du sie vielleicht gekannt?«

»Nein, ich kenne diese Namen nicht.«

Sånbergen fischte sein Handy heraus und zeigte Dahl Bilder der beiden.

»Tut mir leid. Ich kann mich absolut nicht erinnern, eine davon jemals gesehen zu haben.«

»Okay, danke für die Auskünfte so weit. Wir melden uns bei dir, wenn wir noch Fragen haben.«

Sie verabschiedeten sich, und während Dahl am Küchentisch sitzen blieb, stellte seine Frau den leeren Teller in die Spüle. Dann brachte sie die beiden Kommissare zur Haustür und entließ sie mitten in einen Wolkenbruch.

»Bist du verstummt?«, rief Sånbergen Hanna zu, während sie über den Kiesweg zum Wagen eilten.

Die ganze Zeit bei den Dahls hatte sie kaum ein Wort gesagt, und auch jetzt reagierte sie zunächst nicht. Am Auto angekommen, hielt sie mit einer Hand ihre Jacke schützend über den Kopf, mit der anderen öffnete sie die Wagentür. Dann kletterte sie hinter das Steuer, ließ sich in den Sitz fallen und schnaufte durch.

»Nein, natürlich bin ich nicht verstummt. Ich habe mich um die Gewürzdosen gekümmert, damit wenigstens etwas in diesem Haus stimmt.«

Zynismus. Das überraschte ihn bei Hanna ein wenig.

»Damit meinst du das Verhältnis zwischen den beiden?«

»Und ob. Zwischen denen knistert es doch, oder nicht?« Nur eine rhetorische Frage, sie wartete die Antwort gar nicht erst ab. »Ich würde gern wissen, was die jetzt reden. Irgendwas stimmt da nicht, auch wenn ich verstehe, dass er von deinen Fragen etwas genervt war. Du hast ihn ganz schön hart angefasst.«

Sånbergen blickte zur Haustür. Vielleicht hatte Hanna recht, und er war Dahl gegenüber etwas voreingenommen. Zunächst war der Geigenlehrer ihm noch offen und freundlich erschienen, im Verlauf der Befragung jedoch glaubte er, einen arroganten Unterton herausgehört zu haben, was er nicht ausstehen konnte.

»Andererseits«, sagte Hanna und holte eine Serviette hervor, »gibt es auch bei Dahl eine Verbindung zur Stiftung, was vielleicht kein Zufall ist. Also habe ich zur Sicherheit die hier mal eingesteckt.« Sie faltete das Papiertuch auf, und eine kleine Gabel kam zum Vorschein.

»Ist das etwa die, mit der Gunvald gerade …?«

»Nur für alle Fälle. DNA und Fingerabdrücke. Nachdem Katrin den Teller in die Spüle gestellt hatte …« Hanna zwinkerte ihm zu und ließ die Gabel in einen Asservatenbeutel gleiten.

Sånbergen sah sie verwundert an, aber weit davon entfernt, ihr einen Vorwurf zu machen. Vielmehr dachte er, dass dies ein guter Zeitpunkt sei, ihr von Maria Solsbæks Tagebüchern zu berichten, die er sich ja ebenfalls widerrechtlich angeeignet hatte.

Hanna brauchte offenbar ein paar Sekunden, um die neuen Erkenntnisse einzuordnen, jedenfalls nahm sie das Gehörte kommentarlos zur Kenntnis und schien in diesem Moment auch nicht an Diskussionen über das Einhalten von Dienstvorschriften interessiert zu sein. Nachdem Sånbergen die Adresse von Dahls Eltern ins Navi eingegeben hatte, warf sie den Motor an, ließ den Wagen rückwärts über den Kies rollen und bog auf die Landstraße.

Regen klatschte auf den Asphalt, und Sånbergen atmete auf. Die Luft war angenehm kühl geworden, das prasselnde Geräusch auf dem Dach entspannte ihn. Sie rauschten die Straße in Richtung Süden, und er hörte sich ein weiteres Mal tief ausatmen. Dann entschwanden seine Gedanken mit der Weite der Landschaft, und Hannas Frage nach Smillas Befinden hörte er nur noch als säuselndes Murmeln, das sich in das surrende Geräusch des Motors fügte.

35

Helles Licht weckte Sånbergen. Den Kopf gegen das Seitenfenster gelehnt, öffnete er die Augen, blinzelte und fand sich in einer geradezu fremdartig erscheinenden Umgebung wieder. Gerade hatte es noch geregnet, jetzt standen zu beiden Seiten der Straße schmale Holzhäuser in der Sonne, als hätte man sie wie Perlen an einer Schnur aufgereiht. Sie waren schlicht und ohne Erker gebaut, hafergrau gestrichen, mit weißen Pfosten und roten Dächern, die Farben verblasst. Tiefe Lattenzäune begrenzten die Vorgärten, und an einer Stelle, wo eine Leiste quer stand, stieg soeben ein Fuchs durch die Öffnung und verbarg sich im hochstehenden Gras. Die Gehsteige waren grob gepflastert, Unkraut kroch zwischen den Steinen hervor. Hin und wieder bäumte sich die Wurzel einer jungen Linde darunter auf und hob den Boden an.

»Wo sind wir?«, fragte Sånbergen schlaftrunken.

»In Dybbøl, kurz vor Sønderborg. Es ist Nachmittag, du hast sowohl den Stau bei Rødekro als auch den Regen verschlafen.«

Langsam kam Sånbergen in die Gegenwart zurück und wusste wieder, warum sie hier waren. Die Befragung von Dahls Eltern, Gunvalds Alibi.

Hanna stellte den Wagen ab, ging voraus und klingelte. Kurz darauf trat eine Frau mit hochrotem Kopf nach draußen. Sie war etwa Mitte sechzig, hatte ein verkniffenes Gesicht und holte sofort zu einer abweisenden Geste aus. »Was auch immer es ist, das passt mir im Moment gar nicht!«, rief sie schmallippig. »Das Essen steht auf dem Herd.«

»Elisabeth Dahl?«, fragte Hanna, und die Frau nickte kurz. »Wir wollen nicht lange stören, nur ein paar Minuten. Wir sind von der deutschen Polizei, aus Harrislee.«

»Polizei? Aus Harrislee? Was wollt ihr hier?«

Sånbergen hielt seinen Dienstausweis hoch. »Es geht um Gunvald Dahl. Ist das dein Sohn?«

Elisabeth zuckte mit den Schultern. »Ja und? Gunvald ist doch nichts passiert?«

»Nein, keine Sorge. Ihm geht es gut. Dürfen wir eintreten?«

Noch immer beäugte Elisabeth die beiden misstrauisch, dann trat sie zögerlich zur Seite und ließ sie hinein.

Ein seltsam beklemmendes Gefühl beschlich Sånbergen, als er das Haus betrat. Ein schmaler, düsterer Korridor. Der Schatten eines Kindes schien hier zu hausen – mehrere gerahmte Bilder eines dürren Jungen hingen an den Wänden, dazu passende Fotos standen auf einer Kommode. Darüber zwei Gemälde mit biblischen Motiven, als würden sie über das Kind wachen. Sånbergen musste die oberen Knöpfe seines Hemdes öffnen, etwas an diesem Ort engte ihn ein.

Die Tür zur Küche stand offen. Kein Essen auf dem Herd. Im Wohnzimmer ein Aquarium mit bunten Süßwasserfischen zur Linken. Geradeaus zwei Kommoden und ein zum Gartenfenster gerichteter Ohrensessel, rechts Bücherregale und eine Sitzgruppe. Eine raue Stimme hauchte französische Chansons aus einer Musikanlage.

»Wir haben Gunvald heute besucht, ihn und seine Frau«, sagte Sånbergen.

»Katrin …« Elisabeth sprach den Namen in einem abfälligen

Tonfall aus. »Allein ihretwegen ist er damals zu ihr nach Kolding gezogen. Und dabei kannten sie sich erst ein paar Monate und haben dann trotzdem gleich geheiratet!«

»Wann genau war das?«

»Anfang 2019. Er ist Hals über Kopf hier weg. Und es war ein Fehler, das eine wie das andere.«

Anfang 2019, dachte Sånbergen. In dem Frühjahr war Ida Svensson in Kolding ums Leben gekommen.

»Elisabeth!«, rief eine mahnende Stimme aus Richtung des Ohrensessels, und sie hielt kurz inne.

Sånbergen sah nur die Rückseite des riesigen Möbelstücks und konnte die Person darin nicht erkennen. Er schaute fragend zu Elisabeth.

»Mein Mann. Henry«, sagte sie, ohne jedoch eine weitere Erklärung anzufügen oder Henry Dahl aufzufordern, seinen Sessel zu verlassen und sich zu ihnen zu gesellen.

»Du glaubst, Katrin ist nicht die Richtige für Gunvald?«, fragte Sånbergen weiter.

Elisabeth machte einen Schritt auf ihn zu und kam mit ihrem Gesicht unangenehm nahe an seines heran. »Katrin sagt, ich würde meinen Sohn einengen. Seine Therapeutin hatte das ja auch behauptet.« Sie hatte die Worte förmlich herausgezischt, und mit ihrem Atem verströmte sie einen säuerlichen Geruch.

»Ich wusste gar nicht, dass er eine Therapeutin hat.«

Kurz zuckte Elisabeths rechtes Augenlid. »*Hatte!* Er geht schon seit Jahren nicht mehr zu dieser Anita Carlsgren. Sie ist *Psychiaterin*«, erklärte sie mit spitzem Unterton. »Sie hat versucht, Gunvald gegen mich aufzustacheln. Nicht dass es ihr gelungen wäre, aber versucht hat sie es sehr wohl!« Sie machte zwei Schritte zu einer Glasvitrine, öffnete sie mit flinken Handgriffen und entnahm eine Flasche Erdbeerlikör.

»Gab es einen bestimmten Grund, warum er sie aufgesucht hat?«

Elisabeth füllte ein Schnapsglas bis zum Rand und nippte daran. »Wegen dem Unfall. Aber das ist schon viele Jahre her. Er hat damals zwei Finger verloren. Vorher war er leidenschaftlicher Violinist und stand am Beginn einer Solokarriere, aber daraus wurde dann nichts mehr.« Sie seufzte. »Wem würde das nicht zu schaffen machen? Nun ja, er hat sich das jedenfalls sehr zu Herzen genommen und sich daraufhin an diese Anita Carlsgren gewandt. Ich musste das akzeptieren, habe aber nie ein Geheimnis daraus gemacht, dass ich ihr gegenüber skeptisch war. Vor allem als sie damit ankam, dass mein Sohn angeblich schon seit der Kindheit unter einer ›chronischen Psychose‹ leidet. Vielleicht ist Gunvald ja einfach nur etwas sensibler als andere.« Sie stockte und schaute Sånbergen mit einem Mal misstrauisch an. »Weshalb erzähle ich euch das überhaupt? Was wollt ihr eigentlich?«

»Dürfen wir uns einen Moment setzen?«, fragte Hanna.

Elisabeth nickte widerwillig, deutete auf eine Sitzgruppe blieb ihrerseits aber mit angespannten Schultern stehen, die Fingerspitzen beider Hände gegeneinandergedrückt.

Von ihrem Mann im Ohrensessel kam weiterhin kein Laut, und Sånbergen fragte sich, warum Henry das Gespräch allein seiner Frau überließ.

»Wir ermitteln derzeit grenzübergreifend in einer Mordserie«, sagte er, nachdem sie Platz genommen hatten. »Drei Frauen wurden in den letzten zwei Wochen ermordet. Alle drei hier an der Ostküste.«

Elisabeth schaute ihn mit großen Augen an. »Und was haben wir damit zu tun? Oder Gunvald?«

»Wahrscheinlich gar nichts. Aber eine dieser Frauen war eine Geigenschülerin von Gunvald. Dana Eklund. Sagt dir der Name etwas?«

Elisabeth schüttelte wortlos den Kopf.

»Ich weiß, das ist eine unangenehme Situation, aber wir würden Gunvald gern als Verdächtigen ausschließen.«

»Als Verdächtigen? Aber wieso …? Wer sagt denn, dass mein Sohn …?« Sie presste die Lippen aufeinander.

»Niemand behauptet das.«

»Warum seid ihr dann hier? Ganz offensichtlich verdächtigt ihr ihn doch.« Ihre Atmung beschleunigte sich merklich. »Es ist wegen dieser Psychose-Diagnose, nicht wahr? Sie macht ihn verdächtig in euren Augen!«

»Elisabeth!«, ertönte nun doch wieder die Stimme aus dem

Ohrensessel. Ein kleiner Mann mit grauen Haaren erhob sich und schaute über die Lehne zu ihnen herüber. »Sie machen nur ihre Arbeit, halte dich etwas zurück.«

»Keine Sorge, wir urteilen nicht voreilig«, sagte Sånbergen. »Aber wenn wir diese Mordserie beenden wollen, müssen wir einfach alles und jeden beleuchten.« Sein Tonfall wurde nachdrücklicher. »Das zweite Opfer ist vor einer Woche ums Leben gekommen, am 25. Juni.«

Elisabeth stutzte. »Das war mein Geburtstag, da war Gunvald hier.« Ihr Blick wanderte zu ihrem Mann, der wortlos nickte.

»Den ganzen Tag?«, fragte Sånbergen.

»Natürlich, wie jedes Jahr. Er kam mittags und ist bis zum Abend geblieben.« Elisabeth hatte sehr schnell geantwortet und sah nun im Wechsel Hanna und Sånbergen an, als erwarte sie von ihnen, jetzt eine Entlastung ihres Sohnes zu äußern.

»Wir waren zusammen mit Gunvald spazieren«, ergänzte ihr Mann. »Das machen wir an Elisabeths Geburtstag immer. Diesmal waren wir zwei ganze Stunden unterwegs und erst gegen neunzehn Uhr zurück. Dann haben wir uns verabschiedet, und er ist zurück nach Kolding gefahren.«

»War er allein hier, oder gibt es weitere Verwandte, die zum Geburtstag gekommen sind?«, fragte Sånbergen.

»Er war allein. An Verwandtschaft gibt es nur noch meinen Bruder, Nils. Aber der war nicht hier, der Kontakt zu ihm ist schon vor vielen Jahren abgebrochen.« Er seufzte und wurde auf einmal unerwartet gesprächig. »Ich fand das immer schade, gerade er und Gunvald hatten früher eine enge Beziehung. Aber das hat sich dann offenbar geändert, und auch Elisabeth legte keinen Wert mehr auf seine Gesellschaft. So haben wir uns irgendwann aus den Augen verloren.«

Ein Onkel, der Gunvald gekannt hatte, ihm offenbar sogar freundschaftlich verbunden gewesen war. »Nils – und weiter? Wir würden auch mit ihm gern sprechen.«

»Nils Randrup«, antwortete Henry Dahl. »Eine Adresse haben wir nicht, aber ...« Er stand auf, lief zwei Schritte zu einem Holzregal und zog ein Fotoalbum heraus. »Das hier ist von ihm.« Während seine Frau mit deutlich missbilligenden Blicken zusah, schlug Henry das Album auf, legte es auf den Tisch und tippte auf eines der Fotos, unter dem die Jahreszahl 2003 stand. »Das sind Nils und Gunvald.«

Ein Mann und ein Teenager waren auf dem Bild zu sehen. Sånbergen hätte Gunvald, der seinerzeit etwa fünfzehn Jahre alt gewesen war, auch ohne den Hinweis erkannt – er hatte sich seit damals erstaunlich wenig verändert. Nils Randrup musste etwa Mitte vierzig gewesen sein. Er hatte ein freundliches Gesicht mit dunklen Augen. Die Aufnahme war offenbar beim Angeln an einem kleinen See entstanden, fotografiert entweder von einer dritten Person oder per Selbstauslöser. Beide hielten stolz lachend je einen stattlichen Hecht in die Kamera. Im Hintergrund hügeliges Land und eine große Holzhütte.

»Früher haben die beiden viel Zeit miteinander verbracht, die Ferien, manchmal auch Wochenenden. Dann sind sie zu Nils' Hütte gefahren.« Henry Dahl wirkte wehmütig, als er die Bilder betrachtete.

»Es sieht wirklich so aus, als hätten sie sich gut verstanden«, sagte Sånbergen. »Wieso irgendwann nicht mehr? Was ist passiert?«

Henry zuckte mit den Schultern. »Ich habe nicht die geringste Ahnung. So ist Familie eben manchmal.«

Vielleicht, dachte Sånbergen, manchmal. Er legte seine Visitenkarte auf den Tisch und machte Anstalten, sich zu verabschieden, doch verharrte in der Bewegung. Ihm war noch ein Gedanke gekommen. »Gunvald hat unter anderem Konzerte bei Charity-Events der FMR-Stiftung gegeben. Ihr wisst schon, Gäste werden geladen, es wird zu Spenden aufgerufen und es gibt etwas Musik. Kennt ihr die Stiftung, hat er mal davon gesprochen? Die Familie Nyberg hat sie 1987 gegründet.«

Elisabeth schüttelte den Kopf.

»Und ein Waisenhaus, das St. Raphael heißt? Klingelt da irgendwas?«

»Nein. Und was hat das überhaupt mit meinem Sohn zu tun? Er ist hier bei uns aufgewachsen, ganz wohlbehütet.«

»Ich weiß, diese ganzen Fragen sind irritierend. Aber wie gesagt, wir müssen in alle Richtungen ermitteln. Ich denke, das reicht jetzt auch fürs Erste. Vielen Dank, dass ihr uns Auskunft gegeben habt.«

Sie verabschiedeten sich, und Sånbergen war froh, diesen Ort verlassen zu können. Er fand Elisabeth Dahl unangenehm dominant und fragte sich, wie Gunvalds Kindheit wohl gewesen war. Er stellte sich Elisabeth als übermächtige Mutter vor, gleichzeitig schützend und fordernd, und daneben den jungen Dahl, wie er sich ihrem Willen fügte. Sånbergen bedauerte ihn nicht, aber ebenso wenig beneidete er ihn.

Der Besuch war jedenfalls nicht umsonst gewesen. Sie hatten erfahren, dass Gunvald Dahl offenbar schon seit der Kindheit an einer psychischen Störung litt. Und was sein Alibi für den Mord an Alma Nyberg betraf, hatten seine Eltern es nicht vollständig bestätigen können. Alma war am 25. Juni abends um kurz vor sieben aus dem Haus gegangen und hatte sich nach Sønderborg fahren lassen. Etwa zur selben Zeit hatte sich Gunvald Dahl von seinen Eltern verabschiedet. Es wäre ihm Zeit genug geblieben, um sich irgendwo in der Stadt mit Alma zu treffen, sie im weiteren Verlauf des Abends umzubringen und ihre Leiche herzurichten. Gunvald hatte die Gelegenheit gehabt – und durch seine Konzerte auch eine Verbindung zur Stiftung der Nybergs.

Und da war noch etwas: Elisabeth hatte erwähnt, dass Gunvald Anfang 2019 zu seiner künftigen Frau Katrin nach Kolding gezogen war – kurz bevor dort Ida Svensson ums Leben kam. Damit erschien plötzlich sogar hierzu eine Verbindung möglich, und in Sånbergen entstand mehr und mehr das Gefühl, dass Gunvald irgendwie in den Fall verstrickt war – erst recht, als er durch einen Anruf bei Katrin Dahl erfuhr, dass sie am 25. Juni abends eine Lesung in Kopenhagen gehabt hatte und nicht sagen konnte, wann Gunvald vom Geburtstagsbesuch bei seiner Mutter nach Hause gekommen war.

Sie setzten sich in den Wagen, und Sånbergen steuerte Harrislee an, wo er Hanna gegen achtzehn Uhr vor ihrer Haustür absetzte. Für einen Moment beobachtete er noch, wie ihre beiden Töchter bereits mit den Gesichtern an der Scheibe klebten und, als sie ihre Mutter erkannten, dann von dort wild winkten und Freudentänze aufführten, bevor auch er sich auf den Weg nach Hause machte.

Als er im Vorabendlicht durch den Garten der Southern-Ranch lief, überkam ihn fast ein heimisches Gefühl. Irgendwie mochte er diesen Ort hier draußen. Das friedliche Zirpen der Grillen. Das Knarren der Stufen, wenn er zur Veranda hochging. Das Zuschlagen der Fliegenklappe hinter ihm, wenn er das Haus betrat. Ganz ähnlich wie zu Hause in Smalby. Er musste zugeben, dass Walin ihm mit dieser Unterkunft einen Gefallen getan hatte.

Sånbergen machte sich etwas frisch, lief einmal durch die Räume, um sich zu vergewissern, dass noch alles unverändert war, und skypte dann mit Smilla. Ihren Streit mit Ingrid und den Rauswurf aus dem Segelkurs erwähnte sie nicht mehr, dafür kam sie rasch auf Jonas zu sprechen, den Jungen, den sie kennengelernt hatte.

»Wir haben den Vergaser von seinem Moped repariert, und dann sind wir am Fluss rumgefahren. Er hat mich hinten mit draufgenommen, weil ich ihm geholfen hatte, und der Vergaser hat prima funktioniert.« Smilla war ganz aufgekratzt. Entweder wegen Jonas oder wegen des Mopeds.

»Wie alt ist Jonas?«, erkundigte sich Sånbergen und hätte die Frage am liebsten gleich wieder zurückgenommen, weil sie nach Mahnung und Kontrolle klang. Aber wenn der Junge ein Moped fuhr – und einen Führerschein hatte –, musste er schon mindestens fünfzehn sein, deutlich älter als Smilla.

»Er ist vierzehn«, sagte sie und wirkte dabei stolz und zugleich ein bisschen unsicher.

Vierzehn. Entweder einer der beiden hatte ein Jahr unterschlagen, oder Jonas fuhr ohne Führerschein durch die Gegend. Eine Option war nicht viel besser als die andere, und Sånbergen begann sich zu fragen, welchen Einfluss Jonas auf seine Tochter nehme. Er wusste, Smilla neigte dazu, neue Bekanntschaften in zwei Kategorien einzuteilen – sie entweder abzulehnen oder zu ihrem Vorbild zu erheben. Dieser Jonas schien zur zweiten Kategorie zu gehören, und Sånbergen war nicht glücklich darüber. Allerdings … Wenn er sich zurückbesann, musste er zugeben, dass seine eigenen Vorbilder in jungen Jahren auch nicht immer besonders tugendhaft gewesen waren.

Seine Gedanken wurden unterbrochen, als plötzlich eine ihm unbekannte Katze durch das Bild auf dem Monitor lief, ein paar Schritte über die Holzdielen trabte und sich bei Smilla vor der Couch auf die Seite fallen ließ. »Wer ist das denn?«, fragte er.

»Casablanca.« Smilla sah mit unschuldigem Blick unter dem zerzausten Pony hindurch. »Sie ist uns zugelaufen und furchtbar süß, findest du nicht?«

»Casablanca – du hast ihr einen Namen gegeben?«

»Clara hat sie so getauft. Sie ist auch dafür, dass wir sie behalten. Und wir können sie ja nicht allein in die Wildnis lassen, wir sind doch keine Unmenschen.«

Sånbergen fühlte sich überrumpelt. »Wir reden darüber, wenn ich wieder da bin. Falls sie nicht von allein wieder geht. Aber bis dahin sorgst du dafür, dass sie nirgendwo Spuren im Haus hinterlässt, okay?«

»Sie ist ganz brav und gut erzogen.«

Sånbergen trieb die Diskussion nicht weiter. Vielleicht würde sich die Sache ja von selbst erledigen. Smilla hatte normalerweise keinen langen Atem bei solchen Projekten, die mit regelmäßigen Pflichten einhergingen. Bisher war ihre Begeisterung für etwas Neues immer schnell erloschen, und sie hatte sich der nächsten Sache zugewandt.

Er verabschiedete sich von Smilla und nahm sich wieder die Tagebücher von Maria Solsbæk vor. Mittlerweile war er im dritten angelangt.

25. März 2003
Ich habe das Gefühl, Emma zieht sich zurück. Sie wirkt irgendwie lustlos. Vielleicht geht es ihr wieder schlechter. Oder ist sie etwa eifersüchtig wegen Hjalmar? Dabei gibt es gar keinen Grund dafür! Ich bin ja tagsüber viel mit ihr zusammen, und sie ist immer noch meine allerbeste Freundin, meine kleine Schwester.
Nur abends ist jetzt manchmal Hjalmar bei mir. Mit ihm ist es anders. Ich spüre, dass ich mich verändere, dass sich

meine Bedürfnisse verändern. Ich fühle mich zu ihm hin-
gezogen und mag es, ihn anzusehen. Und ich merke, dass er
mich auch manchmal ansieht, dass seine Blicke über meinen
Körper wandern. Aber dann sieht er immer schnell weg, weil
er weiß, dass ich es gemerkt habe.

6. April 2003
Irgendwas stimmt nicht mit Emma. Ich glaube, sie ist krank.
Sie sagt oft, dass sie müde ist, will nicht mehr in den Garten,
nicht mehr an ihrer Staffelei sitzen und malen. So kenne ich
sie gar nicht. Ich hoffe, sie wird bald wieder.

8. Mai 2003
Emma geht es immer noch nicht besser. Sie ist ganz niederge-
schlagen, und ich kann sie nicht aufheitern. Vielleicht verträgt
sie die Pillen nicht mehr, das ELN-3? Gestern war sie wieder
im Untergeschoss, weil der Professor ein paar Tests mit ihr
machen wollte. Er hat gesagt, wir brauchen das Medika-
ment, damit es uns gut geht. Weil es unsere »Gene reparieren«
kann. Vielleicht wirkt es nicht mehr bei Emma. Ich mache
mir Sorgen um sie.

23. Mai 2003
Emma hat keinen Hunger, sie isst kaum noch etwas. Sollte
sie nicht lieber in ein Krankenhaus? Ich mache mir solche
Sorgen. Ich weiß nicht, was werden soll, wenn etwas mit
ihr passiert.

Sånbergen ließ das Tagebuch sinken. Einige der Kinder im St. Raphael, darunter Maria, Hjalmar und Emma, schienen ärztlich behandelt worden zu sein, mit einem Medikament namens ELN-3, das angeblich »Gene reparieren« konnte. Vielleicht war das eines, dessen Entwicklung die FLN-Stiftung unterstützt hatte?

Er fragte sich, wie das gehe – Gene zu reparieren. Und ob das Medikament wohl auf dem Markt erhältlich sei. Im Internet machte er sich auf die Suche, konnte aber weder unter dem Namen ELN-3 noch unter ähnlichen Kürzeln etwas finden. Schließlich gab er es auf und ging zu Bett – in sich wieder dieses nagende Gefühl der Unzufriedenheit, weil die Ermittlungen dauernd neue Fragen hervorbrachten, anstatt alte zu beantworten.

36

Tag 12, Montag, 3. Juli

Kaum hatte Sånbergen an diesem Morgen sein Büro in der Harrisleer Polizeistation betreten, stand Holm in der Tür. Und genau da blieb er auch stehen, ohne die Schwelle zu überqueren, als stellte sie eine unüberwindliche Linie für ihn dar. »Morgen«, sagte er und zupfte sein weites Sakko zurecht. »Wollte nur sagen, dass ich mir die Social-Media-Accounts von Ellen Berg und Alma Nyberg angeschaut habe, auch die nicht öffentlichen Bereiche.«

»Gut. Und?«

»Sie hatten recht, Chef. Ellen Berg hat bei Facebook Bilder von ihrem Hund gepostet und dazugeschrieben, dass sie gern noch so einen hätte.«

Sånbergen musste an die Aussage des Rekruten Falk denken – das Kläffen eines kleinen Hundes auf der Rückbank jenes ominösen Autos in der Nähe des Fundorts von Ellens Leiche.

»Und bei Alma Nyberg ist es ähnlich. Sie fragt in einer Gruppe namens ›Gastro Sønderborg‹ nach einem Job in einem Café.«

So könnte der Täter also auch an Alma rangekommen sein. »Hast du dir die Nutzer angesehen, zu denen Ellen und Alma in der jeweiligen Sache Kontakt hatten?«

»Natürlich. Ein paar Leute haben auf ihre Posts reagiert. Und einer von ihnen, ein gewisser Mads Vieth, hat sogar sowohl zu Ellen als auch zu Alma Kontakt gehabt. Er hat seinen Account aber am 30. Juni um sechs Uhr dreiundzwanzig gelöscht.«

»Also einen Tag bevor die Leiche von Dana Eklund gefunden wurde. Was weißt du über diesen Nutzer?«

»Leider gar nichts, an seine Identität komme ich nicht ran.

Und auch in den Telefonkontakten von Ellen und Alma habe ich nichts dahingehend gefunden, dass er auf die Weise mit ihnen in Verbindung getreten ist. Aber …« Holm ließ eine dramatische Pause, bevor er fortfuhr. »In der Telefonliste von Dana Eklund, die die dänischen Kollegen uns geschickt haben, bin ich auf etwas anderes gestoßen.« Er holte Luft und plusterte sich dabei nun regelrecht auf. »Da gibt es neben Gunvald Dahl nämlich noch einen Namen, der uns bekannt ist. Und zwar Helmut Weisentheimer.«

Sånbergen glaubte, sich verhört zu haben. »Sie hat Weisentheimer gekannt?«

»Könnte man so sagen. Es ist allerdings noch interessanter: Dana Eklund war verheiratet, lebte jedoch schon lange von ihrem Ehemann getrennt. Den Nachnamen Eklund hatte sie von ihm. Geboren aber wurde sie in Deutschland, und zwar als … Dana Sabrina Weisentheimer, Tochter von Helmut Weisentheimer.«

Sånbergen war sprachlos. Dana Eklund war Weisentheimers Tochter gewesen. Die Tochter jenes Professors, der 1987 zusammen mit Johan Nybergs Vater die FMR-Stiftung gegründet hatte und dessen Name in Maria Solsbæks Tagebüchern auftauchte.

Er wandte sich Holm zu, der inzwischen doch einen halben Schritt ins Büro getreten war. »Du musst diesen Professor Weisentheimer ausfindig machen. Wir müssen ihn dringend als Zeugen vernehmen.«

Holm stand schnurgerade. »Vorladung Professor Weisentheimer. Alles klar. Wenn ich was Neues habe, melde ich mich sofort, ohne Umwege.« Es hätte nur noch gefehlt, dass er salutierte, bevor er kehrtmachte und so schnell aus dem Büro eilte, dass Sånbergen einen weiteren Auftrag fast nicht mehr losgeworden wäre.

»Stopp, ich habe noch etwas!«

Holm blieb wieder auf der Schwelle stehen.

»Überprüfe auch Gunvald Dahl. Lass dir von den dänischen Kollegen die Verbindungsdaten von dessen Festnetzanschluss besorgen. Ich will wissen, ob es Kontakte zur FMR-Stiftung gegeben hat und, wenn ja, mit wem er dort gesprochen hat. Er muss ja irgendwie seine Konzerte organisiert haben. Und ich will die Ergebnisse spätestens bis morgen früh.«

Holm sagte zu, abermals auf seine allzu dienstfrige Art, und Sånbergen schaute ihm kopfschüttelnd nach. Dann machte er sich auf den Weg zur Rechtsmedizin. Ansgar hatte ihm die Nachricht zukommen lassen, dass die Obduktion von Dana Eklund abgeschlossen sei.

***

Die Leiche war schon wieder zugenäht, die Schnitte verliefen in einer Y-Form von den Schlüsselbeinen zum Brustbein. Genauer wollte Sånbergen nicht hinschauen.

Ansgar säuberte seine Instrumente unter einem Wasserstrahl in einem Stahlbecken. »Gleiche Todesursache wie bei Ellen Berg und Alma Nyberg, kein Zweifel. Sie ist ertrunken, und wieder ist diese Flüssigkeit in ihren Lungen.«

»Weder Salz- noch normales Süßwasser?«

»Korrekt. Das, was sie in den Lungen hat, ist für den menschlichen Organismus weitestgehend neutral, ph-Wert und Salzgehalt entsprechen denen der meisten Körperflüssigkeiten. Ihre Lunge hat weder ein ausgeprägtes Emphysem noch ein Ödem entwickelt.«

»Was ist mit äußeren Verletzungen?«

Ansgar drehte das Wasser ab und wandte sich der Leiche zu. »Nur diese striemenförmigen Abdrücke am rechten Unterarm, genauer gesagt: an der vorderen Innenseite.« Er hob den Arm der Toten etwas an und drehte die Handfläche zur Decke. »Sie müssen von Fingern stammen, die den Unterarm kräftig gepackt haben.«

»Abdrücke des Täters?«

»Höchstwahrscheinlich. Sie sind erst kurz vor Eintritt des Todes entstanden, so wie ihre weiteren Verletzungen.«

»Es gibt noch mehr?«

»Ja. Sie hat eine Prellung am Hinterkopf und eine Schürfwunde am Fuß.« Ansgar winkelte ein Bein der Leiche an, und eine längliche Hautläsion von der Unter- zur Hinterseite der Ferse wurde sichtbar.

»Und alle sind zur selben Zeit entstanden?«

»So ist es. Ich nehme an, dass alles Abwehrverletzungen sind.« Er legte das Bein wieder ab.

»Sie hat sich also gewehrt – wurde ihr kein Beruhigungsmittel verabreicht?«

»Doch. Ich habe wie bei den anderen Opfern entsprechende Rückstände gefunden. Aber es könnte Unterschiede in der Wirkung geben, das wäre nicht ungewöhnlich. Je nach Zustand der Leber können Betäubungsmittel unterschiedlich schnell abgebaut werden. Tatsächlich könnte es sein, dass sie zunächst bewusstlos war, die Wirkung bei ihr aber schneller nachgelassen hat und sie unerwartet aufgewacht ist, vielleicht durch den Aspirationsreflex.«

»Aspirationsreflex – du meinst den Moment, als die Flüssigkeit in ihre Lungen gekommen ist?«

Ansgar nickte. »Wo und wie auch immer das passiert ist.«

Der Aspirationsreflex, dachte Sånbergen und stellte sich vor, wie das Opfer mit dem Kopf unter Wasser gedrückt wurde. »Wäre ich der Täter, hätte ich versucht, sie in einer Badewanne zu ertränken.«

»Das war auch mein erster Gedanke: eine Badewanne, die mit dieser Flüssigkeit gefüllt ist. Wenn sie da zu sich kommt, fuchtelt sie mit den Armen und Beinen und versucht, aus dem Wasser zu kommen. Aber der Täter hält sie unten, fixiert dabei ihren Unterarm, das würde zu den Abdrücken passen. Auch die anderen Verletzungen wären mit diesem Szenario zu erklären: Sie schlägt mit dem Hinterkopf gegen den Badewannenrand, und als sie strampelt, schleift sie mit der Ferse über die Ablaufgarnitur.«

Ein grauenvolles Bild. »Der Täter war dieses Mal also gezwungen, Gewalt anzuwenden. Er musste sie unter Wasser halten und ihr dadurch bei ihrem Todeskampf zusehen. Im Gegensatz zu den anderen konnte er dieses Opfer nicht unversehrt lassen.«

Ansgars Blick zeigte Unverständnis. »Das klingt ja fast, als würdest du geradezu Mitgefühl für ihn entwickeln.«

»Keineswegs. Aber ich frage mich, ob es ihm leichtgefallen ist, ob er gezögert hat, ob er vielleicht sogar verletzt wurde, weil er nicht auf die Situation gefasst war.«

»Hm.«

»Gibt es verwertbare DNA-Spuren?«

»Nein, leider nicht. Und glaub mir, ich hab das Opfer gründlich untersucht, von oben bis unten.«

»Immerhin, Ansgar. Schritt für Schritt kommen wir weiter. Danke für deine Arbeit.«

»Gern, Marven.«

Sånbergen verabschiedete sich und schaute auf die Uhr. Es war inzwischen Mittag geworden, und er sah davon ab, wieder ins Büro zu fahren. Dort wurde er im Moment nicht gebraucht, jeder seiner Mitarbeiter wusste, was zu tun war. Endlich würden sie etwas Ordnung in den Fall kriegen – und damit blieb nun sogar Zeit, einer persönlichen Einladung nachzukommen. Ein Treffen, von dem er niemandem erzählt hatte.

Er besorgte sich in Majks Gemischtwarenladen etwas Wegzehrung, dann setzte er sich ins Auto.

37

Ein kleiner Felsblock hatte sich in den Kies des Uferstreifens am Hellesø Strand eingegraben, einen Meter hoch und unförmig, als hätte sich ein steinerner Grizzly zur Ruhe gebettet. Ein paar Meter weiter, wo Schilfgras aus dem Wasser ragte, lag ein halb verrottetes Holzboot mit dem Rumpf nach oben.

Sånbergen sah hinaus auf das Wasser des Alsenfjords, in dessen Azurblau sich die Sonne spiegelte, und von Zeit zu Zeit, wenn er glaubte, einen sich nähernden Wagen zu hören, blickte er hinauf zur schmalen Zufahrtsstraße. Irgendwann hielt dort ein winziger Fiat, und Sophie Winter stieg aus. Sie winkte, kam zu ihm ans Ufer herunter und blieb etwa zwei Meter vor ihm stehen, sodass sie die Sonne verdeckte.

»Schön, dass Sie es möglich machen konnten«, sagte sie. »Ich war nicht sicher, ob Sie meine Einladung annehmen würden.«

»Um ehrlich zu sein, ich war es auch nicht.«

Verunsichert sah sie auf.

»Tut mir leid, das war nicht persönlich gemeint, nur … Es ist keine gute Idee, Berufliches und Privates zu vermischen. Nicht als Kriminalkommissar.«

Schon war die Verunsicherung in ihrem Gesicht wieder verschwunden. »Wenn es nur das ist – ich verspreche Ihnen, Sie dürfen mich durchleuchten und Erkundigungen über mich einholen, und ich werde Ihnen kein bisschen böse sein. Deswegen habe ich Sie ja auch hierhergebeten – damit wir uns etwas kennenlernen. Ich mag es nicht, irgendwelche Geheimnisse vor mir herzutragen.« Sie ließ sich auf dem unförmigen Stein nieder, auf der Schulterpartie des Grizzlys. »Sie wissen es natürlich nicht, aber ich bin schon öfter hier gewesen, dieser Ort hat eine Bedeutung für mich, wenn auch keine erfreuliche. Kommen Sie, setzen Sie sich zu mir.«

Sånbergen ließ ein paar Sekunden vergehen, bevor er ihrer Bitte nachkam. Er war nicht gefasst auf allzu viel Persönliches.

Kurz saßen sie schweigend nebeneinander und blickten auf das Wasser, dann räusperte sie sich und begann zu erzählen. »Das erste Mal ist schon lange her, über zwanzig Jahre. Mein Vater und ich waren damals mit dem Boot unterwegs und hatten schon die halbe Ostküste hinter uns gebracht. Wir wollten hier für zwei Tage bleiben. Wir haben genau hier gesessen, und dann hat er mir gesagt, dass ich morgen ein Stück allein weitersegeln soll. Ich wusste nicht, was das sollte, ob er einen Scherz machte, und habe ihn gefragt, wie er das meint.« Schwermut legte sich in ihre Stimme. »Er hat versucht, es mir zu erklären. Aber ich habe es einfach nicht verstanden. Wahrscheinlich *wollte* ich es einfach nicht.«

Sånbergen fühlte sich etwas überfahren, dass sie ihm so unvermittelt diese Familiengeschichte erzählte, und fragte sich, wohin das führte. Aber er unterbrach sie nicht.

»Es hat geregnet in der nächsten Nacht. Ich bin wach geworden und habe kurz überlegt, im Zelt nebenan nach ihm zu sehen. Aber ich kam mir albern vor. Erst am Morgen bin ich zu ihm rüber.« Sie drückte ihre Finger auf die Oberschenkel. »Er war nicht mehr da und hatte mir einen Zettel hinterlassen. So etwas wie einen Abschiedsbrief, aus dem klar wurde, dass er nicht mehr zurückkommen würde. Er schrieb, dass ich das Boot ohnehin viel besser allein segeln könne, er sei nur Ballast.« Den letzten Satz begleitete sie mit einem traurigen Lächeln.

Sånbergen sagte weiter nichts, hörte nur zu.

Sophie warf ihm einen ernsten Seitenblick zu, ehe sie fortfuhr. »Er hatte einen Hirntumor, was kein Geheimnis war. Ich habe gespürt, wie er sich mit der Zeit veränderte, wie sich sein Wesen veränderte. An manchen Tagen war er wie abwesend, konnte aber von einem auf den anderen Moment furchtbar jähzornig werden. Und am nächsten Tag schien auf einmal alles wieder in Ordnung zu sein, als ob nichts gewesen wäre. Dann war er voller Elan und guter Laune, so wie ich ihn kannte. Wenn es ihm bewusst wurde, dass er sich veränderte, hatte er Tränen in den Augen und entschuldigte sich dafür, und dann sind wir stundenlang über die Felder geritten, bis einer von uns nicht mehr konnte.« Eine Träne rollte über ihre Wange. »Er sagte mal, seine Großmutter sei auch an einem Hirntumor gestorben, sie sei ›jämmerlich verreckt‹, genau das waren seine Worte. Ich glaube, er hatte Angst, auf die gleiche Weise zu enden wie sie.«

Sophies Geschichte schnürte Sånbergen die Kehle zu. Ihr Vater hatte also den Freitod gewählt. Er hatte seine letzten Stunden zusammen mit ihr verbringen wollen und sie dann hier allein zurückgelassen. »Das … tut mir leid«, brachte er etwas unbeholfen heraus.

Dann erst wurde ihm bewusst, dass sie kurz zuvor eine familiäre Linie beschrieben hatte: Die Großmutter, der Vater – war etwa auch Sophie selbst davon betroffen?

Sie schien seine Gedanken erraten zu haben. »Die Ärzte nennen es ein malignes Astrozytom. Sie haben mir eine Wahrscheinlichkeit von achtunddreißig Prozent bescheinigt, dass ich es auch bekommen werde.« Sie wiegte abschätzend den Kopf. »Nun ja, wenn man sie den restlichen zweiundsechzig Prozent gegenüberstellt, stehe ich eindeutig auf der Gewinnerseite.«

Sånbergen merkte, wie sie ihm mit einem Schmunzeln einen Seitenblick zuwarf. Ein Scherz, über den er nicht lachen konnte. Kein Wort kam ihm über die Lippen.

Eine plötzliche Brise fuhr unter Sophies buntes Sommerkleid. Mit einer Hand hielt sie es auf ihren Oberschenkeln. »Ich habe damals niemandem von dem wahren Hintergrund seines Verschwindens erzählt. Ich konnte es nicht ... Ich wollte nicht, dass man nach ihm sucht, dass man ihn findet. Und er hätte es auch nicht gewollt.«

Sånbergen konnte das verstehen. Es war der Wille ihres Vaters gewesen. »Dann ist er jetzt irgendwo da draußen?«

Sie nickte. »Und wenn ich ihn besuchen will, komme ich hierher.«

Dass sie ihm das anvertraute, ihn mit hierhernahm, verwirrte Sånbergen – was ihm offenbar anzusehen war.

»Ich sagte ja, ich mag es nicht, Geheimnisse mit mir herumzutragen, und jetzt bin ich es los.« Ein neuer Windstoß wehte ihr eine Strähne ins Gesicht. »Keine Sorge, Sie müssen sich nicht geschmeichelt fühlen. Sie sind Polizist, und mein Vater gilt seit damals als verschollen. Vielleicht sollten Sie das also schon von Berufs wegen wissen.«

»Verstehe.« Irgendwie beruhigte ihn diese Erklärung.

Sie sah ihn an, ein Blick, der seinen festhielt und nicht ausweichen ließ, dann ein dankbares Lächeln. Ein Moment, der sich weich, warm und nah anfühlte. Ein wenig zu nah womöglich, und schon drängte ihn etwas, sich der Situation zu entziehen.

»Kommen Sie. Lassen Sie uns etwas laufen«, sagte er und stieg vom Stein hinab.

Mit einem Schwung und zwei schnellen Schritten war sie neben ihm. Sie atmeten die warme Sommerluft ein, liefen ein paar Schritte und zogen die Schuhe aus. Zum Wasser hin wurde der Untergrund weicher, der Kies feiner. Sånbergen fuhr mit dem Fuß hindurch. Ein größerer, eigentümlich rötlicher Stein kam zum Vorschein. Er hob ihn auf und betrachtete seine Farbe.

»Damals, als wir noch Kinder waren, durften wir das Kinderheim manchmal für ein paar Stunden verlassen und sind mit unseren Rädern an die Küste gefahren. Dann haben wir Jungs nach bunten Steinen gesucht, die wir verkaufen konnten.« Er ließ den roten zurück in die Mulde fallen. »Die Mädchen auch, aber die wollten sie nicht verkaufen. Sie haben sich vorgestellt, dass junge Prinzen die Steine in der See verstreut hätten und dass die schönsten Steine den Weg zu den hübschesten Mädchen fänden.

Und wenn die Prinzen irgendwann wieder zurückkämen, würden sie nach den schönsten von ihnen suchen.«

Mit den Füßen tastend, machte er zwei Schritte und wühlte einen weiteren größeren Stein auf. Der glänzte nicht, war eher flach, mit poröser Oberfläche. »Meistens haben sie bloß Steine wie diesen hier gefunden – klobige graue Brocken, die keine von ihnen haben wollte.« Er nahm den Stein auf und wog ihn in der Hand. »Sie haben nur kurz mit ihnen gespielt, weil ihnen die Form gefallen oder weil er sich gut angefühlt hat. Aber letztlich sind alle wieder im Sand versunken.« Nun legte er Daumen und Zeigefinger an die schmale Außenseite des Steins, visierte das Wasser an und schleuderte ihn dann flach über die Oberfläche. Der Stein tanzte sechs- oder siebenmal darauf, bis er zu trudeln begann und ins Wasser plumpste.

Sophie lachte, auf eine wohlwollende Art. »Jemand muss Ihnen viele Geschichten erzählt haben, Marven.«

Diesmal irrte sie. Niemand hatte ihm jemals welche erzählt.

Sie nahm nun ebenfalls einen flachen Stein auf. »Mein Vater konnte ihn dreizehn Mal springen lassen.« Sie neigte sich zur Seite, schob den Ellenbogen weit zurück und ließ den Stein mit einer schnellen Handbewegung über die Wasseroberfläche springen. »Manche sind vielleicht ungeschliffen und glänzen nicht mal«, sagte sie. »Aber wer will schon einen smaragdgrünen Stein, wenn er nur auf dem Kaminsims liegt?«

Ein schmaler Wolkenschleier verdeckte mittlerweile die Sonne, die Luft wurde langsam kühler. Sie zogen ihre Schuhe wieder an, und Sånbergen legte seinen Pullover um Sophies Schultern, als er sie zurück zum Wagen brachte. Der Gedanke, sie nach einem weiteren Treffen zu fragen, spukte ihm im Kopf herum, aber er wischte ihn weg.

Sie verabschiedeten sich mit einem kurzen Lächeln, Sophie setzte sich in ihren Fiat, und ein paar Sekunden schaute Sånbergen ihr noch hinterher. Dann stieg auch er in seinen Wagen und machte sich auf den Weg. Achtunddreißig Prozent, hallte es in seinem Kopf nach, während die Markierungsstreifen an ihm vorbeizogen und auf dem Asphalt zuckten wie die Gitarre im Takt des Songs, der aus dem Radio dröhnte. Sie klang hart und traurig, eine raue Stimme sang dazu über den Tod und von einer letzten Handvoll Erde. Zusammen zogen sie Sånbergen in eine melancholische Tiefe.

Er klappte die Blende herunter, die Sonne näherte sich langsam dem Horizont, und für ihn war es, als hinterließe sie dort einen schmalen, schmutzigen Streifen.

***

In Sønderborg machte Sånbergen einen Zwischenstopp bei der Polizeidirektion, und fast hätte er es bereut. Nachdem er die Kollegen über die jüngsten Entwicklungen um den suspekten Gunvald Dahl informiert und im Gegenzug erfahren hatte, dass Maria Solsbæk immer noch nicht wiederaufgetaucht war, bestand Magnus auf einem gemeinsamen Abendessen im »Fiskertide«. Dort leerte er eine halbe Flasche Wein, fand in seinen Erzählungen kein Ende und wollte dann auch noch wissen, was Sånbergen heute Nachmittag gemacht habe. Der verschwieg sein privates Treffen mit Sophie und antwortete, er habe sich ein wenig die Insel Als angesehen – es sei schließlich besser, sich hier auszukennen, man wisse ja nie, wofür es gut sei.

Nach dieser nicht eingeplanten Verzögerung kam Sånbergen erst spät nach Hause in die Southern-Ranch, zu spät, um mit Smilla zu skypen. Und er verzichtete auch auf seine sonstigen üblichen Abendrituale. Stattdessen griff er erneut zum dritten von Marias Tagebüchern, um wenigstens noch ein paar Seiten darin zu lesen.

3. Juni 2003
Emma geht es immer schlechter. Herr Nyberg und Professor Weisentheimer haben jetzt endlich den Doktor kommen lassen. Sie schläft die meiste Zeit, und ich versuche, nicht zu viel daran zu denken.
Hjalmar lenkt mich ab. Wir sehen uns oft, und heute hat er mich zum ersten Mal geküsst. Es hat sich gut angefühlt, so als würde mein Herz zerspringen. Vielleicht bin ich ein bisschen verliebt. Vielleicht ist er auch in mich verliebt. Aber niemand

darf davon wissen. So etwas wird hier nicht geduldet und würde bestraft.

Wir wollen uns heute Abend heimlich treffen, wenn die anderen schlafen. Ich bin ganz aufgeregt. Auf eine gute Art. Ich stelle mir vor, wie er mich am Hals küsst und auf die Schulter und wie es ihm gefällt und wie er gar nicht mehr aufhören will. Ich stelle mir vor, wie er die ganze Nacht bei mir bleibt.

4. Juni 2003
Hjalmar ist bis zum Morgengrauen geblieben. Ich habe seinen Geruch noch an mir und will ihn gar nicht mehr wegwaschen. Ich bin verliebt. Es ist, als wären wir jetzt miteinander verwachsen. Ich bin glücklich und will, dass er jede Nacht bei mir ist – aber im nächsten Moment bin ich tieftraurig, weil ich weiß, dass es Emma nicht gut geht.

Es scheint immer nur eines von beiden zu gehen, glücklich oder traurig, und dazwischen ist nichts. Etwas fühlt sich falsch daran an, mich jetzt zu verlieben – als ob sich damit Emmas Zustand verschlechtern würde, denn je glücklicher ich werde, desto schlechter geht es ihr.

Hjalmar versteht meine Gedanken, diesen Zwiespalt. Er will, dass wir uns um Emma kümmern, alle beide. Und abends kommt er zu mir in mein Zimmer.

6. Juni 2003
Es ist noch früh. Hjalmar liegt neben mir und schläft, und ich schreibe in mein Tagebuch. Ich will aufschreiben, wie es mit ihm ist, dass ich es nicht vergesse. Und später, wenn wir zusammenbleiben, können wir es gemeinsam lesen und uns erinnern, wie alles angefangen hat.

Wer mochte Hjalmar gewesen sein? Der Name war Sånbergen während dieses Falls noch nicht begegnet. Was war aus ihm geworden? Offenbar hatte sich die Verbindung der beiden wieder gelöst, und Hjalmar war aus Marias Leben verschwunden. Heute schien sie allein zu sein.

Sånbergen war müde. Er ging zu Bett, konnte das Buch aber

noch nicht weglegen. Er las weiter über diese zwei jungen Menschen, die gerade ihre erste Liebe fanden, und nahm ihre Geschichte mit in den Schlaf.

38

An einem Morgen im Juni 2003 im St. Raphael

Das Licht rieselt von draußen durch einen Spalt am Fenster und legt sich sanft auf meine Füße, die unter der Bettdecke hervorschauen. Eine Wolke aus goldenem Feinstaub, denke ich, strecke meine Zehen darin und reibe sie gegeneinander, dass die kleinen Teilchen verwirbeln. Genauso sieht es auch in meinem Kopf aus. Ein einziger Wirrwarr von unbekannten Gefühlen.

»Bist du schon wach?«, flüstere ich Hjalmar ins Ohr.

Er schlägt die Augen auf. »Schon lange.«

Ich sehe mir seine dunklen Locken an, ich mag sie. »Und was machst du?«

»Nachdenken.«

»Worüber?«

»Was wir machen, wenn wir irgendwann nicht mehr hier sein sollten.«

Ich schmiege mich an seinen Rücken. »Und was machen wir dann?«

»Ich überlege noch.«

»Ist auch nicht wichtig, solange wir's zusammen machen. So machen wir's doch, oder? Ich meine, wir beide zusammen?«

»Natürlich, Maria.«

»Auch noch in zehn Jahren?«

»Auch noch in zehn Jahren.«

»Und wenn eine kommt, die hübscher ist als ich?«

Hjalmar dreht sich zu mir, sein Gesicht nur eine Handbreit von meinem entfernt. »Dann werde ich sie kurz ansehen und sie weiterziehen lassen.«

»Wie lange siehst du sie an?«

»Zwei Sekunden, vielleicht drei.«

»Hm, das ist okay, denke ich.« Ich schaue ihm ganz tief in die Augen. »Liebst du mich noch?«

»Das klingt, als wärst du eifersüchtig?«

»Nur ein bisschen.« Ich bin ein wenig verunsichert und wende den Blick ab.

»Aber auf wen denn?«

Ich sehe ihn wieder an. »Zum Beispiel auf eine Blondine, die vorbeikommen könnte.«

»Und wenn sie rothaarig ist?«

»Dann auch auf die.«

Er lächelt. »Aber wieso bist du eifersüchtig auf eine, die es gar nicht gibt?«

»Natürlich gibt es die. Irgendwo da draußen, du hast sie bloß noch nicht gesehen.« Mein Blick schweift in die Ferne. »Was wissen wir schon von der Welt da draußen? Wir sind ja immer nur hier. Ich wünschte …«

»Was denn?«

Ich seufze bloß.

»Na, spuck's schon aus.«

Sehnsüchtig blicke ich aus dem Fenster. »Manchmal stelle ich mir vor, wie es ist, woanders zu leben, irgendwo da draußen.«

»Aber das kannst du. Wenn du achtzehn bist, dann …«

»Ich meine nicht, hier. Ich meine, ganz woanders. Nur du und ich.« Mir wird klar, wie das klingt – dass wir zusammenleben würden. Bei dem Gedanken schießt mein Puls nach oben. Ich horche in die Stille, bis er endlich antwortet.

»Aber natürlich.« Sanft streicht er mir das Haar aus der Stirn. »Wir werden England sehen und Frankreich, was immer du willst.«

Mein Herz pocht, und in meinem Bauch ist ein warmer, goldener Regen zu spüren. Eine Art Glücksgefühl, wie ich es bisher nicht gekannt habe. Ein Gefühl von Verbundenheit. Ich bin nicht mehr allein. Ich bin ihm dankbar. Erleichtert nehme ich seinen Kopf zwischen die Hände und küsse ihn mindestens fünfmal auf den Mund.

»Ist ja schon gut.« Lachend wehrt er mich ab, schlägt die Bettdecke auf und läuft, nur mit einer bunten Pyjamahose bekleidet, hinüber zum Waschbecken. Er schaufelt sich etwas Wasser ins Gesicht und betrachtet sich im Spiegel. »Im Grunde hab ich schon immer gewusst, dass ich als Outlaw ende.« Er trocknet sein Gesicht, wirft das Handtuch über die Schulter und setzt sich rücklings auf einen Stuhl. »So wie Billy the Kid vielleicht.«

»So ein Unsinn. Nicht wir sind die Outlaws. Sondern die anderen!« Ich sehe ihn mir genau an. Ich mag diesen verwegenen Blick, den er gerade aufsetzt.

»Oder wie Bonnie und Clyde«, sagt er.

»Spielt keine Rolle, sie alle haben's nicht geschafft.«

»So wurde es in der Presse geschrieben, was nicht heißt, dass es auch so gewesen ist.«

Ich verstehe nicht. »Was soll das heißen?«

Er stützt die Unterarme bequem auf die Lehne. »Na, dass sie's auch geschafft haben könnten, nur hat's niemand verraten.«

»Wer sagt denn so was?«

»Hat mir jemand geflüstert. Überleg mal, die haben Banken ausgeraubt und Leute gekillt, und dann soll auf den Titelseiten 'ne Story über zwei Schießwütige kommen, wie sie das ganze Land an der Nase rumführen? Das wär ziemlich peinlich für die Marshalls gewesen.«

Er erzählt Unsinn. »Du und deine Verschwörungstheorien. Damit kannst du mich nicht überzeugen. Ich halte mich immer an die Wahrheit. An das, was es wirklich gibt. An Dinge, die real sind.« Ich stütze mich auf den Ellenbogen und lege mich langsam auf die Seite. Ich versuche, verführerisch zu wirken, und zeige ihm meine entblößte Schulter, obwohl ich ein wenig unsicher bin. »Ich bin jedenfalls real.« Er scheint es zu mögen, also rekele ich mich ein wenig und schiebe die Decke hinunter bis zur Taille. »Und ich bin ganz nackt, und meine Haut schmeckt nach Salz.«

Hjalmar steht auf, wirft das Handtuch blind in die Ecke und kommt langsam auf mich zu. Langsam und irgendwie selbstbewusst. Er betrachtet mich, setzt sich zu mir und streicht mit zwei Fingern über meine Schulter, dann den Arm entlang, dass ich kurz zucke und kichern muss. Ich schlinge meine Arme um seinen Hals, *fange ihn ein wie mit einem Lasso und ziehe ihn zu mir heran. Wir küssen uns. Dann werfe ich die Decke über uns, sodass wir im Dunkel ganz für uns sind, ganz nahe, und für einen Moment gibt es nur ihn und mich, abgeschottet vom Rest der Welt.*

»Und falls wir irgendwann mal weit weg in einem fremden Land am Meer landen sollten«, hauche ich ihm unter der Decke zu, »dann liegen wir am Strand, beobachten Delphine und tauchen mit bunten Fischen – und jeder von ihnen hat seine eigene Form und Farbe.«

39

Tag 13, Dienstag, 4. Juli

Wie tags zuvor tauchte Holm auch an diesem Morgen an der Schwelle zu Sånbergens Büro auf und wagte sich kaum hinein. In einer Hand hielt er ein paar Papiere, offenbar in der Absicht, sie Sånbergen vorzulegen. »Ich glaub, ich hab was gefunden, Chef.«

»Na, dann herein. Ich höre.«

Endlich trat Holm zwei Schritte näher. »Also, Blom und ich, wir haben inzwischen mehrere Mitarbeiter der Stiftung zu Gunvald Dahl befragt, und wir haben auch FMR-Dokumente eingesehen, die ihn betreffen – Honorarabrechnungen, Terminplanungen, so was. Und ich denke jetzt, er müsste sowohl Ellen Berg als auch Alma Nyberg gekannt haben.«

»Dann zeig mal her, was du da hast.«

Holm trat zwei weitere Schritte vor, erreichte nun Sånbergens Schreibtisch und legte die Papiere darauf. »Dahl hat vier Konzerte für die Stiftung gegeben, und Ellen Berg hat sie organisatorisch betreut, bei zweien war sie sogar selbst vor Ort. Da müssten sie sich doch über den Weg gelaufen sein, oder? Und was Alma Nyberg angeht: Ihr Name steht als Unterschrift auf allen seinen Rechnungen, also …«

»Also?«

»Also wenn Sie mich fragen, hängt Dahl da irgendwie mit drin«, beendete Holm seine Schlussfolgerung.

»Okay, ich werde die Beamten in Kolding anrufen. Sie sollen ihn noch einmal deswegen befragen.«

»Müssen Sie nicht, das mache ich, Chef. Werde alles in die Wege leiten.«

Sånbergen seufzte innerlich, dass Holm diese »Chef«-Anrede einfach nicht sein lassen konnte, überließ ihm aber alles Weitere und machte sich wieder an seine Berichte für Philips und Hans Østergaard.

Es dauerte keine halbe Stunde, da kam Holm bereits zurück. »Die Beamten in Kolding haben Dahl nicht angetroffen, nur dessen Frau. Sie sagt, er müsse heute Morgen schon sehr früh das Haus verlassen haben und sie habe ein seltsames Gefühl dabei.«

»Ein seltsames Gefühl? Wieso das?«

»Na ja, sie hat wohl gesagt, ihr Mann habe jetzt eigentlich einen Termin mit einem Musikschüler, aber er sei telefonisch nicht zu erreichen. Außerdem habe er sich auch schon gestern so seltsam …« Holm brach ab und verschluckte den Rest.

Sånbergen überlegte, was er davon halten sollte. Ob Gunvald Dahl etwa untergetaucht war? Und ob seine Frau unter diesen Umständen womöglich Informationen preisgeben würde, die sie beim ersten Besuch zurückgehalten hatte?

Er beschloss kurzerhand, zusammen mit Hanna ein weiteres Mal nach Kolding zu fahren, und nachdem er ihr Kommen bei Katrin Dahl telefonisch angekündigt hatte, stiegen sie in seinen Beetle und machten sich auf den Weg. Sånbergen fuhr etwas zügiger. Er hatte das Gefühl, dass Eile geboten war.

Eine gute Stunde später bogen sie erneut auf die Zufahrt zum Landhaus der Dahls ein, wo Gunvalds Frau sie schon erwartete. Katrin begrüßte die beiden verhalten, machte einen verstörten Eindruck und begann sogleich zu berichten, was geschehen sei.

»Es hat gestern ganz harmlos angefangen. Gunvald war zum Einkaufen, und ich habe das genutzt, um in seinem Musikzimmer sauber zu machen. Er mag es nicht, wenn ich dort bin, aber ab und zu muss man doch mal Staub wischen, oder?« Sie schaute kurz Hanna an, doch bevor die etwas erwidern konnte, sprach Katrin schon weiter. »Na ja, und da habe ich in seinem Instrumentenschrank zwei Plastikoveralls gefunden. So weiße, in Folie eingeschweißt. Die passten weder dahin noch zu Gunvald, also habe ich ihn abends gefragt, was er denn damit vorhat, ob er unter die Maler gehen will. Ich hatte es gar nicht böse gemeint, aber er hat ganz schroff reagiert. Er wolle nicht, dass ich in seinen Sachen rumkrame, und er wisse auch nichts von irgendwelchen Overalls.« Sie begann, an den Nägeln zu kauen.

Zwei Overalls, dachte Sånbergen. Vermutlich waren es auch bei jedem Mord zwei Overalls gewesen – einer für den Täter, um keine Spuren zu hinterlassen, und einer für das Opfer, um zu vermeiden, dass das weiße Kleid verschmutzt wurde. »Wann hast du ihn das letzte Mal gesehen oder gehört?«

»Gestern Abend. Er ist wütend hoch in sein Musikzimmer, und ich bin gegen elf ins Bett. Und als ich heute Morgen mal bei ihm reingesehen habe, war er nicht mehr da. Er scheint mit dem BMW unterwegs zu sein.«

»Und diese Overalls, hat er die auch mitgenommen?«

»Jedenfalls sind sie nicht mehr da, ich habe schon nachgeschaut.«

»Kannst du ihn telefonisch erreichen?«

»Ich hab's versucht, aber er geht einfach nicht ran. Vorhin stand sein erster Musikschüler für heute vor der Tür. Gunvald hat ihm nicht abgesagt, ich musste ihn nach Hause schicken.«

»Nehmen wir mal an, er wollte untertauchen, aus welchem Grund auch immer – weißt du, wohin er sein könnte?«

»Das ist es ja, ich habe überhaupt keine Ahnung. Bei seiner Mutter habe ich angerufen, da ist er nicht. Und sonst wüsste ich niemanden, zu dem er könnte.« Sie trat einen Schritt zurück. »Entschuldigung, bitte kommt doch erst mal herein.«

Sie folgten Katrin in die Küche, und während Sånbergen sich im Hintergrund hielt und die Gewürzdosen betrachtete, die noch immer in Reih und Glied dastanden, setzte sich Hanna Katrin gegenüber, die Handtasche vor sich auf die Platte gestellt, wie sie es immer tat: parallel zur Tischkante, ohne dass irgendwelche Asymmetrien entstanden.

»Um ehrlich zu sein, wir hatten den Eindruck, dass es negative Schwingungen zwischen euch gibt«, begann sie.

Katrin senkte den Blick. »Ja, das stimmt wohl. Ich weiß nicht, ob ich zu ungeduldig bin, aber Gunvalds Launen sind schwierig für mich. Wenn er sich Mühe gibt, ist er freundlich und zugewandt, so wie er war, als ihr mit ihm gesprochen habt. Aber im nächsten Moment schlägt seine Laune um, und er ist kühl und abweisend.« In dem Küchenlicht sah sie müde und abgekämpft aus, als hätte sie die letzte Nacht kein Auge zugemacht.

»Diese Stimmungsschwankungen – haben die mit seiner psychischen Erkrankung zu tun?«, fragte Hanna.

»Davon wisst ihr?«

»Seine Mutter hat es erwähnt.«

Katrin sah Hanna verblüfft an. »Das wundert mich. Sonst macht sie um das Thema einen großen Bogen. Sie spielt es immer herunter, für sie sind es nur ein paar psychische Probleme seit seinem Unfall. Aber um deine Frage zu beantworten: Ja, er leidet schon seit der Kindheit an einer chronischen Psychose, er ist dadurch ausgesprochen dünnhäutig, und ich versuche, das zu akzeptieren. Aber in letzter Zeit ist es anders. Ich habe das Gefühl, irgendetwas stimmt nicht mit ihm.« Sie verschränkte die Unterarme und drückte sie eng an den Körper. »Vor ein paar Tagen waren wir in Kolding zu einem Violinkonzert. Das von Tschaikowsky, und Gunvald liebt es. Normalerweise ist er ganz aufgewühlt nach so einem Konzert, im positiven Sinn. Aber dieses Mal war er niedergeschlagen, noch den ganzen nächsten Tag. Und …« Sie brach ab.

Hanna legte eine Hand auf Katrins Unterarm, und als diese auch nach etlichen Sekunden noch nicht weitersprach, fragte sie: »Was wolltest du sagen?«

Katrins Blick wurde unstet, huschte hinüber zum Flur, dann zum Gewürzregal und fand schließlich wieder zurück. »An dem Abend nach dem Konzert, da ist er hoch in sein Zimmer, und bald darauf habe ich ihn laut fluchen hören. Ich bin kurz an der Treppe stehen geblieben, und ich dachte, ich hätte zwei unterschiedliche Stimmen da oben gehört. Aber es war ja sonst niemand da außer ihm.«

»Du meinst, Gunvald hat mit sich selbst gesprochen?«

Sie nickte. »Das war das erste Mal, dass ich das so gehört habe.«

Stimmungsschwankungen. Selbstgespräche. Die Psychose. Der Unfall. Sånbergen fragte sich, wie das alles zusammenhing. Er setzte sich zu den beiden Frauen an den Küchentisch und stellte nun seinerseits eine Frage. »Dieser Unfall damals, bei dem er die Finger verloren hat – weißt du Näheres darüber?«

»Ja, wir haben darüber gesprochen. Es ist kurz nach seinem sechzehnten Geburtstag passiert. Er ist mit dem Moped von der Straße abgekommen, hat sich überschlagen, und dabei ist seine Hand gequetscht worden.«

»Wieso ist er von der Straße abgekommen? Was genau war passiert? Ist da ein anderer Wagen involviert gewesen?«

»Nein, kein anderer Wagen. Laut Anita Carlsgren, seiner Psychiaterin, ist Gunvald damals in einen akuten Schub geraten. Er selbst sagt, er sei plötzlich davon überzeugt gewesen, dass jemand hinter ihm her war, und er habe das Gefühl gehabt, entkommen zu müssen. Aber die Ermittlungen haben ergeben, dass niemand sonst auf der Straße war.«

»Ein akuter Schub, was genau bedeutet das? Dass seine Psychose akut entgleist ist?«

Katrin nickte. »Genau das. Anita meinte, so was werde meistens durch ein externes Ereignis ausgelöst, ein Trauma oder etwas in der Art. Aber Gunvald hat nie so was erwähnt. Ich habe ihn ein paarmal gefragt, ob damals etwas vorgefallen sei, aber ich hatte immer das Gefühl, er wollte nicht darüber sprechen. Er hat das Thema vermieden, genauso wie seine Mutter – als ob sie sich auf einmal einig darüber gewesen wären, es wie ein Familiengeheimnis zu hüten.«

Ein weiteres Familiengeheimnis, dachte Sånbergen, als just in diesem Moment sein Handy klingelte und er aufschreckte. Auf dem Display stand der Name von Ella Claasen, der jungen Kriminaltechnikerin aus Harrislee, und wenn sie sich direkt bei ihm meldete, musste es wichtig sein. Er nahm den Anruf an.

»Ich habe eine Übereinstimmung gefunden!«, verkündete sie aufgeregt.

»Inwiefern, Ella? Worum geht es genau?«

»Ein Abdruck auf dem Feuerzeug. Von Olsen. Der Abgleich war positiv!«

Sånbergen verstand nicht. »Ganz ruhig, Ella. Ich kann nicht folgen. Was für ein Feuerzeug?«

Ella holte hörbar Luft und sprach dann etwas weniger hektisch weiter. »Also, Hanna hat doch diese Gabel mit DNA und Fingerabdrücken von Gunvald Dahl zur Untersuchung bei uns ins Labor gegeben. Und den gleichen Abdruck wie auf der Gabel habe ich jetzt auf einem Feuerzeug gefunden, das neben Olsen auf dem Asphalt gelegen hat. Also dem Rekruten, der in Flensburg von dem Lkw erfasst wurde. Ich weiß nicht, wem es gehört und wie es dort hingekommen ist, aber auf jeden Fall hat Gunvald Dahl es in der Hand gehabt.«

Sånbergens Gedanken begannen, Karussell zu fahren. Er rief sich die Ereignisse von neulich wieder vor Augen und redete dabei spontan vor sich hin. »Kurz bevor Olsen auf die Straße gestürzt ist, war da einer, der ihm Feuer gegeben hat. Eine dunkelhaarige Person, die sich schnell aus dem Staub gemacht hat und dann über die Dächer geflohen ist.«

»Vielleicht ein Reflex«, unterbrach Ella seine Überlegungen. »Von Olsen, meine ich. Als er auf die Straße gestoßen wird. Er greift nach etwas, um sich zu halten. Nach dem, der ihm gerade noch Feuer gegeben hat, nach dessen Arm, und dabei erwischt er das Feuerzeug und reißt es mit sich.«

»Phantastisch. Endlich haben wir etwas Handfestes.« Ein wahres Glücksgefühl durchströmte Sånbergen, auf eine unpassende Weise allerdings, wenn er bedachte, dass Olsen, der nach wie vor in Flensburg im künstlichen Koma lag, mit diesem Feuerzeug in der Hand fast zu Tode gekommen war.

Er bedankte sich bei Ella, legte auf und rief umgehend Hans Østergaard an. Der stimmte angesichts der neuen Entwicklung zu, sofort einen Durchsuchungsbeschluss für Gunvald Dahls Haus zu erwirken, und erteilte Sånbergen bis zu dessen Bewilligung bereits freie Hand.

Fünfzehn Minuten später trafen die Beamten der Koldinger Spurensicherung ein, verteilten sich im Haus und begannen mit ihrer

Arbeit. Sånbergen und Hanna gingen nach oben und nahmen sich Gunvalds Musikzimmer vor. Ein großer Raum mit hohen Bücherregalen und einem doppeltürigen Instrumentenschrank. Zwei Sideboards unter dem Fenster. Mitten im Raum war ein Notenständer aufgestellt, daneben zwei große Spiegel im Neunzig-Grad-Winkel zueinander, die verschiedene Ansichten erlaubten, um Haltung und Position des Musikschülers mit seinem Instrument zu überprüfen. Überall lagen kleine Stapel von losen Notenblättern herum.

Sånbergen und Hanna zogen Handschuhe über und begannen, die Räumlichkeiten zu durchsuchen. Aus einem Sideboard kam Zubehör für eine Violine zum Vorschein – verschiedene Arten von Saiten und Bögen, Kolophonium, Schulterstützen und Saitenhalter. Das zweite Sideboard war vollgestopft mit Fachzeitschriften und Partituren, dazu Akten mit privaten Dokumenten, in denen Hanna schließlich auf einen Brief stieß. Große, weit ausholende Buchstaben füllten die Zeilen fast randlos aus.

»Von Dahls Mutter, vom April dieses Jahres.« Sie vertiefte sich in die Zeilen. »So wie ich es verstehe, geht es um eine Therapie ihres Sohnes. Schon im Jahr 1990.« Sie stutzte. »Da war er noch klein«, murmelte sie und blätterte weiter. »Ein Behandlungsvertrag ist angehängt. Es geht irgendwie um einen angeborenen Gendefekt der Leber, der damals behandelt werden sollte. Mit einem speziellen Medikament.«

Gene reparieren. Sånbergen musste an Maria Solsbæk und das Waisenhaus denken. »Wer hat den Behandlungsvertrag unterzeichnet?«

Hanna schlug die letzte Seite auf. »Hier stehen die Namen Weisentheimer, Nyberg und noch ein dritter, der aber unleserlich ist. Sieht wie ein Arztkürzel aus.«

Die Betreiber des St. Raphael. Und Maria hatte in ihren Tagebüchern auch einen Doktor sowie ein Medikament erwähnt, das Nyberg und Weisentheimer ihr damals im Waisenhaus verabreicht hatten. »Taucht da irgendwo der Name ›ELN-3‹ auf?«

»Hier werden mögliche Nebenwirkungen aufgelistet, und die Wirkweise des Medikaments wird beschrieben … Tatsächlich, ›ELN-3‹, das hat er bekommen. Aber was …?« Fragend schaute sie Sånbergen an.

»Irgendwie hängt das alles zusammen. Das Ganze macht auf mich allmählich den Eindruck eines geheim gehaltenen Feldexperiments, durchgeführt im Waisenhaus St. Raphael und unter dem Deckmantel der von denselben Leuten betriebenen FMR-Stiftung.«

»Etwa ein Medikament, das nicht zugelassen war? Eine Art privates Forschungsprogramm? An Kindern, inoffiziell, ohne Segen einer Ethikkommission?«

Sånbergen nickte langsam.

»Aber das wäre Missbrauch an Schutzbefohlenen!«

Er nickte erneut.

Hanna wurde blass. Ihr Blick verlor sich im Raum. »Ich verstehe nicht … Wie soll das funktionieren?«

»Wenn ich das so genau wüsste. Sie hätten alles über die Stiftung finanzieren können. Und wenn erst Morten Nyberg selbst und dann später sein Sohn deren heimlicher Chef gewesen ist, hätten sie auch niemandem Rechenschaft über die geförderten Projekte ablegen müssen. Es könnte sogar unter einem anderen Namen gelaufen und so vor der Öffentlichkeit verborgen worden sein.«

»Aber wie passt die Behandlung von Gunvald da rein, wenn sich das alles in diesem Waisenhaus abgespielt haben soll?«

»Wir wissen nicht, ob es noch andere Orte gab, ob das Medikament vielleicht auch außerhalb des St. Raphael getestet wurde.«

Hanna starrte auf den Brief und schien gedanklich woanders festzuhängen. »Seine Mutter hatte gewusst, dass das Medikament nicht zugelassen war.« Sie kräuselte die Augenbrauen zu einem empörten Ausdruck. »Wir haben mit ihr über Gunvald gesprochen, und die ganze Zeit tut sie so, als würde sie nur sein Bestes wollen.«

Sånbergen fiel nichts dazu ein. Er rief Katrin Dahl nach oben, um zu hören, was sie über Gunvalds Behandlung und den Brief seiner Mutter wusste, doch die Frage verwirrte sie sichtlich.

»Davon höre ich zum ersten Mal. Worum geht es denn in diesem Brief?«

»Elisabeth klärt Gunvald darüber auf, dass er als Kleinkind mit einem speziellen Medikament behandelt wurde, und sie entschuldigt sich dafür, dass sie der Behandlung zugestimmt hat«, antwortete Hanna.

»Sie entschuldigt sich?« Nun war auch Sånbergen irritiert. »Aus welchem Grund? Dann muss es ihm ja irgendwie geschadet haben. Ist damals etwas schiefgelaufen?«

»Warte, sie schreibt hier: ›Es tut mir leid, du weißt, ich wollte nur dein Bestes, und es hieß, dass Nebenwirkungen kaum zu erwarten seien.‹«

»Welche Nebenwirkungen meint sie?«

»Darüber steht hier eine ganze Menge.« Hanna blätterte wieder vor. »Sie reden davon, dass unerwünschte Arzneimittelwirkungen auftreten können, ich zitiere mal: ›… Syndrome mit paranoid-halluzinatorischer, maniformer Ausprägung … Störungen mit Affekt- und Bewusstseinsveränderungen, psychomotorischer Unruhe, deliranten, serotonergen Syndromen, Verwirrtheit … Die Nebenwirkungen können vom Medikament selbst verursacht werden oder aus der psychotropen Eigenwirkung einer der Substanzen entstehen …‹« Sie hatte die Worte langsam ausklingen lassen und legte die Blätter nun auf die Kommode. »Ich verstehe zwar nur die Hälfte, aber … Könnte es sein, dass Gunvalds Psychose als Nebenwirkung dieses Medikaments aufgetreten ist?«

Sånbergen schaute Katrin an, aber die schüttelte mit ratloser Miene den Kopf.

»Davon hat Elisabeth nie etwas erzählt und auch Gunvald nicht.« Sie zuckte mit den Schultern. »Das alles ist vollkommen neu für mich!«

»So wie für Gunvald«, murmelte Hanna vor sich hin. »Er hat es erst mit diesem Brief erfahren, im April.« Wie erschlagen ließ sie sich auf einen Stuhl fallen. »Er hat die ganze Zeit nichts von dieser Behandlung gewusst. Über dreißig Jahre hat es ihm seine Mutter vorenthalten, und dann kommt dieser Brief.«

Sånbergen wandte sich an Katrin. »Du sagst, in den letzten Wochen habe sich Gunvald verändert. Könnte es sein, dass diese Veränderungen etwas mit dem Brief zu tun gehabt haben?«

»Ich … Ich weiß es nicht. Er hat diesen Brief nie erwähnt.«

»Langsam kriege ich das Gefühl, dass ihm die Psychose und ihre Auswirkungen weit mehr zu schaffen machen, als wir uns das vorstellen können.«

Katrin nickte. »Seit ich ihn kenne, hadert er mit seiner Krankheit. Er sieht sie als Feind, hat sie noch nie akzeptieren wollen. Gäbe es eine Möglichkeit, sie operativ zu beheben, würde er ohne Zögern einwilligen. Ich glaube, er kommt sich manchmal selbst fremd vor.« Sie sank stumm in sich zusammen, und eine Träne rollte ihre Wange hinab. Hanna ging zu ihr und legte einen Arm um ihre Schultern.

Sånbergen versuchte unterdessen, sich über die Dinge klar zu werden. Die Psychose hatte Dahls ganzes bisheriges Leben geprägt, ihm Widerstände aufgebürdet, seine Beziehungen belastet. Und nun hatte er erfahren, dass sie möglicherweise von einem Behandlungsexperiment herrührte, das man ihm seit Jahrzehnten verschwiegen hatte. Vielleicht hatte der Brief etwas in ihm ausgelöst. Wut. Vielleicht sogar einen weiteren akuten Schub. Mit Wahnvorstellungen. Und einem Maß an Aggressionen, das es brauchte, um drei junge Frauen zu töten.

Aber etwas gab Sånbergen noch zu denken. »Gunvald hat den Brief hiergelassen, wo wir ihn finden würden, sobald er als Verdächtiger in unseren Fokus rückt und wir uns hier umschauen. Er weiß ganz genau, dass er uns damit sein mögliches Motiv verrät und sich selbst belastet. Warum hat er den Brief nicht einfach vernichtet?«

Hanna gab zunächst keine Antwort, äußerte dann aber doch eine Vermutung. »Der Brief erklärt nicht nur sein Motiv, sondern auch die Machenschaften um dieses Medikament. Vielleicht *will* er ja sogar, dass der Brief an die Öffentlichkeit gelangt? Damit jeder erfährt, wer dahintersteckt und was da abgelaufen ist. Nur wartet er damit, bis er seinen Rachefeldzug abgeschlossen hat.«

»Bis er seinen Rachefeldzug abgeschlossen hat?«, fragte Katrin Dahl mit heiserer Stimme. »Ihr meint, dieser Alptraum geht noch weiter?«

Sånbergen sah, wie sie auf ihren Lippen kaute, wie sie versuchte, die Fassung zu bewahren. Ihr Leben hatte in den letzten Stunden eine Kehrtwendung vollführt, und ihr Mann war dabei, sich als psychisch instabiler Serienmörder zu entpuppen. Sånbergen nahm sich einen Stuhl und setzte sich zu ihr. »Es tut mir leid, aber wir müssen alle Möglichkeiten in Erwägung ziehen. Auch wenn das zum Teil nur vage Hypothesen sind.«

»Ich verstehe schon. Ich muss mich nur an diesen Gedanken gewöhnen …«

»Leider kann ich dir im Moment dafür keine Zeit lassen. Wir müssen Gunvald finden, bevor er oder jemand anderes zu Schaden kommt. Also überleg bitte: Gibt es jemanden, von dem er sich Hilfe erwarten kann, bei dem er untertauchen könnte?«

»Na ja, seine Mutter.«

»Keinen Freund, vielleicht aus seiner Zeit als Musiker?«

»Freunde?« Sie schüttelte den Kopf. »Nein, nicht dass ich wüsste. Er hat nur wenige enge soziale Kontakte.«

»Sein Vater hat einen Onkel erwähnt, Nils Randrup.«

»Nils, ja, ich habe von ihm gehört, aber kennengelernt habe ich ihn nie. In der Familie scheint man nicht gern über ihn zu sprechen. Vor allem nicht Gunvalds Mutter. Wenn der Name doch mal gefallen ist, hat sie immer das Thema gewechselt.«

»Das klingt, als hätte man ihn sozusagen aus dem Familienkreis verbannt.«

Katrin nickte. »Genau so kam es mir vor. Den Grund kenne ich aber nicht.«

Noch ein Familiengeheimnis. Aber zumindest früher einmal war der Kontakt enger gewesen, hatte sich Gunvald gut mit diesem Nils Randrup verstanden. So hatte es jedenfalls in dem Fotoalbum ausgesehen …

Die Fotos, schoss es Sånbergen durch den Kopf. »Hat Gunvald mal eine Hütte erwähnt, wo er mit seinem Onkel angeln war?«

»Tut mir leid, davon weiß ich nichts.«

»Okay, danke.«

Sånbergen beendete die Befragung, und während sich Hanna weiter um Katrin Dahl kümmerte, rief er in der Sønderborger Polizeidirektion an. Er ließ sich Randrups Adresse und das Kennzeichen des auf ihn zugelassenen Wagens geben und beauftragte Magnus, jemanden zu Dahls Eltern zu schicken, um das Fotoalbum zu beschlagnahmen, und die beiden zudem ab jetzt observieren zu lassen.

Schließlich setzte er sich erneut mit Hans Østergaard in Verbindung, um Gunvald Dahl und den weißen BMW zur Fahndung auszuschreiben. Innerhalb der nächsten Stunde ging Dahls Foto an jeden Beamten im Flug-, Fähr- und Zugverkehr von Odense bis nach Hamburg.

40

Nils Randrup wohnte in dem Küstenort Gravenstein, auf halber Strecke zwischen Harrislee und Sønderborg. Dreimal fuhr Sånbergen um den Block, hielt Ausschau nach Gunvald Dahl und fragte sich, ob der sich hier irgendwo herumtreiben und darauf hoffen würde, dass sein Onkel ihm Unterschlupf oder irgendeine andere Art von Fluchthilfe gewährte. Als er in einer Parkbucht vor der Ringgade 14b zum Stehen kam, rief Magnus an und berichtete, dass ein Beamter das Fotoalbum bei den Dahls beschlagnahmt und Gunvalds Eltern dazu befragt habe. Aber sie hätten angegeben, den Standort der auf den Bildern zu sehenden Hütte nicht zu kennen, wobei er selbst angesichts der Hügellandschaft vermute, dass es irgendwo in Midtjylland sein müsse.

Sånbergen bezweifelte die Korrektheit der Aussagen der Dahls. Er glaubte, dass sowohl Henry als auch Elisabeth genau wussten, wo ihr Sohn damals mit seinem Onkel unterwegs gewesen war, und fast hatte er ein wenig Verständnis dafür, falls sie als Eltern ihren Sohn schützten, selbst wenn es um einen Mordverdacht ging. Er würde einen anderen Weg finden, die Hütte ausfindig zu machen und zu überprüfen, ob Gunvald sich dort aufhielt.

Nachdem Magnus zugesagt hatte, Ausdrucke der Fotos noch heute in die Harrisleer Station bringen zu lassen, beendete Sånbergen das Gespräch und beobachtete wieder das Haus, wo in diesem Moment jemand aus der Tür trat. Ein Mann, der unverkennbare Ähnlichkeit mit dem von dem Foto hatte, inzwischen allerdings Mitte sechzig sein mochte, mit silbergrauen Haaren, und er hinkte leicht. Den Blick nach unten gerichtet, zog er eine dünne Jacke vor seiner Brust zusammen und steuerte auf den weißen Renault Clio mit dem Kennzeichen »DD 49803« zu, der auf Nils Randrup zugelassen war. Es musste Gunvalds Onkel sein.

Sånbergen machte Anstalten, auszusteigen und Randrup zu befragen, als der vor seinem Wagen stehen blieb und sich in alle Richtungen umsah. Hielt er nach Gunvald Ausschau? Wusste er bereits von dessen Flucht? Dann hätte Gunvald – oder dessen Eltern – ihn schon kontaktiert. Sånbergen änderte seine Strategie und beschloss, Randrup zunächst zu observieren, in der Hoffnung, der würde ihn gleich geradewegs zu seinem Neffen führen.

Randrup stieg in sein Auto und fuhr los, während Sånbergen dem Wagen in sicherer Entfernung folgte. Im Zentrum von Sønderborg hielt Randrup in zweiter Reihe und kaufte an einem Kiosk ein Päckchen Zigaretten, ehe er ein paar Querstraßen weiter vor einem Geschäft für Anglerbedarf parkte. Er stieg aus, spähte in die Schaufensterauslage und betrat das Geschäft.

Sånbergen wartete kurz, dann öffnete auch er die Glastür des Ladens, was ein Glöckchen anschlagen ließ. Er sah Köder, Schnüre und Ruten in den Regalen liegen. Zeitschriften und ein paar andere Kleinigkeiten waren lose vor der Kasse aufgereiht. An einem abseitsstehenden Tisch nahm er Platz, blätterte in einem der Magazine, die dort auslagen, und beobachtete Randrup, der verschiedene Köder auf Gewicht, Form und Farbe prüfte. Es war ein Blinker, den er schließlich an sich nahm und zu der blond gelockten Frau an der Kasse brachte.

»Das macht siebzehn fünfundneunzig«, sagte sie und schickte sich an, das kleine Metallstück in eine Papiertüte zu legen.

Sånbergen griff eine Broschüre mit dem Titel »Der richtige Köder für jeden See«, begab sich ebenfalls zur Kasse und betrachtete Nils Randrup genauer. Dessen silbergraue Haare waren voll und lockig, unter den Jochbeinen war die Haut von Aknenarben übersät. Seine braunen Augen wirkten warm und freundlich. »Sind das spezielle Forellen, die man damit fängt?«, sprach Sånbergen ihn an.

Randrup sah überrascht auf. »Nein, mit speziellen Forellen hat das nichts zu tun, nur mit den Gegebenheiten und der Art, wie man den Fisch aus dem Wasser ziehen will.« Er nahm das Papiertütchen mit dem Köder entgegen und schob der Kassiererin dafür einen Zwanziger hin. »Dieser Köder hier lässt sich weit werfen, er macht sich gut in flach abfallendem Gewässer, wenn man die Lauftiefe variieren will.«

»Aha. Ich gestehe, ich habe nicht viel Ahnung davon. Aber morgen fahre ich zu meiner Nichte nach Midtjylland. Sie wohnt an einem kleinen See und hat sich gewünscht, dass wir dort mal zusammen angeln.« Er log, ohne eine Miene zu verziehen. »Also lese ich vorher lieber ein bisschen was darüber, damit ich mich nicht blamiere.« Er zeigte das Heft, das er in der Hand hielt, dann deutete er mit einem Nicken auf Randrups Papiertüte. »Der Köder, den du gekauft hast – an welchem See angelst du damit?«

»Ist auch ein ganz kleiner, aber ein Geheimtipp, den darf ich nicht verraten.«

Er lässt sich nicht aus der Reserve locken, dachte Sånbergen, vielleicht bin ich etwas zu direkt vorgegangen. Er überschlug im Kopf die Möglichkeiten, die ihm nun blieben. Er hatte das Gefühl, dass eine offizielle polizeiliche Befragung Randrups zu nichts führen würde. Eher würde der anschließend seinen Neffen vorwarnen, die Hütte nicht als Unterschlupf zu nutzen. Sånbergen entschied sich daher dafür, abzuwarten, Randrup überwachen zu lassen und darauf zu hoffen, dass Gunvald Dahl Kontakt zu ihm aufnahm, dass es zu einem Treffen der beiden käme. Außer seinem Onkel gab es laut Katrins Aussage ja kaum jemanden, an den sich Gunvald wenden konnte.

Sånbergen bezahlte sein Heft und erhielt etwas Kleingeld zurück. Dann verabschiedete er sich, verließ den Laden und rief draußen umgehend Magnus an, ob dessen Leute auch die Observierung von Nils Randrup übernehmen könnten. Aber Magnus konnte das nur noch für heute zusagen. Sie seien mit der Überwachung von Dahls Eltern und Maria Solsbæks Wohnung bereits ausgelastet, und er selbst habe jede Menge mit der Koordinierung der Fahndungsmaßnahmen zu tun, ebenso wie Hanna auf der deutschen Seite.

Damit blieb Sånbergen ab morgen also nichts anderes übrig, als auf Blom und Holm zu setzen. Gravenstein war nur eine halbe Stunde entfernt von Harrislee, und die dänischen Behörden hatten ein Ersuchen um Rechtshilfe in diesem Fall bereits ohne Auflagen bewilligt. Die beiden werden das schon schaffen, dachte Sånbergen, bevor er sich auf den Weg zurück nach Harrislee machte. Er nahm sich vor, an diesem Abend früh zu Bett zu gehen. Morgen würde ein anstrengender Tag werden – sie mussten Gunvald Dahl finden, bevor noch jemand Weiteres zu Schaden käme.

In der Southern-Ranch machte er sich einen roten Tee, setzte sich auf die Veranda – und griff erneut zu Marias drittem Tagebuch.

29. Juni 2003
Emma ist tot. Meine Freundin, meine kleine Schwester. Ich verstehe es nicht. Wieso sie? Ich bin so traurig, fühle mich nur noch leer, liege zusammengekauert in meinem Bett und weine. Ich habe keine Kraft aufzustehen. Ohne Emma ist alles anders. Etwas fehlt. Es ist, als hätte sie ein Stück von mir mit sich genommen und mich versehrt zurückgelassen, als ob ein Riss quer durch meinen Rumpf ginge.

30. Juni 2003
Niemand sagt uns, woran Emma gestorben ist. Ich dachte, es würde eine Untersuchung geben, die Aufklärung bringt. Aber davon weiß hier niemand. Auch Fernanda nicht. Ich habe gestern mit ihr gesprochen. Sie ist eine von unseren Betreuerinnen, sie ist immer nett zu uns und kümmert sich um uns. Ich hatte das Gefühl, dass sie mir etwas sagen wollte, etwas, das das Waisenhaus betrifft und vielleicht auch Emma. Aber sie hat es nicht. Ich glaube, sie hat Angst.

2. Juli 2003
Emmas Tod beschäftigt auch Hjalmar. Er mochte sie, und es beunruhigt ihn genauso wie mich, dass sie gestorben ist. Er vermutet, dass das Medikament daran schuld sein könnte. Dass es Nebenwirkungen hat, an denen man sterben kann. Er will herausfinden, wie das ELN-3 funktioniert und was es mit uns macht. Er will alles über dieses Medikament wissen, sagt er.

5. Juli 2003
Emma fehlt mir so. Tagsüber laufe ich durch den Garten und suche nach etwas, das von ihr übrig geblieben ist. Etwas, das sie vielleicht einmal verloren hat, Abdrücke, die ihre Schuhe

hinterlassen haben. Wenn es Abend wird, glaube ich, ihre Schritte zu hören, die über den Flur zu meinem Zimmer tippeln, damit ich ihr noch eine Geschichte vorlese. Ich bin ganz still und lausche, aber da ist kein Klopfen an meiner Tür. Ich denke daran, wie sie unter meine Decke gekrochen kam, wie ich ihr aus der Bibel vorgelesen und ihr von Hoffnung und Vertrauen erzählt habe. Ich frage mich, ob es richtig von mir war. Ich spüre eine Schuld tief in mir, und Emma begegnet mir in meinen Träumen.
Dann wache ich auf und weine still in mich hinein.

11. Juli 2003
Hjalmar versucht, mich zu trösten, und manchmal gelingt es ihm. Manchmal auch nicht. Emma dachte immer, wir würden zusammen groß werden. Wir haben uns vorgestellt, wie wir erwachsen sind und gemeinsam um die Welt reisen, an einen weit entfernten Ort, an dem es immer warm ist, an dem immer die Sonne scheint. Aber Emma wird nicht mehr zurückkommen.

27. September 2003
Ich habe lange nichts mehr ins Tagebuch geschrieben. Ich bin nachdenklich geworden. Ich sitze am Fenster und beobachte die Natur. Es wird Herbst, und das tiefe Blau des Himmels verliert an Klarheit, wie von einem hauchdünnen Nebel bedeckt. Der Herbst hat das Laub rotbraun gefärbt und lässt es von den Ästen fallen. Der Boden raschelt vor hortenden Käfern und eifrigen Nagetieren, die etwas aufnehmen und damit ihren Unterschlupf bauen. Sie bereiten sich auf einen langen Schlaf vor und auf den Frost.
Hier in der Natur geht alles seinen vorgezeichneten Weg. Alles scheint zu stimmen. Jeder hat seinen Platz und seine Aufgabe, die zu seinen Eigenschaften passen. Egal ob Tier oder Baum – alles ist mit allem verbunden.
Ich frage mich, ob ich auch ein Teil von etwas bin. Ich frage mich, was ich bedeute und was meine Aufgabe ist. Ein Gefühl von Unzulänglichkeit erfasst mich, und Abend für Abend

kommt es wieder. Dann fühle ich mich nutzlos, ohne Wert, fehlerhaft.

Wenn ich Hjalmar von diesen Gedanken erzähle, erschrickt er. »So darfst du nicht denken«, sagt er. Und dann fragt er mich, was ich Emma geraten hätte, wenn es ihr so gegangen wäre. Ob ich ihr nicht gesagt hätte, sie solle Zuversicht haben und darauf vertrauen, dass alles gut wird. Und er hat recht. Also versuche ich es.

26. Oktober 2003
Fernanda hat mich heute zu sich gebeten. Sie hat mir etwas anvertraut. Etwas, das mich verwirrt. Ich weiß nicht, wie ich es verstehen soll. Ob ich es wirklich glauben soll. Sie sagt, ich habe eine Schwester.
Zuerst war ich nicht sicher, wie sie das meint, ob sie von einem Mädchen spricht, das wie Emma ist. Aber sie sagt, es sei eine echte, leibliche Schwester. Wir seien von denselben Eltern. Sie wisse es aus einem Brief von Herrn Nyberg, sagt sie. Sie sei im Untergeschoss gewesen, im Büro des Professors, und da sei ihr dieser Brief in die Hände gefallen, der offen auf dem Schreibtisch gelegen und in dem sie von meiner Schwester gelesen habe. Es stand nichts über ihr Alter darin, auch nicht, wie sie heißt oder wo sie wohnt, aber es gibt sie, so viel ist sicher. Es muss ein anderes Waisenhaus sein, in dem sie lebt. Es fühlt sich an wie ein kleiner Hoffnungsschimmer. So als würde mich ein helles, warmes Licht durchströmen. Es fühlt sich an, als könnte ich Emma zurückbekommen.
Ich frage mich, wie sie wohl aussieht, meine Schwester. Vielleicht ist sie sportlich. Vielleicht schreibt sie Geschichten, so wie ich. Ich hoffe, sie ist gesund und braucht keine Medikamente. Ich werde versuchen, sie zu finden.
Vielleicht wird dann alles wieder gut.

Sånbergen empfand Mitgefühl für Maria. Der Tod von Emma hatte sie offensichtlich tief erschüttert. Und nun tauchte eine angebliche Schwester auf, und er fragte sich, ob das stimmen konnte und wo die aufgewachsen sein mochte. Sie war vielleicht bloß ein, zwei

Jahre jünger oder älter gewesen als Maria, natürlich ebenfalls eine Waise – und der Gedanke brachte ihn zu Ida Svensson, dem Opfer in Kolding vor vier Jahren. Auch sie war elternlos in einem Waisenhaus aufgewachsen. Und sie war nur ein Jahr jünger gewesen als Maria Solsbæk. Sollte hier etwa die Verbindung zwischen den Fällen liegen?

Sånbergen war zu müde, um weiter darüber nachzudenken. Er ließ das Buch auf seinen Bauch sinken, und schon im nächsten Moment war er eingeschlafen.

41

Tag 14, Mittwoch, 5. Juli

»Woher soll ich wissen, wo das ist?«, sagte Blom gerade in dem Moment, als Sånbergen die Tür zum Büro der beiden Innendienstler aufstieß. »In Dänemark kenne ich mich kaum aus. Vielleicht der Himmelbjerget? Von dem hab ich schon mal gehört.«

Holm widersprach sogleich vehement. »Ganz sicher nicht, da bin ich im Frühjahr erst zwei Wochen lang mit dem Rad unterwegs gewesen, und so wie hier sah's dort nirgendwo aus. Es wird eher am Møllehøj sein. Da gibt es vor allem westlich davon ein paar von diesen kleinen Seen.«

Die beiden hatten Farbausdrucke vor sich liegen, die Köpfe darüber zusammengesteckt und schienen zu streiten, wo die Fotos aus dem Album der Dahls gemacht worden waren, die Nils Randrups Hütte zeigten. Sånbergens Eintreten unterbrach ihre Diskussion, und mit erwartungsvollen Mienen schauten sie ihn an, als er sich zu ihnen gesellte und nun ebenfalls die Bilder begutachtete. Eine bewaldete Hügelkette. Ein schmaler Fluss, der in einen See nahe der Hütte mündete. Tiefgrünes Gras, von kantigen Feldsteinen übersät.

»Was meinen Sie, Chef?«, fragte Blom.

Sånbergen kannte weder den Himmelbjerget noch den Møllehøj

noch allgemein Midtjylland besonders gut. »Kann ich nicht sagen.«
Er überlegte, ob er Bekannte oder alte Kollegen hatte, denen die Gegend vertraut sein könnte. Jemanden, der dort angeln oder wandern ging, vielleicht sogar dort aufgewachsen war. Verwundert stellte er jedoch fest, dass er von den meisten weder das eine noch das andere wusste, obwohl er sie teils schon etliche Jahre kannte. »Haben die Polizeidirektionen der Region auch die Bilder erhalten?«

Blom und Holm zuckten synchron mit den Schultern.

»Sorgt dafür, dass sie welche kriegen. Vielleicht können die uns bei der Suche weiterhelfen.«

»Okay, wird gemacht.«

»Und dann setzt euch auf die Spur von Gunvald Dahls Onkel, Nils Randrup. Der wohnt in Gravenstein. Hängt euch unauffällig an Randrup dran und informiert mich sofort, wenn sich etwas tut.«

»Alles klar, Chef!«

Sånbergens Terminkalender war heute Vormittag voll. Er besprach sich kurz mit Hanna, berief dann eine Videokonferenz der Ermittlungsgruppen aus Harrislee, Sønderborg und Kolding ein, in der alle Beteiligten so weit wie möglich auf den aktuellen Stand gebracht wurden. Es folgte eine weitere Videokonferenz mit den Leitern der Fahndungsgruppen, um die Suche nach Gunvald Dahl zu koordinieren. Und dann verlangte auch noch Philips danach, wieder mehr in das Geschehen eingebunden zu werden, und ließ Sånbergen nicht nur zu einer Sondersitzung anrücken, sondern trug ihm darüber hinaus auf, einen schriftlichen Zwischenbericht zu verfassen.

Über alldem war es bereits Mittag geworden, als Sånbergen sich in sein Büro zurückzog und in Abwesenheit von Blom und Holm, die mittlerweile vor Nils Randrups Wohnung auf der Lauer lagen, damit begann, die Polizeidirektionen Midtjyllands abzutelefonieren, ob jemand anhand der zugeschickten Bilder einen Hinweis auf den Standort der Hütte geben könne. Aber niemand schien diese Gegend zu kennen.

Es war bereits fast fünfzehn Uhr, als Sånbergen sich zähneknirschend an den Bericht für Philips machte. Er hatte gerade damit begonnen, da klopfte jemand an seine Tür.

»Herein!«

Eine Frau, ungefähr Ende fünfzig und elegant gekleidet, trat ein. Sie hielt eine tropfende Jerseyjacke in der Hand, ein Schauer musste sie erwischt haben. »Guten Tag, ich wurde hergebeten. Mein Name ist Anita Carlsgren. Ich war die Therapeutin von Gunvald Dahl.« Sie fingerte an ihrem Kopftuch, das mittelblonde, durchnässte Locken freigab. »Ich habe schon in der Tageszeitung gelesen, dass nach ihm gesucht wird. Ich nehme an, ich bin deswegen hier?« Ihre Frage klang nüchtern, als spräche sie über einen harmlosen Jungenstreich, den ihr ehemaliger Patient angezettelt hatte.

Hanna kam hinzu und stellte sich ihr vor. Sie nahm der Frau die Jacke ab, hängte sie an den Garderobenständer und hielt sich zunächst im Hintergrund, während Sånbergen das Wort ergriff. »Du weißt, dass Gunvald des dreifachen Mordes verdächtigt wird?«

Anita Carlsgren nickte.

»Das muss sich befremdlich anfühlen, wenn man so etwas über jemanden erfährt, den man seit vielen Jahren kennt.«

»›Kennen‹ ist zu viel gesagt. Auch für eine Therapeutin ist längst nicht alles, was einen Menschen bewegt, von außen zu sehen. Das ist eine Illusion. Aber ich kenne Gunvald Dahls Vergangenheit, jedenfalls das meiste davon. Ich habe ihn viele Jahre behandelt. Aber seit dem Umzug nach Kolding kommt er nicht mehr zu mir.« Sie holte ein Taschentuch aus ihrer Handtasche, drückte es sich unter die Nasenspitze und schnäuzte sich.

Sånbergen bot ihr einen Stuhl an. »Was hast du gedacht, als du von dem Verdacht gegen ihn gehört hast?«

Sie setzte sich, und es dauerte ein paar Augenblicke, bis sie antwortete. »Im ersten Moment hatte ich Zweifel, und ich habe noch immer Schwierigkeiten mit dieser Vorstellung. Wenn wirklich stimmt, was ihm vorgeworfen wird, muss etwas mit ihm passiert sein.«

»Wie meinst du das? Was muss mit jemandem passieren, um plötzlich zum Serienmörder zu werden?«

»Es bräuchte zum Beispiel eine schwerwiegende seelische Verletzung, vermutlich wiederkehrend über einen längeren Zeitraum hinweg, die dann durch ein aktuelles Ereignis getriggert wird.«

»Und was könnte das bei Gunvald gewesen sein?«

Anita Carlsgren sah Sånbergen mit verwunderter Miene an. »Du bist Polizist, du weißt, dass ich der Schweigepflicht unterliege.«

»Nicht, wenn es sich um einen Mordfall handelt, wenn Gefahr für andere besteht. Und wir halten es für möglich, dass es ein weiteres Opfer geben wird.«

Anita Carlsgren lehnte sich zurück, überschlug die Beine und ließ ein paar Sekunden verstreichen. »Wie gesagt, ich habe Gunvald die letzten Jahre nicht gesehen. Und selbst wenn ich mit euch über unsere Sitzungen reden würde, dann wären meine Ausführungen nur als unbewiesene Annahmen zu verstehen. Ich könnte mich irren oder etwas vergessen.«

»Natürlich, das ist uns bewusst.«

Sie legte die gefalteten Hände in den Schoß, und schließlich nickte sie. »Also gut. Gunvald wandte sich nach diesem Unfall an mich, als er sechzehn war. Die Verletzung seiner Hand hatte ihn aus dem seelischen Gleichgewicht gerissen. Er hatte Soloviolinist werden wollen, sein großer Traum, und das war nun nicht mehr möglich. Er war frustriert und enttäuscht, hoffnungslos, und er entwickelte Symptome einer Depression. Aber in der Therapie merkte ich, dass noch mehr dahintersteckte, eine problematische psychische Grunddisposition. Schließlich konnte ich eine chronische Psychose diagnostizieren, die ihn und sein Verhalten schon seit frühester Kindheit latent prägte, ohne dass sie je wirklich manifest geworden war. Bis zu seinem Unfall.«

»Da hatte er erstmals einen akuten Schub, der ihn plötzlich glauben ließ, verfolgt zu werden, hat man uns erzählt.«

»Ja, so ist der Unfall passiert.«

Hanna setzte sich nun ebenfalls und fuhr mit der Befragung fort. »Wir sind auf einen Brief seiner Mutter gestoßen. Gunvald hat ihn erst vor Kurzem, im April, bekommen. Aus dem Brief geht hervor, dass er in seinen ersten Lebensjahren mit einem Medikament namens ELN-3 behandelt wurde und dass dieses Präparat offenbar schwerwiegende Nebenwirkungen hatte.«

Anita Carlsgren sah Hanna ungläubig an. »Davon weiß ich nichts, ich kenne dieses Medikament nicht.«

»Es scheint auch nicht auf dem freien Markt gewesen zu sein.

Wir halten es für möglich, dass es nie zugelassen wurde, weil es zu psychischen Nebenwirkungen geführt hat.«

»Was genau meint ihr mit ›psychischen Nebenwirkungen‹?«

»Paranoid-halluzinatorische Störungen, Affekt- und Bewusstseinsveränderungen, so etwas in der Art.«

»Moment, ihr wollt mir sagen, dass Gunvald als Kleinkind mit einem Medikament behandelt wurde und dass die Nebenwirkungen seine Psychose hervorgerufen haben könnten?«

»Genau das fragen wir uns.«

»Aber …« Ihr Blick schweifte ab. »Seine Mutter hat so etwas nie erwähnt. Auch kein Medikament, das er bekommen hätte. Ich weiß, sie hatte nie viel Vertrauen in meine Behandlung.« Sie sah wieder auf. »Aber das … Das hätte sie mir doch sagen müssen.«

»Sie hat niemandem davon erzählt. Selbst Gunvald hat es erst jetzt erfahren, sie hat es ihm in diesem Brief geschrieben.«

Anita Carlsgren schüttelte den Kopf. »Meine Güte, ich kann das nicht glauben, und ich kann mir auch gar nicht vorstellen, wie …« Sie stockte.

»Wir denken, es war ein privates Forschungsprogramm, an dem Gunvald teilgenommen hat«, erklärte Sånbergen. »Unfreiwillig, aber mit Einverständnis seiner Mutter.«

»Du meinst, inoffizielle Medikamententests, ohne Zulassungen und ohne Ethikkommission?«

Sånbergen nickte.

»Aber so einfach ist das nicht. Man braucht Probanden, Räumlichkeiten, Labore – wie soll das alles funktionieren?«

»Mit viel Geld. Und mit den Strukturen eines Pharmaunternehmens. Aber das ist jetzt nicht wichtig. Uns geht es erst mal um etwas anderes. Wir müssen verstehen, was mit Gunvald geschehen ist, und wir müssen sicher sein, dass wir hinter dem Richtigen her sind.«

»Ihr wollt wissen, ob ihn die Umstände in einen Serienmord hätten treiben können?«

»Genau das.«

Sie schwieg einige Sekunden, überlegte. »Das ist schwer einzuschätzen, so einfach, wie ihr es euch vielleicht vorstellt, ist das nicht.«

»Es geht nicht um eine wissenschaftliche Beweisführung, Anita. Im Grunde ist die Frage nur: Hältst du es für möglich oder nicht?«

»Ich halte es eher für unwahrscheinlich. So schnell bringt man niemanden um, und Gunvald hat mir gegenüber in all den Jahren nie Anzeichen fremdaggressiven Verhaltens gezeigt.«

»Und wenn er durch äußere Umstände in einen akuten psychotischen Schub geraten wäre, wie vor seinem Unfall? Durch eine schockierende Nachricht – etwa diesen Brief?«

Sie verschränkte ihre Finger und drückte sie gegeneinander. »Vielleicht, unter gewissen Bedingungen, aber …«

»Gewisse Bedingungen?«

»Manche Patienten, wenn sie in Stresssituationen geraten, hören auf, ihre Medikamente zu nehmen, oder sie nehmen andere Medikamente dazu, vielleicht auch Alkohol, Drogen. Und das verträgt sich nicht gut zusammen.«

»Was meinst du mit ›Stresssituationen‹?«

»Da ist vieles möglich. Häufig steckt ein emotionales Trauma dahinter.« Sie begann, mit ihren Fingern kleine, unruhige Bewegungen zu machen. »Können wir vielleicht ein wenig Luft hereinlassen? Ich finde es hier etwas stickig.«

Sånbergen ging zur gegenüberliegenden Seite des Raumes, öffnete das Fenster und gönnte Anita eine kurze Pause. Und auch sich selbst. Er sah auf die Straße hinunter, beobachtete die geordneten Abläufe zwischen Ampeln, Autos und Fußgängern – und das kleine Chaos dazwischen: ein Hund, der an der Leine zerrte und bellte. Sånbergen überlegte, wo ein emotionales Trauma begann und wie viele es brauchte, um jemanden aus dem Gleichgewicht zu bringen. Er blieb am Fenster stehen und wandte sich wieder Anita zu. »Damals, als dieser Unfall passiert ist, war Gunvald zuvor offenbar zum ersten Mal in einen akuten Schub geraten. Was hatte den ausgelöst?«

»Das weiß ich nicht. Ich habe ihn danach gefragt, aber er konnte es nicht sagen. Vielleicht wollte er es auch nicht.«

»Hast du mit seiner Mutter darüber gesprochen?«

»Natürlich, aber auch sie ist mir bei dieser Frage immer ausgewichen.« Sie machte eine unschlüssige Kopfbewegung und rieb sich die Schläfe. »Ich bin nie das Gefühl losgeworden, dass damals

doch etwas vorgefallen ist. Etwas, das Gunvald aus dem Gleichgewicht gebracht hat.« Anita schwieg. Von ihr aus schien nun alles
gesagt zu sein.

»Gunvald ist auf der Flucht«, sagte Hanna. »Er wird Hilfe brauchen – Freunde, Bekannte, Musikerkollegen. Gibt es jemanden,
an den er sich wenden könnte?«

»Gunvald? Das sollte mich wundern. Oberflächliche Bekanntschaften hatte er schon, ja. Soweit ich weiß, aber niemanden, mit
dem er regelmäßig oder über einen längeren Zeitraum Kontakt
gehalten hätte.«

»Was ist mit seinem Onkel, Nils Randrup?«

»Nils?« Anita sagte den Namen, als wäre er ihr bekannt.

»Hat Gunvald von ihm erzählt?«

»Ja. Früher gab es mal einen engen Kontakt zwischen ihnen.
Aber irgendwann hat sich das geändert.«

»Wieso das?«

»Genau weiß ich es nicht, aber ich hatte da so einen Verdacht.
Ich glaube, Nils hatte eine Affäre mit Gunvalds Mutter begonnen.
Gunvald hat mal so etwas angedeutet, aber nie konkret darüber
gesprochen. Möglich, dass er es seinem Onkel nicht hat verzeihen
können und die Verbindung daraufhin abgebrochen hat.«

»Die Verbindung zu seiner Mutter aber nicht.«

»Das ist etwas anderes. Das Verhältnis zu seiner Mutter ist sehr
speziell.«

»Speziell?« Hanna rutschte näher. »Inwiefern?«

»Die Liebe seiner Mutter war keineswegs bedingungslos. Sie
hat ihn bei all seinen Entscheidungen geführt und kontrolliert.
Solchen Kindern fällt es schwer, die eigene Mutter als Sünderin,
als ›falsch‹ zu sehen.«

»Was bedeutet das für ihn? Dass er gewisse Dinge ausblendet?«

»So ähnlich. Er gerät in einen Konflikt. Also muss er in seiner
Vorstellung etwas verändern, um sein Bild seiner Mutter zu erhalten. Er muss die Realität etwas anpassen, und jedes Mal, wenn
wieder etwas für ihn nicht stimmt, kommt eine neue kleine Lüge
dazu.«

Hanna nickte, und auch für Sånbergen waren Anita Carlsgrens
Beschreibungen so weit nachvollziehbar. Sie passten zu dem Ein-

druck, den er von Gunvald Dahl bekommen hatte – und von dessen Mutter.

»Ich glaube, das genügt fürs Erste«, sagte er. »Vielleicht kannst du die nächsten Tage für uns erreichbar bleiben, falls da noch Fragen auftauchen?«

»Aber natürlich.«

Er dankte Anita Carlsgren für ihr Kommen und geleitete sie zur Tür. Als sie das Büro schon verlassen hatte, blitzte ein Gedanke auf. »Anita«, rief er ihr hinterher, »noch eine Frage!« Er lief ein paar Schritte auf sie zu. »Früher hat Gunvald die Ferien manchmal mit seinem Onkel verbracht, in einer Holzhütte irgendwo in den Bergen.«

»Ja, er sagte mal so etwas. Es war am Møllehøj, wenn ich mich recht entsinne.«

»Wo genau?«

»An einem See. Gunvald hat erzählt, in Skanderborg hätten sie ihre Vorräte beschafft. Hilft dir das weiter?«

»Sogar sehr, vielen Dank.«

Sånbergen nahm eine Karte zur Hand. Der Møllehøj lag rund hundertfünfzig Kilometer nördlich von hier. Da gab es einige kleine Seen in der Gegend. Ein Gebiet von dreißig Quadratkilometern, schätzte er, das sie abzusuchen hätten. Sie brauchten einen Helikopter.

Der Gedanke war ihm unangenehm und verursachte reales körperliches Unbehagen. Sånbergen verabscheute es zu fliegen, und die Vorstellung, dies in einem Helikopter zu tun, eingezwängt und nur durch eine dünne Hülle vom Abgrund getrennt, jagte ihm regelrecht Furcht ein. Fast hoffte ein Teil in ihm, Hanna würde die nun unausweichliche Frage verneinen: »Gibt es einen Hubschrauber hier in der Nähe?«

»Einen halben, wenn du so willst. Die andere Hälfte gehört dem Bundesgrenzschutz, und die sind eigentlich dauernd mit ihm unterwegs.«

»Wir werden einen brauchen.«

»Ein H145 steht in Flensburg, ich müsste beim Lagezentrum nachfragen und eine Außenlandegenehmigung einholen für einen Ad-hoc-Einsatz. Das geht nicht so im Handumdrehen.«

»Nein, kostet zu viel Zeit. Was ist mit einem privaten Flugunternehmen?«

»Ein privater Flugdienst? Ich weiß nicht, ob wir das genehmigt kriegen.«

»Gibt es einen hier in der Nähe?«, fragte Sånbergen noch einmal mit Nachdruck. »Vielleicht sogar in Dänemark, dann müssen wir uns nicht um irgendwelche Grenzüberfluggenehmigungen kümmern.«

»Draußen im Kruså-Padborg Airfield gibt es jemanden. Ich bin schon mal mit ihm geflogen, er hat einen EC135.«

»Ruf ihn an und sag ihm, wir sind in zwanzig Minuten da. Tut mir leid, aber was auch immer er gerade tut, er muss es verschieben.«

Zögerlich holte Hanna ihr Handy aus der Tasche und ging zum Telefonieren aus dem Büro, während Sånbergen die Polizeidirektionen im Suchgebiet von der bevorstehenden Aktion in Kenntnis setzte und sie anwies, verstärkt auch Straßenkontrollen rund um den Møllehøj durchzuführen.

Dann öffnete er die untere Schublade seines Schreibtischs, in der er die P7 deponiert hatte.

42

Der etwas zu flach geratene Bungalow am Rande des Kruså-Padborg Airfields trug ein Schild mit der Aufschrift »Lindqvist's Helicopters«. Es war verblichen und hing direkt unter der Regenrinne, die so tief lag, dass man leicht mit den Fingern hätte hineingreifen können. Keine Klingel. Die Tür war nur durch einen dünnen Holzbalken verschlossen, der quer und ungesichert auf einer metallenen Halterung lag. Hanna betrat das Gebäude, gefolgt von Sånbergen, der angesichts des bevorstehenden Fluges etwas defensiv eingestellt war und auf der Schwelle stehen blieb.

Hinter einem Tresen zur Rechten stand ein Mann, dessen Namensschild ihn als »M. Lindqvist« auswies. Er war von gedrungener Gestalt, muskulös wie ein Boxer. An der linken Hand trug er einen klobigen Goldsiegelring, im Gesicht eine Pilotenbrille, und die eng stehenden Augen folgten wieselflink den Bewegungen einer Modelleisenbahn, die auf einer tischhohen, mehr als den halben Raum einnehmenden Holzplatte montiert war. Ein Wirrwarr von Gleisen, Schranken und Weichen führte durch künstliches Grün, gebogene Tunnel und bergförmige Aufbauten.

Hanna räusperte sich.

»Ah, die Kommissare.« Lindqvist winkte die beiden herein und hob eine schwarze Lok vom Gleis. Sie sah zerbrechlich aus in seiner Hand. »Eine deutsche T-334, sie hat einen dieselelektrischen Antrieb, und wenn ihr die Unterseite betrachtet –«

»Dafür haben wir keine Zeit. Tut mir leid«, unterbrach Hanna ihn. »Was ist mit dem EC135?«

»Keine Sorge, er steht am Hangar und ist startklar. Nur einen Moment noch, ich brauche eine ruhige Hand für dieses Schmuckstück.« Lindqvist schob seine Brille zurecht, betrachtete die Lok mit angestrengtem Gesichtsausdruck und setzte einen Schraubenzieher an. Trotz seiner groben Statur wirkte er sanftmütig wie ein Kind. Er strahlte etwas Beruhigendes aus und stimmte Sånbergen dadurch ein wenig zuversichtlicher, was den bevorstehenden Flug anging.

Noch zwei Umdrehungen, dann stellte Lindqvist die Lok wieder aufs Gleis und betrachtete stolz sein Werk. »Da haben wir's schon.« Endlich legte er den Schraubenzieher beiseite, wandte sich den Besuchern zu, und Sånbergen glaubte, einen Anflug von Vorfreude in Lindqvists Lächeln zu erkennen.

Zehn Minuten später waren sie in der Luft. Der Nachmittagshimmel war blau, kein Niederschlag in Sicht, aber der Wind zerrte am Helikopter, ließ ihn schwanken, dann ein paar Meter absacken. Die wirbelnden Rotoren direkt über ihnen versetzten die ganze Kabine in Vibrationen. Sånbergens Knie bohrten sich in die Lehne des Vordersitzes, und seine rechte Schulter war gegen die kalte, zitternde Außenwand gepresst – nur wenige Zentimeter zwischen ihm und dem freien Fall.

Voller Unbehagen zählte er die Minuten, versuchte, nicht nach unten zu sehen, und fokussierte einen Punkt am Horizont, um der aufkommenden Übelkeit zu entgehen. Für einen Moment glaubte er, einen Vogelschwarm zu erkennen, der ihre Flugbahn kreuzen würde, doch beobachtete dann voller Verwunderung, wie sich der Schwarm als optische Täuschung im Spiel der Wolken verlor.

Eine knappe Dreiviertelstunde verging, bis Lindqvist seinen Kopf nach hinten reckte. »Wir nähern uns unserem Ziel, die Hügelkette vor uns, das ist der Møllehøj!« Er ging auf eine Höhe von rund dreihundert Metern und drosselte das Tempo, während sie Ausschau hielten nach einer stattlichen Holzhütte von etwa sechs mal sieben Metern, an einem See in einer kleinen Senke gelegen. Sie überflogen bewaldete Hügel, manchmal durchbrachen graue Felsen das dichte Grün. Kleine Flussläufe durchzogen zartgrüne Felder und entsandten schmale Äste in fruchtbare, wellenförmige Ebenen.

»Da unten!«, rief Lindqvist. »Eine große Hütte und ein See. Ist es das, was ihr sucht?«

Unterhalb eines spärlich bewachsenen Hangs öffnete sich eine Lichtung mit einem See. Der Boden war uneben, zum Teil von Steinen durchsetzt, und zwischen den Bäumen stand eine halb verwitterte Blockhütte. Ein kleiner Anbau an der Nordwand. Genau so wie auf dem Foto, das Hanna in ihren Händen hielt.

»Das ist es!«, bestätigte sie.

Nichts rührte sich dort unten. Niemand, der aus der Hütte stürzte, mit einer Waffe auf sie anlegte oder zu fliehen versuchte. Aber auch kein weißer BMW war zu sehen. Nichts deutete darauf hin, dass Dahl hier Unterschlupf gefunden hatte.

Lindqvist hatte den Helikopter in eine leichte Schräglage gebracht und zu einem großen Bogen ausgeholt. Nun überflog er eine unbefestigte Straße, die auf die Blockhütte zuführte.

»Kannst du da unten landen?«, rief Sånbergen ihm zu.

»Direkt bei der Hütte? Keine gute Idee, loser Schotter, der wirbelt uns beim Landen um die Ohren! Aber dahinten, etwa hundert Meter weiter, da könnte es gehen.« Er steuerte den Helikopter zu der Stelle und ließ ihn dort langsam sinken, doch eine Böe erfasste ihn, stieß ihn nach links und dann, als wäre es eine Finte gewesen, deutlich heftiger nach rechts. Die Rotoren kappten ein paar Äste, die Maschine schwankte, und Lindqvist zog sie sofort wieder hoch. Er wartete, bis sie ruhig in der Luft stand, und versuchte es aufs Neue.

Meter für Meter näherten sie sich dem Boden. Die Kufen setzten auf. Sånbergen öffnete die Tür und stellte die Füße auf den grasbewachsenen Untergrund. Er schien unter ihm zu schwanken, sodass er die Hände zur Seite streckte, falls er das Gleichgewicht verlöre. Unter dem Luftdruck der drehenden Rotoren eilten er und Hanna in geduckter Haltung zur Hütte.

Die Wände waren aus mächtigen Stämmen von Sternkiefern gebaut. Ein etwas höher am Dach angebrachtes Sammelbecken fing Regenwasser auf und entließ es über ausgehöhlte Balken in einen Trog vor dem Haus. Die Vordertür war bloß angelehnt.

Hanna lief hinüber zum Anbau, während sich Sånbergen dem Eingang der Hütte näherte.

»Polizei!«, rief er. »Ist jemand hier?«

Keine Antwort.

»Der BMW steht hier im Schuppen!«, schallte es von Hanna herüber.

»Gunvald Dahl?«, rief Sånbergen ins Haus hinein, den Rücken fest gegen die Wand gepresst. Er zog die P7 aus dem Halfter, stieß die Tür mit der Fußspitze auf, und als er Hanna in seinem Rücken wahrnahm, betrat er die Hütte.

Stille. Nur das Geräusch der austrudelnden Helikopterrotoren in der Ferne, das Aufsetzen von Sånbergens Schuhen auf den Holzplanken. Ein Zimmer lag vor ihnen, lang und schmal. Zur rechten Seite führten zwei Türen in weitere Räume. Linker Hand Stühle und ein riesiger Tisch, auf dem ein Glas und ein Teller standen. Fleisch und Kartoffeln. Lauwarm. Noch vor Kurzem musste jemand hier gewesen sein. Sånbergen öffnete auch die beiden anderen Türen, doch von Dahl keine Spur.

»Er scheint Hals über Kopf geflohen zu sein«, meinte Hanna. »Aber wenn der BMW noch hier steht, ist er wohl zu Fuß unterwegs, er kann noch nicht weit sein.«

Sånbergen nahm sein Handy und setzte sich mit der regionalen Polizeileitstelle in Skanderborg in Verbindung. Er bat um Straßensperren rund um den Møllehøj im Umkreis von zwanzig Kilometern, außerdem um verstärkte Fußgängerkontrollen in diesem Gebiet. »Wir haben uns hier absetzen lassen und brauchen einen Dienstwagen, und die Kriminaltechnik muss sich die Hütte ansehen.«

Dann schickte er Lindqvist mit dem Heli zurück, und sie begannen, die ersten Spuren zu sichern. Während sich Hanna den BMW und die nähere Umgebung des Anbaus vornahm, durchsuchte Sånbergen die Hütte. Die Schränke waren leer, zerwühlte Decken auf einem der Betten. In einem Zimmer war eine Landkarte der hiesigen Gegend an eine Pinnwand geheftet, daneben ein Stadtplan von Skanderborg. Ein Kreuz markierte darauf eine Seitenstraße nahe der Kirche am nördlichsten Ausläufer des Skanderborg-Sees – den Kirkebakken.

»Da sind frische Reifenspuren!«, hörte er Hanna rufen.

Sånbergen eilte nach draußen und entdeckte sie rund zwanzig Meter vor der Hütte auf dem Boden hocken.

»Radstand gute zwei siebzig, grobes Profil, das stammt nicht vom BMW«, sagte sie. »Das war ein größerer Wagen, ein SUV, nehme ich an.« Sie deutete auf einen Rucksack, der neben ihr stand. »Den habe ich auf dem Rücksitz von Dahls Auto gefunden, es war nicht abgeschlossen.« Sie öffnete ihn und zeigte Sånbergen den Inhalt. »Da sind Straßenkarten und ein Fahrplan der Fähre von Grenå nach Halmstad. Sieht aus, als wollte er nach Schweden. Etwas Geld, vierhundert Euro, ein bisschen Verpflegung.« Sie sah zu Sånbergen auf. »Wieso hat er den Rucksack zurückgelassen? In der Hektik vergessen?«

»Könnte sein. Vielleicht aber auch eine Finte – er lässt den Rucksack absichtlich zurück und ist in eine andere Richtung unterwegs.« Sånbergen betrachtete noch einmal die Reifenspuren. »Oder jemand ist uns zuvorgekommen und hat Gunvald in seine Gewalt gebracht.«

»Jemand?«

»Du sagtest, der Radstand sei zwei siebzig, wie ein SUV. Luc Jarados fährt einen. Einen Chevy Captiva. Das könnten seine Abdrücke sein.«

»Luc Jarados? Was sollte der mit Dahl zu schaffen haben? Und wie sollte er von der Hütte gewusst haben?«

»Ich bin sicher, dass Nyberg über einen ausgezeichneten Informationsdienst verfügt. Er hat aus der Presse von dem Verdacht gegen Gunvald Dahl erfahren, also wird er Dahls ganze Familie durchleuchtet haben, seine Eltern und auch Nils Randrup. So könnte er auf die Hütte gestoßen sein. Natürlich setzt er Jarados auf ihn an. Denk an Hauser – den hatte Nyberg auch vor uns gefunden.«

Der Gedanke, womöglich erneut Luc Jarados' Wege zu kreuzen, behagte Sånbergen ganz und gar nicht. Der Franzose war unberechenbar, und eine dritte Partei würde die Lage noch mehr verkomplizieren, ihm die Kontrolle nehmen. Er kontaktierte erneut die Polizeileitstelle in Skanderborg und ließ die regionalen Fahndungsmaßnahmen um die Suche nach Jarados und dessen Chevy erweitern.

Eine halbe Stunde später trafen die Verstärkung aus Skanderborg und ein Team der Kriminaltechnik ein. Sånbergen und Hanna erhielten den gewünschten Dienstwagen, und während der hiesige Kommissar Eriksen die Koordinierung der Maßnahmen vor Ort übernahm, machten sich die beiden in der weiteren Umgebung der Hütte auf die Suche nach frischen Fußspuren. Aber der Boden war trocken, das Gras von festem Erdreich durchsetzt. Es war nichts zu finden, was auf Dahl hindeutete. Sie kamen nicht weiter.

»Was machen wir?«, fragte Hanna, der die Unruhe deutlich anzusehen war. »In spätestens drei Stunden ist es dunkel, und ich würde nur ungern so lange hier rumstehen und darauf hoffen, dass die Kriminaltechnik was findet, das uns weiterhilft.«

Die Karte mit dem Kreuz, fiel Sånbergen ein. »Komm, ich habe da vielleicht etwas.« Er führte Hanna zurück zur Hütte und zeigte ihr den an die Wand gepinnten Stadtplan von Skanderborg. »Siehst du? Da ist eine Stelle markiert, der Kirkebakken, direkt an einer Kirche. Dahl oder Randrup, einer von beiden wird die Markierung wohl gesetzt haben.«

»Was ist damit gemeint, ein Treffpunkt?«

»Könnte auch ein Ort sein, an dem etwas hinterlegt ist. Wie auch immer, wir sehen uns das an.«

Sie stiegen in den Dienstwagen, machten sich auf den Weg nach Skanderborg und bogen um kurz vor zwanzig Uhr in den Kirkebakken ein. Dort, wo das Kreuz auf der Karte markiert war, mündete die schmale Straße in einen Parkplatz, hinter dem eine weiße Kirche mit kupfergrünem Zwiebelturm aufragte. Sånbergen stellte den Wagen vor der Mauer ab, die das Kirchengrundstück begrenzte, stieg aus und spähte hinüber. Der Friedhof. Zwanzig Meter weiter stand ein Tor offen.

Hanna ging voraus, einen von dünnen Birken gesäumten Sandweg an den Gräbern entlang zum Eingang der Kirche. In dem Gemäuer war es angenehm kühl, und sie schlenderten zwischen den Holzbänken hindurch zum Altar, wo sie sich umschauten, ohne zu wissen, wonach sie eigentlich suchten und ob mit dem Kreuz überhaupt diese Kirche gemeint war.

»Hier ist nichts«, sagte Hanna nach einiger Zeit. »Vielleicht finde ich draußen was.« Sie machte kehrt, während Sånbergen noch eine Minute blieb. Bevor er die Kirche verließ, entzündete er eine Kerze und warf gerade etwas Geld in den Opferstock, als sein Handy klingelte. Blom. Und er hatte Interessantes zu berichten – Nils Randrup sei vor zehn Minuten in seinen Wagen gestiegen und nun auf der E 45 unterwegs nach Norden.

»Das ist unsere Richtung. Haltet Abstand! Wenn er euch bemerkt, dreht er um.«

»Klar, Chef. Machen wir ja nicht zum ersten Mal.« Er legte auf.

Sånbergen eilte nach draußen, fand Hanna und unterrichtete sie über Bloms Anruf. »Vielleicht haben wir Glück, und sie treffen sich hier.«

»Und wenn Jarados uns zuvorgekommen ist und Dahl schon längst in seinen Fängen hat?«

»Dann hoffen wir, dass er sich in einer Straßensperre verfängt.«

Hanna seufzte, holte ihr Handy hervor und stieg in den Wagen. Sie telefonierte mit ihrem Kindermädchen und ihren Töchtern, während Sånbergen vergeblich versuchte, Clara oder Smilla zu erreichen. Dann warteten sie, beobachteten den Parkplatz, und über den Dächern des Ortes senkte sich langsam die Sonne zum Horizont.

Blom und Holm hielten sie beständig auf dem Laufenden, und es wurde zunehmend klar, dass Randrup tatsächlich nach Skanderborg unterwegs war. Eine gute Stunde später bog der weiße Clio endlich in den Kirkebakken und hielt nur zwanzig Meter von ihnen entfernt. Randrup blendete ab und schaltete den Motor aus, während Blom und Holm außer Sichtweite blieben.

Nichts geschah. Es wurde zunehmend dunkel, kaum noch Verkehr auf den Straßen, nur das Knistern der Parkplatzlaternen. Randrup bewegte sich nicht von der Stelle.

Nach zwanzig Minuten wurde Sånbergen ungeduldig, stieg aus, steuerte direkt auf den Clio zu und klopfte kurzerhand ans Beifahrerfenster. Randrup startete sofort den Motor, setzte zurück und versuchte eine Neunzig-Grad-Wende, aber musste bremsen, als Hanna sich gedankenschnell mit ihrem Wagen vor ihn setzte. Mit gezücktem Dienstausweis bedeutete Sånbergen Randrup, auszusteigen, und der gehorchte widerstandslos.

Er kam um das Auto herum, betrachtete erst Hanna, dann Sånbergen, die sich ihm von beiden Seiten näherten. Im Schein einer Straßenlaterne lehnte er sich gegen die Friedhofsmauer, wo ein düsteres Plakat das Konzert einer Heavy-Metal-Band ankündigte. Eine losgelöste Ecke bog sich trübselig dem Boden entgegen, auf eine ganz ähnliche Art, wie Randrup nun seine Schultern hängen ließ. Das kalte Licht legte eine fahle Blässe auf sein Gesicht, und nichts an ihm machte den Eindruck, sich den bevorstehenden Fragen ernsthaft widersetzen und längere Zeit hier auf der Straße oder gar in einem Verhörraum verbringen zu wollen.

Sånbergen wollte das genauso wenig. Er setzte sich vorn auf die Motorhaube des Clio und nahm sich einen Moment Zeit, Randrup genauer anzusehen.

Die Augen gegen das Licht zusammengekniffen, stand der müde gegen die Wand gelehnt und musterte seinerseits Sånbergen. »Ich kenn dich aus dem Angelladen.«

»Ja, das stimmt. Ich bin Kommissar Marven Sånbergen. Du weißt, warum wir dich suchen?«

»Wegen Gunvald.« Die Antwort kam mit müder Stimme.

»Genau. Nehmen wir an, du wüsstest, wo er sich aufhält – würdest du es uns sagen?«

Randrup seufzte. »Würdest du es tun?«

»Ich würde vermeiden wollen, dass er in eine Situation gerät, in der ihm Schlimmeres widerfahren könnte.«

»Glaub mir, auf so etwas würde Gunvald sich nie einlassen.«

»Ich weiß nicht, ob er sich das aussuchen kann. Wollte er sich hier mit dir treffen?«

Randrup fuhr sich mit der Hand durch das silbergraue Haar und schien unschlüssig, was er preisgeben sollte.

»Gunvald hat diese Stelle auf einer Karte markiert«, sagte Sånbergen. »Und jetzt bist du hier, aber er ist nicht aufgetaucht. War das so gewollt, oder ist da etwas schiefgelaufen?«

»Wir wollten uns hier treffen. Aber ob du es glaubst oder nicht: Ich weiß nicht, wo er ist.«

»Und was ist dann euer Plan gewesen? Solltest du ihn über die Grenze schaffen?«

»Von seinen Plänen hat er nichts erzählt. Gestern Morgen hat er sich bei mir gemeldet. Er wirkte nervös und wollte, dass ich ihm die Hütte für ein paar Tage überlasse. Das habe ich getan, ein Schlüssel ist in der Nordwand deponiert, die Stelle habe ich ihm beschrieben. Heute Nachmittag rief er wieder an. Er sagte, er müsse aus der Hütte verschwinden und habe es eilig. Ich solle abends hierherkommen, zur Skanderup Kirke, er brauche mich.«

»Wann wollte er dich hier treffen?«

»Vor einer halben Stunde.«

»Und er hat sich nicht noch einmal telefonisch bei dir gemeldet?«

»Nein.«

Dann also doch. Wahrscheinlich war ihnen Jarados dazwischengefunkt und hatte sich Gunvald bei der Hütte geschnappt.

»Du verstehst sicher, dass ich einen Blick in deine Anrufliste werfen muss?« Sånbergen streckte die offene Hand hin, und Randrup übergab ihm bereitwillig sein Handy, doch die Überprüfung ergab: Es hatte tatsächlich nur einen Anruf von Gunvald Dahl gegeben. Heute um sechzehn Uhr fünfundvierzig.

Sånbergen beschloss, Randrup aufzuklären, was vorgefallen war. »Die Hütte war leer, als wir da heute Nachmittag aufgekreuzt sind, ganz offenbar kurz nachdem Gunvald sie verlassen hatte. Auf dem Zufahrtsweg haben wir frische Reifenspuren gefunden, die nicht von seinem Auto stammen. Da sie offenbar auch nicht von dir sind, wird eine andere Theorie wahrscheinlicher: Es könnte noch jemanden geben, der hinter ihm her ist. Ein Mann namens Luc Jarados. Er arbeitet für Johan Nyberg, den Vater des zweiten Mordopfers, und womöglich hat er Gunvald nun vor uns erwischt. Ich weiß nicht, was die mit ihm anstellen werden.«

»Du willst mir erzählen, ihr wollt ihn bloß vor Schlimmerem bewahren?«

»Ich kläre dich über den Ermittlungsstand auf, damit du weißt, wie es um Gunvald steht.« Sånbergen betrachtete Randrup, der einen ratlosen Eindruck machte. »Wieso tust du das für ihn? Auch wenn du ihn magst, hat er doch möglicherweise drei Frauen auf dem Gewissen.« Wenn nicht sogar vier, setzte er im Stillen dazu und dachte dabei an Ida Svensson.

»Das sagst du. Für mich ist er so lange unschuldig, bis man ihm das Gegenteil bewiesen hat.«

»Weil du ihn für einen guten Kerl hältst? Weil er zur Familie gehört? Oder weil du etwas gutmachen willst?«

»Etwas gutmachen? Wieso?«

»Wir haben mit Gunvalds Psychiaterin gesprochen. Sie erwähnte eine mögliche Affäre von dir mit Gunvalds Mutter, Elisabeth.«

Randrup schluckte, sagte aber nichts.

»Es hat diese Affäre also gegeben?«

Nun sackte Randrup ohne viel Widerstand in sich zusammen. »Gunvald hat uns irgendwann zusammen gesehen. Er ist damit nicht klargekommen und hat den Kontakt zu mir kurze Zeit später abgebrochen.« Er seufzte. »Ich hab das nie ganz verstanden. Wir hatten vorher immer ein sehr gutes Verhältnis gehabt.«

»Du hast seit damals nicht mehr mit Gunvald gesprochen?«

»Seit seinem sechzehnten Geburtstag nicht mehr.«

Sein sechzehnter Geburtstag, dachte Sånbergen. Auch der Unfall passierte zu dieser Zeit. Das Ende seiner Karriere, bevor sie richtig angefangen hatte. Der erste akute Schub. »Und jetzt, nach all den Jahren, ruft Gunvald dich an, bittet um den Schlüssel für deine Hütte, und du stellst keine Fragen, nicht einmal, nachdem du erfahren hast, dass er als potenzieller Serienmörder gesucht wird?«

Randrup nickte und sah Sånbergen mit offenem Gesichtsausdruck an, als erwarte er Verständnis. »Was hättest du getan?«

»Du glaubst doch nicht wirklich, dass du ihm damit hilfst?« Wieder fuhr sich Randrup durch die Haare.

»Kannst du Gunvald telefonisch erreichen?«

»Nein, er hat gesagt, er hat sein Telefon aus und ruft mich an.«

»Dann behalten wir jetzt dein Handy ein, für den Fall, dass er sich meldet. Und was dich angeht, werden wir die Sache erst mal nicht weiterverfolgen. Stattdessen werden wir weiter versuchen, Gunvald aufzuspüren, noch heute, mit allen verfügbaren Kräften. Und glaub mir, wir würden ihm einen Gefallen damit tun, wenn wir ihn finden.«

43

Der Asphalt schlug eine Schneise durch das Waldgebiet, über dem der blauschwarze Himmel hing, sternenlos, nur der abnehmende Mond schimmerte darin. Sånbergen fuhr in Richtung Süden, angestrengt nach einem grünen Chevy Ausschau haltend. Seine Augen brannten, er fühlte sich wie ausgedörrt. Es war warm, nicht einmal die Nächte wollten abkühlen.

Hanna gähnte. »Noch immer keine neue Meldung von den Straßensperren. Vielleicht ist Jarados einfach auf den nächsten Feldweg gefahren.« Sie hatte den Satz nicht als Frage formuliert, sondern bloß müde vor sich hingedacht, und sie schien auch keine Antwort zu erwarten. Eine Bodenwelle schüttelte das Auto durch, was beide aber nur teilnahmslos registrierten.

»Jarados wird den Straßensperren ausweichen und nach einem Unterschlupf suchen«, vermutete Sånbergen. »Eine kleine Pension, ein leer stehendes Ferienhaus, die Wohnung eines Kollegen.«

»Das können wir unmöglich alles checken, schon gar nicht um diese Uhrzeit«, stöhnte Hanna.

»Dann streichen wir die offiziellen Unterkünfte. Zu risikoreich, da gibt es andere Gäste, denen sie auffallen könnten. Aber …

Warte, was ist mit Gebäuden, die Nyberg gehören, seinem Pharmakonzern? Gibt es hier in der Gegend irgendwas in der Art, für Produktion, Vertrieb, Verkauf oder so etwas?«

Hanna machte sich sogleich im Internet auf die Suche und vermeldete bald Erfolg. »Zwei Objekte im Umkreis von fünfzig Kilometern. Das eine ist eine Lagerhalle, das andere eine Produktionsstätte für Biopharmazeutika.«

»Welches liegt näher?«

»Die Lagerhalle, etwa zwanzig Kilometer von hier. Nördlich von Vejle. Ein Depot für Granulat, Paraffin und Gelatine.«

»Da fahren wir hin.«

Hanna informierte Blom und Holm, die auf der Suche nach Jarados in derselben Gegend unterwegs waren, und wenig später schlossen die beiden zu ihnen auf. Nach fünfzehn weiteren Minuten über flaches Land kam ein Hinweisschild auf ein Gewerbegebiet, dem sie folgten. Eine unbeleuchtete Ausfahrt, unmittelbar dahinter ein kleiner Feldweg, der Sånbergen wie gerufen erschien, um die Umgebung zu erkunden.

Abrupt drosselte er das Tempo. Schotter knirschte unter den Reifen, langsam rollte der Wagen auf eine kleine Anhöhe. Sånbergen blendete ab und hielt neben dem Stamm einer gefallenen Eiche. Hinter ihnen näherte sich der Wagen von Blom und Holm, wieder das Knirschen von Schotter, dann Ruhe.

Sånbergen stieg aus und sah hinunter in eine kleine Senke, die von Mondlicht beschienen war. Es war still, nur gelegentlich drangen entfernte Geräusche vorbeiziehender Autos von der Landstraße herüber. Auch Hanna, Blom und Holm waren nun ausgestiegen.

Das Firmenareal lag ungefähr zehn Meter unter ihnen. Gestapelte Container verschachtelten sich auf einer Freifläche zu einem eisernen Labyrinth. Keine Zäune. Am gegenüberliegenden Ende stand eine aus roten Ziegeln gemauerte Lagerhalle mit Wellblechdach, etwa fünfzig mal zwanzig Meter groß. Die Buchstaben »MFS« waren an der Frontseite aufgebracht – und vor dem Tor des Gebäudes stand ein dunkler SUV! Sånbergen war sicher, es war dasselbe Modell, das er vor Hausers Bungalow gesehen hatte. Nur das weiße Motorrad fehlte.

Noch vor wenigen Minuten hätte er nicht viel darauf gesetzt, Luc Jarados tatsächlich noch in dieser Nacht aufspüren zu können. Nun, da eine realistische Chance dafür bestand, fiel jegliche Müdigkeit von ihm ab. Er machte einen schmalen Fußweg aus, der leicht abfallend in die Senke hinunterführte. Davor steckte ein verwittertes Holzkreuz lose im Boden, die Aufschrift nicht mehr zu entziffern.

Die Situation war schwer einzuschätzen, und Sånbergen überlegte, was sie tun sollten. Er konnte sich kaum vorstellen, dass Jarados – sofern er wirklich dort unten war – seinen Gefangenen freiwillig auslieferte, nachdem er doch einiges auf sich genommen hatte, um ihn in die Finger zu bekommen.

»Was sind unsere Optionen?«, kam es leise von Blom. Seiner Frage haftete unüberhörbar die Hoffnung auf Rückzug an.

»Wenn sie Dahl tatsächlich in der Lagerhalle haben, werden wir ihn da rausholen müssen.«

Blom und Holm seufzten synchron, und aus dem Augenwinkel sah Sånbergen, dass auch Hanna eine angespannte Haltung einnahm. »Wir sollten Verstärkung rufen«, flüsterte sie. »Wir wissen nicht, was uns da unten erwartet.«

»Ja, das werden wir. Aber wir können nicht ewig warten, während die sich Dahl da drin womöglich vornehmen. Wir beide gehen runter und sehen uns die Halle genauer an.«

Sånbergen schickte Blom und Holm zurück zu den Wagen, um die nächstgelegene Polizeistation zu kontaktieren, und machte sich mit Hanna an den Abstieg. Der Pfad führte rund fünfzig Meter durch loses Erdreich. Keine Geräusche waren zu hören. Sie näherten sich der Frontseite der Halle, schlichen lautlos und verständigten sich nur mit Blicken.

Der dunkle SUV entpuppte sich tatsächlich als grüner Chevy. Kein Zweifel, es war Jarados' Wagen. Er stand vor dem verschlossenen Haupttor, das mit einem wuchtigen Metallhebel zu öffnen und seitwärts aufzuschieben war. Es zeigte diverse Roststellen und ließ einen Höllenlärm erahnen, sobald man die Konstruktion bewegen würde.

Sånbergen legte ein Ohr an das Tor, hörte leise Stimmen, aber nicht, worüber sie sprachen. Er bedeutete Hanna, mit ihm die

Rückseite des Gebäudes in Augenschein zu nehmen. Dort entdeckten sie eine offen stehende Lüftungsluke, für eine schlanke Person gerade groß genug, um hindurchzugelangen. Für eine sehr schlanke Person – wie Holm oder Blom. Aber die Luke befand sich in zwei Metern Höhe. Sie würden ein Hilfsmittel brauchen, um sie geräuschlos zu erreichen. Sånbergen fiel das verwitterte Holzkreuz oben auf der Anhöhe ein. Er wusste nicht, wann die Verstärkung eintreffen würde – aber er musste wissen, ob Jarados und seine Leute Dahl da drinhatten.

Sie gingen zurück und setzten Blom und Holm von dem Plan in Kenntnis, die ihn zunächst wortlos hinnahmen. Fünf Minuten später hatten sie das alte Gebälk den Pfad hinuntergeschafft und verkeilten es in der Luke, dass es einen stabilen Halt fand. Das Holz verlief in einem Winkel von vierzig Grad hinauf, und alle Blicke richteten sich nun auf Holm. Der betrachtete die Konstruktion eher skeptisch.

»Na los, du wolltest doch schon immer in den Außendienst«, flüsterte Blom, was Holm zu überzeugen schien.

Er wagte einen ersten Schritt, zeigte sich beweglicher als erwartet und versuchte, wie eine Katze auf allen vieren hinaufzuklettern. Es mangelte ihm nicht an Geschick, nur an Mut und Entschlossenheit. Kurz verharrte er auf dem Querbalken, sich mit einem Mal seiner Lage bewusst. »Und was, wenn sie mich entdecken?«, flüsterte er.

»Tun sie schon nicht«, redete ihm Blom zu, ganz offensichtlich froh darum, nicht selbst diese Aufgabe übernehmen zu müssen.

Holm spähte in die schmale Öffnung, dann stieg er hindurch. Ohne einen Laut zu verursachen. Gut gemacht, dachte Sånbergen erleichtert.

Eine Minute warteten sie und starrten auf die Luke, als hätte sie ihren Kollegen verschluckt. Endlich tauchte er wieder auf und stieg, keuchend vor Aufregung, herunter. »Verdammt, ich hab mich kaum getraut, Luft zu holen.« Er nahm ein paar schnelle Atemzüge.

»Ganz ruhig, lass dir Zeit.«

»Paletten, Holzkisten darauf, mit Granulat gefüllt«, redete Holm aufgeregt. »Sie sind drei Meter hoch gestapelt und mit

Gurten fixiert, so stabil, dass man darüberlaufen kann. Die Lagerhalle ist voll davon, fünf Reihen, die sich bis nach vorn ziehen, dazwischen schmale Gänge, zwei Meter breit.«

»Ausgezeichnet. Und was ist mit Jarados und Dahl?«

»Im vorderen Teil der Halle brennt Licht, ich habe Stimmen gehört und bin dann so weit vor, dass ich einen Blick runterwerfen konnte. Sie sind zu dritt. Einer davon trägt einen weißen Anzug. Und ein Vierter sitzt auf einem Stuhl, offenbar gefesselt. Dahl, nehme ich an.«

Ein Szenario, wie Sånbergen es befürchtet hatte. »Wenn man versucht, über die Kisten hinwegzusteigen und so zum vorderen Teil der Halle zu gelangen, würde das funktionieren?«

Holm nickte, allerdings nur zögerlich.

»Wäre es möglich, dass ihr bis auf zehn Meter an sie herankommt, unbemerkt?«, fragte Sånbergen weiter.

»Vielleicht schon, aber …« Holm schluckte.

»Wir können hier nicht weiter warten, wenn die Gefahr besteht, dass Dahl da drin etwas zustößt.«

Holm schwieg ohne Anzeichen von Zustimmung, und auch Blom machte einen verzagten Eindruck.

Sånbergen versuchte, ihnen Mut zuzureden. »Keine Sorge, niemand von uns wird ein Risiko eingehen. Wir werden nichts provozieren, nur reden. Wir wollen bloß wissen, was sie vorhaben, und wenn Jarados versucht, sich aus dem Staub zu machen, dann spielt keiner den Helden.«

Ein schwaches Nicken.

»Okay, also los. Hanna und ich gehen durch den Vordereingang, ihr beide«, er wandte sich Blom und Holm zu, »durch die Luke. Ihr habt oben zwei Minuten, um auf den Paletten in den vorderen Teil der Halle zu gelangen und euch dort in Position zu bringen. Dann öffnen wir vorn das Haupttor und gehen rein. Sicherheitshalber mit gezogenen Waffen, genauso wie ihr. Aber keiner von uns wird einen Schusswechsel provozieren. Kriegt ihr das hin?«

Blom und Holm nickten stumm und einträchtig, machten sich an den Aufstieg und verschwanden schließlich durch die Luke.

Eine Minute später erreichten Sånbergen und Hanna die Vorderseite des Gebäudes und traten an das Tor heran. Zunächst blieb alles still, dann erhob sich im Inneren der Halle eine Stimme. Eine helle und – obwohl lautstark gesprochen – harmlos klingende Stimme, in einem predigenden Tonfall. Unverkennbar die Stimme von Luc Jarados. Plötzlich ein Poltern und aufgeregte Rufe, die nicht von Jarados zu kommen schienen.

Etwas musste schiefgelaufen sein. Sie konnten nicht länger warten. Sånbergen zog seine P7, legte den Metallhebel um und öffnete das Tor. Unter einem donnernden Rattern rollte es auf einer Schiene zwei Meter zur Seite. Sånbergen blieb dahinter in Deckung und erwartete, mit der Aktion die Aufmerksamkeit von Jarados und dessen Männern auf sich gezogen zu haben. Doch er irrte. Ihr Interesse galt etwas ganz anderem.

Jarados stand etwa zehn Meter entfernt und hatte seine Waffe an die Decke im hinteren Teil der Halle gerichtet, wo Kisten und Paletten gestapelt waren. Seine beiden Begleiter hielten sich seitlich von ihm – der große Blonde und der Asiate. Gunvald Dahl saß neben Jarados an einen Holzstuhl gefesselt – und gleich neben ihm war das weiße Motorrad aufgebockt.

Es schien, als wären Blom und Holm nicht unbemerkt geblieben, aber zu sehen waren sie nicht. Möglicherweise hielten sie sich irgendwo hinter den Kisten verschanzt.

Genau von dort, wo Sånbergen sie vermutete, hörte er jetzt kurze, stöhnende Laute kommen, dann dumpfe Geräusche, wie von wuchtigen Schlägen. Er begab sich aus der Deckung und richtete seine P7 in die Halle. »Polizei! Leg die Waffe auf den Boden, Jarados!«

Doch der Franzose warf ihm bloß einen kurzen Seitenblick zu und reagierte nicht.

»Holm? Blom?«, rief Sånbergen, aber keine Antwort, nur weitere Geräusche, die auf ein Kampfgeschehen hindeuteten.

Es musste noch jemand dort oben sein!

Hanna hatte ebenfalls ihre Dienstwaffe gezogen und kauerte neben Sånbergen, der nun verfolgte, wie Jarados zwei Schritte vortrat und sich vor einem Palettenstapel aufbaute.

Er schien völlig furchtlos, wiegte den Kopf zu beiden Seiten und öffnete die Arme, als wollte er Gäste willkommen heißen. Ein leuchtendes Lächeln kam über sein Gesicht. »O höret, meine

Freunde, so möget ihr euch zu erkennen geben, wie einst Jesus seinen Jüngern, denn wer heimgekehrt aus Nazareth, so sprach der Herr, dem sollen Opfer dargebracht und das Leben geschenkt werden. Und saget mir, was führet euch in den bescheidenen Ort meiner Zuflucht?« Dann gab er seinen beiden Gefolgsleuten ein Zeichen, die daraufhin ausschwärmten. Jarados selbst trat hinüber zu Dahl, löste dessen Fesseln und ließ ihn vor sich niederknien. Mit gestrecktem Arm richtete er seinen silberweißen Revolver auf Dahls Schläfe.

Sånbergen wurde endgültig klar: Er musste etwas tun, musste versuchen, die Situation unter Kontrolle zu kriegen. Er nahm die Schulter des Franzosen ins Visier und drückte den Spannhebel, bis ein deutliches Knacken zu hören war. Entsichert. »Ich sage es bloß noch ein Mal: Die Waffe runter, Jarados!«

Seine Warnung verhallte im Raum. Jarados würdigte ihn abermals nur eines kurzen Blickes. Er schien nicht Sånbergen, sondern jenen anderen als Bedrohung zu sehen, der sich offenbar irgendwo in der Halle verbarg. Wer auch immer das war, er musste Blom und Holm außer Gefecht gesetzt haben.

Eine dritte Partei.

Plötzlich ein krachender Schuss. Jarados zuckte und taumelte einen Schritt zurück, doch davon offenbar wenig beeindruckt riss er seine Waffe hoch und feuerte postwendend selbst in die Halle, in Richtung des mutmaßlichen Schützen.

Kaum waren die Schüsse verhallt, ertönte ein Geräusch wie ein donnerndes Rollen. Zunächst war kaum auszumachen, woher es kam, dann setzte sich einer der vorderen Palettenstapel – ein Hubwagen darunter – in Bewegung. Er kam direkt auf Jarados zu, und obendrauf, wie auf einem Schlachtross thronend, kniete ein Mann mit dunklen Haaren, eine Pistole im Anschlag. Er wandte kurz den Kopf in Richtung Eingangstor, und für den Bruchteil einer Sekunde traf sein Blick Sånbergen – ein Aufblitzen von Augen, die in einem hellen Grün schimmerten, fast wie die einer Katze. Dann richtete er die Waffe auf Jarados, und ein Kugelgewitter brach los, als beide Schützen aufeinander zu feuern begannen.

Jarados durchlöcherte die obersten Kisten des Stapels und suchte gleichzeitig Deckung vor den Geschossen seines Widersachers, die auf ihn niederhagelten. Sie schlugen in den Boden ein, wo er gerade noch gestanden hatte, rissen Kerben in den Estrich und zischten quer durch den Raum.

Sånbergen sprang zum Schutz hinter einen Palettenstapel, als sich wie aus dem Nichts ein blitzartiges Licht über ihn ergoss, gefolgt von einer markerschütternden Detonation.

Eine Blendgranate, schoss es ihm durch den Kopf, bevor der ganze Raum erbebte und ihn aus dem Gleichgewicht brachte. Er ließ die Waffe fallen und presste die Handteller gegen die Ohren, um das flammende Dröhnen darin zu stoppen. Mit dem Schwindel kam ein Gefühl von Schwerelosigkeit, und er verlor die Orientierung. Er glaubte, das Aufheulen eines Motors zu hören, ganz in der Nähe, aber er konnte weder die Richtung noch das Fahrzeug bestimmen. Es dauerte etliche Sekunden, bis er wieder zu Sinnen kam, die Augen öffnete und sich auf dem Boden wiederfand – neben sich Hanna, die gleichfalls benommen, aber unbeschadet schien.

Wieder heulte der Motor auf. Das weiße Motorrad. Es hielt geradewegs auf ihn zu und sauste an ihm vorbei, durch das offene Tor aus der Halle hinaus. Der Mann mit den grünen Augen steuerte es, und jemand saß hinter ihm und klammerte sich fest – Gunvald Dahl.

Sånbergen versuchte, auf die Beine zu kommen, aber ein Teil seines Körpers gehorchte ihm nicht mehr. Seine linke Schulter brannte und begann zu zittern, während das Motorrad in der Dunkelheit verschwand. Nur langsam rappelte er sich auf und orientierte sich erst mal neu. Alles war so schnell gegangen, als wären es nur Sekunden gewesen. Den grünäugigen Schützen hatte es wohl nicht erwischt, aber was war mit Jarados? Und wo, verdammt, waren Blom und Holm? Hanna saß neben ihm auf dem Boden. »Alles in Ordnung?«, fragte er, und sie nickte.

Dann durchstreifte er die Gänge zwischen den Paletten, rief nach Blom und Holm, die endlich einen Stapel hinuntergeklettert kamen, beide mit einer Platzwunde am Kopf. Sie wirkten benommen, und Sånbergen ließ ihnen etwas Zeit zur Regeneration, ehe er sie befragen würde.

Hanna hatte unterdessen Luc Jarados und seine beiden Spießgesellen in Gewahrsam genommen. Der Franzose hielt sich den Oberarm, wo ein roter Fleck zu einer prächtigen Blutrose auf dem schneeweißen Stoff heranquoll. Aber seine Augen glänzten zufrieden. »Solch einen guten Kampf hatte ich schon lange nicht mehr«, meinte er und schaute an sich herab, als ob er erwartete, noch etwas anderes abbekommen zu haben. Weder die Wunde noch die Tatsache, dass er nun in Untersuchungshaft landen würde, schienen ihm Sorge zu bereiten.

Die Verstärkung traf ein und begann mit der Tatortsicherung, während Sånbergen zu Blom und Holm ging, die sich nach draußen an die frische Luft begeben hatten. Im Mondlicht saßen sie gegen die Hallenwand gelehnt und hielten sich die Hinterköpfe.

»Alles in Ordnung mit euch?«, fragte Sånbergen.

Den Arm über den Kopf gelegt, nickte Blom und dehnte seine Flanke. »Tut uns leid, Chef, wir wurden überrascht«, erklärte er. »Ich bin auf die Paletten gestiegen, habe ein paar Meter hinter mich gebracht und gewartet, und da ist jemand wie aus dem Nichts hinter mir aufgetaucht. Er hat mir eins übergezogen, und irgendwie hab ich noch was anderes abgekriegt.« Unter einem Ächzen ließ er den Arm wieder sinken und hielt sich die Rippen.

»Habt ihr ein Gesicht erkennen können?«

»Nein, der kam von hinten, und da war auch nicht viel Licht«, antwortete nun Holm. »Er ist nach dem Knall zur Luke und da raus. Das hab ich gesehen, aber nichts Genaues, nur irgendeine Gestalt.«

»Er ist oben durch die Luke raus? Ganz sicher?«

»Auf jeden Fall«, bekräftigte jetzt wiederum Blom. »Es könnte auch eine Frau gewesen sein.«

»Dann sind sie zu zweit gewesen. Der andere ist mit Dahl auf dem Motorrad geflohen. Ich frage mich, wie und wann die in die Halle gekommen sind.«

»Hat Hanna nichts gesehen?«, fragte Blom.

»Nein, hat sie nicht«, murmelte Sånbergen unzufrieden. Niemand hatte irgendwas gesehen. Niemand außer ihm selbst. »Ich frage mich, wer überhaupt davon wissen konnte, dass Dahl in der Lagerhalle ist. Ist jemand eurem Wagen gefolgt?«

Beide schüttelten synchron den Kopf. »Die Straßen waren leer, wir hätten das bemerkt.«

Eine dritte Partei, die sich um Gunvald Dahl bemühte. Sånbergen überlegte, wer dafür in Frage käme und warum sie das Ganze veranstaltet hatten. Wer hätte ein Interesse daran, einen Mann zu befreien, der möglicherweise ein Serienmörder war? Gunvalds Eltern oder sein Onkel wären wohl kaum zu einer solchen Aktion in der Lage gewesen. Und wenn Sånbergen die sonstigen irgendwie an diesem Fall Beteiligten durchging, fiel ihm höchstens Maria Solsbæk ein. Sie war einst ganz offensichtlich wie Dahl ungewollt eine Probandin bei Nybergs und Weisentheimers Experimenten gewesen, hatte ebenfalls dieses Medikament, ELN-3, verabreicht bekommen. Leidensgenossen also. Vielleicht kannten sich die beiden?

Marias Rolle blieb weiter so unklar wie ihr Aufenthaltsort. Die Wohnung in Sønderborg wurde seit Tagen observiert, doch Maria war wie vom Erdboden verschwunden.

Sånbergen und Hanna beschlossen, nach den aufreibenden Ereignissen nicht noch heute Nacht nach Harrislee zurückzufahren. Sie suchten für sich und die angeschlagenen Blom und Holm in der Nähe eine Unterkunft und wurden trotz der späten Stunde bei einem Motel in Vejle fündig.

Sånbergen ließ etwas kaltes Wasser über seine brennende Schulter laufen, und als er endlich im Bett lag, dauerte es eine Weile, bis sich Puls und Blutdruck wieder beruhigten und ihn Müdigkeit überkam. Letztendlich ist alles gut gegangen, dachte er, wir hatten Glück, nicht in die Schusslinie geraten zu sein.

44

Tag 15, Donnerstag, 6. Juli

Sånbergen schälte sich am nächsten Morgen um sieben aus dem Bett und traf Hanna eine halbe Stunde später im Frühstückssaal des Motels, wo er jedoch keinen Bissen anrührte. Wahrscheinlich hatte er während dieses Falles schon abgenommen, was ihm meistens so ging – wegen der Anspannung, aus Zeitmangel oder weil ihm die Ereignisse schlichtweg den Magen zuschnürten. Er hatte nur einen roten Tee vor sich stehen, ließ mit Hanna die Ereignisse Revue passieren und musste, als das Gespräch auf Maria Solsbæk kam, wieder an den Fall Ida Svensson denken. Die Faktenlage war unklar, Torben Hauser eventuell unschuldig und mit der zeitlichen Nähe von Gunvalds Umzug nach Kolding deutete sich eine Verbindung zum alten Fall Ida Svensson an, die irgendwie schon immer in der Luft gelegen hatte.

Sånbergen musste endlich wissen, was genau sich damals abgespielt hatte, und es gab nur eine Person, die ihm dabei würde helfen können: Torben Hauser. Vielleicht könnte der sich an das eine oder andere Detail erinnern, wenn seinem Gedächtnis etwas auf die Sprünge geholfen würde. Von hier aus war es nur ein Katzensprung nach Kolding, und so bat Sånbergen Hanna, später allein mit Blom und Holm zurück nach Harrislee zu fahren, während er versuchen würde, endlich etwas Licht in den Fall Ida Svensson zu bringen.

Die Aussicht darauf ließ ihn nun doch zumindest ein Stück Gebäck zu sich nehmen, dann rief er Magnus an und bat ihn, Hauser nach Kolding bringen zu lassen, an den Ort, wo er Ida Svensson laut Aussageprotokoll zum ersten Mal begegnet war: dem Lystbådehavn Syd.

***

Feine Regentropfen prasselten auf sie herab, als Sånbergen mit Hauser durch das nasse Gras in Richtung Landungssteg stapfte. Der sonst so lebendige Hafen war beinahe verlassen. Nur ein paar gedrungene Gestalten mit blauen Stiefeln, Öljacken und weiten Kapuzen drückten sich dort herum, stemmten Schiffskörbe, zogen Taue an und befestigten Planen an Ösen, damit die Boote nicht vollliefen. Die Wasservögel waren im Regen verstummt, schlüpften zwischen Uferpflanzen hindurch oder suchten Schutz in Hecken und Gestrüpp.

Regen, dachte Sånbergen und genoss jeden einzelnen Tropfen, der auf seine Haut fiel und sie kühlte.

Torben Hauser sah das offenbar ganz anders. »Ich weiß nicht, warum das nötig sein soll, bei dem Wetter hier rauszukommen. Da bleib ich ja lieber in der Zelle sitzen.« Er verlangsamte seine Schritte, betrachtete die schwankenden Boote im Wasser und blieb zehn Meter vor dem Landungssteg stehen. »Hier ist es gewesen, genau hier haben wir uns zum ersten Mal gesehen. Das war knapp zwei Wochen, bevor Ida ums Leben gekommen ist. Ich hatte gerade eine größere Tour mit meiner Yacht gemacht und hier angelegt, als sie auf einmal neben mir stand.«

»Ida Svensson hat dich angesprochen?«

»Ja, einfach so. Sie sah gut aus, und ich mochte sie, also haben wir uns für den nächsten Tag verabredet.«

»Für wann genau?«

»Für den Vormittag. Wir haben uns wieder hier am Hafen getroffen und sind dann mit dem Boot rausgefahren. Danach haben wir im ›Marina Bistro‹ eine Kleinigkeit gegessen.« Er deutete auf ein sandbraun vertäfeltes Haus.

»Wir machen es genau so wie du damals mit Ida Svensson«, sagte Sånbergen.

Hauser ging voran und öffnete die Tür. Zwei Pärchen saßen an den Tischen, eine Rothaarige zapfte hinter dem Tresen Bier. Ein kleiner Mann mit Schiffermütze stand vor einem gusseisernen Kamin, aus dem ein Ofenrohr ragte und einen Meter weiter oben wieder in die Wand führte. Jutesäcke voller Kaffeebohnen waren davor gestapelt.

»Hattet ihr euch einen Tisch genommen?«

Hauser deutete zum Tresen und setzte sich auf einen Barhocker. »Hier haben wir gesessen und was getrunken. Und sie hat sich 'n Fischbrötchen bestellt.«

»Worüber habt ihr geredet?«

»Na, worüber man halt so redet. Was wir machen, was uns interessiert, was wir im Leben noch vorhaben. Sie hat noch nicht allzu lange in Kolding gewohnt und in Kneipen gejobbt, um ein bisschen Geld zu verdienen. Nichts Festes, ich glaube, sie wollte nicht ewig hierbleiben.«

»Wieso nicht?«

»Ich weiß nicht, alles an ihr klang irgendwie kurzfristig und vorübergehend. Sie war nicht gebunden, hatte keinen Freund. Und sie hat gesagt, dass sie eigentlich nur hier war, weil sie nach jemandem gesucht hat. Nach ihrer Schwester.«

»Nach ihrer Schwester? Das hat sie gesagt?«

Hauser nickte.

Sånbergen war perplex. »Davon steht nichts in den Akten. Wieso hast du das nie erwähnt? Man hat doch versucht, Angehörige zu finden.«

»Keine Ahnung. Ausgesagt habe ich es, und sie haben auch versucht, jemanden zu finden, aber wohl ohne Erfolg.«

»Hat Ida Svensson mit dir über ihre Schwester gesprochen?«

»Nein, nicht viel zumindest. Sie hat mir ein Foto von ihr gezeigt, ein älteres Foto, und wollte wissen, ob ich sie hier schon mal gesehen habe, aber ich kannte sie nicht. Ich hatte zwar eine Wohnung in Kolding, aber meistens war ich ja in Sønderborg.«

»Ida Svensson ging also davon aus, dass sich ihre Schwester in Kolding aufgehalten hat?«

»Ja. Irgendwo hier in der Gegend. Genauer hat sie es nicht gesagt.« Er wandte sich der Rothaarigen hinter dem Tresen zu. »Kann ich einen Korn kriegen? Einen Aalborger, wenn ihr den noch habt.«

Sånbergen ließ es ihm durchgehen und sortierte seine Gedanken. Eine Schwester in Kolding … »Sagt dir der Name Maria Solsbæk irgendwas?«

»Nein.«

Sånbergen fingerte sein Handy aus der Tasche und zeigte Hauser das Polizeifoto von Maria, das vor sechs Wochen in der Sønderborger Direktion im Zuge ihres Disputs mit Luc Jarados entstanden war. »Sieht sie Ida Svenssons Schwester ähnlich?«

»Pfff, das ist vier Jahre her, da soll ich mich noch dran erinnern? Außerdem … Auf dem Bild, das Ida mir gezeigt hat, war ihre Schwester noch jung, jugendlich. Die hier ist doch bestimmt Mitte dreißig.«

Die Rothaarige schob Hauser ein kleines Glas mit einer durchsichtigen Flüssigkeit hinüber, die er gleich hinunterkippte. »Willst du auch einen? Die Rechnung übernimmst doch du, oder?«

Sånbergen reagierte nicht auf die Frage und hielt ihm weiter das Handy hin. »Versuch, dich zu erinnern und das Alter auszublenden. Ist sie ihr ähnlich?«

Hauser betrachtete das Bild lange und nickte schließlich. »Ja, schon, irgendwie … Die dunklen Haare und die Gesichtsform, das kommt hin, die sieht ihr ähnlich.« Er sah auf. »Aber wieso fragst du mich dauernd nach dieser Schwester? Was hat das alles mit mir zu tun?«

»Ich weiß nicht, jetzt noch nicht.« Sånbergen steckte sein Handy wieder ein. »Sag mir, was damals passiert ist. Aus deiner Sicht, das, was du in deiner ersten Aussage angegeben hast, noch bevor es zu diesem Deal gekommen ist. Wenn das tatsächlich die Wahrheit war.«

»Natürlich war es so.«

»Ich will jedes Detail hören.«

»Also gut«, seufzte Hauser, »wenn es hilft … Ich habe Ida wirklich gemocht und ihr ein weiteres Treffen hier in Kolding vorgeschlagen. Sie wollte aber lieber in die freie Natur, weil sie das schöner fand und die Ruhe mochte. War mir auch recht, ich wollte sie halt wiedersehen. Also bin ich hingefahren und habe am vereinbarten Treffpunkt auf sie gewartet. Aber bevor sie kam, hat mir jemand von hinten einen Schlag verpasst. Ich war weg, und als ich wieder zu mir kam, habe ich Ida entdeckt – tot.«

»Und wo genau war das?«

»Westlich von Kolding, am Seest Mølleå, einem Flüsschen. Ida ist da oft spazieren gegangen, hatte sie mir erzählt.«

Das deckte sich mit dem aktenkundigen Geschehen und auch mit dem, was Lansgrol erzählt hatte. Sånbergen sah auf die Uhr. »Also dann – auf geht's.«

»Du willst da doch nicht hinfahren?«, fragte Hauser sichtlich entgeistert. »Das ist mitten in der Botanik – und dann auch noch bei dem Wetter.«

Sånbergen ließ sich jedoch auf keine Diskussion ein. Er beglich die Rechnung bei der Rothaarigen und sagte zu Hauser: »Na, komm schon. Wenn du dich tatsächlich rehabilitieren willst, dann musst du was dafür tun.«

Nachdem Sånbergen den Beetle auf dem Seitenstreifen abgestellt hatte, folgte er Hauser, der nach dem Aussteigen als Erstes einen Blick zum Himmel warf, auf einem ausgetretenen Pfad entlang des Seest Mølleå.

Kein Regen mehr. Das Gras war dick, zwei Handbreit hoch und noch feucht. An den Ufern des schmalen Flusses wuchsen kleine Zwergbirken und Wacholdersträucher. Zitronenfalter tanzten über die flach ansteigende Böschung, setzten sich auf den Blutweiderich und flogen dann weiter landeinwärts über wilde, ungemähte Streuwiesen.

Immer wieder schüttelte Hauser die nassen Hosenbeine aus, die an der Haut klebten. Vor einer markanten Gruppe von Zwergbirken, nur wenige Meter vom Ufer des Flusses entfernt, blieb er schließlich stehen. »Ja, hier war es, hier habe ich gestanden, daran erinnere ich mich noch.«

Sånbergen schaute sich um und erkannte die Umgebung von den Tatortfotos wieder. Die Bäume, die Sträucher, der Fluss. Aber sie standen verkehrt – die Leiche war nicht hier, sondern auf der anderen Seite der Baumgruppe gefunden worden. Und die Bäume wuchsen dicht beieinander, was den Blick auf die Grasfläche dahinter erschwerte. Nicht auszuschließen, dass Ida dort schon gelegen hatte, als Hauser aufgetaucht war, er sie aber nicht gesehen hatte. »Du hast hier auf Ida gewartet?«

»Ich habe mich nur etwas umgesehen, und plötzlich war da jemand hinter mir. Ich habe einen Schlag gespürt, dann weiß ich nichts mehr.«

»Und als du wieder zu Bewusstsein gekommen bist?«

»Es war schon fast dunkel. Ich bin kurz umhergeirrt.« Er zwängte sich durch die Baumgruppe zur Grasfläche auf der anderen Seite, drehte sich um und deutete direkt auf den Fundort. »Da hab ich sie an einem der Bäume sitzen sehen.«

Es war möglich. So hätte es sich tatsächlich abspielen können. Aber ... Sånbergen stockte – erst jetzt war ihm Hausers genauer Wortlaut bewusst geworden. »Moment mal, sagtest du gerade, sie hat gesessen?«

»Ja, gegen den Baum dort gelehnt.« Bei ihm klang es, als wäre es völlig bedeutungslos. »Ich dachte zuerst nicht, dass ihr etwas passiert war, so sah es nicht aus. Ich bin zu ihr hin, und dann habe ich das Blut gesehen.«

»In dieser sitzenden Position wurde sie von den Beamten aber nicht vorgefunden.«

»Na ja, ich wusste halt nicht, was mit ihr war, sie hätte doch auch nur bewusstlos sein können. Also bin ich zu ihr hin, und als sie nicht reagiert hat, hab ich sie angestupst. Da ist sie zur Seite weggekippt. Ich bin in Panik geraten und wollte abhauen. Aber ein Spaziergänger hatte schon die Polizei gerufen, und die haben mich abgefangen.«

Da war sie, die Verbindung der Fälle. Idas Leiche war tatsächlich zunächst genauso wie die Opfer der aktuellen Serie sitzend an einen Baum gelehnt worden. Auch die Stofffasern ihres Oberteils an der Rinde ergaben damit Sinn.

Unterdessen redete Hauser bereits weiter. »Ich hab versucht, alles zu erklären, aber die Sache mit dem Unbekannten hat mir keiner geglaubt. Und dann haben sie auch noch Blutspuren von Ida an meinen Klamotten gefunden. Dabei hab ich keine Ahnung, wie die da hingekommen sind. Als die Staatsanwaltschaft mir später den Deal vorgeschlagen hat, meinte mein Anwalt, ich solle ihn besser annehmen, und ich hab mich drauf eingelassen.«

Nichts an dem, was Hauser sagte, war widersprüchlich. Offensichtlich war er einfach zur falschen Zeit am falschen Ort gewesen. Der wahre Täter hatte nach begangener Tat hinter den Bäumen auf einen geeigneten Moment gewartet, um den störenden Hauser niederzuschlagen. Dann hatte er die Blutspuren an dessen Kleidung platziert und seine eigenen Abdrücke im Gras verwischt. Es ergab tatsächlich alles Sinn.

Sånbergen sah noch einmal zum Fundort der Leiche, stellte sich vor, wie sie dort gesessen hatte, gegen den Baum gelehnt, so wie die anderen drei Opfer. Also ein Täter für alle vier Morde? Dieser erste hier fiel allerdings nach wie vor etwas aus der Reihe, geschah noch, ohne danach den Tatort groß zu inszenieren – vielleicht ungeplant, aus einem anderen Motiv heraus?

Und auch noch eine ganz andere Frage war offen: War Ida Svenssons Schwester, die Frau, nach der sie gesucht hatte, tatsächlich Maria Solsbæk?

Sånbergen verschob die Überlegungen dazu auf später. Mit dem heutigen Ermittlungsergebnis war er noch immer nicht zufrieden, auch weil ihm bei dem Gedanken an den weiterhin flüchtigen Gunvald Dahl immer unwohler wurde. Aber die Fahndung lief, mehr konnte er für den Moment nicht tun.

Er brachte Hauser zurück nach Sønderborg und traf sich anschließend mit Magnus im »Fiskertide«, um ihn über Hausers Aussage und damit die neueste Entwicklung im Fall Ida Svensson zu informieren. Danach fuhren sie gemeinsam in die Direktion und hielten per Videokonferenz erneut Rücksprache mit den Fahndungsgruppen, die bislang jedoch keinen Hinweis auf den Verbleib von Gunvald Dahl vermelden konnten.

Sånbergen zog es zunehmend nach Harrislee, zur Southern-Ranch. Er verabschiedete sich und fuhr zum nächsten Gartencenter, wo er zwei junge Kirschbäume kaufte. Er brauchte festes Erdreich unter den Füßen und den Geruch von frischem Gras, um wieder zu sich zu kommen. Er hatte das Gefühl, etwas Nutzbringendes tun, etwas aussäen zu müssen, das irgendwann zu etwas führen würde, das Früchte trug.

Aber noch nicht jetzt gleich. Zunächst war da noch eine andere Sache, die es zu erledigen galt. Eine, die sich nicht aufschieben ließ und die eine stille Vorfreude in ihm weckte.

45

Punkt sechzehn Uhr betrat Sånbergen den »Rivers Club« in Sønderborg. Er verschaffte sich mit seiner Dienstmarke Zutritt zum Restaurantbereich und bewegte sich geradewegs auf das Separee zu, in dem er Johan Nyberg mit vier beleibten Männern an einem ovalen Tisch sitzen sah. In weiße Hemden gezwängt, drehten sie mahagonifarbene Zigarren zwischen den Fingern und blickten ihm mit gesättigt-zufriedenen Mienen entgegen. Sånbergen grüßte freundlich, ging an dem strichgerade dastehenden Kellner vorbei, der offenbar diesem Nebenraum zugeteilt war, und zog sich einen Stuhl heran.

Nyberg reagierte unaufgeregt. »Schau an, der Kommissar aus Harrislee. Ich habe gehört, du bist gestern Abend in mein Lagerhaus bei Vejle eingedrungen. Ist das wahr?« Seinem Ton war kein Vorwurf anzumerken, es klang, als würde er fast freundschaftlich, nur aus reinem Interesse fragen, während die anderen an diesem Tisch mit gespannten Gesichtern lauschten.

»›Eingedrungen‹ ist das falsche Wort. Wir kamen gerade rechtzeitig, um Schlimmeres zu verhindern. Dein Sicherheitschef hätte sonst womöglich nicht viel von Gunvald Dahl übrig gelassen. Ich nehme an, er hatte dich bereits benachrichtigt, dass er Dahl aufgespürt hatte?«

»Das ist deine Darstellung, und sie ist nicht ganz richtig. Aber ich verzeihe dir das.« Nyberg öffnete seine Arme zu einer gespielt großmütigen Geste. »Du bist schließlich nicht dabei gewesen.«

»Ich war allerdings dabei, als dein Sicherheitschef einen offenkundig mit Waffengewalt festgehaltenen Gefangenen bedroht und schließlich wild um sich geschossen hat.«

»Das sind Behauptungen, die bewiesen werden müssten und so zu nichts führen. Ist das der einzige Grund, weswegen du hier bist?« Nyberg drehte sich auf seinem Stuhl, bis er Sånbergen frontal gegenübersaß, und noch immer war sein Ton freundlich. »Ich dachte, du kämest mit neuen Ermittlungsergebnissen zum Mord an meiner Tochter?«

»Wir geben uns alle Mühe, und Schritt für Schritt kommen wir weiter. Denn stell dir vor: Die Ermittlungen haben uns unter anderem zu einem Waisenhaus geführt. Kein normales Waisenhaus, so wie man es kennt. Vielmehr eines, in dem Kinder nicht nur beherbergt, sondern auch mit nicht zugelassenen Medikamenten behandelt wurden. Merkwürdige Sache, nicht?«

»Das klingt interessant. Aber ich kenne kein Waisenhaus dieser Art.«

»Vielleicht ist die Erinnerung verblasst. Es ist schon einige Jahre her, da gab es dort drei Kinder – Maria, Emma und Hjalmar. Sagen dir diese Namen etwas?«

Nun zeigte Nyberg tatsächlich erstmals eine Reaktion. Ein kurzes Zucken schien durch seinen Körper zu gehen, seine Kiefer begannen zu mahlen. Schnell hatte er sich allerdings wieder unter

Kontrolle. Er griff sein Rotweinglas, schwenkte es, betrachtete sinnierend die Schlieren, die an der inneren Glaswand entstanden. »Nein, ich denke nicht, dass ich irgendwas davon schon mal gehört habe«, sagte er dann, nahm einen Schluck Wein und wandte sich erneut Sånbergen zu. »Und du meinst, jemand aus diesem Waisenhaus hat mit dem Mord an meiner Tochter zu tun?«

»Das wissen wir noch nicht. Aber es wäre möglich, auf die eine oder andere Art.«

»Mit solchen vagen Konstruktionen wirst du nicht weit kommen.«

»Wir werden sehen. Da gibt es Tagebücher eines Mädchens, einer gewissen Maria Solsbæk. Sie sind mir zufällig in die Hände gefallen. Darin ist die Rede von diesem Waisenhaus, St. Raphael. Und dein Name fällt darin, wiederholt.« Sånbergen bemerkte mit Genugtuung, wie der gelassene Ausdruck aus Nybergs Gesicht nun doch verschwand und wie sich die Köpfe der anderen Anwesenden senkten, so als wollten sie ihre betretenen Blicke verbergen, die Nyberg eine Erklärung abverlangten. Rund um diesen Tisch war ein stilles Interesse zu spüren an dem, was Maria Solsbæk über Johan Nyberg in ihr Tagebuch geschrieben hatte.

Aber das war es gar nicht, weswegen Sånbergen hierhergekommen war. Er zog ein Dokument aus der Tasche und reichte es Nyberg – ein gerichtlicher Vorladungsbescheid. »Was die Geschehnisse in deinem Lagerhaus betreffen, würde unser Staatsanwalt dir gern ein paar Fragen stellen, in Abstimmung mit den dänischen Beamten natürlich. Des Weiteren wartet er noch auf eine Liste, die du uns angekündigt hattest. Eine Liste mit den Forschungsprojekten, die deine Stiftung unterstützt.«

Mit starrer Miene nahm Nyberg das Papier entgegen, und Sånbergen schien es, als sei es nicht die Vorladung selbst, die ihm die Stimmung vermieste, sondern die Tatsache, dass er sie in Anwesenheit seiner vier Begleiter erhielt, was ihn vor deren Augen diskreditierte.

Sånbergen verabschiedete sich und verließ den Club mit gemischten Gefühlen. Vielleicht würde Nyberg zum Vorladungstermin erscheinen und aussagen, aber dass er zu den Ermittlungen etwas beitragen oder die Existenz des St. Raphael bestätigen würde, konnte Sånbergen sich nur schwer vorstellen. So wenig wie vermutlich Professor Weisentheimer, dachte er – und rief spontan Holm an, der sich in der Angelegenheit noch gar nicht zurückgemeldet hatte, nun aber tatsächlich über neue Informationen verfügte.

»Also, die Adresse haben wir ermittelt. Er wohnt nach wie vor in Heidelberg, hat aber schon vor Jahren seinen Namen in ›Wiesmüller‹ ändern lassen. Die dortigen Kollegen haben ihn zur Zeugenvernehmung vorgeladen, gestern Nachmittag sollte er auf der zuständigen Dienststelle erscheinen. Ist er aber nicht, hat sich auch nicht entschuldigt, und die Beamten haben ihn danach nicht mehr in seiner Wohnung angetroffen.«

Alle versuchen, sich der Befragung zu entziehen, dachte Sånbergen, während Holm versicherte, dafür zu sorgen, dass die deutschen Beamten den Professor umgehend aufspüren und befragen würden.

**

Am späten Nachmittag kehrte Sånbergen endlich auf die Southern-Ranch zurück, betrachtete den verwilderten Garten mit einem erleichterten Seufzen. Die Arbeit würde ihn ablenken, ihm helfen, den Kopf freizubekommen, und er stellte sich vor, wie Kräuter auf der schattigen Nordseite wuchsen und zwei Kirschbäume gleich vor der Veranda. Er merkte, dass ihm diese Art von Arbeit fehlte, dass sie ihn beruhigte.

Im Haus fand er Spaten und Rechen, kümmerte sich als Erstes um das Kräuterbeet und suchte danach just einen Platz vor der Veranda für die Kirschbäume aus, als die Hupe eines Autos ertönte. Ein roter Fiat, der ihm bekannt vorkam. Er hielt die Hand gegen die tief stehende Sonne und erkannte Sophie Winter, die ausstieg und ihm zuwinkte. Ein Überraschungsbesuch, stöhnte er innerlich auf. Das kam ihm gerade gänzlich ungelegen. Er war verdreckt, verschwitzt und auch sonst überhaupt nicht auf Gesellschaft eingestellt.

Sophie trat näher und schritt auf hohen Absätzen über den unebenen Untergrund. »Ich habe Ihren Pullover dabei!«, rief sie schon aus der Entfernung. »Sie hatten ihn mir bei unserem letzten Treffen geliehen, also dachte ich, ich bringe ihn vorbei.« Sie war in grünen Tweed gehüllt, die Haare hochgesteckt, am Hinterkopf ragten krause Härchen unter den Haarnadeln hervor.

»Sind Sie extra hier rausgekommen, um mir den Pullover zu bringen?«

»Aber natürlich. Vielleicht vermissen Sie ihn ja schon.« Ihr Blick glitt von seinem verschwitzten Gesicht über die verdreckten Hände zu Spaten und Rechen, die auf dem Boden lagen.

Sånbergen meinte, sich erklären zu müssen. »Ich bin heute schon etwas früher von der Arbeit gekommen. Ich will ein paar Kirschbäume pflanzen und Beete anlegen.« Er hoffte, beschäftigt zu klingen.

Sophie betrachtete das Holzhaus, dann den Garten und das Werkzeug. Sie lächelte. »Das klingt fast so, als hätten Sie sich doch dazu entschlossen, sich hier niederzulassen?«

»Also das wohl eher nicht«, sagte er, musste aber zugeben, dass er in dem Moment wohl genau diesen Anschein erweckte. »Mir fehlt nur diese Art von Arbeit. Tut mir leid, ich würde Ihnen gern etwas anbieten, aber …«

»Ich weiß, Sie sind beschäftigt. Vielleicht sollten wir es andersherum machen. Wenn Sie wollen, dann koche ich was für uns. An diesem Samstag vielleicht?«

Das kam überraschend. Ein weiteres privates Treffen. Sånbergen war sich noch nicht im Klaren darüber, wie er dazu stand. Er tendierte dazu, ihr Angebot abzulehnen, was aber unhöflich wirken musste, es sei denn, er fände einen plausiblen Vorwand dafür – aber er stand schon viel zu lange unentschlossen hier rum. »Natürlich, gern«, hörte er es aus seinem Mund kommen.

»Fein, das freut mich! Dann also bis Samstagabend. Zwanzig Uhr!« Sophie machte kehrt, winkte mit der Hand über dem Kopf, und als sie in ihrem Fiat davongefahren war, griff Sånbergen zur Schaufel und wandte sich wieder den Dingen zu, die ihm leichter von der Hand gingen.

Eine halbe Stunde später erhielt er per E-Mail den schriftlichen Bericht der Spurensicherung aus Vejle zum Vorfall in der Lagerhalle. Bis auf die Patronenhülsen habe man nichts finden können, was eindeutig den beiden Unbekannten zuzuweisen wäre. Zu viel Fremdmaterial.

Der ganze Aufwand für nichts, dachte Sånbergen frustriert. Der Flug mit dem Helikopter, die Suche nach Gunvald Dahl, nach Jarados, die Schießerei – und am Ende verhalfen zwei mysteriöse Unbekannte Dahl zur Flucht. Eine dritte Partei, die sich um Gunvald bemühte. Sånbergen hatte allmählich genug von all diesen Rätseln und griff zu Maria Solsbæks viertem Tagebuch. Dem letzten.

6. Januar 2004

Immer wieder denke ich daran, dass ich eine Schwester haben könnte. Immer wieder kommen mir Bilder in den Kopf, wie sie aussehen mag. Ich will wissen, wo sie lebt und wer sie ist. Es ist Winter, hier ist es kalt. Ich hoffe, sie hat ein warmes Zimmer und friert nicht.

Ich muss etwas über sie erfahren. Vielleicht steht etwas in diesem Brief über sie, vielleicht gibt es sogar eine Akte, im Untergeschoss, im Büro des Professors. Aber das Untergeschoss ist speziell gesichert und das Büro bestimmt verschlossen. Ich müsste Fernanda fragen. Sie ist immer gut zu mir gewesen, sie ist bestimmt auf meiner Seite.

8. Januar 2004

Fernanda sagt, sie könne an den Code für das Untergeschoss kommen. Ich will nicht, dass sie sich in Schwierigkeiten bringt, aber sie sagt, das sei sie uns schuldig. Ich weiß nicht, wie sie das meint. Vielleicht, weil dieses Haus so seltsam ist und sie mit dazugehört. Keiner von uns weiß, was genau es eigentlich ist. Waisenhaus? Krankenhaus? Keiner von uns weiß, was das Medikament mit uns macht, warum wir es überhaupt kriegen und was diese Tests sollen, die sie mit uns im Untergeschoss machen. Selbst Fernanda weiß es nicht, obwohl sie doch hier arbeitet.

Gestern hat sie mir erzählt, wie es war, als sie zum ersten Mal dort unten gewesen ist. Ihr sei es auch unheimlich gewesen. Damals habe noch Herrn Nybergs Vater, Morten, das

Haus geleitet. Es war an dem Abend, als der Doktor sich im
St. Raphael vorgestellt hat ...

46

Waisenhaus St. Raphael, ein Winterabend 1987

Die ausladende Holztafel, die Fernanda mit grünem Porzellan-
geschirr und weißen Kerzen gedeckt hatte, stand inmitten der
Empfangshalle im Erdgeschoss. Der Raum wirkte viel zu groß
und zu hoch für diese kleine Runde. Geräusche der klappernden
Gläser hallten von den Wänden.

Drei Personen saßen am Tisch. Auf dem Stirnplatz Morten
Nyberg, zu seiner Rechten Professor Helmut Weisentheimer, zur
Linken Johan Nyberg, Mortens Sohn – ein junger Mann, gerade
achtzehn Jahre, von dem wohl erwartet wurde, irgendwann die
Stelle seines Vaters einzunehmen.

Fernanda führte den Doktor hinein. Sie sah ihn an diesem
Abend zum ersten Mal, und sie kannte auch den Anlass für dieses
Treffen nicht. Sie hatte das Gefühl, es sei eine Art Bewerbungs-
gespräch, zu dem der Doktor erschien.

Er trug einen braunen Anzug, tätschelte seinen Seitenscheitel und wirkte etwas nervös. Voller Ehrfurcht sah er hinauf zum
kuppelförmigen Deckengewölbe, an dem – direkt über ihm – ein
kristallbehangener Kronleuchter hing.

Morten Nyberg stand auf. »Komm näher, Hans, willkommen
in unserer kleinen Runde.«

Der Doktor trat an den Tisch heran und nickte den Anwesenden
zu. »Guten Abend.« Schließlich nahm er neben dem Professor
Platz. Ein fünfter Stuhl blieb frei.

Für Fernanda war kein Platz an dem Tisch gedacht. Ihre einzige
Aufgabe war es, bereitzustehen, falls etwas gebraucht würde. Also
wartete sie im Hintergrund und sagte nichts, solange sie nicht angesprochen wurde. Sie fühlte sich nicht wohl dabei, abseitszustehen,

unbeachtet, als wäre sie bloß eine Figur, die man zur Dekoration dort abgestellt hätte. Sie mochte die ganze Atmosphäre nicht. Eine unangenehme Spannung lag in der Luft, die jede Art von Ungezwungenheit erstickte. Und das war nicht nur an diesem Abend so.

Seit zwei Monaten arbeitete sie nun im St. Raphael, und Morten Nyberg und der Professor waren für sie noch immer unnahbar. Manchmal fragte sie sich, ob es die richtige Entscheidung gewesen war, hier anzufangen, und das eine oder andere Mal hatte sie schon darüber nachgedacht, ihre Zweifel offen zur Sprache zu bringen. Aber sie konnte es einfach nicht. Es war nicht ihre Art, sich unzufrieden zu zeigen oder etwas in Frage zu stellen. Und dann gab es da noch diese Klausel in ihrem Vertrag, die eine Abkehr vom St. Raphael so gut wie unmöglich machte.

»Guten Abend«, hallte eine feste Stimme durch den Raum. Eine kurzhaarige Frau mit amazonenhafter Gestalt näherte sich. Elise, die Dritte im Bunde der Leitung des St. Raphael. Jeder ihrer Schritte wurde vom hämmernden Geräusch fester Sohlen begleitet, bis sie schließlich vor dem Doktor zum Stehen kam. Ihre Augen standen eng zusammen, darüber hing der Pony glatt und strichgerade, wie mit dem Lineal gezogen. »Dr. Berg also«, sagte sie kühl, musterte ihn von oben bis unten, und ihr eisiger Blick blieb noch einen Moment prüfend an ihm haften. Dann setzte sie sich auf den freien Platz und wandte sich dem Professor zu. »Wir können beginnen. Die Kinder sind zu Bett gegangen.«

Alle Blicke richteten sich nun auf Professor Weisentheimer. Ein flüchtiges Lächeln. Er rückte seinen Stuhl vom Tisch ab und erhob sich. Seine Statur war schlank, fast hager, aber er stand kerzengerade. Die Haare lagen glatt zurückgekämmt und glänzten durch das Gel, das sie fixierte. Mit großen Schritten begann er, um den Tisch zu schreiten, während er seinen durchdringenden Blick auf einen Anwesenden nach dem anderen richtete, offenbar um sich fortwährend ihrer ungeteilten Aufmerksamkeit zu versichern. Er sprach unaufgeregt, nicht zu laut und nicht zu leise. Seine Stimme schwebte in einem gleichmäßigen Rhythmus durch den Raum und legte sich wie ein warmer, seidener Schal um seine Zuhörer.

»Über fünfzehn Jahre ist es nun her, dass ich mit meinen Forschungen begann. Damals noch ohne Morten, aber mit einer Vision. Ich beschäftigte mich mit der DNA, mit dem, was sie schädigt, was sie mutieren lässt. Und damit, wie man sie reparieren kann. Ich führte erste Versuche an Gewebekulturen von Fröschen und Ratten durch, schleuste therapeutische Gene mit einem Virus in die geschädigte Zelle ein, um einen Reparaturprozess in Gang zu setzen. Und die Ergebnisse waren vielversprechend. Ich konnte die Schäden vieler Zellen zumindest teilweise reparieren. Also wurden die Tests auf den Gesamtorganismus ausgeweitet. Ich machte alles wie zuvor, die gleichen Parameter, die gleichen Verfahren, das gleiche Virus. Aber dieses Mal kam es zu unkontrollierten Reaktionen in der Zelle, die ich mir nicht erklären konnte.« Seine Schritte wurden langsamer. »Irgendwann zogen sich die Geldgeber zurück, und das Projekt scheiterte.«

Sein Mundwinkel zuckte bei den letzten Worten, und er machte eine kurze Pause. »Kurz darauf lernte ich Morten kennen. Wir waren gleich alt und hatten ähnliche Ideen, Morten sogar ein persönliches Interesse an der DNA. Ich rannte offene Türen bei ihm ein, und er beschloss, meine Studien weiterzufinanzieren.« Hinter dem Stuhl des Doktors blieb er nun stehen und legte eine Hand auf die Lehne. »Es dauerte Monate, bis wir das Problem identifizieren konnten, bis wir die geeigneten Verfahren hatten, die für uns erkennbar machten, was nicht funktionierte. Schließlich fanden wir heraus, dass eines der Reparaturenzyme nicht das tat, was es eigentlich sollte, nicht das, was es jedes Mal zuvor immer ganz zuverlässig getan hatte. Es war, als ob es außer Kontrolle geraten wäre.«

Er setzte sich wieder in Gang, und wieder hallte der gemächliche Rhythmus seiner Schritte durch die Halle. »Als wir das Enzym näher betrachteten, fiel uns ein winziges Molekül auf, das sich an einer freien Stelle daran gebunden hatte, wo wir es nicht vermuteten. Also isolierten wir es und untersuchten seine Verbindung zu dem Enzym, testeten, welche chemischen Reaktionen dadurch in Gang gesetzt wurden. Und die Ergebnisse überraschten uns. Wir fanden heraus, dass es einen direkten Einfluss auf die Funktion des Reparaturenzyms ausübte – darauf, wie es Schäden der DNA-Stränge erkannte, wie es Schnittstellen für die Exzision markierte und die Zusammensetzung des Baumaterials bestimmte.«

Ein Leuchten war in seine Augen gekommen. Er beschleunigte seine Schritte und begann, zu seinen Worten zu gestikulieren. »Das war etwas völlig Neues. Uns wurde klar, dass wir auf etwas Bedeutendes gestoßen waren, auf etwas, das uns eine unverhoffte Möglichkeit eröffnete. Was, wenn es uns gelänge, diesen Mechanismus zu kontrollieren? Wenn wir die Resynthese der DNA würden modulieren, womöglich sogar die Eigenschaften der DNA würden verändern können?« *Seine Schritte fanden wieder zu ihrem gemächlichen Rhythmus zurück.* »Wir setzten uns zusammen, sprachen über Gelder, mögliche Standorte und auch über ethische Aspekte, und wir ließen uns Zeit. Wir mussten sicher sein, dass wir bereit für diesen Schritt waren, dass wir bereit waren, die Folgen dafür zu tragen. Wir mussten uns klar darüber werden, was es für unsere Familien bedeutete. Wir würden Forschungen abseits der Öffentlichkeit betreiben, vielleicht auch abseits der ethischen Richtlinien, ganz ohne Ruhm und ohne Anerkennung.«

Er blieb stehen, baute sich vor seinen Zuhörern auf, und sein eindringlicher Blick wurde zu einem unerwarteten Lächeln. »Mittlerweile sind wir so weit, klinische Studien durchzuführen, und es freut mich, heute Abend jemand Neuem vorführen zu können, womit wir uns befassen.«

Dr. Berg richtete seinen Seitenscheitel und suchte offenbar nach passenden Worten, um seinerseits mit einer kleinen Rede zu antworten, aber Morten Nyberg kam ihm zuvor.

»Dann ist es jetzt wohl an der Zeit, dir, lieber Hans, zu erklären, was genau wir hier tun. Meine Familie kennt dich als Arzt nun schon seit drei Jahren, und ich bin sicher, dass wir in dir einen geeigneten Nachfolger für Elise finden können, die uns leider verlassen wird. Also schlage ich vor, dass wir uns jetzt ins Untergeschoss begeben, um uns mit dir alles anzuschauen.« *Er erhob sich.* »Wenn ihr mir also folgen würdet.«

Morten Nyberg führte die Anwesenden zu einer weißen Tür hinter dem Besuchertresen der Empfangshalle. Auf einem Display gab er einen Code ein, worauf sich die Tür öffnete und alle ihm in einen kleinen, fensterlosen Raum mit einem Fahrstuhl und daneben einer schmalen Wendeltreppe folgten.

Fernanda verhielt sich still, den Blick gesenkt, und sie blieb weiterhin etwas abseits der anderen. Sie hatte nicht das Gefühl dazuzugehören, und sie hatte auch kaum verstanden, worum genau es hier ging. Die Worte des Professors waren verwirrend für sie gewesen. Und doch war sie ein wenig stolz, dass man sie nun mit ins Untergeschoss ließ. Ein Zeichen von Vertrauen, fand sie.

Ein leises Summen begleitete die Fahrt nach unten. Fünf Sekunden, dann öffneten sich die Türen. Ein schmaler Gang, der zur Rechten abging, weiß gestrichen und hell erleuchtet, das reflektierende Licht blendete die Augen. Ein feiner Luftzug war zu spüren – ein Lüftungsschacht. Offenbar war das Gebäude nachträglich unterkellert worden.

Morten Nyberg ging mit kräftigen Schritten voraus. Eine erste Tür, daneben eine Glasscheibe, durch die Fernanda in einen beleuchteten Raum sehen konnte. Zwei Stühle und ein Tisch. Elektrische Geräte, so groß wie Schuhkartons, die durch Kabel mit einer Leinwand verbunden waren. Dr. Berg blieb stehen und schaute Professor Weisentheimer fragend an.

»Es ist so simpel wie aufschlussreich«, begann der zu dozieren. »Wir testen kognitive Prozesse mit analogen Mitteln, außerdem emotionale Reaktionen, Verhaltensweisen und Funktionen von Hirnnerven, um frühzeitig Hinweise auf bestimmte Nebenwirkungen zu erhalten.«

Dr. Berg kratzte sich die Stirn. Er schien etwas völlig anderes erwartet zu haben. Eine Privatklinik oder ein Sanatorium vielleicht. Und Fernanda erging es nicht anders. Dieser Ort war so rätselhaft wie diese Runde.

»Was genau tut ihr hier?«, fragte Dr. Berg.

»Die meisten unserer Kinder, momentan sind es zweiundvierzig, haben ein organisches Defizit, einen Fehler in ihrer DNA«, fuhr der Professor fort. »Einige von ihnen haben eine eingeschränkte Lebenserwartung, andere werden niemals laufen oder sehen können. Aber unsere Behandlung wird ihnen helfen, und wir haben bereits vielversprechende Ergebnisse erzielt. Unsere Arbeit ist einzigartig und innovativ, aber sie geschieht abseits der Öffentlichkeit.« Er trat einen Schritt auf Dr. Berg zu. »Wenn du also unserer Gemeinschaft beitrittst, dann wird alles, was du hier tust, vertraulich bleiben.«

Fernanda konnte das alles nicht einordnen. Dieses Untergeschoss, das, was sie hier unten machten – sie sah es zum ersten Mal, und es verunsicherte sie. Unauffällig hielt sie sich weiter im Hintergrund, während sie den Doktor beobachtete, ob es ihm womöglich ähnlich erging wie ihr.

Für einige Zeit verharrte er in sich gekehrt, als durchlebte er in Gedanken bereits die nächsten Jahre hier im Haus, im Kreis dieser eigentümlichen Persönlichkeiten. Dann kam ein leichtes Flackern in seine Augen, und sein Blick gewann an Klarheit, als hätte er soeben eine Entscheidung getroffen. »Sicher gibt es hier unten noch weitere interessante Räumlichkeiten?«, fragte er.

Morten Nyberg lächelte und nickte ihm zu. Eine wohlwollende Geste, wie eine stille Übereinkunft, und Fernanda dachte, dass dieser Doktor nun wohl der Dritte im Bunde sein werde. Sie sah, wie Morten ihn beim Arm nahm, den Flur hinunterführte und an dessen Ende eine zweite Tür öffnete, die fast genauso weiß war wie die restliche Umgebung und sich nur bei genauem Hinsehen etwas davon abhob.

Der Raum war quadratisch geschnitten, etwa fünf mal fünf Meter groß. Auf einer ovalen Plattform war eine Liege befestigt, am Fußende ein kräftiger Metallring, gerade groß genug, dass die Liege samt Patient hindurchgeführt werden konnte, am Kopfende ein Steuerungspanel, von dem ein Kabelstrang zu einem Großrechner führte, der die komplette Wandseite einnahm.

Dr. Berg wanderte um die Vorrichtung herum und betrachtete sie aufmerksam.

Der Professor legte seine Hand auf das runde Steuerungspanel, strich so sanft darüber wie über den Kopf eines Neugeborenen und betätigte einen der Schalter, woraufhin sich die Kontrollleuchten grün färbten und ein leiser Summton den Raum erfüllte. »Es sind verschiedene Messinstrumente integriert: eine elektronische Ableitung, ein bildgebendes Verfahren, eine Positronen-Emissions-Tomografie, und schließlich bestimmen wir die Transmitter- und Hormonkonzentration im Blut. Wir tun es in Echtzeit, und wir versuchen, die Werte in Zusammenhang mit bestimmten Funktionen zu setzen.«

»Ich verstehe nicht …?«

»Wir erfassen Daten, die eine Interpretation dieser Funktionen *erlauben. Du erinnerst dich an unser Problem, dass bestimmte Katalysatormoleküle Einfluss auf die Aktivität von Enzymen nahmen? Wir versuchen, diesen Mechanismus zu nutzen, seinen Effekt auf die DNA zu erfassen und die veränderten Funktionen ihrer Zellen sichtbar zu machen.«*

»Und das soll tatsächlich möglich sein? Ich wusste nicht, dass ...«

»Nur Geduld, wir haben Zeit, wir werden dir alles erklären.«

47

Tag 16, Freitag, 7. Juli

Nach wirren Träumen von Kellerräumen und medizinischen Experimenten wachte Sånbergen am nächsten Morgen mit einem Namen auf den Lippen auf. Hans Berg. Der dritte Mann in der Leitung des St. Raphael neben Johan Nyberg und Professor Weisentheimer. Nyberg und Weisentheimer waren die Väter der letzten beiden Opfer – sollte dieser Dr. Berg etwa der Vater von Ellen Berg sein, dem ersten Opfer? Sånbergen hatte ihn nur oberflächlich kennengelernt, still in der Ecke sitzend, als er den Bergs die Nachricht vom Tod ihrer Tochter überbracht hatte. Er hatte ihn auf Mitte sechzig geschätzt. Wenn Berg also im Jahr 1987 im St. Raphael angefangen hätte, wäre er damals um die dreißig gewesen. Es wäre möglich.

Sånbergen rief sich die Worte aus dem Tagebuch ins Gedächtnis, wie Morten Nyberg diesen Dr. Berg an jenem Abend vorgestellt hatte – er kenne ihn schon »seit Jahren als Arzt seiner Familie«. Jetzt, wo Sånbergen den Satz noch einmal durchdachte, fragte er sich, was genau Nyberg damit gemeint hatte – dass Berg der Hausarzt war, dass er vielleicht auch Hausbesuche bei der Familie machte? Sånbergen erinnerte sich an Camillas Beschreibung des Hausarztes: etwas älter, graublonde Haare, Seitenscheitel, leicht untersetzt. Eine Beschreibung, die auf Ellen Bergs Vater passte.

Sånbergen setzte sich auf, griff nach dem Handy und begann,

im Internet nach »Dr. Hans Berg« zu suchen. Eine internistische Praxis in Sønderborg tauchte auf, und ein Bild des Inhabers war beigefügt, auf dem Sånbergen den Vater von Ellen Berg erkannte. Im Profil war eine Zusatzbezeichnung für Dr. Berg angegeben: »Facharzt für Medizinische Genetik«.

Auch das würde passen. Sånbergen schickte Camilla einen Link der Website auf ihr Handy und fragte sie, ob der dort zu sehende Mann der Hausarzt der Nybergs sei, und die Antwort kam prompt per SMS – Camilla bestätigte seine Vermutung.

Sånbergen starrte auf das Handy, und langsam wurde ihm klar, was das bedeutete. Drei Väter, deren Töchter ermordet worden waren, und alle drei waren Teil des St. Raphael gewesen, Teil der inoffiziellen Forschungen und Humanexperimente, die dort offenbar unter dem Deckmantel der FMR-Stiftung durchgeführt worden waren – wofür Sånbergen jedoch keine Beweise hatte, nur die Erzählungen eines Mädchens in einem geklauten Tagebuch. Er bräuchte alte Unterlagen zu den Medikamentengaben und den Probanden, er bräuchte den Standort des Waisenhauses, wo sich alles zugetragen hatte, und er bräuchte Aussagen von Betroffenen – den Kindern – oder den Verantwortlichen.

Er stand auf, ging ins Bad, und während das Wasser auf seine Schultern prasselte, überlegte er, Ellens Vater direkt zu konfrontieren und zum St. Raphael zu befragen. Aber er sah davon ab. Schon Nyberg und Weisentheimer waren bislang zu keiner Aussage bereit gewesen, und er rechnete auch bei Dr. Berg nicht damit. Er musste einen anderen Weg finden, musste ihn unter Druck setzen.

Sånbergen stellte die Dusche ab, hüllte sich in ein Handtuch und rief in der Polizeistation von Padborg, dem Wohnort von Ellens Eltern, an, um Berg überprüfen zu lassen. Aber laut dessen Eintrag im Zentralregister hatte er sich bislang nie etwas zuschulden kommen lassen.

Die Praxis in Nybergs Haus, dachte Sånbergen. Camilla hatte von einer Metalltür gesprochen. Niemand dürfe davon wissen, wer dort behandelt und welche Diagnosen gestellt würden. Ein Familiengeheimnis – und der Gedanke führte Sånbergen zu einer ersten vagen Idee, wie an Berg heranzukommen wäre.

Erst jetzt merkte er, dass er fröstelte. Er zog sich an und beschloss, die Sache mit Magnus zu besprechen, den er telefonisch noch zu Hause erreichte und dem er von den neuen Erkenntnissen zu Dr. Hans Berg erzählte.

»Verstehe ich das richtig, dass unsere drei Opfer die Töchter der Verantwortlichen des St. Raphael sind?«, fragte Magnus.

»Genau so ist es.«

»Was die Frage aufwirft, ob das St. Raphael mit unserer Mordserie in Verbindung steht?«

»Richtig.«

»Was wiederum bedeutet, dass alle drei Väter von dieser Verbindung gewusst haben müssen?«

Sånbergen bestätigte mit einem gepressten »Hm«.

»Und keiner der Väter will was dazu sagen?«

»Davon gehe ich aus. Und da wir die Tagebücher nicht bei einer offiziellen Durchsuchung gefunden haben, können wir die auch nicht gegen sie vorbringen.«

Magnus ließ ein paar Sekunden vergehen. »Was mich wundert, ist, dass du die Sache so gefasst aufnimmst. Hast du noch was in petto?«

»Vielleicht können wir an einen von den dreien doch rankommen – an Dr. Berg. Über die Praxis in Nybergs Haus.«

»Jetzt bin ich gespannt.«

»Okay, pass auf. Berg behandelt da die gesamte Familie Nyberg. Er führt Untersuchungen durch, stellt Diagnosen, verschreibt Medikamente. Und nach dem, was Camilla berichtet hat, befindet sich diese Praxis hinter einer verschlossenen Metalltür. Sie ist nur den Familienmitgliedern zugänglich, nicht einmal das Hausmädchen hat da je reingesehen. Wenn das also alles so geheim gehalten wird, wie ich denke, dann hat vermutlich auch kein Gesundheitsamt, keine Versicherung und keine Ärztekammer je diese Räume begutachtet.«

»Du denkst an einen Verstoß gegen die Berufsordnung?«

»Vielleicht sogar ein hinreichender Verdacht auf Abrechnungsbetrug und Steuerhinterziehung, wenn man bedenkt, dass er da Leistungen erbracht hat.«

»Ja, schon richtig, aber … Die Praxis liegt in Nybergs Haus, er hätte sich mitschuldig gemacht.«

»Wäre das ein Problem?«

»Nein, für mich nicht. Er wird das aber nicht widerstandslos geschehen lassen.«

»Wir werden sehen. Erst mal ist es nur Dr. Berg, an den wir rankommen wollen. Und vielleicht können wir uns mit dem ja auf einen Deal einigen, bevor wir Nyberg angehen.«

»Ein Deal. Du willst ein Geständnis über seine Tätigkeiten im St. Raphael gegen Straferlass?«

»Wenn der Staatsanwalt mitspielt. Mal sehen, wie es läuft. Für einen Durchsuchungsbeschluss, um an potenziell belastendes Material zu gelangen, müssen wir erst mal glaubhaft darlegen, dass Berg überhaupt derjenige ist, der da unten eine Art Geheimpraxis betreibt und die Familie behandelt, es weiß ja niemand von ihm. Außer dem Hausmädchen, Camilla. Ich werde gleich mit ihr sprechen. Könntest du Berg observieren? Ich will nicht, dass der auch noch untertaucht.«

Magnus seufzte und verwies auf seine eigentlich schon hinreichende Auslastung. Aber schließlich stimmte er zu – unter der Voraussetzung, dass Sånbergen das nächste Essen im »Fiskertide« bezahlen würde, was der wiederum versprach.

Fehlte also nur noch eine Sache – Camillas Aussage. Bei ihrem Treffen im Eiscafé hatte sie darum gebeten, aus der Sache herausgehalten zu werden, und Sånbergen hatte sich daran gehalten. Nun rief er sie an und erklärte ihr den neuen Sachverhalt – dass er eine eidesstattliche Erklärung von ihr brauche, um eine Mauer des Schweigens zu durchbrechen, hinter der sich frühere Vergehen an Schutzbefohlenen verbargen.

Aber Camilla lehnte ab. Es tue ihr sehr leid, doch eine solche Erklärung würde nicht nur das Ende ihrer Anstellung bei Nyberg bedeuten, sie befürchte zudem, er werde ihr auch zukünftig noch auf andere Weise schaden können.

Sånbergen hatte es schon befürchtet, und er konnte Camilla verstehen, zumal er wusste, dass auch er Nyberg nicht von irgendwelchen Repressalien gegen sie würde abhalten können. Eine direkte Befragung Bergs ohne Druckmittel erschien ihm nach wie vor nicht hilfreich, und er beschloss, zunächst die Ergebnisse der Observation abzuwarten.

Sånbergen fuhr in die Polizeistation, wo Hanna ihm berichtete, dass die Fahndung nach Gunvald Dahl noch immer nichts erbracht hatte. Daraufhin nahm er sich wieder jener Sache an, in die nun endlich etwas Klarheit kam – der alte Kolding-Fall. Torben Hauser hatte die Umstände des Tathergangs glaubhaft geschildert, sich damit entlastet und eine ganz neue Ausgangslage geschaffen. Angesichts dieser Gesamtumstände erschien es jetzt umso wahrscheinlicher, dass Gunvald Dahl auch für den Tod von Ida Svensson verantwortlich war. Was fehlte, war das Motiv. Die Verbindung zwischen den beiden.

In seinem Büro holte Sånbergen noch einmal die Koldinger Fallakten hervor. Über Ida Svensson war darin wenig zu erfahren. Sie hatte weder einen Reisepass noch sonst irgendein offizielles Dokument bei sich gehabt. Und auch kein Handy war bei ihr gefunden worden. Sie war eine Waise gewesen, ohne Familie, und sie schien keine engen Freunde oder regelmäßigen Bekanntschaften gehabt zu haben. Neben Torben Hauser tauchte nur noch der Name einer weiteren Person auf, die mit dem Opfer etwas näher bekannt gewesen war: Elsa Norup, Idas damalige Vermieterin. Die Adresse war auf dem Totenschein vermerkt worden – der Bronzevej in Kolding.

Sånbergen entschied, persönlich mit ihr zu sprechen, und machte sich sofort auf den Weg. Ein weiteres Mal nach Kolding. Unterwegs rief er Kommissar Lansgrol an, um zu hören, ob dessen Recherche in Sachen Ida Svensson inzwischen etwas zutage gebracht hätten. Aber der verneinte.

***

»Apartments zu vermieten«, stand auf dem leicht verblassten Schild vor dem Haus im Bronzevej. Endlich hatte Sånbergen es gefunden. Zehn Minuten war er hier schon umhergeirrt und hatte vergeblich nach einer Hausnummer gesucht. Viereinhalb Jahre war es her, da hatte Elsa Norup eines dieser Apartments an Ida Svensson vermietet. Sånbergen hoffte, sie würde sich noch an die Frau erinnern, vielleicht auch an das eine oder andere Gespräch, das sie geführt hatten, im besten Fall sogar an etwas, das auf Idas geheimnisvolle Schwester hinwies.

Zwei Hunde bellten und kamen mit hängenden Zungen durch den Vorgarten gehetzt, als sie Sånbergen erspähten. Der Pfiff eines blonden Jungen, der seinen Kopf aus dem Fenster steckte, ließ sie aufhorchen, kehrtmachen und durch eine Hundeklappe im Haus verschwinden. Wenige Sekunden später erschien der Junge in der Tür. Er blinzelte gegen die Sonne und nippte an einer offenbar randvoll gefüllten Tasse.

Der Geruch von Essen schwebte Sånbergen entgegen und ließ ihn an eine norddänische Lammsuppe denken. »Hej. Kannst du mir sagen, ob hier eine Elsa Norup wohnt?«, fragte er.

Der Junge ging wortlos ins Haus und rief nach seiner Großmutter, worauf wenig später eine weißhaarige Dame zur Tür kam, die sich auf einen Stock stützte. In der anderen Hand hielt sie ein tiegelartiges Gefäß. »Ich bin Elsa Norup«, sagte sie mit rauer Stimme. »Suchst du ein Apartment?«

»Nein, deshalb bin ich nicht hier.« Sånbergen zückte seinen Dienstausweis und stellte sich vor. »Ich rolle gerade einen Mordfall neu auf, der sich vor vier Jahren hier in der Gegend ereignet hat. Ida Svensson. Sie hat damals bei dir gewohnt?«

Elsa Norup lehnte ihren Stock an die Wand, holte mit den Fingern eine Art Creme aus dem Tiegel und verstrich sie vorsichtig auf der anderen Hand. »Es juckt. Hab mir irgendwas eingefangen, vielleicht einen Insektenstich.«

Sånbergen trat näher und sah ihr ungeduldig zu. »Deine Adresse war als ihr damaliger Wohnsitz bei uns angegeben. Erinnerst du dich an sie? Um die dreißig, braune Haare.«

»Ida …« Sie verschloss den Tiegel sorgfältig und schaute auf. »Ja, natürlich erinnere ich mich. Sie hatte das obere Apartment gemietet. Ich fürchte nur, ich kann dir nicht viel darüber sagen. Sie war nicht lange hier, höchstens sechs Wochen hat sie bei mir gewohnt.«

»Dürfte ich mal in deine Unterlagen sehen? Ich würde gern wissen, was sie da eingetragen hat.«

»Wenn's hilft … Sandy, holst du's mal?«, rief sie über die Schulter dem Jungen zu, der sich im Hausflur auf die Treppe gesetzt hatte, nun aufsprang und nach oben eilte. Als er zurückkam, brachte er ein schweres, ledergebundenes Buch.

Sånbergen durchblätterte es. Handgeschriebene Einträge. Das Jahr 2019. Der 12. Januar. Die Unterschrift von Ida Svensson. Aber keine weiteren Kontaktdaten, nichts. »Das ist alles? Hat sie nicht ihren Ausweis vorgelegt?«

»Doch, natürlich. Oder … Vielleicht hatte sie auch nur einen Führerschein.« Elsa machte ein nachdenkliches Gesicht. »Ja, jetzt erinnere ich mich, so hatte ich es auch deinen Kollegen damals schon gesagt. Aber was sie vorher gemacht hat und wo sie herkam – keine Ahnung. Ich dachte, ihr von der Polizei würdet so was im Handumdrehen herausfinden?«

»Nein, nicht im Handumdrehen. Zumal Ida keine Angehörigen hatte. Sie war in einem Waisenhaus aufgewachsen.«

»Ach, das hat sie nie erwähnt. Vielleicht war sie deswegen so zurückgezogen.« Wieder strich sie über die rötliche Stelle auf ihrer Hand. »So ein armes Ding. Sie musste sich ziemlich durchschlagen, was ich mitbekommen habe. Sie hat hier in Kneipen gejobbt, um sich über Wasser zu halten, aber ich glaube, sie hat da schwarz gearbeitet, nicht offiziell. Auch die Miete wollte sie immer bar zahlen. Aber sie ist damit nie rückständig gewesen. Ich dachte, vielleicht hatte sie ein bisschen gespart oder wurde von jemandem unterstützt. Aber so etwas frage ich nicht, das gehört sich nicht.«

»Hat sie denn keine Bekanntschaften gehabt?«

»Ich weiß nicht, sie hat nicht sehr positiv über die Kneipengäste gesprochen, die sie bedient hat.«

»Ist dabei vielleicht mal der Name Gunvald Dahl gefallen? Oder hat sie den sonst irgendwie erwähnt?«

»Der gesuchte Frauenmörder? Nein, daran könnte ich mich erinnern, gerade jetzt, wo der doch in aller Munde und mit Bild in jeder Zeitung ist.«

»Und sie hat ihn hier auch nicht empfangen? Oder andere Besucher?«

»Nicht dass ich wüsste. Aber ich hätte das auch nicht unbedingt mitbekommen. Ich sitze ja meistens drüben in meinem Zimmer, und hören tu ich auch nicht mehr so gut.«

»Hatte sie denn mal erwähnt, was sie eigentlich hier wollte oder wie sie sich die nächsten Jahre vorstellte?«

»Nein, über persönliche Dinge haben wir nur wenig geredet,

so eng war unser Kontakt nicht. Es ging eher um Alltagssachen – wo sie einen Job kriegen und etwas für ihr Apartment besorgen konnte.«

»Ich habe gehört, dass Ida damals nach jemandem gesucht hat, nach ihrer Schwester.«

»Ja … Das stimmt, ganz am Anfang, als sie hier eingezogen ist, da hat sie mir mal ein Foto von der gezeigt und gefragt, ob ich sie hier schon mal irgendwo gesehen habe.«

»Ida dachte also, sie würde hier in der Gegend wohnen?«

»Hm, ja, so muss es wohl gewesen sein.« Mühselig zerrte Elsa einen Stuhl zu sich heran und ließ sich, ihr Gewicht auf den Stock gestützt, darauf nieder. »Wenn ich mich recht entsinne, meinte Ida, sie sei schon seit Jahren auf der Suche nach ihr. Ich habe sie gefragt, warum sie sich aus den Augen verloren hätten, aber das hat sie irgendwie abgeblockt.«

»Das Foto von Idas Schwester – ich weiß, es ist schon eine Weile her, aber manchmal fällt einem etwas an einem Gesicht auf, das haften bleibt.« Wie tags zuvor bei Torben Hauser zückte Sånbergen sein Smartphone und zeigte Elsa das Foto von Maria Solsbæk. »Sah diese Schwester ungefähr so aus?«

Elsa spielte mit ihren Lippen, legte den Kopf schief und betrachtete das Bild mit einem wohlwollenden Lächeln. »Schwer zu sagen. Auf dem Foto damals war sie noch jugendlich. Aber … Ja, es könnte sein, eine gewisse Ähnlichkeit kann ich erkennen. Ihr Blick und die Art, wie sie den Kopf hält.«

»Und Ida hat diese Schwester dann nie wieder erwähnt?«

»Ich denke, nein. Wobei … Doch, an einem Abend, da kam Ida zu mir. Sie war aufgeregt und fragte mich nach einer Straße am Kolding Fjord und wie sie dahin käme. Es war schon spät, also wollte ich wissen, was sie dort noch wollte, und da meinte sie, sie habe vielleicht ihre Schwester gefunden. Ob sie sich dann auch getroffen haben, weiß ich nicht. Sie hat ein ziemliches Geheimnis um die ganze Sache gemacht.«

Familiengeheimnisse, dachte Sånbergen. »Diese Straße am Fjord, nach der Ida damals gefragt hat – weißt du noch, welche das war?«

Nachdenklich legte Elsa einen Finger an die Lippen. »Ich meine, es war der Drejensvej, eine hohe Hausnummer, also der letzte Abschnitt. Das ist von hier aus ganz am Ende des Fjords, wo das Wasser bei Ostwind gern über das Ufer tritt.« Sie zeigte aus dem Fenster in Richtung Küste.

Wolken hatten sich dort zu einer kleinen grauen Insel mitten am hellblauen Himmel zusammengefunden und ließen feine Regenfäden auf den Küstenstreifen fallen.

48

Der lang gezogene Drejensvej führte zunächst auf eine Anhöhe hinauf, ehe er sich nach einer scharfen Rechtskurve wieder hinab Richtung Meer wandte und am Ende nur noch ein gewundener Feldweg war, den man besser mit festem Schuhwerk beging. Überall hatte der inzwischen stärker gewordene Regen erst Mulden in den Boden gewaschen und sie dann mit Wasser gefüllt.

Sånbergen ließ seinen Wagen kurz hinter der Kurve stehen und ging die Grundstücke zu Fuß ab. Zur Linken wuchsen mannshohe Dornensträucher, zur Rechten schützten gebogene Murraykiefern die windschiefen Holzhäuser und hielten den einfallenden Ostwind ab. Er lief an den Gartenzäunen entlang, las die dort angebrachten Namensschilder, und als er ergebnislos beim letzten Grundstück angelangt war, fragte er sich, ob Maria Solsbæk überhaupt hier wohnte oder ob sie sich womöglich einen anderen Namen zugelegt hatte. Er wischte über das Namensschild, um die eingravierten Buchstaben entziffern zu können – und hielt inne. Sollte es tatsächlich …?

»M. Solsbæk«.

Der Regen sammelte sich in Sånbergens Nacken, lief kalt seinen Rücken herunter, und ein Schauer überkam ihn. Was bislang nur eine Vermutung gewesen war, wurde Gewissheit: Ida Svensson hatte damals nach Maria Solsbæk gesucht – sie musste jene Schwester gewesen sein, von der Maria in ihren Tagebüchern geschrieben hatte. Es hatte gedauert, bis sie sich gefunden hatten, bis zum Jahr

2019 – dem Jahr, als auch Gunvald Dahl hierher nach Kolding gezogen war.

Das Haus schien verlassen. Die Jalousien waren unten, der Garten verwildert, das Gras fast kniehoch. Allerdings machte Sånbergen eine Überwachungskamera im Garten aus. Niemand öffnete auf sein Klingeln, also beschloss er, es in einer Stunde noch einmal zu probieren. Er erinnerte sich, an der Straße, vielleicht hundert Meter landeinwärts, ein Schild mit dem Hinweis auf »Frejas Bistro« gesehen zu haben, und dachte an ein Glas heißen Sanddorntee.

Das Bistro war eines dieser Ausflugslokale, die bevorzugt von Familien mit Kindern besucht wurden. Beschlagene Scheiben, der Geruch von Kaffee und Kuchen hing in der Luft. Am Fenster war ein Tisch frei, und zu Sånbergens Freude standen Zimtschnecken auf der Karte.

Zwei Minuten später kam eine dürre Kellnerin mit langem Hals zum Tisch geschlurft. »Was darf's sein?«, fragte sie und ließ ihren Stift über dem Notizblock kreisen.

Sånbergen bestellte zwei Zimtschnecken und schwarzen Tee, weil es keinen roten gab, woraufhin sich die Kellnerin wieder abwandte, auf eine etwas merkwürdige Art, wie Sånbergen fand – indem sie wie gedankenverloren erst den Kopf drehte und dann den Rest des Körpers folgen ließ.

Gäste kamen und gingen, die Tür schlug auf und zu, die Kellnerin brachte Tee und Zimtschnecken, und weiter regnete es draußen, unter dieser grauen Wolke.

Als Sånbergen die Zimtschnecken vertilgt hatte und gerade darüber nachdachte, ob es schon Zeit für einen zweiten Versuch wäre, Maria Solsbæk in ihrem Haus anzutreffen, hörte er Schritte, die sich näherten. Absatzschuhe. Eine Frau blieb an seinem Tisch stehen. Er sah auf. Maria Solsbæk stand vor ihm.

»Ich bitte um Entschuldigung«, sagte sie, beugte sich über die Sitzbank und wischte ein paar Brotkrümel hinunter, »aber vielleicht sollten wir uns mal unterhalten.« Sie lächelte unsicher.

Sånbergen war sprachlos. Nachdem Maria nun schon seit Tagen observiert worden war, tauchte sie hier einfach so auf. Er verfolgte, wie sie ihm gegenüber Platz nahm und ihre winzige Handtasche neben sich auf das rote Polster stellte.

»Ich bin Maria Solsbæk. Aber das weißt du inzwischen sicherlich schon. Wir haben uns neulich in der Bahn getroffen, du wolltest von Odense zurück nach Flensburg.«

»Natürlich erinnere ich mich.« Also wohl kein zufälliges Treffen, dachte Sånbergen und musste erst mal seine Gedanken ordnen. Er betrachtete Marias Gesichtszüge, ihre Haare, und ganz unwillkürlich verband er das, was er sah, mit dem Mädchen, das ihm in den Tagebüchern begegnet war. Ihre Stimme hatte etwas Beruhigendes, ihre Augen waren groß und braun und lächelten sanft, genau so, wie sie es gewiss schon damals getan hatten, wenn sie ihrer Freundin Emma vorgelesen hatte.

Als müsste er diesem Eindruck etwas entgegenstellen, überkam ihn aber sogleich noch ein ganz anderer Gedanke: Diese Frau hatte auf irgendeine Art mit der aktuellen Mordserie zu tun, die mit dem Tod ihrer mutmaßlichen Schwester Ida Svensson begonnen hatte. Und möglicherweise war sie auch an der Schießerei in Nybergs Lagerhalle und Gunvald Dahls Befreiung beteiligt gewesen.

»Es tut mir leid, ich fürchte, ich habe für Verwirrung gesorgt«, sagte sie und spielte mit ihren Fingern.

»Du weißt, wer ich bin?«

»Dein Bild war in der Zeitung. Du leitest den Fall um diesen Serienmörder.«

»Gunvald Dahl. Du kennst ihn?«

»Mehr oder weniger. Wir haben eine gemeinsame Vergangenheit, unter anderem mit Johan Nyberg.« Sie senkte den Blick. »Allerdings keine, an die wir uns gern erinnern. Jedenfalls ich nicht.«

»Wir wollten Dahl vor zwei Nächten in Gewahrsam nehmen, in einem Lagerhaus bei Vejle. Aber jemand hat ihm zur Flucht verholfen … Bist du das gewesen?«, versuchte es Sånbergen direkt heraus, merkte aber gleich, dass diese Frage zu nichts führen würde.

»Wie kommst du denn darauf? Ich sehe keinen Grund, einem Mörder zu helfen. Auch wenn uns eine gemeinsame Vergangenheit verbindet, entschuldigt das ja nicht alles.«

»Auch dazu habe ich Fragen. Aber zunächst sollten wir über diese Mordserie sprechen – drei Frauen sind in den letzten zwei Wochen ums Leben gekommen. Und dann ist da noch eine gewisse Ida Svensson ...«

»Ida ...« Sånbergen sah, wie sich ein Ausdruck von Traurigkeit in Marias Augenpartie abzeichnete. Der gleiche Ausdruck wie bei ihrem Zusammentreffen im Zug, als sie von ihrer Freundin Emma gesprochen hatte. »Sie ist damals auch mit dem Medikament behandelt worden.«

Sånbergen fragte sich, ob sie wusste, dass er ihre Tagebücher hatte, dass er von ihrer Vergangenheit wusste. »Geht es hier darum, um ein Medikament?«

»Vielleicht. Vielleicht auch um die, die für das alles verantwortlich sind.«

»Wie meinst du das? Erklär es mir.«

Maria schob Serviettenhalter, Salz- und Pfefferstreuer auf dem Tisch zur Seite, sodass nichts mehr zwischen ihnen stand. »Entschuldige, aber ich muss etwas voranstellen, und vielleicht erleichtert dir das deine Arbeit etwas.« Sie kramte in ihrer Handtasche, die mit Kosmetika und anderen Utensilien vollgestopft zu sein schien, und zog ein weißes Smartphone hervor. Dabei fiel ein Lippenstift heraus, landete auf dem Boden und rollte in den Gang, direkt vor die Füße einer älteren Frau, die gerade noch rechtzeitig stoppte.

Sånbergen bückte sich, hob ihn auf und entschuldigte sich bei der Frau. Dann setzte er sich wieder, und so wie er den Lippenstift nun zur Mitte des Tisches schob, tat Maria es mit dem weißen Smartphone.

»Das gehört Luc Jarados«, sagte sie. »Frag nicht, wie ich daran gekommen bin. Ich sage nur: Es war nicht einfach.«

Sånbergen nahm es nicht auf, sah es nicht einmal an. »Was soll ich damit?«

»Es könnten interessante Nachrichten oder Daten darauf sein.«

»Wenn es unrechtmäßig in deinen Besitz gelangt ist, kann ich nichts damit anfangen.«

Ein schalkhafter Ausdruck kam über Marias Gesicht. Sie lehnte sich vor und sprach im Flüsterton: »Dann fürs Protokoll – ich habe es dummerweise verwechselt, kürzlich in einer Bar. Da habe ich es an mich genommen und erst später bemerkt, dass es nicht mir gehört.« Sie lächelte entschuldigend und schob das Smartphone nun ganz zu ihm hinüber. »Deswegen übergebe ich es der Polizei, gleich jetzt, wo ich den Irrtum bemerke.«

»Du könntest es manipuliert haben.«

»Das könnt ihr bestimmt überprüfen. Und niemand sagt, dass du damit vor Gericht gehen sollst.«

Sånbergen nahm seine Tasse und nippte an dem Tee, der nur noch lauwarm war. »Wenn ich es nicht als Beweismittel verwenden kann, ist es nutzlos.«

Sie zuckte mit den Schultern. »Entweder du nimmst es, oder du lässt es.« Wieder der Ansatz eines Schmunzelns. »Aber stell dir nur das Gesicht von Johan Nyberg vor, wenn er erfährt, dass von ihm erteilte und womöglich nicht ganz astreine Aufträge mit dem Handy seines Sicherheitschefs bei der Polizei gelandet sind.«

Sånbergen betrachtete das Smartphone. Er war neugierig, was es würde preisgeben können, doch wollte er sich nicht für Marias Zwecke benutzen lassen. »Von welchen Aufträgen sprichst du?«

»Ich habe keine Ahnung, aber vielleicht sind sie nicht legal.« Unruhig rutschte sie auf der Bank hin und her und schaute ihn erwartungsvoll an. »Und ich kann mir einfach nicht vorstellen, dass das nicht interessant für dich klingt.«

Sånbergen war nicht sicher, welches Ziel Maria hier verfolgte. Vielleicht spielte sie nicht unbedingt gegen ihn, aber gewiss auch nicht für ihn, sondern allein nach ihren selbstbestimmten Regeln. »Ich denke darüber nach. Aber du wirst mich begleiten müssen. Da sind einige Fragen offen, über die wir reden müssen.«

»Ich weiß.« Sie nickte, und für einen Moment hatte er den Eindruck, sie würde gleich jetzt alles aufklären wollen. »Im Grunde hätte ich auch gar nichts dagegen …« Sie hielt inne, und ein betrübtes Lächeln huschte über ihr Gesicht. »Aber das wird leider nicht gehen, zumindest nicht sofort. Ich habe noch etwas Wichtiges vor, was ich nicht aufschieben kann.«

Mit einem Mal überkam Sånbergen eine tiefe Müdigkeit. Als ob ihm jemand die Energie entzog, wurden seine Arme schwer wie Blei, und er konnte die Augen kaum noch offen halten. Etwas passierte mit ihm, etwas, auf das er keinen Einfluss hatte.

»Es ist mir wirklich unangenehm, aber ich musste sichergehen, dass du mich nicht in die Polizeidirektion mitnimmst. Ich hoffe, du verstehst das.« Maria kräuselte schuldbewusst die Augenbrauen, und langsam dämmerte Sånbergen, was vor sich ging – sie hatte ihm irgendetwas verabreicht, um ihn außer Gefecht zu setzen. Der Tee. Als er den Lippenstift aufgehoben hatte. Weder Arme noch Beine wollten ihm mehr gehorchen. Wut stieg in ihm auf, doch das Adrenalin verpuffte in einer kraftlosen Geste.

»Ich habe dir etwas ins Glas getan, aber keine Sorge, es ist ganz harmlos. Ich habe es selbst probiert, nur um mich zu vergewissern, dass ich dir keinen bleibenden Schaden zufüge.« Maria tätschelte seine Hand. »Es dauert nur ein paar Minuten, dann ist alles wieder in Ordnung. Ich werde die Rechnung übernehmen und dir noch einen Kaffee bestellen, bevor ich gehe. Der wird dich wieder auf die Beine bringen.«

Sånbergen sah, wie sie zum Tresen ging, kurz darauf das Bistro mit gemächlichen Schritten verließ und im Regen unter dieser grauen Wolke verschwand, die immer noch wie festgeklebt am Himmel über dem Kolding Fjord hing.

Es kam, wie Maria gesagt hatte. Für ein paar Minuten war Sånbergen paralysiert, dann kehrte allmählich das Gefühl in seine Arme zurück, bald auch in seine Beine, bis er nur noch ein leichtes Kribbeln spürte. Niemand hier war zu ihm hergekommen, um zu sehen, was mit ihm los war, als er wie leblos auf der Bank gehangen hatte. Es hatte wohl so ausgesehen, als wäre er für einen Moment eingenickt.

Sobald er wieder die Kontrolle über seinen Körper zurückerlangt hatte, griff er nach seinem Handy, ließ Maria Solsbæk zur Fahndung ausschreiben und forderte ein Überwachungsteam für ihr hiesiges Wohnhaus im Drejensvej an. Außerdem einen Polizeiarzt – der als Erster eintraf. Noch vor Ort nahm er Sånbergen eine Blutprobe ab, um die Substanz bestimmen zu lassen, die Maria ihm verabreicht hatte.

Mit einem aufputschenden Medikament in der Blutbahn, das die Restwirkung der Droge neutralisieren sollte, und einem angekratzten Ego verließ Sånbergen schließlich das Bistro. Die frische

Luft belebte ihn. Der Regen hatte sie wie gereinigt zurückgelassen, und sogar diese merkwürdige Wolke über ihm war inzwischen fast verschwunden. Was blieb, waren Verärgerung, Argwohn und der Wunsch, Maria Solsbæk in Untersuchungshaft zu sehen.

Er stieg in seinen Wagen und machte sich auf den Heimweg. Auf den ersten Kilometern hatte er den Eindruck, der Horizont würde schwanken, vielleicht auch der Wagen oder etwas in seinem Gleichgewichtsorgan, sodass er schon an seiner Fahrtüchtigkeit zweifelte und etwas vom Gas ging. Aber das Gefühl ließ nach, nur eine entspannte Leichtigkeit blieb, und für einen Moment dachte er, dass nicht einmal Magnus' alter Peugeot ihm nun noch hätte Angst einjagen können.

In Harrislee lieferte Sånbergen das weiße Smartphone noch rasch bei Ella Claasen in der Kriminaltechnik ab und bat um schnellstmögliche Untersuchung, dann fuhr er auf direktem Weg zur Southern-Ranch. Er war müde, die Substanzen in seinem Blut forderten ihren Tribut und nötigten seinen Körper, sich in die Horizontale zu begeben. Aber er wollte endlich das letzte Tagebuch zu Ende lesen, er musste wissen, ob dort zu erfahren war, welche »gemeinsame Vergangenheit« Maria Solsbæk und Gunvald Dahl verband.

13. Januar 2004
Fernanda hat Wort gehalten. Sie hat uns den Code besorgt, und gestern waren Hjalmar und ich heimlich im Unterge-
schoss. In Weisentheimers Büro sind wir nicht reingekommen, aber in dem des Doktors haben wir Akten gefunden, alle nach Jahreszahlen geordnet. Eine nach der anderen haben wir durchgelesen, aber da war nichts über meine Schwester. Keine persönlichen Informationen über irgendjemanden von uns.
Es waren ganz andere Unterlagen, und sie verwirren mich. Da sind welche, die Hjalmar »Fact Sheets« nennt, Dokumente, wie man sie für wissenschaftliche Studien braucht. Darin steht, wann welches Kind von uns welches Medikament bekommt und wie die Wirkung einzuschätzen ist – so als ob das noch gar nicht erforscht wäre. Als ob sie es an uns

erst testen würden. Wir haben auch Unterlagen über das Medikament gefunden, das sie uns geben – darüber, wie das ELN-3 wirkt und wie es zusammengesetzt ist. Eine biochemische Formel. Hjalmar hat alles eingesteckt, was er darüber gefunden hat. Er will verstehen, was es bedeutet.

Alles dreht sich in meinem Kopf. Vielleicht irrt sich Hjalmar – niemand hat uns gegenüber je von »Experimenten« gesprochen. Für uns alle ist das St. Raphael ein Waisenhaus für kranke Kinder, die behandelt werden müssen.

15. Januar 2004

Fernanda sagt, es ist wahr. Die Behandlungen, das Waisenhaus, alles gehört zu einem Forschungsprogramm von Herrn Nyberg und dem Professor. Und Fernanda hat davon gewusst, die ganzen Jahre schon. Es ist schwer zusammenzubringen, dass sie uns nie davon erzählt hat. Sie sagt, es sei ihr verboten, sie habe eine Verschwiegenheitserklärung unterschrieben.

17. Januar 2004

Jetzt, wo wir wissen, dass das ELN-3 noch gar nicht erforscht ist, frage ich mich immer mehr, was es mit uns macht. Ob es uns wirklich hilft oder nicht vielleicht schadet. Und ich frage mich, ob es etwas mit Emmas Tod zu tun hat. Meine Knie werden weich bei der Vorstellung, dass es so ist.

Das alles verwirrt mich. Es ist schwer, alles einzuordnen und damit irgendwie ins Reine zu kommen – mit dem St. Raphael, mit dem, was mit Emma geschehen ist. Ich komme nicht weiter. Es ist, als würde ich gegen eine Wand laufen, so als würde hier etwas zu Ende gehen.

1. März 2004

Hjalmar und ich haben das Gefühl, dass wir nicht mehr lange im St. Raphael bleiben können, dass wir hier irgendwann wegmüssen. Aber wir schaffen das nicht allein. Wir müssen Fernanda um Hilfe bitten. Ich glaube, ohne sie geht es nicht.

2. März 2004

Fernanda wird uns helfen. Sie sagt, sie will etwas wiedergutmachen, und wir glauben ihr. Aber es wird nicht so einfach, von hier wegzukommen. Herr Nyberg und der Professor werden uns nicht freiwillig gehen lassen, sagt Fernanda. Sie befürchten, dass wir jemandem erzählen, was hier vorgeht. Niemand darf von ihren privaten Forschungen erfahren. Nur wenige wissen, dass das St. Raphael überhaupt existiert. Deswegen hatte es auch nie offizielle Untersuchungen zu Emmas Tod gegeben.

Ich verstehe, was das bedeutet. Wenn wir hier weggehen, dann wäre es eine Flucht, weit weg und für immer. Und nicht nur das. Ich würde auch meine Schwester zurücklassen – die Hoffnung, sie zu finden, wo immer sie ist.

14. März 2004

Der Gedanke, das St. Raphael zu verlassen, macht mir Angst, und je konkreter unsere Pläne werden, desto unsicherer werde ich. Ich bin nie woanders gewesen, irgendwie ist es ja doch eine Art Zuhause für mich. Was, wenn es uns ohne das Medikament schlechter geht? Wo sollen wir wohnen? Und wovon sollen wir leben? So viel Ungewissheit.

20. März 2004

Wir überlegen, wie wir hier wegkommen können. Wir müssen an den Wachleuten vorbei. Außerdem gibt es Überwachungskameras, Fenster und Türen sind alarmgesichert. Wir brauchen einen Vorsprung. Wir brauchen etwas Geld. Und wir brauchen einen Unterschlupf, so weit weg wie nur möglich, wo Nyberg uns nicht finden kann.

22. März 2004

Fernanda will uns etwas Geld geben. Und sie verspricht uns eine erste Anlaufstelle, einen sicheren Ort, wo uns Nybergs Leute nicht aufspüren werden. Aber es ist ein weiter Weg bis dorthin. Fast am anderen Ende der Welt, sagt Fernanda. Sie hat es uns auf einer Karte gezeigt, aber ich habe keine

Vorstellung davon, wie weit es ist, wie viele Stunden wir unterwegs sein werden. Alles, was hinter dem Alsensund liegt, schien immer unerreichbar für uns.

30. März 2004

Wir haben einen Plan. Wir werden nachts über das Dach fliehen, uns an Seilen in den Garten hinunterlassen und hinter der großen Linde Schutz vor den Wachleuten suchen. Dort können wir über den Zaun klettern. Dann lassen wir alles hinter uns – das St. Raphael, aber auch meine Schwester. Doch vor uns liegt die ganze freie Welt.

Sie ist so groß, dass ich fast fürchte, wir würden uns verloren fühlen. Aber Fernanda sagt, es sei schön da draußen, besonders dort, wo ihr Großvater wohnt. Es gebe keinen Grund, sich zu fürchten. Sie hat uns auch bei dem Fluchtplan geholfen. Übermorgen, mitten in der Nacht, soll es losgehen. Wir müssen ein Stück zu Fuß durch das Moor, dahinter wird jemand zwei Fahrräder für uns abstellen, mit denen wir zur Bahnstation kommen. Wir müssen mit dem Zug nach Hamburg, und von da geht ein Schiff nach Südamerika. Wenn alles glattgeht, sind wir noch am selben Tag auf See.

Ich bin ganz aufgewühlt. Wir werden unsere Heimat verlassen, auch Emma, die hier begraben liegt, und meine Schwester werde ich wohl nie kennenlernen. Wir werden auf uns allein gestellt sein. Diese Ungewissheit macht mir Angst. Ich bete jeden Abend für uns. Und für meine Schwester und für Emma – vielleicht blickt sie von dort oben auf uns herunter, und wäre sie noch hier, würde sie mit uns kommen.

31. März 2004

Hjalmar beruhigt mich. Er versteht meine Zweifel, und er hat mir etwas versprochen: Wenn wir hier weggehen, dann wird er immer an meiner Seite bleiben, wird für mich da sein, was auch passiert. Wenn wir diesen Schritt machen, dann machen wir ihn zusammen. Dann gibt es kein Zurück mehr – wir bleiben immer füreinander da, auf ewig miteinander verbunden.

Sånbergen ließ das Tagebuch sinken. Hier endeten Marias Aufzeichnungen.

49

Tag 17, Samstag, 8. Juli

Am Markt 4b – das Schuhgeschäft »Marens Sontique«. Sånbergen war unsicher, ob er hier richtig und dies tatsächlich der Ort war, zu dem Ella Claasen ihn bei ihrem Anruf heute früh bestellt hatte. Er überprüfte noch einmal die Adresse, doch es stimmte. Am Markt 4b. Drei Stufen führten hinauf zu einer Glastür, und als er leicht den rundlichen Messinghandgriff berührte, schwang sie fast wie von selbst auf.

Ella saß in einem roten Polstersessel in einer Ecke des gemütlich eingerichteten Ladens, eine riesige Porzellantasse in der Hand, als erwarte sie ihn dort zum Nachmittagstee. Sie winkte ihm zu, wie immer etwas aufgeregt, und wartete, bis er sich in dem bunten Sessel neben ihr niedergelassen hatte. »Das Geschäft gehört meiner Tante«, erklärte sie auf seinen fragenden Blick. »Von Zeit zu Zeit besuche ich sie und helfe etwas aus, nach Feierabend oder eben samstags. Heute war es kurzfristig, weil jemand krank geworden ist. Aber das Geschäft liegt ja auf Ihrem Weg zum Büro, also dachte ich, wir treffen uns hier. Es dauert auch nicht lange.« Wieder kamen die Worte etwas schneller als nötig aus ihr heraus.

»Alles okay, das passt mir gut, Ella.«

»Also … Ich habe Zugriff auf Jarados' Handy bekommen und bin alle Nachrichten durchgegangen. Sie gehen immer an dieselben Personen. An seine Mitarbeiter und an Johan Nyberg. Offenbar hat er das Handy nur für Geschäftliches benutzt.« Sie unterbrach sich, umfasste ihre Tasse mit beiden Händen und drehte sich zu Sånbergen. »Was ich mich frage – wie ist Maria Solsbæk denn daran gekommen?«

»Das wird wohl ihr Geheimnis bleiben.«

»Aber sie muss doch was gesagt haben?«

»Sie sagte, sie habe es ›aus Versehen‹ eingesteckt.«

»Was?«

»Sie wird es uns nicht verraten. Aber sie muss in Jarados' Nähe gekommen sein, ohne dass er es bemerkt hat, ohne dass er sie erkannt hat, und das wird nicht einfach gewesen sein.«

»Hm, ich verstehe nicht, was sie davon hat und warum sie dieses Risiko eingeht, nur für dieses Handy. Und was sie jetzt von Ihnen will.«

Das waren eindeutig zu viele Fragen auf einmal. »Ich nehme an, Jarados ist nicht nur hinter Dahl her, sondern auch hinter Maria Solsbæk. Wir würden ihr wahrscheinlich einen doppelten Gefallen damit tun, wenn wir aufgrund der Daten auf dem Handy sowohl etwas gegen Nyberg in der Hand hätten als auch Jarados aus dem Verkehr ziehen könnten.« Er sah zu Ella, die einen Schluck aus ihrer Tasse nahm. »Gibt es denn etwas, das wir verwenden können?«

»Ja, ich glaube schon.« Sie stellte die Tasse beiseite. »Es gibt diverse Absprachen zu illegalen Aktionen. Einbruch, Beschaffung von persönlichen Dokumenten, all so was. Und auch zwei telefonische Verbindungen zu Johan Nyberg an dem Abend, als die Schießerei im Lagerhaus war. Damit könnten wir beweisen, dass Nyberg nicht nur davon gewusst, sondern die ganze Sache initiiert hat.«

»Wenn wir das Handy legal beschafft hätten. Haben wir aber nicht. Vor Gericht hat das keinen Bestand.«

»Ja, natürlich.«

»Gibt es noch etwas?«

»Ja, vielleicht. In einem Chat mit Nyberg fällt der Name Maria Solsbæk. Nyberg wollte über jeden ihrer Schritte auf dem Laufenden gehalten werden.«

Jarados sollte Maria also tatsächlich observieren. Es sah so aus, als hätte sie jedoch den Spieß umgedreht.

Im hinteren Ladenbereich öffnete sich eine Tür mit der Aufschrift »Privat«, und eine kleine Frau mit freundlichem Gesicht näherte sich. »Oh, der Kommissar, nehme ich an? Ich bin Ellas Tante. Ich freue mich ja so darüber, dass Ella bei Ihnen gelandet ist. Ich hoffe, sie macht sich gut?« Sie nahm Sånbergens Hand, drückte sie und redete genauso schnell wie ihre Nichte. »Ella fühlt sich sehr wohl hier in Harrislee, sie mag das Großstadtleben nicht.«

»Tante, das will er gar nicht wissen«, zischte Ella ihr zu.

»Ach was, da ist doch nichts bei.« Ihr Blick fiel auf Sånbergens leere Hände. »Oh, sie hat Ihnen ja noch gar nichts angeboten. Sicher wollen Sie eine Tasse Tee?«

Sånbergen winkte ab und stand auf, um zu signalisieren, dass er aufbrechen müsse. »Danke für das Angebot, aber ich muss weiter. Ein anderes Mal komme ich gern darauf zurück.«

»Nichts lieber als das. Und wenn Sie ein paar Schuhe brauchen, dann kommen Sie einfach her, und wir suchen etwas Passendes aus.«

Sånbergen verabschiedete sich, verließ das Schuhgeschäft und zog die Tür hinter sich zu. Erleichtert atmete er auf, betrachtete das ruhige Treiben auf den Straßen, und als er an sich hinuntersah, stellte er fest, dass seine Schuhe in der Tat schon etwas alt und abgetragen aussahen.

***

Am Vormittag meldete sich der Koldinger Polizeiarzt mit dem Ergebnis von Sånbergens Blutprobe: K.-o.-Tropfen und verschiedene Beruhigungsmittel habe er nachweisen können. Nichts Dramatisches, aber Maria Solsbæk hatte mit ihrem Vorgehen den Straftatbestand der Körperverletzung erfüllt.

Sånbergen setzte sich mit Hans Østergaard in Verbindung, der versprach, beim zuständigen Staatsanwalt so schnell wie möglich einen Durchsuchungsbeschluss für Marias Haus zu erwirken. Dann sammelte er Hanna ein, brauste mit ihr nach Kolding, und gegen zwölf Uhr stellte er seinen Wagen am Drejensvej ab, als der Staatsanwalt gerade sein Okay für die Durchsuchung gegeben hatte.

Bis zum Eintreffen der Spurensicherung wollte Sånbergen nicht warten. Er klingelte, aber niemand öffnete. Hanna nahm unterdessen das Grundstück von der Rückseite in Augenschein, fand aber ebenfalls keine Anzeichen dafür, dass sich jemand im Haus aufhielt. Sie sprachen mit den Nachbarn, die sagten, dass nur selten jemand hier sei und sie keinen Kontakt zu Maria Solsbæk hätten. Allein die Kinder seien ab und zu mit einem Glas Limonade oder Keksen zurückgekommen, wenn sie bei ihr geklingelt hatten, weil ihnen der Ball aus Versehen über den Zaun geflogen war.

Die Spurensicherung traf ein, und sie verschafften sich Zugang zum Haus. Ein muffiger Geruch schlug ihnen entgegen. Taubenblau gestrichene Wände, ein heller Holzboden. In der Küche ein Kühlschrank, darin Salami, Pralinen, Zitronen und diverse Dinge, die lange haltbar waren. Überall dünne Staubschichten, auch im angrenzenden Wohnzimmer. Keine Briefe oder Zeitungen auf den Tischen.

Während die Kollegen unten mit ihrer Arbeit begannen, gingen Sånbergen und Hanna nach oben, wo sich das gleiche Bild bot. Zur Linken ein fast leerer Raum, daneben ein Badezimmer und am Ende ein lichtdurchflutetes Schlafzimmer. Ein mannshohes Gemälde hing an der Wand – Öl auf Leinwand, eine junge Frau vor konturlosem Hintergrund.

Hanna fuhr mit dem Finger darüber und betrachtete es eingehend. »Das ist interessant, der Maler lässt die Perspektive verschwimmen und vermeidet Orientierungspunkte. Und dieses warme Kardinalrot ist wunderschön«, schwärmte sie.

»Du kennst dich damit aus?«

»Ein bisschen. Du weißt ja, Klaas, mein Ex, hatte was für Malerei übrig.«

Auch Sånbergen betrachtete das Bild aufmerksam. Die junge Frau darauf schien mit einem verzeihenden Blick auf ihn herabzusehen, sanft und wissend zugleich. Ihre Haut war hell. Weiß wie Porzellan. »Wie viel hätte Klaas hierfür geboten?«

Hanna fischte ein Feuchttuch aus ihrer Handtasche und säuberte den Finger, mit dem sie das Bild berührt hatte. Dann trat sie zwei Schritte zurück, nahm das Gemälde mit etwas Abstand in Augenschein und tippte sich auf die Lippen. »Eine mittlere fünfstellige Summe, würde ich sagen.«

Sånbergen kannte sich mit Kunst nicht aus, aber er mochte dieses Gemälde. Er fragte sich, warum Maria es erworben hatte. Ob es etwas mit ihrer verstorbenen Kindheitsfreundin Emma zu tun hatte? Er war so in die Betrachtung vertieft, dass er die kleine

Kommode, die darunter an der Wand stand, fast übersah. Dann aber zog sie seine Aufmerksamkeit umso mehr auf sich – es war die gleiche Art Kommode wie in Marias Wohnung in Sønderborg, in der die Tagebücher gelegen hatten.

Nein, dachte er, bloß weil es die gleiche Kommode ist, werden hier nicht auch welche drinliegen. Ein gespanntes Gefühl überkam ihn dennoch, als er die oberste Schublade vorsichtig aufzog – und darin tatsächlich ein weiteres blau eingebundenes Buch zum Vorschein kam. Er schlug es auf, und sofort sprang ihm Marias inzwischen wohlbekannte Schrift ins Auge: »10. September 2016. Ich habe beschlossen, wieder Tagebuch zu führen …«

Seltsam, dieses Buch hier zurückzulassen, dachte Sånbergen. Fast schien es, als hätte Maria es absichtlich deponiert. Als hätte sie *gewollt*, dass er aus ihm die ganze Wahrheit erfuhr.

Er nahm das Tagebuch in Verwahrung und durchsuchte mit Hanna den Rest des Obergeschosses, aber weiter fanden sie nichts. Wie schon in der Wohnung in Sønderborg war auch hier nichts Persönliches vorhanden, keine behördlichen Dokumente, nichts, was Marias Namen oder Daten trug. Nur das Tagebuch. Und dieses Gemälde der blassen Frau, die unablässig auf ihn herabsah, kaum zu erahnen, was hinter diesen Augen vorging.

Die Vorstellung weckte einen Gedanken – die Rückseite des Gemäldes. Normalerweise war dort etwas über dessen Herkunft zu erfahren, eine Signatur, eine Seriennummer, ein Hinweis auf den Künstler oder eine Galerie. »Wir hängen das Bild ab, Hanna.«

Vorsichtig hoben sie das Gemälde an, legten es mit der Vorderseite auf den Boden und beleuchteten die Rückseite mit einer kleinen Lampe. Der bleigraue, feste Stoff war auf einen abgestuften Holzrahmen gezogen und durch Metallplättchen fixiert. Ein nicht zu entzifferndes Künstlermonogramm war dort aufgebracht, daneben ein Etikett, möglicherweise von einer Galerie, die das Bild ausgestellt hatte. Es war ausgeblichen, nur wenige Buchstaben waren zu erkennen: »U..S.K. .RTH….«.

»Kannst du damit etwas anfangen, Hanna?«

»Nein, das sagt mir nichts. Aber Klaas vielleicht. Ich werde ihn fragen.« Sie fotografierte das Etikett – als eine aufgeregte Stimme von unten ertönte.

»Kollegen? Das solltet ihr euch ansehen!«

Sånbergen und Hanna eilten ins Erdgeschoss. In der Küche standen zwei Beamte und hatten eine kleine Tür geöffnet, die zu einer Abstellkammer führte – so der erste Eindruck. Aber es war mehr als das.

Ein runder Tisch stand in der Mitte eines etwa drei mal drei Meter großen Raums. Eine Landkarte von Dänemark hing an der Wand. Darauf waren Routen eingezeichnet, die durch blau markierte Punkte verliefen – Punkte, denen Sånbergen spontan Orte zu Begebenheiten seines Falles zuweisen konnte. Er verfolgte sie mit dem Finger. »Der Punkt hier in Kolding markiert Dahls Haus, der hier die Hütte am Møllehøj. Etwas südlich, das müsste Nybergs Lagerhaus sein. In Sønderborg sind zwei Orte markiert: Der eine gehört zu Dahls Elternhaus, der andere wohl zur Wohnung von seinem Onkel, Nils Randrup.«

»Was ist das?« Auch Hanna war an die Karte herangetreten, aber Sånbergen konnte ihr keine Antwort geben, wusste es selbst nicht genau.

Ein Beamter der Spurensicherung holte allerhand elektronisches Zubehör aus der Schublade eines Wandschranks und legte es auf den Tisch. »Schaut euch das an. Kabel, Mikrochips, GPS-Tracker, ein halbes Dutzend Wanzen.«

Fragend sah Hanna Sånbergen an. »Das ist professionelle Überwachungstechnik … Hat sie Dahl observiert?«

»Ja – und vielleicht nicht nur ihn.«

»Aber wieso macht sie das? Welchen Grund hätte sie, hinter Dahl her zu sein?«

»Sie hätte einen guten Grund – wenn er tatsächlich ihre Schwester auf dem Gewissen hat.«

»Ida, ja … Aber wieso lässt sie ihn dann die ganze Zeit gewähren, anstatt ihn bei der ersten Gelegenheit zur Rechenschaft zu ziehen? Und warum verhilft sie ihm im Lagerhaus zur Flucht?«

Sånbergen stützte sich auf den Tisch und betrachtete das elektronische Material. »Ja, genau das frage ich mich auch.« Er wühlte in den Trackern. »Was immer sie vorhat, sie hat es nicht eilig. Vielleicht wartet sie auf den geeigneten Moment. Vielleicht ist es noch nicht an der Zeit, mit ihm abzurechnen.« Er wandte sich noch einmal der

Karte zu, suchte nach weiteren Markierungen, nach handschrift-lichen Notizen, die einen Hinweis auf Marias Pläne oder Motive würden geben können. Aber da war nichts zu finden.

»Vielleicht …«, begann Hanna. »Also, vor vier Jahren, als Ida Svensson ums Leben gekommen ist, zu der Zeit ist Dahl zu seiner heutigen Frau nach Kolding gezogen, richtig?«

Sånbergen nickte. »So hat es seine Mutter erzählt.«

»Wir haben Katrin Dahl nie gefragt, ob sie Ida Svensson gekannt oder Gunvald mal von ihr erzählt hat. Vielleicht sollten wir mit ihr sprechen, wo wir jetzt sowieso gerade hier in Kolding sind …«

Hanna hatte vollkommen recht. Dahls Verbindung zu Ida Svensson musste geklärt werden. Gunvald hatte als Kind dieses ELN-3 erhalten, und Maria hatte erwähnt, Ida sei auch »mit dem Medikament« behandelt worden. Also waren sie offenbar beide in Nybergs Experimente involviert gewesen. Vielleicht waren sie sich nach Gunvalds Umzug hier in Kolding zufällig über den Weg gelaufen?

Sånbergen ließ keine Zeit vergehen, rief Katrin Dahl an, und als sie nicht abnahm, hinterließ er eine Bitte um Rückruf auf ihrer Mailbox. Dann ging er mit dem Tagebuch nach draußen, und wäh-rend die Spurensicherung in Marias jetzigem Leben nach Hin-weisen suchte, tat Sånbergen es in ihrer Vergangenheit.

Ihre Erzählungen führten ihn zurück ins Jahr 2016. Zwölf Jahre waren seit den letzten Einträgen vergangen.

10. September 2016
Ich habe beschlossen, wieder Tagebuch zu führen. Viel ist passiert, aber ich hatte nicht das Bedürfnis, mir etwas von der Seele schreiben zu müssen. Uns geht es gut. Jeden Tag sind wir froh darum, das St. Raphael verlassen zu haben, auch wenn es sich für uns auch immer etwas nach Heimat angefühlt hatte. Zwölf Jahre sind es nun, die wir hier in Chile leben, unbehelligt von den Behörden und von Johan Nyberg. Fernandas Großvater Carlos hat uns mit offenen Armen aufgenommen, als wir damals halb verhungert in Curicó ankamen. Er arbeitet als Geschichtslehrer, fischt im Curicó-Tal und pflanzt nebenbei etwas Mais an, den er dann auf

dem Markt verkauft. Wir helfen ihm dabei, können davon leben, und Hjalmar hat sogar Zeit gefunden, einen Abschluss in Biochemie zu machen. Er arbeitet nebenbei im Labor bei Flores, einem Jugendfreund von Carlos.

Wir sind glücklich. Nur überkommen mich immer wieder merkwürdige Launen, die ich mir nicht erklären kann. Dann werde ich wütend und fauche Hjalmar grundlos an. Hinterher tut es mir leid, und ich verstehe nicht, was in mich gefahren ist, denn es geht mir doch gut. Es ist, als würde ich neben mir stehen, als wäre ich nicht ich selbst. Ich mache mir Sorgen, dass es Nachwirkungen der Behandlung sein könnten. Ich weiß nicht, ob sie sich auch langsam entwickeln können, es ist ja schon so viele Jahre her. Und warum spürt Hjalmar nichts davon? Ich behalte es für mich. Ich will ihn nicht beunruhigen.

24. September 2016
Hjalmar hat einen Vertrag mit Flores unterschrieben. Flores hat ein biochemisches Labor und entwickelt pharmazeutische Produkte, und Hjalmar ist nun ein Teil davon geworden. Sie arbeiten an einem Medikament. Hjalmar sagt, sie hätten dazu die Strukturformel von ELN-3 verändert. Er glaubt, sie könnten daraus ein zugelassenes Medikament machen und Geld damit verdienen, vielleicht sogar so viel, dass wir uns nie wieder finanzielle Sorgen machen müssen.

Ich stelle mir vor, wie es wäre, wenn wir nie mehr etwas Schlechtes befürchten müssten, wenn wir uns jeden Tag vom Glück treiben lassen könnten. So wie gestern, als wir auf dieser Anhöhe in der Nähe von Curicó waren …

Am Tag zuvor
»*Achtzehnhundertdreiundachtzig!*«*, rufe ich Hjalmar zu. Ich laufe neben ihm her und schlage mit den Händen Goldblumen und Ratanhia ab, die kniehoch zwischen Millionen von Halmen wachsen. Es ist ein wundervoller Tag. Alles grünt und wächst um uns herum. Frühling. Die schönste Jahreszeit von allen. Fünfzig Meter vor uns liegt eine grasbewachsene, teils felsige Erhebung.*

»Was soll das werden, eine Matheaufgabe?«, fragt Hjalmar.

»Weit entfernt.«

»Eine Jahreszahl?«

»Jepp. Carlos hat gesagt, in diesem Jahr wurde der letzte Widerstand der Peruaner gebrochen.« Ich zupfe eine orangefarbene Chrysantheme aus dem Boden, rieche an der Blüte und deute mit ihr auf den Hügel vor uns. »Genau auf der Anhöhe da vorn. Die Chilenen waren von Westen, die Peruaner von Osten gekommen. Aber die Chilenen hatten den Hügel zuerst erreicht. Also haben sie sich da oben verschanzt. Sie haben alle Angriffe der Peruaner abgewehrt, und bei Sonnenuntergang haben sie sie einfach überrannt.«

Der Hügel baut sich vor uns auf, nicht übermächtig, vielleicht fünfzig Meter hoch, Dornensträucher und sogar eine Gruppe Araukarien blühen darauf. Seinen Gipfel bildet ein kleines Felstableau. In einer Spalte entspringt ein Rinnsal, es fließt den Stein hinunter.

»Das ist nichts weiter als ein kleiner Erdwall«, sagt Hjalmar ganz nüchtern, wahrscheinlich um mich aufzuziehen.

»Carlos muss es wissen, er ist Geschichtslehrer. Er sagt, dieser kleine Erdwall ist berühmt, jeder hier kennt ihn. Es heißt, es würde Unglück bringen, wenn man ihn von Osten her raufklettert. Von Westen allerdings sehe es umso besser aus. Außerdem …« Mir kommt ein Gedanke, und ich bleibe stehen.

»Was denn?«

»Außerdem will es der Brauch«, ich unterbreche den Satz und nehme die Chrysantheme zwischen die Zähne, »dass der, der als Zweiter oben ankommt, das Nachtlager richtet und Holz für das Feuer sammelt.« Ohne Ankündigung renne ich los, nehme den flachen Anstieg mit weiten Schritten und dränge mich durch eine schmale Felsspalte. Kurz drehe ich mich um. Ich will wissen, ob Hjalmar mir folgt und wie groß mein Vorsprung ist.

Er steht noch da, tut ganz gelassen und grinst, als ob er mich im Handumdrehen einholen könne.

»Was ist?«, rufe ich ihm zu. »Du hast zwei Beine und bewegst *dich so langsam wie ein Maulwurf?«* Ich will ihn herausfordern, und ich will vor ihm oben sein. Ich will ihn ein wenig beeindrucken.

Hjalmar setzt mir nun doch nach, und ich spute mich. Ich weiß, ich bin schnell. Ich klettere die Böschung hinauf, springe über eine breite Kluft und erklimme das Felstableau. »Erster!«, rufe ich laut, dass Hjalmar es hören kann.

Ich blicke auf das Tal hinab. Es ist wunderschön von hier oben. Ich kann die ganze Ebene überblicken. Ich höre, dass Hjalmar sich nähert, und suche mir schnell eine bequeme Position im Gras, gleich neben der kleinen Wasserquelle. Ich lege mich auf die Seite und stütze den Kopf scheinbar gelangweilt auf die Hand. »Da bist du ja endlich«, sage ich, als er auftaucht.

»Ich hatte noch mit Leuten vom Widerstand zu tun.«

»Ach ja? Und konntest du sie zurückschlagen?«

»Einer von ihnen war mindestens zwei Meter groß, und er wollte einfach nicht klein beigeben.«

»Wenn du ihn überwältigen konntest, dann haben wir jetzt die Anhöhe erobert, sie gehört uns allein.«

»Sie gehört dir allein, du warst schließlich als Erste oben. Aber du wirst sie auch verteidigen müssen. Gegen erbitterte Feinde.«

»Niemand wird es wagen, sich mir entgegenzustellen. Ich bin gefürchtet, sogar unter den tapfersten Kriegern.« Ich versuche einen ernsthaften Blick.

Hjalmar kann sich das Grinsen nicht verkneifen. »Du machst nicht den Eindruck, als müsste man sich vor dir fürchten. Vielleicht, wenn du eine Rüstung tragen würdest und eine schwere Lanze. Aber ich sehe da nur eine Chrysantheme in deiner Hand.«

Er ist süß. Und viel verführerischer, als er denkt. Ich fühle mich wohl mit ihm.

Ich rekele mich und blinzele gegen die Sonne. Ich will keine Kriegerin sein, nur eine Frau, denke ich. »Ich habe meine Rüstung abgelegt, ich denke, so gefalle ich dir besser.« Ich zeige meine gebräunten Beine, fahre mit den Fingern über die Haut.

*Hjalmar lächelt und setzt sich zu mir. Er nimmt eine Hand-
voll Wasser aus dem Rinnsal und trinkt.*
*Ich ziehe mein T-Shirt aus und lege mich in die Sonne. »Nicht
nur die Beine sollen braun werden, sondern auch alles andere,
dass du keine einzige helle Stelle mehr findest.«*
*Hjalmar hält seine Finger ins Wasser, gegen die Strömung,
ein leises Fließgeräusch entsteht. Er betrachtet meinen Bauch.
Dann nimmt er eine weitere Handvoll und lässt etwas Wasser
auf meinen Bauchnabel tropfen.*
*Mein Bauch zuckt. Gleich noch mal. Ich muss lachen und lege
eine Hand auf den Nabel, der leicht nach vorn gewölbt ist.*
»War er das?«, fragte Hjalmar.
»Wer sagt, dass es ein Junge wird?«
»Nur so eine Ahnung.«
»Ich denke, es wird ein Mädchen.«
*Er nimmt meine Hand, betrachtet die Handfläche und zieht
eine der Linien nach. »Jetzt bin ich sicher. Es wird ein Junge.
So steht es hier geschrieben.« Er verzieht keine Miene, dabei
weiß ich, dass er nicht der spirituelle Typ ist.*
*»Ach ja? Und was siehst du noch? Vielleicht, wie viele Kinder
wir kriegen und dass sie Generäle werden und dass sie in
zwanzig Jahren unsere Anhöhe verteidigen müssen?«*
*»Das sind drei Sachen auf einmal. Das ist zu viel erwartet.
Aber ich sehe, dass deine Lebenslinie ziemlich ausgeprägt
ist.«*
*Es kitzelt. Ich muss kichern. »Ist deine Lebenslinie auch so
ausgeprägt?«*
»So ungefähr, ja.«
»Und sind unsere Lebenslinien auch gleich lang?«
»Absolut.«
»Auf den Millimeter?«
»Auf den Millimeter.«
»Und haben sie dieselbe Richtung?«
»Ganz bestimmt.«
»Das heißt, sie sind wirklich ganz identisch?«
»Genau das heißt es.«
Ich habe das Gefühl, er würde alles für mich tun. Ich fühle

mich glücklich. Ich will, dass der Tag anhält, eine ganze Wo-
che lang, und ich will die ganze Zeit hier oben liegen. Ich
würde mich sonnen, und wir würden uns küssen, uns lieben,
und wenn wir davon hungrig geworden sind, dann pflücken
wir ein paar Früchte, die hier wachsen. Und dann legen wir
uns wieder ins Gras, ganz nahe beieinander.
Ein Schatten fällt auf mein Gesicht, und so überraschend,
wie die Wolke über den Himmel zieht, kommt mir wieder
dieser Gedanke. Der Gedanke, der mir keine Ruhe lässt, der
immer wieder an mir nagt und der mich aus den Träumen
reißt, gerade dann, wenn ich mich am glücklichsten fühle.
Meine Schwester.
Ich merke, wie sich meine Stimmung verdüstert und das La-
chen aus meinem Gesicht verschwindet.
»Was ist?«, fragt Hjalmar.
»Es ist … Du weißt schon, es ist wegen meiner Schwester.«
Ich werde mit einem Mal traurig.
Hjalmar atmet schwer aus. »Es tut mir leid, Maria, aber wir
konnten damals nicht mehr tun, um herauszufinden, wo sie
sein könnte.«
»Ja, wir haben alles versucht.« Vorsichtig sehe ich zu ihm
hoch. »Fast alles.«
Hjalmar wendet seinen Blick ab. Er weiß, woran ich denke.
An Professor Weisentheimer. An den Brief, in dem es um
meine Schwester geht. Der Professor weiß von ihr. Er würde
mir sagen können, wo sie lebt und wer sie ist. Aber dieser
Schritt bliebe nicht ohne Folgen. Sobald der Professor von
uns wüsste, hätten wir unsere Freiheit verloren.

Ein Beamter der Spurensicherung unterbrach Sånbergen und teilte
mit, sie seien hier nun fertig, hätten alles unter die Lupe genommen, aber keine weiteren Hinweise auf den Aufenthaltsort von
Maria Solsbæk gefunden.

Sånbergen steckte das Buch ein und dachte schon daran, mit
Hanna wieder nach Harrislee zu fahren, als Katrin Dahl zurück-
rief und mitteilte, sie befinde sich gerade auf dem Friedhof in
Kolding, wo die Mutter einer Freundin beerdigt werde. Diese

Zusammenkunft gehe nun aber langsam zu Ende, und sie stehe für eine weitere Befragung zur Verfügung.

50

Eine Viertelstunde später trafen sie auf dem Friedhof ein und näherten sich einer schwarz gekleideten Gruppe, die im gleißenden Licht der Sonne auf eine ausgehobene Grube starrte und den Worten eines Pastors lauschte. Eine von ihnen war Katrin Dahl.

Sånbergen und Hanna stellten sich unter eine abseitsstehende Weißstammbirke und warteten, bis der Pastor seine Rede beendet hatte. Katrin warf als eine der Letzten eine Handvoll Erde auf den Sarg, während die Gruppe der Dunkelgekleideten sich bereits in verschiedene Richtungen zerstreute. Dann gingen die beiden zu Katrin hinüber und begrüßten sie. »Wenn du willst, sprechen wir woanders, dieser Ort ist vielleicht etwas unpassend«, sagte Sånbergen.

»Nein, nein, das ist in Ordnung, und es ist ja nur eine entfernte Bekannte, die hier beigesetzt wurde.« Katrin wischte sich eine Schweißperle von der Stirn.

Hanna deutete zu der Birke. »Wollen wir in den Schatten?«

»Ja, es ist ungewöhnlich heiß dieses Jahr, seit über zwei Wochen geht das jetzt schon so.« Katrin ging voraus und blieb unter einem mächtigen Ast stehen. »Gibt es etwas Neues über Gunvald?« Die Befürchtung, eine weitere unheilvolle Nachricht zu erhalten, lag in ihrer Stimme.

»Nicht viel. Hat er sich bei dir gemeldet?«, fragte Sånbergen.

Sie schüttelte den Kopf. »Ich habe nichts mehr von ihm gehört, seit er am Dienstagmorgen das Haus verlassen hat. Ein merkwürdiges Gefühl. Da lebt man Jahre zusammen, und dann …« Sie verschluckte den Rest.

»Es tut mir leid, das ist momentan sicher eine schwere Zeit für dich. Aber wir würden dir gern ein paar Fragen stellen. Es gibt da einen alten Fall, von dem wir denken, dass er mit den aktuellen

Morden zusammenhängt. Aus dem Februar 2019. Eine junge Frau ist damals ums Leben gekommen, hier in Kolding.«

»Im Februar 2019? Da war Gunvald gerade zu mir gezogen. Wir standen kurz vor der Hochzeit und waren auf Haussuche. Aber ich kann mich nicht erinnern, von diesem Fall gehört zu haben. Vielleicht ist das ja in dem Trubel bei uns untergegangen.«

Sånbergen nahm sein Handy heraus. »Ich habe hier ein Foto vom Opfer. Eine gewisse Ida Svensson.«

Trotz der Hitze schien Katrin mit einem Mal zu frösteln, als Sånbergen es ihr hinhielt, und bevor sie das Bild anschaute, sprach sie die Frage aus, die in der Luft lag. »Du denkst, Gunvald hat auch diese Frau auf dem Gewissen?«

»Wir müssen der Möglichkeit zumindest nachgehen. Es könnte sein, dass Gunvald sie hier in Kolding getroffen oder kennengelernt hat.«

Katrin betrachtete das Foto. »Ich kann nicht sicher sagen, ob ich sie mal gesehen habe, aber bekannt kommt sie mir nicht vor. Wenn sie eine von Gunvalds Schülerinnen gewesen ist, kenne ich sie vermutlich ohnehin nicht. Ich bin Autorin und brauche zum Schreiben Ruhe, deshalb habe ich mein Arbeitszimmer im Keller. Seines ist oben – da kriegen wir tagsüber manchmal nicht viel voneinander mit. Tut mir leid.«

»Kommissar Owe Lansgrol hat in dem Fall ermittelt. Hat er dich oder Gunvald damals dazu befragt?«

»Nein, niemand hat uns befragt. Daran würde ich mich erinnern. Ich habe den Kommissar zum ersten Mal gesehen, nachdem Gunvald untergetaucht ist, am Dienstag. Und dann noch einmal vor zwei Tagen.«

Sånbergen horchte auf. »Lansgrol war vor zwei Tagen noch einmal bei dir? Davon wusste ich nichts. Aus welchem Grund?«

»Nun, es war wegen der Kamera, die ich in Gunvalds Musikzimmer gefunden habe. Ich dachte, vielleicht wäre es wichtig, und hatte es gemeldet.«

»Eine Kamera? Ich weiß nichts von einer Kamera.« Sånbergen sah zu Hanna, die den Kopf schüttelte.

»Vielleicht hätte ich besser dich anrufen sollen, aber ich dachte, man leitet es an dich weiter.«

»Das ist kein Problem, du kannst es mir ja jetzt erzählen.«

»Es war vor ein paar Tagen. Nach der Hausdurchsuchung wollte ich aufräumen. Ich habe mir eine Leiter genommen und das Bücherregal gereinigt, da habe ich sie entdeckt. Sie steckte ganz oben, im äußersten Winkel, nicht größer als eine Streichholzschachtel.«

»Hat Lansgrol daraufhin noch nach weiteren Kameras gesucht?«

»Ja, aber da waren sonst keine. Er meinte auch, das würde ohnehin nichts ändern, denn es sei ja nicht verboten, die eigenen Räumlichkeiten zu filmen. Also hat er sich damit nicht weiter befasst.«

»Lansgrol ist davon ausgegangen, dass dein Mann die Kamera selbst installiert hat?«

»Ja, ich denke schon. Wer sonst sollte …?«

»Hat jemand außer dir und Gunvald Zugang zum Haus?«

»Niemand sonst hat einen Schlüssel, wenn du das meinst. Nicht mal Gunvalds Mutter. Er hat das abgelehnt.«

»Hattet ihr Handwerker im Haus?«

»Sicher, bevor wir eingezogen sind. Aber das ist schon vier Jahre her.«

»Wer könnte noch Zugang zum Haus gehabt haben, und das unbeaufsichtigt?«

»Lass mich überlegen … Die Maklerin wird wohl einen Schlüssel haben … Ja, und für eine Zeit hatten wir eine Haushaltshilfe.«

»Wie alt war die? Und hieß sie zufällig Maria Solsbæk?«

»Sie war jung, um die zwanzig. Maria Solsbæk? Der Name sagt mir nichts.«

Das Erwähnen des Namens hatte keinerlei sichtbare Reaktion bei Katrin hervorgerufen, und Sånbergen hakte eine Verbindung zwischen Maria und den Dahls gedanklich ab.

»Und die Maklerin?«, fragte nun Hanna.

»Mette Vengren. Um die dreißig, würde ich sagen.«

»Sie hat euch das Haus vermittelt?«

Katrin nickte. »Wir haben uns zufällig kennengelernt, erst kurz zuvor, bei einer Lesung von mir. Sie hörte, dass wir auf Haussuche waren, war sehr nett und ist auch später noch ein paarmal vorbeigekommen, um sich zu erkundigen, ob alles okay ist.«

Ein Gedanke durchzuckte Sånbergen und formte sich in Windeseile zu einer dunklen Ahnung. Er holte sein Handy hervor und zeigte Katrin das Polizeifoto von Maria Solsbæk. »War das die Frau?«

Katrin betrachtete das Bild ein paar Sekunden, dann nickte sie. »Ja, das ist Mette Vengren. Aber wieso hast du ein Bild von ihr?«

»Das ist eine lange Geschichte und im Moment nicht relevant. Du sagtest, ihr mochtet euch. Worüber habt ihr euch unterhalten? Hat sie etwas Persönliches erzählt?«

»Wir haben über Bücher geredet, das ist ja mein Beruf. Und über Häuser natürlich. Sie hat doch nichts mit der Sache zu tun?«

»Dazu kann ich leider nichts sagen. Aber wenn sich etwas ergibt, das für dich wichtig sein könnte, melde ich mich bei dir. Und falls dir diese Maklerin noch einmal über den Weg läuft, ruf mich bitte umgehend an.«

Katrin nickte, woraufhin Sånbergen und Hanna für ihre Auskünfte dankten und sich von ihr verabschiedeten.

Sie gingen den schmalen Friedhofsweg hinunter, und Hanna sprach aus, was offen im Raum stand. »Maria hat sich als Maklerin ausgegeben und den Dahls das Haus vermittelt, um Gunvald überwachen zu können. Aber warum?«

»Sie hat den Kontakt zu Katrin Dahl geknüpft, kurz nachdem Ida Svensson ums Leben gekommen war. Vielleicht hat Maria von ihrem Tod erfahren, und irgendwas hat sie dann auf Gunvalds Spur gebracht. Vielleicht hat sie die beiden zusammen gesehen. Gunvald und Ida hatten eine gemeinsame Vergangenheit mit Nyberg, womöglich kannten sie sich. Maria will Beweise gegen Gunvald finden, also beschließt sie, ihn zu verwanzen.«

»Und dann, wenn sie die Beweise hat, wieso zieht sie ihn nicht umgehend zur Rechenschaft?«

»Ja, das ist merkwürdig. Etwas muss sie davon abgehalten haben. Vielleicht hat sie erfahren, dass Dahl auch einer von Nybergs Probanden gewesen ist, dass sie Leidensgenossen sind, und sie zögert.«

Hannas Schritte wurden noch langsamer. »Hm, und dann?«

»Sie observiert ihn, könnte mitkriegen, dass er diesen Serienmord plant. Also beschließt sie abzuwarten, lässt ihn erst mal gewähren und sieht zu, wie er die Morde begeht – wie er sich an denen rächt, die auch ihr Leid zugefügt haben.«

Hanna blieb stehen und sah Sånbergen an. »Ich weiß nicht, ob wir uns hier in vagen Theorien verlieren, aber wenn es so wäre, dann würde sie eine Mitschuld tragen. Das wäre Beihilfe zum Mord.«

Zum dreifachen Mord, dachte Sånbergen, und die Vorstellung gefiel ihm überhaupt nicht. Aber Hanna hatte recht – bislang war das Ganze nicht mehr als nur eine vage Theorie.

Sie gingen zum Wagen, fuhren zurück nach Harrislee, und wie in einem stillen Übereinkommen, sich gegenseitig etwas Raum zu lassen, sprachen sie nur wenig über den Fall. Hanna telefonierte mit ihren Töchtern, und Sånbergen dachte daran, was Smilla wohl gerade tue und wie es den beiden frisch gepflanzten Kirschbäumen gehe, ob er sie gießen müsse oder es womöglich noch regnen werde. Inzwischen lag eine friedliche, fast angenehme Nachmittagswärme über dem Land, und am glänzend blauen Himmel schwebten Wolken in einem makellosen Weiß, als wären sie in ein Engelsgewand gehüllt. Eine trügerische Ruhe, dachte Sånbergen und stellte sich vor, wie sich ein Unwetter aus den harmlosen Wolken formierte.

Auf der Southern-Ranch angekommen, versicherte er sich, dass die Kirschbäume Halt im Erdreich gefunden hatten, befestigte noch ein paar gefallene Latten seines Holzzauns, und gerade als er sich erneut Marias Tagebuch vornehmen wollte, klingelte sein Handy.

Eine junge Frauenstimme meldete sich am anderen Ende der Leitung. »Ich bin's. Camilla. Das Hausmädchen der Nybergs.«

»Camilla, ist alles in Ordnung?«

»Ja. Es ist nur … Ich dachte … Ich meine, ich habe darüber nachgedacht, ob ich meine Aussage eidesstattlich versichern soll, so wie du es gesagt hast. Die Sache mit Dr. Berg, dass er der Hausarzt der Nybergs und derselbe Mann wie auf dem Bild von dieser Website ist. Also, ich glaube, ich mache es.«

»Tatsächlich? Das würde uns enorm helfen, Camilla.«

»Ja, ich weiß.«

»Aber du musst dir sicher sein.«

»Ich hab's mir gut überlegt.«

Camilla sagte, sie befinde sich im Zentrum von Sønderborg, gab ihren Standort durch, und Sånbergen informierte die örtliche Polizeidirektion, um die junge Frau von Beamten abholen zu lassen. Dann rief er Hans Østergaard an und berichtete ihm von Bergs Verwicklung in den Fall sowie von Camillas Aussage, die darauf hindeutete, dass der Doktor eine medizinische Praxis im Haus der Nybergs betrieb.

Wenn Sånbergen die Lage richtig einschätzte, so legte er Østergaard dar, reichte das für einen Verdacht, dass Berg dort heimlich Behandlungen durchführte, was Abrechnungsbetrug und Verstöße gegen die Berufsordnung, vielleicht auch Steuerhinterziehung nahelegte.

Østergaard konnte dieser Argumentation folgen und erklärte sich bereit, einen Durchsuchungsbeschluss für das Anwesen der Bergs bei Padborg und die Praxis des Doktors in Sønderborg zu beantragen. Daraufhin rief Sånbergen Magnus an, um zu fragen, was er seinerseits im Zuge der Observation über Berg erfahren habe.

Das Erste, was er hörte, als die Verbindung zustande kam, war allerdings nur das Pfeifen des Windes.

»Ich bin hier am Kap von Trelde, östlich von Vejle«, meldete sich Magnus dann. Er musste offenbar laut gegen den Wind sprechen. »Dr. Berg hat hier ein Ferienhaus direkt an der Steilküste, und genau da sitzt er gerade in seinem Garten.«

»Phantastisch. Nimm ihn in Gewahrsam, ich habe einen Durchsuchungsbeschluss erwirkt.«

»Was?«, rief Magnus.

»Du sollst ihn in Gewahrsam nehmen!«

Magnus schien nun eine geschützte Position gefunden zu haben, das Pfeifen des Windes wurde leiser. »Okay, wird gemacht. Und vielleicht hab ich noch was anderes. Bevor er hierher ist, war Berg auf Als unterwegs. Ich bin ihm den Alsensund die Küste rauf gefolgt, bis zu einem abgesperrten Areal bei Sandbjerg. Ein umzäuntes Gelände ohne weitere Bezeichnung, kein Schild, kein Name, nur ein »Privat«-Pfosten in der Zufahrt, sodass man nicht durchkommt.«

»Wem gehört das Grundstück?«

»Weiß ich noch nicht, aber ich bin dran.«

»Ein umzäuntes Privatgelände«, wiederholte Sånbergen murmelnd. Er sprach zu sich selbst – und es war eine Frage, die er sich als Nächstes stellte: Könnte dies womöglich der Ort sein, an dem Maria Solsbæk ihre Kindheit verbracht hatte? Der Standort des St. Raphael? »Magnus, setz deine Leute darauf an! Ich will alles über dieses Grundstück wissen. Wem es gehört, seit wann, welche Gebäude da stehen und vor allem was da seit Ende der Achtziger passiert ist.«

»Und was ist mit Berg?«

»Wie gesagt: Nimm ihn in Gewahrsam. Ich komme morgen nach Sønderborg und verhöre ihn. Wenn alles klappt, haben wir bis dahin auch den Durchsuchungsbeschluss und nehmen uns seine Privaträume und seine Praxis in Sønderborg vor.«

Sånbergen legte auf und rief rasch noch einmal bei Østergaard an, um den Durchsuchungsbeschluss auf Bergs Ferienhaus am Kap von Trelde erweitern zu lassen. Endlich schien Bewegung in die Dinge zu kommen, und für den Moment war so weit alles auf den Weg gebracht. Aber etwas gab es noch zu tun.

Er sagte Sophie für das Abendessen ab, versicherte ihr jedoch, es kurzfristig nachzuholen. Dann skypte er kurz mit Smilla, kochte sich einen Sanddorntee – und nahm sich Marias letztes Tagebuch vor.

15. November 2016

Immer wieder überkommen mich diese Stimmungsschwankungen, Phasen, in denen ich so überempfindlich bin. Ich werde grundlos wütend, kann mich nicht kontrollieren. Ich merke Hjalmar an, dass es inzwischen auch ihn beunruhigt, also habe ich ihn gefragt, ob es was mit damals zu tun haben kann. Ob es Spätfolgen der Behandlung sein können. Er sagt, er weiß es nicht. Niemand könne das genau sagen. Er will mit Flores darüber reden. Und wenn es wirklich so sein sollte, dann könnten sie vielleicht ein Präparat entwickeln, das diese Spätfolgen unterdrückt.

Das Unternehmen, das sie gegründet haben, entwickelt sich

rasant. Hjalmar sagt, wir werden in Zukunft keine finan-
ziellen Probleme mehr haben.

8. Dezember 2016
Etwas Furchtbares ist passiert. Gestern hatte ich Krämpfe und
habe geblutet. Ich glaube, ich habe mein Kind verloren. Es
fühlt sich so an, als sei es nicht mehr da. Ich fühle nur noch
Leere in mir, kein Leben mehr.

16. Dezember 2016
Den ganzen Tag liege ich in meinem Bett und starre an die
Wand. Alles in mir fühlt sich leer und kalt an, ohne etwas,
das schlägt oder atmet, so als würde ich frieren.
Mir wird bewusst, dass ich meine Familie verloren habe,
ungeboren, in meinem Bauch. Das Herz meines Sohnes hat
einfach aufgehört zu schlagen. Verzweiflung überkommt
mich, und ich finde keinen Trost. Nicht mal bei Hjalmar
oder in meinen Gebeten. Vielleicht habe ich Gott erzürnt.
Wieso sonst verwehrt er mir eine eigene kleine Familie?
Vielleicht zweifelt er an mir. Vielleicht zweifle ich auch an
ihm. Aber wenn ich meinen Glauben verliere, was bleibt
dann noch?

4. Oktober 2017
Monate ist es nun her, aber ich finde keine Ruhe. Meine
Wahrnehmung ist auf eine seltsame Art getrübt, ich sehe wie
durch einen feinen Nebel. Ich beginne, mit denen zu hadern,
die mir meine Familie verwehrt haben. Etwas ergreift Besitz
von mir und weckt meinen Zorn, und nicht einmal Hjalmar
vermag es dann, mich zu besänftigen.
Manchmal erscheint mir meine Schwester im Traum, und sie
ruft nach mir. Wenn ich mir vorstelle, sie zu finden, keimt ein
Hoffnungsschimmer in mir auf. Fast glaube ich dann, dass die
Dinge wieder besser werden können. Ich denke daran, für
eine Weile zurück nach Dänemark zu gehen. Ich könnte ein
Haus kaufen, mich dort verborgen halten und den Professor
beobachten, bis die Zeit gekommen ist. Und wenn ich mich

ihm offenbare, wird er mir von meiner Schwester erzählen.
Der Gedanke bringt mir Hoffnung.

Es war der letzte Eintrag in Marias Tagebuch – und ihre Worte ließen Sånbergen die Kehle zuschwellen. Nach dem Verlust ihrer Freundin Emma hatte sie nun auch ihr Kind verloren. Noch dazu schienen sich bei ihr zunehmend Spätfolgen zu entwickeln, die ihren seelischen Zustand beeinträchtigten und sie aufrührten. Sånbergen fragte sich, ob das eine mit dem anderen zu tun hatte. Zugleich wunderte er sich, dass sie ihm bei ihren Treffen ganz ausgeglichen vorgekommen war. Im Zug hatte sie zwar nachdenklich gewirkt, vielleicht melancholisch, und dass sie ihm K.-o.-Tropfen verabreicht hatte, kam ihm grenzwertig vor, war aber nicht mit Anzeichen von Wut oder Aggression verbunden gewesen, so wie es hier im Tagebuch erschien.

Maria hatte von Phasen gesprochen, von wechselnden Zuständen – womöglich hatte er sie in den *guten* erlebt. Oder Hjalmar war es tatsächlich gelungen, ein Medikament zu entwickeln, das ihr hatte helfen können. Sånbergen war sich nicht im Klaren darüber, wie sich Marias seelischer Zustand entwickelt hatte. Er fürchtete, sie könnte von ihrem positiven Weg abgekommen sein und Unbesonnenes getan haben.

Dann legte er das Buch weg und besann sich auf das Hier und Jetzt, auf seine eigene Welt, seine kleine Familie, in der alles friedlich war und die Probleme so gering erschienen, als würden sie am Horizont in der Ferne verschwinden. Den Gedanken nahm er mit in den Schlaf.

51

Tag 18, Sonntag, 9. Juli

Am nächsten Morgen waren sämtliche Beschlüsse da, und gegen neun Uhr begannen drei Gruppen von Polizeibeamten, die Häuser von Dr. Berg bei Padborg und am Kap von Trelde sowie die Sønderborger Praxis zu durchsuchen. Sånbergen hatte sich der Gruppe in Sønderborg angeschlossen, die innerhalb von zwei Stunden Patientenkarteien, Behandlungsdokumentationen und Abrechnungsunterlagen konfiszierte, außerdem sämtliche elektronischen Datenträger.

Gegen zwölf Uhr war Sånbergen mit dem beschlagnahmten Material in der Sønderborger Dienststelle, setzte sich in Magnus' Büro und verschaffte sich als Erstes einen Überblick über die Patientenkartei. Ein kleiner Teil davon war analog angelegt – handschriftlich geführte Karteikarten, von denen Sånbergen zunächst annahm, sie würden noch aus früheren Jahren stammen, bevor die Systeme digitalisiert wurden. Aber sie machten einen gut erhaltenen Eindruck, die Schrift war deutlich lesbar, und die auf den Karten vermerkten Daten wiesen auf Behandlungen hin, die erst in den letzten Wochen und Monaten erfolgt waren. Sånbergen suchte nach Akten von Familienmitgliedern der Nybergs, aber keine waren zu finden.

Eine Stunde später traf auch Magnus ein und berichtete, dass seine Gruppe elektronische Datenträger aus Bergs Ferienhaus konfisziert habe. Unter dem Arm hielt er einen Karton im DIN-A4-Format. »Unsere IT-Leute haben sich Zugriff auf Bergs Kontobewegungen verschafft, ich hab mir das alles ausdrucken lassen.« Er nahm die Blätter aus dem Karton und platzierte sie in zwei Stapeln auf seinem Schreibtisch. »Einer für dich, einer für mich«, sagte er, legte ein paar Müsliriegel vor sich auf den Tisch, und sie begannen, den ein- und ausgegangenen Beträgen Adressen und Absender zuzuordnen.

Schon kurz darauf glaubte Sånbergen, etwas Auffälliges gefunden zu haben. »So wie ich das sehe, bezieht er regelmäßig Einkünfte aus drei verschiedenen Quellen. Zum einen von der kassenärztlichen Abrechnungsstelle. Zum anderen die Privatliquidationen aus seiner Arztpraxis. Und dann noch ein festes monatliches Honorar in Höhe von zwanzigtausend Euro von Nybergs Pharmaunternehmen.«

»Im Monat?« Magnus verschluckte sich fast an einem Bissen des Müsliriegels, den er sich gegönnt hatte. »Zusätzlich zu seinen ärztlichen Einkünften? Wofür? Dass er alle vier Wochen einen Hausbesuch bei den Nybergs macht?«

»Für ›erbrachte beratende Leistungen‹, heißt es hier. Was genau er dafür tut, wird nicht klar formuliert.«

»Ein inoffizieller Deal. Manchmal bieten Pharmafirmen den Ärzten Zuwendungen an, wenn sie bevorzugt ihre Produkte verschreiben. Das wäre Bestechlichkeit und Vorteilsnahme.«

In diesem Moment klopfte es an der Tür, und ein Mann trat ein, den Magnus als Jesper Friis vorstellte, einen seiner IT-Spezialisten, der mit den Details des Falles vertraut sei.

Friis fing gleich zu reden an, noch während er die Tür hinter sich schloss. »In der Kontaktliste von Dr. Berg bin ich auf diesen Professor Weisentheimer gestoßen. Es gibt regelmäßige Kontakte zwischen ihnen. Und da ist noch eine zweite Adresse von Weisentheimer angegeben, hier in Dänemark: Snabevej 117 bei Hadersleben, am Südufer des Haderslev-Fjords.« Er nahm sich einen Stuhl dazu. »Ich habe mich auch mit den E-Mails des Doktors beschäftigt. Da gehen welche an Weisentheimer raus, die ganz ohne Text sind, ohne persönliche Begrüßung, ohne Erklärung, völlig blank. Sie enthalten nur einen Anhang, und der ist verschlüsselt.« Er schlug die Beine übereinander. »Nichts, was man nicht knacken kann. Aber auch in dem Anhang, einer simplen ODT-Datei, gibt es keinen Text.«

Nun faltete Friis ein Stück Papier auf, das er in der Hand hielt, lehnte sich vor und legte es auf den Schreibtisch. »Schaut euch das an, ich hab's mal ausgedruckt: Der Inhalt besteht nur aus ein paar Ziffern und einem Namen: ›M. Liane, 36040514‹. Sonst nichts. Eine zweite ging sechs Wochen später raus. Wieder nur ein Name und eine achtstellige Zahl: ›S. Anton, 59030713‹, die gleiche Anordnung von Buchstaben und Ziffern. Ich bin insgesamt ein Jahr zurückgegangen und habe noch sechs weitere von diesen E-Mails gefunden. Sie kommen in unregelmäßigen Abständen, aber alle haben einen Anhang nach dem gleichen Muster. Ein Name mit einer achtstelligen Ziffer.«

»Berg und Weisentheimer sind beides Ärzte«, bemerkte Magnus. »Ich vermute mal, hinter diesen Namen stecken entweder Patienten oder medizinische Daten, vielleicht sogar beides.«

Aber keine regulären Patienten, dachte Sånbergen – so wie die in den handschriftlich geführten Akten. Er hatte sie hier ja noch stehen. Plastikkästen, die vielleicht ein- oder zweihundert Karteikarten enthielten. Und es dauerte nicht lange, da hielt er eine Karte mit dem Namen »Liane Miller« in den Händen, geboren am 4. Mai 2014. »›M. Liane, 36040514‹, so hieß es in der E-Mail, richtig?«

Friis kontrollierte es und nickte.

»Die letzten sechs Stellen dieser Zahl entsprechen ihrem Geburtsdatum. Was auch immer diese E-Mail zu bedeuten hat, es ging um dieses Mädchen hier.«

Magnus zog eine weitere Karte heraus. »Die hier läuft auf einen Anton Stevens, geboren am 3. Juli 2013.«

»Stimmt mit ›S. Anton, 59030713‹ überein«, sagte Friis, und Sånbergen lief es kalt den Rücken herunter.

»Es sind Kinder, die Berg offenbar inoffiziell in Behandlung hat.«

»Meinst du, die machen immer noch Studien mit Kindern?«, fragte Magnus.

»Ich weiß nicht. Wobei es ja nicht grundsätzlich verboten wäre, wenn man bestimmte Richtlinien einhält. Und wenn wir über Bestechlichkeit und Vorteilsnahme sprechen, könnte es auch um bestimmte Präparate gehen, die den Patienten verschrieben werden sollen.«

Magnus' Gesicht hatte sich inzwischen deutlich gerötet. »Wie auch immer, das wird Dr. Berg uns erklären müssen.«

Sånbergen kam mit ihm überein, die Befragung selbst zu führen, und ließ Dr. Berg in den Verhörraum bringen. Kurz darauf gesellte sich auch der Anwalt des Doktors dazu, der sich als Majk Reenberg vorstellte.

Sånbergen schaltete das Aufnahmegerät ein, nannte Uhrzeit und Namen aller Anwesenden und belehrte den Doktor über seine Rechte, während Reenberg seine langen Arme weit auf den Tisch legte, als wollte er damit ein beträchtliches Gebiet für sich beanspruchen. Dann begann die Vernehmung von Dr. Berg.

»Deine Konten weisen regelmäßig fünfstellige Honorare vom Unternehmen MFS aus, aber es gibt keinerlei Unterlagen, die irgendwelche Leistungen beschreiben, die du dafür erbracht hättest.

Das deutet auf Bestechlichkeit und Vorteilsnahme hin, womöglich Abrechnungsbetrug und Steuerhinterziehung. Möchtest du dich dazu äußern?«

Dr. Berg flüsterte kurz mit seinem Anwalt, dann sagte er: »Nein.«

»Wie du meinst. Also weiter. Im Zuge unserer Ermittlungen sind wir auf E-Mails gestoßen, die du an einen gewissen Professor Helmut Weisentheimer geschickt hast. Der Anhang war verschlüsselt und enthielt Namen von Patienten, die wir inzwischen in deiner Kartei gefunden haben. Es sind Kinder. Wir fragen uns, warum du diese Daten an den Professor weitergegeben hast.«

Abermals beriet sich Dr. Berg kurz mit seinem Anwalt und schüttelte dann den Kopf. Es schien, als wolle er jegliche Kooperation verweigern.

»Ich kann verstehen, dass du nicht aussagen willst, um dich nicht weiter zu belasten, und das musst du auch nicht. Im Grunde geht es uns gar nicht um dich. Es geht um vier junge Frauen, die ermordet wurden – und eine von ihnen war deine eigene Tochter, Ellen.« Sånbergen ließ Berg ein paar Sekunden Zeit, eine Erinnerung an sie zu schaffen. »Dass du dich selbst schützen willst, kann ich verstehen, aber du schützt hier auch den Mörder deiner eigenen Tochter, und sie muss dir doch etwas bedeutet haben.« Sånbergens Tonfall wurde eindringlicher. »Ich habe dich still und reglos in der Ecke sitzen sehen, als wir mit der Nachricht gekommen sind, und es war deine Frau, die unsere Fragen beantwortet hat. Weil du nicht in der Lage dazu warst.«

Berg löste seinen Kragen.

»Uns geht es um das Motiv des Täters, und wir denken, dass es mit dem Medikament ELN-3 zu tun hat, das in den Neunzigern im Waisenhaus St. Raphael getestet wurde – ohne Zulassung, ohne Ethikkommission und ohne Kenntnis der Betroffenen. Wir wissen, dass drei Männer die Hauptverantwortlichen dafür waren: Johan Nyberg, Helmut Weisentheimer und du. Und das alles wird nicht mehr lange verborgen bleiben. Es geht nur darum, in welcher Weise es ans Licht kommt – ob jemand von euch bereit ist, von sich aus Dinge öffentlich zu machen, um damit zu helfen, einen Mörder zu überführen.«

Majk Reenberg schaltete sich ein. »Selbst wenn es damals irgendeinen Straftatbestand gegeben hätte, dessen sich mein Mandant schuldig gemacht haben sollte, wäre das alles längst verjährt. Ich sehe nicht, was in dieser Angelegenheit gegen meinen Mandanten vorgebracht werden kann.«

»Was eine mögliche Haftstrafe betrifft, magst du recht haben. Aber es geht hier nicht allein um das. Es geht auch um einen öffentlichen Ruf, um das, was die Nachbarn über einen erzählen und die Medien. Du solltest deinen Mandanten darauf vorbereiten, was auf ihn zukommen könnte, wenn rauskommt, dass er den Mörder seiner eigenen Tochter gedeckt hat. Auf ihn, auf seine Praxis und auf seine Frau.«

Nun begann Reenberg seinerseits, mit Berg zu tuscheln, bis der ihm zunickte, sich nach hinten lehnte und die Arme verschränkte. Reenberg wandte sich wieder Sånbergen zu. »Also gut, mein Mandant wäre bereit, Auskunft zu geben, wenn ihm für sämtliche Tätigkeiten, die im Zusammenhang mit dem St. Raphael stehen, Straffreiheit gewährt wird.«

»Selbst wenn ich wollte, kann ich das nicht für die Staatsanwaltschaft zusagen.«

»Dann leite es weiter.«

Sånbergen überlegte. Auch wenn der Gedanke schmerzhaft war, schien er doch darauf angewiesen zu sein, dass einer der Verantwortlichen aussagte. Und lieber sicherte er Dr. Berg einen Straferlass zu als den beiden anderen.

Er entschuldigte sich, verließ den Raum und sprach mit Magnus, der sich wiederum mit der Staatsanwaltschaft in Verbindung setzte. Die erklärte sich schließlich bereit, auf die Forderung einzugehen, woraufhin Sånbergen in den Verhörraum zurückging und die Antwort überbrachte. »Das Angebot gilt allerdings nur, wenn wir hier und jetzt das Verhör fortsetzen und alles vollständig offengelegt wird.«

Der Anwalt und Dr. Berg berieten sich kurz und stimmten schließlich zu.

Endlich. Sånbergen fuhr fort. »Also dann: Stimmt es, dass im St. Raphael damals das Medikament ELN-3 an Kindern getestet wurde?«

»›Getestet‹ ist das falsche Wort. Die Kinder wurden von uns betreut und medizinisch behandelt. Sie hatten genetische Störungen, zumindest die meisten von ihnen.«

Der Nachsatz irritierte Sånbergen. »Die meisten von ihnen? Was heißt das? Dass nicht alle von ihnen behandlungsbedürftig waren?«

Berg schwieg zunächst, stützte sich auf die Unterarme und antwortete erst Sekunden später. »Nun, wir waren uns damals nicht sicher mit den Nebenwirkungen. Es traten Reaktionen auf, die in den ersten Studien nicht vorgekommen waren – paranoid-halluzinatorische Syndrome, Störungen mit Affekt- und Bewusstseinsveränderungen. Und wir mussten wissen, ob sie in Verbindung mit bestimmten Krankheitsbildern standen oder ob sie durch die Substanz selbst hervorgerufen wurden. Wir haben also eine eigene Studie dafür angelegt, mit modernsten Verfahren, allein mit dem Ziel, die Nebenwirkungen irgendwann eliminieren zu können.«

Die Gerätschaften im Untergeschoss des St. Raphael, dachte Sånbergen. »Und dafür habt ihr auch gesunden Kindern das Medikament verabreicht?«

»Damals haben wir das, ja.«

»Damals? Wie meinst du das?«

»Dass wir es die letzten Jahre anders gemacht haben. Weniger Kinder, weniger Nebenwirkungen.«

»Es gibt ein weiteres Forschungsprogramm, offiziell und von einer Ethikkommission genehmigt?«

»Wenn es möglich wäre, solch ein Projekt genehmigen zu lassen, würden wir es tun.«

Sånbergen glaubte, seinen Ohren nicht zu trauen. Nybergs Experimente liefen also noch immer. Schon seit Jahrzehnten. Und Berg sagte es ihm direkt auf den Kopf zu. Es mussten seither Hunderte von Kindern gewesen sein. Sånbergen löste die oberen Knöpfe seines Hemdes und nahm einen tiefen Atemzug.

»Vielen von ihnen können wir helfen«, erklärte Berg. »Es gibt kaum mehr Nebenwirkungen.« Dann senkte er den Kopf. »Es ging nie darum, damit Geld zu verdienen. Es ging darum, ein Heilmittel gegen die Krankheiten dieser Kinder zu finden. Oder wenigstens gegen die Krankheiten kommender Generationen. Unsere Motive sind nicht verwerflich.«

»Ihr wollt der Menschheit einen Gefallen tun?« Sånbergen konnte den Sarkasmus in seiner Stimme nicht unterdrücken. »Ich bezweifle, dass das rechtfertigt, was ihr den Kindern antut. Es geht hier um Schutzbedürftige, die noch nicht mal wissen, dass sie menschliche Versuchskaninchen sind!« Beim letzten Satz hatte er an sich halten müssen und atmete erneut tief durch, bevor er die Vernehmung fortsetzte. »Wo finden diese Forschungen statt – noch immer im St. Raphael?«

Berg nickte.

»Wo befindet es sich?«

»In der Nähe von Sandbjerg. Ein altes Château.«

»Sandbjerg, ein umzäuntes Privatgelände. Du warst gestern dort. Warum?«

Berg war sichtlich irritiert. »Woher …?«

»Spielt keine Rolle. Wieso warst du gestern dort?«

»Das Sommerfest, es findet heute statt.«

»Was für ein Sommerfest?«

»Eine Art Jubiläumsfeier. Alljährlich zum Gründungstag des St. Raphael.«

»Wir haben nach dem St. Raphael gesucht, nach einem Waisenhaus, einem Kinderheim. Warum taucht es in keiner Akte, keinem Behördenvermerk auf? Wir haben die Jugendämter befragt, die Gemeindeverwaltungen – nichts!«

»Es ist nicht so, dass das St. Raphael nicht offiziell existieren würde. Nur wird ganz genau darauf geachtet, welche Ämter und Personen damit zu tun haben.«

Sånbergen war perplex. Er konnte sich nicht vorstellen, wie das Waisenhaus all die Jahre hatte verborgen bleiben können. »Was ist mit Schulpflicht? Und was passiert mit den Kindern, wenn sie volljährig sind und die Einrichtung verlassen? Wenn sie jemand fragt, wo und wie sie aufgewachsen sind? Sie könnten doch über das reden, was ihnen dort widerfahren ist.«

»Es gibt keinen Grund dafür. Du tust so, als sei das St. Raphael eine Anstalt, in der alle Kinder tagein, tagaus gequält werden. Aber die meisten sind froh, dass sich überhaupt jemand ihrer annimmt.

Selbstverständlich werden sie beschult, nur halt intern. Und wenn sie entlassen werden, sorgt die Familie Nyberg weiter für sie. Die Kinder arbeiten dann für Johan – bei der Stiftung, im Umfeld seines Konzerns oder eben in den Ämtern. Außerdem haben wir noch zwei offizielle Kindergärten, dazu Apotheken und Vereine. Da findet sich für fast jeden etwas.«

»Und wenn nicht?«

»Das sind nur wenige. Und es gibt eine Art Verschwiegenheitsklausel …«

Sånbergen brauchte einen Moment, um all diese Aussagen zu verarbeiten und sich an die erschreckenden Gedanken zu gewöhnen, die damit verbunden waren. Er ging zum Waschbecken, ließ Wasser in seine Hände laufen und betrachtete die Verkalkungen, die sich so fest an die Ränder der Keramik gesetzt hatten, dass sie wohl nie mehr von dort würden entfernt werden können. Dann benetzte er sein Gesicht und kehrte zum Verhörtisch zurück. »Ist es deine Aufgabe, die Kinder zu rekrutieren?«

»Zum großen Teil, ja. Facharztpraxen schicken mir Patienten, aber auch Behörden, Sozialstätten und Kliniken. Häufig sind es Kinder, die aufgrund ihrer Krankheitsbilder und Lebensumstände besonders dafür geeignet sind, in unser Programm aufgenommen zu werden. Das heißt, die Eltern können für ihr Kind nicht mehr sorgen, oder es ist mit herkömmlichen Mitteln austherapiert.«

»Hast du auch Maria Solsbæk rekrutiert?«

»Ich … äh, nein.« Bergs Stimme war bei dieser Antwort etwas heiser geworden. »Aber an das Mädchen erinnere ich mich. Sie war eines Tages aus dem St. Raphael verschwunden, zusammen mit einem Jungen, Hjalmar. Wir wussten lange Zeit nicht, was aus ihnen geworden war, bis Maria irgendwann beim Professor aufgetaucht ist.«

In diesem Moment wurde die Tür zum Verhörraum aufgerissen. Es war Magnus, der Sånbergen mit deutlicher Gestik in den Flur hinauswinkte und hinter ihm die Tür schloss. »Du sollst Hanna anrufen. Sie hat dich nicht erreicht hier unten im Keller. Ich glaube, es ist dringend.«

Sånbergen kehrte kurz in den Verhörraum zurück und informierte Berg und dessen Anwalt, dass die Vernehmung einstweilen beendet sei. Dann suchte er sich einen Platz im Erdgeschoss, wo er Empfang hatte, und rief Hanna an, die schon nach dem ersten Läuten abnahm.

»Gut, dass du dich meldest. Die Durchsuchung auf dem Hof der Bergs hat bislang nichts ergeben, wir haben nur die elektronischen Datenträger konfisziert. Aber du kannst dir vorstellen, wie es Brigitta getroffen hat, dass ihr Mann in Untersuchungshaft sitzt. Ich bin sicher, sie weiß von alldem nichts.«

»Meinst du, sie braucht psychologische Unterstützung?«

»Hab ich schon in die Wege geleitet. Aber es gibt auch eine gute Nachricht. Ich weiß, wo Maria Solsbæk das Gemälde herhat, du weißt schon, das aus ihrem Haus in Kolding. Dank einem Hinweis von Klaas bin ich auf eine Galerie namens ›Unisoko Arthouse‹ gestoßen, und die haben mir bestätigt, dass sie insgesamt drei Bilder an Maria Solsbæk verkauft haben. Eines wurde vor zwei Jahren in ihr Haus nach Kolding geliefert. Die anderen beiden hat sie schon vor vier Jahren gekauft. Und die sind an eine andere Adresse gegangen: nach Hadersleben, Præsteskoven 22b.«

»Bitte? Das ist jetzt schon die dritte Adresse.«

»Ja, das nenn ich mal ›weitreichende Vorkehrungen treffen‹. Ich nehme an, für den Fall, dass sie von Nyberg aufgespürt würde und fliehen müsste.«

»Das Haus steht in Hadersleben, sagtest du?«

»Ein paar Kilometer östlich, am Nordufer des Haderslev-Fjords.«

Am Fjord von Hadersleben. Das hatte er heute doch schon einmal gehört? Die Adresse von Weisentheimer. »Ich habe vorhin einen möglichen Aufenthaltsort von Professor Weisentheimer erfahren: den Snabevej, am Südufer des Fjords. Moment ...« Er wechselte auf seinem Handy zu einem Internet-Kartendienst und ließ sich den Ort inklusive Straßenansicht von Weisentheimers Haus anzeigen. »Das sind Luftlinie gerade mal fünfhundert Meter, auf der gegenüberliegenden Uferseite.«

»Ich nehme an, sie hat nicht seine Nähe gesucht, weil die beiden etwas Freundschaftliches verbindet?«, sagte Hanna.

»Nein, ganz im Gegenteil. Jede Wette, dass sie auch ihn observiert hat.« Maria schien ihnen allen immer einen Schritt voraus zu sein. »Sie könnte auch Dahl bei sich haben, zumindest wissen, wo er sich aufhält. Wir müssen dahin, Hanna. Mach dich schon auf den Weg. Ich rufe Østergaard an und lasse ihn beim zuständigen Staatsanwalt einen Durchsuchungsbeschluss für Marias Haus erwirken – Gefahr im Verzug. Dann komme ich mit Magnus nach.«

52

Maria Solsbæks Grundstück bei Hadersleben, einer Stadt etwa auf halber Strecke zwischen Sønderborg und Kolding, lag in zweiter Reihe zum Wasser und war von einem grün lackierten Metallzaun eingefasst. Das Tor war unverschlossen.

Aufgeplatzte Betonplatten in der Auffahrt. Kein Auto. Das kastenförmige Haus stand etwas zurückversetzt. Die Frontseite ergraut, versteckte es sich hinter Berberitzen, hohen Gräsern und hängenden Kieferzweigen, als käme es sich alt und hässlich vor. Ein rot gedecktes Satteldach schimmerte durch die Äste und war zum Teil mit Nadeln bedeckt.

Während Hanna und Magnus die Rückseite des Hauses sicherten, läutete Sånbergen, doch niemand öffnete. Daraufhin verschaffte sich Hanna Zutritt über ein Fenster im Garten, öffnete die Vordertür und ließ Sånbergen hinein.

Das Haus machte im Inneren einen verlassenen, aber nicht unbewohnten Eindruck. Zeitschriften lagen auf einem Tisch, dazu eine Tageszeitung vom Vortag, eine benutzte Tasse daneben. Ein Hauch Kaffeeduft hing in der Luft – jemand musste noch vor Kurzem hier gewesen sein. Das gelb tapezierte Wohnzimmer war sparsam eingerichtet. In der Mitte des Raumes ein runder Holztisch, an der Wand ein riesiges Bücherregal.

Sånbergen und Hanna betraten die Kellertreppe und entdeckten unten einen weiteren Raum. Als Sånbergen den Lichtschalter betätigte, entflammte ein halbes Dutzend Strahler, die auf die Wände gerichtet waren und dort angepinnte Landkarten beleuchteten. Darauf war das Anwesen von Professor Weisentheimer mit einem dicken roten Punkt gekennzeichnet, der wiederum durch farbige Striche mit diversen anderen markierten Orten verbunden war – ganz ähnlich der Karte in Marias Haus in Kolding.

Einer dieser Striche führte nach Sønderborg zum Anwesen der Nybergs, ein anderer nach Sandbjerg, ein dritter zum Ferienhaus von Dr. Berg. Es waren anscheinend die Bewegungen des Professors, die Maria verfolgt hatte, alle mit Datum und Uhrzeit versehen. Dazu passend entdeckte Sånbergen auf dem Tisch einen ganzen Karton mit Fotos von Weisentheimer, die offenbar während der Observierungen geschossen worden waren, zudem Aufnahmen von seinem Haus und einem begehbaren Tresorraum, in dem Akten deponiert zu sein schienen.

Sie verließen den Keller, und während sich Hanna und Magnus weiter im Erdgeschoss umschauten, ging Sånbergen ins Obergeschoss, wo er zwei Schlafzimmer vorfand. Das erste war mit Kindermöbeln eingerichtet: ein Bettchen, auf dem drei Kuscheltiere nebeneinandersaßen, als würden sie sich an den Händen halten. An der Wand des zweiten Zimmers hingen drei kleine gemalte Bilder, signiert nur mit einem Vornamen in Kinderschrift: »Emma«. Natürlich kannte Sånbergen diesen Namen. Es war Marias kleine Freundin gewesen, mit der sie ihre Kindheit im St. Raphael verbracht hatte.

Emma hatte mit hellen, fröhlichen Farben gemalt, und sie hatte einen Sinn für Details gehabt. Viele bunte Blumen. Ein großer Garten mit einer alten Linde. Ein Teich. So hatte Maria die Außenanlagen des St. Raphael beschrieben. Die Umgebung hinter dem Zaun war von dünnen Gewässern durchzogen. Offenbar sumpfiges Land. Und gegen die Linde gelehnt saß ein Mädchen mit dunklen Haaren, vielleicht dreizehn Jahre alt. Es saß entspannt da, die Beine übereinandergeschlagen und den Kopf zum Betrachter geneigt, mit einem freundlichen, wohlwollenden, aber auch etwas nachdenklich-verträumten Gesichtsausdruck. Das Mädchen erinnerte an Maria Solsbæk.

Sånbergen lief es eiskalt den Rücken herunter. Maria hatte für Emmas Bilder posiert, und die Art, wie sie Arme, Rumpf und Beine hielt, glich den Posen der Opfer der Mordserie auf erschreckende Weise. Hatte der Täter die Tatorte nach Emmas Bildern inszeniert?

Plötzlich ein Geräusch. Ein metallenes Scheppern, das von draußen kam. Sånbergen öffnete das Fenster und sah, wie jemand den Zaun zum Nachbargrundstück überwand und zum Wasser hinuntereilte. Eine Frau mit dunklen Haaren, die einen Rucksack auf dem Rücken trug. Es war Maria, und sie rannte geradewegs auf einen Steg zu, an dem vier kleine Boote lagen.

»Hanna! Magnus!«, rief Sånbergen. »Maria ist hier – sie flieht zum Fjord!« Er hastete die Stufen hinunter, über den Flur in den Garten, Hanna nah hinter ihm, dann auch Magnus. Das Starten eines Motors war zu hören, und Sånbergen sah, wie sich ein kleiner roter Außenborder mit Maria am Steuer vom Ufer entfernte und fjordabwärts davonbrauste. Er zögerte. Was hatte sie vor? Die nächste Brücke war in Hadersleben, etwa zehn Kilometer entfernt in der Gegenrichtung. Sollte ein Motorrad auf der anderen Uferseite stehen? »Hanna, ich werde es mit einem der Boote versuchen. Nimm du den Wagen und komm außenrum. Magnus, du wartest hier auf die Spurensicherung.«

Sånbergen sprang über den Zaun und rannte zum Ufer. Der Fjord war hier fast zweihundert Meter breit, aber spiegelglatt. Noch drei Boote lagen am Steg, eines von ihnen hatte einen Johnson-Außenborder aus den Siebzigern, den er kurzschließen konnte. Die Fahrrinne von Marias Boot war noch zu erkennen. Sie führte schräg über den Fjord in Richtung des Grundstücks von Professor Weisentheimer.

Nachdem er Hanna per Handy über Marias mutmaßliches Ziel informiert hatte, fuhr er noch zwei Minuten fjordabwärts, dann sah er einen Landungssteg in der Ferne, das rote Boot daran festgebunden. Sånbergen legte an. Das Licht der bereits etwas tiefer stehenden Sonne fiel auf ein kantiges Haus, das ein Stück den Hang hinauf stand und in dem er Weisentheimers Villa erkannte, die von der Wasserseite etwas mondäner aussah als auf den Straßenaufnahmen von vorn. Milchglasfenster im Erdgeschoss, Licht brannte dahinter, und ein Schatten bewegte sich ohne Anzeichen von Aufregung.

Sånbergen eilte zum Haus und suchte nach einer Möglichkeit hineinzugelangen. Im Obergeschoss entdeckte er zwei offen stehende Fenster, ein Sims verlief darunter, aber drei Meter über dem Boden, kaum erreichbar für ihn. In die Seitenwand allerdings waren zwei schlitzförmige Fenster eingelassen, durch die ein Teil des Erdgeschosses zumindest einsehbar war.

Ein großer Raum, im Hintergrund ein begehbarer Tresor, dessen Tür offen stand. Vorn ein Esstisch mit Stühlen und ein gepolsterter Dreisitzer. Daneben kauerte ein Mann mit Brille und glatten, silbergrauen Haaren in einem Lehnsessel. Professor Weisentheimer. Zu seiner Linken kniete Maria. Der Professor war bei Bewusstsein, schien mit ihr zu reden, aber er wirkte kraftlos. Seine Arme fielen zur Seite über die Armstützen, und Maria zog gerade eine Spritze auf.

Sånbergen suchte weiter nach einem Zugang und fand schließlich einen offen stehenden, schuppenähnlichen Anbau, von dem eine Tür ins Haus zu führen schien. Ein Loch war ins Türglas geschnitten, sodass man mit der Hand hindurchgreifen konnte – Maria musste sich hier Zutritt verschafft haben, ohne dass Alarm ausgelöst worden war.

Sånbergen betrat das Haus, durchquerte eine kleine Kammer, dann einen Flur, der zu einem Durchgang zum Wohnzimmer führte. Er zog seine P7, achtete auf seine Schritte und hielt im Schatten der Tür zum Tresorraum inne. Eine schwache männliche Stimme war zu hören. Es war mehr ein Röcheln.

»Ich habe getan, was ich konnte und was ich musste. So wie wir es alle tun, Maria.«

»Das ist nicht das, was ich hören will«, erwiderte sie, und Stille trat ein – genau in dem Moment, als Sånbergen sich gerade einen weiteren Schritt vorwärtsschob und ein Geräusch verursachte.

Etwas knirschte unter seiner Sohle, nicht laut, aber just in diese Stille hinein. Unüberhörbar. Er ließ seine Deckung fallen und trat mit erhobener Waffe hervor. »Lass das, Maria. Leg die Spritze zur Seite.«

Maria sah ihn an. Sie zuckte nicht zusammen und wirkte gänzlich unaufgeregt, als hätte sie schon mit ihm gerechnet.

Sånbergen blieb stehen und ging nicht weiter auf sie zu, wohl wissend, dass eine kurze Bewegung ihrer Hand ausreichen würde, die Nadel in die Ellenbeuge des Professors zu treiben. Wortlos betrachteten die beiden einander. Marias Blick war stumpf, die

Augen von feinen Falten umgeben, die ihr Gesicht müde wirken ließen, aber ohne Anzeichen von Furcht oder Unsicherheit.

Eine Situation wie ein Patt, dachte Sånbergen, womit der Vorteil auf seiner Seite war – er könnte die Sache aussitzen. Nur eine Frage der Zeit, wann Hanna mit Verstärkung einträfe. Und doch spürte er Unruhe. Etwas stimmte nicht. Und es war nicht Maria oder ihr Verhalten. Etwas anderes an der Situation kam ihm nicht richtig vor. So als hätte er etwas übersehen. Dieses ganze Szenario – die geöffnete Tresortür, die nicht losschlagende Alarmanlage, das ausgeschnittene Stück Glas … Und Maria war ihm nur wenige Minuten voraus gewesen. Wie hatte sie so schnell hier eindringen können?

»Tu es nicht, Maria«, ertönte in diesem Augenblick eine tiefe Stimme hinter Sånbergen, und noch während er sich umdrehte, sah er aus dem Augenwinkel etwas von oben auf ihn herabrauschen. Ein stabförmiger Gegenstand, unter dem er sich wegzuducken versuchte, was ihm nicht gelang. Etwas krachte auf seine Schulter, dass ihm die P7 aus der Hand glitt. Er strauchelte, aber fing sich auf dem mächtigen Dreisitzer ab. Seine Schulter schmerzte, und sein ganzer Arm begann zu kribbeln.

Sånbergen kam auf die Knie, setzte einen Fuß auf den Boden und stützte sich mit einer Hand auf den Dreisitzer. Er sah in katzenartig grüne, hellwache Augen. Der Mann aus dem Lagerhaus. Er war nicht massig gebaut, aber bewegte sich geschmeidig, mit dem langen Oberkörper eines Schwimmers. Sånbergen peilte die Lage, und die sah nicht gut für ihn aus. Da war kein Gegenstand in Reichweite, den er greifen konnte, um sich zu verteidigen, und die P7 war aus seinem Blickfeld verschwunden.

»Bleib da unten«, hörte er den Mann sagen, aber das Adrenalin in Sånbergens Blut wirkte wie eine aufputschende Droge, und als er spürte, wie das Kribbeln in seinem Arm verschwand, machte er Anstalten aufzustehen.

Es war eine schwere Stablampe, die der Mann in der Hand hielt, und er holte nun erneut damit aus.

Sånbergen riss ein Kissen hoch, stemmte es nach oben gegen den Metallstab, noch bevor der Mann seinen Schlag beschleunigen konnte, und überraschte den Angreifer damit. Ein unerwartetes Moment, das ihm einen Vorteil verschaffte. Er war größer als sein

Gegner, kam mit seinem Schwerpunkt über ihn und brachte ihn rücklings zu Fall.

Beide polterten über Stühle und gingen zu Boden. Sånbergen griff eine Vase von einem Beistelltisch und ließ sie auf seinen Widersacher niederfahren, aber der blockte den Schlag mit dem Unterarm, woraufhin Sånbergen die Vase aus der Hand rutschte und am Boden zerbarst.

Schon im nächsten Moment hatte der Mann ihn am Kragen gepackt und stieß ihn mit ungeahnter Kraft von sich, was ihn rückwärts durch den Raum katapultierte. Er landete auf dem Rücken, etwas schlug gegen seinen Hinterkopf und zersplitterte. Er war auf dem gläsernen Couchtisch gelandet.

Ich hätte gleich unten bleiben sollen, dachte er. Wie kam er dazu, den Helden zu spielen? Sie hatten es nicht auf *ihn* abgesehen. Sein Hinterkopf pulsierte, und als er mit der Hand darüberstrich, bemerkte er Blut an seinen Fingern. Er richtete sich auf und nahm aus dem Augenwinkel wahr, dass Maria nun mit seiner eigenen P7 auf ihn zielte. Sein Verstand sagte, sie werde nicht auf ihn schießen, sie wolle es nicht, und sie hatte auch keinen Grund dazu. Und doch war es pure Angst, die er spürte, als er direkt in die Mündung blickte.

Friedfertig hob er die Hände. »Lass uns über alles reden, Maria. Die Leute werden eure Motive verstehen, ihr habt sie auf eurer Seite.« In seinem Hinterkopf brummte und knisterte es, Schwindel überkam ihn. Er spürte das Verlangen, sich zu setzen, und musste sich auf dem Dreisitzer abstützen. Etwas war nicht in Ordnung mit ihm. Sein Hinterkopf. Die Umgebung verschwamm vor seinen Augen, und noch bevor er begriff, was geschah, verlor er das Bewusstsein.

53

Ein kurzes grelles Licht. Dann wieder Dunkelheit. Stimmen. Schritte. Ein Knirschen dicht an seinen Ohren, wie Glasscherben unter Schuhen.

Er musste auf dem Boden liegen, ein kalter, harter Untergrund. Dann fiel ihm wieder alles ein, und er schlug die Augen auf. Ein Mann in Notarztkleidung kniete neben ihm und leuchtete mit einer kleinen Lampe in seine Augen. Sånbergen versuchte, den Kopf zu heben. Er schien Tonnen zu wiegen.

»Was ist passiert?«, fragte ihn Hanna, die neben dem Arzt hockte und deutlich besorgt aussah.

»Maria Solsbæk. Sie hat Weisentheimer bedroht. Aber sie war nicht allein. Da war noch ein Mann. Ich glaube, der aus dem Lagerhaus. Wir haben gekämpft, er hat mich niedergeschlagen. Dann weiß ich nichts mehr.« Sånbergen setzte sich auf. »Sind sie entwischt?«

Hanna nickte. »Sieht so aus. Als ich hier ankam, sah ich gerade noch einen Helikopter über dem Haus hochsteigen und in Richtung Süden wegfliegen. Er gehört Professor Weisentheimer, wie wir mittlerweile wissen. Ein gelber Raven 44. Fahndung habe ich eingeleitet, aber die können jetzt sonst wo sein.«

»Was ist mit dem Professor?«

»Er ist sediert, aber ansprechbar«, antwortete der Notarzt.

Sånbergen schaute sich um. Überall waren Beamte und durchsuchten das Haus. Er hatte keine Ahnung, wie lange er hier schon lag. »Wie spät ist es?«

»Neunzehn Uhr achtunddreißig«, antwortete der Notarzt.

Das beruhigte Sånbergen ein wenig. Er war allenfalls zwanzig Minuten weg gewesen, außer einer Gehirnerschütterung konnte ihm eigentlich nichts Ernsthaftes passiert sein.

Der Arzt prüfte seinen Puls und Blutdruck. »Es wäre besser, wenn ich dich zur Beobachtung ins Krankenhaus bringen ließe.«

Sånbergen ignorierte ihn. Er kam auf die Beine, kämpfte das Schwindelgefühl nieder und setzte sich zu Professor Weisentheimer, der noch immer in seinem Lehnsessel kauerte.

Er wirkte ausgezehrt, ein alter Mann, der sein Leben fast aufgebraucht hatte. Die Leidenschaft in seinen Augen war erloschen, der Silberblick hatte seinen einstmals hypnotischen Ausdruck verloren. »Maria und Hjalmar, sie sind euch entwischt, nicht wahr?« Er klang nicht überrascht.

Der grünäugige Mann an Marias Seite war tatsächlich Hjalmar, ihr Gefährte aus dem Waisenhaus. »Du erinnerst dich an die beiden?«

»An die beiden – und an Emma. Die drei waren etwas Besonderes, schon damals, als Kinder. Sie waren anders als die anderen. Schneller, aufgeweckter, begabter.« Weisentheimer starrte ins Leere, und Sånbergen glaubte, in seinem glasigen Blick Wohlwollen, sogar Anerkennung für die drei zu sehen, selbst jetzt noch, nachdem zwei von ihnen ihm fast das Leben genommen hatten.

»Wir wissen vom St. Raphael, von den Experimenten, von dem Medikament ELN-3, den Nebenwirkungen«, sagte Sånbergen. »Ist Emma daran gestorben?«

Der Professor seufzte. »Ich fürchte, ja.«

»Und was ist mit Maria? Sind bei ihr auch Nebenwirkungen aufgetreten?«

Weisentheimer nickte. »Sie hatte nicht die gleichen Symptome wie Emma, aber – ja. Damals, während der Behandlung im St. Raphael, haben wir noch nichts davon gemerkt. Es schien alles gut zu laufen, ihre Werte lieferten keinen Anlass zur Besorgnis. Eines Tages ist sie zusammen mit Hjalmar verschwunden, wir hatten keine Ahnung, warum und wohin, haben sie suchen lassen, aber vergebens. Bis sie vor fünf Jahren urplötzlich hier aufgetaucht ist. Sie hatte sich verändert, zeigte nicht die typischen Symptome wie Niedergeschlagenheit, erhöhte Temperatur und Muskelspasmen, aber sie war auf eine andere Art auffällig – so nervös und manisch-aggressiv. Die Nebenwirkungen haben sich bei Maria offenbar schleichend entwickelt, was aber nicht bedeutet, dass sie milder im Verlauf sein müssen. Ich fürchte, das Medikament hat Teile ihrer Persönlichkeit verändert.«

»Sie war damals hierhergekommen, um von dir etwas über ihre Schwester zu erfahren?«

Weisentheimer drehte den Kopf zu Sånbergen. »Du weißt nicht, dass …?« Er stockte, dann senkte er den Blick. »Nein, wie solltest du? Maria wird dir kaum davon erzählt haben, und sie wusste, dass auch wir es für uns behalten mussten.«

»Dass ihr *was* für euch behalten musstet?« Sånbergen wurde ungeduldig, sein Ton fordernder.

Der Professor atmete tief ein und begann endlich zu erzählen.

»Ich weiß nicht, wie Maria mich damals gefunden hat, ich hatte meinen Namen geändert. Aber auf einmal stand sie hier vor mir. Sie wollte die Unterlagen zu allen Kindern sehen, die seit der Gründung im St. Raphael gelebt hatten. Eine Mitarbeiterin von uns, Fernanda dos Santos, habe ihr Jahre zuvor von einem Brief erzählt, in dem von einer leiblichen Schwester die Rede gewesen sei. Maria hoffte wohl, wenn sie diese Schwester fände, würde sie auch ihren inneren Frieden wiederfinden. Aber …« Er stockte und schien mit einem Mal Mühe zu haben, die Fassung zu bewahren.

»Was war mit dieser Schwester?«

Sichtlich müde sah Weisentheimer auf. »Nun, zum einen hatte sich Fernanda geirrt. In dem Brief war nicht von einer ›Schwester‹ die Rede gewesen, sondern von einem ›Geschwister‹. Fernanda war Spanierin, und das Wort ›Geschwister‹ kannte sie nicht, für sie war es eine ›Schwester‹. Im Grunde änderte das auch gar nicht viel, ein Bruder hätte für Maria so gut sein können wie eine Schwester. Wenn da nicht noch etwas anderes gewesen wäre …« Der Professor versuchte, sich aufzurichten, aber rasch verließen ihn die Kräfte, und er fiel wieder zurück.

»Erzähl weiter. Was war da noch?«

»Maria hatte natürlich angenommen, ihr Geschwister sei auch als Waise aufgewachsen, so wie sie. Ein Leidensgenosse sozusagen. Jemand, der sie versteht und ihre innere Leere ausfüllen kann, dachte sie wohl. Aber so war es nicht.«

»Ich verstehe nicht.«

»Nun, es ist im St. Raphael üblich, den Kindern nichts von ihren leiblichen Eltern zu erzählen und sie in dem Glauben zu lassen, die seien gestorben, als die Kinder noch Säuglinge waren – und es ist besser so, glaub mir.«

»Was willst du mir damit sagen?« Sånbergen hatte Mühe, seine Ungeduld zu zügeln.

»Nicht alle Kinder, die wir aufnehmen, sind Waisen. Es gibt auch solche, die von ihren Eltern nicht gewollt und zur Adoption freigegeben werden. Unter der Hand, ohne das sonst übliche Prozedere. Und so war es auch bei Maria. Sie ist keine Waise. Ihre Eltern leben, hier in Dänemark. Ihre Mutter hatte Zwillinge zur Welt gebracht, zweieiige Zwillinge. Und als Dr. Berg, ihr Hausarzt, sie fragte, ob sie sich in der Lage fühle, zwei Kinder zu versorgen, sagte sie, dass die beiden eigentlich nicht geplant, nicht gewollt gewesen seien und sie nicht glaube, mit zwei Kindern klarzukommen. Also riet Dr. Berg ihr dazu, eines von ihnen in das St. Raphael zu geben, wo man sich darum kümmern könne.« Sånbergen war nicht sicher, ob er richtig verstanden hatte. »Sie hat Maria einfach weggegeben?«

Weisentheimer nickte.

»Und das nur, weil sie sich mit zwei Kindern überfordert gefühlt hatte?«

»Nach unserer Einschätzung war sie emotional instabil, also hielten wir es für eine gute Lösung.«

»Wenn das der Grund war, dass Maria ins St. Raphael gekommen ist, dann hatte sie also gar keinen genetischen Defekt? Und es gab nie eine Indikation für eine Behandlung?«

Der Professor schwieg, und seine Kaumuskulatur trat hervor. Sånbergen versuchte, sich nicht von seiner Wut überwältigen zu lassen und das alles zu verstehen. »Wann hat Maria davon erfahren? Vor fünf Jahren, als sie hier aufgetaucht ist?«

»Ja, da habe ich ihr alles erzählt.«

»Was ist dann passiert? Wie hat sie reagiert?«

»Na ja, wie schon? Sie war geschockt. Was auch sonst? Sie war in dem Glauben zu mir gekommen, ein Stück Familie zu finden, nachdem sie zwei Jahre zuvor auch noch ihr eigenes Kind verloren hatte. Und was sie fand, war eine Familie, die sie ohne Grund weggegeben, die sie verstoßen hat.«

»Nicht nur verstoßen. Ihre Mutter hatte sie euch als Probandin für private, unkontrollierte Studien überlassen.«

»Und ich fürchte, das ist noch nicht alles.« Der Professor seufzte. Eine späte Reue schien ihn zu überkommen. »Nachdem ich ihr von ihrer Familie erzählt hatte, fragte sie mich, ob denn ihr Bruder von ihr gewusst habe. Ob er wusste, dass er eine Zwillingsschwester hat und dass die in einem Waisenhaus aufgewachsen war.« Er schüttelte den Kopf. »Ich hätte ihr nicht von ihm erzählen sollen.«

»Wieso nicht, was ist mit ihrem Bruder?«

»Dazu muss ich etwas ausholen: Kurz nach dem sechzehnten

Geburtstag der Zwillinge, im März 2004, hatten wir ein Treffen mit den Eltern. Das ist üblich bei Kindern, die wir ins St. Raphael aufnehmen, wenn sie keine Waisen sind. Es ist sogar Teil des Vertrags. Bei diesem Gespräch geht es um die Frage, ob die Kinder nun, zwei Jahre vor der Volljährigkeit, von der Existenz ihrer Eltern erfahren und ob wir den Kontakt zu ihnen vermitteln sollen.«

Weisentheimer hielt inne und schien sich für einen Moment sammeln zu müssen, bevor er fortfuhr. »Also berichteten wir den Eltern von Marias Entwicklung und fragten sie, was geschehen solle. Sie klangen sehr positiv, und ich dachte, sie würden einer Kontaktaufnahme zustimmen, sie baten nur um eine kurze Bedenkzeit. Zwei Tage später rief Elisabeth, ihre Mutter, dann zurück und teilte mit, sie würden doch keinen Kontakt zu Maria wünschen, die nie von ihrer leiblichen Familie erfahren solle.«

»Moment! Du sagst: ›Elisabeth‹? Du redest aber nicht etwa von Elisabeth Dahl?«

»Doch. Leider.«

»Du willst mir sagen, Maria Solsbæk ist in Wahrheit die verstoßene Zwillingsschwester von Gunvald Dahl?«

»Ja. Das ist sie.«

Sånbergen hatte das Gefühl, den Boden unter den Füßen zu verlieren. Gunvald Dahl war das »Geschwister«, von dem Fernanda gelesen hatte. Und Maria hatte ihn nach dieser Entdeckung über Jahre observiert und am Ende zusammen mit Hjalmar aus der Lagerhalle befreit.

Der Professor erzählte unterdessen weiter. »Als ich Elisabeth fragte, warum die Entscheidung so ausgefallen sei, stellte sich heraus, dass es vor allem an ihrem Sohn Gunvald lag. Der hatte wohl am Tag zuvor ein Gespräch zwischen ihr und ihrem Mann über das Thema mitbekommen. Was genau dann vorgefallen ist, weiß ich nicht, aber Gunvald muss äußerst ablehnend auf die Pläne seiner Eltern reagiert haben, zu seiner Schwester Kontakt aufzunehmen. Und später hörten wir, dass er noch am selben Abend mit seinem Moped einen schweren Unfall gehabt hatte.«

Der sechzehnte Geburtstag, dachte Sånbergen. Gunvald hatte kurz danach zum ersten Mal einen akuten Schub seiner Psychose erlitten. Die Erkenntnis, eine Zwillingsschwester zu haben, der seine Eltern von heute auf morgen einen Platz – womöglich seinen eigenen Platz – in der Familie zugestehen würden, musste etwas in ihm ausgelöst haben.

Der Professor begann zu husten und bat um ein Glas Wasser, das Hanna, die sich inzwischen dazugesellt hatte, aus der Küche holte. Weisentheimer nippte kurz daran, ehe Sånbergen schon weiterfragte. Zu vieles war noch ungeklärt.

»Als Maria hier bei dir war, hast du ihr von Gunvald erzählt? Davon, dass er der Grund war, weshalb ihre Eltern sie nicht gewollt hatten, auch sechzehn Jahre später noch nicht?«

Weisentheimer nickte. »Sie bestand darauf, alles zu erfahren. Bis ins kleinste Detail. Sie ließ mir keine andere Wahl, so aufgebracht war sie.« Seine Stimme wurde brüchig. »Wobei nur ›aufgebracht‹ es nicht trifft. Für eine Minute stand sie da wie abwesend und konnte das alles sichtlich nicht einordnen. Sie begann zu weinen, und dann, als ich schon dachte, sie würde sich beruhigen, sprang etwas in ihr um, wie ein Schalter.« Mit gequältem Blick sah er auf. »Sie wurde wütend. So wütend, dass ich sie nicht wiedererkannt habe. Es war, als stünde ein anderer Mensch vor mir. Sie schrie und tobte, und irgendwann rannte sie hinaus und verschwand.« Betreten wandte er das Gesicht wieder zu Boden.

Langsam wurden die Dinge für Sånbergen greifbar. Was mit Maria geschehen war. Ihre Enttäuschung. Ihre Wut. All das Unrecht, das ihr zugefügt worden war, ohne dass sie jemandem einen Anlass dazu gegeben hätte, schuldlos, ohne irgendetwas Böses in die Welt gesetzt zu haben. Sånbergen fragte sich, wie viel davon ein Mensch wohl würde aushalten können, bis es Spuren hinterließe, im Verstand wie in der Seele. Aber trotzdem – wie passte das alles zusammen?

»Hatte Gunvalds Psychose etwas damit zu tun, dass er so abweisend reagiert hat?«

Fragend sah der Professor Sånbergen an. »Ich weiß nichts von einer Psychose. Wir haben damals nicht weiter über Gunvald gesprochen.«

»Ich meine die Behandlung mit ELN-3. Sie hat bei Gunvald nicht zu Nebenwirkungen geführt?«

Weisentheimer wirkte zunehmend ratlos. »Welche Behandlung?«

»Wurde Gunvald nicht …?« Sånbergen brach ab.

»Du meinst, Gunvald wurde von uns behandelt?« Der Professor deutete ein Kopfschütteln an. »Wir hatten mit Gunvald nie etwas zu tun. Es war Maria, die von uns behandelt wurde.«

»Wir haben Schriftstücke gefunden, die so etwas dokumentieren, außerdem …«

Der Professor blinzelte langsam, und der Ansatz eines zynischen Lächelns legte sich um seine Augen. »Hat Maria euch das glauben lassen?«

Es konnte sein. Sie hatte Gunvald jahrelang beobachtet, hatte eine Kamera in seinem Musikzimmer platziert – womöglich hatte sie dann auch diesen Behandlungsvertrag gefälscht, die Unterschriften, die Stempel. Sie hatte vor ihrer Flucht ähnliche Dokumente aus dem St. Raphael entwendet. Es wäre möglich gewesen. Doch falls stimmte, was Weisentheimer erzählte, war noch eine weitere Frage offen. »Wenn Gunvald Marias *Geschwister* ist, wer war dann Ida Svensson?«

Aber der Professor sank soeben im Sessel zusammen, er hatte offenbar das Bewusstsein verloren.

Sånbergen rief den Notarzt und betrachtete den alten Mann noch einen Moment. Jenen Mann, der sein Leben den Forschungen verschrieben hatte, jahrzehntelang auf der Suche nach einem Medikament, das Wunder bewirken, Menschen helfen und Leiden lindern sollte. Aber irgendwann hatte Weisentheimer seinen ethischen Kompass verloren – und am Ende sogar seine Tochter. Sånbergen fragte sich, ob es das alles wirklich wert gewesen war. Ob ein Medikament, selbst wenn es viel bewirkte, einen solch hohen Preis rechtfertigte. Und wie es der Professor mit seinem Gewissen hatte vereinbaren können, das Medikament an Schutzbefohlenen zu testen.

Dann wandte er sich ab, ließ die Vergangenheit hinter sich und konzentrierte sich auf das Jetzt. Er versuchte zu begreifen, was der Professor enthüllt hatte. Was es bedeutete, dass Gunvald Dahl offenbar nie mit ELN-3 behandelt worden war, dass es gar keine »Nebenwirkungen« gegeben hatte, dass seine Psychose nicht auf

die Experimente von Nyberg, Weisentheimer und Berg zurück-
zuführen war – dass er keinen Grund für ein Rachemotiv hatte.

Sollte Gunvald tatsächlich nichts mit alldem zu tun haben?
Aber was war mit den zahllosen Hinweisen, die auf ihn als Täter
hindeuteten – der Brief seiner Mutter, das Feuerzeug, das bei dem
Rekruten Olsen gefunden worden war, die Overalls, die Katrin
Dahl bei ihrem Mann entdeckt hatte? Maria müsste das alles ma-
nipuliert haben!

Wenn Sånbergen allerdings darüber nachdachte, hielt er es für
möglich. Maria hatte Zugang zum Haus der Dahls gehabt. Sie hätte
die Medikamente, die Gunvald gegen seine Psychose nahm, ver-
tauschen, ihn womöglich sogar in eine akute Phase treiben können.
Sie hätte Elisabeths Brief fälschen und so platzieren können, dass
die Polizei ihn finden musste, sobald sie das Haus durchsuchte.
Und sie hätte auch das Feuerzeug entwenden und Olsen zustecken
können. Die flüchtende Person auf dem Dach, auf dem Motorrad – Sånbergen hatte sie nur von hinten und aus der Entfernung
gesehen. War Maria tatsächlich zu alldem fähig? Sollte sie das
alles so inszeniert haben, um Gunvald als Serientäter erscheinen
zu lassen?

Ein Chaos von widersprüchlichen Emotionen tobte in Sånbergen. Alles in ihm sträubte sich dagegen, den Schluss zu ziehen,
der doch unausweichlich war: Wenn Gunvald die Morde nicht
begangen hatte, musste Maria es selbst getan haben.

Womöglich hatte er sich in ihr geirrt. Nicht in dem sanftmütigen Mädchen aus den Tagebüchern. Aber in dem, was aus ihr
geworden war. Wozu sie jetzt fähig war.

54

25. Juni 2019, in Sønderborg

»*Eins. Zwei. Drei. Vier. Fünf*«, zählen die beiden Mädchen, die
auf der Straße spielen. Ich mag es, den Kindern dabei zuzusehen.

Ich beobachte sie aus der Entfernung aus meinem Wagen heraus und habe das Fenster etwas heruntergelassen. Ich will hören, was sie zueinander sagen, wie sie miteinander reden, jedes einzelne Wort. Ich mag Kinder. Ich mag, wie frei und gedankenlos sie sind.

Sie halten ein langes Springseil an den Enden. Dann lassen sie es schwingen und einen Jungen darüberspringen, bis es an seinen Füßen hängen bleibt. Fünfmal scheint gut zu sein, denn der Junge grinst und streckt seine Brust heraus. Er will den Mädchen offenbar imponieren.

»Jetzt du, Vigga«, sagt er und meint damit eines der beiden Mädchen. Sie tauschen die Plätze, und jetzt springt Vigga.

»Eins. Zwei.« Vigga springt nicht so hoch und bleibt schnell am Seil hängen. Sie ist sichtlich enttäuscht. Bestimmt wollte sie es auch mindestens fünfmal schaffen, so wie ihr Freund, Bruder oder wer auch immer der Junge ist. Sie scheint ihn zu mögen, zu ihm aufzusehen. Sie eifert ihm nach. Vielleicht, weil er größer ist. Vielleicht, weil er aus besserem Hause stammt. Vielleicht, weil er unerreichbar für sie zu sein scheint. Ich mag den Jungen nicht. Vigga sollte ihn links liegen lassen und sich lieber an ihre Freundin halten. Aber das wird sie nicht tun.

Ich lehne mich zurück. Ich könnte noch Stunden dasitzen und den Kindern zusehen. Aber deswegen bin ich nicht hier. Ich warte. Auf Gunvald.

Da kommt er endlich. In einer Hand hält er einen Blumenstrauß, in der anderen ein kleines Päckchen mit glänzender Schleife, wie sie Parfümerien und Juweliere benutzen. Er steuert auf das Haus mit der Nummer 5a zu. Den Eingang zu seinem Elternhaus. Heute ist der sechzigste Geburtstag seiner Mutter. Unserer Mutter. Er kommt, um ihr zu gratulieren. Ich weiß, er sieht sie in letzter Zeit nicht mehr so oft, seit er nach Kolding gezogen ist. Ich habe ihnen das Haus vermittelt. Nicht als seine Schwester, sondern als Maklerin, unter einem anderen Namen.

Bei der Übergabe des Hauses habe ich ihm zum ersten Mal gegenübergestanden, sogar mit ihm gesprochen. Ich habe jede seiner Bewegungen beobachtet und seinen Geruch wahrgenommen, keine Regung in seinem Gesicht ist mir entgangen. Und die ganze Zeit hat er nicht die leiseste Ahnung gehabt, wer ich bin.

Er hat mich nicht erkannt – er weiß nicht mal, wie seine leibliche Schwester aussieht. Er weiß nichts über mich.

Aber ich weiß vieles über ihn, ich kenne jeden Winkel in seinem Haus. Ich bin sorgfältig gewesen, ich habe mir Zeit gelassen.

Gunvald befreit die Blumen vom Papier und verschwindet im Haus. Als Nächstes wird er sie begrüßen. Seine Eltern. Unsere Eltern. Er wird sie umarmen und ihnen einen Kuss auf die Wange drücken. Dann wird er Mutter die Blumen geben und ihr nur das Beste für das neue Lebensjahr wünschen. Und wenn sie gemeinsam am Tisch sitzen, wird er sich bei ihnen bedanken. Dafür, dass sie immer für ihn da gewesen sind.

Kein Wort wird über mich fallen. Kein einziges Wort über die verlorene Tochter. Die Verstoßene. Ich frage mich, wie es gewesen wäre, wenn sie mich damals, als ich sechzehn war, zu sich geholt hätten oder wenn sie sich später auf die Suche nach mir gemacht hätten, um die Dinge wieder ins Reine zu bringen. Ich stelle mir vor, wie wir uns in die Arme hätten schließen, wie wir viele glückliche Jahre zusammen hätten verbringen können. Ich hätte mich geborgen gefühlt. Ich hätte ihnen verziehen.

Zwei Stunden vergehen. Die spielenden Kinder werden zum Essen gerufen, treffen sich wieder auf der Straße und malen mit Kreide auf den Asphalt. Ich beobachte, wie sie hüpfen und lachen, und ich stelle mir vor, wie Gunvald hier früher gespielt hat, als er in ihrem Alter war. Ich stelle mir vor, wie er mit anderen Kindern Blechdosen über den Asphalt kickt, wie er mittags zum Essen gerufen wird und es kaum abwarten kann, wieder runterzugehen. Vielleicht ist er mit den Kindern um die Wette gerannt, und wenn er dabei gefallen ist und sich das Knie aufgeschlagen hat, dann ist Mutter gekommen, um ihn zu trösten und seine Wunde zu versorgen.

Ich frage mich, wieso sie ihn behalten haben und nicht mich. Was besser an ihm war. Ich hätte selbst hier spielen, mit den Kindern auf der Straße springen können. Ich hätte hier aufwachsen können. Ich frage mich, wie es gewesen wäre, wenn ich statt Gunvald ein Teil dieser Familie geworden, wenn ich wie ein ganz normales Kind aufgewachsen wäre – und für ein paar kurze Sekunden fühle ich mich, als wäre ich glücklich, als wäre alles in mir weich, wohlig und ausgefüllt. Da ist noch immer diese tiefe Sehnsucht in mir.

*Lange kann ich den Moment nicht halten, schon komme ich ins
Jetzt zurück, sitze wieder hier im Wagen, und alles, was eben noch
weich und wohlig gewesen ist, fühlt sich wieder fest und beschädigt
an, voller Dellen und Kerben und Narben.*

*»Es ist ungerecht«, sage ich leise vor mich hin. Gunvald ist nicht
besser als ich. Er hat mich verstoßen und meinen Platz eingenom-
men, und ich verachte ihn dafür.*

*Irgendwann soll er von mir erfahren. Irgendwann soll er wissen,
wie es ist, verbannt von der Gesellschaft zu leben, verstoßen von
der eigenen Familie.*

*Ich spüre diese Missgunst in mir, die mir noch immer fremd
erscheint, als gehörte sie nicht zu mir. Ich spüre, wie sich Wut und
Feindseligkeit in mir entwickeln, und ich weiß, was es mit mir
macht. Ich will diese schlechten Emotionen nicht zulassen, also
bekämpfe ich sie, und irgendwann gelingt es mir, mich von ihnen
zu lösen. Dieses Mal. Ich beruhige mich. Aber es kostet Mühe.
Ich merke, dass es mir mit der Zeit immer schwerer fällt, diese
Emotionen zu kontrollieren.*

*Als es Abend wird, verschwinden die Kinder von der Straße, und
Gunvald verlässt das Haus. Da steht er vor der Tür, dehnt seinen
Nacken, schüttelt sich auf eine merkwürdige Art, als ob er etwas
loswerden will, und sieht auf die Uhr. Es ist zwanzig Uhr drei.
Vier Stunden hat er mit unseren Eltern verbracht. Dann setzt er
sich in seinen Wagen und schlägt den Weg nach Kolding ein. Eine
Weile fahre ich ihm noch hinterher und folge seinem eintönigen
Fahrstil, Strich achtzig die Landstraße hinunter, dann biege ich ab.
Es wird langsam dämmerig. Ich bin müde und will nach Hause.*

*Eine halbe Stunde später stelle ich den Wagen ab, betrete das
Haus und setze mich an den Küchentisch. Ich halte ein Glas Wasser zwischen den Händen, ohne durstig zu sein, sitze einfach nur
da, fast ohne zu atmen. Ich denke an Gunvald, starre auf mein
Wasserglas und sehe von Zeit zu Zeit hinüber zu dem Foto, das ich
dort aufgehängt habe. Drei Kinder. Emma, Hjalmar und Maria.
Wir lachen. »Die drei Auserwählten« haben sie uns genannt. Bald
darauf ist Emma gestorben.*

*Ich spiele mit dem Glas, kippe mir etwas Wasser auf die Zunge
und versuche, die schlechten Erinnerungen mit einem Schluck*

herunterzuspülen. Aber sie kommen wieder. Emmas toter Körper im Gras. Die Haut blass und blutleer. Aufgequollen. Der Verlust meines Kindes, über den ich nicht hinwegkomme.

Ich stelle das Glas ab und sehe zur Uhr. Es ist schon nach neun. Ich rufe Hjalmar an, und wir berichten uns gegenseitig, wie der Tag gelaufen ist. Aber er ist gedanklich nicht ganz dabei. Etwas beschäftigt ihn, und ich weiß, was es ist.

Die Sache mit Ida.

Als hätte er meine Gedanken gelesen, bringt er es zur Sprache. »Wir müssen noch einmal darüber reden, Maria.« Er nennt es nicht beim Namen, ist nicht vorwurfsvoll, aber er verlangt nach einer Erklärung.

Ich kann sie ihm nicht geben. »Es ist einfach passiert, Hjalmar. Ich hatte keine andere Wahl.«

»Wir sind uns immer einig gewesen, dass niemand zu Schaden kommen soll. Und Ida ist eine von uns gewesen!«

»Und später hat sie die Seiten gewechselt. Sie hat sich bereitwillig auf die Suche nach mir gemacht, als Nyberg es ihr aufgetragen hat. Sie hat mich verfolgt, Hjalmar, und sie hätte uns verraten.«

»Sicher hätte es auch eine andere Lösung gegeben.«

»Welche denn? Hätte ich ihr ein Versprechen abnehmen sollen? Hätten wir sie für die nächsten Jahre bei uns im Keller einsperren sollen?« Ich versuche, es ihm zu erklären, es ist mir wichtig, dass Hjalmar versteht, warum ich keine andere Wahl hatte. »Ida hat mich angegriffen, sie wollte mich überwältigen, was hätte ich denn tun sollen?«

»Sie haben einen Unschuldigen dafür ins Gefängnis gesteckt, diesen Torben Hauser. Weil du ihn dort zurückgelassen hast.«

Ich kann nichts darauf entgegnen. Er hat recht. »Er hätte mich entdeckt. Und ich musste den Behörden jemanden präsentieren. Musste ihnen eine Richtung geben, in die sie ermitteln können, damit wir nicht unsere Deckung verlieren.«

Er seufzt. »Ich fürchte, diese Sache wird uns noch verfolgen, Maria.«

Das tut sie schon jetzt, denke ich. Mein Gewissen quält mich damit. An Tagen wie diesen. An anderen nicht. Wenn das Gegenmittel seine Wirkung verliert und die Schatten wieder hochkommen, dann ist es, als würde sich etwas in mir verändern. Werte. Gefühle. Meine ganze Wahrnehmung. Dann komme ich mir vor wie abgestumpft, werde wütend und ungehalten, auf eine Art, wie ich es von mir nicht kenne. Dann fühle ich mich weder schändlich noch schuldig, mein Gewissen ist nur ein durchscheinender Nebel, den ich einfach wegwischen kann, und die Geschehnisse erscheinen mir als logische Abfolge von Ursache und Wirkung, natürlichen Gesetzmäßigkeiten gehorchend, unabänderbar.

Ich erschrecke vor meinen eigenen Gedanken und merke, dass ich noch den Telefonhörer in der Hand halte, obwohl Hjalmar nicht mehr dran ist. Ich lege auf und weiß nicht, wohin mit diesen Gedanken. Ich betrachte mich im Spiegel und frage mich, ob ich noch dieselbe bin. Und ich frage mich, was mit dem Mädchen geschehen ist, das ich früher einmal war, das immer das Gute in allem gesehen hat, das voller Zuversicht gewesen ist. Ich schäme mich dafür, wie ich denke und fühle. Ich habe Angst, wohin das führt, was da in mir wächst. Ich weiß nicht, ob ich es aufhalten kann.

Wenn ich das Präparat nehme, das Hjalmar und Flores entwickelt haben, geht es mir besser. Aber die Wirkung hält nicht lange an. Ich habe die Dosis schon zweimal erhöht, ohne Hjalmar davon zu erzählen, das letzte Mal heute Morgen. Aber ich merke, dass es wieder zurückkommt und in mir zu rumoren beginnt.

Ich nehme eine dieser Pillen, hoffe, dass die Wirkung bald einsetzt, und ziehe mich zurück. Ich versuche zu schlafen und schließe die Augen. Aber dunkle Träume verfolgen mich, und sie verschmelzen mit meinem Bewusstsein, sodass ich nicht mehr sagen kann, was real ist und was nicht.

Ich finde mich in einem kleinen Holzboot auf einem Gewässer wieder, und der raue Wind von Osten erfasst mich. Er treibt mich aufs Meer hinaus und haucht meinen Namen, so wie es ein Vater tut, wenn er seinen Sohn vom Feld nach Hause holt. Von Westen schmiegt sich das Licht an meine Schultern. Es wärmt mich und wiegt mich in den Armen. So wie es eine Mutter tut, die ihrer Tochter Trost spendet, wenn ihr Unheil widerfährt. Aber ich höre noch andere Stimmen, die rufen, flehen und drängen, und ich spüre Furcht und auch Verlockung. Ich weiß nicht, wem ich folgen soll. Der Wind zerrt an meinen Segeln, die Sonne brennt auf meiner

Haut, und unnachgiebig ringen Schuld und Wut in mir, zerreißen mich und lassen nichts von mir zurück.

Wenn es Morgen wird in meinem Traum, trägt mich das Boot noch immer über das Wasser. Ein Strom aus unreinen Gedanken, der mich umgarnt und in dunkle Tiefen ziehen will. Er treibt mich weit aufs Meer hinaus. Es wird kühl und totenstill, und da ist nichts, was mich noch zurückgeleiten kann.

Es ist nach Mitternacht, als ich aufwache. Ich bin schweißgebadet und zittere am ganzen Körper. Da ist wieder dieser Zorn in mir. Er ist unbändig, als entwickelte er ein Eigenleben, und dieses Mal gelingt es mir nicht, ihn zu besänftigen. Er richtet sich gegen das St. Raphael, gegen die Verantwortlichen – und gegen meinen Bruder. Alles in mir ruft mit Macht nach Vergeltung. Gedanken spinnen Szenarien in meinem Kopf, wie Gunvald eine Welle des Unheils überrollt, wie die Gesellschaft ihn verbannt, bis er seine Freiheit verliert und vereinsamt, bis er erkennt, wie es mir ergangen ist.

Was, wenn ihm Unheilvolles widerführe? Etwas, für das er büßen müsste, auch wenn er nichts verschuldet hätte? Eine Ungerechtigkeit, eine Straftat, für die man ihn zur Rechenschaft zöge. Eine Haftstrafe für ein Verbrechen, das man nicht verzeihen kann, das so abscheulich ist, dass es ein wahres Monster offenbart – und seine Familie als die brandmarkt, die es erschufen.

Ich beginne, über Motive und Gelegenheiten nachzudenken. Über Tatorte, die Emmas Bildern gleichen. Über Details, die Gunvald überführen könnten. Über ein Motiv, das einen ermittelnden Kommissar zu einem Waisenhaus führt. Einen Kommissar, der bereit ist zu verstehen, wer ich bin.

Langsam reift ein Plan in mir.

55

Jemand legte Sånbergen eine Hand auf die Schulter, und er schreckte hoch. Hanna blickte auf ihn herunter. »Alles in Ordnung?«

Nichts war in Ordnung. Nichts war so gelaufen, wie es sollte. Nichts fühlte sich an, wie es sollte. Das Opfer wie der Täter. Die Schuld auf der falschen Seite. Kein Gefühl von Gerechtigkeit.

»Magnus hat unter der Kellertreppe von Maria Solsbæks Haus eine verborgene Kammer entdeckt, schalldicht und gesichert, wie ein kleines Verlies«, berichtete Hanna. »Da hatte sie sich vorhin wohl versteckt, bevor sie abgehauen ist.«

»Hm.«

»Und das ist nicht alles. Da steht eine Badewanne drin, und es wurden Kanister mit Resten einer leicht gelblichen Flüssigkeit gefunden. Magnus hat Bilder geschickt.«

»Könnte es die Flüssigkeit sein, die in den Lungen der Opfer gefunden wurde? Mit der sie ertränkt wurden?«

Sie nickte. »Ich habe mit Ansgar telefoniert, weil mir ein Gedanke gekommen ist.«

»Welcher Gedanke?«

Hanna redete leise und zurückhaltend. »Als der Professor gesagt hat, dass Maria ihr Kind verloren hat, bin ich darauf gekommen. Die Flüssigkeit in den Kanistern sieht aus wie Fruchtwasser, und Fruchtwasser enthält viele Elektrolyte und Proteine. Genau wie es im Laborbericht über die Flüssigkeit aus den Lungen der Opfer steht. Also habe ich Ansgar daraufhin angerufen. Er hat sich die Analyseergebnisse noch einmal angeschaut und sagt, dass sich tatsächlich alles in diesen Proben findet, was auch zum Fruchtwasser gehört.«

Sånbergen war sich nicht sicher, ob er es hören wollte.

»Also wenn sie ihr Kind verloren hat und dafür die Spätfolgen der Behandlung verantwortlich macht, dann könnte sie –«

»Ja, ich weiß.«

»Sie hat den Verantwortlichen ihre Kinder genommen, sie wollte, dass sie das verlieren, was sie selbst –«

»Auge um Auge.«

Hanna schwieg.

»Du sagtest, sie sind mit dem Helikopter von Weisentheimer geflohen?«, fragte Sånbergen.

»Ja. Richtung Süden.«

Sandbjerg lag in dieser Richtung. Das St. Raphael. »Sie will es zu Ende bringen, Hanna. Es ist das Sommerfest, das Dr. Berg erwähnt hat. Die jährliche Jubiläumsfeier zum Gründungstag des Waisenhauses. Sie will dahin, wo alles begonnen hat.«

»Was hast du vor?«

»Wir werden ihnen folgen.«

»Aber wie –«

»Auch mit einem Helikopter. Jetzt sofort. Ist mir egal, ob es ein Polizeihubschrauber oder der von Lindqvist ist. Aber es muss schnell gehen. Und wir brauchen ein Einsatzkommando in Sandbjerg.«

Zehn Minuten später landete ein Helikopter auf dem Heliport in Weisentheimers Garten und nahm sie auf. Der Pilot schlug Richtung Süden ein, und obwohl das Rütteln der Maschine einem leichten Torkeln glich, verursachte es Sånbergen dieses Mal keine Übelkeit. Auch den Geruch von Motoröl und Kerosin nahm er nur am Rande wahr. Er war mit den Gedanken ganz bei Maria und Hjalmar und bei dem, was sie wohl zu tun gedachten, wenn sie das St. Raphael erreichten.

Er wusste nicht, was genau ihr Plan war, wie sie unbemerkt an möglichen Wachen vorbei in das Waisenhaus gelangen wollten. Aber sie waren dort aufgewachsen, kannten das Gebäude und das Gelände. Und es war Sommerfest – ein buntes Durcheinander, Gäste und Musik, vielleicht ein Catering-Service, mit dem sie unerkannt durch die Tore würden gelangen können.

Still saßen Hanna und Sånbergen nebeneinander, jeder für sich in den eigenen Gedanken versunken, und bereiteten sich innerlich darauf vor, ein Gelände zu betreten, das sie nicht kannten, um zwei Flüchtige zu stellen, deren Handeln ihnen unberechenbar erschien. Sånbergen fragte sich, ob das Einsatzkommando rechtzeitig eintreffen werde, und er ertappte sich dabei, wie er den Horizont absuchte, ob er dort die flackernden Blaulichter einer Polizeikolonne entdeckte.

Der Helikopter näherte sich dem Alsensund, und als sie eine steile Kurve flogen, sah Sånbergen dort, wo die Sonne am Horizont versank, wie sich ein tiefes Rot zwischen die gräulichen Wolkenschlieren mischte, sodass der Rand des Himmels wie blutunterlaufen wirkte. Unter den Baumkronen entlang einer schmalen Straße entdeckte er schließlich ein zuckendes Blaulicht und zwei gefallene Baumstämme, die einen Streifenwagen an der Durchfahrt hinderten.

Ein paar hundert Meter weiter tauchte ein kleines Pförtnerhaus auf, dahinter inmitten einer grasbewachsenen Lichtung ein altes Château. Bewaldetes Gebiet, hohe, kräftige Eichen – und dazwischen Personen, die eilig vom Haus wegrannten. Viele von ihnen waren Kinder.

»Hinter dem Château scheint es Platz zu geben, um runterzugehen!«, rief der Pilot. Er drosselte das Tempo, ließ den Helikopter für einen Moment in der Luft stehen und schaltete den Suchscheinwerfer an. Stück für Stück glitt der Lichtkegel über den Boden und gab Sånbergen Gelegenheit, das Gelände zu überblicken.

Ein hoher Metallzaun umgab einen gepflegten Garten, der von serpentinenartigen Sandwegen durchzogen war. Darin ein kleiner See mit drei schmalen Zuflüssen. Einer von ihnen wurde von einer weißen Holzbrücke überspannt. Daneben eine mächtige Linde. Alles menschenleer.

Das dreistöckige Gemäuer im Zentrum der ganzen Anlage war aus riesigen, quaderförmigen Natursteinen errichtet worden. Geschwungene Pilaster schufen weite Nischen für hohe Fensterfronten. Aus dem leicht abfallenden Ziegeldach erhoben sich verzierte Schornsteine, und zu beiden Seiten des Dachfirsts entsprangen mächtige Giebel. Auf einer gepflasterten Fläche hinter dem Gebäude stand ein gelber Raven 44.

Der Pilot brachte seinen Helikopter direkt daneben runter, und Sånbergens Finger tasteten nach dem Schulterhalfter seiner P7. Von einem Überraschungsmoment konnte keine Rede sein. Das Dröhnen des Motors war nicht zu überhören. Aber sie hatten keine Zeit, auf die Verstärkung zu warten.

Sie sprangen nach draußen und liefen unter den austrudelnden Rotoren zur rückwärtigen Mauer des Haupthauses, wo eine Art Lieferanteneingang zu sein schien. Zwei Uniformierte lehnten bewusstlos gegen eine geschlossene Metalltür, vermutlich Angehörige des Wachpersonals.

Zügig bewegte sich Sånbergen an der Fassade entlang in Richtung Garten, Hanna dicht hinter ihm. Fackeln waren an den Bäumen angebracht und loderten hell. Neben der riesigen Linde war eine Bühne aufgebaut. Musik lief vom Band, eine Stimme sang von friedlich blühender Heide. Noch vor wenigen Minuten musste hier eine Feier in vollem Gange gewesen sein. Etwas hatte sie jah beendet und die Gäste dazu gebracht, panikartig das Gelände zu verlassen.

Der Wind trieb einen Plastikbecher vor sich her, eine Schaukel schwang quietschend vor und zurück. Niemand schien mehr hier draußen zu sein, sie präsentierten sich ihren Widersachern wie auf dem Silbertablett. Eine Treppe führte hinauf zu einer kleinen Terrasse, an deren Ende eine schwere Holztür offen stand.

Keine Stimmen, keine Geräusche drangen aus dem Haus. Sånbergen wagte einen kurzen Blick hinein. Nichts rührte sich. Er hielt einen Moment inne, wartete auf ein bestätigendes Nicken seiner Kollegin, dann betraten sie einen schmalen Vorraum. Er lag im Halbdunkel und mündete in eine schwach beleuchtete Halle, in deren Mitte eine breite Treppe nach oben führte. Etwas rechts davon stand ein Empfangstresen, dahinter war eine weiße Tür zu erkennen. Sånbergen erinnerte sich, dass Maria sie in ihrem Tagebuch erwähnt hatte – sie musste ins Untergeschoss führen.

Er bedeutete Hanna, hier in Deckung zu bleiben und ihn abzusichern, dann huschte er durch die Halle hinüber zum Tresen. Niemand schien noch im Erdgeschoss zu sein. Das Rotorengeräusch des Helikopters war verstummt, auch die Musik aus dem Garten verklang. Stille kehrte ein. Eine unnatürliche Stille, die umso bedrohlicher wirkte, je weiter Sånbergen in das Château vordrang. Die Halle war mindestens sechs, sieben Meter hoch, ein Kronleuchter hing an der Decke, und durch ein riesiges Fenster auf der Westseite glaubte Sånbergen im Halbdunkel noch die Silhouetten von Baumkronen zu erkennen.

Er zog die P7 und öffnete die weiße Tür Zentimeter für Zentimeter. Ein kleiner Raum. Ein Fahrstuhl. Daneben eine schmale Wendeltreppe, die ins Untergeschoss führte. Nur matter Lichtschein drang die Stufen herauf. Sånbergen signalisierte Hanna, die anliegenden Räume zu prüfen, während er die Treppe nach unten nahm.

Ein Korridor, zwei Meter breit, verlor sich im Dunkel. Lediglich ein schmaler Lichtkegel fiel durch einen Türspalt am Ende des Ganges. Sånbergen drückte sich an die Wand, behielt die Tür im Auge und schlich Meter für Meter weiter. Langsam gewöhnten sich seine Augen an die Dunkelheit, er konnte das Ende des Korridors zunehmend deutlich erkennen. Eine große Glasscheibe und zwei Türen auf der gegenüberliegenden Seite, die linke weit geöffnet, ein dunkler Raum dahinter. Er glaubte, Atemgeräusche durch den erleuchteten Türspalt zu hören, ein schweres Röcheln.

Plötzlich ertastete er eine Auslassung im Mauerwerk. Eine weitere Tür. Er meinte, ein Ticken zu vernehmen, das lauter wurde, als er sein Ohr an das Holz legte. Instinktiv wollte er sich von der Tür entfernen. Dann wieder der schwere Atem aus dem Raum am Ende des Ganges.

Die Gestalt erschien aus dem Nichts. Nur im Augenwinkel sah Sånbergen, wie eine Silhouette auf ihn zuglitt, lautlos, als berührte sie kaum den Boden – und jemand bäumte sich vor ihm auf. Sånbergen duckte sich zur Seite weg. Ein Luftzug, etwas rauschte an ihm vorbei und schepperte gegen die Holztür. Er kannte diese Bewegungen, die Statur – es war Hjalmar, und Sånbergen glaubte, ein Gewehr in seinen Händen zu erkennen. Den Kolben nach vorn gerichtet, sah er es erneut auf sich zukommen. Er riss den Unterarm hoch, lenkte den Schlag ab, und ein Schuss löste sich. Funken sprühten, wo die Kugel in den Boden schlug. Beide strauchelten, richteten sich wieder auf …

Das Ticken.

Ein ohrenbetäubender Knall.

Die Tür in Sånbergens Rücken zersplitterte. Eine Druckwelle erfasste ihn und schleuderte ihn gegen die Wand, die P7 glitt ihm aus der Hand. Der Geruch von verbranntem Benzin stieg in seine Nase. Flammen schlugen in den Korridor, und irgendwo darin erkannte er Hjalmars Gesicht – geschminkt wie das eines Clowns.

Hjalmar stürzte sich auf ihn und schlang ihm die Hände um den Hals. Offenbar mühelos hob er Sånbergens neunzig Kilo vom Boden – unerklärlich, woher er diese Kräfte nahm.

Sånbergen grub seine Daumen tief in Hjalmars Augäpfel, bis dem ein Schmerzenslaut entfuhr und sich der Griff lockerte. Beide torkelten benommen zurück, der Rauch formierte sich zu einer dichten Wand zwischen ihnen. Flammen schlugen in den Korridor.

Sånbergen musste hier raus.

Plötzlich ein lautes Wummern über ihnen, das ganze Untergeschoss bebte. Offenbar eine weitere Detonation, diesmal im vorderen Teil des Gebäudes. Nur eine Sekunde später folgte noch eine. Sie wollten anscheinend das ganze Château in Schutt und Asche legen.

Sånbergen sah Hjalmars Blick in Richtung des Fahrstuhls gehen. Die dünnen Augenbrauen zuckten unruhig, er griff nach seinem Jagdgewehr und eilte die Treppen nach oben, während sich das Feuer weiter ausdehnte. Wieder kam ein schweres Röcheln aus dem hinteren Raum, dann ein paar erstickte Laute. Sånbergen zögerte kurz, ehe er durch den brennenden Flur zur Tür rannte und sie aufriss.

Es war Gunvald Dahl. Er war auf einer Liege fixiert, hatte Klebeband über dem Mund und Panik in den Augen.

Sånbergen steckte die P7 zurück, löste die Gurte um Dahls Gliedmaßen und befreite ihn von dem Knebel. Dahl krächzte etwas Unverständliches und war schwach auf den Beinen, aber er konnte sich allein fortbewegen.

Die Luft war heiß, der Rauch brannte in den Augen. In einer Ecke fand Sånbergen einen Leitungshahn, der warmes Wasser spuckte. Sie befeuchteten ihre Köpfe und hasteten dann zurück durch den rauchgefüllten Korridor, Dahl mit schleppenden Schritten und keuchend. Sånbergen musste ihn die Treppen hinauf stützen. Quälende Sekunden vergingen, jeden Moment erwartete er eine weitere Detonation – und wo war Hanna?

Auf der letzten Stufe kam sie ihnen entgegengestürzt. »Mein Gott, ich dachte schon, du wärst …«

Mit Hannas Hilfe erreichten sie die Halle – sie stand zur Hälfte in Flammen. Bilder schmorten an den Wänden, die riesige Glasscheibe des Westfensters ächzte. An einer Metallstange hingen schwere Vorhänge in langen Bahnen und brannten.

Das Eingangstor schien noch passierbar. Hanna rannte los, Sånbergen hinkte mit Dahl hinterher. Nur Augenblicke später ertönte ein Knallen wie von Peitschenhieben – die Halterungen, mit denen die Vorhänge an der Metallstange befestigt waren, zerbarsten, die Stoffbahnen lösten sich. Für einen Moment schienen sie in der Luft zu schweben, dann stürzten sie seitwärts herab und belegten den Boden direkt vor Sånbergen mit einem Flammenmeer. Erschrocken wich er zurück und sah nach Hanna. Sie stand unversehrt am Eingangsportal, hatte es noch rechtzeitig unter den fallenden Vorhängen hindurchgeschafft. Für Sånbergen und Dahl jedoch war der Weg nach draußen abgeschnitten.

Sånbergen schaute sich um. Das Mittelschiff der Halle, in dessen Zentrum eine breite Treppe aufwärtsführte, schien noch begehbar. Es war der einzige Weg. Sie mussten aufs Dach, und er hoffte, dass von dort eine Feuerleiter nach unten führte.

»Wir müssen raus hier!«, rief Dahl panisch. Er hustete und japste nach Luft. Der aufsteigende Rauch verdichtete sich inzwischen zu einem schwarzen Nebel.

»Wir gehen nach oben!« Sånbergen stützte Dahl, und sie schafften ein paar Meter in Richtung des Treppenaufgangs. Das Westfenster strahlte so heiß wie ein Glutofen und knarzte bedrohlich. Plötzlich erfüllte ein ohrenbetäubendes Klirren den Raum. Die Scheibe zersprang, und die Scherben wurden nach draußen gezogen. Ein Windzug war zu spüren. Frische Luft drang in die Halle und entzündete sich im nächsten Moment. Eine Stichflamme quoll auf Sånbergen zu.

Er riss die Arme vors Gesicht und wurde von einer heißen Wolke umhüllt – die so plötzlich verschwand, wie sie gekommen war. Für einen Moment glaubte er, Feuer gefangen zu haben, und wischte hektisch über seine Kleidung und seine Haare, doch die Flamme war zu schnell vorbeigerauscht, um an ihm Nahrung zu finden. Hinter ihm hustete Dahl. Sånbergen hatte wie ein Schutzschild vor ihm gestanden.

»Komm schon!«, rief er Dahl zu, schlang den Arm um dessen Rücken und stützte ihn auf dem Weg die Stufen hinauf. Rauchspiralen wanderten neben ihnen her, und sie erreichten das erste Stockwerk. Flammen loderten aus den Zimmern.

Dann erneut ein schweres Wummern direkt unter ihnen. Sånbergen spürte die Erschütterung des Bodens und starrte besorgt auf die Treppenkonstruktion. Sie hielt stand, und die beiden gelangten ins zweite Geschoss.

»Wir haben es fast geschafft«, sagte er und versuchte, nicht nur Dahl, sondern auch sich selbst Mut zuzureden. »Wir müssen nur noch rauf aufs Dach.« Er suchte nach einem Aufgang, einer Klappe, als Dahl plötzlich in sich zusammensackte. Er hustete, und seine Bronchien erzeugten pfeifende Laute.

Irgendwo hier muss es doch einen Zugang geben, dachte Sånbergen. Auch ihm ging allmählich die Luft aus. Das Feuer erfasste die Bücherregale, die sich auf jeder Etage die Wände entlangzogen, begann am Dachstuhl zu nagen und verzehrte den letzten Sauerstoff.

Dann sah er sie. Eine Deckenluke, die über eine herabhängende Kette zu öffnen war. Sånbergen zog daran, und eine Leiter klappte nach unten aus. Er kletterte hinauf und zerrte den hustenden Dahl mit sich aufs Dach, wo beide erschöpft zu Boden sanken und langsam wieder zu Atem kamen.

Sånbergen richtete sich auf und orientierte sich. Sie waren über der Rückseite des Châteaus herausgekommen, bloß einen Meter vom Rand des Gebäudes entfernt. Direkt neben ihnen stieg das Satteldach zur Mitte leicht an, der First ragte mannshoch auf. Durch die Ziegel kroch dichter Qualm und spann dichte Rauchfäden, die sich im einsetzenden Dunkel verloren. Es zischte und ächzte aus verschiedenen Richtungen.

Sånbergen trat an den Rand des Daches. Das Gesims schien stabil, begehbar zu sein. Es führte zwanzig Meter weit bis zu einer Feuerleiter – und dort sah er sie. Maria Solsbæk.

Sie war dabei, das Dach zu verlassen, griff soeben nach dem Handlauf und hatte bereits einen Fuß auf die oberste Sprosse gesetzt. Dann verharrte sie plötzlich und drehte den Kopf in Sånbergens Richtung.

Wortlos ging er auf dem Dachsims ein paar Meter auf sie zu. Seine Schulter brannte, die Finger begannen wieder zu kribbeln. Er fühlte sich mit einem Mal unsicher auf den Beinen, blieb stehen und wagte einen kurzen Blick am Gebäude hinunter. Flammen stoben aus den Fenstern und erklommen die Fassade, man spürte ihre Hitze aufsteigen. Nicht mehr lange, und sie erreichten das Dach.

Maria blieb äußerlich völlig ruhig. Sie zeigte keine Drohgebärden, machte auch keine Anstalten, die Flucht zu ergreifen, stattdessen trat sie von der Feuerleiter zurück auf das Dach. Sånbergen sah eine Schusswaffe in ihrer Hand, die nach unten gerichtet war. Etwas sträubte sich in ihm, seine eigene zu ziehen. Etwas in ihm sagte, sie werde ihre nicht gegen ihn einsetzen.

»Lass die Waffe fallen, Maria. Bitte.«

Sie reagierte nicht.

Sånbergen machte zwei weitere Schritte auf Maria zu und legte seine Hand auf die P7. »Lass die Waffe fallen!« Der gleiche Satz. Aber dieses Mal lauter und fordernder. Sånbergen sah, wie sich ihre Finger um den Griff schlossen, nach einem festen Halt suchend.

Und auf einmal war er sich nicht mehr sicher. Jetzt, wo sie Anstalten machte, die Waffe auf ihn zu richten, fürchtete er, sie könne tatsächlich den Abzug drücken. Sie ließ ihm keine Wahl. Sånbergen zog die P7 und richtete sie auf Maria. »Lass die Waffe unten, Maria!«

Für einen Moment blieb sie ohne jede Regung, ohne Anspannung, ohne Anzeichen von Feindseligkeit. Sie sah ihn bloß an und blinzelte schließlich, ganz langsam, wie im stillen Einvernehmen mit dem, was folgen würde.

Dann erhob sie die Waffe, streckte ihren Ellenbogen und suchte mit beiden Füßen einen sicheren Stand.

Er musste es tun. Sånbergen visierte ihre Schulter an und drückte den Abzug. Das Mündungsfeuer seiner Waffe flackerte auf. Eine Kugel löste sich, und Marias Körper zuckte. Sie stolperte zwei Schritte zurück bis an den Rand des Daches.

Die Spannung wich aus Sånbergens Schulter, er ließ den Arm sinken, die Waffe baumelte nur noch lose in seiner Hand. Er lief auf Maria zu, um ihr zu Hilfe zu eilen, aber sie taumelte – und ein weiterer Schritt nach hinten suchte das Leere. Sie stürzte rücklings vom Dach. Sånbergen erstarrte – als ein markerschütternder Schrei durch das Dunkel tönte.

Er drehte sich um. Es war Hjalmar. Er war auf dem Dachfirst aufgetaucht und musste mit angesehen haben, wie Maria hinabgestürzt war. Mit hasserfülltem Gesicht wandte er sich nun Sånbergen zu, legte, ohne zu zögern, mit dem Gewehr auf ihn an und entließ im nächsten Augenblick eine ganze Salve in seine Richtung.

Instinktiv sprang Sånbergen zur Seite und versuchte, unter den Geschossen hindurchzutauchen. Er hörte das Zischen der ersten Kugel, landete hart auf den Ziegeln, und ein weiteres Projektil schlug dicht neben ihm auf. Dann bohrte sich ein glühender Schmerz in seine Flanke. Er nahm ihm die Luft, und wie aus einem Reflex verkrampfte sein ganzer Körper. Eine Kugel musste ihn getroffen haben.

Er wollte sich wieder aufrichten und Hjalmar ins Visier nehmen – doch etwas hielt ihn am Boden. Es ließ ihn kaum atmen, nicht einmal seine Hand bewegen, die P7 rutschte ihm durch die Finger. Ein Schmerz schwoll in seinem Brustkorb, sein Puls raste. Er hustete. Blut kam aus seinem Mund. Sein Körper geriet in einen merkwürdigen Zustand, wie eine bedrohliche, eisige Schockstarre. Er konnte nichts tun. Seine Muskeln hörten nicht mehr auf ihn.

Schritte. Das Clownsgesicht tauchte vor ihm auf, die Schminke halb verlaufen. Eine alles durchdringende Mattheit überkam Sånbergen, und das Letzte, was er sah, waren hellgrüne Augen, in denen abwechselnd Verzweiflung und unbändige Wut aufflackerten.

Dann kehrte Ruhe ein, und Sånbergen tauchte in ein warmes Licht.

56

Zwei Kinder sitzen auf einer Bank. Ihm direkt gegenüber. Ein Holzboden wie auf seiner Veranda in Smalby, und er sitzt in seinem Schaukelstuhl, der jedes Mal, wenn er sich nach hinten lehnt, ein Knarren von sich gibt. Ein monotones Geräusch im Rhythmus seines Pulsschlags.

Eines der Kinder ist blond, eines dunkelhaarig. Sie starren ihn an, das eine freundlich, das andere grimmig. Eine Durchsage wie auf einem Bahnhof ist zu hören, aber die Worte sind unverständlich. Nirgendwo Fenster in diesem Raum. Nur eine Tür, die sich öffnet. Lisa kommt herein. Sie hält etwas in der Hand. Ein altes Foto. Sie betrachtet es nachdenklich, als sie sich neben ihn setzt.

»Ich habe es immer noch bei mir, ein Bild von deinem Großvater. Ich habe es dir mal stibitzt, als wir uns gerade kennengelernt hatten«, sagt sie und kichert. »Ich habe neugierig in deinen Sachen gestöbert. Ich wollte wissen, wer du bist.« Verlegen zuckt sie mit den Schultern. »Ich weiß nicht, wieso ich ausgerechnet dieses Foto mitgenommen habe, das von deinem Großvater. Vielleicht, weil er dir darauf ähnlich sieht. Die gleichen Falten, die hellen Augen. Ich hatte mich gefragt, ob du später, wenn wir zusammen alt geworden sind, genauso aussehen würdest wie er. Vielleicht habe ich es deswegen behalten.«

Er versucht, etwas zu sagen, aber es gelingt ihm nicht, seine Lippen zu bewegen. Alles, was er tun kann, ist, in diesem Stuhl zu sitzen, zu schaukeln und zuzuhören.

Sie betrachtet abwechselnd das Bild, dann ihn. »Ich weiß nicht, ob ihr euch ähnlich seid, du siehst immer noch jünger aus als er. Aber ich hatte noch nie ein Gefühl für Zeit. Manchmal denke ich, es gibt gar keinen großen Unterschied zwischen zwanzig Minuten und zwanzig Jahren.«

Sie lächelt, drückt ihm einen Kuss auf die Wange, verschwindet durch die Tür, und alles um ihn herum verschwimmt wieder in diesem dunstigen, warmen Licht.

57

Eine Woche später

Ein Geruch von Baumwolle und Zitrone, ein leichter Windzug. Sånbergen spürte, wie etwas auf sein Brustbein drückte. Er lag auf weichem Untergrund, schlug die Augen auf und fand sich in einem schneeweißen Zimmer wieder.

Smilla stand mit dem Rücken zu ihm am Fenster. Sie hob eine Vase voller Blumen vom Fensterbrett, stellte sie zwei Meter weiter auf einen kleinen Tisch und wenige Sekunden später wieder zurück. Nervös strich sie sich mit den Fingern über die Haare – und fuhr herum, als Sånbergen sich räusperte.

Durch gerötete Augen sah sie ihn an, hielt inne, und zwei Zornesfalten traten zwischen den Brauen hervor.

»Marven!« Von der Seite trat Clara in Sånbergens Blickfeld. Sie kam näher, versuchte ein beruhigendes Lächeln und reichte ihm ein Glas Wasser. »Wir sind so froh! Es hieß zwar, dass du wieder in Ordnung kommst, aber … Na ja, man weiß ja nie, und ich hatte ja schon so eine Ahnung, dass etwas Schlimmes passieren würde.« Ihr Blick wanderte kurz zu Smilla, dann beugte sie sich vor und flüsterte ihm zu: »Sie hat die letzten Nächte kaum ein Auge zugemacht und wenig gesprochen. Wir haben uns hier in Sønderborg einquartiert.«

»Und Casablanca ist auch bei uns, nur dass du's weißt«, fügte Smilla mit leiser Stimme hinzu.

Sånbergen brachte erneut bloß ein Räuspern heraus, es klang rau und fremd. Seine Stimme gehorchte ihm nicht.

Noch bevor Clara weitererzählen konnte, kam ein Mann in weißem Kittel herein, begrüßte Sånbergen und stellte sich als Dr. Persson vor. Dann wandte er sich den Apparaten zu, an die Sånbergen angeschlossen war, den die Regelmäßigkeit, mit der sie Signaltöne von sich gaben, beruhigte, auch wenn er nicht wusste, was sie bedeuteten. Persson zeigte sich ebenfalls zufrieden. Er erklärte, Sånbergen habe Glück gehabt. Es werde ein wenig dauern, aber er werde wohl so gut wie vollständig genesen. Das Projektil habe eine Rippe und ein größeres Blutgefäß durchschlagen, dann auch die linke Lunge, bis es in der Wirbelsäule stecken geblieben sei, wo man es nur mit Mühe habe entfernen können.

**

Am Nachmittag kam Hanna vorbei und berichtete Sånbergen, was passiert war. Als endlich die Verstärkung und dann auch die Feuerwehr beim St. Raphael eingetroffen waren, habe man ihn vom Dach des brennenden Hauses geborgen und per Helikopter ins Unfallkrankenhaus nach Sønderborg geflogen. Auch Gunvald

Dahl habe überlebt. Es seien Schüsse vom Dach des Gebäudes zu hören gewesen, so sei man auf sie aufmerksam geworden.

Sånbergen erinnerte sich nun wieder an einiges. Detonationen. Flammen. Dann das Mündungsfeuer. Hjalmar war plötzlich auf dem Dachfirst aufgetaucht. »Was ist mit Maria?«

»Wir haben ihre Leiche vor dem Gebäude gefunden. Sie hatte multiple Frakturen, es sieht so aus, als wäre sie vom Dach gestürzt, nachdem eine Kugel aus deiner P7 …« Hanna ließ den Satz unvollendet.

»Ja. Ich weiß.«

»Was wir nicht wissen, ist, wer auf dich geschossen hat. Wir wissen nur: Maria war es nicht.«

»Es war Hjalmar.«

»Dann war er also auch dort?«

»Natürlich war er das.«

»Wir haben die Wachleute befragt, auch die sonstigen Angestellten, die Gäste und die Kinder, aber alle haben nur von einer Frau gesprochen, die bewaffnet das Fest gestürmt habe. Und Dahl hat ausgesagt, dass ihn auf dem Dach jemand bewusstlos geschlagen habe, wozu sich auch eine passende Kopfwunde findet.«

»Es war Hjalmar. Er war als Clown geschminkt. So konnte er im Festtrubel unbemerkt auf das Gelände gelangen. Er hat die Sprengsätze im Keller angebracht, dann habe ich ihn aus den Augen verloren, bis er auf dem Dachfirst aufgetaucht ist.«

»Verstehe. Wir dachten nur, weil in den Trümmern nirgends seine Leiche gefunden wurde …«

»Dann ist er also entkommen?«

»Sieht ganz so aus. Vielleicht mit einem Boot über den Alsensund.«

Sånbergen dachte an Hjalmars Blick, bevor der auf ihn zu schießen begonnen hatte, und er hörte noch dessen Schrei nachklingen, der tief aus seinem Inneren gekommen war, in dem sich Schmerz, Verzweiflung und Zorn gemischt hatten. Bis zum Ende war er mit Maria verbunden geblieben, was auch immer sie tat, so wie er es einst versprochen hatte.

Mit einem Mal glaubte Sånbergen, sich an noch etwas anderes zu erinnern, etwas, das er angesichts der akuten Bedrohung auf dem Dach womöglich gar nicht bewusst wahrgenommen hatte: Hjalmar hatte etwas gebrüllt, in dem Moment, als er auf ihn angelegt hatte. Sånbergen versuchte, es sich ins Gedächtnis zu rufen, was ihm nur bruchstückhaft gelang. Zwei Worte: »Nicht geladen!«

Sollte Maria etwa …? Er wandte sich wieder Hanna zu. »Wie könnt ihr so sicher sein, dass es nicht Maria gewesen ist, die auf mich geschossen hat? Sie ist bewaffnet gewesen, sie hatte ihre Waffe auf mich gerichtet.«

»Die Ergebnisse der Ballistik.« Hanna sprach nur zaghaft weiter. »Du konntest es nicht wissen, aber Marias Waffe war nicht geladen. Aus ihr kann also nicht gefeuert worden sein …«

Hannas weitere Worte verschwammen zu einem unverständlichen Lautgebilde. Maria hatte mit einer ungeladenen Waffe auf ihn gezielt. Keine Kugel im Lauf. Keine im Magazin. Sie hatte nie vorgehabt, auf ihn zu schießen – und trotzdem hatte sie die Waffe erhoben. Sie hatte damit gerechnet, dass er dort auftauchen, dass es zu einer Konfrontation kommen würde. Und sie hatte einen Plan gehabt, wie es auszugehen habe. Sogar ihr eigenes Ende hatte sie geplant, und ihn hatte sie zu ihrem Henker bestimmt.

Hanna zog sich einen Stuhl heran. »Was die Vorfälle um das St. Raphael angeht, berichten die Zeitungen bereits darüber. Über die illegalen Menschenversuche an Kindern und auch über Maria Solsbæks Geschichte.« Sie hielt inne, merkte offenbar, dass Sånbergen etwas beschäftigte. »Mach dir keine Sorgen. Du hast nichts falsch gemacht. Aber du weißt ja, wie das läuft. Man wird prüfen, ob dein Schuss unvermeidlich gewesen ist. Es wird eine Untersuchung geben. Eine detaillierte Nachstellung des Tathergangs, Laboruntersuchungen, Protokolle, dann psychologische Gespräche.«

»Natürlich wird es das, Hanna. Das ist Routine, und das ist schon in Ordnung.« Aber nicht das war es, was ihn beschäftigte. Nein, er haderte in diesem Moment. Mit sich. Damit, auf Maria geschossen zu haben. Nicht seiner inneren Stimme vertraut zu haben, die ihn noch immer jenes sanftmütige Mädchen in ihr hatte sehen lassen, das sie ursprünglich gewesen war.

Nachdem Hanna wenige Minuten später das Zimmer verlassen hatte, lag er eine Weile nur da und starrte an die Decke. Dann drehte er sich zur Seite und entdeckte seinen Mark Twain auf dem Nachttisch liegen. Clara hatte wohl dafür gesorgt, dass das Buch für alle Fälle griffbereit war.

Er schlug es auf. Noch immer lag das Lesezeichen auf derselben Seite. Irgendwie war er nicht über diese Stelle hinausgekommen und hatte dort gestockt, als befände sich ein unsichtbares Hindernis irgendwo zwischen den Zeilen. Er verspürte den Drang, das Blatt herauszureißen und das Problem mit einem Handstreich zu entfernen. Aber er ließ davon ab, klappte das Buch wieder zu und legte es zurück.

Epilog

Sechs Monate später war Gras über die Sache gewachsen und der Fall der Frauenmorde einstweilen zu den Akten gelegt. Die mutmaßliche Täterin war tot, ihr möglicher Komplize Hjalmar spurlos verschwunden, und etwaige Akten über die Kinder waren beim Feuer im St. Raphael verbrannt. Die Machenschaften um das Waisenhaus waren zwar publik geworden, aber die Verantwortlichen dennoch straffrei ausgegangen. Johan Nyberg hatte jeden, der über seine Verwicklung in die Angelegenheit berichtete, mit einer Unterlassungsklage überzogen, und nach einer kurzen Talfahrt pendelte sich auch der Aktienkurs seines Unternehmens nun wieder fast auf dem vorherigen Niveau ein.

Niemand sprach mehr von den Vorkommnissen um das Waisenhaus St. Raphael, der Name Maria Solsbæk wurde in den Zeitungen nicht mehr erwähnt. Und wenn jemand Sånbergen fragte, ob wieder alles in Ordnung sei, bejahte er, weil es so einfacher war.

»Die Erinnerungen verwischen irgendwann, wenn man Gewissheit darüber erlangt, dass der todbringende Schuss unvermeidlich gewesen ist«, hatte es in den psychologischen Gesprächen geheißen, und Sånbergen glaubte, dass es irgendwann so kommen würde. Aber noch hatte er diese Gewissheit nicht erlangt. Und auch die Erinnerungen waren geblieben – das Mündungsfeuer, als er den Abzug drückte – ebenso wie der brennende Schmerz in der Seite, der ihn noch immer durchfuhr, wenn ein plötzliches, knallendes Geräusch ertönte.

Manchmal, wenn er keinen Schlaf fand, nahm er Marias Tagebücher zur Hand und ließ das sanftmütige Mädchen in seiner Vorstellung wiederauferstehen. Und als es erneut Sommer wurde und ihr Todestag sich erstmals jährte, fuhr er nach Sandbjerg, wo sie – dafür hatte er gesorgt – neben ihrer Freundin Emma beigesetzt worden war. Dort legte er eine Orchidee auf ihr Grab, bat sie um Verzeihung und verfluchte sie zugleich für das, was sie ihm und anderen angetan hatte.

Nur seine Orchidee lehnte gegen den Stein, keine andere Blume, nicht einmal ein verwelkter Strauch. Niemand sonst hatte hier etwas abgelegt, um ihrer zu gedenken – es schien, als habe sie auch nach ihrem Tod keine Familie gefunden.

»Ich werde hier sein, zumindest einmal im Jahr, immer an diesem Tag«, sagte Sånbergen leise vor sich hin, und noch immer spürte er eine stille Verbundenheit zu ihr, trotz allem, dessen sie sich schuldig gemacht hatte.

Sein Smartphone summte. Eine SMS. Ein unbekannter Absender, eine Handynummer mit einer Auslandsvorwahl.

Ein Mann für eine Wunde
Ein Jüngling für eine Beule
Ein Königreich für eine Geliebte

Nur drei Zeilen. Sie erinnerten Sånbergen an das erste Buch Mose, Vers 4,23 – und sie klangen wie eine Drohung.

Verstört starrte er auf das Display, und eine unheilvolle Ahnung überkam ihn.

Nachbemerkung

Aus dramaturgischen Gründen sowie rechtlichen Erwägungen wurden manche der im Buch auftauchenden realen Schauplätze, Örtlichkeiten und Institutionen in ihren Beschreibungen beziehungsweise Funktionen abgeändert und zudem einige fiktive Elemente hinzugefügt.

So gibt es beispielsweise in Harrislee keine private Hochschule, und auch die Zuständigkeiten sowie dienstlichen Abläufe in der dortigen Polizeistation und die grenzübergreifende deutsch-dänische Polizeiarbeit wurden im Sinne der Handlung teilweise etwas einfacher dargestellt, als sie in Wirklichkeit sind.